BASTEI
LÜBBE

Von Alexandra Jones sind bei Bastei Lübbe Taschenbücher lieferbar:

14329 Die Dinge des Lebens
14695 Die Wunder des Himmels
14913 Der Zauber des Sommers
15202 Das Echo der Liebe
15580 Das Versprechen des Glücks
15747 Der Herzschlag der Sehnsucht

Über die Autorin:

Alexandra Jones wuchs in Indien und Birma auf und arbeitete auf britischer Seite mit am Übergang Pakistans zu einem eigenständigen Staat. Später kehrte sie mit ihrer Familie nach England zurück. Heute lebt sie mit ihrem Mann und drei Söhnen in Devon. Sie ist Autorin zahlreicher historischer Romane.

Alexandra Jones

Die Magie des Herzens

Roman

Aus dem Englischen von
Karl-Friedrich Loos

BASTEI
LÜBBE

BASTEI LÜBBE TASCHENBUCH
Band 26881

Vollständige Taschenbuchausgabe

Bastei Lübbe Taschenbücher in der Verlagsgruppe Lübbe

Titel der Originalausgabe: »Mandalay«
Für die Originalausgabe:

Published by arrangement with Alexandra Jones.
Dieses Werk wurde vermittelt durch die
Literarische Agentur Thomas Schlück GmbH, 30827 Garbsen.
Für die deutschsprachige Ausgabe:

Lizenzausgabe: 2004 Verlagsgruppe Lübbe GmbH & Co. KG,
Bergisch Gladbach
Umschlaggestaltung: Gisela Kullowatz
Titelbild: © photodisc by getty-images
Satz: hanseatenSatz-bremen, Bremen
Druck und Verarbeitung: Ebner & Spiegel, Ulm
Printed in Germany, Mai 2008
ISBN 978-3-404-26881-8

Für meinen Mann,
meine Mutter und meine Söhne

Die Legende erzählt, dass Buddha einst mit seinen Schülern auf einem hohen, grünen Berg stand. Der Himmel über ihnen war strahlend blau. Buddha zeigte ins Tal hinab und prophezeite, dass dort zu seinen Ehren eines Tages ein König eine prächtige Stadt errichten würde.

Insgesamt würde sie nur achtundachtzig Jahre, so lange wie ein Menschenleben, bestehen. An ihrem Anblick würde man sich also nur vorübergehend erfreuen können, so wie an einer Bhodi-Blume, die im Moment ihres Aufblühens gepflückt wird.

Heute stehen in diesem Tal nur noch die unzerstörbaren roten Befestigungsmauern, die den Staub der Geschichte und die Erinnerung an die Menschen bewahren, die einmal ein Teil dieser Geschichte waren. Die Legende selbst aber lebt in dem großen bronzenen und vergoldeten Buddha weiter, der auf dem Hügel der tausend Tempel steht und hinunterweist. Seine Hand liegt über dem Land, auf dem eine große Stadt stand, die einmal zu seinen Ehren errichtet worden war.

Die Stadt heißt Mandalay.

INTERREGNUM

September 1878

Der alte Mann lag im Sterben. Sein ehrgeiziger Lebensplan war erfüllt. Zweiundsechzigtausend Pfund Sterling-Silber, von diesem Reichtum sprach die Shwe Dagon Pagode, die im Schatten eines Sonnenschirms stand. Der diamantenbesetzte Reichsapfel, die juwelenverzierte Windfahne, Lotusblüten und eine goldene Glocke, all dies würde ihm die große Achtung von Siddharta Gautama Buddha einbringen. König Mindon Mins volle, bleiche Lippen verzogen sich zu einem glücklichen Lächeln, als er in Gedanken all seine Anstrengungen auf Erden, die sich in dieser wundervollen Pagode verkörperten, noch einmal durchlebte.

Abgesehen davon, dass er dem Sangha dieses großzügige Geschenk machen konnte, hatte er aber noch etwas anderes, viel Wichtigeres geleistet. Etwas, das ihm weitaus größeren Ruhm als irgendeine materielle Stiftung einbringen würde, denn es war eine geistige, die ihm einen Platz in den Herzen der Gläubigen und die Unsterblichkeit im Nirwana versprach. Er hatte zweitausendvierhundert Mönche zusammengerufen, um die Tripitaka-Texte, die alle Lehren Buddhas umfassten, gemeinsam zu lesen. In all den Jahrhunderten des buddhistischen Glaubens hatte es nur vier solcher Zusammenkünfte gegeben. Nun würde diese fünfte buddhistische Synode, die ganze sechs Monate gedauert hatte, auf Steintafeln verewigt werden.

Sein heiteres Lächeln wurde nun geradezu ordinär.

In der Vergangenheit hatten die fremden Radschas ihn immer wieder daran gehindert, sein wundervolles Dach des Glaubens einzuweihen. Sie hatten so viel Macht, dass sie nach Lust und Laune über alles und jeden bestimmen konnten. Nun aber konnten sie nicht mehr verhindern, dass die prächtigen Edelsteine die Ausländer, die in Rangun strandenden Kala, unter der heißen Sonne Burmas blendeten. Sie konnten nichts dagegen unternehmen, dass die orthodoxen Texte auf siebenhundertneunundzwanzig weißen Marmortafeln am Fuß des Hügels von Mandalay standen und für immer und ewig als *Kuthodaw*, das Verdienst des Königs, bezeichnet werden würden. Vor allem aber konnten sie ihm nicht streitig machen, was ihm bereits sicher war: sein Platz im Nirwana.

Ja, Nirwana! Ein sicherer Hafen an einem helleren Ufer.

Endlich konnte der König von Burma, der Herr der weißen Elefanten, auf das Patronat der hochmütigen Radschas verzichten.

Wo er hingehen würde, dorthin konnten sie ihm nicht folgen.

Er murmelte Worte aus den heiligen Schriften des heiligen Pali: »In Ruhe und von guten Lehren geleitet will ich den Hass beschwichtigen.«

Ja, ein friedliches Reich! Jetzt musste er nur noch dafür sorgen, dass auch die nächste Generation in Frieden leben würde. Er konnte sein goldenes Königreich noch nicht verlassen, solange eine weitere wichtige Angelegenheit seine Aufmerksamkeit erforderte. Bisher hatte er nämlich eine äußerst wichtige Entscheidung vor sich hergeschoben, jetzt aber musste er sie treffen. Sie betraf seinen Lieblingssohn, Prinz Nyaungyan Min.

Unruhig zupfte der König auf seiner schwarzen Bettdecke aus Seide herum. Seine Fingerspitzen glitten über die groben Goldfäden, mit der sie üppig bestickt war. Das Wissen um den Ruhm seines Königreichs schenkte ihm in diesen letzten Augenblicken vor seinem Tod noch einmal so viel Kraft, dass er vollkommen klar denken konnte. Er rief sich ins Gedächtnis, wie die Briten seine *Chinthes*, sein Wappen, das Wappen von Burma, umbenannt hatten. Gekrönte Löwen hatten sie daraus gemacht. Er erinnerte sich mit trauriger Entrüstung, wie sein Drachenthron so zum Löwenthron geworden war. Frustriert seufzte er über die imperialistische

Haltung der Briten, die allem, was nur entfernt einem englischen Symbol ähnelte, ihre eigene Bezeichnung aufdrückten, sei es ein Drache, eine Eidechse oder ein Löwe.

Der König von Burma erhob seinen Kopf von dem seidenen Kissen, fuhr mit dem Zeigefinger über die *Chinthes*, die auf der Decke eingestickt waren, und dachte, dass diese mythologischen Tiere Drachen oder Greifvögeln erheblich ähnlicher als irgendwelchen gekrönten Löwen waren. Dann lehnte er sich ein letztes Mal gegen die Eindringlinge auf. König Mindon Min flüsterte seinen letzten Wunsch in das Ohr seiner ergebenen Frau, der Königin Sinpyumashin.

Der goldene Weg

1878–1879

Erstes Kapitel

1

Aus dem Ganges-Tal stiegen warme Luftströme zu den Khazi-Garo Bergen und dann weiter zum Himalaja auf. Der sintflutartige Regen fiel ohne Unterbrechung. Cherrapungi musste der nasseste Ort auf der ganzen Erde sein, dachte Angela, während der Sturm auf sie einpeitschte. Felicity Quentin jammerte monoton vor sich hin. Ihr permanentes Klagen ging Angela so auf die Nerven, dass sie es einfach nicht mehr mit anhören konnte. Sie zog ihre Regenhaube fest um den Kopf und vergrub sich tiefer unter ihrer Decke. So konnte sie Felicitys Genörgel wenigstens nicht mehr hören und kam nicht in Versuchung, sie gereizt anzufahren.

Tropfnass machten sie sich wieder auf den Weg. Der kleine Trupp, bestehend aus Packeseln, einigen Weißen und ihrer bewaffneten Eskorte – Ureinwohner, Feringhi genannt, die viel Geld dafür verlangten, Fremde sicher durch diese Berge zu führen –, bewegte sich träge und scheinbar ohne Ziel. Sie schienen kaum vorwärts gekommen zu sein, seit sie Cherrapungi am frühen Morgen verlassen hatten.

Um gerade einmal fünf Meilen den Berg hinauf zu kommen, hatten sie geschlagene fünf Stunden gebraucht. Wenn sie dieses Tempo beibehielten, würden sie Imphala niemals erreichen, geschweige denn den Chindwin hinüber nach Burma überqueren können, befürchtete Angela.

Hinter den triefenden Vorhängen ihrer Sänfte, die von vier Trägern mit stoischer Gelassenheit den Berg hochbugsiert wurde, beklagte Dora Quentin ihr Unglück, an der Ruhr erkrankt zu sein.

Angela begann Mitleid für den armen, ahnungslosen Kaiser von China, Kuang Hsu, zu empfinden, der die amerikanischen Baptisten-Missionare in Gestalt der Quentins ganz bestimmt eingeladen hatte, ohne zu ahnen, worauf er sich einließ. Der würde sich wundern, dachte Angela grimmig. Sie hatte mittlerweile so oft erzählt bekommen, dass Farley Quentin von Chinas großem Kaiser höchstpersönlich eingeladen worden war, um ihm von der einzig richtigen Wahrheit aus dem Westen zu erzählen, und dass Farley Quentin von Gott, dem Allmächtigen, auserwählt worden war, um auch diesen Heiden zu bekehren. Inzwischen hätte sie die Geschichte im Schlaf nachbeten können. Der arme Farley, er war so schrecklich naiv! Er würde Peking niemals erreichen, wenn er sich nicht grundlegend anders verhielt.

»Halt! Halt!«, schrie der Reverend schon wieder in den Sturm hinein. Haushohe Felsblöcke säumten den Bergpass, den sie gerade überquerten. Auf sein Geschrei hin brachte Angela ihr Maultier zum Stehen. »Ach du lieber Himmel«, murmelte sie, während sie beruhigend über das durchnässte Fell des Esels strich, »lasst uns beten.«

Farley und Dora Quentin hatten nicht damit gerechnet, dass die Verbreitung von Gottes Wort ihnen solche Schwierigkeiten bereiten könnte. Die Menschen hier waren alle so entsetzlich streitsüchtige Querulanten, wie die Bergführer und Gepäckträger ihnen ohne Unterlass demonstrierten. Es handelte sich bei diesen Männern fast ausschließlich um Bergleute aus dem Norden Indiens, harte Burschen, die sich von jedem anheuern ließen, der mutig oder schwachsinnig genug war, die Berge Nord-Indiens zu überqueren, um in den ebenso bergigen Dschungel Nord-Burmas zu gelangen.

Der Versuch, ein Lager aufzuschlagen, war eine Qual, da die Gruppe nicht nur mit dem unaufhörlichen Wind und Regen kämpfte, sondern dazu auch noch die überflüssigen und wenig hilfreichen Anweisungen von Hochwürden Quentin, wann, wie und wo dies zu geschehen habe, über sich ergehen lassen mussten. Er wollte das Lager mitten in den Sturm hineingebaut haben, was nun einfach nicht möglich war. Und die Bergführer hatten mitnichten das Bedürfnis, gerade im San Mukh, dem so genannten Kuhmaul, oberhalb des Jainta-Passes, anzuhalten, wo sie nicht nur böse Geister, sondern auch Wegelagerer fürchteten.

Reverend Quentin blieb hartnäckig. Sie würden das Lager genau an dieser Stelle aufschlagen, da ein Weitermarsch bei diesem Unwetter einfach zu gefährlich wäre. Mit seinem Rauschebart und in dem triefenden, zerfetzten Umhang Moses in der Wüste nicht unähnlich, gestikulierte er mit den Armen wild in alle Richtungen und erteilte seine Befehle. Aber der heftige Wind, der sich seinen Weg durch die enge Schlucht bahnte, war stärker als die guten Absichten des Baptistenpredigers. Am Ende waren nämlich sämtliche Zelte weggeweht, und die Gruppe musste sich erbärmlich unter ihren durchweichten Decken zusammenkauern. Unter einem gefährlich drohenden Felsüberhang betete Angela, dass keine Steinlawine ihrem Elend ein Ende setzen würde.

2

General Grabanda, auf dessen Schnurrbart die dicken Regentropfen wie fette, durchsichtige Läuse glitzerten, warf Prinz Yoe einen bösen Blick zu. Ihm gab er die Schuld daran, dass sie so weit weg von zu Hause waren.

Yoe, ein burmesischer Prinz von niedrigem Rang, kauerte hinter einem Felsen und ignorierte Grabandas Blick. Was er von ihm hielt, war wenig schmeichelhaft.

Er schüttelte das Wasser von seinem Fernrohr und schob es zusammen, da man in dem peitschenden Regen ohnehin nichts sehen konnte. Der Turban auf seinem Kopf fühlte sich wie ein schwerer Klumpen nasser Wäsche an.

Voll bitteren Hasses tolerierte er Grabanda nur. Er brauchte ihn, um eine Rechnung mit dem Radscha von Manipur und Sir Edwin Tennent-Browne zu begleichen. Letzterer war ein Brite, und die Briten waren der Hauptgrund für seine Bitterkeit und das oberste Ziel seines Hasses. Sie warteten jetzt schon seit vier Tagen auf Sir Edwin, der auf diesem Weg über den Jainta-Pass reisen sollte. Er wollte seiner Aufgabe als Vorsitzender des Appellationsgerichts in Shillong nachkommen. Vor diesem Gericht konnten die Kläger territoriales Unrecht anfechten, das ihnen von der britisch-indischen Regierung und dem Radscha von Manipur, dessen fürstlicher Pufferstaat unter britischem Protektorat stand, zugefügt worden war. Prinz Yoe hatte seine Klage schon vor einem Jahr vorgebracht. Die Grenzkommission, der Sir Edwin ebenfalls vorsaß, hatte sie abgewiesen. Das Gesuch um die Rückerstattung seines Landes war wegen mangelnder Belege seines Eigentumsrechtes abgelehnt worden. Wirklich eine armselige Ausrede, wie Yoe fand. Nun aber würde es keine Anträge mehr geben, sondern nur noch private Auseinandersetzungen mit der Waffe. Sir Edwin Tennent-Browne als Geisel zu haben würde eindeutig von Vorteil sein, dachte Yoe selbstgefällig. Der Radscha wie die Briten würde nicht zögern, ihm sein Land zurückzugeben – jedenfalls nicht, wenn sie Tennet-Brownes Haut retten wollten. Yoe grinste verschlagen. Ja, so würde es laufen! Grabanda und sein Haufen von Söldnern aus ganz Asien – Eurasier, Araber, Mon, Chinesen und Männer von obskurer Abstammung ohne festen Wohnsitz und Religionszugehörigkeit, allesamt geldgierige Banditen – würden Sir Edwin Tennent-Browne fangen!

»Mein Prinz!« Grabandas raue Stimme, in der immer, wenn er Prinz Yoe ansprach, eine Spur von Verachtung mitschwang, schreckte ihn aus seinen Tagträumen auf. »Mein Prinz, wie lange wollt Ihr noch mit Eurem Gewissen ringen? Wir warten auf Euren Befehl, den Angriff zu starten. Oder wäre es Euch lieber, wenn wir uns in der Zwischenzeit alle eine Lungenentzündung holen?«

Prinz Yoe ärgerte sich über Grabandas Respektlosigkeit, spürte zugleich aber, wie sein Herz bei dem Wort *Angriff* einen Sprung machte. Erneut hielt er sich das Fernrohr vor die Augen und starrte in den Pass hinunter. Der Platzregen hatte nachgelassen, und er konnte durch den Dunst eine kleine Menschengruppe ausmachen, die sich mit ihren Packtieren in den Windschatten eines Felsens drückte. Das war wohl kaum die Art von Begleitung, die sich Sir Edwin für eine Reise auswählen würde! Enttäuscht musterte er die Reisenden im Pass genauer. Er hatte das Gefühl, dass Buddha ihm einen üblen Streich gespielt hatte, indem er ihm Missionare anstatt Sir Edwin gesandt hatte. Missionare konnte man meilenweit erkennen. Für gewöhnlich waren sie schlecht ausgerüstet, mude, krank, inkompetent und mit einem Eifer, der weit entfernt war von jedem gesunden Menschenverstand. So gaben sie immer eine leichte Beute für Grabanda und seine Halsabschneider ab. Yoe wusste, dass Grabanda diesen kleinen Pulk hilfloser Reisender angreifen würde, wenn nicht wegen ihrer Frauen, dann wegen der Medizin gegen das Schüttelfieber, die sie immer bei sich hatten. In ihrem Lager war das Chinin ausgegangen, und sie brauchten dringend Nachschub.

Prinz Yoe versuchte sein Gewissen zu beruhigen; Grabanda und seine Männer würden den dreckigen Job erledigen, seine eigenen Hände würden rein bleiben. Er beschloss, dass er das Geld und den Schmuck der Missionare später dem Mönch in seinem Dorf geben würde. Auf diese Weise würde Buddha sich beschwichtigen lassen. Alles Blut wäre zu seiner Ehre geflossen. Die Kala, die Fremden, hatten ein Wort dafür: Kreuzzug. Prinz Yoe fand, dass dies ein treffender Ausdruck für die Sache war, der er sich gerade hingab, auch wenn er kein Kreuz trug.

Seine Gedanken grenzten an Selbstquälerei: Er würde niemals den Befehl geben, diese hilflose Gruppe, die sich da unten am Berg unglücklich und voller Angst duckte, anzugreifen. Er würde sich auch sämtliche fleischliche Gelüste verkneifen – schließlich war er ein guter Buddhist, oder versuchte es zumindest zu sein –, und unter den Missionarsleuten befanden sich ganz bestimmt Frauen, da deren Ehrgeiz, die Heiden zu bekehren, immer noch größer war als der von Männern.

»Wer sagt, dass wir ohne die Erlaubnis unseres Prinzen angreifen? Wer sagt, dass wir ihn seinen merkwürdigen Träumen überlassen, während wir die Beute teilen?« Grabanda trommelte seine Leute zusammen, ausgelassen stand er auf einem Felsen und ließ sein Messer in der Luft kreisen, als würde er wirklich zu einem Kreuzzug aufbrechen. Seine Schergen feuerten ihn an, und ihre knurrenden Stimmen erinnerten Yoe an die wilder Tiere. Prinz Yoe verharrte bewegungslos. Dann steckte er das Fernrohr weg und nahm seinen nassen Schal vom Gesicht. Er sah Grabanda nicht an, während er sich zu ihm umwandte:

»Was ich auch sage, du machst ja sowieso, was du willst – wie immer«, murmelte er, bevor er den Felsvorsprung verließ.

Grabandas herzhaftes Lachen hallte unangenehm in Yoes Ohren wider. »Macht Euch nichts daraus, Yoe! Ihr habt einen guten General, der diese Teufelskerle zu kommandieren weiß, die ihren kleinen Prinzen jederzeit bei lebendigem Leibe auffressen würden, wenn man sie nur ließe. Wir werden Euch die rothaarige Frau bringen. Durchs Fernglas sieht sie nach einem netten kleinen Ding aus. Du kannst ihr dann beibringen, Buddhas Lehren zu verbreiten, anstatt die ihres Jesus.«

Grabanda war so widerlich! Prinz Yoe lief ein Schauer über den Rücken. Obwohl ihm sein Diener die nassen Gewänder abgenommen und ihn in warme Wolldecken gehüllt hatte, zitterte er. Es war aber weniger die Feuchtigkeit um ihn herum als vielmehr das Wissen über das, was passieren würde. Sein Gewissen wurde noch schwerer. Er verabscheute schamlose Lüsternheit noch mehr als unnötiges Blutvergießen. Die Vernichtung von Unschuld quälte sein Herz noch viel stärker als eine Kugel aus dem Gewehr. Das wusste er, und er wusste genauso, was er in Kürze sehen würde, denn Grabanda hatte ihm seine Grausamkeit schon oft genug vorgeführt.

Prinz Yoe öffnete sein Buch mit den heiligen Schriften. Vielleicht könnten die Theravada-Schriften ihn für einen Moment vergessen lassen, dass er einen Geächteten namens Grabanda in seinen Diensten hatte, einen Führer von aufständischen Mördern.

3

Es dunkelte bereits, obwohl der Nachmittag noch nicht vorbei war. Angela zog ihre durchnässte Decke enger um sich. Sie war hungrig. Den ganzen Tag hatten sie nichts zu essen bekommen, weil der lethargische Koch nicht in der Lage gewesen war, ein Feuer zu entfachen. Ihre letzte Mahlzeit war eine nicht gerade üppige Portion kalten Breis gewesen, ihr Frühstück, bevor sie in aller Herrgottsfrühe aus Cherrapungi aufgebrochen waren.

Und jetzt hockten sie hier in diesem Unwetter mit der Gefahr im Nacken, jeden Augenblick von einer Steinlawine überrollt zu werden. Angela kam es vor, als ob sich Gottes geballter Zorn über ihnen entladen würde. Sie sah, dass Felicity weinte. Ihre Tränen schienen Angela angesichts der Wassermassen, die auf sie hinuntergingen, genauso unnötig wie der kranke Humor, mit dem Reverend Quentin der ganzen erbärmlichen Situation begegnete.

»Weine nicht, Felicity«, sagte Angela und streckte eine Hand tröstend nach ihr aus.

»Ich fühle mich wie beim Auszug aus Ägypten. Vater und Mutter mögen ja ihr Vertrauen in Gott setzen, aus dem uns alles zufließt, aber was mich angeht, ist das Einzige, was ich hier fließen sehe, der Monsun.«

Angela konnte sich ein Lächeln nicht verkneifen, der armen Felicity blieb nichts erspart.

»Du hast wirklich Glück«, fuhr Felicity fort, »du kannst nach Mandalay gehen und einen netten, gut aussehenden Mann heiraten.«

»Ja, Matthew ist zweifellos nett, aber nicht unbedingt gut aussehend. Obwohl er ganz anziehend ist, sobald er seine Brille absetzt. Aber das ist nicht wichtig, wichtig ist nur sein unendlich freundliches Wesen und seine Warmherzigkeit.«

»Erzähl mir noch einmal, wie ihr euch kennen gelernt habt«, forderte Felicity sie eifrig auf, während sie sich enger an ihre Gefährtin kuschelte.

Angela musste lachen. »Meine liebe Felicity, ich habe dir schon hundertmal von Matthew und mir erzählt, das muss dich doch langsam langweilen.«

»Nein, ich bin mir nur selbst überdrüssig. Ich werde wahrscheinlich einen Chinesen heiraten. Ich werde niemals jemanden auf einer romantischen Schiffsreise nach Bombay kennen lernen.«

»Das Schiff war ziemlich überfüllt und laut. Onkel Adrian Hawes ließ niemals einen Zweifel daran, dass er mein Begleiter und Anstandswauwau war, der mich ausschließlich zu meinem Vater und nicht in die Arme eines ›jungen Schnösels‹, wie er sich ausdrückte, bringen sollte.« Angela lächelte in Gedanken an ihren Onkel Adrian, der vor der Fahrt nach Mandalay in England gewesen war und nach seinem wohlverdienten Urlaub in Bath auf einmal zehn Jahre jünger ausgesehen hatte. Ein lieber Mann, dachte Angela. Und auf jeden Fall war er so nett gewesen, ein Wort für den ›Schnösel‹ Matthew einzulegen, als der sich um eine Stelle in Mandalay beworben hatte. Und da waren sie beide nun, in Mindon Mins Märchenstadt, über die Angela aus Matthews Briefen so viel gehört hatte.

»Du wirst schon lange in Mandalay sein, bevor ich Peking erreicht habe. Ich wünschte, ich könnte mit dir nach Mandalay gehen.«

»Ich werde nicht direkt nach Mandalay gehen«, sagte Angela. »Ich habe dir doch schon gesagt, dass ich zuerst meine Tante Lydell in Loloi besuchen werde. Ich muss zu ihr, sie ist schließlich die Schwester meiner Mutter. Ich werde einige Zeit bei ihr bleiben, und dann werde ich auf dem Irrawaddy hinunter nach Mandalay reisen. Das wird aufregend – genauso aufregend wie deine Reise nach China, um am Hof des Kaisers Kuang Hsu empfangen zu werden. Lass dich nicht so hängen, Felicity, wir alle sind wegen dieses fürchterlichen Wetters deprimiert. Sobald wir aus den Bergen heraus sind, werden wir schneller vorankommen. Immerhin sind wir nicht auf See, wo uns außer dem Regen auch die Wellen zu schaffen machen würden.«

»Denk nur mal an das Gerede meines Vaters!«, erwiderte Felicity bitter.

»Ach, komm jetzt, es wird einem ja ganz elend, wenn man dich so reden hört. Felicity, das Leben ist nicht so furchtbar schlimm.«

Felicity rückte näher und schaute sie mit glühenden Augen an: »Wenn ich dir sagen würde, dass ich meine Eltern hasse, wärst du dann sehr entsetzt?«

Angela zögerte. »Nein ... nein, ich glaube nicht. Das kann ich wirklich nicht beurteilen. Ich kannte meine Eltern kaum – meine Mutter starb, als ich sechs war, und mein Vater schickte mich kurz darauf ins Internat nach Bath. Ich sah ihn in den folgenden Jahren dann nur unregelmäßig, wenn er seinen Heimaturlaub in England verbrachte ... ja, und dann starb er, kurz nachdem ich nach Delhi gekommen war, um bei ihm zu leben.« Sie zuckte die Schultern, ihre grünen Augen glänzten wehmütig. »Ich habe also wenig Erfahrungen mit familiären Beziehungen.«

»Weißt du, sie haben mich nie haben wollen. Ich war nur ein Unfall, kam viel zu spät in ihr Leben. Ich habe sie mal darüber reden hören. Lass mich mit dir nach Mandalay kommen, bitte, Angela!«

»Das geht doch nicht. Sei nicht kindisch.« Angela lächelte sie an und tätschelte ihr beruhigend die Hand. »Du wirst ganz sicher bald einen gut aussehenden jungen Mann treffen, in den du dich Hals über Kopf verliebst.«

»Einen Chinesen!«, schnaubte Felicity mit einem bitteren Lachen. Ihr junges Gesicht war ein Bild des Jammers. Angela empfand plötzlich tiefes Mitleid mit ihr, zumal sie auch wusste, dass Mr. Quentin seiner Tochter sogar jeden Blick in den Spiegel verbot, aus Angst, sie könne der Todsünde der Eitelkeit verfallen.

Garabandas Kugel prallte von dem überhängenden Felsen ab. Der Querschläger verfehlte den Prediger nur knapp. Felicity schrie, die Träger brüllten etwas von ›*Shaitans*‹, und alle sprangen in Deckung. Einige Männer aus ihrer Eskorte nutzten die Verwirrung, um aus der Nähe der Missionare zu verschwinden, die ihnen plötzlich völlig gleichgültig waren.

»Hol sie sofort zurück!« Hilflos kreischte Dora Quentin in den Wind hinaus. »Farley, wir sind verloren, wenn sie uns verlassen. Tu doch etwas!«

»Beruhige dich, Liebes. Ich kann nichts tun, wenn sie beim ersten Schuss davonrennen wie die Karnickel. Man kann sich auf Eingeborene eben nicht verlassen.«

»Warum hast du sie denn dann schon bezahlt?« Dora hätte sicher etwas unternommen, wenn ihr geschwächter Zustand es gestattet hätte. Auch die Aussicht auf ein nahes Jenseits konnte sie nicht über einen Tod im Jainta-Pass hinwegtrösten. »Ich habe doch gesagt, wir hätten ihnen nichts bezahlen sollen, bevor sie sich nicht bewährt haben.«

»Lass uns beten.« Quentin kniete nieder, seine Hände umklammerten die Bibel. Angela konnte Felicitys Gefühle ihm gegenüber plötzlich sehr gut verstehen. »Komm, mein Kind, knie dich zu mir und bete. Gott wird uns helfen.«

Angela kniete sich tatsächlich hin. Allerdings faltete sie ihre Hände nicht zum Gebet, sondern zückte eine Elefanten-Büchse, Kaliber 12, die sie in Delhi gekauft hatte. Sie legte ruhig und sorgfältig an.

Hoch auf seinem Felsen lachte Garabanda zufrieden. Seine unregelmäßig stehenden, verfärbten Zähne ließen seinen grinsenden Mund wie das Maul eines blutrünstigen Haifischs erscheinen. Wenigstens ein Mensch da unten hatte Mut. Ihm gefiel es, dass es ausgerechnet die Frau mit dem rotblonden Haar war. »Schießt nicht auf die Frauen, bringt nur die Männer um!«, befahl er unbarmherzig.

Zweites Kapitel

1

Mandalay vibrierte hinter den roten Backsteinmauern. Ziegeldächer und Türme schienen sich im goldenen Glanz zu krümmen. Burmas Sonne brannte auf die weißen Pagoden herunter und verschmolz sie zu Perlmutt. Selbst der Irrawaddy schlängelte sich langsamer durch die flirrende Ebene. Kein Luftzug fächelte den seidenen Schweif des königlichen Pfauenbanners: Es war die Mittagsstunde, sonst die Zeit der Ruhe.

Heute aber kochte die Stadt in einem Hitzewirbel von Geschäftigkeit. Die Planken bebten unter den Schritten der barfüßigen Mönche, die unaufhörlich über die fünf hölzernen Brücken über den breiten Wassergraben zum Palast eilten. Die Luft hier war heiß und schwer von den vielen gemurmelten Gebeten, während die Gebetsketten mit den einhundertacht Kugeln König Mindon Min den Weg auf seiner letzten Reise ebneten, der Reise zur ›Einheit mit dem Ganzen‹, dem Nirwana.

Die Soldaten des Königs in ihren rotweiß-purpurnen Uniformen sorgten dafür, dass die Palaststadt innerhalb der Stadt bestens geschützt wurde. Von ihren Wachhäuschen und Wachtürmen aus hatten sie die ganze Umgebung aufmerksam im Blick, da während dieser Tage höchste Vorsicht geboten war. Verschwörungen und Gegenverschwörungen waren an der Tagesordnung. Überall grassierten Gerüchte über Morde, Intrigen, Rebellion und Hexerei. Unmutsäußerungen, dass König Mindon Min es zu lange aufgeschoben habe, seinen Nachfolger zu benennen, wurden laut. Gerüchten zufolge hatte er den Prinzen Nyaungyan als neuen

Einshemin eingesetzt, und dieser Kronprinz werde nun von den Briten in Rangun als Gefangener gehalten. Außerdem munkelte man, dass er auf seinem Weg zur Thronbesteigung in Sagaing ermordet worden sei. Dieses Gerücht wurde noch pikanter, als verbreitet wurde, der Shwe Nat von Mandalay sei mit Rubinen dafür bezahlt worden, Prinz Nyaungyan Min aus dem Weg zu räumen.

»Noch einmal, Captain de Veres-Vorne, warum haben Sie die Rubine aus dem Land geschmuggelt? Dieses Mal hätte ich aber gerne eine ehrliche Antwort.«

Matthew Sinclair vom indischen Staatsdienst schwitzte noch stärker in dieser gläsernen Grotte mit dem Gewirr von Drachenschwänzen, Chinthes, Krokodilen und Manuhithas, den Löwenmenschen. Er kam aus einer zivilisierteren Welt, und in dieser überladenen Umgebung hier fühlte er sich unwohl. Die vielen übermächtigen Eindrücke verwirrten und überforderten ihn.

»Ich habe Ihnen schon alles gesagt, was ich weiß, Madam«, sagte Nathan Vorne verärgert. »Ich bin kein Hellseher, mehr kann ich Ihnen nicht sagen.«

Die Burmesen nannten ihn den Shwe Nat von Mandalay, den goldenen Teufel. Ihnen erschien er mehr wie ein Geist, wie irgendeine Gottheit oder ein Riese. Mit seinen auffällig blauen Augen starrte er die Königin von Burma an, obwohl es verboten war, auch nur den Blick zu ihr zu heben, geschweige denn, ihr zu widersprechen. Matthew beobachtete die Vorgänge schweren Herzens und konnte nur hoffen, dass Nathan Vorne ihnen allen nicht die Todesstrafe einhandeln würde.

»Ich bin es weder gewohnt, dass man mir Missachtung entgegenbringt, noch dass man mir in diesem Ton antwortet, Captain.« Obwohl der Amerikaner nach zehn Jahren als Händler auf dem Irrawaddy fließend Burmesisch sprach, sprach die burmesische Königin englisch mit ihm. Ihre Stimme und ihr Verhalten waren mehr als hinterhältig. Jeder, der bei diesem Verhör des Amerikaners anwesend war, spürte, dass es gefährlich sein würde, wenn diese kalte Stimme plötzlich umschlug. Hier herrschte die pure Tyrannei. In Königin Sinpyumashins zarter Gestalt lauerte dieselbe Barbarei, die die tätowierten Körper der beiden Gebrandmarkten deutlich ausdrückten. Eingebrannte Kreise auf Wangen und Stirn machten sie für jedermann als Schwerverbrecher erkennbar, und sie waren der königlichen Familie zu ewigem Dienst verpflichtet, nachdem ihre Todesstrafe in lebenslängliche Haft umgewandelt worden war.

Die Königin betrachtete den Mann, der zu ihren Füßen kniete, durch ein vergoldetes Opernglas. Er hatte dickes, blondes Haar. Die Sonnenstrahlen, die durch das Gitterwerk und die Glasfenster fielen, ließen es noch kräftiger leuchten. Auch seine gesunde Gesichtsfarbe wurde durch den Widerschein zinnoberroter und goldener Verzierungen an der Teakholzsäule, um die seine Ketten gelegt worden waren, betont.

Die Königin hatte genug gesehen und ließ das Glas sinken. Dann spitzte sie verächtlich den Mund und gab den beiden Gebrandmarkten ein Zeichen, den Gefangenen noch ein bisschen weiter zu prügeln. Holzknüppel schlugen auf ihn ein, bis ihm das Blut aus den Wunden spritzte. Matthew Sinclair wollte protestieren, aber als er den Mund öffnete, versagte seine Stimme.

Nathan, an Händen und Füßen gefesselt, war nicht in der Lage, sich selbst aufzurichten. Die Gebrandmarkten zerrten ihn wieder auf die Knie. Er bekam wieder Luft. Seine Augen funkelten.

Mit vor Wut heiserer Stimme sagte er: »Alle Rubine, die an Bord meines Schiffes gefunden worden sind, hat jemand mit der Absicht dorthin gelegt, mich verdächtig zu machen.«

»Eine wirklich sehr überzeugende Entschuldigung, Captain. Aber Sie scheinen mir nun nicht gerade der Mann zu sein, dem man trauen kann, bisher haben Sie mir schließlich nur einen Haufen Lügen erzählt. Warum sind Sie denn mit Ihrem Schiff hinunter nach Thayetmyo gefahren, wenn nicht, um Rubine über die Grenze zu schmuggeln?«

»Reis, Madam, keine Rubine.« In der Bogenhalle hallte sein

Seufzer laut nach. Er änderte seine Haltung – in der Stille konnte Matthew Nathan Vornes Knie knacken hören. »Ich habe eine Exportgenehmigung für Reis, ausgestellt von König Mindon Min …«

»Sie lügen, Captain! Sie haben aus meinen Gruben in Mogok Rubine gestohlen, ohne eine Konzession zu haben, damit sind Sie ein Dieb. Sie sind ein Dieb, ein Lügner und ein Verbrecher. Darauf steht der Tod!« Ihre Stimme war vor lauter Zorn zu einem wahren Crescendo angeschwollen. »Sie beleidigen mich, Captain, und ich will Ihren Kopf.«

Matthew hielt seinen Blick gesenkt und starrte auf die schmutzigen, aufgerissenen Fußsohlen des Captains. Wie schade, dachte er, dass König Mindon es so lange hinausgeschoben hatte, seinen Nachfolger zu bestimmen. Hätte er es früher getan, so würde nun der Einshemin auf dem Drachenthron sitzen und nicht die Königin.

Aber Matthew wusste sehr wohl, warum König Mindon Min seinen Nachfolger nicht früher ernannt hatte. Vor zwölf Jahren war Mindon Mins Bruder, der Kronprinz, während einer Palastrevolution brutal ermordet worden. Seit der Zeit hielt König Mindon Min es für weiser, jedermann im Unklaren zu lassen, welcher seiner achtundvierzig Söhne der spätere König sein würde. Dies war des Königs eigene Sicherheitsvorkehrung, um weiteres Blutvergießen innerhalb der königlichen Familie zu verhindern. Nun, da draußen vor dem Palast auf schweren Messing-Gongs die Mittagsstunde geschlagen wurde, war klar, dass Nathan Vorne zum Sündenbock für die königliche Familie gemacht werden sollte.

Er besaß den Mut, noch einmal seine eisblauen Augen auf die Königin zu richten. Sie zeigte drohend mit dem Finger auf ihn: »Nein! Blicken Sie mich nicht an! Sie haben keinerlei Recht dazu. Außerdem kann ich Ihre blinden englischen Augen nicht leiden, die mir nichts als die Leere in Ihrem Kopf zeigen. Genauso wenig, wie ich Ihre Lügen ertrage, Captain.«

»Ich bin Amerikaner, kein Engländer«, widersprach er.

»Ihre Respektlosigkeit wird Ihren Kopf auch nicht retten, Captain, ob Engländer oder Amerikaner.« Wieder nickte sie den Gebrandmarkten zu.

Matthew nahm seinen Mut zusammen. Er erhob zwar seine Stimme, aber nicht seine Augen: »Madam, ich bitte Sie, zur Kenntnis zu nehmen, dass der britische Gesandte sehr unerfreut sein wird, wenn ihm zu Ohren kommt, dass der Gefangene misshandelt wird. Wir haben eine Übereinkunft über die Behandlung unserer Leute, die auch Captain Vornes Nationalität einschließt, da sich derzeit keine offizielle Vertretung seines Landes in Mandalay befindet.«

Die Königin richtete ihr Opernglas auf ihn: »Mischen Sie sich nicht ein, Mr. Sinclair. Sie können dem britischen Gesandten berichten, dass die Königin von Burma ihrerseits unerfreut darüber ist, dass die Ausländer in ihrem Königreich den Burmesen nichts als Schwierigkeiten bereiten. Warum kümmert ihr Leute euch nicht um eure eigenen Angelegenheiten? Sie sind als Zeuge hier, Mr. Sinclair, nicht aber, um Kommentare abzugeben, zumal man mir mitgeteilt hat, dass die Angelegenheiten eines Amerikaners die Briten nichts angehen.«

Auf diese Zurechtweisung blieb er still. Sein Kopf schmerzte. Es war heiß, immer noch so fürchterlich heiß, da der südwestliche Monsun noch nicht von der kälteren Jahreszeit abgelöst war. Was war dieses Wetter doch nur für ein Elend, wie angenehm dagegen die Kühle, auch wenn natürlich ein kalter Tag in Mandalay einem warmen Sommertag in England entsprach. Wie herrlich dieses Wort klang: England!

Matthews Gedanken schweiften ab. Die mit diesem merkwürdigen Akzent ausgesprochenen Worte der Königin zogen an ihm vorbei, ohne dass er sie aufnahm, während die Gedanken an das Mädchen, das er heiraten wollte, ihm ein anderes, angenehmeres Bild vor Augen stellten. Ihr Brief war am Morgen mit der Post gekommen. Der Inhalt hatte ihn zuerst sehr gefreut, dann aber erschreckt.

Angela schrieb, dass sie sich entschlossen hatte, zu ihm nach Mandalay zu kommen. Seit ihr Vater vor fast einem Jahr in Delhi gestorben war, hatte sie ihr Ziel aus den Augen verloren, die Hindus zu bekehren. Aber Menschen, die ihre Töchter den Tempelgöttern weihten, waren dem Christentum nicht näher, als alte Jungfern einer Heirat waren. Sie wollte noch einmal bei den Buddhisten in Burma anfangen.

Die Nachricht hatte Matthew beklommen gemacht. Er beschloss, noch an diesem Abend einen Brief an sie zu schreiben, in dem er sie vor den Gefahren warnen wollte, mit denen sie in Burma rechnen musste. In Delhi, unter britischer Herrschaft, musste sie keine Angst haben. Aber hier, in einem so völlig anderen, so wilden Land, war sie den verschiedensten Bedrohungen ausgesetzt, vor denen er sie nicht schützen konnte, nicht einmal als ihr Ehemann …

Die Königin befeuchtete ihre Lippen mit der rosa Zungenspitze, wie eine kleine Schlange. Matthew vermutete, dass sie überlegte, was sie mit dem Fremden machen sollte, der die Gesetze Ober-Burmas missachtete und den Hof von Ava beleidigte. Jeder der hier Anwesenden war sich bewusst, dass draußen in einem Nebenhof vier erdrosselte Flusspiraten lagen, die man am Vortag zusammen mit dem Captain von seinem Schiff geholt hatte. Aber den Amerikaner ebenfalls zu töten wäre unter den gegenwärtigen Umständen keine weise Entscheidung.

»Packt ihn!«, befahl sie den Gebrandmarkten. »Da er nicht aufrichtig sein kann und nur den Hof von Ava lächerlich machen will, wird sein Schiff beschlagnahmt. Er selbst kann im Sagaing-Gefängnis verfaulen.«

Begleitet von ihren weiblichen Wachen verließ Königin Sinpyumashin zusammen mit ihren Hofdamen zum Klang mehrerer Gongs und Becken den königlichen Audienzsaal.

2

Mr. Hawes, der britische Gesandte, stand im Hof und hörte dem burmesischen Gärtner zu, der sich gerade lautstark beschwerte. Matthew, der die Residenz kurz zuvor betreten hatte, wartete höflich im Hintergrund.

Ohne sich umzudrehen, dem jammernden Gärtner aber weiterhin aufmerksam zuhörend, sagte Mr. Hawes: »Mr. Sinclair, Maung Soe Tun sagt mir gerade, dass er vor sechs Wochen eine neue Gießkanne beantragt, aber bis heute keine bekommen hat. Da der arme Mann die Beete nicht in Ordnung halten kann, indem er draufspuckt, kümmern Sie sich doch bitte um die Angelegenheit.«

»Jawohl, Sir«, sagte Matthew, während er Hawes über den Hof folgte. Der hielt die Hände auf dem Rücken, sein Offiziersstock schlug gegen seine rechte Kniekehle, während er die Treppen zur Veranda hinaufstieg. Oben angekommen, drehte er sich um und musterte Matthew. »Nun«, sagte er nachdenklich, »da das Todesurteil weniger demokratisch als vielmehr auf den Beschluss der Königin gefällt worden ist, frage ich mich, was mit unserem furchtlosen Captain geschieht? Werden sie ihn erdrosseln, wie sie es mit den Räubern machen?«

»Sie haben ihn nach Sagaing gebracht, Sir.«

Adrian verzog keine Miene, als er feststellte: »Dann ist ja wohl Schluss mit dem blöden Hund.«

»Ja, Sir«, stimmte ihm Matthew aus ganzem Herzen zu.

Mr. Hawes betrat die Hütte, die ihm als Büro dienen musste. Es roch nach Petroleum und Schimmel. Auch dies war, wie er fand, eine Beleidigung gegenüber dem Empire, dieses so genannte Konsulat. In der letzten Zeit hatte er viele Beleidigungen zu ertragen. Nicht die geringste davon war, dass er an seiner Stelle seinen Assistenten in den Palast hatte schicken müssen, da ihm jeder persönliche und gesellschaftliche Kontakt mit dem König und der Königin von Burma untersagt worden war. Adrian Hawes goss sich aus dem Messingkrug auf seinem Schreibtisch einen Becher lauwarmes Wasser ein.

»Ich glaube, Sir«, sagte Matthew von der Tür aus, »es handelt sich um mehr als nur um Rubine, obwohl das niemand zugeben will.«

Mr. Hawes antwortete nicht, sondern wandte sich zum Fenster und suchte nach einer Ampulle Amylnitrat zum Inhalieren. Seit geraumer Zeit war er ziemlich reizbar, kaum in der Lage, mit sich selbst fertig zu werden, geschweige denn mit den britischen Angelegenheiten am Hof von Ava. Er sehnte sich mehr und mehr nach den samtenen Nächten, dem hellen Mond und den Sternen hinter dem offenen Fenster. Er sehnte sich danach, den großen Irrawaddy unter Gottes – nicht Mindon Mins – silberblauem Himmelszelt zu hören, zu sehen, zu riechen.

Nachlässig brach er die Ampulle auf und verletzte sich dabei dummerweise am Finger. Der portugiesische Doktor hatte schon Recht, er sollte diesen Beruf ganz aufgeben. Während er ein feuchtes Taschentuch um die kleine Wunde wickelte, verdrängte er den Gedanken an eine mögliche Infektion. Er drehte sich um und setzte sich an seinen Schreibtisch.

»Der Tod von Captain Veres-Vorne könnte höchstens zu noch größeren diplomatischen Schwierigkeiten führen. Sie und ich wissen, dass der Rubin-Schmuggel nur ein Vorwand für seine Verhaftung war und dass Königin Sinpyumashins wirklicher Grund für ihren Wunsch, Vorne zu vernichten, wesentlich finsterer ist. Sie kann allerdings nicht zu weit gehen, wenn sie verhindern will, dass wir sie wie eine Lawine überrollen – daher dieses Gerichtsschauspiel heute. Wenn meine Vermutungen über die Vorgänge hier in Mandalay richtig sind, dann sei Gott uns gnädig. Ich möchte, dass Sie mir einen Platz auf dem nächsten Schiff hinunter nach Ava besorgen. Ich möchte selber mit Captain Vorne sprechen.«

Matthew warf seinem Vorgesetzten einen verwirrten Blick zu.

»Schauen Sie mich nicht so an, junger Mann! Ich bin nicht verrückt – noch nicht. Wir haben eine Aufgabe zu erfüllen. Wir müssen herausfinden, warum Königin Sinpyumashin ein so großes Interesse an unserem amerikanischen Freund hat. Wenn die Funken fliegen, dann möchte man doch ganz gern wissen, woher der Wind weht, oder?«

Matthew Sinclair war nicht als Assistent des britischen Geschäftsführers nach Mandalay gekommen, ohne vorher über das Kaliber des ›Alten‹ im Bilde gewesen zu sein. Adrian Hawes erfüllte seine Pflicht vorbildmäßig, für Gott, Königin und Vaterland, in dieser Reihenfolge, seine persönliche Sicherheit stellte er grundsätzlich ganz hintenan. Seit nahezu drei Jahren hatte er seinen Fuß nicht in den Palast von Mandalay gesetzt, seit er von dort wegen eines diplomatischen Zwischenfalls im Zusammenhang mit dem Ausziehen der Schuhe verbannt worden war.

Die Briten hatten entschieden, dass es unter der Würde der Vertreter Ihrer Majestät, der Regierung von Königin Victoria, wäre, barfüßig vor einem eingeborenen König zu hocken. Daher erklärte Großbritannien, dass solche Formen der Ehrerbietung von den Briten nicht geleistet werden könnten. Es war ihre eigene Entscheidung, auch wenn alle ausländischen Gesandten am Hof von Ava, in der Vergangenheit wie in der Gegenwart, sich dem geforderten Verhalten unterwarfen. Aus diesem Grund war es Mr. Hawes verboten worden, in die Nähe Mindon Mins zu kommen. Aber auch geächtet und von den anerkannten Kreisen innerhalb des Palastes ausgeschlossen, hatte Adrian Hawes eine Machtposition, mit der man zu rechnen hatte.

Matthew, der das alles wusste, sagte nur: »Ja, Sir, hoffentlich können wir das Feuer rechtzeitig löschen.«

»Wenn Sie schon mal dabei sind, schicken Sie eine Nachricht an den anderen Yankee von der Bibel-Mission in der Kyauktawgyi Road ... Wie war sein Name? Ach ja, dieser Edom Gideon. Bitten Sie ihn, mich hier in den nächsten Stunden aufzusuchen, da unser gemeinsamer Freund Vorne verhindert sei. Ich möchte auch ein Telegramm nach Rangun schicken. Die Leute in den oberen Etagen sollen ruhig wissen, womit wir hier während des Regierungswechsels fertig werden müssen.«

»Ja. Sir.« Matthew machte sich an seine Aufgaben und vergaß darüber völlig, dass er an seine Verlobte hatte schreiben wollen. Aber sie hätte seinen Brief ohnehin nicht bekommen. Angela war schon auf dem halben Weg nach Mandalay.

3

Die *Coramandel*, ein Dampfschiff der Irrawaddy Flotilla Company, tuckerte lautstark nach Amarapura, elf Meilen südlich von Mandalay gelegen. An Bord befand sich eine vornehme Gesellschaft. Mr. Hawes war es nicht gelungen, Captain Nathan Vorne im Gefängnis zu sprechen. Königin Sinpyumashin hatte Hawes mitteilen lassen, dass zwei ihrer Atwinwun, ihrer königlichen Ratgeber, hinunter nach Sagaing reisen würden, weil der Captain seine Anklageschrift unterzeichnen musste. Falls Mr. Hawes es wünsche, könne er sie begleiten und die Unterschrift unter Anwesenheit königlicher Zeugen beglaubigen. Mit Erlaubnis der Königin nahm Hawes seinerseits zwei seiner eigenen Zeugen mit: Edom Gideon, einen amerikanischen Prediger, und seine Frau Nanette Helene, die mit jedem befreundet war, einschließlich der Königin. Nanette mitzubringen war ein ziemlich schlauer Einfall. Sie war die größte Tratschtante von Mandalay.

In der Zwischenzeit machte Captain Vorne seinen Bewachern das Leben ziemlich schwer.

Er wusste, dass er sterben würde, sollte seine Seele brechen. Um sich selbst Mut zu machen, hatte er angefangen, laut »Glory, Glory Halle-luuu-ja!« vor sich hin zu singen.

»Ruhe, Kala!«, brüllte Tin-Sook-En wütend. Er streckte seine Hand nach dem vor Dreck starrenden Gesicht des Gefangenen aus. Der Shwe Nat trug einen Bart und Tin-Sook-En war versucht, ihm diesen auf der Stelle vom Gesicht zu reißen, um der pausenlosen Singerei ein Ende zu bereiten. Er hielt sich jedoch zurück und hob stattdessen sein verkrüppeltes Bein, das man ihm nach seiner unmotivierten, brutalen Ermordung eines Geschäftsinhabers abgehackt hatte, und versetzte Nathan mit der hölzernen Prothese einen kräftigen Stoß in den Bauch.

»He, du Kretin, hab ich dir eigentlich schon mal gesagt, was für ein widerlicher Lump du doch bist?« Nathan sprach englisch, es befriedigte ihn zutiefst, Tin-Sook-En beschimpfen zu können, ohne dass der auch nur ein Wort verstand. Dann fügte er auf Burmesisch hinzu: »Was bist du bloß für ein schlitzäugiger Bastard.«

»Ruhe, Kala!«

»Guck mich an, Schwachkopf, mit meinen aufgesprungenen Lippen und dem ausgerenkten Kiefer. Ich schwöre dir, eines Tages werde ich dir diesen ganzen Terror hier heimzahlen. Freiheit, schreie ich! Lass mich endlich aus diesem verdorbenen Lager voller Aussätziger frei, dann kaufe ich dir auch ein nettes Mädchen …«

Tin-Sook-En hatte endgültig genug von diesem weißen Mann, der nicht damit aufhören wollte, in einer Sprache zu singen und zu wüten, die er nicht verstehen konnte. Er griff nach dem halb vollen Eimer, in den sich die Gefangenen erleichterten, und schüttete ihn über Nathan aus – zum großen Vergnügen der übrigen Gebrandmarkten, die lauthals Beifall grölten. Die anderen Gefangenen dagegen blieben ungerührt, sie hielten die Augen geschlossen, um möglichst wenig von ihrer fürchterlichen Umgebung sehen zu müssen. Sie hatten es längst aufgegeben zu kämpfen, sich zu wehren hätte nur bedeutet, noch länger auf den Tod warten zu müssen. Deshalb leisteten sie den Gebrandmarkten nie auch nur den geringsten Widerstand.

»He, blutrünstiger Barbar, ich will Wasser, ich will Freiheit, und ich will mich endlich waschen«, brüllte Nathan.

»Du willst ständig irgendwas, Kala. Ich werd dir gleich zeigen, was du bekommen kannst.« Wenige Minuten später versetzte

Tin-Sook-En seinem Gefangenen mit einer Bambuspeitsche einige kraftvolle Schläge auf den Rücken und die Fußsohlen. Dann wandte er sich den übrigen Gebrandmarkten zu und meinte: »Dieser goldhaarige Kala mit seinen blinden Augen ist total verrückt! Ich verletze, schlage und trete ihn, so heftig ich kann, und er will einfach nicht aufhören aufzumucken! Es hat noch nie so lange gedauert, einen von denen kleinzukriegen, wahrscheinlich steckt der Teufel in seinem Leib. Aber wir dürfen ihn ja nicht töten, sollen nur seinen Willen brechen, ha, und das ist ja wohl schier nicht möglich. Ich werde jetzt den Vater aufsuchen und du, Lo Choon, übernimmst derweil die Stellung. Ich werde sehen, was wir noch anstellen können, um diesen Kala endlich mundtot zu machen.«

Aber Tin-Sook-En war schneller zurück als erwartet. Der ›Vater‹, wie die Gebrandmarkten ihr selbst erkorenes Oberhaupt respektvoll titulierten, kam gleich mit. Und der Vater war wütend.

Er ließ seinen Zorn an Tin-Sook-En aus: »Du Trottel!«, beschimpfte er ihn. »Glaubst du, ich kann ihn in dem Zustand vor die edlen Atwinwun führen? Lasst ihn sofort los!«

Nathan war ziemlich erstaunt, als man ihm, alles andere als zärtlich natürlich, die Fesseln und die schmutzigen Kleider abnahm, ihm zu trinken gab und ihn mit ein paar Eimern Wasser übergoss. Immerhin war es sauberer als das, was er bisher hier gesehen hatte. Als man ihm dann noch Hosen, ein sauberes Hemd und einen zerbrochenen Kamm reichte, verstand er überhaupt nichts mehr.

4

Die burmesischen Ratsmitglieder des Hlutdaw stiegen gemeinsam mit den Briten über die schaukelnde Planke zum schmutzigen, stinkenden Ufer von Sagaing. Viel erfreulicher als der Anblick der auf dem Berg liegenden riesigen Festung mit seinem Gefängnis – das Ziel ihrer Reise – waren die unzähligen weißen Tempel und Pagoden, die ihnen durch den burmesischen Urwald entgegenleuchteten. Während der kleine Trupp wichtiger Leute den Berg hochstieg, ging von den tropischen Bäumen ein Regen scharlachroter Blüten auf ihre Köpfe und goldenen Sonnenschirme nieder.

»Hallo Giddy, Nan ... Oh! Mr. Hawes«, begrüßte Nathan sie freudig überrascht, als er ihnen vorgeführt wurde. Sie befanden sich in dem Wachturm, der das Garnisonsgefängnis beherbergte. Durch die glaslosen Fensterschlitze seines dicken Mauerwerks konnte Nathan seinen geliebten Irrawaddy sehen, an dessen Anblick er sich allerdings nur einen kurzen Moment erfreuen konnte. Wegen seiner wund geprügelten Fußsohlen durfte er sich auf eine hölzerne Bank vor einen langen Teak-Tisch setzen, während die Delegation stehen blieb. Er fühlte sich wie auf dem Präsentierteller, allzumal ihn alle anstarrten. »Das ist ja nun wohl das Exekutionskommando, oder? Gibst du mir den letzten Beistand und die letzte Ölung, Giddy? Bekomme ich von dir das Henkersmahl, Nan?« Er blickte auf den mit Essen gefüllten Korb, der vor ihm auf dem Tisch stand: »Ich hoffe, ihr habt den Rum nicht vergessen.«

Mr. Hawes war einen Augenblick sprachlos und ziemlich entsetzt über Nathans heruntergekommene Erscheinung. Aber dann fand er seine Stimme wieder: »Captain Vorne, Sie sind ja noch verrückter, als ich immer angenommen hatte.«

Nathan verbeugte sich. Er hatte schon immer das Gefühl gehabt, dass Hawes nicht allzu viel für ihn übrig hatte. Aber der Alte war ein gewitzter Bursche, und man durfte ihn nicht unterschätzen.

Der Ratsdolmetscher übersetzte alles für die Atwinwun, deren Nicken völlige Zustimmung für Hawes ausdrückte. Dann entrollten sie eine mit Bändern und Sigeln versehene Urkunde und reichten Nathan das in Englisch und Burmesisch geschriebene Dokument. Der beugte sich vor und las es trotz seiner unter den geschwollenen Lidern stark schmerzenden Augen sehr gründlich.

Der oberste Ratsherr deutete auf die Pergamentrolle: »Unsere Göttliche Majestät, Königin Sinpyumashin, oberste Königin unseres edlen Herren und Königs Mindon Min, befiehlt, dass der amerikanische Captain dieses Geständnis unterschreibt.«

Nathan beachtete ihn nicht, sondern reichte das Dokument an Hawes weiter, der schon die Hand danach ausgestreckt hatte. Der las die aufgeführten Anklagepunkte aufmerksam durch und blickte nach längerer Zeit ernst auf. »Mr. Gideon, sind Sie damit einverstanden, wenn ich die gegen Ihren Landsmann erhobenen Vorwürfe vorlese? Ich fühle mich in gewisser Weise verantwortlich, da der Mann hier ja keine nationale Vertretung hat. Außerdem bin ich Jurist.« Edom Gideon zuckte mit den breiten Schultern. Es war ihm gleichgültig, was der Amerikaner getan hatte oder nicht, er war hier ohnehin nur geduldet.

Hawes räusperte sich. »Es gibt hier eine ganze Menge Vorwürfe gegen Captain Vorne. Er wird angeklagt, aus den königlichen Minen von Mogok Rubine gestohlen, illegalen Handel betrieben und den Vertrag von Yandabo gebrochen zu haben. Er wird außerdem beschuldigt, sich mit ausländischen Händlern verschworen zu haben, um die königlichen Monopole zu umgehen. Das so auf üble Tour verdiente Geld soll er dazu verwendet haben, einen unwürdigen Thronfolger zu unterstützen. Als besonders schwer wiegend empfindet die Kaungbaung-Dynastie und der gesamte Hof von Ava, dass der Captain die Bevölkerung Burmas gegen das Königspaar zu Mord und Revolte aufgewiegelt hat. Damit hat er sämtliche Rechte, sich Bürger des Königreichs nennen zu dürfen, verspielt. Kurz gesagt, wenn der Angeklagte dieses Dokument unterschreibt, wird sein Todesurteil in Verbannung umgewandelt.«

Nathan schnaufte verächtlich und wandte sich den Atwinwun zu. »Dieses Dreckspapier könnt ihr euch an den Hut stecken. Und unterschreiben werde ich das bestimmt nicht! Damit kann sich ein Schwein den Hintern abwischen. Eure Angebote interessieren mich nicht, das könnt ihr eurer Möchtegern-Königin sagen.«

Die Burmesen blickten ihn finster an. Sie hatten eine solche Unverschämtheit als Dank für ihre guten Absichten nicht erwartet.

Der Amerikaner hatte sie mal wieder nur beleidigt. Mr. Hawes, dem klar war, dass Nathan Vorne sich gerade um Kopf und Kragen geredet hatte, versuchte, noch etwas zu retten.

»Wäre es nicht möglich, Captain Vorne den Status des politischen Gefangenen zu verleihen, da er ja ohnehin als solcher behandelt wird? Dann könnte er in das Garnisonsgefängnis überführt werden, wo er besser als unter den Händen der Gebrandmarkten behandelt würde.«

»Es ist der Wunsch unserer Göttlichen Majestät, dass der amerikanische Captain in der Obhut der Gebrandmarkten verbleibt«, erklärte der oberste Minister würdevoll.

Auf diese Erklärung hin schaltete sich Nanette Gideon ein: »Dann wird der arme Shwe Nat sterben. Ich habe ihm etwas zum Essen mitgebracht.« Sie nahm die Serviette von dem vollen Korb. »Die Gebrandmarkten können das ruhig durchsuchen, sie werden nichts finden. Er muss genug zu essen bekommen, sonst stirbt er. Stirbt er, wird die Königin von Burma unglaublich wütend. Ich weiß, was in der Königin von Burma vorgeht. Ich bin in vielerlei Hinsicht ihre beste Freundin. Wenn ich ihr erzähle, dass der Shwe Nat hier schlecht behandelt wird, dann lässt sie jedem Gebrandmarkten die Zunge herausschneiden, das garantiere ich.« Sie schaute die Atwinwun mit großen, freundlichen Augen an, während sie den Korb wieder zudeckte. »Vielleicht unterzeichnet er ja das blöde Papier, wenn er anständig gegessen hat. Komm, Nathan, tu's für mich!«

Nach einer gemurmelten Unterhaltung waren die Atwinwun sich offenbar einig. Der oberste Minister wandte sich, seine ganze Überlegenheit demonstrierend, an die zwei Gebrandmarkten. »Ernährt ihn anständig. Passt auf, dass ihm nichts zustößt. Das wäre euer Ende. Sein Schuldanerkenntnis übergebe ich dem Wachhabenden. Er wird aus dem Gefängniskeller in die obere Befestigung verlegt. Sobald er damit einverstanden ist, soll er die Urkunde unterzeichnen, die dann sofort nach Mandalay gebracht werden muss. Sorgt dafür, dass wir nicht zu lange warten müssen. Und Sie, Captain Veres-Vorne, wären ja verrückt, wenn Ihnen die Verbannung nicht lieber wäre als der Tod. Man hat mir gesagt, Rangun sei eine sehr nette Stadt, außerdem gehört sie den Briten!«

»Ich bin in Mandalay zu Hause, immerhin hat König Mindon Min mir hier das Aufenthaltsrecht gegeben!«, war Nathans Antwort.

Die Atwinwun nahmen auf die übliche zeremonielle Weise Abschied. Nanette verließ als Letzte den Raum und warf Nathan einen Handkuss zu. Der nestelte unsicher an seinem Hemd herum. »Sorg bitte dafür, dass ich wenigstens in einem sauberen Hemd begraben werde, wenn ich mein Todesurteil unterschrieben habe, Nan, oder ich stehe von den Toten auf und ängstige dich gar fürchterlich. Danke für den Korb übrigens, Liebes.« Es fiel ihm schwer, ihr mit seinen verquollenen Augen zuzuzwinkern.

Drittes Kapitel

1

Prinz Yoe war hingerissen, nicht nur von der Frau mit den grünen Augen und den kupfergoldenen Haaren, sondern auch von ihrer Kamera. Diese offenbar leere Schachtel, die Dinge, die man sah, wie Bilder auf Papier zeichnen konnte, faszinierte ihn sehr. So etwas hatte er noch nie gesehen, allerdings ängstigte er sich auch ein bisschen vor den Geistern, die offensichtlich darin wohnten.

»Aber wie schaffen die Geister es, so ein lebendiges Bild zu schaffen?«, wollte er zum tausendsten Mal wissen. »Das ist eigentlich gar nicht schwierig«, wiederholte Angela geduldig. »Nur als Anfänger verdirbt man die Bilder leicht. Entweder fällt Licht in die Kamera, oder man wackelt mit ihr, oder man stellt sie nicht richtig scharf, all das kann ein Bild verderben.«

»Woher hast du diesen Zauberkasten?«

»Von meinem Vater. Er ist gestorben. Er hinterließ sie mir. Er war ein begeisterter Amateurfotograf. Hier ist eins seiner Bilder.« Sie reichte Prinz Yoe eine Daguerreotypie, die ihr Vater vor Jahren gemacht hatte. Sie war während einer Tigerjagd in Bengalen aufgenommen worden. Prinz Yoe betrachtete sie lange und gab sie nur ungern zurück.

»Morgen«, fragte er so aufgeregt wie ein Kind, »wirst du ein Foto von mir machen?«

»Natürlich gern, wenn ich noch eine Platte übrig habe.«

»Ich kauf dir welche, wenn wir in Mandalay sind. Ich werde dir ganz viele neue Platten kaufen, wenn wir in Mandalay sind«, erklärte er leidenschaftlich. Angela rührte sein kindlicher Eifer. Allerdings hörte sie gerade zum ersten Mal, dass Yoe nach Mandalay gehen wollte. »Leider, Miss Featherstone, fürchte ich, dass General Garabanda diese Zauberkamera auch haben will, wenn er erfährt, dass sie Bilder von ihm machen kann. Diese würde er dann sicher überall in seinem Zelt aufhängen, um sich selbst die ganze Zeit betrachten zu können.«

Angela konnte nur hoffen, dass das alles war, was Garabanda von ihr wollte, besonders, wenn sie an Felicity Quentin dachte. Seit Garabanda sich an Felicity vergriffen hatte, hatte diese kein Wort mehr gesprochen, während ihre Mutter um Jahre gealtert war. Mittlerweile schien Felicity alles egal zu sein, und Angela fragte sich, ob sie diese Gleichgültigkeit an den Tag legte, nur um die anderen nicht merken zu lassen, wie sehr sie der Vorfall verletzt hatte. Angela konnte nur froh sein, dass sie Prinz Yoe hatte. Vom ersten Tag an, seit sie von diesen Gebirgsbanditen gefangen worden waren, hatte er sie unter seine Fittiche genommen. Genauso dankbar war Angela, dass er Buddhist war. In platonischer Freundschaft miteinander verbunden, tauschten sie ihre Kenntnisse aus. Während sie ihm ihr westliches Wissen, wie zum Beispiel das über das Fotografieren, vermittelte, erläuterte er ihr den Theravada-Buddhismus, über den sie ganz viel erfahren wollte. Prinz Yoe zeigte ihr mit großem Vergnügen, wie viel er über die heiligen Tripitaka-Texte zu sagen wusste.

Für Angela war es daher wesentlich angenehmer, ihre Zeit mit ihm zu verbringen, als im Zelt der Frauen das Wehklagen von Dora Quentin anhören zu müssen. Prinz Yoes Höhle im San Mukh war auch alles andere als ein bloßes Felsenloch. Mit Teppichen, Leuchtern und Einrichtungsgegenständen aus Bambus und Lack hatte er sein Quartier in Aladins Höhle verwandelt. Ein angenehmer Platz – so lange Garabanda nicht da war.

Garabanda allerdings kam oft. Er polterte einfach unhöflich und grob herein, ohne jeden Respekt vor Prinz Yoe. Er lachte laut und rüpelhaft, um ihre Gespräche zu stören. Außerdem stank er aufdringlich nach Palmschnaps.

»Freu dich nicht zu sehr über die Kamera, Yoe! Denk an unsere Abmachung: die Kamera oder die Frau!«

Angela sah, dass Yoe blutrot angelaufen war. Sie war wütend, dass Garabanda sie in eine solche Situation gebracht hatte. Den kaltblütigen Mord an Mr. Quentin und an den paar tapferen Begleitern, die sie zu schützen versucht hatten, würde sie nie vergessen. Diese grauenhafte Szene verfolgte sie bis in ihre Träume, hauptsächlich weil sie ein tiefes Entsetzen darüber empfand, auf welch grausame Art menschliches Leben ausgelöscht werden konnte von so kaltherzigen und unmoralischen Menschen, wie der unsägliche Garabanda einer war.

»Also Yoe, ich möchte, dass diese Frau hier verschwindet. Lass deine Leute sie mit der Mutter der kleinen Hure zusammenfesseln. Ich will mit dir über den Briten da reden, den Rohrputzer des Radscha von Manipur. Und dieses englische Flittchen hier wollen wir dabei doch wohl nicht zuhören lassen, oder?« Er zog an einer Strähne ihres Haares und bedachte sie mit einem lüsternen Blick.

Angela war geradezu froh, diesem widerwärtigen Menschen dadurch zu entkommen, dass Yoes Leibwächter sie fortführten. Mit einem Kokosfaserstrick banden sie Angela so an den Mittelpfosten von Dora und Felicitys Zelt an, dass sie sich bis zum Zelteingang bewegen konnte.

Dora Quentin, halb tot durch ihre Ruhr und eine Lungenentzündung, lag auf nichts anderem als einer nassen Decke. Als Angela das Zelt betrat, glaubte sie zuerst, Felicity zu sehen, die gerade von diesem Mörder zurückkam, der ihren armen Farley erschossen hatte. Dora wünschte, dass der Herr sie mit ihm erlöst hätte. Dann erkannte sie Angela und flüsterte schwach: »Angela, gut, dass du da bist. Kannst du … mir bitte … Wasser …«

Angela hob den Kopf der kranken Frau etwas an und half ihr zu trinken. Nachdem sie einige wenige Schlucke aus dem verdreckten Becher genommen hatte, fiel Dora zurück und erbrach die Flüssigkeit wieder. Garabanda hatte ihnen jede Hilfe und Medizin verweigert. Das Einzige, was Dora Quentin noch erhoffen konnte, war, ohne allzu große Schmerzen zu sterben. Angela hatte diese Frau als dralle 85-Kilo-Person in Delhi kennen gelernt. Schon in Cherrapungi war sie nur noch die Hälfte ihrer selbst gewesen. Jetzt aber war der Körper der Frau, der sie sanft das fiebrige, verschwitzte Gesicht abwischte, der eines Kindes. Es war schwer zu glauben, dass diese kümmerliche Gestalt dieselbe Missionarsgattin war, die vor Gesundheit nur so gestrotzt und sie alle mit ihrer scheinbar grenzenlosen Stärke immer wieder angetrieben hatte. Dora drückte Angelas Hand, so kraftlos, dass es kaum zu spüren war. »Du bist ein ... gutes ... tapferes Mädchen ... Angela Featherstone«, wisperte sie, »und Gott ... wird dich schützen.« Dann versagte ihre Stimme, und sie fiel in ihren fiebrigen Schlaf zurück.

Auch Angela nickte, aufrecht an einen der Zeltpflöcke gelehnt, ein.

2

Die Atwinwun und ihr Gefolge ritten auf Elefanten vom Bootsanlegeplatz nach Mandalay hinein. Nanette, ihr Mann und Mr. Hawes gingen zu Fuß. Mr. Hawes war froh, zurückzukommen. Die Flussfahrt und die Vorgänge im Gefängnis hatten ihn verstört und ermüdet. Der Prediger äußerte das dringende Bedürfnis, auf schnellstem Wege zur Mission zurückzukehren, um seine Abendandacht abhalten zu können. »Ich bin verdammt spät dran!«, teilte er recht giftig mit und eilte davon.

Nanette fühlte sich wohler, als er weg war. »Sie haben den armen Nat so geprügelt, dass er nicht mehr wusste, was er redete. Ich solle seine Hemden waschen lassen, hat er mich aufgefordert, und zwar von Daw Khin Htay. Sie ist eine reiche alte Frau, die nicht im Stadtinneren von Mandalay wohnt und seine Sachen ganz bestimmt nicht wäscht, das hat sie noch nie getan. Fee Tam, Ko Lees Mutter, wissen Sie, hatte das Waschen für ihn übernommen.

Erinnern Sie sich noch an den kleinen Chinesenjungen, den Nathan vor ein paar Jahren aus dem Fluss gezogen hat? Aus Dankbarkeit hatte Fee Tam ihm ihre Dienste angeboten, sie holte seine dreckigen Hemden jeden Freitag ab und brachte sie ihm immer schon samstags tipptopp zurück, sauber und gebügelt. Nat ist sehr eigen, was seine Wäsche betrifft, und war mit ihrer Arbeit eigentlich immer sehr zufrieden. Dass er jetzt diesbezüglich Daw Khin Htays Namen hat fallen lassen, macht also einfach keinen Sinn. Das Einzige, was die nämlich je getan hat, ist, Kinder ans Licht der Welt zu befördern. Sie nennt sich nicht umsonst die königliche Hebamme, Mr. Hawes.«

Hawes hatte das ungute Gefühl, dass Nathan Vorne den Namen nicht zufällig erwähnt hatte: »Erzählen Sie mir mehr über Daw Khin Htay, Mrs. Gideon.«

Nanette holte erfreut aus: »Wie ich schon sagte, ist sie die dicke alte Hebamme, die da oben hinter der Weißen Pagode und dem Phongyi-Kyaung auf dem Hügel von Mandalay wohnt. Einmal zeigte sie mir eine Art goldenes Tablett, das sie von Mindon Min bekommen hatte. In Burma ist es Sitte, dem König seine neugeborenen Kinder auf so einem Tablett zu präsentieren. Nach der Geburt eines besonders wichtigen Prinzen bekam sie es von Mindon Min geschenkt. Sie zeigte es mir, als ich einmal Rat bei ihr suchte, nun ja, sie müssen wissen, Giddy ist doch so enttäuscht, weil ich ihm keine Thronfolger und Thronfolgerinnen schenke …« Sie begann, hoffnungslos den Faden zu verlieren, als Hawes sie schnell unterbrach und zum eigentlichen Thema zurückbrachte: »Mrs. Gideon, bei welchem besonderen Prinzen leistete Daw Khin Htay denn Geburtshilfe, als Midon Min sie mit dem Tablett beehrte?«

»Da kann ich Ihnen nicht helfen, zumal der Name nie erwähnt wurde. Bei all den Nebenfrauen und Konkubinen verliert man wirklich den Überblick. Die vermehren sich wie die Karnickel. Daw Khin Htay ist eine komische Alte, aber sie versteht etwas von ihrem Beruf. Wenn ich das goldene Tablett nicht mit eigenen Augen gesehen hätte, hätte ich es nicht geglaubt. So ein Klumpen

Gold ist doch nicht schlecht, was, Mr. Hawes? Aber so sind die Burmesen, vom ersten bis zum letzten, großzügig mit materiellen Dingen, aber wirklich übel im Umgang mit Menschen, die sich nicht nach ihren Vorstellungen verhalten, wie die Gebrandmarkten zum Beispiel.«

»Wo finde ich Daw Khin Htay, Mrs. Gideon? Sie haben da ein Kloster erwähnt ...«

»Ja, natürlich, Mr. Hawes, die Weiße Pagode, auf halber Höhe des Hügels. Sie lebt dort in einem kleinen Holzhaus an der Westmauer des Klosters, das der König ihr überlassen hat. Das scheint kein schlechter Job zu sein, Hebamme beim König, wenn man sich überlegt, was sie schon alles eingeheimst hat. Aber man muss ganz schön klettern, um den Berg zu ihr hochzukommen, vielleicht zweitausend Treppen – Sie sollten diese Strapaze besser nicht auf sich nehmen, mit Ihrem schwachen Herz.«

»Ich bin durchaus in der Lage, Treppen zu steigen!«, meinte Hawes gereizt.

»Na, wenn Sie meinen ...« Sie schaute hinter ihrem Mann her. »Hat der Mann ein Benehmen! Wenn er schon keinen Wert darauf legt, mich nach Hause zu begleiten, dann lege ich keinen Wert darauf, in seine Bibelstunde zu gehen. Ich werde Sie selbst zu Daw Khin Htay begleiten.«

»Dafür wäre ich Ihnen sehr dankbar, Mrs. Gideon.«

Mr. Hawes öffnete ein weißes Gatter, das in einen leuchtend bunten Garten führte. Jasmin, Astern, orange, rote und gelbe Lilien wie cremefarbene Frangipani blühten dort in voller Pracht. Für einen englischen Gartenliebhaber war es ein hinreißender Anblick.

Daw Khin Htay schnarchte unter einem Hopia-Baum, beeindruckend in ihrem Umfang und in ihrem Seelenfrieden. Sie rührte sich nicht einmal, als die Besucher einen jungen Mönch aufschreckten, der auf einer Matte zu ihren Füßen meditierte. Er hielt noch seine Bettelschale, die seine Wohltäterin sicher mit Reis und Gemüse gefüllt hatte.

Mr. Hawes kamen die Mönche, die Mandalay überall mit ihren schwarzen Lackschalen überfluteten, wie kahlköpfige Geier vor. Geschorene Köpfe, gierig glitzernde Augen – so schienen sie ihm wie orangefarbene Raubvögel, die von anderen Lebewesen lebten. Dieser hier aber war anders. Seine kräftigen, runden Schultern glänzten, sein safranfarbenes Gewand war aus eindeutig gutem Stoff. Hinter seiner ruhigen, frommen Haltung war ein Mensch zu erkennen, der durchaus seine Ansprüche an das Leben hatte.

Er erhob sich vorsichtig und verbeugte sich. Die Zeit, seine Meditation zu unterbrechen, war noch nicht gekommen, weshalb er zurück zu seinem Kloster eilte, von den beiden Besuchern mit neugierigen Blicken verfolgt.

Hawes und Nanette wussten um den Aberglauben der Burmesen, dass die Seele eines aus dem Schlaf gerissenen Menschen ziellos durch die Dunkelheit irren musste. Aus diesem Grund war es in Burma ein absolutes Tabu, jemanden aufzuwecken. Da aber einerseits Hawes in Eile war und andererseits Daw Khin Htay ohne weiteres bis zum Mondaufgang durchschlafen konnte, wie jeder wusste, ergriff Nanette die Initiative. »Giddy weckt mich auch immer auf und behauptet, er tut es, um meine Seele zu retten, also kann es ihr wohl auch nicht schaden. Daw Khin Htay, wach bitte auf! Hier ist Ma Nan. Ich habe dir einen wichtigen Besuch gebracht.«

Daw Khin Htays Haarknoten bebte bedenklich, als sie – abrupt aus ihren Träumen gerissen – hochfuhr, trotz der vielfältigen Befestigungen mit silbernen und Schildpattkämmen. »Ma Nan …«, murmelte sie schläfrig. Sie gähnte und streckte ihre Arme, an denen Unmengen von goldenem Schmuck klimperten. Zuerst kam es ihr vor, als ob die zwei Leute, die sich über sie beugten, sie aus ihrem Garten entführen wollten. Aber nach dem ersten Schrecken beruhigte sie sich schnell und schenkte ihren Besuchern ein freundliches Lächeln aus ihrem fetten Gesicht.

»Bitte Platz nehmen.« Sie bemühte ihr bisschen Englisch und zeigte auf die Matte, die ihr Lieblingsmönch soeben verlassen hatte. »Ma Ngwe, Nichte von Daw Khin Htay, bringt Tee und Kuchen für feine Gäste. Bitte Platz nehmen, der britische Botschafter und Ma Nan sind sehr willkommen.«

Ma Ngwe erschien kurz darauf vor dem hübschen Teakholz-Haus und brachte Tee und einen Imbiss.

Mr. Hawes wusste, dass es sehr unhöflich war, noch vor dem Tee über den Grund seines Besuchs zu sprechen, begann aber dennoch: »Daw Khin Htay, ich muss Ihnen ein paar wichtige Fragen stellen, habe aber nicht viel Zeit. Kennen Sie einen Amerikaner namens Nathanial de Veres-Vorne?«

Sie runzelte ratlos die Stirn, während Ma Ngwe ihr etwas ins Ohr flüsterte. Ihr Gesicht leuchtete auf. »Ah ja, Sie meinen den Shwe Nat von Mandalay, groß gewachsenen Flussschiffkapitän? Aber ja, Daw Khin Htay kennt den blonden Teufel gut.« Dann verfinsterte sich ihr Gesicht. »Etwas passiert?«

»Ja leider, er ist im Sagaing-Gefängnis.«

Sie gab einen lang gezogenen Klagelaut von sich. »Dann wird der stolze Kapitän sterben. Gebrandmarkte lassen keinen leben. Schlimme Taten, um dort zu sein, sehr schlimme Taten!«

»Was glaubst du, was er getan hat, Daw Khin Htay?« Hawes versuchte, so unauffällig wie möglich, so viel wie möglich von ihr zu erfahren, um seinen Verdacht begründen zu können. Wenn man ihm in Rangun glauben sollte, so brauchte er Beweise, nichts als Beweise.

Daw Khin Htay konnte ihm diese aber offenbar nicht liefern, sie wusste nicht viel zu sagen. »Ich weiß nicht, mein Herr Hawes. Jeder hört immer viel über Geschäfte von andere Leute hier in Mandalay, aber Daw Khin Htay hat nichts gehört über Geschäfte, die der Shwe Nat jetzt macht. Als er herkam, brachte er feine Seide aus Siam, Perlen aus Ceylon und Tee aus Indien mit. Sonst nichts ... Ah, Moment, da war doch noch eine Sache.« Sie tippte sich mit ihrem kleinen Wurstfinger an die Stirn. »Er immer sprechen mit einem von Mönchen da oben – immer derselbe Phongyi. Er sprechen mit ihm über viele Sachen und immer viele, viele Stunden. Vielleicht wollte der große Kapitän ja auch Mönch von Buddhisten sein.« Sie musste über ihren eigenen Witz lachen.

Hawes war momentan mehr an diesem bestimmten Mönch als an Nathan Vorne interessiert. »Daw Khin Htay, können Sie sich an den Namen dieses Mönchs erinnern, mit dem sich Captain Vorne immer traf?«

»Daw Khin Htay erinnert sich immer an jeden Namen, mein Herr Hawes, aber sie sagt niemals auch nur einen.« Ihr sonst so gütiger Gesichtsausdruck war rätselhaft geworden, sprach von vielen Geheimnissen. Hawes wusste, dass ihre Lippen zu ihrem eigenen Schutz versiegelt bleiben würden und sie die Identität des Mönchs, an dem Nathan Vorne ein persönliches Interesse gehabt zu haben schien, niemals preisgeben würde.

Als sie Hawes' enttäuschtes Gesicht bemerkte, klatschte die alte Frau plötzlich in die Hände, als wollte sie ihn auf andere Gedanken bringen, und fragte ihn, ob er sich nicht mal das goldene Tablett ansehen wolle, das ihr der Herr der weißen Elefanten geschenkt hatte.

»Es wäre mir eine Ehre«, brummelte Hawes, dessen Interesse sich weniger auf goldene Tabletts richtete als auf die Geschäfte, die Nathan Vorne offensichtlich mit dem buddhistischen Mönch gemacht hatte.

Sie rief Ma Ngwe, die das Tablett holen sollte. »Ma Nan kennt Tablett, nun soll mein Herr Hawes bitte Tablett ansehen. Nach dem Tod von Ma Khin Htay bekommt Kloster das Tablett.«

Hawes staunte, dass Ma Ngwe das schwere Ding scheinbar ohne Schwierigkeiten über den Rasen tragen konnte. Als sie es herumdrehte und die Sonne auf leuchtende Rubine und Smaragde wie glitzernde Diamanten fiel, hörte Hawes das Geplapper der Frau plötzlich nicht mehr. Auf der Rückseite des Tabletts befand sich eine burmesische Inschrift: »In Ruhe und von guten Lehren geleitet, werde ich den Hass besiegen.« Dann folgten Datum und Zeit der königlichen Geburt, aber kein Name.

Hawes war aufgeregt, als er begriff, was Daw Khin Htay ihm

auf diese subtile Weise mitteilen wollte. Ihre Lippen blieben zwar geschlossen, aber sie sprach dennoch, und zwar durch dieses Tablett. Jetzt hatte er ein Datum und eine Zeitangabe, und zusammen mit seinen eigenen Dokumenten würde er den Namen herausfinden. Aufgeregt drängte er zum Aufbruch. »Sie waren sehr nett und gastfreundlich, Daw Khin Htay, aber verzeihen Sie, ich muss zurück zur Botschaft. Kommen Sie, Mrs. Gideon.« Er half ihr auf die Füße. »Ein wunderschönes Tablett, wirklich wunderschön. Ich bin Ihnen sehr dankbar, dass Sie es mir gezeigt haben.«

»Auf Wiedersehen, mein Herr Hawes, auf Wiedersehen, Ma Nan. Ma Khin Htay ist zu fett und alt, um Sie zu begleiten, aber Ma Ngwe macht das schon. Möge jeder Eurer Schritte glücklich sein!«

Zurückgekehrt hatte er kaum den Tropenhelm abgelegt, als er schon nach Matthew brüllte: »Mr. Sinclair, schreiben Sie das auf. Ich will das sofort an den Chief Commissioner in Rangun geschickt haben, verschlüsselt natürlich. Hoffen wir, dass wir eine schnelle Antwort bekommen. Warum laufen Sie hier eigentlich im Morgenrock herum?«

»Ich wollte gerade ins Bett gehen, Sir.«

»Was, jetzt schon? Na gut, geht mich nichts an. Wie sehr hängen Sie eigentlich an meiner Nichte?«

Matthew war nicht ganz klar, worauf er hinauswollte: »Sie bedeutet alles für mich.«

»Dann ist das der ungünstigste Augenblick für sie, nach Mandalay zu kommen. Schreiben Sie ihr das – sofort!

Viertes Kapitel

1

Angela hielt eine Kerze über das Gesicht der schlafenden Frau. Es sah friedlich aus, zu friedlich. Ihr wächsernes Gesicht und ihre halb geöffneten Augen zeigten Angela, dass sie tot war. Angela wusste nicht, was sie jetzt tun sollte. Sie hatte keine Ahnung, wie mit einer Leiche umzugehen war, außerdem scheute sie die Berührung des abgemagerten Körpers von Dora Quentin. Felicity, da war sie sich sicher, würde sich nicht darum kümmern. Tief in ihrem Innern war Angela froh, dass Dora alles überstanden hatte.

Sie beschloss, sich lieber sofort an die Arbeit zu machen. Es war ein Glück, dass sie sich von den ohnehin nur lässig angelegten Fesseln hatte befreien können. Mit der Schale und dem Schwamm, mit denen sie Doras Körper abgewaschen hatte, ging sie zum Zelteingang, um von den Wachen frisches Wasser zu verlangen. Sie reagierten schläfrig und daher gereizt. Die Sprachbarriere war zu groß, um ihnen klar zu machen, dass hier eine Leiche lag, die in ihrer aller Interesse versorgt werden musste. Sie brachte wenigstens einen von ihnen, einen dick angezogenen, mürrischen Mann mit einigen Schals vor dem Gesicht, dazu, in das Zelt zu schauen.

Das ganze Lager konnte seinen Schrei hören, als er Doras Leiche erblickte. Angela hoffte, dass die Angst vor Geistern die Gebirgsleute abhalten würde, das Zelt zu betreten. Bis jetzt hatte die Angst vor der Krankheit sie fern gehalten. Immerhin gab man ihr frisches Wasser und Stoff, um die Leiche einzuhüllen.

Im Morgengrauen sah sie Felicity zurückkehren, die sich wortlos, ohne einen Blick auf die verhüllte Leiche zu werfen, auf den Boden hockte.

»Felicity, wir müssen von hier verschwinden, weil sie keine Angst mehr vor der Krankheit deiner Mutter haben. Jetzt, wo sie tot ist, wird für uns alles schlimmer.«

»Für dich«, sagte Felicity träge. »Ich habe nichts zu verlieren, darum hat sich Garabanda gekümmert. Mir ist das alles egal. Es ist alles gar nicht so schlimm, so lange man sich nicht wehrt und einfach an was anderes denkt.«

»Felicity, das darfst du nicht sagen. Denk daran, wie deine Mutter darunter gelitten hat, was mit dir passiert ist, dass sie sogar froh war, dass dein Vater das alles nicht mehr erleben musste!«

Felicity warf ihr blondes Haar zurück und starrte Angela grimmig aus ihren blauen Augen an: »Du kannst leicht so reden. Schließlich war Garabanda ja nicht hinter *dir* her. Und zumindest ist Garabanda ein richtiger Mann und nicht so ein Jüngelchen wie dein Prinz Yoe. Außerdem können wir nicht weglaufen. Die würden uns sofort erwischen, und dann wird alles noch schlimmer, das garantiere ich dir. Garabanda hat mich genommen. Sobald Prinz Yoe ihn geadelt hat, wird er mich heiraten. Dann bin ich Prinzessin.«

»Felicity, sei doch nicht dumm! Nur ein König oder eine Königin kann jemanden adeln. Garabanda ist ein Monstrum, es ist völlig egal, was er verspricht. Der spielt doch nur mit dir. Sobald er genug von dir hat, überlässt er dich seiner Meute.«

»Halt die Klappe, Angela!«

Jetzt konnte Felicity ihre Tränen nicht mehr zurückhalten. »Ich möchte bloß mal wissen, was du an meiner Stelle tun würdest, nach allem, was passiert ist. Da wäre ja sogar Peking noch besser für mich gewesen.«

»Ach, Felicity, meine arme Kleine!« Angela kniete sich neben sie und nahm sie in die Arme. »Wir gehen zusammen nach Mandalay. Das müssen wir einfach.« Sie hatte Felicity für ein vergnügungssüchtiges kleines Ding gehalten, die bereit gewesen wäre, ihre Seele dem Teufel zu verkaufen, dabei war sie bloß unsicher und ängstlich. »Hör zu, wir müssen das richtig planen. Wir sind jetzt schon seit sechs Tagen hier, die Wachen passen gar nicht mehr richtig auf, weil sie ja die meiste Zeit damit beschäftigt sind, uns anzustarren. Garabanda wird sie nicht mehr lange disziplinieren können. Auf Prinz Yoe hört sowieso niemand. Es wird alles noch schlimmer für uns beide werden. Wir müssen einfach flüchten. Lass uns doch bitte zusammen überlegen, wie wir das am besten anstellen können.«

Felicity schüttelte den Kopf. »Nein, das gelingt uns doch niemals. Wir kommen hier nicht weg. Du brauchst gar nicht daran zu denken. Wenn sie uns erwischen, dann wird es erst so richtig schlimm. Da bleibe ich doch lieber direkt bei Garabanda und weiß wenigstens, was mich erwartet. Ich habe nichts dagegen, hier Prinzessin oder Frau eines Generals zu sein.«

Angela hätte das kleine Miststück schütteln können. Sie stand auf und sah auf sie hinunter. »Ich versteh dich einfach nicht. Du tust mir nur noch Leid. Du bist ein egoistisches kleines Biest, und du weißt genau, dass ich nicht von hier weggehe, wenn du nicht mitkommst.«

»Dann musst du wohl Prinz Yoes Konkubine werden, oder?« Angela hätte sie schlagen können. »Bitte geh jetzt endlich, ich möchte ein bisschen schlafen. Wann kommen sie und bringen endlich die ... die Leiche da weg?«

»Keine Angst, Felicity, deine Mutter hat jetzt wohl etwas anderes zu tun, als ihre Tochter zu verfolgen, die ihre Seele dem Teufel vermacht hat.«

Felicity brach plötzlich in Tränen aus und warf sich Angela in die Arme. »Bitte, bitte sei nicht so gemein zu mir. Du bist doch alles, was ich noch habe. Ich habe so wahnsinnige Angst vor Garabanda. Du kannst dir das ja gar nicht vorstellen. Deshalb gehorche ich ihm ja. Aber sei mir nicht böse. Das war doch das Einzige, was ich von meinen Eltern bekommen habe: Beschimpfungen und Vorhaltungen. Garabanda macht mir nie Vorhaltungen. Und wenn ich nett bin, ist er auch nicht böse zu mir. Bitte versteh mich doch, Angela.«

Angela fuhr ihr über die Haare und sagte: »Natürlich versteh ich das. Aber trotzdem müssen wir von hier weg. Du denkst doch auch darüber nach, bitte, Felicity?«

Sie nickte. »Ja, sicher. Aber würdest du denen da draußen jetzt sagen, sie sollen endlich kommen und die Leiche meiner Mutter wegbringen und sie begraben?«

»Ich glaube, meine Liebe, so abergläubisch, wie die sind, werden wir das wohl selber machen müssen.«

2

Während Felicity den Nachmittag verschlief, verbrachten Prinz Yoe und Angela die Zeit mit Gesprächen über Fotografie und buddhistisches Schrifttum. Angela hatte keine Ahnung, was auf sie zukommen sollte.

Am Abend hatten die beiden Frauen gerade ihre dünne Reissuppe gegessen, als zwei Wachen in ihr Zelt kamen. Einige der Wachen sprachen wie Angela etwas Hindi, gerade genug, um sich verständigen zu können.

»Kommen Sie, Seine Hoheit, der Prinz, möchte Sie sehen.«

In der Höhle wurde Angela aber nicht von Prinz Yoe, sondern von Garabanda erwartet. Sie war entsetzt und erschreckt. Garabanda saß auf Prinz Yoes Feldbett. Sämtliches Mobiliar wie auch alle Teppiche waren aus der Höhle verschwunden. Die silbernen Kerzenleuchter waren durch kleine Windlichter ersetzt worden, die nur wenig Licht spendeten, dafür aber unheimliche Schatten warfen.

»Wo ist Prinz Yoe?«, fragte Angela, die trotz ihrer wahnsinnigen Angst ihren ganzen Mut zusammennahm.

Garabanda wischte sich mit dem Handrücken über seine wulstigen Lippen und griff mit der anderen Hand nach der Flasche mit dem Palmschnaps. »Er musste nach Mandalay zurück. Seine Mutter, eine der Nebenfrauen am Hof von Ava, wünscht, dass er bei einer königlichen Hochzeit anwesend ist. Auch wenn Yoe sich für einen großen Prinzen hält, weil ihm ein paar Quadratmeilen sumpfiges Land gehören, wie er behauptet, ist er am Hof doch nur ein ganz kleines Licht und muss selbst den Forderungen seiner alten Mutter gehorsam nachkommen. Es ist eine politisch motivierte Vermählung, wie ich gehört habe. Das Haus Ava bezweckt mit ihr, seine Macht im Land zu sichern. Einen Dreck wird dieser Blödsinn sichern. Hier, dieses Buch hat dir dieser Trottel von Buddhisten-Prinz, der keiner Fliege etwas zu Leide tun könnte, dagelassen. Hoffentlich nützt es dir etwas.«

Garabandas zynisches Lachen bestärkte sie mehr als je zuvor in ihrer Absicht, dieses Lager so schnell wie möglich zu verlassen. Sie hob das Buch auf. Es waren die wundervollen Theravada-Texte. Sie war gerührt. Plötzlich stiegen ihr Tränen in die Augen. Warum nur hatte er ihr nicht gesagt, dass er abreisen würde? Sie hätte ihn angefleht, mit ihm gehen zu dürfen! In Wirklichkeit wusste Angela aber, was für ein Feigling er Garabanda gegenüber war. Sie blickte in der Höhle umher und sah ihre Kamera auf einem Tischchen liegen. Hatte es nicht geheißen, dass der Apparat als Tauschobjekt für ihre Ehre fungieren sollte? Sie hatte Zweifel, ob Garabanda das noch akzeptieren würde. Schon in den nächsten Sekunden wurden ihre Zweifel bestätigt.

»Komm mal her, Kleine.« Garabanda griff nach ihrer Hand. »Ich möchte dir etwas Schönes schenken.« Sie konnte ihren Schrecken nicht verbergen. Sein breites Grinsen mit den Raffzähnen kam immer näher, diese widerliche Visage schien nur aus Zähnen zu bestehen. Angela begann wie irre zu lachen. Die ganze Szene erinnerte sie zu sehr an Rotkäppchen und den Wolf im Nachthemd.

Mit Schrecken wurde sie sich auf einmal bewusst, dass sie mit ihrem hysterischen Verhalten die Situation nur verschlimmerte. Garabanda war kein Wolf, sondern ein Mann, der viel gefährlicher als jeder Wolf war.

Der Bandit war zuerst verblüfft, dann wurde er wütend. Das Letzte, was er von einer weißen Frau erwartet hatte, war, dass sie sich lustig über ihn machte. Mit finsterem Gesicht fuhr er sie an: »Warum machst du dich über mich lustig, du britische Hure? Glaubst du, ich bin ein Mann, über den man lachen kann? Na gut, dann amüsieren wir uns gemeinsam.«

»Tut mir Leid!« Sie wich einen Schritt in Richtung Höhleneingang zurück. »Danke, dass Sie mir Prinz Yoes Buch gegeben haben. Sie können die Kamera behalten. Ich kann mir sicher eine neue in Mandalay besorgen.«

Garabanda riss sie zur Seite, weg von der Pistole, die neben der Kamera lag, und warf sich auf sie. Angela versuchte verzweifelt, nach der Waffe zu greifen, aber ihr Peiniger presste sie zu Boden. Mit allen Kräften kämpfte sie verzweifelt gegen ihn an. Ihre Fingernägel fuhren durch sein Gesicht. Sie wollte sein Blut sehen, ihn genauso verletzen, wie er alle anderen verletzte.

»Du Vieh!«, fauchte sie ihn an.

Er drückte sie nieder. Seine stinkende Palmschnaps-Fahne raubte ihr jegliche Widerstandskraft. Hilflos und hoffnungslos erkannte sie, dass sie unumgänglich Garabandas nächstes Opfer sein würde. Er riss ihr Mieder auf und schob ihre Röcke hoch, doch das, was er tat, erschreckte sie weniger als das, was er sagte. »Das blonde Flittchen ist nur ein Kind, das gerne eine Frau wäre. Na gut, sie bekommt, was sie will. Aber du, du bist genau die richtige Frau für mich, sicher sehr erfreulich, wenn du mal richtig in Fahrt bist. Wenn ich Spaß an dir habe, bekommst du alles, was dir Freude macht. Ich werde dir alles geben, Kleider, Schmuck, und natürlich werde ich dich befriedigen. Wenn du allerdings Zicken machst, dann kriegen dich meine Männer, genau wie die andere, die mir jetzt schon auf die Nerven geht.«

Angela flehte zu Gott, während Garabanda sie vergewaltigte.

Ihre Gebete blieben unerhört. Was hatte Felicity gesagt? »Es lässt sich aushalten, wenn man an etwas anderes denkt.«

Angela zwang sich, über den San Mukh zurück an die *SS Tahara* zu denken, an ein cremefarbenes Tüllkleid und an Seidenblumen in ihrem Haar. Zu Hause in Bath wären es sicher frische Blumen gewesen, aber für kein Geld der Welt konnte man auf einem Schiff, das nach Asien ging, frische Blumen kaufen. Sie hatte in den Armen eines netten jungen Mannes getanzt, der zwar nicht gerade übertrieben gut aussah, aber freundlich und angenehm gewesen war. »Wie schaut's denn in Indien aus?«, hatte sie ihn gefragt. »Man kann eine Menge lernen«, hatte er geantwortet. »Ich freue mich, dass Sie nach Delhi gehen. Ich habe auch eine Stelle dort. Vorläufig wenigstens. Kein Posten ist einem sicher, wenn man mal länger auf Urlaub weg gewesen ist. Ich war zu Hause in Caversham, um mich von einem Malariaanfall zu erholen – verfluchte Malaria! Aber reden wir über Sie, nicht über mich. Ich kenne Ihren Vater, er ist ein sehr netter Mann. Das kann man nicht von vielen der Distriktverwalter behaupten. Vielleicht hätte er ja nichts dagegen, wenn ich Sie ab und zu besuche? Wenn ich meine Sprachprüfung bestanden habe, würde ich gerne nach Burma gehen. Onkel Adrian hat mir erzählt, dass es keine Stadt auf Erden gibt, die so ist wie Mandalay. Man sagt, sie sei das goldene Herz von Burma. Die Straßen sollen genauso ausgebaut sein wie in Rangun. Mindon Min hat die Stadt nach modernsten Gesichtspunkten errichten lassen. Die Befestigungen umfassen fast zehn Quadratkilometer, die Mauern sind drei Meter dick und achtzig Meter hoch. Der Befestigungsgraben ist so breit, dass sogar die königlichen Barken darauf fahren können. Alles spiegelt sich in dem dunkelblauen Wasser, sodass die Stadt ihr eigenes Abbild bewundern kann. Entschuldigen Sie mein poetisches Gerede, aber ich will diese goldene Buddha-Stadt in Burma schon so lange sehen. Noch schöner wäre es, wenn wir sie zusammen anschauen könnten. Vielleicht können wir das, eines Tages?«

»Ja, ich würde Mandalay auch sehr gern besuchen.«

Nein, das ging nun nicht mehr. Dieses wundervolle Erlebnis war nun ersetzt worden. Durch Brutalität, Widerlichkeit und Hass. Sie würde nie wieder etwas anderes als Hässlichkeit auf dieser Welt zu sehen bekommen.

3

Der Mond von Mandalay spiegelte sich golden im Wasser des himmlischen Ozeans. Der Irrawaddy, von der menschlichen Betriebsamkeit des Tages befreit, glitzerte hell und ruhig unter dem Sternenhimmel. Im Gefängnis von Sagaing machten sich Moskitos über die Körperstellen der Insassen her, die Ameisen und anderes Ungeziefer bisher verschont hatten.

Nathan hatte tatsächlich zehn Tage im Todestrakt dieses verfluchten Gefängnisses überlebt, drei Tage im inneren und sieben im äußeren Bereich. Es war ihm selbst ein Rätsel, wie er das geschafft hatte, und er war sich sicher, dass er es nicht noch einmal so lange schaffen würde, so wie man ihn zugerichtet hatte. Seine Zelle, dreieinhalb mal drei Meter groß, war unerträglich. Der Gestank und das Gewinsel seiner Mitgefangenen konnten einen wahnsinnig machen. Auch draußen im Hof waren die Tageshitze und die Insekten, die sich in seinen Wunden einnisteten, einfach kaum auszuhalten. Welches der ganzen Übel am schlimmsten war, wusste er nicht zu sagen.

Immer wieder waren ihm Körbe mit Lebensmitteln von Nanette Gideon geschickt worden, zumindest ihrer Zuneigung konnte er sich sicher sein. Fast jeden Tag hielt unten ein Boot, das den Gefangenen Essenskörbe von ihren Familien brachte, anderenfalls wären sie mit Sicherheit verhungert. Natürlich bedienten sich die Gebrandmarkten zuerst und warfen dann den Häftlingen den Rest zu. Nathan war nicht sehr scharf auf die Lebensmittel, nachdem die Wächter sie mit ihren schmutzigen Händen durchwühlt hatten. Aber immerhin steckten sie ihre Drecksfinger nicht in den Tiegel mit Salbe, den Nanette ihm immer für seine vielen Verletzungen mitschickte.

So hing er vor einer Bretterwand, die Arme und Beine auf geradezu groteske Weise durch ihre Löcher gesteckt, und überlegte, wie lange die Königin noch brauchen würde, um sich zu entscheiden. Offensichtlich hatte Hawes' und Nanettes Eingabe keinerlei Erfolg gehabt. Warum brauchte der Einshemin so lange, bis er endlich seinen Thron in Mandalay einnahm? Je länger der Kronprinz zögerte, desto mehr Macht würde Königin Sinpyumashin gewinnen.

»He, du da, ich muss mal auf den Eimer«, brüllte er Choon an, einen Kerl, dem man für Betrug und Diebstahl die Nase aufgeschlitzt hatte. »Komm her und bind mich von diesen verdammten Latten los.«

Ein halbes Dutzend Gebrandmarkter, die wie eine Horde primitiver, tätowierter Wilder in der Gegend herumhockten, spielte ein chinesisches Würfelspiel. Ihre Stimmung war ziemlich gut, schließlich hatten sie ja all die Lebensmittel vor sich, die Nanette Nathan an diesem Tag geschickt hatte. Sie trugen ausnahmsweise Hemden und Sarongs, ein Umstand, der Nathan in dieser Nacht noch nützlich sein sollte.

»He, du da, Choon. Kerl, komm her, ich brauch den Eimer wirklich.«

Zuerst stellte Choon sich taub. Dann aber stand er verärgert auf und kam herüber. »Was ist denn jetzt schon wieder, verdammter Ausländer?« Er versetzte ihm einen Tritt gegen sein verletztes Bein. »Du hast dauernd nach dem Eimer gerufen. Bitte schön, da hast du ihn.« Er kippte den halb vollen Eimer mit all seinem Dreck über Nathans blutig geschlagene Füße. Nathan fluchte und brüllte die Wärter an, was diese allerdings wenig kümmerte, sie in ihrer Erheiterung über den Scherz, den sich ihr Kumpan mit dem Kala gerade erlaubt hatte, sogar eher noch anstachelte. Lo Choon hüpfte herum wie ein glückliches kleines Kind. Dann öffnete er den oberen Balken von Nathans Stock. »Zeig mal, wie schön du jetzt kriechen kannst, Fremder. Der Eimer ist hier.« Er hob ihn mit dem rechten Fuß hoch auf.

Nathan wurde übel von dem fürchterlichen Gestank, der ihn umgab. Die Wärter johlten und jubelten, sie freuten sich über das hilflose Gestrampel des berühmten Gefangenen, der sich befreien wollte, es aber nicht schaffte. Zu ihrer großen Befriedigung stank er nun auch noch genau wie alle anderen hier.

Nur elf Meilen entfernt befand sich Mandalay im Wirbel eines großen Festes. Bunt geschmückte Elefanten trugen den Adel unter seinen goldenen Schirmen herum. Chinesisches Feuerwerk verwandelte die Nacht in einen wunderbaren Blumengarten, überall ertönte Musik, und vergoldete Barken segelten auf dem silbernen Wasser.

Es war der Abend vor der königlichen Hochzeit. Am nächsten Tag sollte Prinz Thibaw, ein ebenso gläubiger Anhänger des Buddhismus wie sein Vater, Prinzessin Supalayat heiraten, Königin Sinpyumashins zweite Tochter. Der junge Prinz und die Prinzessin waren folglich Halbgeschwister.

»Ich kann Ihnen sagen, Mr. Sinclair«, meinte Mr. Hawes, der den von den vielen Feuerwerksraketen bunt erhellten Himmel über Mandalay betrachtete, »mir gefällt das nicht. Mir gefällt das überhaupt nicht. Das riecht alles zu sehr nach Intrige. Thibaw und Supalayat sind doch nur Puppen der Königin. Und sie verheiratet sie ja auch geradezu unanständig schnell. Stimmt Sie das nicht nachdenklich?«

»Doch, auf jeden Fall, Sir. Ist es sehr unverfroren, Sie zu fragen, was der C. C. auf Ihr Telegramm geantwortet hat?«

»Ach ja, das Telegramm von Charles. Wir sollen Zeit gewinnen und uns nicht in die Angelegenheiten von Ober-Burma einmischen.«

»Das ist ja ein ganz schöner Schlag, vor allem für Captain Vorne.«

»Das kann man wohl sagen, Mr. Sinclair. Aber Vorne ist nicht so wichtig, ganz im Gegensatz zu Thibaw.« Mr. Hawes verzog das Gesicht und suchte in seiner Tasche nach dem Amylnitrat. Er hatte seit einiger Zeit Herzkrämpfe und wusste genau, weshalb. Seit er herausgefunden hatte, dass das Baby, das man Mindon Min auf diesem besonderen Tablett gebracht hatte, niemand anderer als Thibaw war, wusste er, dass er in Daw Khin Htays Garten den Prinzen gesehen hatte.

Fünftes Kapitel

1

Garabanda war müde und wurde nachlässig. Er war so befriedigt, dass er selbst die blutigen Kratzer, die Angelas Nägel in seine Haut gerissen hatten, nicht mehr spürte. Wohlig grunzend fiel er auf sein Feldbett. In seinem Dusel fiel ihm noch ein, dass Angela nicht gefesselt war. Aber die Posten draußen würden sie schon nicht entwischen lassen.

Den Schlag gegen seinen Kopf fühlte er kaum.

Als Angela bewusst wurde, was sie gerade getan hatte, war sie wie gelähmt. Sie sah das Blut aus Garabandas Kopf spritzen. Wie war das nur passiert? Dann fühlte sie plötzlich die Pistole des Banditen in ihren zitternden Händen und warf sie entsetzt weg, rieb ihre Hände gegeneinander. Sie hatte doch nicht töten wollen!

Sie hörte ein Geräusch hinter sich, jemand schien sich über sie lustig zu machen. Sie fuhr herum. Der Bucklige bewegte sich, wurde größer, bedrohlicher, wollte sie anspringen, zögerte aber, fuhr dann auf sie zu. Blinder Schrecken erfüllte sie. Aber es war nur ihr Schatten, der von den Wänden der Höhle zurückgeworfen wurde. Das Wimmern, das sie gehört hatte, war ihr eigenes. Sie fühlte sich verflucht, angewidert, allein und verlassen.

Sie streckte den Arm nach dem Palmschnaps aus. Leise vor sich hin weinend trank sie, der scharfe Schnaps brannte in ihrer Kehle. Trotzdem setzte sie die Flasche erneut an, spürte den Alkohol ihr Kinn hinunterlaufen. Sie wischte sich mit dem Ärmel den Mund ab. Kurz darauf fühlte sie sich ruhiger. Die angenehme Wärme des Alkohols schien ihre Welt wieder in Ordnung zu bringen.

Sie hatte offenbar das Richtige gegen ihren Schock unternommen. Trotz ihrer religiösen Grundsätze hatte Dora viel davon gehalten, Schockzustände mit Brandy zu heilen. Nun, Palmschnaps hatte offenbar eine ähnlich gute Wirkung.

Obwohl es ihr widerstrebte, blickte sie zu Garabanda. Das Blut hatte aufgehört zu fließen. Sein Kopf hing über einer Seite des Feldbettes. Seine Schlitzaugen unter den schweren Lidern schienen sie anzublicken. Auf seinen dicken Lippen lag ein verzerrtes Grinsen. Sie entzog sich seinem unangenehmen Blick, hielt die Hand vor den Mund, während sie ihre entsetzliche Angst zu unterdrücken versuchte.

Er war nicht tot, sondern starrte sie an. Sie sah seinen Mund ein Wort formen: »Mörderin.«

»Oh Gott, oh Gott!« Sie war nicht in der Lage zu denken. Sie rutschte nur auf dem Boden zurück, so weit weg von ihm wie nur möglich, falls er seinen Arm nach ihr ausstrecken sollte. Sie starrte ihn an. Er bewegte sich nicht, aber sein immer wieder stockender Atem erinnerte sie an das Todeskeuchen, das aus Dora Quentins Kehle gedrungen war.

Zittrig tastete sie mit eiskalten Händen nach ihren Kleidern. In ihrer Hast zog sie einige von Garabandas Sachen an, riss sie sich wieder vom Leib, ihr Atem stockte. Aber während sie dann in den Hemden, Strümpfen, Stiefeln, den ganzen auf dem Boden verteilten Kleidungsstücken, herumsuchte, kam ihr eine Idee, die sie schwindlig machte.

Sie redete mit sich selber: »Gamaschen, ja Gamaschen, Reithose, das Militärjackett, ja, warum nicht?« Verzweifelt suchte sie herum. Sie war groß für eine Frau, höchstens drei, vier Zentimeter kleiner als Garabanda, wenn überhaupt. »Schuhgröße? Zu groß, na gut! Schnell, Angela, schnell! Bevor die Wachen kommen. Wie viel Meter Turban sind das? Oh Gott! Wie macht man das? Meine Haare bedecken, meine Haare! Gut, was noch … Mantel … Bart … was ist mit dem Backenbart? Oh Gott, Gott bitte hilf mir! Der Schal, schnell, bind dir den Schal ums Gesicht, Mädchen, schnell, schnell ...« Wie verrückt flüsterte sie vor sich hin und sah nur die Gelegenheit zur Flucht vor sich.

Angela lachte und weinte gleichzeitig, genau wie in dem Moment, als sie begriffen hatte, was Garabanda ihr antun würde. Was war sonst noch? Ach ja, das Gewehr, ihre Elefanten-Büchse stand da in der Ecke. Eine Pistole! War sie geladen? Ja! Yoes Texte. Mein Gott, das kann ich doch niemals alles tragen, mit den ganzen Sachen komme ich niemals von hier weg!

Sie hockte sich auf den Boden, sie hatte verloren. Das war nicht zu schaffen! Außerdem war da ja auch noch Felicity.

Eine Stimme in ihrem Inneren sagte: »Du kannst, du kannst alles tun, was du nur willst, Angela Featherstone. Du weißt das. Zeig ihnen einfach dein Gesicht nicht und halt den Mund. Oh, wie sollte das bloß funktionieren? Moment, die Zigarren! Er raucht doch. Steck dir einen Stumpen in den Mund und geh einfach raus, frische Luft schnappen. Schau dich noch mal im Spiegel an, in der Dunkelheit wird dich keiner erkennen. Was ist mit Felicity? Sie ist doch seine Geliebte. Also geh und schnapp sie dir. Du bist einfach Garabanda, da gibt es nichts anderes.«

Angela griff noch einmal nach dem Palmschnaps, nahm einen kräftigen Schluck und wischte sich den Mund ab.

Zwei Wachen lehnten am Eingang der Höhle, grüßten verschlafen, redeten sie aber nicht an. Warum sollten sie auch? Sie war schließlich Garabanda, oder?

Seinen Gang imitierend, stampfte sie mit schweren Schritten zu dem Zelt, das sie sich mit Felicity teilte. Das Mädchen schlief tief und fest. Angela presste ihr eine Hand auf den Mund und weckte sie damit auf. Felicitys blaue Augen spiegelten ihre Angst wider.

»Felicity, ich bin's, Angela! Schrei nicht und mach keinen Lärm. Garabanda ist tot. Ich habe ihn umgebracht. Ich wollte es nicht. Wenn sie das rauskriegen, dann sind sie alle hinter mir her. Du musst genau tun, was ich dir sage. Das ist unsere einzige Chance. Wir müssen noch heute Nacht hier weg. In ein paar Stunden wird es hell, und dann verfolgen sie uns. Reiß dich zusammen und tu, was ich dir sage.«

Felicity nickte, woraufhin Angela ihren Mund wieder freigab.

»Gut, jetzt werden wir uns Mandalay also doch zusammen ansehen. Glaub mir. Aber jetzt beeil dich, zieh dich an, wir müssen sofort hier weg.«

Felicity machte sich fertig, während Angela ihr letzte Anweisungen zuflüsterte. Felicity hängte sich an Angelas Arm, als ob sie versuchte, nett zu Garabanda zu sein. So gingen sie zu den angebundenen Pferden.

»Halt! Wer geht da?« Die Wachen riefen hinter ihnen her.

Angela wusste nicht einmal, in welcher Sprache der Mann da schrie, verstand aber natürlich, dass er sie aufhalten wollte. Felicity, kurz vor einem Ohnmachtsanfall, stolperte gegen sie, und so konnte sie nur flüstern: »Felicity, reiß dich zusammen, oder sie erwischen uns. Tu so, als ob Garabanda mit dir spazieren ginge.«

Felicity kicherte, ein ungewollter Reflex, aber die Wachen konnten es hören. Mit steifen Fingern suchte Angela nach Garabandas Stumpen, dann zog sie Felicity unter eine allein stehende Kiefer. »Sag kein Wort, aber wenn ich von dieser verdammten Zigarre husten muss, dann lach so laut, dass die Wachen glauben, Garabanda würde sich mit dir amüsieren.« Ihre Hände zitterten, erst mit dem dritten Streichholz gelang es ihr, die Zigarre anzuzünden. Prompt begann sie zu husten, zumal sie gleich einen Lungenzug genommen hatte.

Felicity klammerte sich panisch an Angelas Arm. »Mein Gott, jetzt kommen sie auf uns zu.«

Zwei Männer in Lammfellstiefeln, die Munitionsgurte über ihre langen Wollmäntel geschnallt, näherten sich mit angelegten Gewehren.

Plötzlich löste sich Felicity von Angelas Arm und ging direkt auf die Männer zu. Angela, wie gelähmt, konnte sich nicht von der Stelle rühren und nur Felicitys schattenhaften Umrissen nachstarren. Sie konnte ihr nicht hinterherschreien, um sie aufzuhalten, kein Wort drang aus ihrer Kehle. Die Männer blieben stehen. Felicity gestikulierte in Richtung der Kiefer. Die Wachen meinten ihren Führer zu sehen, der dort stand und rauchte. Sie wussten, was von ihnen erwartet wurde, Garabanda wollte sich offensichtlich bei einem mitternächtlichen Schäferstündchen amüsieren. Sie gingen zurück. Kaum glaubten sie, hinter einem Felsen außer Hörweite zu sein, begannen sie, ihre dreckigen Witze zu reißen. Ausnahmsweise war Angela einmal dankbar für die schmutzige Fantasie dieser Kerle. Dann gingen die beiden Frauen vorsichtig zu den Pferden hinüber. Angela nahm Garabandas Pferd, Felicity fand ein anderes, das ihr passend erschien.

»Ich bin noch nie ohne Sattel geritten«, sagte sie.

»Und ich habe noch nie Zigarren geraucht oder Schnaps getrunken. Das Leben ist halt nicht immer ein Spaziergang. Wir haben keine Zeit, nach Sätteln zu suchen. Also rauf aufs Pferd. Ich helf dir schon. Hoffentlich komm ich selbst dann auch auf meinen Gaul.« Sie konnte nur hoffen, dass die Wachen noch immer in die andere Richtung guckten und so nicht sehen konnten, welch lächerliches Bild sie und Felicity abgaben.

Sie sorgte sich umsonst, da die Wachen keineswegs versessen darauf waren, ihrem Chef noch einmal unangenehm aufzufallen. Da sie Garabandas Unbill schon mehr als einmal deutlich zu spüren bekommen hatten, kümmerten sie sich nicht weiter um ihn und das Mädchen.

»Wir können nicht mehr weit von der Grenze nach Manipur sein«, rief Angela, die sich auf dem Pferd zu halten versuchte, indem sie die Hände in dessen Mähne krallte. »Gestern habe ich einen Blick über Prinz Yoes Schulter geworfen, als er sich mit Garabanda über die Landkarte beugte und irgendwelche Routen besprach. Wenn wir immer gen Osten reiten, müssten wir die Grenze spätestens morgen erreichen. Garabandas Pferd ist wirklich sehr folgsam, wie ist deins?«

»Es ist ganz schön trittsicher und scheint sich in diesen Bergen auszukennen. Garabandas Kerle müssen ständig hier in der Gegend sein, um zu plündern. Du siehst wirklich zu lustig in deinen Klamotten aus, Angela, obwohl du mir darin nicht gerade gefällst. Dein Aufzug erinnert mich zu sehr an das, vor dem wir fliehen. Oh lieber Gott, hoffentlich ist das gerade kein Traum. Wo liegt übrigens Osten?«

Angela, die sich völlig ausgepumpt fühlte, erwiderte: »Ich nehme an, da, wo die Sonne aufgeht. Wir müssen schauen, wo der Himmel heller wird. Ich kann allerdings noch nicht mal mit einem Kompass die Himmelsrichtung richtig bestimmen. Ich fürchte also, auf meinen Orientierungssinn ist nicht unbedingt Verlass.«

Sie fürchtete noch ganz andere Dinge. Zwei Frauen in einer von Halsabschneidern bevölkerten Gegend, inmitten von Bergen, Flüssen und Dschungel, ihre Probleme waren also noch lange nicht ausgestanden. Der weit entfernte Horizont war ebenso zerfranst und unklar wie ihre Hoffnungen.

2

Jetzt ist es ja wohl eine Frage auf Leben und Tod, ob wir uns trennen«, murmelte Nathan im Dunklen.

»Was ist los, Fremder?«, wollte Tin-Sook-En wissen. Für einen Augenblick unterbrach er sein gieriges Hinunterschlingen des eigentlich für Nathan bestimmten Essens und wischte sich seine fettigen Finger ab, wobei er Nathan breit angrinste.

»Ich fragte, du Wurm aller Würmer, wo denn heute euer Wärter-Häuptling steckt?«

»Der ist bei einer Gefangenen, Fremder, oh, là là, ich kann dir sagen, die soll so toll fette Schenkel haben, dass es eine wahre Wonne ist. Aber warum willst du das wissen?«

»Ich möchte mein Geständnis unterschreiben. Außerdem gibt es etwas, was er wissen sollte.«

»Was denn, Kala?«

»Das geht nur den ›Vater‹ etwas an.«

»Aber im Moment bin ich der ›Vater‹ hier, also sag's mir.« Den Mund voller Reis stieß er Lo Choon in die Rippen. Der aber schnarchte weiter. Der auf seine Brust tätowierte Elefant unter seinem offenen Hemd bewegte sich im Rhythmus seiner Atemzüge. Es galt als männlich, sich der Tortur des Tätowierens zu unterziehen. Je größer die Tätowierung, desto größer das Ansehen! So schmückten Elefanten, Pagoden, Palmen und Gebetstexte die Körper der Wärter.

»Wach auf, Lo Choon!«, rief Tin-Sook-En. »Der Fremde weiß nicht, dass ich heute für das Gefängnis verantwortlich bin. Steh auf und sag's ihm, damit er mir gegenüber größeren Respekt an den Tag legt.«

Lo Choon grunzte irgendetwas, und Tin-Sook-En wurde ärgerlich. Er begann, ihn zu treten. »Wach endlich auf! Der verdammte Fremde will endlich sein Geständnis unterschreiben. Geh zum Garnisons-Kommandeur und hol die Urkunde, damit er sie unterschreiben kann. Wir müssen sie endlich unserer gnädigen Königin bringen. Hörst du mich endlich, Lo Choon?«

Lo Choon verspürte nicht die geringste Lust, sich zu rühren. Es ging ihm schlecht. In seinem Kopf pochte und hämmerte es wie wild, um ihn herum schien sich alles zu drehen.

Während die anderen vom Whisky müde geworden waren und jetzt ihren Rausch ausschlafen mussten, hatte der Alkohol bei Tin-Sook-En das genaue Gegenteil bewirkt. Durch das hochprozentige Gebräu waren seine Lebensgeister geweckt worden, sodass er sich jetzt höchst lebendig und redselig gab. Auch Lo Choon rührte sich nun langsam und machte sich nach einigen Anlaufschwierigkeiten schwankend auf den Weg zum Kommandeur. Obwohl sein Schädel bei jedem Schritt zu platzen drohte, wusste er, dass es ihm, sollte er Tin-Sook-En den Gehorsam verweigern, noch viel schlechter gehen würde.

Von den vier anderen Häftlingen in der Zelle waren drei so gut wie tot. Nur ein Burmese, der seinem Nachbarn eine Ziege gestohlen hatte, war noch bei Bewusstsein. Als Strafe für den Diebstahl hatte man ihm eine Hand abgeschlagen und den Stumpf mit heißem Teer überschüttet. Seine Schmerzen mussten so unerträglich sein, dass sie ihn offenbar in den Wahnsinn getrieben hatten. Auch das Ungeziefer in seinen Kleidern ließ ihm keinen Augenblick Ruhe. Um die Viecher zu vertreiben, schlug er mit seinem gesunden Arm ständig um sich, juckte und kratzte sich pausenlos und brabbelte dabei die ganze Zeit irre vor sich hin. Manches konnte Nathan verstehen, das meiste jedoch nicht.

Nach einer Weile kam Lo Choon mit der Urkunde zurück, warf sie auf den Boden, ließ sich auf sein Lager fallen und schlief sofort weiter.

»He, du da, Tin-Sook-En, hör auf zu saufen. He, und hör mir endlich zu, oder bist du genauso taub, wie du dumm bist? Ich will dir was sagen.«

»Was ist denn jetzt schon wieder, Kala?« Der Wärter schielte in die leere Flasche, bevor er versuchte den Shwe Nat zu taxieren, dessen blondes Haar im Dunkeln leuchtete.

»Wie schade, dass man dich nicht für immer zum Schweigen bringen kann. Aber die Königin von Burma will dich nun mal lebend haben … Tja, da muss Tin-Sook-En, ihr demütiger Diener, wohl oder übel gehorchen. Unterschreib endlich, Kala, tu der Königin einen Gefallen, und mir auch, damit ich dich endlich loswerde.« Auf allen vieren kroch er auf Nathan zu, in der einen Hand die Urkunde und in der anderen Hand die leere Whiskyflasche vor sich her schubsend.

»Rubine gefallen dir doch, oder?«, fragte Nathan, als Tin-Sook-En sich in seiner Reichweite befand.

»Was für Rubine?« Die Gier ließ den Gebrandmarkten, der Urkunde und Flasche wegkickte, sogar plötzlich seinen Durst vergessen.

»Königliche Rubine.«

»Wo?«

»Versteckt.«

»Wo?«

»Find es heraus.«

»Du lügst, Kala!«

Tin-Sook-En beugte sich habgierig zu Nathan vor. Als Nathan früher am Abend, während das Saufgelage der Gebrandmarkten noch in vollem Gange war, darum gebeten hatte, sich erleichtern zu dürfen, hatte Lo Choon anschließend vergessen, seine Arme wieder in Fesseln zu legen. Eine unverzeihliche Unachtsamkeit, die Nathan jetzt schamlos ausnutzte. Vorsichtig tastete er nach dem Würgestrick, den Tin-Sook-En wie alle Wärter immer bei sich trug. Seiner war sogar seine persönliche Spezialanfertigung, eine Drahtschnur statt der üblichen Kordel, mit zwei Holzgriffen versehen, um sich nicht selbst damit zu verletzen. Es würde ein Leichtes sein, sie ihrem Besitzer, so betrunken wie er im Augenblick war, um den Kopf zu legen. »Schließ meine Fußfesseln auf, du elender Spross eines aussätzigen Flittchens«, knurrte er in dem Moment in Tin-Sook-Ens Ohr, als er die Schlinge zuzog.

Die Augen des Wärters traten aus ihren Höhlen. »Meine Füße, verdammt noch mal … Schnell!« Nathan riss an der Schlinge, woraufhin der Wärter sich vor Schreck und Angst in die Hose machte. Verzweifelt durchsuchte er den riesigen Schlüsselbund, den der ›Vater‹ ihm für die Zeit seiner Abwesenheit überantwortet hatte. Er wurde umso hastiger, je weniger der Druck um seine Gurgel nachließ. Als er den richtigen Schlüssel endlich gefunden hatte, bückte er sich, um die Kette an Nathans Füßen zu öffnen.

»Jetzt hilf mir hoch,« wies Nathan ihn an, »und sorg dafür, dass ich auch stehen bleibe, verdammt!« Er zuckte zusammen. Die Schmerzen in seinen steif gewordenen Gliedern schienen unerträglich.

Aber er musste durchhalten. Durchhalten oder sterben …

Nathan biss die Zähne zusammen. Sein geschwächter Körper war schweißüberströmt. Nimm dir ein Beispiel an den Buddhisten, redete er sich ein, entzieh deinen Geist den Qualen des Körpers, und du wirst die Schmerzensschwelle überwinden. Er hielt sich an dem Draht fest, der ihn an einen Käse-Schneider erinnerte. Das war nun sein Lebensdraht. Er schwor sich, das Sagaing-Gefängnis auf eigenen Beinen zu verlassen, auch wenn er dabei draufgehen würde.

»Engländer, Engländer ... nimm mich mit, ich flehe dich an ...«, schrie der burmesische Häftling so laut, dass er Tote hätte wecken können.

»Um Himmels willen, stopf ihm das Maul!« Nathan, dessen Blut ins Stocken geraten war, drückte Tin-Sook-En die Whisky-Flasche in die Hand und riss an dem Draht, der eine dünne blutige Linie in den Hals des Wärters schnitt. Tin-Sook-En gehorchte auf der Stelle und schlug den Burmesen ohnmächtig.

»Jetzt hör mal zu, du Dreckstück«, zischte Nathan Tin-Sook-En an. »Wenn ich draufgehe, gehst du mit drauf. Ich habe nichts mehr zu verlieren. Du wirst den Militärposten am Tor sagen, dass du mich nach Mandalay bringst, damit ich das Geständnis unterschreibe, das die Königin von mir haben will. He, kapierst du nicht, heb diesen Wisch endlich auf! Na siehst du, geht doch ... Gut, und hier habe ich noch eine Urkunde.« Aus der Tasche seiner zerrissenen Hose zog er ein gefälschtes Dokument, das Nanette ihm ins Gefängnis geschmuggelt hatte. »Das ist eine vom Hlutdaw beglaubigte Ausgangserlaubnis, die mir erlaubt, das Sagaing in Begleitung eines Gebrandmarkten zu verlassen, der mich dann nach Mandalay bringt. Ein Boot mit königlichen Soldaten erwartet uns an der Bucht vor dem Gefängnis. Ich muss noch heute Abend nach Mandalay gebracht werden, da es der Vorabend der königlichen Hochzeit und damit ein äußerst günstiger Moment ist! Kapiert?«

Tin-Sook-En nickte vorsichtig, da er den Draht um seinen Hals noch immer allzu deutlich spüren konnte. Auge um Auge, Zahn um Zahn, er wusste, dass der Shwe Nat ihm ohne zu zögern dasselbe antun würde, was er selbst so vielen anderen angetan hatte. Er konnte geradezu schon spüren, wie das warme Blut aus seiner Nase, seinem Mund seinen Nacken hinunterfloss. Er überlegte, dass der Shwe Nat sich noch nicht einmal besonders anstrengen müsste, ein kräftiger Ruck würde schon reichen, und er wäre geköpft. Trotz seines benebelten Zustands wusste Tin-Sook-En das alles. Er zitterte vor Angst, während er Nathan stützte. Dieser, sehr viel größer als Tin-Sook-En, hatte seinen Arm um dessen Schultern gelegt. Seine Hand mit den Griffen der Drahtschlinge baumelte wie zufällig von der Schulter des Wärters. Dessen Hemd mit dem geschlossenen Kragen verbarg die Schlinge.

»Halt! Was hat das hier zu bedeuten?« Ein Soldat verstellte ihnen den Weg und hielt eine langläufige Flinte auf sie gerichtet.

Tin-Sook-En spürte, wie sich die Schlinge immer enger um seinen Hals legte, so eng, dass er meinte, ihm müssten jeden Augenblick die Augen aus dem Kopf springen. »Jetzt!« Nathan zischte seiner Geisel mit einem gefährlichen Unterton in der Stimme zu, obwohl er selbst auch Blut und Wasser schwitzte.

»Ich bin Tin-Sook-En, zweiter Kommandeur der Gebrandmarkten. Ich habe hier einen Gefangenen der Königin, der nach Mandalay gebracht werden muss.« Der Wärter zitterte so stark, dass Nathan die Schlinge zu entgleiten drohte.

»Wartet hier!« Der Soldat verschwand mit den Dokumenten in dem Wachhäuschen am Haupttor. Zwei andere Posten mit modernen französischen Repetiergewehren kamen aus dem Dunklen.

»Sag ihnen, was du dem anderen gesagt hast.«

»Nein ... nein ... ich bleibe hier, geh du.« Tin-Sook-En war kurz davor, zusammenzubrechen, und Nathan wusste, dass es mit seiner Chance dann vorbei sein würde, genauso wie mit seinem Leben.

Noch bevor die zwei Wachen sie auch nur ansprechen konnten, tauchte der erste Posten wieder auf. Er rief nach Fackeln, und die beiden rannten los, um welche zu holen.

In Panik schüttelte Nathan den Wärter: »Wenn du am Leben bleiben willst, dann sag ihnen, ... sag ihnen, dass sie uns in Ruhe lassen sollen. Dass wir eine Urkunde vom königlichen Rat haben ... sag ihnen das!.«

»Ihr Idioten, macht sofort das Tor auf! Ich bringe diesen Gefangenen hinunter zum Anlegeplatz, wo das Schiff auf uns wartet. Könnt ihr nicht lesen? Auf Befehl unserer göttlichen Königin muss der Gefangene sofort zum Hlutdaw gebracht werden. Ich bin Tin-Sook-En von den Gebrandmarkten, der diesen Befehl ausführen soll.«

Nathan wagte wieder zu atmen. Tin-Sook-En hatte es wirklich gut gemacht. Wie alle Feiglinge fügte er anderen gerne Schmerz zu, ertrug ihn selbst aber kaum. Außerdem war dieser Befehl ja nicht ungewöhnlich. Die Gebrandmarkten brachten häufig Häftlinge an den Hof von Ava nach Mandalay. Sie waren zuverlässiger als die Soldaten. Ein Gebrandmarkter, der auch nur daran dachte zu flüchten, hatte nicht die geringste Chance. Seine Tätowierungen und amputierten Gliedmaßen würden ihn überall verraten, und man würde ihn sehr schnell wieder einfangen. Die Strafe, die ihn dann erwartete, würde alles übertreffen, was er je erlebt hatte, das wusste jeder von ihnen. Tin-Sook-En war außerdem einer der zuverlässigsten Wärter, einer der ältesten und vertrauenswürdigsten Insassen von Sagaing. Er hatte sich mit seiner Situation bestens arrangiert. Schließlich hatte er ein Dach über dem Kopf, genug zu essen und er konnte sich mit den Häftlingen amüsieren, wie immer er wollte. Dem königlichen Militär war sein Sadismus bekannt. So hegten sie denn auch keinerlei Befürchtungen, dass er flüchten würde, sobald er seinen Gefangenen in Mandalay abgeliefert hatte. Also gaben die Wachen Befehl, das Tor zu öffnen, händigten Tin-Sook-En die Dokumente wieder aus und beleuchteten ihnen mit den Fackeln sogar noch den Weg.

Es war Tin-Sook-Ens verrücktes Gestotter, das Nathan in seinem Freudentaumel über die gerade erlangte Freiheit wieder auf den Boden der Tatsachen zurückholte. Tin-Sook-En war auf die Knie gefallen und küsste Nathan die Füße, denn er glaubte nun wirklich, es mit Thagya Min, dem König aller Geister, zu tun zu haben. Das war es, was Nathan jetzt gebrauchen konnte: einen winselnden, knienden Gebrandmarkten, der die Wachen auf den

Türmen auf sie aufmerksam machte. Er wusste, was zu tun war, und er tat es ohne die geringsten Gewissensbisse.

Im Schatten der hohen Gefängnismauer zog er mit all seiner verbliebenen Kraft die Enden der Drahtschlinge mehrmals schnell in gegensätzliche Richtungen. Er hätte nicht gedacht, dass es tatsächlich so war, wie in ein Stück Käse zu schneiden, als er Tin-Sook-Ens selbst gebasteltes Handwerkszeug zu dem gedachten Zweck benutzte, nämlich einem Menschen den Kopf abzutrennen.

Sechstes Kapitel

1

Innerlich dankte Nathan Gott dafür, dass er den Burmesen diesen simplen Glauben an Geister eingegeben hatte, und ließ sich ins Wasser gleiten, dessen angenehme Kühle ihn sofort wieder belebte. Verschiedene Empfindungen übermannten ihn gleichzeitig: seine Freiheit hier im Wasser, Befriedigung, dass seine Läuse hier ersaufen mussten, ein fauliger Geruch und das Alleinsein – kein Wärter weit und breit. Am liebsten wäre er für immer an Ort und Stelle geblieben und hätte sich diesem wunderbaren Augenblick hingegeben.

Er wusste allerdings, dass er genau das nicht durfte. Er musste so viel Abstand wie möglich zwischen sich und das Gefängnis dort oben bringen.

Jeden Augenblick müsste der Gefängnis-Kommandeur seine Runde machen. Er würde sehen, dass Lo Choon und die anderen Gebrandmarkten ihren Rausch ausschliefen, dass Tin-Sook-En samt den Schlüsseln verschwunden und der Nat von Mandalay wie ein Geist entwichen war. Ja, und dann würde die Hölle ausbrechen. Zusammen mit den königlichen Soldaten würden die Gebrandmarkten jeden Stein auf dem Gelände umdrehen. Jedes Dschungeldorf jenseits des Irrawaddy würde durchsucht, jeder Bewohner befragt werden. Dampfboote, Barken, Sampans, Hausboote und Fähren würden bei den Durchsuchungen ins Schaukeln kommen, vor allem aber die *Belle Hélène*. Nathan hatte keine Ahnung, wohin Findebar, Ko Lee und der Rest seiner Mannschaft gegangen waren. Das Letzte, was er von ihnen gesehen hatte, waren ihre Rockzipfel gewesen, die in dem Moment verschwanden, als die Belle von der königlichen Truppe im Zuge ihrer Jagd auf geschmuggelte Rubine geentert worden war. Nathan wusste allzu gut, dass das Leben des ›Vaters‹ und der übrigen Gebrandmarkten davon abhing, ihn zu fangen. Nathan sendete ein Stoßgebet, dass Minthami sich nicht mehr in ihrem Pfahlhaus in Mandalay aufhielt.

Wenn es ihm doch nur gelingen würde, nach Mandalay zu kommen. Dort wüsste er einen Ort, an dem er sich verstecken könnte, an dem kein Burmese ihn aufspüren würde. Schließlich respektierten sie den britischen Gesandten und das Stückchen Land, über dem der Union Jack wehte.

Jedes Geräusch in der nächtlichen Stille schien tausendfach verstärkt; das Wasser, das an das Ufer plätscherte, jedes Boot, scheinbar mit einer Armee von Wärtern beladen, die nur darauf warteten, sich auf ihn zu stürzen, und über allem der hohe Schrei eines Affen, der ihm Angstschauer über den Rücken laufen ließ. Nathan entfernte sich mit kräftigen Schwimmzügen vom Ufer. Glücklicherweise bereiteten ihm die Bewegungen im Wasser auch keine Schmerzen.

Vor ihm erstreckte sich eine Sandbank entlang des Flussbogens, auf die Nathan zuschwamm.

Und dann passierte genau das, was er befürchtet hatte. Der Gefängnishügel erwachte zum Leben. Die gesamte Umgebung wurde beleuchtet, Lärm breitete sich aus. Die Haupttore spuckten eine Armada von Männern in Spielzeuggröße aus, deren Schatten allerdings im Licht der Fackeln plötzlich riesenhaft wirkte. Massen von Gewehren, Spießen und Keulen prangten an den Gefängnismauern. Es konnte nicht mehr lange dauern, bis sie die kopflose Leiche von Tin-Sook-En entdecken würden, und dann würde sein Schicksal besiegelt sein.

Nathan tauchte unter, mit angehaltenem Atem schwamm er auf die Sandbank zu. Wenn er sie vor seinen Verfolgern erreichen konnte, hatte er vielleicht noch eine Chance zu entkommen. Ansonsten würden sie ihn von beiden Flussufern abschneiden, und er säße in der Falle.

Nathan gab sein Bestes. Er kannte diesen Flussabschnitt sehr gut, schließlich hatte er ihn oft genug befahren. Er hatte sich nur nie träumen lassen, dass er ihn einmal auf diese Weise erkunden müsste. Als er damals Ko Lee aus dem Wasser gezogen hatte, war das viel weiter oben in ruhigerem Wasser gewesen. Aber das hier war der reine Selbstmord.

Größere Mächte standen gegen ihn. Er kämpfte, tauchte auf, wurde von der nächsten Welle überrollt und tauchte wieder auf, dann gab er den Kampf auf, die Strömung riss ihn mit, ließ ihn wie ein Blatt herumwirbeln. Angeblich sieht ein Ertrinkender sein Leben noch einmal vorbeiziehen, Nathan allerdings hörte nur Musik. Unter ihm, über ihm, um ihn herum, Musik umringte ihn, Nathans Trommelfell war unter Wasser geplatzt. Sein Herz hämmerte dröhnend gegen seine Rippen, sein Blut pochte in seinen Adern.

Seine Ohnmacht hatte nicht lange gedauert, nur wusste er das nicht. Er war sich nur der an ihm vorbeirauschenden Welt und der vielen roten Lichter bewusst, die im permanenten Wechsel aufflackerten und wieder erloschen, als ihn der Fluss gnädig auf eine Sandbank spülte.

Nathans Gesicht schrammte über den rauen Sand, und er schnappte verzweifelt nach Luft. Mit dem Kopf nach unten lag er auf einer Sandbank mitten im Irrawaddy, das Wasser umspülte seinen Körper. Dann kamen die Lichter näher und wurden größer, wie ein chinesisches Feuerwerk. Orange, rote, purpurfarbene Flammen zeigten ihm, wie nahe die Gebrandmarkten ihm schon waren, wie bald sie ihn fangen würden. Na, immerhin hatte er ihnen ein gutes Rennen geliefert.

Unfähig sich zu bewegen, wartete er auf die Prügel und hoffte nur noch, dass es mit seinem Leben wenigstens schnell zu Ende ging, obwohl er das irritierende Gefühl hatte, dass es anders kommen würde.

Und tatsächlich passierte nichts. Nur das Fiepen in seinen Ohren wurde immer lauter. Als er die Augen wieder öffnete, blickte er in die Gesichter von Drachen. Die Fackeln seiner Verfolger entpuppten sich als die Fackeln königlicher Matrosen, die beide Seiten eines prunkvollen Schiffes säumten, das Kurs auf Mandalay genommen hatte. Die aus seinem Inneren ertönende Musik untermalte diese würdevolle Art der Fortbewegung auf dem Fluss. Wahrhaft königlich tauchte dieses Schiff, das wie eine dreifache, in den Rumpf eines Drachen gebaute Pagode aussah, in der Dunkelheit auf.

Nathans Schmerzen hatten nachgelassen, aber er spürte, dass er nur das Geringste zu tun brauchte, und sie würden auf der Stelle wieder da sein. Dennoch warf er sich zurück ins Wasser, sollte es ihn doch irgendwohin tragen! Anstatt gegen die Strömung anzukämpfen, ließ er sich von ihr tragen und passte seine Atmung dem Wellengang an. Er war sich sicher, dass das Wasser ihn in Richtung des engen Ava-Sagaing-Kanals trug, durch den sich der Fluss auf seinem Weg zum etwa fünfhundert Meilen entfernten Meer quälen musste. Außerdem wusste er auch, dass die königliche Barke hier fast keine Fahrt machen konnte.

Vor dem Prunkschiff fuhr ein Ruderboot mit achtundvierzig Ruderern, die im Gleichtakt ihre Ruder abwechselnd ins Wasser tauchten und in die Höhe hielten. Das ihm folgende Zeremonienschiff mit seinem Drachenbug und den vielen die Schiffsflanken drohend bewachenden mythischen Löwenfiguren ächzte unter all seinem Schmuck und Gewicht. In die Augen dieser Chinthes waren Edelsteine gesetzt worden, die ihren Widerschein in die Nacht warfen und die Fantasie beflügelten.

Unter einer Markise mit silbernen und goldenen Quasten waren zwei Schatten zu erkennen. Nathan stöhnte auf. Königin Sinpyumashins Lieblingspaar, dem Prinzen Thibaw und der Prinzessin Supalayat in die Hände zu fallen, das war doch nun wirklich zu viel.

Die beiden Boote drosselten ihr Tempo. Ein Mann im Lotsenboot bestimmte die Wassertiefe mit einem langen Stab. Seine Messungen wurden von einem Mann auf der Barke wiederholt.

Nathan schwamm auf das königliche Gefährt zu. Es war ein letzter, verzweifelter Versuch. Wenn er nur das Heck der königlichen Barke erreichen und sich dort anhängen könnte, dann könnte er den verfluchten Gebrandmarkten wenigstens vorläufig entkommen. Die Wellen, die das Lotsenboot schlug, warfen ihn zur Seite. Er wusste, dass er nicht mehr lange durchhalten würde.

Er betete um ein Wunder und fand es: Seine Hände bekamen einen der Rettungsringe zu fassen. Mit seinen blutigen Füßen klammerte er sich an die obere Planke auf dem Bootsbord und entdeckte zu seinem Erstaunen, dass die Flagge, die ihm um die Nase flatterte, die des Einshemin war, des Kronprinzen Nyaungyan Min, des Herrn des östlichen Palastes.

Noch während die königliche Barke unter dem drohenden Schatten des Sagaing-Gefängnisses entlangglitt, wälzte Nathan sich an Deck. Die burmesischen Matrosen, zu deren Füßen er landete, starrten ihn vor Erstaunen mit offenen Mündern an, bis Nathan in lautes Lachen ausbrach, in das sie kurz darauf aus vollem Herzen einfielen.

Eine autoritäre Stimme ließ sie abrupt verstummen. Nathan fühlte eine Säbelspitze an seiner Kehle. Er sah in die strengen Augen des Kronprinzen und seines jüngeren Bruders, Prinz Nyaung Ok. Das Lachen verging ihm sofort.

»Wache! Festnehmen!«, brüllte Prinz Nyaung Ok, seine Säbelspitze immer noch an Nathans Hals.

»Prinz Nyaungyan Min … Einshemin!« Nathan richtete sich vorsichtig auf. »Ich bin absolut friedlich gesinnt, habe auch absolut nicht vor, Euren Bruder irgendwie anzugreifen, der da den Säbel auf mich richtet – auch nicht gerade die feine buddhistische Art.« Er versuchte, ein Stück von der Klinge wegzurutschen.

»Halt den Mund, Kala!«, sagte Prinz Nyaung Ok, der offenbar reizbarer war als sein Bruder, den er beschützen wollte. »Du redest den künftigen König von Burma respektlos an. Ebenso seinen Bruder. Ich bin Prinz Nyaung Ok. Welcher Verrat bringt dich auf dieses königliche Schiff?« Er richtete sich Ehrfurcht gebietend auf.

»Es tut mir Leid, ich wollte niemanden beleidigen.«

»Du bist ein Fluss-Pirat! Das ist Beleidigung genug!«

»Warte bitte mal«, forderte der Einshemin seinen Bruder auf. »Siehst du nicht, wer der Mann ist. Das ist der Shwe Nat von Mandalay, vermutlich der einzige Mann, der es fertig bringt, in diesem Aufzug an Bord eines königlichen Schiffes zu klettern. Was, Nathan?« Er sah den Captain mit der Spur eines Lächelns an.

Nathan blickte in die dunklen Augen seines Freundes und gestattete sich ein Grinsen. Der Einshemin und Prinz Nyaung Ok blickten Nathan an und verzogen keine Miene, ihre Gesichter blieben ausdruckslos. Die beiden waren nahezu gleich angezogen. Sie trugen Satin-Hemden, halblange Hosen, die Unterschenkel und Füße unbedeckt ließen, und viele Schmuckstücke, die mit Edelsteinen aller Art verziert waren. Ihr langes schwarzes Haar trugen sie zu einem komplizierten Knoten zusammengefasst, der mit edelsteinbesetzten Nadeln und einem weißen Musselinband befestigt war.

Der voreilige Prinz Nyaung Ok zupfte etwas ratlos an seinem diamantenen Ohrring, während der Einshemin Nathan seine Hand hinstreckte: »Komm!«

Nathan konnte nicht aufstehen. Der Einshemin rief einige seiner Diener, die Nathan auf die Füße helfen sollten, ohne zu ahnen, welche Qual das Stehen für diesen bedeutete. »Tritt bitte mit etwas mehr Würde vor uns, dann bist du willkommen. Prinz Nyaung Ok und ich wünschen, mit weiteren deiner Geschichten unterhalten zu werden, die uns immer sehr amüsiert haben. Zuerst aber erzähle uns, in welchen Schwierigkeiten du steckst. So, wie du aussiehst, handelt es sich wohl um erhebliche Schwierigkeiten, oder nicht, mein Freund? Helft ihm, Wachen! Und holt Tigerbalsam für seine Wunden. Bringt ihm auch etwas zu trinken, er sieht so aus, als ob er einen ordentlichen Schluck gut brauchen könnte!«

»Nein, nichts zu trinken, jedenfalls nicht im Moment, danke.

Ich habe gerade den halben Irrawaddy ausgetrunken. Das müsste eigentlich genug Flüssigkeit für den Rest meines Lebens sein. Im Moment zumindest verspüre ich nicht den geringsten Durst. Und seid vorsichtig mit dem Tigerbalsam.« Letzteres sagte er zu den eifrigen Dienern des Einshemin, die etwas zu energisch ans Werk gegangen waren.

Nathan wurde aufgefordert, es sich in der Mitte des Decks auf einem Teppich aus Brokat bequem zu machen. Auf seidene Kissen gebettet wusch man seine Füße mit Rosenwasser und massierte sie noch einmal vorsichtig mit dem Tigerbalsam. Dann wurde ihm Halwa, seine Lieblingssüßspeise, serviert. Nathan konnte sich nicht beherrschen und brach wieder in ein glückliches Lachen aus. Es bedeutete alles Glück der Welt, ausgerechnet mit dieser Barke kollidiert zu sein. Als er im Wasser strampelte und davon ausging, jeden Moment ertrinken zu müssen, hatte er die beiden Schatten an Bord für das Hochzeitspaar, Thibaw und Supalayat, gehalten. In diesem Fall wäre er wohl auch ertrunken. Dass es sich aber um die Schatten seines Freundes, des Einshemin, des Kronprinzen von Burma und seines Bruders gehandelt hatte, war einfach wunderbar. Niemand würde es wagen, das Gefolge des Prinzen auf seinem Weg nach Mandalay aufzuhalten, am allerwenigsten der Garnisons-Kommandeur von Sagaing! Nathan aalte sich in seinem Glück, sorgte sich allerdings gleichzeitig auch um die Prinzen.

Mandalay war jetzt sicher nicht der richtige Platz für die beiden königlichen Prinzen. Als könne er Nathans Gedanken lesen, meinte der Einshemin: »Wir beide, Prinz Nyaung Ok und ich reisen zur Hochzeit unseres Halbbruders und unserer Schwester, Prinz Thibaw und Prinzessin Supalayat nach Mandalay.«

»Ihr dürft auf keinen Fall nach Mandalay gehen!«

Die beiden Prinzen musterten ihn erstaunt. »Nicht nach Mandalay gehen!«, wiederholte Prinz Nyaung Ok. »Wer bist du denn, dass du meinst, uns sagen zu können, was wir tun sollen?«

»Entschuldige, Shwe Nat, aber was willst du uns sagen?« Genauso perplex wie alarmiert war sich der Einshemin bewusst, dass der Amerikaner einen sehr wichtigen Grund für eine solche Äußerung haben musste.

»Einshemin, Ihr und Euer Bruder seid in sehr großer Gefahr. Man hat eine Intrige gegen Euch angezettelt. Ihr sollt um den Thron von Burma gebracht werden. Man wird ein Attentat auf Euch verüben, sobald ihr in Mandalay anlegt.«

»Ich verstehe rein gar nichts«, sagte der Einshemin nach längerem Schweigen. Auch sein Bruder war nachdenklich geworden. Angst hatte ihn zum Schweigen gebracht. Beide hegten schon seit längerer Zeit ähnliche Befürchtungen. Dass aber der Shwe Nat von Mandalay, ein treuer Freund seit jeher, nun ihre schlimmsten Befürchtungen aussprach, war erschreckend.

Nathan fuhr in einem weniger formellen Ton fort, die Prinzen über die Situation in Mandalay zu informieren. »Mindon Mins erste Frau, Sinpyumashin, ist im Besitz der Regierungsgewalt, bis du zum König gekrönt wirst. In der Zwischenzeit übt sie die Kontrolle über Mandalay und die ganze Umgebung aus. Nun verheiratet sie Supalayat mit Thibaw, um sich noch mehr Macht zu sichern. Weißt du noch, dass Mindon Min die Mutter von Thibaw wegen Ehebruchs vom Hof verbannt hat, dass aber Königin Sinpyumashin ihr während ihrer Verbannung Schutz gewährt hat?«

»Es war mir stets bewusst, dass die Königin immer ein starkes Interesse an meinem Halbbruder und seiner Ausbildung bei den Mönchen gezeigt hat«, gab der Einshemin zu.

»Ja, das ist der entscheidende Punkt«, bestätigte Nathan. »Thibaw ist ein frommer Junge, der nicht im Geringsten geeignet ist, irgendein verantwortliches Amt zu übernehmen. Er versteht weder etwas von Verwaltung noch vom Militär, so muss er eine Marionette in Königin Sinpyumashins Händen bleiben.«

Der Einshemin und sein Bruder nickten zustimmend.

»Königin Sinpyumashin hat kürzlich den Taingda in ihren Beraterstab aufgenommen.«

»Aber er ist doch nur der Hauptmann der Palastwachen«, unterbrach ihn Nyaung Ok ärgerlich. Obwohl er in Rangun dieselben Gerüchte gehört hatte, konnte er es einfach nicht glauben.

»Nicht mehr. Es ist schon klar, warum ihn die Königin befördert hat. Er hasst Fremde noch mehr als sie. Und sie setzt zwei Puppen auf den Thron von Burma, die sie manipulieren kann. Du wärest nicht deines Vaters Sohn, wenn sie dich so beherrschen könnte.«

Der Einshemin beugte sein Haupt, um zu zeigen, dass er Nathans Kompliment zur Kenntnis genommen hatte. »Shwe Nat«, murmelte er nachdenklich, »du machst dir zu viele Sorgen um mich. Ich bin dir natürlich dankbar, aber ich muss dennoch nach Mandalay. Es ist meine Pflicht, Lebensgefahr hin oder her. Es ist die heilige Stadt meines Vaters, die er während des großen Aufstandes gegen euer Volk gebaut hat, damals in Indien.«

»Ich bin Amerikaner«, erinnerte Nathan ihn höflich.

»Tut mir Leid, Shwe Nat«, sagte der Einshemin mit einem verlegenen Lächeln. »Ich verwechsle dauernd die Briten mit den Amerikanern. Meine asiatischen Augen sehen da wenig Unterschied. Aber bevor wir weiter vom Thema abkommen, Mandalay ist die Stadt meines Vaters, und ich, sein Kronprinz, muss dahin. Wenn es so wäre, wie du sagst, dann hätte unsere gnädige Königin Sinpyumashin mich sicher nicht eingeladen, an der Hochzeit meines Halbbruders und meiner Halbschwester als Gast teilzunehmen. Dann hätte sie mich ja wohl bis zu meiner Krönung in Rangun bleiben lassen, um in der Zwischenzeit ihre Position in Mandalay zu festigen. Ich glaube daher, dass deine Befürchtungen unbegründet sind. Entschuldige, mein Freund, aber so sehe ich es.«

»So liegen die Dinge meiner Ansicht nach nicht«, erwiderte Nathan erregt. »Du warst einige Zeit nicht in Mandalay, hast deshalb einiges von dem, was dort passiert ist, nicht mitbekommen. Glaube mir, überall lauert Gefahr, wie die königliche Hochzeit, aber das ist ja noch lange nicht alles. Verzeih, Einshemin, aber ich muss nun offen reden. Es gibt einige Dinge, die ich dir, obgleich ich sie nicht erwähnen wollte, jetzt sagen muss. Mindon Min selbst war sehr besorgt darüber, was nach seinem Tod aus Ober-Burma werden würde. Einen Monat, bevor ich von den Soldaten verhaftet wurde, hatte ich in Mandalay zu tun. Während dieses Aufenthalts wurde ich aufgefordert, in den Privatgemächern des Königs zu erscheinen. Er war zu einem gebrechlichen alten Mann geworden und wusste, dass er nicht mehr viel Zeit haben würde, seine Angelegenheiten zu ordnen. Er bat mich, ihm einen großen Gefallen zu tun und sechs seiner jüngeren Lieblingskinder fort vom Hof von Ava in Sicherheit zu bringen.«

Nathan hielt einen Augenblick inne, um den Prinzen Zeit zu geben, diese Information zu verarbeiten. Trotz ihrer dunklen Haut sah man, dass beide blass geworden waren, und Nathan bedauerte sie. Gefahr war ihr täglich Brot, seit sie dem König auf ihrem goldenen Tablett gezeigt worden waren. »Wenn ihr mir zuhört, könnt ihr den Anschlägen der Königinmutter entgehen. Aber euch in Mandalay zu zeigen ist im Moment wirklich mehr als unklug.«

»Was wurde aus meinen Geschwistern, die mein Vater, König Mindon Min aus Mandalay wegbringen ließ?« Prinz Nyaung Ok zweifelte immer noch an Nathans Geschichte.

»Mindon Min verbannte sie offiziell nach Indien. Ihr wisst ja, dass er so etwas häufiger machte, deshalb fiel es am Hof von Ava auch niemandem besonders auf. Ich musste die ganze Aktion hinter dem Rücken von Königin Sinpyumashin unternehmen, was ganz schön schwierig war. Die Kinder mussten in Wäschekörben versteckt geradezu vor ihrer Nase herausgeschmuggelt werden. Dann brachten wir sie an Bord der *Belle Hélène*. Die *Belle* hat den Irrawaddy noch nie so schnell befahren. Aber wir schafften es, die Kleinen in die nördlichen Shan-Staaten zu schaffen, bevor es jemand merkte. Ab dem Moment, in dem die ganze Sache aufflog, war Sinpyumashin hinter mir her, nicht hinter den Rubinen, wie sie vorgab. Als sie mich verhaften ließ, war ich unschuldig wie ein Baby. Danach haben sie mich in die Todeszelle gesteckt.«

»Und wie bist du da herausgekommen?«, wollte Prinz Nyaung

Ok wissen. »Das hat doch bisher noch niemand geschafft. Nicht, dass ich wüsste.«

»Dann treffen Sie hier auf den ersten Flüchtling, Herr!« Er verbeugte sich fröhlich, aber höflich. Es war nicht empfehlenswert, sich gegenüber den Prinzen etwas herauszunehmen, nicht einmal unter Freunden. »Ich konnte fliehen, und jetzt sind sie hinter mir her.«

»Es scheint, als säßen wir alle im selben Boot«, sagte der Einshemin.

»Ja, Sir.« Nathan lächelte anerkennend, da der Kronprinz offenbar eine Reaktion auf seinen Scherz erwartete. Ernst und wieder einen formelleren Ton anschlagend, warnte er nochmals eindringlich: »Aber lasst Euch nicht von ihrer Mutter entthronen. Sie und Taingda versuchen mit allen Mitteln, Euch Euer legitimes Erbe zu nehmen und alles in die Hände eines unfähigen Mönchs zu legen. Es ist jetzt wirklich nicht der richtige Zeitpunkt, um nach Mandalay zu gehen, glaubt mir. Das Dümmste, was Ihr jetzt tun könntet, wäre, Euch bei der Hochzeit von Thibaw und Supalayat zu zeigen.«

Ein langes Schweigen folgte auf Nathans beherzte Rede. Er spürte die Verwirrung in den Gedanken der beiden Männer. Keiner von ihnen wollte mit der Tradition brechen, indem sie eine Hochzeit innerhalb der Königsfamilie ignorierten, schließlich waren sie Teil dieser Familie.

Der Kronprinz atmete tief ein. »Was schlägst du uns also vor? Im Moment habe ich keine Möglichkeiten, eine Armee aufzustellen, die den königlichen Truppen meiner Mutter gewachsen wäre. Ich bin nur so schnell wie möglich von Rangun gekommen, um das Amt meines Vaters zu übernehmen. Hätte ich gewusst, dass gegen mich intrigiert wird, wäre ich in Rangun geblieben, bis ich meine Position mithilfe der Briten gesichert hätte. Sie hätten mich bestimmt politisch und militärisch unterstützt.«

»Im Rückblick sind wir alle klüger, aber es kommt darauf an, vorausschauend zu handeln, Hoheit«, murmelte Nathan.

Ein tiefes Schweigen folgte. Alle drei grübelten traurig vor sich hin. »Ja dann«, nahm der Einshemin das Gespräch schließlich wieder auf, »ist mein Schicksal ja kein anderes als das des Glitzerns der Sonne auf dem Fluss, ein kurzes Leuchten, bevor die Wolken wieder aufziehen. Ist es nicht so, Shwe Nat?«

»So muss es nicht sein«, versicherte Nathan ihm. »Es gibt einen Mann, der uns helfen könnte, es gibt einen Ort, an dem wir einigermaßen sicher wären.« Ein schlaues Lächeln umspielte seine Lippen. »Ein Platz direkt vor deinem Thron, Einshemin. Niemand würde im Traum daran denken, dort nachzusehen.«

Beide Prinzen riefen bestürzt aus: »In Mandalay!«

Prinz Nyaung Ok fügte hinzu: »Gerade eben hast du uns auszureden versucht, nach Mandalay zu gehen. Jetzt bist du anderer Meinung. Ich verstehe das nicht.«

»Ich würde das die Ausgewogenheit der Mächte nennen.« Nathan lachte vor sich hin. »Wenn ich, mitten in dem ganzen Komfort Eures Schiffes, so nachdenke, erscheint mir der richtige Platz für einen verfolgten Mann mitten im feindlichen Lager zu sein. Und das ist Mandalay. Königin Sinpyumashin ist ja nun wirklich nicht dumm und wird sich daher sicher nicht mit den Briten anlegen, die Burma ja schon einmal halbiert haben. Also, ich denke mir Folgendes ...«

Die königliche Barke glitt durch das helle Wasser und legte dann an einer abgelegenen kleinen Bucht an, gerade oberhalb von Amarapura.

2

Großer Gott!«, rief Edwin Tennent-Browne zwischen zwei Zügen an seiner Havanna aus. »Das ist doch nicht möglich, Miss Featherstone!«

»Ich versichere Ihnen, Sir Edwin, dass jedes Wort wahr ist. Felicity Quentin und ich sind genau auf diese Weise entkommen.

Als wir Manipur erreicht hatten, trafen wir auf freundliche Leute, die uns neue Pferde gaben, auf denen wir dann hierher zu Ihnen nach Imphala gelangt sind. Wir wären Ihnen sehr dankbar, wenn niemand außerhalb dieses Raumes die *Einzelheiten* unseres Abenteuers erfahren würde.«

»Aber, meine Liebe, ich muss doch einen Bericht schreiben …«

»Dann verwenden Sie wenigstens das Wort gefangen genommen anstelle von ›vergewaltigt‹, ich meine, was Felicity angeht. Es geht schließlich um ihren Ruf, Sir Edwin.«

Sie schaute ihm in die Augen. Was in der Höhle von San Mukh geschehen war, ging nur sie und Gott an. Niemand, auch Felicity nicht, wusste etwas davon. Garabanda war schließlich tot. Im Bann der Stärke, die ihre grünen Augen ausstrahlten, willigte Sir Edwin ein.

»Na gut, meine Liebe, ich werde sehen, was ich tun kann. Aber diese Verbrecher müssen gefunden und vor Gericht gebracht werden. Ich kann es nicht zulassen, dass sie diese fürchterlichen Verbrechen begehen, ohne verurteilt zu werden.« Er lächelte die junge Frau in ihrer grotesken Uniform an, dann blickte er zu Felicity Quentin. Verängstigt, schmutzig und erschöpft, war sie offensichtlich für eine wesentlich hübschere Umgebung geschaffen worden als für diesen Dschungelkrieg hier. Er räusperte sich: »Miss, oh Miss Featherstone …« Er sprach sie an, denn sie hatte die ganze Zeit für beide gesprochen. »Ich weiß, es geziemt sich nicht für einen Gentleman, aber nur für diesen Bericht, wie …«

»Ich bin neunzehn, und Felicity ist sechzehn, wenn Sie das fragen wollten. Felicity war mit ihren Eltern auf der Reise zum Hof des Kaisers Kuang Hsu. Nun, da ihre Eltern tot sind, möchte sie in ihre Heimat zurückkehren. Sie hat in Minnesota Großeltern, die sich um sie kümmern werden. Wir waren auf dem Weg nach Mandalay, aber, im Gegensatz zu mir, hat sie keine Verwandten dort, deshalb habe ich sie überredet, in die Vereinigten Staaten zurückzukehren.«

»Das war sehr vernünftig, Miss Featherstone.« Er wandte sich

Felicity zu. »Wenn die Rückkehr in die Staaten Ihr Wunsch ist, meine Liebe, dann gibt es kein Problem. Wir flitzen mit Ihnen hinunter nach Chittagong, dort bekommen Sie ein Schiff, das Sie in null Komma nichts nach Amerika bringt. Und was haben Sie vor, Miss Featherstone?« Er war sich sicher, dass sie sich bereits einen eigenen Plan zurechtgelegt haben würde.

»Ich möchte nach Loloi gehen, in die unabhängigen Shan-Staaten. Es ist ja bisher schon schwierig genug gewesen …« Sie zeigte ein trauriges Lächeln, das nach Edwins Meinung zwar sehr streng, aber auch sehr einnehmend wirkte. »Seit Mr. und Mrs. Quentin, Felicity und ich aus Delhi aufgebrochen sind, kann ich mich kaum entsinnen, etwas anderes getan zu haben als zu reisen. Ich muss aber meiner Tante Lydell in Loloi einen Besuch abstatten, wie ich es ihr versprochen habe. Dann gehe ich nach Mandalay, wo mein Onkel Botschafter ist. Mein …, ja mein Verlobter ist auch dort. Er ist Onkel Adrians Assistent.«

»Aber Sie wollen doch nicht allein reisen? Nicht nach … nach …« Es fiel Edwin schwer, einen Blick auf Felicity zu werfen, die mit gefalteten Händen und völlig ausdruckslosem Gesicht auf ihrem Stuhl hockte. »Nein, das habe ich nicht vor. Meine Tante ist Lehrerin in Loloi. Der Sawbwa von Loloi, ein guter Freund von ihr, hat versprochen, dass seine Elefanten-Eskorte mir nach Lashio entgegenkommt. Ich hätte gerne eine wirklich zuverlässige Begleitung von Imphala nach Lashio. Am liebsten wären mir britische Soldaten, die auf dem Weg sind, um Garabanda und Prinz Yoe den Krieg zu erklären. Ach ja, könnten Sie uns neue Kleider besorgen? Diese hier fallen langsam auseinander. Ich hätte ganz gern mal wieder ein paar Damenkleider.«

Tennent-Browne hüstelte wieder. »Ich glaube schon, dass Blaize, meine Frau, Sie mit allem ausrüsten kann. Sie scheint ohnehin nichts anderes zu tun, als mein Geld für Kleider auszugeben.«

Angela reichte ihm dankbar ihre Hand: »Ich kann Ihnen nicht sagen, Sir Edwin, wie dankbar ich Ihnen für Ihre Diskretion bin, für Ihre Freundlichkeit und Ihr Verständnis.«

»Das ist doch nicht der Rede wert«, murmelte er, erstaunt darüber, wie energisch die junge Dame ihm nach all dem, was sie erlebt hatte, noch die Hand schütteln konnte.

Die Bhodi-Blume
1879

Siebtes Kapitel

1

Der merkwürdige Schrei eines Vogels draußen ließ Angela lächeln. Er klang, als beschwere der Vogel sich über irgendetwas. Sie warf Prinz Yoes wundervolles Buch zusammen mit der Bettdecke zur Seite – die Nächte hier in Loloi konnten empfindlich kalt sein – und tapste zum Fenster. Sie schob die Vorhänge des glaslosen Fensters zur Seite, und das Licht strömte herein.

Der Blick aus dem Fenster war einfach unglaublich. Immer wieder hingerissen ließ Angela ihren Blick über die Vielzahl blühender Bäume, Blumen und Kletterpflanzen wandern. Hübsch waren die purpurnen Büsche, deren scharfer Saft allerdings unvorsichtige Hände verbrannte. Besonders beeindruckend waren die Bhodi-Blumen mit ihren fleischigen Blüten, aus deren Mitte schlangenartig sich ein merkwürdiger, haubenartiger Stempel erhob. Er erinnerte an das Schutzdach unter dem Baum der Erleuchtung, wo Buddha einst eingeschlafen sein sollte. Noch lange, nachdem die Blume verblüht war, verströmte sie ihren Geruch, exotisch und aufdringlich. Miss Lydell mochte den zu Kopf steigenden Geruch nicht und wollte diese Blüten deshalb auch nicht im Haus haben. In ihrer ersten Begeisterung, nach den zwei albtraumhaften Monaten endlich in Loloi zu sein, hatte Angela allerhand Blumen und Grünpflanzen ins Haus geschleppt, darunter auch einige giftige. Sie hatte jedoch schnell gelernt, was man pflücken durfte und was nicht, wie zum Beispiel diese Dschungel-Orchideen.

Am Horizont erhoben sich die von Nebelschwaden umgebenen Bergketten, hinter denen China lag. An klaren Tagen schienen sie zum Greifen nah. Abends ließ die untergehende Sonne sie wie ein wunderbares Aquarell erscheinen. Die gesamte Landschaft war dann von einem nahezu unglaublichen Farbenreichtum: Gold ging in verschiedene Violett- und Blautöne über, die wiederum von Aprikosen- und Gelbschattierungen ergänzt wurden. Angela bedauerte, dass noch keine Kamera erfunden worden war, mit der man farbige Bilder machen konnte.

Stimmengewirr unter ihr lenkte ihre Aufmerksamkeit auf den sich im Freien befindenden Klassenraum ihrer Tante. Angela holte die Kamera und stellte sie auf dem Fensterbrett auf. Edwin Tennent-Browne hatte ihr ein Stativ, neue Platten und Silbernitrat sowie andere Utensilien, die sie zum Entwickeln der Bilder benötigte, besorgt. Angela war Edwin und Blaize von Herzen dankbar, besonders Blaize, seit sie bemerkt hatten, dass Felicity schwanger war. Angela bemühte sich, nicht an die schreckliche Zeit in Manipur zu denken. Manchmal aber nagten sich die Erinnerungen unaufhaltsam wie Ratten in ihr Gedächtnis, ließen sie nachts in Angstschweiß gebadet aufwachen und erfüllten sie mit Hass auf Garabanda. Blaize hatte sich nicht nur als zuverlässig, sondern auch als absolut unerschütterlich erwiesen. »Regt euch nicht auf«, hatte sie mit ihrer durchdringenden Stimme gesagt. »Ich kenne eine alte Teufelsbraut, die in einer der üblen Gassen von Imphala wohnt. Ich würde ihr nicht einmal erlauben, mich mit ihren dreckigen Krallen in ihrer stinkigen Bude anzufassen, wenn Edwin mir eine Million gäbe und einen Haufen neuer Kleider.« Jetzt konnte Angela, in Gedanken an Blaize Tennent-Browne, lächeln. Damals aber war ihr danach nicht zu Mute gewesen. Es war einfach alles zu schmutzig und abstoßend gewesen. Aber immerhin hatte das Mittelchen der Alten Wunder bewirkt, und Felicity befand sich auf dem Weg nach Chittagong, ohne dass jemand sich auch nur ansatzweise vorstellen konnte, was sie durchgemacht hatte.

Besorgt, dass ihr das Gleiche wie Felicity passiert sein konnte, hatte auch Angela die Medizin der Alten genommen. Blaize, die ja nur von Felicitys Tragödie wusste, hatte sie jedoch nichts davon gesagt. Ja, sie war sehr verbittert. Garabanda hatte alles zerstört, ihr Vertrauen, ihre Zuversicht, ihre Liebe und ihre Heiratspläne. Jetzt konnte sie Matthew Sinclair nicht mehr heiraten. All das ›Verbotene‹, über das an der feinen Schule, die sie seit ihrem siebten Lebensjahr besucht hatte, nur geflüstert werden durfte, war plötzlich brutale Realität geworden. Sie war sich zutiefst bewusst, dass kein Mann sie jemals wieder so berühren durfte, nicht einmal so ein feiner und dezenter Mensch wie der moralische Mr. Sinclair. Sie hatte ihm, ohne Gründe zu nennen, geschrieben, dass sie die Verlobung auflösen wollte. Seither hatte sie nichts mehr von ihm gehört.

Angela holte sich wieder in die Gegenwart zurück. »So, ich bin so weit«, rief sie in den Hof hinunter. Die Gesichter aller Kinder richteten sich auf sie. Ihr Interesse an der Kamera war entschieden größer als das an Multiplikationstabellen.

»Guten Morgen, Liebes.« Emmeline Lydell, deren graues Haar im Nacken zu einem Knoten geschlungen war, lächelte zerstreut wie immer zu ihr herauf, während sie ihren ständig von der Nase rutschenden Kneifer wieder befestigte. »Ich wusste gar nicht, dass du freches Mädchen ein Bild von uns machen wolltest.« Sie begann ihre Sachen zusammenzuräumen – Kreide, Bücher und den kleinen Bambustisch, der im Hof neben der Tafel und der Staffelei stand. Es war höchste Zeit, in den Schatten zu kommen, da es in der Sonne sehr bald zu heiß sein würde. Sie entließ ihre Klasse in die Frühstückspause.

»Tante Emmy, ich will noch mal zur Pagode von Loloi gehen, du brauchst mich doch nicht mehr für irgendeine Unterrichtsstunde, oder?«

»Nein Liebes, ich komme schon zurecht. Tu, was du vorhast. Pass nur auf den Tiger von Loloi auf. Der Sawbwa hat mir gesagt, dass er wieder auf der Jagd ist.«

»Ich dachte, hier gibt es nur Leoparden.«

»Von Zeit zu Zeit kommt auch einer von diesen Menschenfressern hier herunter nach Loloi. Das passiert glücklicherweise nicht oft, aber dieser hier scheint ganz besonders lästig zu sein.«

»Bei all diesen Loloi-Tigern, den ganzen wilden Wesen im nördlichen Gebirge und den Giraffenweibchen, die ich beinahe vergessen hätte, traue ich mich ja kaum aus dem Hof.«

»Ah, ich vergaß, du bist ja aus ganz anderem Holz geschnitzt.« Ihre freundlichen Augen zwinkerten. »Aber verlass die Hauptstraße nicht, Angela.«

Angela lachte. »Was für eine Straße, Tante Emmy? Bisher bin ich hier nur auf Lehmpfaden gegangen. Jeden Tag muss ich meine Haare waschen, so eingestaubt wird man auf euren ›Straßen‹! Aber, nun gut, am Abend bin ich auf jeden Fall zurück. Warte aber nicht mit dem Essen auf mich, falls ich Hunger bekomme, pflücke ich mir ein paar Früchte.«

»Ich nehme an, du möchtest mit deinem Einsiedler-Mönch an der Loloi-Pagode reden?«

»Er ist ein bemerkenswerter alter Mann, ich lerne viel von ihm. Ich komme gleich runter, Tante Emmy. Du lieber Himmel …« Sie streckte ihre Nase in die Luft. »Moke scheint mit dem Erdnussöl nicht gerade zu knausern, wenn er Speck und Eier brät, oder? Ich kann mich einfach nicht an dieses englische Frühstück mit Erdnussgeschmack gewöhnen.« Sie warf sich eine Baumwollstola um, bevor sie hinunterging, um mit ihrer Tante und den Kindern zu frühstücken.

Das Haus stand, wie in dieser Gegend üblich, auf Pfählen, hatte Bambuswände und ein mit Reisstroh gedecktes Dach, das im Sommer kühl hielt und im Monsun erstaunlich wasserdicht blieb. Um das ganze Haus verlief eine Veranda. Den Platz unterhalb des Hauses verwendete Miss Lydell als Klassenzimmer. Hier blieben die Kinder täglich bis etwa elf Uhr vormittags, dann gab es eine Pause. Während der heißesten Stunden des Tages blieben sie unter oder in dem schattigen Haus. Abends entrollten die sechs ›Internatsschüler‹ ihre Schlafmatten und schliefen nebeneinander im Wohnzimmer. So war das Haus, das eigentlich nur aus einem Lförmigen Raum bestand, immer voll. Der kleinere Abschnitt war abgetrennt, sodass Miss Lydell und Angela ein eigenes Schlafzimmer hatten, in dem eine Schilfwand ihre Betten trennte. Eine quer durch den Raum gespannte Schnur diente als Garderobe. Kleider und Handtücher wurden einfach darüber geworfen, wie es so kam. Angela hatte sich bis jetzt an diese Art zu wohnen noch nicht gewöhnen können, während ihre Tante die Unbequemlichkeiten gar nicht zu bemerken schien. Angela bewunderte, wie sie sich, ohne viel Aufhebens zu machen, den fremden Sitten anpasste. Sie war ja ganz schön weit weg von zu Hause, und es lagen himmelweite Unterschiede zwischen den in Loloi herrschenden Sitten und dem Leben in Wimbledon. Allerdings endete Miss Lydells Anpassungswille, wenn es darum ging, die Mahlzeiten im Hocken einzunehmen, wie es die Burmesen taten, wofür Angela ausgesprochen dankbar war.

Moke, Miss Lydells Thai-Haushälter, entwickelte sich zu einem richtigen englischen Butler. Er tat sein Bestes und noch viel mehr. Er putzte, wusch und kochte, darüber hinaus diente er den Internatsschülern wie auch Miss Lydell als Schutzengel. Er war groß, zahnlos und geschwätzig und wirkte mit seiner hängenden Unterlippe und dem kleinen Büschel weißer Haare, das in der Mitte seines Kahlkopfs aufragte, wie eine Comicfigur. Er erinnerte Angela an ein trauriges Kapuzineräffchen, obwohl sein Wesen in keiner Weise als traurig bezeichnet werden konnte. Er war die personifizierte Freundlichkeit, Nettigkeit und Liebenswürdigkeit. Angela mochte ›Old Moke‹, wie sie ihn nannte, sehr gern. Er revanchierte sich für ihre Zuneigung mit klebrigem, süßem Konfekt, das er aus Palmzucker zubereitete, vergleichbar mit dunklen, weichen Karamellbonbons.

Nach dem Frühstück machte sich Angela fertig, um zur Pagode aufzubrechen.

Eine andere Sache, an die sie sich nie gewöhnen würde, war das ›Badezimmer‹. Die primitive Waschgelegenheit befand sich mitten im Hof. Eine lächerliche Rattanwand war der einzige Tribut an die Privatsphäre. Allerdings hatte Angela, die größer als jede burmesische Frau war, auch hinter dieser Wand das Gefühl, der Öffentlichkeit reichlich viel von ihren bloßen Schultern und Waden vorzuführen. Es erschien ihr jeden Tag aufs Neue wie ein schlechter Witz, wenn sie versuchte, sich mithilfe von ein paar Tropfen Wasser in einem Blechkrug über eine Schüssel gebeugt zu waschen.

Nachdem sie auch an diesem Tag halb belustigt und halb verärgert ihre Körperpflege hinter sich gebracht hatte, zog sie einen cremefarbenen Leinenrock und eine weiße Spitzenbluse an, die beide einmal Blaize Tennent-Browne gehört hatten. Ihre neuen Kleider stammten alle von der extravaganten Blaize. Die einzigen Kleidungsstücke, die sie selbst in Imphala gekauft hatte, waren ein paar Lederstiefeletten und Strümpfe. Auf ihre wilden Locken setzte sie den ihr ebenfalls von Blaize überlassenen Tropenhelm. Sie bewaffnete sich mit ihrer Kameraausrüstung und brach auf.

Im Hof hielt Moke sie mit dem üblichen Konfekt auf. Unter dem Haus erklang sofort Miss Lydells vorwurfsvolle Stimme: »Moke, Miss Angela soll sich ihre hübschen Zähne nicht mit deinen Süßigkeiten verderben!«

»Dann sollte sie auch keine essen, genau wie Moke.« Er grinste sie zahnlos an.

»Danke, Moke«, sagte Angela, die trotz der Warnung zugriff. »Auf Wiedersehen, Tante Emmy, wir sehen uns heute Abend.«

»Pass auf dich auf, Liebes!«, rief ihr Miss Lydell noch hinterher, bevor sie sich wieder ihrer Klasse zuwandte.

2

Loloi war ein hübsches Dorf. Es bestand aus vielen kleinen Bambushütten, die sich um ein einziges großes Haus aus Teak in der Mitte des Ortes reihten. Dies war Sawbwas wundervoll geschnitzter Palast. Er erinnerte Angela entfernt an ein

Schweizer Chalet. Sawbwa war siamesischer Abstammung und sehr, sehr reich, wie es sich für einen Shan-Häuptling gehörte. Angela hatte ihn bereits mehrmals getroffen. Er interessierte sich sehr für Miss Lydell und ihre Schüler und war sehr stolz auf seine ›britische‹ Schule, die er großzügigst unterstützte und mit der er nicht minder prahlte. Er bot einen sehr eindrucksvollen Anblick, schon allein durch seinen beträchtlichen Umfang. Seine Zähne waren vom Genuss vieler Betelnüsse verfärbt. Sein Lachen war unnachahmlich in seiner Spontaneität und der puren Lebensfreude, die es ausdrückte.

Die Pagode von Loloi stand, wie die meisten Pagoden in Burma, auf einer mit Gras bewachsenen Kuppe. Sie war von dichten Mangosteen-Bäumen, ungepflegten Bananenbüschen und Akazien umgeben. Angela fand ihren Einsiedlermönch unter dem Schutzdach, das jede Pagode hatte und das den Pilgern einen Platz zum Ausruhen, Spielen, Essen, Schlafen und Beten bot. Angela hatte schon lange bemerkt, dass Lolois Pagode nur noch eine verfallende Ruine war, aber noch immer als heiliger Ort betrachtet wurde. Hier gab es keine Klosterschule wie in Ku, aber es gab einen eigenen Mönch, der das Gelübde der völligen Schweigsamkeit abgelegt hatte und der es um Miss Featherstones willen gebrochen hatte. Zweckdenken, das verstand sie langsam, war das, was in Burma wirklich von Bedeutung war.

Er trug nicht die gelben Gewänder der Mönche, sondern die ockerfarbenen eines Eremiten. Um das Mädchen, das gekommen war und ihn mit den paar Brocken Burmesisch, die es bisher aufgeschnappt hatte, ansprach, kümmerte er sich nicht. Vielmehr fischte er weiter mit einem kleinen Sieb in seiner Schale mit Trinkwasser herum. Als sie ihn zum ersten Mal dabei beobachtet hatte, hatte sie gedacht, dass er doch wohl übertrieben vorsichtig sei, bis sie herausgefunden hatte, dass er nach Insekten suchte, die in seine Schale gefallen sein könnten. Buddhisten durften nicht töten, selbst so ein kleines Wesen wie eine Ameise umzubringen betrachteten sie als Sünde. So versuchte hier der Mönch, das Leben der

Fluginsekten zu retten. Erst wenn er sicher war, dass nichts mehr in seiner Schale herumschwamm, trank er aus ihr.

Da er sich auch an diesem Tag wie üblich dieser Beschäftigung widmete, legte sie ihre Kamera und ihre Stiefel vor dem Eingang der Pagode ab und ging auf Strümpfen in das düstere Innere. Sie würde später mit ihm reden. Sie schrieb einige der Pali-Inschriften in ein Heft, die sie zu Hause übersetzen wollte. Der Boden der Pagode war alles andere als sauber. Viele Stellen waren dort mit roten Flecken übersät, wo frühere Pilger den Betelsaft ausgespuckt hatten. Gelber Staub, Mist und der Schmutz, den der Wind hereingeweht hatte, taten ihr Übriges. Eine riesige Spinne rannte über Angelas Fuß. Im ersten Moment erschrak sie fürchterlich, beschloss dann aber, solche Dinge einfach zu ignorieren. Schließlich musste sie langsam lernen, dass auch eine so scheußliche Spinne eine von Buddhas Kreaturen war. Die Pagode von Loloi erweckte in ihr immer ein unheimliches Gefühl. Hier konnte sie spüren, wie die Zeit stillstand. Sie konnte die Kriegsschreie hören, konnte hören, wie die Kriegsäxte und Schwerter der Thaton Mons und der Thais aufeinander prallten, die um Burma kämpften.

Ein leises Geräusch ließ sie auffahren.

Angela hatte angenommen, völlig allein zu sein. Vor einer verwitterten Buddhastatue kniete jedoch ein Mädchen, das sie hier noch nie gesehen hatte. Das Mädchen stand gerade auf, um einige weiße Astern und Ringelblumen an die Füße des Buddhas zu legen. Die Blumen funkelten wie kleine Sonnen und Monde in dem dunklen Tempel. Dann zündete sie einige Räucherstäbchen an und kniete nieder und presste die Stirn an den Boden. Das Mädchen verharrte so lange in dieser Stellung, dass Angela schon glaubte, sie müsse eingeschlafen sein.

So ging sie weiter herum und betrachtete die stellenweise völlig unlesbaren Inschriften.

»Halt, englische Dame, bitte, bleib stehen!« Die klare, schöne Stimme, die dazu auch noch Englisch sprach, war offenbar gewohnt zu befehlen, und sie verfehlte ihre Wirkung auf Angela nicht. »Bitte, gehe nicht näher heran und berühre keinesfalls Buddhas heilige Reliquien.«

Beleuchtet von den Kerzen hinter ihr, wirkte das Mädchen wie eine Göttin.

»Warum denn nicht?«, fragte Angela erstaunt.

»Nur Männer dürfen dorthin gehen.«

»Ich bin doch schon immer hierher gekommen. Ich wollte mir doch nur die Stupa etwas genauer ansehen.«

»In der Stupa liegen Buddhas heilige Reliquien, eine Wimper und zwei Fingernägel.«

»Buddha muss ja wohl mit tausend Fingern und Zehen und ganzen Büscheln von Wimpern geboren worden sein, wenn man an all die vielen Reliquien denkt, die über ganz Burma verteilt sind«, erwiderte Angela scharf. Das Mädchen konnte höchstens vierzehn oder fünfzehn Jahre alt sein, wirkte aber wesentlich reifer. Angela hatte kaum jemals ein so schönes burmesisches Mädchen getroffen. Sie sprach ein sehr gutes Englisch, wenn auch mit einem fremdartigen Tonfall, ihr Gesicht und ihre Figur waren auffällig hübsch. Unter ihrer transparenten weißen Seidenbluse mit den eng anliegenden Ärmeln trug sie ein Mieder. Das schwarzblaue Haar hatte sie aufgesteckt und mit Orchideen verziert. Ihr Longyi war von einem tiefen Blau, ähnlich dem ihrer Haare, und wurde von glänzenden Edelsteinen geschlossen. Was Angela aber am meisten faszinierte, waren ihre Hände. Schon als sie vor Buddha gekniet hatte, war ihr aufgefallen, wie schlank und hell sie waren. Ihre feinen Finger schienen ein eigenes Leben zu führen, als sie die Blumen arrangiert hatten, so als ob sie mit ihnen in einer eigenen Sprache reden würden, der Sprache einer Tänzerin.

Angela konnte sich nicht vorstellen, wer das Mädchen war. »Warum kann ich mir die Stupa nicht anschauen?«

»Siehst du die Linie am Boden? Frauen dürfen sie nicht übertreten.«

Angela war diese Grenzlinie nie aufgefallen. Schmuddelig und unklar konnte man sie auch in dem Licht der zu Ehren Buddhas aufgestellten Kerzen kaum erkennen.

»Du lieber Himmel!« Angela starrte verwirrt auf den Boden. »Warum dürfen Frauen diese blöde Linie nicht übertreten?« Sie schaute das Mädchen an, auf ihre Art ebenso herrisch wie die Burmesin.

»Frauen gelten als unrein und dürfen sich deshalb dem heiligen Prinzen Gautama nicht nähern, der jetzt Buddha, der Herr, ist.«

Angela schnaubte verächtlich. »Das ist doch absurd! Ich habe noch nie in meinem Leben einen solchen Unsinn gehört. Wie können Frauen, die Buddha verehren, unreiner sein als Männer?«

»So ist es eben, so steht es geschrieben. Es hängt mit der Periode der Frau zusammen.«

»Oh, ich verstehe.« Angela verstand gar nichts, aber gegen diese ausschließlich männliche Logik ließ sich schwerlich argumentieren. Sie war nur erstaunt, dass dieses burmesische Mädchen ihre zweitklassige Rolle akzeptierte. Aber nein, sie war ja nicht einmal zweitklassig. In den Augen Buddhas spielten Frauen überhaupt keine Rolle, sie waren Lebewesen wie Hühner oder Spinnen. Sie musste erst noch einmal als Mann wiedergeboren werden, sonst gab es kein Nirwana für sie. Es gab keinen Himmel, kein Paradies, keine Ewigkeit, es gab gar nichts für sie, bevor sie nicht als männliches Wesen wiederkehrte, um das zu bekommen, was ihr Vater, ihre Brüder und alle anderen männlichen Familienmitglieder hatten: Privilegien in diesem und in jenem Leben.

Der alte Eremit hatte dergleichen nie erwähnt, und da er ja offensichtlich nichts anderes tat, als in der Sonne sitzend über das Nirwana nachzudenken, beschloss sie, ihn danach zu fragen. Entschlossen zog sie ihre Stiefel wieder an und überraschte den alten Mann mit ihren Fragen. Die selbstsichere und offensichtlich reiche junge Burmesin war ihr nach draußen gefolgt. Angela nutzte die Gelegenheit und bat sie zu übersetzen, wissend, dass ein Gespräch über ein solch kompliziertes Thema an ihrem stockenden Burmesisch nur scheitern konnte.

Der Eremit verhielt sich sehr entgegenkommend. Er sprach deutlich und so langsam, dass das Mädchen alles erklären konnte, was Angela nicht verstand. »Es gibt fünf schwere Sünden«, sagte er. »Die eine ist das Töten – alles Leben ist heilig, auch das aller Tiere, Insekten oder Vögel. Des Weiteren sollst du nicht lüstern sein, nicht lügen, nicht stehlen und keinen Alkohol trinken.«

»Aber das tue ich doch alles nicht!«

»Wenn du keine dieser Sünden begehst, besteht die Chance, dass du nach deiner nächsten Wiedergeburt als Mann zurückkehrst und das Nirwana erlangen kannst.«

»Aber was ist jetzt, in dieser Welt?«

»Du hast das Unglück, als Frau geboren worden zu sein, daher kannst du das Nirwana in diesem Leben nicht erreichen.«

»Ich habe da nicht viel Einfluss gehabt.« Angela ging es um eine gerechtere und einleuchtendere Antwort. »Ich wurde nun mal als Frau geboren. Dass ihr euch das Nirwana ausschließlich für euch selbst eingerichtet habt, ist äußerst ungerecht. Logisch betrachtet, musste doch deine Mutter als Frau geboren werden, damit du als buddhistischer Mönch hier mit deiner sicheren Aussicht auf das Nirwana überhaupt sitzen kannst. Irgendwann muss Buddha das alles durcheinander gebracht haben. Oder seine Mutter war ihm gleichgültig.«

Die kleine Burmesin kicherte vor sich hin, während sie übersetzte. Angela stand auf und setzte sich wütend ihren Tropenhelm auf. Der Mönch lächelte freundlich und beugte seinen geschorenen Kopf vor der empörten Engländerin. Ihre beiden Kulturen unterschieden sich so sehr, aber man konnte nur voneinander lernen. Alle Weißen, die er in seinem Leben kennen gelernt hatte, machten die merkwürdigsten Sachen, dachten die merkwürdigsten Sachen und sagten die merkwürdigsten. Es gab viele Menschen, die zu ihm gekommen waren, um von ihrem einzig wahren Christengott zu sprechen und ihm zu erklären, warum er seinen Glauben an Gautama Buddha aufgeben und an Jesus Christus glauben sollte. Er hatte gelächelt, zugehört und alles in sich aufgenommen, auch wenn er nicht immer alles verstand. Und inzwischen war ihm klar, obwohl er einst das Schweigegelübde abgelegt hatte, dass der Austausch von Wissen sehr wichtig war. Aus diesem Grund freute er sich auch über die Besuche der jungen Engländerin. Die Diskussionen mit ihr waren immer höchst interessant.

Nach einiger Zeit machte die kleine burmesische Übersetzerin Zeichen, dass sie nicht länger bleiben konnte. Sie zeigte zur Sonne und sagte dann: »Ich bin spät dran. Vielleicht können wir morgen weiterreden. Auf Wiedersehen. Pyan dor may.«

Angela blinzelte in die Sonne, während sie den steilen Pfad durch die Mangosteen-Bäume hinunterging. In diesem Moment bedauerte sie, sich so in die Diskussion über diese buddhistischen Doktrinen hineingesteigert zu haben, dass sie völlig versäumt hatte, das Mädchen zu fragen, ob sie sie mit ihrer Kamera fotografieren durfte.

Achtes Kapitel

1

Angela verbrachte den Nachmittag damit, einige Aufnahmen und Zeichnungen zu machen. Auf dem Rückweg, am frühen Abend, ging sie an einer Pfahlhütte vorbei, vor dem einer dieser hohen Banyan-Bäume mit seinen weit reichenden Luftwurzeln wuchs. Hier sah sie zu ihrer Überraschung das Mädchen von der Pagode mit zwei kleinen Jungen auf der Verandatreppe sitzen.

Noch erstaunter registrierte sie, dass das Mädchen offenbar auf sie gewartet hatte. Sobald sie Angela nämlich sah, rannte sie mit den zwei Jungen die Treppe herunter.

»Es hat mir großes Vergnügen gemacht, heute mit der englischen Dame in der Loloi-Pagode zu sprechen,« erklärte sie atemlos. Dann machte sie einen Knicks, wobei sie die Hände wie zum Gebet gefaltet hatte. »Morgen kommen Sie bitte früh, ja, und nehmen am Fest meiner Familie teil.«

»Um Himmels willen ... ja, ein Fest ... es wäre mir ein Vergnügen.« Diese Einladung hatte Angela vollkommen überrumpelt. Das Mädchen war ihr ein Rätsel. Mit ihrer Kleidung und dem Schmuck, den sie trug, schien sie hier völlig fehl am Platz zu sein.

»Minthami ist mein Name. Ich danke englischer Dame, dass sie meine unwürdige Einladung zum Essen annimmt.«

»Ich heiße Angela, Angela Featherstone.«

»Miss Feath-the-stone«, sie quälte sich so sehr mit den fremden Lauten, dass Angela sie rasch unterbrach. »Bitte nennen Sie mich Angela, Minthami, das ist einfacher.«

»Angel. Angel, wollen Sie, dass Söhne Gepäck heimtragen?« Sie deutete auf die Kamera.

»Ihre was? Ihre Söhne?« Das Mädchen sah einfach viel zu jung aus. »Oh, nein, nein … das ist sehr freundlich von Ihnen, aber ich komme schon zurecht, wirklich. Ich trage meine Kamera immer mit mir herum.«

»Kamera?« Das neue englische Wort verwirrte Minthami. »Was ist das, bitte?«

»Es ist ein Kasten, der Bilder von Leuten, Orten oder Dingen macht, die dann auf Papier übertragen werden. Wenn ich von dir eine Fotografie mache, so nennt man das, dann bleibt das für immer, hoffe ich wenigstens.«

Die Burmesin strahlte: »Söhne auch?«

»Ja, Söhne auch.«

»Für immer?«

»Für immer, es sei denn, dass ich Pfusch mache. Es ist ein bisschen schwierig …«, aber damit wollte sie die Burmesin nicht auch noch verwirren.

»Dann machst du Bild von Minthami und Söhnen morgen, wenn du zum Fest kommst, bitte Angel?«

»Das tue ich bestimmt«, sagte Angela strahlend. So konnte sie ihr einen Gefallen tun und musste sie noch nicht einmal um die Erlaubnis für die Aufnahme bitten, die sie ja so gerne von ihr machen wollte. »Auf Wiedersehen, bis morgen!«

»Komm früh, Angel. Minthami freut sich auf englische Dame.«

»Danke dir, Minthami.«

Zurück im Schulhaus konnte Angela die Neuigkeiten nicht für sich behalten. »Tante Emmy, ich habe heute jemanden getroffen. Eine Burmesin namens Minthami. Sie hat mir erzählt, dass sie in Rangun gelebt hat.«

»Ah, dann ist sie also zurück?« Emmeline Lydell sah sie mit müden Augen an, nahm ihren Kneifer ab und rieb ihre Nase, wo er Druckstellen hinterlassen hatte. »Minthami ist die Tochter des Sawbwa. Er hat einmal erwähnt, dass sie mit ihrem Mann in Rangun gelebt hat. Ich nehme an, dass da irgendeine politische Absicht im Spiel war.«

»Sie hat mich für morgen zum Essen eingeladen. Sie sagte, es sei ein Fest.«

»So wie ich Minthami kenne, wird es wohl tatsächlich ein Fest werden. Jedenfalls kann ich Moke sagen, dass er dich nicht zum Essen zu erwarten braucht.« Miss Lydell zwinkerte ihr zu.

»Also, wenn sie die Tochter des Sawbwa ist, dann ist sie wohl eine siamesische Prinzessin?«

»Eine Shan-Prinzessin.«

»Warum wohnt sie dann in dem Pfahlhaus und nicht bei ihrer Familie im Dorf?«

»Sie wurde von den Frauen des Sawbwa wegen ihres unkonventionellen Verhaltens geächtet. Außerdem war sie eine Konkubine des Königs, was ihr allerdings nicht so deutlich zum Vorwurf gemacht wurde. Aber es gibt wohl auch noch andere Gründe.«

»Was war sie? Sie ist doch noch so jung!«

»Am Hof von Ava bevorzugen sie ganz junge Mädchen. Sie holen sie für ihre Prinzen oder um sie als Tänzerinnen auszubilden oder halten sie einfach als Geiseln. Minthami erfüllte wohl alle drei Funktionen gleichzeitig. Ich kenne natürlich die Einzelheiten nicht, aber Mindon Min nahm sie schon als Kind als Geisel, um ihren Vater, den Sawbwa, unter Druck zu setzen. Soweit ich weiß, wollte er damals die Shan zur Revolution veranlassen.«

»Arme Minthami!«, sagte Angela mitleidig.

Sie wurden unterbrochen, da Moke in der Tür auftauchte. »Hühner legen nicht. Keine Eier zum Frühstück. Was gebe ich den Kindern als Hamham am Morgen?«

Er konnte nicht verstehen, warum die beiden Frauen in schallendes Gelächter ausbrachen.

2

Am nächsten Morgen zog Angela geschniegelt und geschnagelt los, neugierig auf ein weiteres Treffen mit Minthami.

»Minthami! Wo sind Sie, Minthami?« Sie legte ihren Tropenhelm und ihre Kamera auf der Veranda ab. »Ich bin's, Angela, wo sind Sie?« Erschrocken fuhr sie zurück. Eine große Gestalt, ein Mann, der nur mit einem Longyi bekleidet war, trat aus dem Haus.

Der bärtige Fremde nahm die Pfeife aus dem Mund und sagte: »Sie müssen die Nichte von Miss Lydell sein, nett, Sie kennen zu lernen. Ich bin Nathan Vorne, Minthamis Mann. Ich habe Sie offenbar erschreckt, tut mir Leid.«

»Min... Min...« Sie bekam kein Wort heraus. Minthamis Mann?, wollte sie fragen. Sie war davon ausgegangen, dass Minthami mit einem Shan oder einem Burmesen verheiratet war, aber doch niemals mit einem Europäer. »Wie geht es Ihnen, Mr. Vorne?«, brachte sie endlich heraus. »Ich bin Angela Featherstone. Ja, ich bin Miss Lydells Nichte. Minthami hat mich eingeladen.«

»Minthami ist im Augenblick nicht da, sie ist hinuntergegangen, um ihre Kerzen für Buddha anzuzünden. Sie wird nicht lange weg sein. In der Zwischenzeit soll ich Sie schon einmal herzlich begrüßen. Wenn Sie also bitte hereinkommen wollen, Miss Featherstone ...« Er trat einen Schritt zur Seite und hielt ihr den Bambusvorhang des Hauseingangs auf.

Sie ging an ihm vorbei in ein winziges Zimmer. Zwei Fenster ohne Scheiben gaben den Blick auf den Hof frei. Ein kleiner, runder und sehr niedriger Tisch war bereits auf ganz entzückende Weise für das Essen gedeckt worden. Die für ein burmesisches Essen ungewöhnlichen Fingerschälchen, Messer, Gabeln, Löffel und Servietten deuteten darauf hin, dass Minthami in wirklich guten Verhältnissen aufgewachsen sein musste. Es war nur für zwei Personen gedeckt.

»Ich hoffe, ich störe nicht.« Unter dem Blick von Nathan

Vornes leuchtend blauen Augen fühlte Angela sich seltsam unsicher.

»Nein, nein, Miss Featherstone, kümmern Sie sich nicht um mich. Ich werde nicht da sein, da die Damen sich ja sicher allein unterhalten wollen. Ich bringe Sa-Lon und Roi nur zu Miss Emmys Schule, und dann ziehen der Sawbwa und ich zur Tigerjagd los. Vielleicht erwischen wir ihn ja, obwohl er ein schlaues Kerlchen zu sein scheint. Sie haben doch von dem Tiger von Loloi gehört, oder?«

»Oh ja, meine Tante hat mir von ihm erzählt.«

Sie war sonst nicht schüchtern, aber dieser Mann verwirrte sie, ohne dass sie sich das erklären konnte. »Sie sind Amerikaner.« Das war, wie sie selbst wusste, eine eher dümmliche Feststellung.

»Ja, ich bin in Baton Rouge, in Louisiana, aufgewachsen, aber jetzt ist Mandalay meine Heimat … Ah, da kommt ja schon Minthami mit den Jungen. Bis später dann, Miss Featherstone, einen schönen Tag noch.« Sie beobachtete, wie er mit den beiden Jungen aus dem Hof trottete. Er humpelte ein wenig. Die offenen burmesischen Sandalen konnten die hellen Narben an seinen Füßen und Unterschenkeln nicht verbergen. Auch seine Handgelenke trugen die Spuren von eisernen Fesseln. Sie fragte sich, was er nur verbrochen haben konnte, dass er auf diese Weise gequält worden war.

»Angel! Eine Ehre, dass du in mein bescheidenes Haus kommst.« Sie machte den Angela schon geläufigen Knicks mit einem Knie hinter dem anderen und hielt ihre Hände wieder wie zum Beten gefaltet. In ihrem schönen Longyi und mit den Orchideen im Haar sah sie zauberhaft aus.

Angela setzte sich auf das Seidenkissen, das Minthami für sie auf eine den Boden bedeckende Kokosmatte gelegt hatte.

»Trinken wir zuerst Tee und unterhalten uns. Später essen wir dann.« Minthami holte eine chinesische Teekanne aus einer Nische.

Angela war neugierig: »Wo kochst du hier? Ich kann keine Küche sehen.«

Minthami kicherte in ihrer netten Art. »Minthami kocht draußen. Alle Küchen in Burma sind im Hof.«

Als sie das Essen brachte, aß Minthami nicht mit ihr, sondern stand hinter ihr, um sie zu bedienen. Angela war das unangenehm: »Du hast dir so viel Mühe gemacht, und das nur meinetwegen. Ich bin dir wirklich sehr dankbar, Minthami. Alles ist so wundervoll und köstlich, bitte iss doch mit mir.« Sie empfand es als unangenehm, allein zu essen, während die burmesische Vorstellung von Gastfreundschaft Minthami daran hinderte, auch nur einen Bissen zu essen, bevor ihr Gast satt war.

»Nicht drum kümmern!«, sagte die Shan Prinzessin. »Minthami isst nicht, aber ist glücklich, für Angel zu kochen, jederzeit.«

»Angela, nicht Angel«, sagte Angela in Gedanken. Sie hatte nicht daran gedacht, dass kein Burmese jemandem widersprechen oder ihn verbessern würde, aus Angst, ihn zu beleidigen. Minthami war aber keineswegs verletzt, sondern lachte nur.

»Warum lachst du?« Angela bediente sich aus den verschiedenen Schalen.

»Oh, es ist nichts Besonderes, nur etwas Persönliches, was Minthami amüsiert. Es könnte den englischen Gast beleidigen, weil er es nicht versteht.«

»Wieso sollte es mich beleidigen? Aber wenn es zu privat ist, dann will ich nicht darauf bestehen.«

»Dann sagt Minthami es der englischen Dame, weil sie es wissen will. Auf Englisch bedeutet Angel doch guter Geist?«

»Ja, es bedeutet Engel, ein guter Geist.«

»Dann hat Minthami guten und bösen Geist in ihrem Leben. Shwe Nat, das ist Captain Vorne, wird in Mandalay der goldene Teufel genannt. Das ist böser Geist. Engel und Teufel, das ist, wie heißt es englisch? Besondere Vorsehung?«

Angela lächelte, wechselte aber schnell das Thema: »Erzähl mir doch von deinen Söhnen, Minthami.«

»Sa-Lon, der größere, ist sechs Jahre.« Sie zeigte die Zahl mit ihren Fingern. »Roi ist vier. Sie helfen auf Reisfeldern gestern. Sie führen Wasserbüffel zum Ernteholen. Heute der Shwe Nat bringt sie zur Schule, weil er nicht will, dass sie wunde Füße haben von Arbeit. Sie müssen lernen. In zwei Jahren …«, sie deutete die Zahl wieder mit ihren Fingern an, »in zwei Jahren geht der ältere zum Phongyi-Kyaung, um Familie bei seinem Shinbyu Ehre zu machen. Bis dahin lernt er viele Dinge in Daw Lydells Schule, wie einmal drei ist drei, zweimal zwei ist vier.«

»Ach ja«, murmelte Angela und grübelte, wessen Söhne Sa-Lon und Roi wohl sein könnten. Sie sahen zu dunkelhäutig und zu burmesisch aus, um Nathan Vornes Kinder zu sein. Sie entschied sich dafür, dass sie wohl Kinder des Prinzen sein müssten, dem Minthami überlassen worden war. Sie fragte sich, wie alt Minthami wohl war. Auf jeden Fall musste sie älter sein, als sie aussah. Aber solche Fragen konnte sie ihrer Gastgeberin natürlich nicht stellen, das gebot die Höflichkeit. »Dies ist wirklich köstlich, Minthami.« Sie zeigte auf eines der vielen Gerichte. »Darf ich so unverschämt sein und fragen, was es ist?«

»Angel ist niemals unverschämt, nur neugierig wie alle Ingalaik. Minthami möchte gern erklären. Es sind ›Mohinga‹, Reisnudeln in Minthamis Spezialsauce. Sehr kompliziert. Von mir gemacht. Kann es nicht erklären auf Englisch.« Sie lächelte entschuldigend. Ihr Englisch war eine interessante Mischung aus amerikanischen und burmesischen Versatzstücken.

»Dann muss ich richtig Burmesisch lernen. Du könntest es mir beibringen. Ich habe schon angefangen, aber es ist sehr schwer, weil burmesische Wörter so schwer auszusprechen sind.«

»Englisch aber auch!« Beide fingen an zu lachen, und ihr Gekicher klang wie das zweier Freundinnen.

Nach der mächtigen Mahlzeit brachte Minthami wiederum Tee und ein Tablett mit Nachspeisen, wie es Sitte war. Sie tischte Ingwerstreifen, geröstete Erdnüsse, Halwa mit Rosenwasser, gemahlenen Reis mit Bananen und viele andere Süßigkeiten aus Kokosnuss, Reismehl und kandierten Früchten auf. Dann bot sie ihr noch den teuersten Leckerbissen an, ohne den kein richtiges burmesisches Essen vollständig war – eingelegte wilde Teeblätter. Angela zog dieser Delikatesse allerdings bei weitem den burmesischen Kuchen namens Beikmoke vor, sagte das aber aus Höflichkeit nicht.

»Minthami, du hast mir so ein tolles Essen vorgesetzt. Ich muss mich einfach dafür revanchieren. Danke auch, dass du mich hast sehen lassen, wie ein richtiges burmesisches Haus von innen aussieht.«

»Minthami braucht nichts dafür. Sie ist froh, einen Gefallen zu tun.« Nach kurzem Zögern brach es dann aber doch aus ihr heraus: »Vielleicht ein Bild von den Söhnen, wenn wir zu den heißen Quellen gehen?«

»Ja, natürlich, aber welche heißen Quellen?« Angela war neugierig. Sie war nun schon seit ein paar Wochen in Loloi, aber von heißen Quellen hatte sie noch nichts gehört. »Minthami zeigt Angel, wenn Jungen zurück von Schule. Ist im Dschungel, nicht weit. Wir gehen durch den Hof und nehmen Pfad durch Bambuswäldchen. Jetzt schlafen wir auf Matten, die Sonne ist heiß. Wenn die Sonne niedriger, wir gehen, den Teich finden.«

Minthami holte fröhlich zwei Schlafmatten und legte sie auf die Veranda, wo eine Pergola mit vielen duftenden Blumen und Weinranken angenehmen Schatten spendete, in dem sie auf der Stelle einschliefen.

3

Als die Sonne unterging, nahm Minthami Angela und ihre zwei Söhne mit zu dem Felsensee. Ein ausgetretener Pfad führte sie vom hinter dem Haus liegenden Garten direkt in den Dschungel. Angela konnte ihren Augen nicht trauen, als sie den Dschungelsee sah. Es war wie ein Traum. Ein großer Halbkreis, eine Art Naturtheater, wurde von schäumendem Wasser umspielt. Es floss über die gestuften Felsen, feiner Wassernebel sprühte in alle Richtungen. Wuchernde Farne und Büsche verbargen diesen einzigartigen Platz. Es schienen nur Frauen, Mädchen und Kinder hier zu sein, die zwischen Lotusblumen, Orchideen und Schmetterlingen mit lautem Gelächter herumplanschten. Shan-Mädchen in Sarongs oder Longyis spritzten sich gegenseitig voll. Zwei Chinesinnen mit eingebundenen Füßen waren mit ihrer Wäsche beschäftigt. Auch Minthami hatte Wäsche mitgebracht, um sie auf den Felsen zu reinigen.

»Minthami kommt jeden Tag«, sagte sie, während sie mit den Fäusten auf der Wäsche herumtrommelte. Ihre beiden Söhne spielten mit anderen Kindern im Wasser.

»Kommen die Männer aus dem Dorf nicht hierher?«, fragte Angela.

Minthami schüttelte den Kopf. »Sie gehen nicht zu Plätzen, wohin Frauen gehen.«

»Jetzt bin ich schon zwei Monate in Loloi und musste meine Haare während der ganzen Zeit in einer Wasserpfütze waschen. Also, ich werde Tante Emmy was erzählen – ... – wie konnte sie verschweigen, dass es diesen herrlichen See gibt«, stellte Angela empört fest. »Minthami, wenn du mit Sa-Lon und Roi auf diese Felsen dort drüben kletterst, dann könnte ich versuchen, von hier aus ein Bild von euch zu machen. Hoffentlich wird es etwas.«

Angela zog ihre Stiefel und Strümpfe aus, raffte ihren Rock hoch und watete ins Wasser.

»Morgen musst du Longyi tragen, wie die Burmesinnen, dann kannst du im Wasser sitzen wie alle anderen.«

»Das täte ich sehr gern«, sagte Angela, die sich wie im Paradies fühlte. »Ich glaube, ich werde jetzt doch nicht nach Mandalay gehen.«

»Oh doch, Angel geht nach Mandalay. Mandalay ist so eine wundervolle Stadt. Minthami vermisste es sehr, als sie mit Shwe Nat in Rangun lebte. Shwe Nat fühlte sich auch nicht wohl in Rangun. Er war immer verärgert, über Briten, die ihm sagen, was zu tun ist im Augenblick. Er sagt, Briten haben keine Fantasie, nur die Magna Charta. Minthami weiß nicht, was das ist. Sie fragt ihren Mann, er sagt, das bedeutet: Königin Victoria, ich liebe dich sehr, bete dich an, lass mich deine Füße küssen.«

»So habe ich das noch nicht gehört.« Angela war amüsiert.

»Niemand hat das gehört. Shwe Nat sagt Dinge nicht für andere Leute, wenn er Minthami anbrüllt, auch wenn alle Leute es hören. Er sehr komisch.« Sie rannte davon, um ihren jüngeren Sohn vor dem Ertrinken zu retten, da die Kinderspiele jetzt recht grob geworden waren.

Als sie zurückkam, sagte Angela: »Es scheint mir, als ob Mr. Vorne die Briten nicht leiden kann.«

»Oh, er mag sie«, sagte Minthami, während sie ihre Arbeit wieder aufnahm und die Wäsche auf den Steinen ausschlug. »Aber er mag sie nicht sehr. Er sagt, sie tauchen in Burma auf wie Pocken in Indien.«

Angela hatte das Gefühl, lieber nicht weiter über den Shwe Nat zu reden.

Am Abend erkundigte sich Emmeline Lydell, ob Angela einen schönen Tag gehabt habe.

»Ja danke, Tante Emmy, es war sehr nett. Du hast mir aber nichts von Lolois heißen Quellen erzählt.« Sie hatte es gar nicht so vorwurfsvoll gemeint, wie ihre Tante es offenbar aufgefasst hatte.

»Du hast mich nicht danach gefragt, Liebes. Also bin ich nicht auf die Idee gekommen, es dir zu erzählen. Außerdem dachte ich, es sei ein, hm … ein eher primitiver Waschplatz, ein Nährbecken für Bakterien und so weiter.«

»Genau wie der Waschplatz hier im Hof.« Angela konnte es sich nicht verkneifen, sie daran zu erinnern.

»Diese Suppe ist wirklich gut, Moke.« Miss Lydell wandte sich abrupt an ihren Bediensteten. »Sehr gut, woraus hast du sie gemacht?«

»Krabben, Miss Emmy.«

»Es ist einfach widerlich.« Angela hatte ihren Teller von sich geschoben. »Oh nein, nein, nein, natürlich nicht deine Suppe, Moke!«, beeilte sie sich zu sagen, als sie sein entsetztes Gesicht sah. »Ich meinte etwas ganz anderes.«

»Moke, könntest du vielleicht für ein Weilchen auf die Veranda gehen?« Irgendwas schien ihre Nichte zu beunruhigen, und sie wollte herausfinden, was es war, auch wenn sie wusste, dass Moke ein Ohr an der dünnen Zwischenwand haben würde. »Was ist so widerlich, Liebes?«

»Dass Nathan Vorne mit Minthami verheiratet ist«, platzte Angela heraus.

»Warum denn, Liebes? Weil er weiß ist und sie nicht? Viele Europäer haben hier farbige Frauen oder Geliebte.«

»Das meine ich nicht. Er muss doch schon fast vierzig sein! Und … mit einem solchen Kind verheiratet! Zumindest sieht sie noch aus wie ein Kind. Sie sagt, Sa-Lon und Roi seien ihre Söhne. Aber das kann man ja kaum glauben, sie sieht nicht älter als fünfzehn aus. Sie hat mir gesagt, Sa-Lon sei schon sechs Jahre alt. Wessen Söhne sind das, Tante Emmy?«

»Nathans und Minthamis, wessen sonst?«

»Wessen sonst! Ich dachte … ach, ich weiß gar nicht mehr genau, was ich dachte. Ich dachte, Sa-Lon und Roi seien die Söhne des Prinzen, dessen Konkubine Minthami war, wenn man das so nennen kann. Ich dachte, dass es nicht ihre Kinder seien, sondern dass sie sich nur im Namen des Prinzen um sie kümmere. Oh, ich weiß, das geht alles furchtbar durcheinander. Aber wie können das ihre Kinder sein? Sie ist doch einfach nicht alt genug.«

»Minthami ist auf jeden Fall erwachsen, liebe Angela. Also ist sie alt genug, um Kinder zu haben, oder? Und die Mädchen hier in Burma wie überall in Asien sind früher erwachsen als die im Westen.«

»Aber du redest darum herum, dass Minthami Sa-Lon geboren hat, als sie selbst noch ein Kind war.«

»Ich nehme es an. Ich habe keinen Grund, Sa-Lons und Rois Alter in Zweifel zu ziehen.«

»Und sie sind tatsächlich Nathan Vornes Söhne?«

»In jeder Hinsicht.«

»Das macht es ja gerade so widerlich. Ein christlicher weißer Mann sollte es nun wirklich besser wissen. Ein Kind zur Frau zu nehmen, nur um ... um ...« Die fünf Todsünden des Eremiten fielen ihr wieder ein. »Lüsternheit, Tante Emmy! Das ist doch einfach unmoralisch. Ich bezweifle, dass er in Amerika mit einer Vierzehnjährigen ins Bett gegangen wäre. Daran hätte ihn schon das Gesetz gehindert.«

»Ich glaube, dass er Minthami wirklich liebt.« Miss Lydell war über Angelas Ausbruch milde erstaunt. Nathan Vornes Unmoral schien ihr ja sehr nahe zu gehen, und sie fragte sich, weshalb ihre Nichte wohl so sehr an ihm interessiert war.

»Und dann lebt er auch noch wie ein Eingeborener. Sie schlafen tatsächlich auf dem Fußboden. Wie kann ein Mann mit anständiger Erziehung wie ein Wilder im Dschungel leben?«

»Darüber habe ich nie nachgedacht. Die beiden sind ja kaum hier. Sie sind immer irgendwohin unterwegs, nach Rangun, Mandalay oder Amerika. Loloi ist für sie ein guter Platz, um sich zu erholen, da Minthamis Familie hier lebt. Inwieweit sie offiziell und legal verheiratet sind, kann ich nicht sagen. Das geht mich ja auch nichts an. In Burma braucht man dafür auch nur das beidseitige Einverständnis des Paares und das der Eltern. Der Sawbwa hat offensichtlich erfreut zugestimmt. Er und Captain Vorne sind gut miteinander befreundet.«

»Und Minthami hat sehr anziehend auf den Captain gewirkt, schließlich ist sie ja eine schöne und reiche Shan-Prinzessin. Ich bin aber immer noch der Ansicht, dass ein Mann seines Alters, allem Anschein nach ein christlicher Gentleman, auf keinen Fall ein vierzehnjähriges Mädchen hätte verführen dürfen! Entschuldige, Tante Emmy, es war ein langer, anstrengender Tag. Ich glaube, ich sollte jetzt ins Bett gehen.«

»Gute Nacht, Angela. Übrigens glaube ich, wenn hier jemand jemanden verführt hat, dann war es Minthami. Du solltest dich aber nicht durch die merkwürdigen Beziehungen anderer beunruhigen lassen.«

»Ich bin nicht beunruhigt.« Hinter der Bambuswand klang Angelas Stimme gedämpft. »Ich möchte auch eigentlich gar nichts über diese Art menschlicher Beziehungen wissen. Ich habe eine solche nie geführt!«

Emmy Lydell hörte eine Spur von Selbstmitleid aus dem Tonfall der jungen Frau heraus. »Was ist denn mit dem netten Kerl in Mandalay, wegen dem du überhaupt hergekommen bist. Wolltest du ihn nicht heiraten?«

»Ach, Matthew? Matthew und ich sind nicht mehr verlobt. Gute Nacht, Tante Emmy.«

Miss Lydell enthielt sich klugerweise jedes weiteren Kommentars. Sie drehte nachdenklich die Öllampe herunter, wandte sich ihren sechs schlafenden Schützlingen zu und küsste jeden auf die Stirn: Do, Re, Mi, Fa, So, La. Ihre Spitznamen konnte man sich entschieden leichter merken als ihre komplizierten burmesischen Namen.

Neuntes Kapitel

1

Die nächsten Tage in Loloi standen ganz im Bann des Erntefests. Der Sawbwa hatte drei Feiertage angeordnet, also fand auch keine Schule statt. Minthami brachte einen besonders schönen Longyi für Angela. Miss Lydell konnte die beiden plaudern und lachen hören, als seien es zwei Schulmädchen, die sich für eine Party vorbereiteten. Hinter der Bambuswand zeigte Minthami Angela, wie man den Longyi trug, damit er auch da blieb, wo er hingehörte. Sa-Lon und Roi ließen sich zusammen mit den sechs Internatsschülern von Miss Lydell eine Gutenachtgeschichte erzählen. Große, glänzende Kulleraugen richteten sich auf das Gesicht der Lehrerin, keine Einzelheit entging ihren kleinen Bewunderern.

»Und dann sagte Rotkäppchen zu dem großen, bösen Wolf: ›Großmutter, warum hast du so große Zähne?‹«

»Lassen Sie es einen Tiger sein, Miss Lydell, keinen Wolf.« Sa-Lon sprach sehr gut Englisch, allerdings natürlich mit dem amerikanischen Akzent seines Vaters.

»Und der große, böse Tiger antwortete: ›Damit ich dich besser fressen kann …‹« Die kleinen Buben schliefen einer nach dem anderen langsam ein, sodass Miss Lydell das Buch zuklappte. »Das ist alles für heute, Kinder. Rollt eure Matten aus. Sa-Lon und Roi, ihr könnt auf der Veranda warten, eure Mutter kommt sicher gleich.« Obwohl es schon ziemlich spät war, wollte Minthami ihre Söhne noch zu den Festivitäten mitnehmen. Miss Lydell schätzte es nicht, dass burmesische Kinder bis spät in die Nacht aufbleiben durften. Aber Sa-Lon und Roi waren schließlich nicht ihre Kinder. Also mischte sie sich nicht in ihre Erziehung ein. Bei Do, Re, Mi, Fa, So und La lag die Sache allerdings anders, für diese Kleinen trug sie die Verantwortung.

Angela befand sich in Schwierigkeiten. Der schwere, schwarze Longyi, der mit chinesischen Tempeln, Vögeln, Blumen und Früchten bestickt war und von einer Borte aus smaragdener Seide mit silbernen Fäden umrahmt wurde, saß nicht so, wie er sollte. Angela wollte ihn nur ungern anziehen. Sie hatte Angst, ihn zu verderben oder zu zerreißen. Da Minthami aber darauf pochte, dass sie ihn trug, blieb ihr keine andere Wahl.

»Er ist aus der besten, stärksten siamesischen Seide. Sehr gutes Geschenk von Mann, der ihn von Reise mitgebracht hat.«

»Ein Grund mehr, ihn nicht auszuleihen. Mir hat man in der Schule beigebracht, nichts zu leihen und zu borgen.«

»Dann schenke ich es dir, Amagyi-Angel«, nuschelte Minthami, die Stiele der Blumen zwischen den Lippen, die sie in Angelas Haar stecken wollte.

Die Worte des Shan-Mädchens berührten Angela tief. Amagyi, das wusste sie, bedeutete auf Burmesisch so viel wie ›Große Schwester‹ und war ein Ausdruck großer Zuneigung. »Dieser Longyi passt Minthami nicht. Der Mann kauft Dinge für Frau, weiß nicht die Größe. Er glaubt, Minthami ist groß wie er. So schenke ich dir Longyi, Amagyi-Angel.«

»Das kann ich nicht annehmen, Minthami, wirklich nicht. Außerdem rutscht er …«

»Komm, Minthami zeigt dir.« Sie befestigte das Kleidungsstück so schnell und so geschickt, dass Angela nicht mitbekam, wie sie es anstellte. So blieb sie skeptisch.

»Bist du sicher, dass er nicht runterfällt? Sollte ich nicht doch besser eine Sicherheitsnadel nehmen? Ich möchte wirklich nicht, dass mein Rock gerade vor dem Sawbwa herunterrutscht.«

Minthami lachte: »Nein, alles in Ordnung. Du kannst gut damit laufen.«

Angela war sich noch immer nicht ganz sicher. »Ich glaube, dass er mir nicht so gut steht wie dir. Ganz besonders nicht zusammen mit dieser typisch englischen Bluse. Aber ist jetzt auch egal. Wie man hört, werden deine Jungen langsam unruhig, also ziehen wir besser los. Halt, ich habe hier auch etwas für dich.« Sie zog einige Fotos aus der Tasche, die sie auf dem Markt von Loloi gekauft hatte, blätterte die Bilder durch und gab eins davon Minthami. »Dies hier schenke ich dir, Minthami.«

Auf dem Bild war Minthami mit ihren beiden Söhnen auf einem Felsen oberhalb des Lotossees zu sehen. Sie hatte die Arme um ihre beiden breit grinsenden Söhne gelegt. Sie war über das Foto buchstäblich zu Tränen gerührt. »Schau, die Blume, Roi lächelt, die Lotosblüte im Teich, die Stickerei auf Minthamis Longyi …« Sie drückte das Bild an ihr Herz. »Ich danke dir, Amagyi-Angel.« Ein Knie hinter das andere haltend, knickste die Shan-Prinzessin vor der Tochter eines gewöhnlichen Europäers.

Angela drehte sich um und nahm die anderen Fotografien von ihrem Bett. »Dies sind meine, aber du kannst sie dir gern ausleihen. Vielleicht möchtest du sie gern Captain Vorne zeigen?«

»Ja, ja natürlich.« Minthami blickte ihr eifrig und neugierig über die Schulter, um die Bilder von dem Eremiten vor der Pagode und von den Schulkindern im Hof anschauen zu können. »Minthami bringt sie bestimmt zurück. Aber erst zeigt sie Ehemann, Vater, Frauen und Kindern … auch neuem Baby, das Minthami bald hat …« Letzteres fügte sie schüchtern, mit einem Ausdruck tiefer Glückseligkeit in den Augen hinzu.

»Oh, das ist ja eine herrliche Neuigkeit, Minthami. Ich freue mich so für dich.« Angela wandte sich ab, damit Minthami ihr Gesicht nicht sehen konnte. »Aber jetzt wird es Zeit, dass wir gehen, oder?«

2

Der Sawbwa saß in seiner ganzen Pracht auf der Veranda. Auf dem Kopf trug er den Gaung-Baung, den Zeremonienhut, den er auch bei König Mindon Min getragen hatte. Abgesehen von diesem östlichen Kopfschmuck war er westlich gekleidet. Er trug einen Anzug aus Satin, der ihm so eng saß, dass Angela unwillkürlich an einen gewaltigen Windbeutel denken musste, der an den Rändern überquoll. In einen Sessel gequetscht, der viel zu klein für seinen Körperumfang war, wirkte er zugleich grotesk und amüsant, königlich und lächerlich. Angela musste sich bei seinem Anblick an diesem Abend mehr als einmal zwingen, nicht in schallendes Gelächter auszubrechen. Sie sah riesige Rubine an seinen Fingern glitzern, als ihr der Sawbwa freundlich mit seiner Zigarre zuwinkte. Sein Lächeln war breit, und seine verfärbten Zähne leuchteten genauso rot wie die Rubine. Man stellte ihnen Stühle zwischen die Matten, auf denen die Frauen des Sawbwas saßen. »Es sind so viele«, flüsterte Miss Lydell, während sie energisch mit ihrem Fächer nach den angriffslustigen Moskitos schlug. »Von der obersten Frau all die Stufen hinunter bis zu den Frauen, die überhaupt keine Rechte mehr haben. Man kann sie einfach nicht auseinander halten. Aber sie sind mir sehr behilflich, sie waschen, bügeln und flicken die Kleider meiner sechs Zöglinge. Übrigens wünschte ich, er würde nicht ständig diese grauenhaften Betelnüsse kauen. Jedes Mal, wenn er den Mund aufmacht, muss ich an Tuberkulose denken.«

»Na, an Tuberkulose leidet er wohl kaum«, lachte Angela, »dafür ist er viel zu dick. Schau mal, er winkt schon wieder mit seiner Zigarre. Sollen wir zurückwinken?« Miss Lydell wedelte mit ihrem Palmfächer zu ihm und den Männern seiner Familie hinüber, die sich um ihn versammelt hatten. »Sieht das Dorf jetzt nicht schön aus? Ich liebe diese chinesischen Laternen einfach, und der wundervolle Duft von all dem Essen macht mich ganz hungrig. Moke hat mir versichert, dass es bei dem Pwe jede Menge zu essen geben würde und er sich das Kochen in den nächsten drei Tagen sparen könnte. Schade, dass du jetzt kein Foto von all dem machen kannst.« Ihre weit ausholende Handbewegung umfasste den Familiensitz des Sawbwas wie den zur Bühne umfunktionierten Dorfplatz.

Nathan Vorne, der auf der anderen Seite des Hofes zwischen ein paar Mangobäumen stand, dachte, sie winke ihm zu, und hob grüßend seine Pfeife. »Schau, da ist Captain Vorne, Liebes. Es ist doch Captain Vorne, oder? Ich kann bei dem Licht so schlecht sehen.«

»Ja, es ist Captain Vorne, Tante Emmy. Sa-Lon und Roi sind bei ihm. Ich frage mich bloß, wo Minthami geblieben ist.« Sie blickte sich suchend um, konnte ihre Freundin unter all den Menschen nicht entdecken. »Sitzen denn burmesische Frauen niemals mit ihren Männern zusammen, nicht einmal bei einem Fest?«

»Oh nein, das ist einfach nicht üblich. Die Frauen bleiben auf der einen Seite, die Männer auf der anderen. Um allein zusammen sein zu können, müssen sie verheiratet sein oder sich in der Gesellschaft von Verwandten befinden.«

»Das erscheint mir ziemlich merkwürdig, wenn man an die anderen Freiheiten denkt, die burmesische Frauen haben. Ich meine, eigentlich sind sie ja im Großen und Ganzen ihre eigenen Herren. Zu Hause, auf dem Markt, was die Kinder betrifft, haben sie doch ganz offensichtlich das Sagen, während sich die Männer unauffällig im Hintergrund halten.«

»Ja, das stimmt. Sie führen Geschäfte und sind in Erziehungsinstitutionen, sie übernehmen Verantwortung, die westlichen Frauen vorenthalten bleibt. Ah, da kommen sie. Leise jetzt, es geht los. Da ist auch Minthami.«

Begleitet von lauter und fröhlicher Musik der Dorfkapelle, die mit Glocken, Becken, Xylofonen, Harfen und Trommeln ausgestattet war, zogen die Kinder in die von Fackeln beleuchtete Mitte des Hofes. Minthami führte die Prozession an. Als die ganze Truppe Aufstellung genommen hatte, ging der Pyazat, die gesungene und getanzte Darstellung der Jahreszeiten, los. Die prächtig und fantasievoll kostümierten Kinder stellten pantomimisch Reispflanzen dar, die sich durch den Boden drängten und vom Monsun übergossen wurden. Die Erntezeit wurde dann von einem goldenen Buddha symbolisiert, der auf einem Wagen von zwei richtigen Wasserbüffeln geräuschvoll herumgezogen wurde, bis die Tiere in die Zuschauerreihen hinein durchgingen. Einige kräftige Väter, deren Söhne sich hier als Büffeltreiber versucht hatten, führten die Tiere wieder in die Hofmitte zurück.

Der Pyazat wurde mit donnerndem Applaus belohnt, wobei sich der Sawbwa und seine Familie mit Klatschen, Trampeln und Jubelrufen besonders hervortaten.

Auf ihn folgte der Zat-Tanz, der religiöse Themen wie Liebe, Schmerz und Wiedergeburt aufgriff. Minthami war die Vortänzerin. Sie trug ein silberweißes Kleid, das im Lampenlicht glitzerte und glänzte. Atemberaubend schön und graziös erschien sie wie eine Feenprinzessin. Angela warf einen schnellen Blick zu Nathan, um seine Reaktion auf seine schöne Tänzerin zu sehen. Aber sein Gesicht lag im Schatten, so wandte sie sich wieder Minthami zu. Es faszinierte sie, wie anmutig die junge Frau mit ihren jeweiligen Tanzpartnern herumwirbelte. Alles an ihr schien energiegeladen, sogar ihre langen, blauschwarzen Haare, die sie ausnahmsweise offen trug, schienen bis in den Himmel hinausfliegen zu wollen.

»Minthami bedeutet eigentlich Tänzerin«, flüsterte Miss Lydell ihrer Nichte zu. »Ich frage mich aber, ob der Sawbwa sie so getauft hat, bevor oder nachdem sie am Hof von Ava war.«

»Vielleicht hat er ja bei ihrer Geburt einen Astrologen gefragt. Wie kann sie nur ihre Hände in all diese Haltungen und Stellungen bringen?«

»Bei Mädchen, die Zat-Tänzerinnen werden sollen, brechen und verschieben sie die Hand- und Fingerknochen«, erklärte Miss Lydell. Es schauderte Angela, als sie den Grund für die erstaunliche Gelenkigkeit von Minthamis Händen erfuhr.

In diesem Moment wurde die Tanzvorführung beendet, indem jeder Darsteller eine Bhodi-Blume in die Zuschauermenge warf. Die letzten Töne der Musik waren noch nicht verklungen, als sich die Männer als Erste auf das Festmahl stürzten. Dem Sawbwa und seinen Männern brachte man das Essen zu ihren Plätzen. Auf flachen, mit Plantain-Blättern ausgelegten Körben trugen die Frauen Reis, Curryspeisen, Fisch und Früchte auf. Erst als die Männer, die alle auf dem Boden hockten, völlig gesättigt waren, bekamen die Frauen das, was übrig geblieben war.

Angela, die mit einigem Abscheu auf das Abendessen warten musste, meinte: »Das ist ja wohl das übelste Bild schlechter Manieren, das sich Buddha je ausgedacht hat. Die Männer stopfen sich voll, bis sie platzen, und die Frauen bekommen die Reste. Das ist einfach ungerecht.«

»Da muss ich Ihnen widersprechen«, meinte eine tiefe Stimme aus dem Schatten. Nathan Vorne trat in das Laternenlicht. Angela fiel auf, dass er kein mit Speisen überhäuftes Bananenblatt, sondern nur seine Pfeife in der Hand hielt. »Warum, Captain Vorne?«, fragte sie mit fester Stimme.

»Warum was, Miss Featherstone?«, fragte er übertrieben unschuldig.

»Warum sind es Ihrer Meinung nach keine schlechten Manieren, wenn die Männer vor den Frauen essen?«

»Vermutlich, weil ich ein Mann bin.«

»Und vielleicht auch noch ein Buddhist, Captain Vorne?« Miss Lydell nahm seinen scherzhaften Ton auf, da ihr, im Gegensatz zu Angela, von vornherein klar gewesen war, dass Nathan ihre Nichte auf den Arm nehmen wollte.

»Ich kann, wenn ich ehrlich bin, nicht behaupten, Buddhist zu sein, Miss Emmy. Zumindest wird Ihnen Minthami erklären, dass ich keiner bin. Sie verprügelt mich schon immer mit dem Besenstiel, weil ich im Haus meine Schuhe anbehalte.« Sein Pfeifenrauch hielt die Moskitos und andere Insekten fern. Nach all dem Knoblauch, dem eingelegten Fisch und den anderen Gerüchen empfanden die beiden Europäerinnen den Tabaksqualm geradezu als Wohltat.

»Sie und der Sawbwa hatten wohl keinen Erfolg bei unserem Freund, dem Tiger von Loloi, was, Captain Vorne?«, wollte Miss Lydell nun wissen.

»Nicht den geringsten, Miss Emmy. Na ja, nach dem Erntefest werden wir wieder auf die Jagd gehen. Vor zwei Nächten hat er sich drüben in Ku das Vieh vorgenommen, also ist er wieder auf Streifzug.«

»Captain Vorne«, Angela versuchte ihre Aufregung nicht zu zeigen, »ich würde so gern ein paar Fotografien von einer Tigerjagd machen. Darf ich mitkommen? Ich kann mit einem Gewehr umgehen.«

Miss Lydell gab ihm keine Gelegenheit, zu antworten. Sie warf ihrer Nichte einen Blick zu, als habe diese den Verstand verloren, und sagte: »Du denkst ja wohl nicht im Traum daran, auf die Jagd zu gehen, Angela! Der Tiger hätte dich schon getötet, bevor du nahe genug für ein Foto an ihn herangekommen wärst. Das ist wirklich das Unverantwortlichste, das ich je gehört habe. Außerdem ist das ein reines Männerunternehmen. Die Burmesen mögen es nicht, wenn ihnen Frauen im Weg herumstehen, besonders nicht, wenn es auch noch englische Frauen sind. Ist es nicht so, Captain Vorne?«

Dieser kratzte sich am Kopf und betrachtete nachdenklich seine Pfeife. Es war ihm unangenehm, in eine Meinungsverschiedenheit zweier Frauen hineingezogen zu werden. »Nun, Miss Emmy«, sagte er dann in seiner schleppenden Sprechweise, »es ist doch die Frage, ob der Tiger uns findet, wenn wir uns Mühe geben, ihn zuerst zu finden. Ein Grund, warum wir es nicht schaffen, ihn zu erledigen, ist der, dass die verdammten Burmesen weglaufen, anstatt auf das Vieh zu schießen. Und wenn Miss Featherstone mit einem Gewehr umgehen kann, wie sie behauptet, sehe ich keinen Grund, warum sie nicht mitkommen könnte. Außerdem macht sie den Eindruck, ein sehr vernünftiges Weibsbild zu sein.« Er musterte sie mit einem schlauen Lächeln, und Angela fragte sich, wie ein einziger Blick sie so gefangen nehmen konnte.

Angela schluckte. »Danke, Captain Vorne. Ich verspreche Ihnen auch, dass ich Sie nicht dadurch aufhalten werde, in Ohnmacht zu fallen oder ähnlichen Unfug anzustellen.«

»Angela, ich verbiete dir das ausdrücklich!« Die Tante blickte etwas hilflos von Angela zu Nathan. »Mein liebes Mädchen, was würde wohl dein Vater davon gehalten haben, dich in ein so gefährliches Abenteuer ziehen zu lassen?«

»Er würde mich dem Tiger vorgeworfen haben, nur um ein gutes Foto für den Delhi Camera Club zu bekommen.«

»Captaine Vorne, Sie wissen nicht, worauf Sie sich da einlassen.«

»Oh doch, das weiß ich.« Seine durchdringenden blauen Augen starrten immer noch in Angelas grüne Augen. »Ich werde sie windelweich schlagen, wenn sie mich hängen lässt.« Plötzlich wurde ihm wieder bewusst, wo er war und mit wem er redete. »Machen Sie sich keine Sorgen, Miss Emmy.« Er wandte sich ab, um seine Pfeife an einem Baumstumpf auszuklopfen. »Miss Featherstone wird in meiner Gegenwart vollkommen sicher sein. Nun, meine Damen, weiß eine von Ihnen zufällig, wo Sa-Lon und Roi stecken? Ich musste Minthami versprechen, sie nicht aus den Augen zu lassen, während sie ihr Tanzstückchen vorführt. Aber Sie wissen ja, wie Kinder sind, Miss Emmy.«

»Oh, durchaus, Captain Vorne.« Sie war ihm immer noch böse, weil er Angela unterstützt hatte. »Sie schwatzen zu unangebrachten Zeiten und haben die Angewohnheit, überall zu sein, nur nicht da, wo man sie gerade sucht. Als ich Sa-Lon und Roi das letzte Mal sah, da waren sie gerade dabei, auf das Haus Ihres Schwiegervaters zu klettern.«

Angela blickte ihm nach, wie er davonschlenderte, um seine Söhne zu suchen. »Manchmal sieht es so aus, als ob er wirklich starke Schmerzen in den Füßen hätte, als ob er auf glühenden Kohlen ginge. Ich frage mich, was ihm nur passiert ist.«

»Captain Vorne, mein liebes Kind, bringt sich von einer Schwierigkeit in die andere. Ich vermute, ein Tiger hat nach seinen Fersen geschnappt, als er ihm mit seiner Pfeife zu nahe kam. Aber du bist ein ungezogenes Mädchen, meine Liebe, was die Tigerjagd angeht.«

Angela hakte sich bei ihr ein, als sie auf die Tafel mit den übrig gebliebenen Essensresten zugingen. »Liebe Tante Emmy, sei nicht verärgert. Als Andenken bekommst du von mir ein gerahmtes Foto von der Tigerjagd.«

»Täusch dich nicht, meine Liebe, die Burmesen bezeichnen ihn als Teufel. Ich bin sicher, dass der Shwe Nat genau das ist, was sein Name ausdrückt.«

3

Sofort nach dem Erntefest entschied sich Angela, Minthami den schönen Longyi zurückzubringen, schon allein, um sich nicht zu sehr an ihn zu gewöhnen. Ihre Tante wollte währenddessen mit den Schülern ein Picknick machen. Moke lenkte den Ochsenkarren, die Kinder saßen hinten und grinsten vergnügt. »Wir werden wohl zu dem großen See bei Ku fahren, Liebes. Also reg dich nicht unnötig auf, wenn wir etwas später zurückkommen. Pass gut auf dich auf. Übrigens, Moke hat gesagt, es sind noch Süßigkeiten da, wenn du bis dahin Hunger bekommen solltest. Und noch etwas, Angela, falls du zu Minthami gehst, würde es dir wohl etwas ausmachen, das Paket mit Wäsche, die ausgebessert werden muss, im Haus des Sawbwa abzugeben? Frag bitte nach der Maha-Devi, die verteilt die Näharbeit dann schon unter den Nebenfrauen.«

Ihre Stimme wurde vom Quietschen der Räder übertönt. Die Burmesen hielten viel von Lärm als Mittel gegen böse Geister. Deshalb ölten sie auch die Räder niemals.

Angela gab das Paket mit Wäsche im Haus des Sawbwa ab und

traf kurz darauf Sa-Lon und Roi, die aus der Richtung ihrer Pfahlhütte angehoppelt kamen wie aufgescheuchte Kaninchen. »Hallo, wohin lauft ihr denn?«, begrüßte sie sie.

»Gehen zum Pwe«, sagte Sa-Lon, wobei er mit seinen nackten Zehen Staub in die Luft schleuderte.

»Aber das Erntefest ist vorbei.«

Sa-Lon blieb stur: »Papa hat uns sagt, geht zum Pwe.«

»Na dann, hier habt ihr was.« Sie gab ihnen ein paar von Mokes Süßigkeiten.

»Danke, Amagyi-Angel«, sagten sie brav im Chor, das bei Miss Lydell gelernte ›englische‹ Benehmen nicht vergessend. Angela musste über ihre Ernsthaftigkeit lächeln. Sie konnte sich aber immer noch nicht an den Gedanken gewöhnen, dass das Nathans Söhne sein sollten, dessen Haar doch so blond war wie ihres dunkelhaarig.

Als sie sich dem Bambushaus näherte, hörte sie aus seinem Inneren laute Stimmen. Es klang mehr nach einem richtigen Kampf als nur nach einem Streit. Da sie nicht beim Lauschen ertappt werden wollte, wandte sie sich ab, um davonzuschleichen. In diesem Augenblick trat Minthami aus der Türöffnung, rannte die Verandatreppen hinunter und stieß beinahe mit Angela zusammen, bevor sie sie überhaupt bemerkte. Angela wurde von ihr mit einem schmerzhaften Griff am Arm festgehalten und herumgewirbelt, sodass sie jetzt Nathan sah, der gerade auf die Veranda trat.

»Hier, sieh mal!« Sie keifte ihn an wie ein Fischweib. Angela konnte gar nicht glauben, wie sich die nette, zarte Minthami im Augenblick aufführte. Ihre Augen waren vom Weinen gerötet und verquollen, ihr Haar unfrisiert und zerzaust. Sie sah aus wie eine völlig wild gewordene Frau und nicht wie die schöne Prinzessin vom Zat-Tanz. »Sie ist hier, Amagyi-Angel ist hier, jetzt sag's ihr. Dein böser Geist hat sie hierher gebracht, um sie traurig zu machen, wenn sie alles hört.«

»Um Gottes willen, Minthami, was ist denn los?« Angela blickte fassungslos von einem zum anderen.

Minthami starrte ihren Mann finster an: »Sag's ihr, Kala!«

Nathan Vorne zuckte die Schultern. »Nehmen Sie einfach keine Notiz von ihr, Miss Featherstone. Das ist nur eine von ihren dummen Launen. Sie regt sich wegen nichts auf.«

»Nichts? Du nennst es nichts, nette Bilder zu zerreißen von den Söhnen?« Sie rannte die Treppen hinauf und boxte ihn.

Er hielt ihre herumfuchtelnden Hände fest und schüttelte sie. »Hör auf, du dummes, kleines buddhistisches Flittchen«, brüllte er. Minthami trat ihn.

Angela holte tief Luft: »Captain Vorne ... Minthami ... ich weiß, es geht mich nichts an, aber wenn es irgendetwas mit den Bildern zu tun hat, die ich euch gegeben habe, dann tut es mir sehr Leid.«

»Nicht nur Bilder von Söhnen, alle, Amagyi-Angel, ich zeig dir ...« Sie entwand sich ihrem Mann und rannte ins Haus. Wenige Augenblicke später war sie zurück und warf eine Menge Papierfetzen auf die Erde. »Nicht nur Bild von Sa-Lon und Roi zerrissen, sondern auch von buddhistischem Mönch und Schulkindern.«

Angela blickte von der niedergeschlagenen Shan-Prinzessin zu ihrem scheinbar völlig gleichgültigen Mann, der der theatralischen Aufführung unbekümmert zusah.

»Warum, Captain Vorne?«, fragte Angela nun mit eisiger Stimme. »Zwei dieser Fotografien waren zufällig mein Eigentum. Ich habe Minthami nur eins geschenkt, das mit Ihren Söhnen am Wasserfall.«

»Ob sie nun Ihr Eigentum waren oder das von Königin Victoria, ich hätte sie in jedem Fall verschwinden lassen.«

»Wie können Sie, Captain Vorne!« Jetzt hatte er sie wirklich wütend gemacht. »Ich habe diese Fotografien mit großem Aufwand an Zeit und Geld hergestellt, schließlich ist Fotomaterial in diesem Lande nur sehr schwer zu bekommen. Alles, was Minthami damit vorhatte, war, sie Ihnen und Ihrer Familie zu zeigen, bevor sie sie zurückgeben wollte. Es sollte eine Überraschung sein, weil ...«

»Ja, das waren sie, Miss Featherstone! Sie glauben gar nicht, was für eine Überraschung! Aber es bleibt dabei: Ich wäre Ihnen sehr verbunden, wenn Sie hier keine Fotos mehr machen würden. Nicht, dass ich Ihr künstlerisches Talent nicht schätze, aber ich verbitte mir jedes Eindringen in mein Privatleben, egal von wem!«

»Ihr Privatleben!« Er trieb sie zu solcher Wut, dass sie sich jetzt schon anhörte wie Minthami. Sie holte tief Luft und senkte ihre Stimme. »Um Himmels willen, Captain Vorne, was haben ein alter Eremit und ein paar eingeborene Schulkinder denn mit Ihrem Privatleben zu tun?«

»Alles, Miss Featherstone. Und wenn Sie jetzt so nett wären, sich nicht mehr in meine und Minthamis Angelegenheiten zu mischen ...« Er fuchtelte mit seiner Pfeife auf eine Weise in ihre Richtung, dass sie ihn geohrfeigt hätte, wenn sie ihm nahe genug gewesen wäre. »Machen Sie, was Sie wollen, Miss Featherstone, aber so ist es. Ich denke nicht daran, Ihnen meine Gründe zu erörtern, aber ich fordere Sie auf, Ihre Kamera wegzuräumen, bis Sie nach Mandalay kommen. Wenn Sie mich also jetzt entschuldigen wollen ...«

Bevor er hinter dem Bambus verschwinden konnte, fragte Angela: »Was haben Sie gegen mein Fotografieren in Loloi? Hat der Sawbwa eine Anordnung gegeben, die ich nicht kenne?«

Er sah sie an, als ob er sie am liebsten von seinem Hof gejagt hätte. Sie aber wollte erst eine anständige Antwort haben.

»Miss Featherstone, kümmern Sie sich um Ihre Angelegenheiten, ich kümmere mich um meine.«

»Gut, gut, Captain Vorne. Aber ich muss sagen, ich finde Ihr Verhalten unangebracht und beleidigend. Ich werde nicht mehr in Ihr wertvolles Privatleben eindringen. Wenn Minthami mich sehen möchte, kann sie mich jederzeit gern im Haus meiner Tante besuchen. Ich jedenfalls komme nicht mehr hierher. Minthami, ich habe dir deinen Longyi zurückgebracht. Vielen Dank, dass du ihn mir geliehen hast.« Sie legte ihn auf die unterste Treppe.

Minthami schrie auf und warf sich wieder auf Nathan. »Jetzt ist Amagyi Angel beleidigt. Deine Frau hasst dich, Thakin!« Ihre kleinen Fäuste hämmerten gegen seine Brust. »Minthami geht weg, rennt weit weg, kommt nie wieder. Aber zuerst holt sie Sa-Lon und Roi. Sie will nicht mehr leben mit Kala und Ludu, der nicht richtiger Ehemann ist, nur amerikanischer Captain.«

Sie drehte sich um und rannte in ihrem engen Longyi die Treppe herunter und an Angela vorbei auf die Straße, die von Loloi nach Ku führte, als ob der Tiger hinter ihr her wäre.

Angela wusste nicht, ob sie ihrer kleinen Shan-Freundin nachlaufen sollte oder nicht. Sie wandte sich an den Mann: »Captain Vorne, ich bin wirklich entsetzt über Ihr Verhalten gegenüber Ihrer Frau, die Sie und Ihre Söhne sehr liebt. Wenn ich Schuld an dem Streit habe, dann entschuldige ich mich. Ich hatte keine Ahnung, dass ein paar unschuldige Fotos solchen Ärger verursachen könnten. Ich bin bestürzt, weil Minthami so bestürzt ist, das sollte sie in ihrem Zustand nicht sein. Wäre es nicht besser, wenn Sie ihr nachgehen und sie zurückholen würden? Wenn sie so rennt, besteht die Gefahr einer Fehlgeburt.«

»Wie bitte?« Er nahm die Pfeife aus dem Mund und starrte sie an.

»Sie ... sie ist ...« Irgendwie hatte sie einen Klumpen im Hals, der sich nicht von der Stelle rühren wollte. Außerdem sah er sie weiterhin so bösartig an, dass sie sich dumm vorkam. »Wissen Sie es nicht? Hat sie Ihnen nichts gesagt?« Sie redete in Richtung des Banyan-Baums, weil sie ihn nicht ansehen konnte.

Er deutete wieder mit seiner Pfeife auf sie. »Was hat Minthami Ihnen erzählt, Miss Featherstone?«, fragte er.

Angela schloss die Augen und schluckte. Hoffentlich mischte sie sich nicht schon wieder ein. »Minthami hat mir gesagt, dass sie ein Kind erwartet.«

»Ach, tatsächlich!«

Das Grinsen, mit dem er sie ansah, als sie die Augen öffnete, ließ sie erneut zornig werden.

Kopfschüttelnd sagte er: »Arme Miss Featherstone! Ich möchte meiner kleinen Frau wirklich nicht misstrauen, aber glauben Sie mir bitte, sie lügt, dass sich die Balken biegen. Jede Woche hat sie ein Baby im Kopf, aber auch nur dort. Seit Roi geboren wurde, will sie eine Tochter haben. Weil sie aber offensichtlich keine kriegen kann, wendet sie sich pausenlos an Buddha, in der Hoffnung, dass er ihre Gebete um ein weiteres Kind erhört, ähnlich verrückt wie die Leute, die ständig nach Lourdes pilgern, wenn Sie mich verstehen. Minthami kann keine Kinder mehr bekommen, Miss Featherstone, aber sie glaubt, das mit ihrem Glauben an Buddha ändern zu können.«

»Ich ... Oh, das tut mir Leid. Oh Gott. Heute habe ich wirklich alles falsch gemacht. Ich gehe jetzt. Ich werde sicher nicht mehr wiederkommen. Wahrscheinlich reise ich bald nach Mandalay ab. Leben Sie wohl, Captain Vorne.«

Sie kam sich wie ein Idiot vor, als sie den Weg entlangging. Sie wusste, dass er sie beobachtete, aber sie wusste nicht, was er dachte. Und das war es, was sie beunruhigte.

Zehntes Kapitel

1

Angela stand im Schulhaus und warf unentschlossen ein paar Sachen in einen alten Metallkoffer. Es gab fast nichts, was ihr gehörte. Da waren die Kleider von Blaize, Yoes Buch, die Kamera ihres Vaters und die Fotomaterialien, die ihr Sir Edwin besorgt hatte, selbst den Koffer musste sie sich von ihrer Tante borgen. Alles, was Angela gehörte, waren ihre Stiefel. Aber auch die waren schon sehr abgetragen und fleckig. Sie hatte sich entschlossen, nach Mandalay zu reisen und Matthew die ganze Geschichte zu erzählen. Wenn er sie immer noch heiraten wollte, dann würde sie das dankbar akzeptieren. Wenn nicht, würde sie nach England zurückkehren. Die Stimmen der Kinder wurden plötzlich still. Angela horchte. Ihre Tante sprach mit einem Mann. Angelas Herz schlug Purzelbäume, bis sie sich selbst ermahnte, nicht kindisch zu sein. Unterdessen unterhielt sich ihre Tante unten angeregt mit Nathan Vorne, während sie sein Pferd mit Zucker fütterte. Nathan sah völlig verändert aus. Sie konnte kaum glauben, dass es sich um denselben Mann handelte, den sie als Captain Vorne kennen gelernt hatte. Er trug ein weißes Hemd mit Krawatte, Reithosen und Reitstiefel. Unter dem Arm hatte er einen Tropenhelm. Angela drückte sich gegen die Wand, sodass sie von den beiden nicht gesehen werden konnte, und lauschte nach unten, konnte die beiden aber nicht deutlich verstehen. Miss Lydell lachte kurz und ging dann unter das Haus, um ihre Schüler zu holen, die den Gast begrüßen sollten. Angela konnte sehen, wie er die Hand jedes Schülers schüttelte.

Sie war verwirrt. Er schien mit den Kindern sehr vertraut zu sein. So gleichgültig, wie Miss Lydell sich bisher gegenüber Nathan Vorne und seinen Angelegenheiten gezeigt hatte, war sie offensichtlich nicht. Sie schien sich sogar mehr als gut mit ihm zu verstehen. Zu ihrem Schrecken sah Angela, dass die beiden zum Haus kamen, die Kinder und das Pferd in Mokes Obhut lassend.

»Angela, Liebes! Könntest du für einen Augenblick das Packen unterbrechen? Captain Vorne möchte dich besuchen.«

Angela blickte entsetzt auf das Durcheinander von Unterwäsche und anderen persönlichen Dingen. Wie schaffte dieser Mann es nur, sie immer wieder in solche Panik zu versetzen?

»Hast du einen Augenblick Zeit? Ich weiß, dass du sehr beschäftigt bist.« Miss Lydell kam herein, hob einige Kleidungsstücke von einem Stuhl und bot ihn dem Captain an. Sie knuddelte Angelas Kleidungsstücke zu einem Bündel und warf es in eine Ecke. Dann nahm sie ihre einzigen zwei Kristallgläser und eine Flasche aus einem Schränkchen. Angela konnte sich nur wundern, dass ihre Tante heimlich Whisky lagerte. Eigentlich hatte sie sagen wollen, dass sie zwar einige Augenblicke Zeit hätte, aber nicht für diesen Menschen. Stattdessen murmelte sie irgendwelche Höflichkeiten und blieb dann still. Ihre Tante wusste offenbar genau, dass der Captain seinen Drink ohne Wasser nahm. Angela fragte sich, wie oft er wohl hierher kam, um diesem so wenig buddhistischen Laster zu frönen. Miss Lydell goss sich selbst Limonade ein und fragte Angela, ob sie nicht auch etwas trinken wollte.

»Nein, danke, Tante Emmy«, stieß Angela ziemlich hastig hervor.

»Wollen Sie sich nicht hinsetzen, Miss Featherstone?« Nathan Vorne deutete großzügig auf einen Stuhl. Sein geradezu unverschämtes Verhalten empörte Angela. Sie hatte das Gefühl, dass er sich lustig über sie machte. »Sie reisen also nach Mandalay ab?« Er sah sie etwas merkwürdig an.

»Ja.«

»Ich hatte keine Ahnung, dass Mr. Hawes Ihr Onkel ist und Matthew Sinclair Ihr Verlobter.« Er hatte einen Arm auf die Lehne des neben ihm stehenden Stuhls gelegt und rückte mit seinem ein Stück zurück, um sie genauer betrachten zu können.

»Adrian Hawes ist der Stiefbruder meines Vaters, und Matthew Sinclair ist nicht mehr mein Verlobter. Ich habe die Verlobung letzten Monat gelöst.«

Er räusperte sich, während seine Augen über ihre Schulter hinweg in die Ferne glitten, bevor er sie wieder auf sie richtete. »Das tut mir auf jeden Fall Leid, Miss Featherstone. Der Grund für mein Kommen sind die Fotografien, die ich gestern zerrissen habe.«

»Bitte bemühen Sie sich nicht, Sie müssen das nicht erklären. Ich glaube, ich verstehe das schon.«

»Nein, das tun Sie nicht! Sie verstehen überhaupt nichts. Also nehmen Sie bitte Platz und hören mir zu.«

Sie war rot geworden. »Ich möchte keinen Streit mit Ihnen anfangen, Captain Vorne, aber Ihren Ton kann ich einwandfrei nicht dulden und …«

»Setz dich bitte, Angela«, sagte Miss Lydell mit sehr ruhiger Stimme.

Angela sah ihre Tante an. Deren graue Augen zwinkerten ihr nicht zu, und ihr Ton erlaubte keinen Widerspruch.

»Versprechen Sie mir, dass Sie niemandem etwas von dem erzählen werden, was Sie jetzt von mir erfahren«, begann Nathan Vorne.

Bevor sie zu einer Erwiderung ansetzen konnte, brachte Nathan sie mit einer Handbewegung zum Schweigen. »Seien Sie still und hören Sie einfach zu, Miss Featherstone. Entschuldigen Sie, Miss Emmy, aber Ihre Nichte hat eine verdammt große Klappe.«

»Captain Vorne! Ich bleibe nicht hier sitzen, um mir Ihre Beleidigungen anzuhören.«

»Diese Fotografien habe ich aus gutem Grund zerrissen, einem verdammt guten Grund. Am wichtigsten war das Bild von Miss Emmys sechs Internatsschülern, die mit ihr im Hof saßen. Ich wollte nicht, dass das Bild in falsche Hände gerät, vor allem nicht in Mandalay. Es sind Kinder der Königsfamilie, die man dem Sawbwa zum Schutz übergeben hat. Sie werden gleich verstehen, warum.«

Ihr Atem stockte, und sie starrte ihn fassungslos an, zu nichts Weiterem in der Lage, als ein paar entschuldigende Wörter zu murmeln. Als sie sich wieder gefangen hatte, sagte sie: »Mein Gott, jetzt verstehe ich, dass sich Tante Emmy wie eine Glucke verhält. Jetzt ist mir auch klar, warum die Kinder den Hof nie verlassen und sich ihnen keine Fremden nähern dürfen. Ich dachte, sie seien die Kinder irgendeines Radschas oder eines Shan-Häuptlings. Wessen Kinder sind sie denn dann?«

»Es sind Mindon Mins. Sie wurden heimlich vom Hof von Ava weggebracht. Nur der König selbst wusste es, denn es ging um ihr Leben. Es mag Ihnen unglaubhaft erscheinen, Miss Featherstone, aber bei jedem Thronwechsel in Burma hat es Aufstände und Blutvergießen gegeben. Mindon Min wollte vermeiden, dass die Übegabe seiner Herrschaft in ein Gemetzel und in die Zerstörung von Mandalay führen würde. Ich weiß, wovon ich rede, Miss Featherstone. Vor zehn Jahren bin ich ohne einen Pfennig in der Tasche nach Mandalay gekommen. Mit Mindon Mins Unterstützung habe ich mich als Händler, der den Irrawaddy hoch- und runterschippert, etabliert. Ich hatte deshalb häufig, was Monopole, Genehmigungen und andere Dinge anging, mit dem König zu tun. Auf jeden Fall lernte ich den König von Burma gut kennen. Er war gerecht und gut. Ich habe auch den Einshemin, den Kronprinzen, kennen gelernt, der von seiner Ernennung erst im letzten Augenblick erfahren hat. Das hat sich hier übrigens auch eingebürgert, seit Mindon Mins Bruder vor der Thronübernahme ermordet wurde. Da man also alle Familienangehörigen, die dem Thron nahe stehen, zu ihrer eigenen Sicherheit ›entfernt‹, würde ich Sie sehr bitten, in Mandalay nichts über die Kinder in der Obhut Ihrer Tante zu erzählen.«

»Sie glauben, man würde sie … ermorden?«

»Ich glaube, man würde sie ermorden. Verstehen Sie jetzt, warum ich Ihre Fotografien zerreißen musste?«

»Ja, natürlich. Weiß Moke, was mit den Kindern los ist?«

»Nein. Außer Ihrer Tante, dem Sawbwa und mir und jetzt natürlich Ihnen weiß niemand, wer die Kinder sind.«

»Und wie ist es mit Minthami?«

»Minthami weiß am allerwenigsten. Sie glaubt wie jeder andere, dass es die Kinder eines Adeligen aus dem Süden sind. Wären es Verbannte, hätte Mindon Min sie nach Indien geschickt.«

»Warum hat er das dann nicht getan? Ich meine, sie nach Indien geschickt?« Angela verstand das alles einfach nicht.

»Er wollte, dass sie in Burma bleiben, damit sie dem Einshemin nach seiner Krönung als loyale Verwandte zur Seite stehen können. Sobald Königin Sinpyumashin und der Taingda verbannt sind, sollen sie an den Hof von Ava zurückkehren. Was Minthami angeht; so kennt sie die jüngsten Kinder von Mindon Mins Nebenfrauen nicht mehr. Ich musste die anderen Bilder von Sa-Lon, Roi und dem Mönch auch zerreißen, damit sie keinen Verdacht schöpfte. Entschuldigen Sie bitte.«

Sie konnte ihm einfach nicht böse sein. Dazu war sein Lächeln viel zu charmant.

»Ich würde Sie daher auch darum bitten, die Negative und alle anderen Fotos zu vernichten, die Sie von den Kindern des Königs aufgenommen haben. Von Minthami und den Jungen könnten Sie ja vielleicht neue Aufnahmen machen. Ich werde Sie für den Schaden und den Aufwand mit den Fotos entschädigen.«

»Das ist nicht nötig, Captain Vorne«, sagte sie.

Nathan kippte den letzten Schluck aus seinem Glas hinunter und nahm seinen Tropenhelm vom Tisch: »Ich muss jetzt gehen. Der Sawbwa und ich versuchen, eine Jagdgesellschaft zusammenzutrommeln, was nicht einfach ist. Ich habe noch nie solche Feiglinge gesehen wie diese Burmesen … Aber ich muss noch etwas sagen, Miss Featherstone, Sie scheinen eine sehr vertrauenswürdige Dame zu sein. Sollte aber jemals etwas von dieser Unterhaltung an die Öffentlichkeit gelangen, dann gnade Ihnen Gott. Ich werde Sie mit bloßen Händen in Stücke reißen. Ist das klar?«

Miss Lydell blieb am Tisch sitzen und musterte Angela und Nathan mit einem aufmerksamen Ausdruck in ihrem faltigen Gesicht. Sie dachte bei sich, dass sie es hier mit zwei sehr starken Persönlichkeiten zu tun hatte, die in ihrer gleichermaßen hitzköpfigen Art immer wieder aneinander gerieten. Man konnte Miss Lydell nichts vormachen. Sie hatte längst gemerkt, dass zwischen ihrer Nichte und dem Captain eine ganz besondere Spannung herrschte.

Angela straffte ihre Schultern und sagte in frostigem Ton: »Captain Vorne, ich bin kein Trottel! Ich kann den Ernst der Lage durchaus einschätzen und bin mir auch der Gefahr bewusst, in der meine Tante sich befindet, weil sie Mindon Mins Kinder versteckt. Niemand wird erfahren, wer ich bin oder was ich vor meiner Ankunft in Mandalay gemacht habe, allenfalls mein Onkel Adrian und Matthew Sinclair. Sie können sich aber absolut sicher sein, dass selbst sie über Lolois Geheimnis kein einziges Wort von mir erfahren werden. Ich danke Ihnen, dass Sie mir, was die Fotos und Ihr Verhalten von gestern betrifft, nichts vorgemacht haben. Vielen Dank auch für Ihr Vertrauen in mich. Guten Tag, Captain Vorne, ich muss jetzt dringend weiterpacken.«

Am nächsten Morgen kam Sa-Lon mit einem Brief von Nathan: »Liebe Miss Featherstone. Ich habe nichts dagegen, wenn Sie uns zu einer Tigerjagd begleiten wollen, um zu fotografieren. In Ku ist ein junger Hirte von dem Tiger schwer verletzt worden und liegt im Sterben. Wir gehen morgen in aller Frühe los, da das Tier jetzt auch Menschen angreift und dringend getötet werden muss. Ich verstehe es, wenn Sie, mitten in Ihren Reisevorbereitungen, nicht mitkommen können. Wenn Sie also keine Zeit haben, sich uns anzuschließen, wünsche ich Ihnen auf jeden Fall eine gute Reise. Wir werden uns sicher in Mindon Mins goldener Stadt wiedersehen. Ihr Nathan de Veres-Vorne.«

Angela legte den Brief zwischen die Seiten der Theravada-Texte von Prinz Yoe und überlegte, was sie nun tun sollte.

2

Im letzten Augenblick entschloss sich der Sawbwa, nicht an der Jagd teilzunehmen und seinem erfahrenen Schwiegersohn die Führung der Jagdgesellschaft zu überlassen. Nathan hatte vor, den Weg bis Ku auf Pferden zurückzulegen und dort, wo der Tiger im gebirgigen Dschungel offenbar sein Lager hatte, auf Elefanten umzusteigen. Am Morgen des Aufbruchs musste er mehrmals von seinem Pferd steigen, da seine beiden Söhne ihm immer wieder heulend nachliefen. Ihm blieb nichts anderes übrig, als sie jedes Mal von neuem zu trösten und sie dann auf den Arm zu nehmen, um sie zurück zu Minthami, die auf der Veranda stand, zu tragen. Angela wartete geduldig auf ihrem Pferd sitzend auf ihn, während sich die Jagdtruppe schon langsam auf den Weg nach Ku gemacht hatte. Nahezu sämtliche Dorfbewohner hatten sich versammelt, um den Jägern Glück zu wünschen. Umgeben von einer dicken Staubwolke, blickten sie den Männern nach. Auch Angela musste sich die Augen reiben und fühlte sich jetzt schon unsagbar staubig.

Plötzlich wurde ihr bewusst, was die Frauen hier in Loloi, ihre Tante eingeschlossen, von ihr denken mussten. Eine allein stehende Frau, die ausschließlich mit Männern auf eine Tigerjagd ging, das konnte ja nur unangenehm auffallen. »Ach, was soll's!«, sagte sie sich und gab ihrem Pferd die Sporen. Was hatte sie schon zu verlieren!

In Ku trafen Angela und Nathan auf den Rest der Mannschaft, und gemeinsam zogen sie bergauf, in Richtung Osten. Sie kamen nur langsam voran, da sie während der heißesten Stunden des Tages eine lange Pause einlegten. Im Lager am Abend fand Angela es extrem kalt. Sie fühlte sich an ihre Zeit mit den Quentins erinnert, an die Lager in Nepal und Assam, wo sie sich in dicke Decken einwickeln mussten und dennoch in der Kälte des Himalaya furchtbar froren.

Am zweiten Tag kamen sie zu den Ausläufern der Berge Chinas. Enge Schluchten eröffneten den Ausblick auf wunderschöne Dschungeltäler. Milchig weiße Wasserfälle ergossen sich wie Champagner in die tief unter ihnen liegenden Flüsse. Durch Nathans Fernglas konnte sie den dunklen Dschungel sehen, in dem sich ihr Tiger verbarg. Sie befanden sich etwa fünftausend Fuß über dem Meeresspiegel; im Osten lag Tonking, im Norden Yunnen, und ganz weit im Norden konnte man sich am Himmel abzeichnende blaue Flecken als die schneebedeckten Berge Tibets ausmachen.

An diesem Tag führten die Tigerspuren sie in einem großen Halbkreis zuerst nach Nordosten und dann wieder nach Westen. Am Abend war Angela erhitzt, staubig und müde. Dankbar überließ sie einem Knecht ihr Pferd. Dann nahm sie ihren Tropenhelm ab und schüttelte erleichtert ihr dichtes Haar. Staub und Schweiß verklebten alle Poren, Augen, Mund und Nase waren voller kratzigem Dreck. Sie sehnte sich nach den heißen Quellen von Loloi, in denen sie sich in diesem Augenblick allzu gerne gewaschen hätte. Ihren Rock und ihre Jacke hängte sie an einen Baum, um anschließend mit Nathans Reitgerte den Staub herauszuklopfen.

»Oh je, ich hatte gar keine Ahnung, wie ausgehungert ich bin, bis der Koch mit seiner Arbeit anfing«, sagte sie dann.

Nathan zog seine Pfeife aus seinem Tabaksbeutel und brummelte: »Gott sei Dank! Wir haben einen chinesischen Koch im Lager und keinen burmesischen.«

»Mögen Sie kein burmesisches Essen?«

»Nur, wenn ich sehen kann, was drin ist. Huhn und Nudeln, die kann man erkennen, aber die Hälfte der Kreationen, die Minthami mir vorsetzt, überfordern meine Fantasie. Ich bin übrigens nie in Darjeeling gewesen. Erzählen Sie mir doch davon. Das soll ja ein zweites Simla sein. Vor allem ist es wohl unter Engländern sehr beliebt, die ja ständig auf der Suche nach Orten sind, wo sie auf einem Hügel ein bisschen Grün und einen Park für die heiße Jahreszeit anlegen können. Eigentlich wie die Burmesen, nur dass sie dann keine Pagode dort aufstellen, sondern den Union Jack.«

»Und was ist daran verkehrt?« Angela schlug so empört auf ihre Kleider ein, dass Nathan zusammenzuckte.

»Nichts, wenn man ein Imperialist ist.«

»Ungefähr so, wie wenn man in Louisiana und in West-Indien schwarze Sklaven auf Zuckerrohrplantagen hält?«

»Aha, da hat jemand seine Hausaufgaben gemacht ... Aber das hat nichts mit mir zu tun, Miss Featherstone. Die Sklaverei wurde nach dem Sieg der Yankees verboten. Alle Schwarzen, Frauen und Kinder auch, die bleiben wollten, wurden geradezu Familienmitglieder. Nach dem Tod meines Vaters erbte mein Bruder Courtney alles. Mein Vater warf mich ohne einen Pfennig hinaus, weil ich eine seiner Schwarzen befreit habe, na gut, eine Viertelschwarze, aber auch egal. Als sich dann auch noch herausstellte, dass sie um ein paar Ecken mit mir verwandt war, wurde er ganz sauer. Falls Sie mal Nanette Gideon in Mandalay treffen sollten, können Sie sich von ihr den Rest der Geschichte erzählen lassen.«

Ohne ihm wieder zu nahe treten zu wollen, konnte Angela sich dennoch nicht verkneifen, Nathan zu fragen, warum er sich ausgerechnet ausgesucht habe, nach Burma zu gehen. Ihre vorsichtige Neugier amüsierte ihn, und er erklärte: »Ich habe Burma nicht ausgesucht, Miss Featherstone, vielmehr hat Burma mich ausgesucht. Es ist eine lange Geschichte. Wenn Sie sie hören wollen ...«

Angela nickte eifrig: »Oh ja, bitte.«

Er betrachtete nachdenklich seine Pfeife, und Angela dachte für einen Moment schon, dass er es sich wohl doch anders überlegt hatte. Dann wandte er seine Aufmerksamkeit aber wieder ihr zu und bedachte sie mit einem seiner charmanten Grinsen.

»Nan und ich rannten aus Baton Rouge weg. Sie war damals

sechzehn, ich achtzehn. Wir heuerten auf einem rostigen alten Kahn an, dessen nächste Fahrt zu den westindischen Inseln ging. Meine Familie liebäugelte schon länger mit diesem Fleckchen Erde. Die Möglichkeiten der Zucker- und Kaffeeplantagen dort übten einen starken Reiz auf uns alle aus. Aber ich schweife ab. Um es kurz zu machen – ich wusste damals nicht, wie es mit meinem Leben weitergehen sollte. Ich wusste nur, dass ich mein Leben auf meine Art führen wollte, und das schien mir in Port-au-Prince nicht möglich.«

Er räusperte sich und schaute zu den Kronen der Tamarinden-Bäume hoch. »Jedenfalls schlug ich in einer der Hafenspelunken von Haiti einen Mann namens Findebar zusammen, weil der seine Finger nicht von Nan hatte lassen können. Die örtliche Polizei beendete unsere kleine Prügelei, indem sie uns alle drei kurzerhand in die nächstbeste Zelle warf. Wir wurden ausgewiesen und auf ein Schiff verfrachtet, das über die Weltmeere schipperte. Beim ersten Stopp, in Rangun, warf man uns von Bord. Inzwischen waren Findebar und ich längst dicke Freunde geworden, und es war deshalb auch ganz klar, dass wir in der Fremde zusammenhalten mussten. Wir wollten gemeinsam versuchen, eine neue Existenz zu gründen. So landeten wir wieder auf einem alten Kahn, eigentlich mehr ein Schrotthaufen, den niemand im Hafen von Rangun haben wollten. Uns erschien er jedoch wie ein göttliches Geschenk. Wir tauften unseren neuen Besitz stolz auf dem Namen ›Belle Hélène‹ und begannen den Irrawady zu befahren.«

»Was für ein Abenteuer!«, sagte Angela. »Und in Mandalay haben Sie dann Ihr goldenes Ufer gefunden.«

»Ja, Mindon Min gewährte mir eine Lizenz zum Handeln, und so blieben Nan, Findebar und ich hier.«

Für einen Moment wandte er seinen Blick ab und fixierte etwas, das Angela nicht sehen konnte, dann drehte er sich mit einem strahlenden Lächeln zu ihr um.

»Jetzt sind Sie aber an der Reihe. Wie sieht es nun in Darjeeling aus?«

»Sie haben angefangen, Eisenbahnschienen von Darjeeling bis hinunter in die Ebene zu legen. Allerdings waren sie noch nicht sehr weit, als ich dort war, aber jetzt müsste der Zug schon fahren können. Es ist wirklich schön da oben, wirklich Gottes eigenes Land.«

»Und ich dachte, das sei Amerika.«

»Tut mir Leid, was ...?«

»Oh nichts, ich rede nur mit mir selbst. Wo sind Ihre Eltern?«

»Sie sind beide tot.«

»Schwestern oder Brüder?«

»Keine.«

»Warum reisen Sie allein in der Welt herum?«

»Ich habe als Missionarin angefangen, bei den Hindus, die ihre Töchter den Tempelgöttern überlassen. Mein Erfolg war nicht der Rede wert. Ich war so mutlos, dass nur einer oder zwei etwas begriffen, und wenn man die vielen Millionen bedenkt, war es einfach hoffnungslos.«

»Aber wenn nur ein einziges Schaf aus der Herde ... Wie ist es damit, Miss Featherstone?«

»Ja, ich weiß schon. Aber ich habe mich dann entschlossen, nach Burma zu gehen.«

»Und was haben Sie sich für hier vorgenommen?«

»Wenn ich erst einmal in Mandalay bin, dann werde ich es Ihnen sagen ... Aber was ist jetzt mit unserem Tiger? Ist er noch weit weg?«

»Nein, ich glaube, er ist ganz in der Nähe. Dort, wo wir das Tal mitten durch den Dschungel heruntergekommen sind, wo ich Ihnen die Schlucht und das Wasserloch gezeigt habe, sieht es für mich nach Tigergelände aus. Wenn wir ihn heute nicht aufstöbern, dann gehen wir morgen zur Schlucht hinunter. Ich wollte das eigentlich nicht, denn sie ist sehr eng und ganz schön gefährlich, wenn der Tiger wirklich dort ist.«

»Könnte es nicht auch ein Panther oder ein Leopard sein?«

»Ist schon möglich, aber ich glaube das nicht. Ich vermute eher, dass der Tiger nicht allein ist. Und wenn sich auch noch das Weibchen in der Nähe befindet, dann müssen wir besonders vorsichtig sein. Wohin wollen Sie sich mit Ihrer Kamera stellen, um ihn zu fotografieren?«

»In die Elefantensänfte natürlich. Gleich neben Sie. Während Sie vom einen Elefanten aus auf den Tiger schießen, mache ich vom anderen aus das Foto.«

Er lachte. »Vorstellungen hat die Dame! Na, jedenfalls, wenn Sie die große Büchse da verwenden wollen, dann zielen Sie genau auf die Stelle hinter dem Ohr. An keiner anderen Stelle ist der Tiger sofort tot, und das wäre sehr gefährlich für die Männer unten an den Netzen. Immer genau auf das Gehirn zielen, das liegt direkt hinter den Ohren.«

»Danke, dass Sie mich darauf aufmerksam gemacht haben. Ich werde mein Bestes tun, die Kamera in der einen Hand, die Elefantenbüchse in der anderen.«

»Ich wollte Sie nur warnen, Miss Featherstone ... ach zum Teufel, können wir uns nicht mit Vornamen anreden? All dieser britische Umstand, daran bin ich einfach nicht gewöhnt.«

»Ich habe nichts dagegen ...« Sie fühlte sich jedoch noch keineswegs in der Lage, ihn jetzt plötzlich so vertraut anzureden. Glücklicherweise schlug der Koch gerade den Gong, der sie zum Abendessen rief.

Am folgenden Tag waren sie sicher, auf den Spuren des Tigers zu sein. Nathan hatte Recht gehabt, es handelte sich nicht nur um ein Tier, sie hatten es gleich mit vier von ihnen zu tun.

»Es gibt eine ganze Anzahl von Gründen, warum Tiger manchmal aus ihrem natürlichen Wohngebiet vertrieben werden: Dürre, Feuer, Futtermangel oder die Rodung von Wald und Dschungel. Dann suchen sie sich ein neues, weiter entfernt liegendes Revier. Genau das haben unser Tiger und seine Familie gemacht. Wie du ja weißt, Amagyi-Angela, kommen Tiger normalerweise nicht in die Gegend von Loloi.«

Er hatte die Spuren im Schlamm am Boden der Schlucht untersucht und blickte mit gerunzelter Stirn hinauf in den Himmel, um die Milane und Geier zu beobachten.

»Ist irgendetwas nicht in Ordnung?«, wollte Angela wissen.

»Nein, ich glaube nicht«, sagte er schulterzuckend. »Ich habe nur ein komisches Gefühl wegen der Vögel da, das ist alles. Das Hauptproblem ist, dass wir das Tiger-Paar und seine Kinder zugleich erwischen müssen. Den einen ohne den anderen zu erschießen, das würde den Tod für mindestens einen von uns hier bedeuten. Der andere würde so wild werden über den Tod seines Partners. Na ja, da drüben ist ein guter Platz ...« Dort konnte sie einigermaßen sicher Stativ und Kamera aufstellen. »Hoffentlich tun die Tiger ihren Teil und kommen mit ihren Jungen brav hinunter zum Wasserloch, sodass wir sie erwischen können.«

Der Geruch von Menschen würde sie ohnehin bald heraustreiben. Nathan erteilte allen seine Anweisungen, den Wachen und Treibern und den Aufstellern der Netze. Danach suchte er sich dann selbst einen Platz an der Tränke, von dem aus er auch einen Blick auf Angela werfen konnte. Dann zog er seinen Buschhut über die Augen und legte sich zum Schlafen. Zwei Meter über ihm hielt ein Mann namens Than Sein auf einem Baum Wache.

Nathan hatte gesagt, dass der Tiger sich nicht vor Sonnenuntergang zeigen würde. Angela legte sich also zur Ruhe und schlief in Gedanken an all die Tiere Buddhas ein. Schweißgebadet wachte sie nach kurzer Zeit schon wieder auf. Unterrock und Bluse klebten nass an ihrem Körper, ganze Bäche von Schweiß liefen ihren Körper hinunter. Sie nahm ihre Büchse und ging zu dem Rinnsal, das sich seinen Weg zur Tränke hinunter suchte.

Dort tauchte sie ihr Taschentuch immer wieder ein, um ihren Nacken zu befeuchten. Dann öffnete sie ihre Bluse und genoss die Kühle an ihrer Brust. Sie war sich nicht bewusst, dass der juwelenbesetzte kleine Talisman, den Minthami ihr geschenkt hatte, sich in den Augen eines Tigers spiegelte.

Nathan schlug nach einer Eidechse, die an ihm herumkletterte. Er schlug daneben, und das Tier sprang verängstigt davon. Auf einmal schien der ganze Dschungel still zu werden. Nathan sah sich um und zischte dann unter seinem Hut heraus: »Than Sein, ich sehe ihn, beweg dich kein bisschen, gib mir nur Deckung.« Sein Finger lag am Abzug des Gewehrs. Er hatte den Tiger genau zwischen Kimme und Korn, den verwundbaren Punkt hinter dem Ohr. Genau in diesem Augenblick ging auch Than Seins Flinte los. Damit rächte er sich für den Angriff auf seinen Sohn. Die Bestie stürzte vorwärts, getrieben von dem ungeheuren Schmerz in ihrem Innern. Aufbrüllend sprang sie vorwärts auf das sie verwirrende Blinken in den menschlichen Augen zu. Die Shikaris standen hilflos an ihren Netzen.

Angela, deren Gewehr zu ihren Füßen lag, sah nur noch den gelbschwarzen Bogen, der über das Wasserloch flog. Sie spürte den stinkenden Atem des mörderischen Tieres und riss die Arme in Abwehr hoch.

Nathan schoss noch einmal und traf den Tiger diesmal genau hinter dem Ohr. Angela wurde von einem mächtigen Prankenschlag getroffen. Der Tiger brach tot zusammen, und Angela lag bewusstlos neben ihm.

Elftes Kapitel

1

Der Lagerkoch kam zu ihrem Zelt und brachte für Angela etwas Pazoon Kyaw. Nathan schüttelte nur den Kopf, und so zog er mit seinem Gemüse mit Krabben wieder von dannen. Nathan hatte Angela eine starke Dosis Laudanum verabreichen müssen, um ihre Schmerzen zu lindern und ihr so das Einschlafen zu ermöglichen. Im Lager wurde der Sieg gefeiert. Die Shikaris freuten sich über ihre Trophäen, vier Tigerhäute und eine Menge gutes Fleisch. Angela wäre angewidert gewesen, wenn sie den ganzen Jubel miterlebt hätte. Die Jäger veranstalteten einen derartigen Radau, dass Nathan ihnen befehlen musste, ruhiger zu sein.

Angela wachte einmal auf. Sie sah Nathan im Schneidersitz an ihrem Zelteingang sitzen und Prinz Yoes Theravada-Texte durchblättern. Als er sich bewusst wurde, dass sie ihn ansah, legte er das Buch zur Seite. »Interessant, ich wusste gar nicht, dass du Burmesisch sprichst, Angela.«

»Ich spreche kein Burmesisch, will es aber unbedingt lernen, und eines Tages werde ich es können.«

»Da bin ich mir sicher! Aber wie geht es dir jetzt?«

»Ganz merkwürdig. Als ob ich schweben würde.«

»Das hättest du auch beinahe getan – direkt zum Himmel. Wenn du nicht so verletzt wärest, würde ich dich verdreschen. Wie konntest du so einfach hinunter zum Wasserloch gehen, ohne jemandem etwas zu sagen, direkt in das Maul des Tigers, als ob es sich um ein harmloses Haustier handeln würde!«

»Das tut mir Leid. Ich wusste nicht, dass die Tiere in der Nähe lauern würden. Du hattest gesagt, sie würden erst bei Sonnenuntergang auftauchen.«

»Na gut, ich habe mich geirrt. Und du solltest auch nicht jedem alles glauben, was er sagt. Hat man dir in der Schule nicht beigebracht, selber zu denken?«

»Nein, Maud und Ida Bloxham haben das Denken für uns miterledigt. Gibt es hier etwas Trinkwasser? Ich habe einen wahnsinnigen Durst.«

»Hier!« Er richtete sie auf und hielt die Schale an ihre Lippen. »Gut, du bist am Leben und scheinst halbwegs in Ordnung zu sein. Ich lasse dich jetzt schlafen und gehe ein bisschen mit den anderen feiern. Gute Nacht, Amagyi-Angela.«

»Gute Nacht, Captain Vorne.«

Im ersten Tageslicht, in dem die Farbe des Himmels von Indigo zu Perlmutt wechselte, wurde Angela wach. Sie fühlte sich besser. Trotzdem fiel es ihr schwer aufzustehen, und die plötzliche Anstrengung machte sie schwindlig. Sie ließ sich benebelt auf ihr Lager zurückfallen, mit einem tauben Gefühl auf einer Seite. Ihre Schulter war perfekt verbunden worden, mit einer Schlinge unter ihrer Bluse. Diese allerdings war nicht so geschickt angelegt, und die Bluse hatte man ihr verkehrt herum angezogen. Dann überlegte sie, dass das wahrscheinlich Absicht war, da man die Bluse ja nicht zuknöpfen konnte. Sie richtete sich auf und kämpfte dagegen an, erneut zusammenzubrechen, da sie ganz dringend zur Toilette musste. Sie fand ihren Schal, legte ihn um und trat hinaus in die ersten Strahlen der Morgensonne.

Sie war überrascht, Nathan so früh schon wach anzutreffen. Das Fest konnte noch nicht lange vorüber sein. Ohne Hemd, mit hochgerollten Hosenbeinen war er jedoch fleißig damit beschäftigt, Schoten von einem Baum zu pflücken. Aus einiger Entfernung rief sie ihm zu: »Guten Morgen, Captain Vorne, danke für alles, was du gestern für mich getan hast.«

»Das ist schon in Ordnung. Ohne einen Lagerarzt war das ja

das Mindeste, was ich tun konnte. Minthamis Salbe verhindert jede Infektion durch die Tigerkrallen.« Dann fuhr er fort, die Tamarindenschoten einzusammeln und sie in einen Korb zu werfen.

Sie war neugierig, was das für eine Salbe von Minthami war und was er mit den Tamarindenschoten machen wollte. So ging sie zu ihm, ihren unverletzten Arm gegen die kühle Morgenluft an sich gepresst. »Blutegel, Captain Vorne, dein Rücken ist mit Blutegeln bedeckt.«

Er griff nach seinem Hemd, das an einem Ast hing. »Das sieht ganz sicher nach Blutegel aus, aber es sind keine.« Er stopfte sein Hemd mit großer Entschlossenheit in die Hose, um zu zeigen, dass das Gespräch für ihn beendet war.

»Was in aller Welt hast du verbrochen, wenn das keine Blutegel sind?« Sie begriff nun, dass sein Rücken mit purpurroten Striemen überzogen war. Sie glaubte zu verstehen und schwieg.

»Kommst du? Es wird gerade Frühstück zubereitet. Denk nicht weiter darüber nach, Angela. Ich mache mir auch nichts daraus.« Er hob den Korb mit den Schoten auf.

»Wie ist das passiert?«, fragte sie erstickt.

»Willst du das wirklich wissen?«

»Ja, das möchte ich wirklich wissen.«

»Ich habe diese netten Narben den Gebrandmarkten zu verdanken. Frag sie nach den Einzelheiten.«

»Was zum Teufel sind Gebrandmarkte?«

Er lachte rau auf. »Das ist eine gute Frage. Sie sind menschliche Wesen, wie du und ich, Schätzchen. Wie die Königin von Burma und dergleichen, korrupt bis ins Letzte. Aber sie haben nur ihre Arbeit getan, meine Liebe, nur ihre Arbeit.«

»Und ihre Arbeit besteht darin, einen gefesselten Mann auszupeitschen?«

»Das und noch mehr. Ein anderes Thema, bitte.«

»Oh, wie ich dieses verdammte wilde Land hasse. Ich hasse das Klima, die barbarischen Sitten, das Essen und die Religion. Ich hasse diese primitiven Heiden, diese Wilden. Mir ist unbegreiflich, wie du hier leben kannst. Ich wünschte, ich wäre nie nach Asien gekommen. Ich wünschte, ich wäre in England geblieben. Ich wünschte …«

Er hatte den Korb abgesetzt. »So darfst du nicht denken, Angela! Der Angriff von gestern hat dich sehr aufgebracht. Dieses Land ist sicher nicht heidnischer oder barbarischer als jedes andere. Du musst es erst kennen und dann verstehen lernen, dann wirst du es auch lieben können. Das ist der einzige Weg, hier mit vielem fertig zu werden.«

»Ich werde das nie verstehen. Was hast du denn schon getan, dass man meinte, dich wie ein Tier behandeln zu können?«

»Ich habe gestohlen, Amagyi-Angela, ich habe Kinder des Königs aus Mandalay weggebracht. Ich bin sozusagen ein Entführer, also nach jeder Rechtsauffassung ein Verbrecher. Können wir jetzt zum Essen gehen? Ich möchte gern nach Loloi zurück.«

»Ach, Nathan …«

Er hatte gerade den Korb ergriffen. »Ja, was ist, Amagyi-Angela?«

Sie lächelte. »Danke, dass du für mich ein Foto von dem toten Tiger aufgenommen hast. Ich habe gesehen, wie …«

»Aber du hast nicht geglaubt, dass ich deine Kamera bedienen könnte, oder? Sie ist doch in Ordnung? Ich habe sie hoffentlich nicht beschädigt? Was willst du denn, Than Sein?«

»Sehr traurig, Thakin Vorne, wegen Unfall gestern.« Er warf einen Seitenblick auf Angela.

»Ich bin immer noch verdammt wütend auf dich, das weißt du, oder?«

»Ja, Thakin Herr. Aber bitte geben Tigerkralle englischer Dame, für hübsche Brosche, wie viele Ingalaik sie mögen. Gute, glatte Kralle, nicht um Dame zu verletzen.«

Nathan erstarrte. Dann sprang er plötzlich auf. »He, du da, Wu Han, lass das mit dem Frühstück! Than Sein, setz die Dame auf den Elefanten!« Er rannte wie ein Wahnsinniger los.

Angela lief ihm entsetzt nach. »Was ist denn nur, Nathan?«

»Was bin ich nur für ein Dummkopf! Auf dieser Jagd hat nichts gestimmt, aber auch gar nichts. Ich habe hier meine Zeit verplempert, während ich in Loloi hätte sein müssen. Es war alles geplant, jede Einzelheit. Woher wussten die, dass ich nicht in Rangun war oder in Amerika? Vier Monate! Vier Monate, und die geben immer noch nicht auf.« Er hatte seine Stiefel angezogen und rollte seine Schlafmatte zusammen.

»Nathan! Sag mir bitte, wovon du redest! Was soll das alles?«

»Da waren Tiger, zwei große und zwei kleine, keiner von ihnen wilder als du und ich. Da war Than Seins Junge, der nicht nur ein paar Schrammen abbekommen hätte. Ein Menschenfresser hätte ihn auf der Stelle verputzt, wenn er Hunger gehabt hätte. Der, der dich angegriffen hat, wollte dich nicht töten, um dich zu fressen. Der war schon voll gefressen. Die Tiger hatten schon einen halben Hirsch in ihren Mägen, über dem Rest kreisten die Geier und Milane. Er konnte also keinen Hunger haben, sonst hätten er und seine Familie alles verputzt. Nein, Fräulein, es gibt hier keine Hirsche. Und Tiger mit gestutzten Krallen jagen nicht mehr selber. Also hat jemand sie hier losgelassen, und ich habe eine verdammte Ahnung, warum. Wenn du also so weit bist, ziehen wir los.«

Er war schon auf dem halben Weg zu seinem Elefanten.

2

Auch wenn Angela hellseherische Fähigkeiten gehabt hätte, sie hätte sich nicht vorstellen können, unter welchem schrecklichen Karma sie nach Mandalay geführt werden sollte.

Der gesamte Umkreis von Loloi war schwarz, die Reisfelder in ihren Bewässerungsdämmen, die Bambushäuser, das Haus des Sawbwa, alles war den Flammen zum Opfer gefallen. Nathan, der in der Vorhut der Jagdgesellschaft geritten war, gab seinem Pferd die Sporen, um Loloi als Erster zu erreichen. Angela, die den langsamen Schaukelgang der Elefanten eher ermüdend als erholsam empfunden hatte, war die Fortbewegung auf einem Pferd auch lieber gewesen, sodass sie jetzt in rasendem Tempo, trotz der Schmerzen in ihrer Schulter, zum Schulhaus preschen konnte. Sie überholte Nathan, der sie, vom Pferd springend, festhielt.

»Nein, um Gottes willen, nein. Geh nicht hinein. Lass mich …«

Glücklicherweise war das Schulhaus nicht in Brand gesetzt worden wie der Rest des Dorfes.

Nathan stieg über Mokes Leiche hinweg, die an der Schwelle des Wohnzimmers lag. Der Schädel des alten Mannes war zerschlagen, sein weißes Haarbüschel von Blut verklebt.

»Komm nicht herauf!« Nathan fürchtete das, was er hinter den Bambuswänden finden würde. Er sah die Spuren eines Kampfes, der offensichtlich im Haus stattgefunden hatte: einen zertrümmerten Stuhl, eine kaputte Lampe, herumfliegende Kleidungsstücke. Nathan stieß mit einem Seufzer den Atem aus, den er in seiner großen Besorgnis die ganze Zeit über angehalten hatte. Er war erleichtert. Der Anblick dieser unermesslichen Zerstörungswut war zwar schmerzhaft, aber das, was er zu sehen erwartet hatte, war ihm erspart geblieben.

»Nathan, Nathan komm schnell! Schnell! Hier ist Tante Emmy!«

Er stürzte die Verandatreppen hinunter. Die Lehrerin hatte es geschafft, sich unter das Haus zu schleppen. Mokes Blut war durch die Bretter getropft und hatte ihr Gesicht bespritzt, es sah aus, als leide sie unter einer schrecklichen Krankheit. Sie war noch am Leben, als die beiden sie fanden.

»Liebes Mädchen … «, flüsterte sie mit blutleeren Lippen. »Ich bin so froh, so froh, dass du auf … die Tigerjagd gegangen bist. Sonst … sonst …«

»Sei still, Tante Emmy, bitte sprich nicht. Lass nur Nathan und mich dich irgendwo bequemer hinlegen!«

»Nein!« Sie kniff die Augen vor Schmerz zusammen. Dann sagte sie mühsam: »Ich möchte nicht bewegt werden.«

»Miss Emmy.« Nathan hielt eine ihrer Hände. »Wenn Sie es schaffen, dann nicken Sie nur oder schütteln Sie den Kopf. Strengen Sie sich nicht noch mehr an. Aber wir müssen wissen: Wurden die Kinder ermordet?«

Sie schüttelte den Kopf.

»Wurden sie weggeschleppt?«

Sie nickte.

»Von Soldaten?«

»Nein ... Stamm der Wu ... Kopfjäger.«

»Haben die das alles getan? Haben die Loloi zerstört?«

Sie nickte.

»Können Sie sich nicht vielleicht irren, Miss Emmy?«

»Vielleicht.« Sie öffnete die Augen, und er spürte einen leichten Druck ihrer Hand. »Nathan ... es tut mir Leid.«

»Oh Gott, Miss Emmy, ich sollte doch der sein, dem es Leid tut.« Er drückte ihre Hand an seine Lippen. »Sagen Sie mir bitte nur noch eins: Waren Sa-Lon und Roi heute hier?«

Sie lächelte und schüttelte den Kopf.

Angela spürte, wie etwas von seiner Spannung abfiel. Dann sagte sie: »Geh, Nathan, geh und finde Minthami und deine Söhne.«

Er schüttelte nur den Kopf.

»Zu Gott beten ... Sie gingen zur Loloi-Pagode«, murmelte Miss Lydell.

»Zu Gott, Tante Emmy, zu welchem Gott? Welcher Gott kann zulassen, dass so etwas passiert? Komm, sag's mir!« In ihrer Wut und Empörung, in ihrer Hilflosigkeit wollte sie sich verletzen, jeden verletzen, auch ihren Gott – der nie da war, wenn er gebraucht wurde.

»Nicht ... Kind ... verlier deinen Glauben nicht ... und verlier dich nicht selbst.«

Miss Lydells stiller Glaube gab ihr die Kraft, jetzt vor ihren Schöpfer zu treten. Angela wusste es, war aber immer noch voller Bitterkeit. »Was für ein Glaube, Tante Emmy? Ich verstehe das alles nicht. Ich habe diesen Kinderglauben nicht mehr. Ich bin nur noch wütend.« Was galt jetzt für die verblutende Frau noch ihre Pflichterfüllung, was ihre Liebe zu den Kindern?

Dann spürte sie, wie Nathans Hand ihre gesunde Schulter drückte. »Angela, deine Tante ist tot, Liebes.«

Sie nickte. Dennoch musste er ihre Hand aus der ihrer Tante lösen.

Nathan hob im Hof ein flaches Grab aus, während Angela die beiden Leichen in Tücher hüllte. Dann begruben sie Emmy Lydell und ihren treuen Diener Moke nebeneinander. Anschließend häuften sie Steine auf die Grabstelle, damit Schakale und wilde Hunde sie nicht ausgraben konnten. Nathan nagelte aus Ästen zwei grobe Kreuze zusammen, die er auf das Grab stellte. Angela wollte Blumen dazulegen. Der Garten bot Bhodi-Blumen im Überfluss. Angela sank auf die Knie, nicht mehr fähig zu weinen. »Tante Emmy hasste Bhodi Blumen ... und jetzt sind keine Rosen mehr da.«

Schließlich schmückte sie das Grab mit einigen bunten Orchideen, die sie leidenschaftslos gepflückt hatte. Was bedeutet das jetzt schon noch alles, dachte sie verbissen, dennoch spürte sie, wie sich ihr Drang, missionarisch tätig zu sein, unter dem Eindruck dieses Massakers verfestigte. Nathan warf seine Schaufel in den Hof. »Komm, Angela, lass uns jetzt von hier weggehen.« Schweigend gingen sie die Straße von Loloi nach Ku hinunter. In der Nähe seines Hauses löste er sich aus ihrer Hand, eilte hinkend voraus und stürzte hinein. Als er wieder auf die Veranda trat, wirkte er erleichtert. »Ich glaube, sie leben. Sie müssen rechtzeitig zur Pagode gekommen sein. Da müssten sie sicher gewesen sein.«

Angela hörte ihm nicht zu. Sie deutete die Straße hinunter. »Sieh, der Eremit. Er trägt etwas auf dem Rücken. Oh mein Gott!«

Nathan sprang hinunter in den Hof, und bevor Angela dem Mönch entgegenlaufen konnte, nahm er sie in die Arme und zog sie in den Schatten des Banyanbaumes. Angela spürte, dass er zitterte. Er hielt seine Arme fest um sie und drückte seine Stirn in ihr Haar. »Bleib da, Angela, bleib bei mir.«

Der Mönch blieb vor dem alten Banyanbaum stehen und legte seine Last ab. Es war ein blutverschmierter Sack. »Ich ertrage das nicht mehr!« Angela ließ sich voller Verzweifelung auf die Knie fallen.

Der Eremit sah den blonden Mann mit tiefer Trauer an. Dann sagte er auf Burmesisch. »Das waren keine Buddhisten, Herr. Das waren Söldner, die an nichts glauben, außer an Riesenmengen von Gold.« Er bückte sich und griff in den Sack, um etwas Entsetzliches, Widerwärtiges, in seinem Todesgrinsen erschreckend Menschliches herauszunehmen. Nathan steckte widerwillig eine zitternde Hand aus und zog aus der blutigen Wunde, die einmal der Mund des Sawbwa gewesen war, einen zusammengerollten Parabaik.

Er entrollte die Urkunde nicht. Dazu bestand kein Anlass. Jetzt wusste er, wer das Massaker von Loloi initiiert hatte. Den Verdacht hatte er schon gehabt, als ihm Than Sein die Tigerkralle reichte. Ein abgrundtiefer Hass erfüllte ihn, ein unersättlicher Wunsch nach Rache. »Was haben sie mit meiner Frau gemacht, mit Minthami?«

»Sie haben sie als Geisel mitgenommen.«

»Wer hat sie mitgenommen?«

»Truppen des Königs.«

»Und meine Söhne.«

»Sie auch, gemeinsam mit den anderen Kindern von englischer Schule.«

»Wer hat die Morde und Brandstiftungen in Loloi begangen?«

»Banditen, Söldner, Herr, nicht die Soldaten des Königs.«

»Waren es Kopfjäger? Wu? Kachin-Krieger? Sag mir, Alter, wer hat dem Sawbwa den Schädel abgeschlagen?«

Der Mönch fing an zu weinen. »Ich verstehe das nicht, Herr. Ich verstehe all dieses Blutvergießen nicht. Ich bin Buddhas Schüler, der zum Frieden mahnt. Ich weiß nicht, wer in diesem Land Krieg führt.«

»Wer zum Teufel ... Waren es die Gebrandmarkten?« Nathan packte den Eremiten an seiner Robe und schüttelte ihn.

Angela war aufgesprungen und rannte auf die Männer zu. »Hör auf, Nathan, erschreck ihn nicht. Es gab heute schon genug Gewalt. Er weiß nicht, wer die wirklichen Mörder waren. Vielleicht waren es die Söldner, vielleicht auch nicht.«

»Wurden meine Frau und meine Kinder verletzt?«, insistierte Nathan dennoch, seine Stimme voller hilfloser Angst.

Der Mönch schüttelte nur den Kopf.

»Sag ihnen, ich werde den Parabaik unterzeichnen.« Nathans Stimme klang gebrochen. »Aber zuerst will ich meine Frau und die Kinder zurückhaben. Sicher und unverletzt! Geh und sag das den Soldaten der Königin.«

Der Eremit schüttelte wieder den Kopf. »Das kann ich nicht. Sie sind alle weg. Die königlichen Truppen sind mit der Shan-Prinzessin und ihren Söhnen nach Mandalay zurückgekehrt. Sie haben mir aufgetragen, dem Shwe Nat von Mandalay auszurichten, dass für jeden Tag, den er verstreichen lässt, ein Sohn ausgepeitscht wird. Einen Schlag heute, dann zwei, dann vier, dann acht. Jedes Mal wird die Anzahl der Schläge verdoppelt, bis das Kind tot ist. Danach wollen sie sich den anderen Sohn vornehmen und dann die Frau, falls sie die Misshandlungen der Gebrandmarkten überleben sollte.«

Nathan schwankte. Er ballte seine Hände zusammen und öffnete sie wieder. »Weißt du, was du da redest, alter Mann? Ein Mann kann hundert Peitschenhiebe an einem Tag ertragen, aber ein Kind …? Geh, geh.«

Der Eremit sah den niedergeschlagenen Mann mitleidig an. Über sein faltiges Gesicht liefen Tränen. »Es tut mir Leid, Herr, sehr Leid. Es war der Kommandeur der Truppen der Königin selbst, der Taingda Mingyi, der mich beauftragt hat, dies alles dem amerikanischen Captain zu sagen, damit er nach Mandalay kommt und sich für all seine Verbrechen verantwortet.«

Nathan nickte. »Ich verstehe schon. Geh jetzt. Geh und verbrenne die Leiche des Sawbwa mit den vorgeschriebenen Riten, die ihm als gläubigem Buddhisten gebühren.«

Der Mönch hob seine grauenhafte Bürde wieder hoch und machte sich auf den Weg zu seiner verfallenden Pagode.

Nathan blickte auf Angela, die auf dem Boden kniete und wie besessen vor und zurück schaukelte. Ihr unverletzter Arm hielt den anderen in seiner improvisierten Schlinge. Er gab den Gedanken auf, heute noch nach Mandalay zu reisen. So half er ihr auf und führte sie zu seinem Haus. Vor der Treppe wich sie zurück:

»Nein, nicht hier rein. Ich möchte nicht hier reingehen.«

Er ließ sie im dunklen Hof stehen und betrat das Haus. Nur einen Augenblick später kam er mit zwei Schlafmatten zurück. Es blieb ihnen nichts anderes übrig, als zu versuchen, sich vor der Reise nach Lashio etwas auszuruhen. Nathan ergriff ihre eiskalte Hand und führte sie durch den Bambushain hinaus zu den heißen Quellen, um dort die Nacht zu verbringen.

Zwölftes Kapitel

1

Sie konnte keinen Schlaf finden. Der Boden war zu hart und ihre schmerzende Schulter zu quälend, der Dschungel zu nah und das Mondlicht zu hell. Sie lehnte mit dem Rücken an einem moosbewachsenen Felsen und beobachtete, wie der Mond den See mit vielen Ornamenten verzierte. Nathan saß neben ihr, beschäftigt mit seinen eigenen Gedanken.

Nach einiger Zeit sagte er: »Ich hätte nie gedacht, dass sie je etwas über den Vertrag herausfinden würden, den Mindon Min mit dem Sawbwa von Loloi geschlossen hat.«

»Wer?«

»Königin Sinpyumashin – sie regiert das Land mit dem Taingda. Er sorgt für Mord und Chaos. Der Kronprinz ist in Rangun und versucht, Truppen zusammenzustellen, um gegen sie kämpfen zu können. Die Shan-Staaten sind unabhängig. Deshalb dachte Mindon Min, dass seine Kinder hier sicher sein würden, aber anscheinend ist nichts mehr sicher.«

»Wie kannst du so genau wissen, dass sie für das Massaker verantwortlich ist?«

»Ich bin sicher. Ich bin jetzt schon lange genug in Burma, um zu wissen, in welchem Dschungel wir uns hier befinden. Vergiss nicht, dass dies die Nachkommen der Mongolenhorden sind, die vor nicht allzu langer Zeit wie die Vandalen in Asien eingefallen sind. Ihre orientalische Denkweise ist einfach hinterhältig. Natürlich gibt es diese primitive Grausamkeit überall auf der Welt, nicht mehr und nicht weniger, je nach Erfahrungen, Sitten und Religion. Wenn sie einen aber persönlich trifft, dann ist es schwer zu ertragen.«

»Ich verstehe dich, Nathan. Aber wie haben sie das mit den Kindern herausbekommen? Es können doch nicht die Fotos gewesen sein, oder? Das ging doch alles viel zu schnell. Erst musste die Nachricht nach Mandalay kommen, dann mussten die Soldaten zusammengestellt werden. Wenn Minthami die Bilder einem Spion hier gezeigt hätte, dann hätte es doch mindestens drei Tage gedauert, bis die Nachricht in Mandalay und die Soldaten hier gewesen wären. Und wir waren doch nur dreieinhalb Tage weg, um nach diesen verdammten Tigern zu suchen.«

»Es waren fünf Tage, genug Zeit, um von Mandalay hierher zu kommen. Vergiss nicht: Das Pwe war schon zwei Tage vorüber, bevor wir auf die Jagd gingen. Minthami muss diese Bilder jemandem von den Feinden am ersten Abend des Pwe gezeigt haben, vielleicht auch am zweiten Abend. Auf jeden Fall war genug Zeit.«

»Mit anderen Worten: Es war alles meine Schuld?«

»Es ist, verflucht noch mal, niemandes Fehler. Wenn überhaupt jemanden die Schuld trifft, dann mich. Wenn ich noch ein paar Monate weggeblieben wäre, zumindest, bis der Einshemin den Thron bestiegen hätte, dann hätten sie Minthami und mir nicht nach Loloi folgen können. Dann hätten sie uns nicht mit dem Sawbwa in Verbindung bringen und seine alten Abmachungen mit Mindon Min herausfinden können. Königin Sinpyumashin und ihr Hlutdaw wissen über alles, was vorgeht, Bescheid, selbst in Rangun. In Rangun waren wir aber sicher und weit genug von den Todeszellen in Sagaing entfernt. Sie konnten uns, unter dem Schutz der britischen Verwaltung, nichts tun. Dann aber war Minthami der Ansicht, dass sie von Rangun genug hatte. Ich machte ihr klar, dass wir nicht nach Mandalay gehen konnten, also wollte sie nach Loloi reisen. Ich habe ihrem Drängen ziemlich schnell nachgegeben, da ich glaubte, dass mein Fall in Vergessenheit geraten sei und Minthami und ich folglich dort in Sicherheit sein würden. Offensichtlich habe ich mich geirrt. Der Hof von Ava ist immer noch hinter mir her. Deine Fotos haben diesbezüglich sicher nicht den geringsten Unterschied gemacht. Irgendwie hätten sie diese Kinder doch erwischt.«

»Und jetzt haben sie auch noch deine Söhne und Minthami.«

»Ja!« Er streifte die Blätter von einem Zweig. In den Bäumen über ihnen schrie ein Affe, dem ein Schakal mit rauer Stimme antwortete.

»Wie bist du aus dem Gefängnis von Sagaing entwischt, Nathan?«

»Mit List. Es kostete mich fünf Rubine der Königin und vier Flaschen Whisky, die ein Prediger spendiert hat.«

Ihr gelang es, zu lächeln. »Du hast gesagt, dass diese Tiger Einwanderer mit königlicher Genehmigung aus Mandalay waren. Warum sind diese Viecher dann hier schon herumgelaufen, bevor du und Minthami in Loloi angekommen seid? Ich bin jetzt schon sieben Wochen hier, und meine Tante hat mir von diesem Tiger erzählt, lange bevor ihr hierher gekommen seid.«

Er zuckte die Schultern. »Ich weiß es nicht. Vielleicht hat Sinpyumashin die Sterne befragt. Vielleicht irre ich mich ja auch, was die Tiger angeht. Vielleicht wurde einem indischen Radscha seine Menagerie lästig, und er setzte sie zwischen Ku und Loloi aus. Vielleicht kannte Königin Sinpyumashin mich besser als ich und plante das alles voraus, da sie wusste, dass ich ihr in die Hände arbeiten würde. Vielleicht hat sie alles schon gewusst, als die Kinder auf der *Belle Hélène* verschwanden, und sie ließ sich Zeit, um Rache am Sawbwa von Loloi zu üben. Mehr kann ich mir nicht denken. Vielleicht bekommen wir das nie heraus. Warum schläfst du jetzt nicht besser ein bisschen? Wir werden in den nächsten Tagen einen verdammt langen Weg vor uns haben.«

»In den nächsten Tagen, Nathan? Wir müssen doch früher nach Mandalay kommen, um Sa-Lon zu retten.«

»Vier Schläge allein mit der Peitsche eines der Gebrandmarkten reichen, um ihm das Blut zu vergiften. Ich habe nicht vor, das zu-

zulassen. Sobald wir morgen Früh nach Lashio kommen, werde ich deinem Onkel in Mandalay telegrafieren. Adrian Hawes wird sich für Sa-Lon einsetzen. Ich bin sicher, dass er Amok läuft, wenn sie das Kind eines Weißen anrühren.«

Sie musste wohl eingeschlafen sein, denn sie wachte von einem leichten Regenschauer auf. Zuerst konnte sie sich nicht rühren, weil ihre Schulter so furchtbar schmerzte. Sie fragte sich, was eigentlich genau mit ihr passiert war, und wollte Nathan später danach fragen. Langsam fand sie den Sinn für die Wirklichkeit wieder. Sie setzte sich auf, sah sich um und überlegte, wohin Nathan wohl gegangen war. Sie konnte nur hoffen, dass er sie nicht allein gelassen hatte, um sich nach Lashio durchzuschlagen. Dann aber entdeckte sie ihn auf einem Felsen in der Nähe sitzen.

»Nathan, ich muss mich waschen und diese blutigen Kleider vom Leib bekommen. Onkel Adrian bekommt einen Schlaganfall, wenn ich so in Mandalay auftauche.«

»Typisch Frau, Amagyi-Angela. Aber beruhige dich. Während du geschlafen hast, bin ich zurück zum Haus gegangen, um ein paar Sachen zu holen. Da ist der Longyi, den du für das Pwe ausgeliehen hattest. Es ist wohl das einzige von Minthamis Kleidungsstücken, das dir passt. Ich habe hier auch etwas Salbe für deine Schulter.«

»Minthamis Salbe?«

»Ja, warum?«

»Woraus macht man sie?«

»Aus Tigerhaaren und Tiger…«

»Nein, im Ernst, Nathan!«

»Ich sage das im Ernst. Tigerbalsam wirkt echte Wunder bei allen Dingen. Von Kopfschmerzen bis Fußschmerzen. Er brennt teuflisch, aber er hilft gegen alle Arten von Infektionen.«

2

Die dreißig Meilen nach Lashio schafften sie bis zum nächsten Nachmittag. Sie reisten mit Ochsenkarren, Maultieren und gingen zu Fuß. Nathan konnte seine lebenswichtige Nachricht an Adrian Hawes aufgeben und wirkte, als dies erledigt war, etwas entspannter. Dann fanden sie einen Platz auf einem Floßdorf, das sanft schaukelnd hinunter nach Mandalay trieb. So konnten sie den Nachmittag unter gastfreundlichen burmesischen Familien verbringen, die ihnen zu essen und zu trinken anboten. Bei Sonnenuntergang legten sie an einer sicheren Stelle an einem Nebenarm des Irrawaddy an.

Am nächsten Morgen wurde Nathan unruhig. Die Reise auf dem Floß mit all den Wäscheleinen, Kochstellen und Ziegen ging ihm einfach zu langsam. Da kein Dampfboot der Irrawaddy Company vorbeikam, das sie nach Mandalay hätte bringen können, gingen sie an Bord eines großen Sampan, der zumindest etwas schneller als die anderen Boote zu sein schien. Auch hier bot man ihnen Essen und eine Erfrischung in Form von Kokosmilch aus einer angebohrten Kokosnuss an. »Wie in aller Welt schaffen sie es nur, auf so einem engen Boot ein solches Essen zu kochen?« Angela beobachtete die Frau, die sie und ihre Familie mit einem köstlichen Mahl versorgte.

»Sie leben schon seit Generationen auf dem Wasser, vermute ich.«

»Du stellst über alles nur Vermutungen an, oder, Nathan?«

»Was hat dich denn gebissen?«

»Moskitos.«

Ihre Blicke trafen sich. Er erwiderte ihr breites Lächeln.

Plötzlich entschied sich die siamesische Familie, mit der sie reisten, ihre Route zu ändern und umzukehren, um nach Bhamo zu schippern.

»Heh, das könnt ihr doch nicht tun!«, rief Nathan ärgerlich. »Ihr habt uns doch versprochen, uns nach Mandalay zu bringen.«

»Tut uns Leid, wir fahren nicht nach Mandalay.«

Es blieb ihnen nichts anderes übrig, als zum Flussufer zu waten und dort auf ein anderes Boot zu warten, das sie mitnehmen würde.

Ein zahnloser alter Chinese landete mit seinem Sampan direkt vor Nathans Füßen und sagte: »Sie wollen nach Mandalay heute? Ich fahre Sie. Ying Ch'ang fährt sehr schnell im Mondlicht für ein Tical. Nicht für chinesische Münze. Die nicht gut.«

Nathan ging an Bord. »Ying Ch'ang, im Jahr der habgierigen Wasserratte wirst du dein Geld bekommen. Vorläufig musst du mit Süßigkeiten auskommen wie der Rest hier.«

Ying Ch'angs Boot lag immer tiefer im Wasser. Unter seinem Grasdach rauchte der Chinese glücklich und sorglos seine Opiumpfeife. Nathan und Angela kamen gar nicht nach, das Wasser, das durch unzählige Löcher in das Boot drang, herauszuschöpfen. Ihn ließen sie derweil allein unter seinem Schilf weiterträumen.

Sie wateten durch das hüfttiefe Wasser und ließen sich auf den weichen, grasbewachsenen Uferhang fallen. Angelas Schulter schmerzte höllisch. Nathans brennende Fußsohlen erinnerten ihn an die fürchterliche Situation, in der sie beide waren. »Wir werden uns ein bisschen ausruhen. Es hat keinen Sinn, wenn wir uns umbringen. Das hilft Minthami und den Jungen auch nicht ... Nur keine Tränen. Willst du noch etwas Salbe für deine Schulter?«

Ihre Schultern bebten. Mit dem Gesicht im Gras gab sie halb erstickte Töne von sich. »In Gottes Namen, das hilft doch nichts ...« Er griff nach ihr und drehte sie auf den Rücken, nur um festzustellen, dass sie nicht das Weinen, sondern das Lachen zu unterdrücken versuchte.

»Es tut mir Leid, Nathan, ich sollte mich gerade jetzt nicht so dumm benehmen. Aber es war Ying Ch'ang mit seinem Fusselbart und dieser Badewanne – er sah so komisch aus. ›Sie wollen nach Mandalay heute. Ying Ch'ang fährt sehr schnell im Mondlicht für ein Tical...‹.« Plötzlich wurde sie sich seiner Gemütslage bewusst und verbarg ihr Lachen schnell hinter ihrer vorgehaltenen Hand. Nathan lächelte nicht. Er sah sie an, als sähe er sie zum ersten Mal.

Da war die Anstrengung der letzten Tage, die Drohung, die Erschöpfung, die sie zittern ließen, gleichzeitig war da aber plötzlich auch etwas anderes. Sie drehte ihr Gesicht weg, ihr Atem stockte. Seine kräftigen Finger hoben ihr Kinn unaufhaltsam hoch. Er versuchte, in ihre Gedanken zu dringen. »Das Mädchen, die Missionarin und die Missy-Sahib. Eine interessante Mischung. Wie mag es wohl sein, alle drei zu lieben?«

Er ließ sie los, lehnte sich zurück und legte sich hin, mit hinter dem Kopf verschränkten Händen.

Sie verstand seine Gefühle. Im Gras suchte seine Hand nach ihrer. »Ist das die gesunde oder die verletzte?« Er drehte sich nicht zu ihr um.

»Ich bin mir nicht mehr sicher.«

Er küsste ihre Hand. »Das schmeckt nach Irrawaddy, stechend und doch rassig.«

Sie konnte kaum atmen. In ihrem Inneren flammte eine Sehnsucht auf, die nach mehr als nur nach einem Kuss auf ihrer Hand verlangte und ihre Absicht, den Rest ihres Lebens jenseits aller körperlichen Liebe zu verbringen, verriet. Damals war es eine ungeheure Verletzung, eine Vergewaltigung, primitive Lust gewesen, die sie zutiefst verwundet hatte. Nun aber schien ihre ganze Welt in der Verbindung ihrer Hände mit seinen kraftvollen, sehnigen Fingern eine neue Bedeutung zu bekommen. Sie fürchtete nicht ihn als Mann, nur sich selbst als Frau.

Sie spürte, dass er auf eine Bestätigung von ihr wartete, die den Schatten Minthamis zwischen ihnen vertrieb. Sie wusste, dass das alles nichts mit Minthami zu tun hatte, sondern nur mit ihren eigenen Gefühlen, die sie von dem Tag an gespürt hatte, als sie zum ersten Mal in das Bambushaus gekommen war. Warum sonst hatte sie um alles in der Welt an der Tigerjagd teilnehmen wollen, wenn nicht, um auch nur für einen kurzen Augenblick an seinem Leben teilhaben zu können?

»Sagen Sie mal, Miss Angela Featherstone, warum eine ehrliche junge Dame wie Sie einem aufrechten jungen Mann wie Matthew Sinclair den Laufpass geben konnte.«

»Ich liebe ihn nicht.«

»Das klingt vernünftig. Warum hast du ihm aber überhaupt das Jawort gegeben?«

»Ich weiß es wirklich nicht. Ich traf Matthew damals an Bord der *SS Tahara* auf dem Weg nach Bombay. Ich war zum ersten Mal allein. Natürlich war mein Onkel Adrian da, um sich um mich zu kümmern und mich bei meinem Vater in Delhi abzuliefern. Ich hatte über solche Romanzen an Bord in billigen Romanen gelesen. Sie müssen mir zu Kopf gestiegen sein. Ich verstehe nichts von Liebe und von Herzensangelegenheiten, was ja wohl jeder erst einmal für sich selber herausfinden muss. Als Matthew mir in Delhi einen Antrag machte, kurz bevor er die Anstellung als Sekretär bei Onkel Adrian in Mandalay bekam, da nahm ich an. Ich hatte nur drei Monate Zeit, um ihn in Delhi kennen zu lernen, dann reiste er nach Burma. Das war sicher nicht lange genug, um mich einem Mann für das ganze Leben anzuvertrauen.«

»Also hast du herausgefunden, dass du ihn nicht liebst. Wann kam dir die Erleuchtung?«

Sie wusste nicht, warum er das fragte, war sich nicht sicher, ob er sich über sie lustig machte. ›Auf den Arm nehmen‹ hätte Tante Emmy das wohl genannt.

»Warum bekomme ich keine Antwort?« Seine tiefe Stimme schien ihr sehr, sehr nah. Er lag neben ihr auf der Seite. Ein Arm hielt sie unentrinnbar fest, ein Finger der anderen Hand fuhr zärtlich über ihr Ohr. Der warme Hauch unausgesprochener Zuneigung traf auf ihre Wangen. Seine Anziehungskraft war unwiderstehlich.

In der Höhle von San Mukh war sie nicht geküsst, sondern nur missbraucht worden. Sein Kuss aber lähmte sie. Sein Mund in seiner sanften, aber deutlichen Habgier nahm ihr jeden Widerstand, den sie möglicherweise hätte aufbringen können. Sie fühlte aber keinen Widerstand in sich.

Die Leere in ihr schwand dahin, ließ Raum für eine Flut von Zuneigung, eine ungeduldige Gier danach, dass ihre Einsamkeit beendet sein, ihre Scham verschwinden, ihre Liebe erwidert würde.

Er knotete ihre Armschlinge mit fahrigen Fingern auf, dann zog er ihr den Longyi aus. Sie lag neben ihm unter dem von Mondlicht erhellten Baum und gab sich ihm ganz hin.

Ihre Lippen, Hände, hellen Glieder wurden von seinen dunkleren umfasst, gehalten und dann näher gezogen, tiefer. Da war seine Zärtlichkeit, die bei aller Stärke ihre Verletzung schonte, ihr Hals, der sich für ihn zurückbog.

Am Morgen liebten sie sich wieder. Es war ein zärtlicher Nachtrag an die letzte Nacht, ohne jede Dringlichkeit.

Dreizehntes Kapitel

1

Nanette Gideon fühlte sich ungewohnt schwach. Sie wedelte mit ihrem Taschentuch über ihr erhitztes Gesicht. Die Übelkeit blieb. Wäre sie doch nur nicht gekommen.

Irgendetwas war da los im Palast. Nanette spürte das schon seit zwei Nächten. Giddy hatte es abgelehnt, an den Feierlichkeiten anlässlich der Krönung des neuen Königs und der Königin von Burma teilzunehmen. Also war Nanette allein gegangen. Ach, wäre sie doch bloß zu Hause geblieben, seufzte sie innerlich.

Der Zat-Tanz hatte den Titel *Der Silberhügel.* König Thibaw und Königin Supalayat schienen alles sehr zu genießen. Im Gegensatz dazu konnte Nanette schwer erraten, was Königin Sinpyumashin, die Königinmutter, dachte, die neben dem Taingda saß. Beide waren gleichermaßen rätselhaft und schwer einzuschätzen.

Nach dem Tanz folgte der Auftritt des Sängers San Dun, sicherlich ein Meister seines Faches, für Nanettes Geschmack sang er allerdings entschieden zu laut. Erst sein sanftes, beschwörendes Schlusslied, ganz ohne Hintergrundmusik, fand ihr Wohlwollen. Der Barde trug die Strophen über das Glück der Liebe so gefühlvoll vor, dass seine glockenhelle Stimme ihr sogar die Tränen in die Augen trieb.

Sie presste ihr Taschentuch vor den Mund und verließ eilig ihren Platz neben dem französischen Konsul. Draußen, vor den zinnoberroten, verzierten Türen wedelte sie wieder mit ihrem Taschentuch. Die Hitze, der Geruch und der Lärm drinnen waren wirklich unerträglich gewesen.

Auf der Suche nach etwas Trinkbarem eilte Nanette zu den Gemächern der Königin. Da war sie oft genug gewesen, zum Tee und zur Unterhaltung mit den Prinzessinnen und anderen Damen des königlichen Haushalts. Sie war ein von Königin Sinpyumashin gern gesehener Gast, hauptsächlich weil sie von ihr viele brauchbare Informationen erhielt. In ihrer naiven und dümmlichen Weise hielt sie die Königin von Burma aus lauter Dankbarkeit für ein wenig Schmeichelei und anderen vorenthaltene Privilegien über alles, was die Ausländer in ihrem Reich anstellten, auf dem Laufenden.

Auf der Suche nach einem Glas Wasser ging sie einen Korridor hinunter, als sie plötzlich das Weinen eines Kindes hörte. Sie blieb an der Tür stehen und horchte. Weiter unten in dem Gang saßen zwei Wächterinnen. Beides erschien Nanette verdächtig, allzumal dies nicht die Teile des Palastes waren, in dem normalerweise Kinder wohnten.

Sie wandte sich an die Wächterinnen und befahl drohend auf Burmesisch: »Öffnet auf der Stelle diese Tür!«

Die Frauen starrten unbeeindruckt weiter vor sich hin. Nanette raffte ihr Kleid hoch und stampfte mit den Füßen auf, während sie auf die fragliche Tür zeigte. »Wenn ihr die Tür nicht öffnet, gehe ich sofort zu König Thibaw, um ihm das zu berichten. Wenn da ein Kind eingesperrt ist, dann will ich sofort wissen, warum. Und wenn es weint, weil es da drinnen dunkel ist, dann werde ich fuchsteufelswild. Kinder hassen die Dunkelheit. Ich muss das wissen, denn schließlich hat man mich nicht umsonst kopfunter in Baumwollsäcke gestopft.« Nanette, von weinenden Kinderstimmen immer zutiefst berührt, lief zu den vielfältig verzierten roten Lacktüren und drückte auf die goldenen Klinken. Die Türen öffneten sich nach innen. »Ha, euer Glück, dass sie nicht verschlossen waren!«, rief sie über die Schulter.

Im Raum brannten nur einige schwache Lampen, die unheimliche Schatten an die Decke warfen. Auf dem Fußboden hockten zwei kleine Jungen, die sich umarmt hielten. Der kleinere wimmerte leise vor sich hin, während der andere ihn zu trösten versuchte. Nanette erkannte Nathans Söhne und kauerte sich zu ihnen. »Was hattet ihr beiden denn vor?« Sie nahm Roi in den Arm und wischte sein Gesicht mit ihrem Rocksaum ab. »Sei nur ruhig, Kleiner, es ist schon alles in Ordnung. Sa-Lon, kannst du Ma Nan vielleicht sagen, warum ihr beiden hier wie böse Buben eingesperrt seid? Wo ist eure Mama?«

»Sie tanzt für den König und die Königin.« Sa-Lon war froh, mit jemandem darüber sprechen zu können. »Wenn sie nicht tanzt, schickt der Taingda wieder jemand, der uns schlägt.«

»Das ist so ziemlich die übelste Sache, von der ich je gehört habe. Das macht mich nur noch wütender.« Ihre Übelkeit war schlagartig verflogen. »Wischt euch die Tränen ab, Jungs. Ich bin gleich zurück, wenn ich Minthami gefunden habe. Ich werde jetzt herausfinden, was hier los ist, und wenn es das Letzte ist, was ich tue!« Sie ging hinaus in den Gang. »Jetzt hört mir mal richtig zu, ihr beiden! Die Tür hier bleibt offen, damit die beiden Kleinen sehen können, was los ist. Sollte ich sie wieder verschlossen finden, wenn ich mit König Thibaw zurückkomme, der als guter Buddhist Menschen und besonders Kinder mag, dann seht ihr beiden älter aus als weggeworfene Essstäbchen.«

Nanette wusste, wo sie Minthami finden konnte. Vor den Garderoben hinter dem Theater traf sie auf Wachen, die sie nicht hineinlassen wollten, ohne dass sie ihnen sagte, was sie dort wollte. »Die Königin von Burma hat mich geschickt, um der Shan-Prinzessin beim Ankleiden zu helfen.« Sie akzeptierten diese Begründung und ließen sie durch.

Nanette fand Minthami, die kurz vor einem Zusammenbruch stand. Ihre Augen leuchteten auf, als sie Nanette sah. Sie war so stark geschminkt, dass sie wie eine Puppe aussah. Nanette beugte sich über Minthamis Füße. »Was ist denn das, Kleines, die sind ja wund und bluten. Was zwingen sie dich zu tun?«

»Zwei Tage und zwei Nächte«, flüsterte Minthami, die ihre Füße auf einen Hocker gelegt hatte. Beide wussten, dass sie sehr vorsichtig sein mussten. Sie wurden ganz sicher ständig beobachtet. »Seit zwei Tagen tanzt Minthami und kann nicht mehr tanzen. Kein Schlaf, nur Sorge um die Kinder und um Shwe Nat, der Nachricht hat von grausamem Taingda, dass wir Geiseln sind in Mandalay. Bitte Wasser, Ma-Ma Nan.« Nanette ging zu einem großen, schweren Tonkrug, der in einer Ecke des Raumes stand, füllte einen Becher für Minthami und nahm dabei selbst einen Schluck. Nach außen hin versuchte sie den Eindruck zu erwecken, als kümmere sie sich nur um Minthamis Füße. »Ma-Ma Nan!« Minthami warf ängstliche Blicke um sich. »Minthami muss dir Dinge erzählen. Es ist sehr gefährlich, und wir müssen vorsichtig sein. Wir tanzen hier, und in anderem Teil von Palast werden Prinzen und Prinzessinnen getötet. Ich weiß es. Jede Nacht höre ich schreien, schreien, schreien, und Minthami kann nichts tun, nichts! Es ist für den Staat, sagen sie. Jeder, der den Thron bedroht, wird entfernt. Königin Sinpyumashin will, dass nur König Thibaw und ihre eigene Tochter, Königin Supalayat, Myanma regieren. Alle anderen Prinzen und Prinzessinnen sterben jetzt. Der böse Taingda hilft dabei, weil er Herr der Palastwache ist. Der Premierminister, der Kinwun Mingyi, ein guter Mann, kann nichts dagegen tun … gar nichts. Taingda Mingyi ist jetzt Favorit der Königin und hat alle Macht.«

Nanettes Augen weiteten sich vor Schrecken und Ungläubigkeit.

Minthami nahm noch einen Schluck Wasser. »Bitte, Ma-Ma Nan, Minthami hat nur kurz Zeit. Sie muss gleich zum Zat-Tanz. Sie hat Angst, sie sagt zu viel, sodass Sa-Lon und Roi wieder geschlagen werden. Sie weiß, dass Mr. Gideon mutiger Christ ist und so ist Ma Nan auch mutig. Bitte geh zum Musikpavillon am Sommerhaus im Palastgarten. Draußen, vor der Palastmauer versteck dich. Versteck dich gut, sonst stirbst du. Warte und sieh, was passiert. Sag es niemandem. Wenn alles ruhig, geh gleich zur Mission und erzähle schlimme Dinge dem Bibelprediger. Dann sag dem Bibelprediger, zum britischen Botschafter zu gehen. Der weiß, was zu tun ist. Geh nicht selbst, die Leute des Taingda beobachten dich und sehen, wohin du gehst.«

Minthami hatte genug gesagt. Erschöpft, wie sie war, wusste sie kaum, wie sie den nächsten Tanz überstehen sollte. Sie griff nach ihren Tanzschuhen, und mit einem kläglichen Wimmern versuchte sie, sie anzuziehen.

»Oh Gott, oh Gott!«, sagte Nanette schwach. »Ich bin nicht sicher, ob ich das alles tun kann.«

»Doch, doch!«, sagte Minthami ungeduldig, ihr langes schwarzes Haar zurückwerfend. »Du musst das tun, Ma-Ma Nan, oder noch mehr Menschen sterben. Minthami muss jetzt gehen und mit San Dun tanzen und singen. Sei sehr vorsichtig, Ma-Ma Nan.«

Während Minthami mit ihren Tänzern die Garderobe verließ, holte Nanette ihren Umhang. Palastwachen begleiteten sie zum Haupttor. Dort griff sie sich an den Kopf und gab vor, ihre Abendtasche vergessen zu haben. Die Wachen nickten gutmütig und ließen sie zurückgehen. Nanette, mit den Räumlichkeiten der Königin vertraut, lief zu dem Teakpalast zurück und fand die Tür mit dem goldenen Schlüssel, durch die nur die Königin eintreten durfte. Da die Königin am Fest teilnahm, stand hier auch keine Wache. Der Schlüssel quietschte fürchterlich. Nanette schlüpfte hinter einen Vorhang, sie hielt den Atem an, und ihre Zähne klapperten vor Angst. Da aber keine Menschenseele auftauchte, glitt sie hinaus in den Garten der Königin, hinunter zu dem Pavillon, den Minthami gemeint hatte. Ganz in der Nähe konnte sie das leuchtend weiße Sommerhaus der königlichen Familie erkennen. Nanette verbarg sich in einem dichten Oleandergebüsch und wartete.

Sie wartete fast zwei Stunden. Zweimal schlief sie kurz ein. Als sie einen gehörigen Krampf im Bein bekam, versuchte sie vergeblich, eine bequemere Stellung zu finden. Vielleicht hatte sich Minthami das alles eingebildet. Das wäre ja auch kein Wunder, wenn man bedachte, was sie alles hinter sich hatte. Gerade hatte Nanette sich entschlossen, nach Hause zu gehen, als sie Geräusche vernahm.

Der Mond war untergegangen. Sie strengte ihre Augen an, um erkennen zu können, was vorging. Unter dem Pavillon flackerte ein geisterhaftes Licht. Das Geräusch von unterdrücktem Gelächter konnte sie bis in ihr Versteck hören. Dann wurde noch eine kleine Lampe angezündet. Sie sah, wie Männer aus Flaschen tranken. Geduckte, spuckende, grunzende Schatten lümmelten auf dem Gras wie Hyänen, die über irgendwelchen Kadavern hockten. Schlagartig wurde Nanette klar, wer diese Männer waren.

Sie fragte sich, was die Gebrandmarkten im Palastgarten zu suchen hatten und wer sie so wohlmeinend mit Alkohol im Überfluss versorgte.

Dann spürte sie die Erde beben.

In der Dunkelheit trotteten die weißen Elefanten des Königs. Die Singoung, die Elefantenführer, führten sie zum Sommerhaus. Nanette konnte nicht erkennen, was die Elefantenführer taten, dafür war es zu dunkel und die Gruppe noch zu weit entfernt. Aber in der Stille der tropischen Nacht hörte sie das unverwechselbare Geräusch von klirrenden Ketten. Hier waren Menschen gefesselt, schoss es ihr durch den Kopf.

Sie wartete versteinert auf das, was kommen würde.

Dann erkannte sie, dass die Elefanten ihre Hinterbeine nur sehr vorsichtig hoben, es waren Menschen daran gekettet, weiß gekleidete Gefangene mit verbundenen Augen. Es mochten wohl dreißig sein, die, einer an den anderen gekettet, jeweils dem vordersten folgen mussten, der an das Hinterbein eines Elefanten gefesselt war. Je zehn Frauen und Männer mussten sich in einer Reihe vor einem frisch ausgehobenen Graben an der Palastmauer aufstellen. Die Singoung nahmen die Ketten ab. Dann wurden die alkoholisierten Gebrandmarkten auf die Gefangenen losgelassen. Sie erschlugen die Ahnungslosen mit Keulen und Knüppeln. Die anderen erwürgten sie einfach.

Nanette wusste, dass sie nicht das geringste Geräusch von sich geben durfte, um nicht das gleiche Schicksal zu erleiden.

So wurde sie Zeugin, wie die Prinzen und Prinzessinnen der

Alaungpaya-Konbaung Dynastie erschlagen und erwürgt wurden. Einige von ihnen waren noch Kleinkinder, andere erwachsene Männer und Frauen, einige auch schon in hohem Alter. Alle aber waren Verwandte von König Thibaw und Königin Supalayat.

Das war Tradition, wie Nanette wusste. Es war auch Tradition, dass königliches Blut nicht mit dem Schwert auf dem Richtplatz vergossen werden durfte.

Alle Opfer dieser Gräueltat fielen in den Ekel erregenden Graben. Ob tot oder lebendig wurden sie in dieses Massengrab geworfen oder mit Prügeln hineingetrieben. Dann schaufelten die Gebrandmarkten schnell Erde über sie.

Zum Schluss trampelten die Elefanten die sich noch bewegende Erde fest, bis keine Spur dieser nächtlichen Vorgänge mehr zu erkennen war.

Nanette glaubte, sie könne diesen Anblick nicht überleben. Jedenfalls würde sie ihn ihr Leben lang nicht vergessen. Sie rührte sich nicht, weil sie befürchtete, die Gebrandmarkten könnten wieder aus ihren Löchern kriechen und sie finden. Dann, als am frühen Morgen die Gäste das Fest verließen, kroch sie schnell aus dem Oleanderbusch, schloss sich ihnen unauffällig an und ging nach Hause in die Mission an der Kyauktawgyi Road.

2

Mr. Hawes war unendlich dankbar, dass Mrs. Gideon sich bis zuletzt zusammengerissen hatte. Während Mr. Gideon und das indische Hausmädchen versuchten, die in eine lange Ohnmacht gefallene Nanette mit Riechsalz und kalten Umschlägen wiederzubeleben, nutzte er die Gelegenheit, sein Amylnitrat zu inhalieren. Mrs. Gideons Bericht hatte ihm einen Schock versetzt. Er war erfüllt von Abscheu, Widerwillen und vor allem hilfloser Wut. Man hatte ihm ziemlich deutlich erklärt, dass die Regierung der Kaiserin von Indien, der britischen Königin, nicht in die

Angelegenheiten von Ober-Burma involviert zu werden wünschte. Schon zu viele Kriege erforderten den Einsatz britischer Truppen. Da war der Krieg in Afghanistan, der Mahdi-Aufstand, der Kampf in Irland. Kurz, Hawes hatte eine klare Auskunft bekommen.

Er fand keine Worte dafür, welche Gefühle Nanettes Bericht in ihm erweckt hatte. Thibaw und Supalayat saßen da und sahen den Zat- und Pyazat-Tänzen zu, während ihre Verwandten in diesen drei Nächten ermordet wurden. Es war einfach grotesk.

»Was machen wir jetzt, Sir?« Mr. Hawes gab Matthew keine Antwort, sondern ging weiter auf und ab, versuchend diese tragische Angelegenheit zu verarbeiten. Wenn die britische Regierung ihn nicht unterstützte, dann musste er sich eben allein durchschlagen.

Vier Tage früher hatte er ein Telegramm aus Lashio bekommen, in dem stand, dass Nathan Vorne und Miss Featherstone so schnell wie möglich nach Mandalay kommen würden. Er war gebeten worden, sich für Captain Vornes Frau und Kinder einzusetzen. Weitere schlimme Nachrichten würden folgen. Er überlegte, was es mit diesen weiteren Nachrichten wohl auf sich haben würde. Außerdem fand er, dass er in den letzten Tagen schon genug schlechte Nachrichten erhalten hatte. Er hätte nie geglaubt, dass die Nachfahren der mongolischen Horden des Kublai Khan ihre Zerstörungswut im neunzehnten Jahrhundert fortsetzen würden.

Er erkannte, dass es nur eine Möglichkeit gab, um dieser Barbarei endgültig einen Riegel vorzuschieben. Man musste diesen Heiden die Angst vor dem christlichen Gott einpflanzen. Er war über die Tragödie im Palast von Mandalay so empört, dass er etwas tat, was er noch nie zuvor getan hatte. Er traf eine emotionale Entscheidung.

»Mr. Sinclair!«, bellte er Matthew an. »Wir müssen sofort in die Botschaft zurück.« Dann wandte er sich an den Prediger: »Mr. Gideon, bemühen Sie sich nicht weiter um uns, sondern kümmern

Sie sich lieber um Ihre arme Frau. Grüßen Sie sie bitte von uns, wenn sie sich von ihrer Unpässlichkeit erholt hat, und danken Sie ihr aufrichtig, dass sie die Aufmerksamkeit der britischen Regierung auf die Vorgänge gelenkt hat, die sich während der Krönungsfeierlichkeiten ereignet haben. Sie ist eine tapfere Frau. Guten Tag.«

In sein Domizil zurückgekehrt, gab er, noch bevor er den Tropenhelm und den Offiziersstab abgelegt hatte, den Befehl, den Union Jack einzuholen. »Sofort, Mr. Sinclair!«, brüllte er. Seine Empfindungen waren stärker als sein gutes Benehmen.

Matthew sprang auf und gab den Befehl weiter.

»Unglaublich, barbarisch, monströs ...« Er sprach noch mit sich selbst, als er die Tür seines Büros aufstieß. Er war fürchterlich erregt, sein Herz machte sich bemerkbar.

Sein Gemütszustand verbesserte sich auch nicht, als er sah, dass man zwei Besucher in seinem geheiligten Arbeitszimmer hatte Platz nehmen lassen

Die Begrüßung seiner Nichte und Captain Vornes fiel ausgesprochen kühl aus: »Guten Abend, Angela, guten Abend, Captain Vorne, Sie sind also endlich angekommen.« Er schüttelte ihnen bewusst nicht die Hand, sondern legte seinen Stock und den Tropenhelm ab. Die Diener schienen sicherheitshalber auf Distanz gegangen zu sein. Das Bild, das die beiden boten, beleidigte sein Auge. Nathan hockte auf der Stuhlkante, offenbar am Ende seiner Kräfte, und starrte auf seine Füße. Für Hawes gab es keine Entschuldigung für einen Mann, der mit einem vier Tage alten Bart vor ihm erschien. Der Anblick seiner Nichte, die er nicht näher ansah, brachte ihn noch mehr auf. Sie ging so weit, wie eine Eingeborene herumzulaufen in ihrem Longyi und einer Bluse ohne Kragen. Ihr Haar trug sie nach Art der Burmesinnen hochgesteckt. Ihre Haut war von der burmesischen Sonne verbrannt.

»Ist irgendetwas, Onkel Adrian?« Die Enttäuschung über seinen wenig enthusiastischen Empfang war Angelas Stimme deutlich anzuhören. »Ich freue mich, dich wiederzusehen, obwohl ich mir natürlich andere Umstände für unsere erste Begegnung nach so langer Zeit gewünscht hätte.«

Adrians Miene verbarg nicht, dass er dies kaum für eine besonders kluge Feststellung hielt. Angela verfiel in Schweigen, während er nach dem Messingkrug griff, der aber leer war. Er schlug den Gong auf seinem Schreibtisch und rief nach Matthew.

»Lass mich das machen. Matthew hat zu tun. Ich sah, wie er unten die Flagge einholen ließ.« Angela griff nach dem Krug.

»Setz dich hin, Angela! Das Fenster steht offen. Mr. Sinclair mag ja blind sein, aber er ist mit Sicherheit nicht taub … Ah, da sind Sie ja schon, Mr. Sinclair. Ich möchte, dass Sie jetzt hier anwesend sind. Würden Sie bitte die Tür schließen?«

»Ja Sir, hallo Angela, Captain Vorne.« Matthew trat in den Raum und schloss schnell die Tür hinter sich. Mit seiner brüsken Begrüßung wollte er verbergen, dass er nicht wusste, wie er mit der Angela und ihn betreffenden Situation umgehen sollte. Ihr Brief aus Imphal, in dem sie die Verlobung gelöst hatte, war ein großer Schock für ihn gewesen. Bei ihrer ersten Begegnung auf der *SS Tahara* schien sie so anders zu sein als alle Frauen, die er bis dahin kennen gelernt hatte. Sie schien eine so liebenswürdige, weichherzige Person, die sich außerdem zu seinem freudigen Erstaunen von ihm angezogen zu fühlen schien. Irgendwie war ihm ihre Liebesaffäre wie die natürlichste Sache der Welt erschienen: er, ein einsamer junger Junggeselle, sich nach einer dauerhaften Beziehung mit jemandem sehnend, der in Vorstellungen, Geschmack und Background mit ihm übereinstimmte; sie, eine wundervolle junge Frau, die seinen Vorstellungen über eine gute Ehefrau, mit der sich lebenslang eine glückliche Partnerschaft führen ließ, so ganz und gar entsprach. Sie hatte seine Liebe doch offenkundig erwidert, und jetzt war alles aus. Ihr nüchterner Brief, ihre Distanziertheit ihm gegenüber jetzt … er wusste einfach nicht mehr weiter. Seine auf sie gerichteten Augen fragten stumm: Warum, Angela, warum? Angela jedoch drehte sich schnell weg, um seinen Blicken zu entgehen.

Sie litt ihrerseits unter der Anklage, die so deutlich in Matthews Augen zu lesen war. Sie hielt den Kopf weiterhin abgewandt, da sie den Anblick dieses personifizierten Herzschmerzes im Moment, unter dem verwirrenden Eindruck ihrer starken Gefühle für Nathan, nicht zu ertragen glaubte.

Auch Mr. Hawes blieben Matthews verletzte Blicke, die er Angela zuwarf, nicht verborgen. Der junge Mann war von Angelas abweisendem Verhaltenen sichtlich deprimiert. Mr. Hawes räusperte sich. Die Liebe konnte warten. Er war im Augenblick mehr an Captain de Veres-Vorne und seinen Aktivitäten interessiert. Er hörte sich die ihm ja bereits in Nathans Brief angekündigten schlimmen Nachrichten schweigend an. Den einzigen nennenswerten Kommentar gab er ab, als Nathan den Tod von Miss Lydell beschrieb. Durch ihren unregelmäßigen Briefverkehr hatte er die Schullehrerin von Loloi aus der Entfernung kennen und schätzen gelernt. Außerdem war sie schließlich eine entfernte Verwandte.

Als Nathan ihm die zerrissene und von Blut verklebte Urkunde reichte, nahm Mr. Hawes sie nur mit Widerwillen entgegen. Er ließ sich nicht einmal herab, sie aufzurollen. Er wusste sehr wohl, dass Nathan das Leben seiner Frau und seiner Söhne nicht in Gefahr bringen würde und die Urkunde daher unterschrieben hatte.

»Mr. Sinclair, bringen Sie dies sofort zum Palast. Ich möchte bis spätestens fünf Uhr eine Antwort haben.« Er reichte Matthew den Parabaik.

»Ja, Sir.«

Matthew kam eineinhalb Stunden später wieder. Mr. Hawes, Angela und Nathan saßen noch immer genauso wie bei seinem Aufbruch da. Obwohl sie gemeinsam Tee tranken, herrschte eine ruhige, nüchterne, ja kühle Atmosphäre.

Mr. Hawes wischte sich über den Schnurrbart, bevor er die Nachricht aus dem Palast von Mandalay las. Sie kam von Taingda persönlich und besagte, dass König Thibaw und Königin Supalayat um neun Uhr folgende Personen im Audienzsaal erwarten würden: Captain Nathanial de Veres-Vorne, Mr. Adrian Hawes, Miss Angela Featherstone und Mrs. Gideon von der amerikanischen Bibelmission als Begleiterin. Alle diese Ausländer hätten sich dem üblichen Zeremoniell am burmesischen Hof zu unterwerfen.

Mr. Hawes war verwirrt und beleidigt von der gerissenen Nachricht des Taingda. Zum Ersten war sein Name hinter den von Nathan Vorne gesetzt worden, und zum anderen war er nicht als der britische Gesandte angeredet worden, was nichts anderes als eine verhüllte Beleidigung der Regierung ihrer Majestät, Königin Viktoria, war. Der Taingda kannte offensichtlich die britischen Vorschriften genau, die verhindern sollten, dass britische Konsuln sich lächerlich machten, indem sie barfüßig und unterwürfig auf dem Boden herumkriechen mussten. Auch die Tatsache, dass er von der Ankunft seiner Nichte so schnell erfahren hatte, zeigte, wie weit die Fangnetze des Hlutdaw reichten. Mr. Hawes warf das Pergament empört auf den Boden und wischte seine verschwitzte Stirn mit einem fleckigen Taschentuch ab. »Mr. Sinclair, ich wäre Ihnen sehr dankbar, wenn Sie dem Taingda meine Antwort überbringen würden. Machen Sie sich bitte Notizen und formulieren Sie diese dann als offizielle Nachricht. Wir werden etwas schreiben, das besagt, dass hier die britische Flagge heute Mittag eingeholt worden ist. Es ist daher außerhalb der Möglichkeiten des britischen Botschafters, in irgendeiner Weise mit der burmesischen Regierung zu verkehren, da alle diplomatischen Beziehungen damit vorläufig abgebrochen sind. Der Hof von Ava wird hiermit in Kenntnis gesetzt, dass wir zutiefst angewidert von der neuen Regierung sind, die noch schlimmer ist als die alte – um Gottes willen, schreiben Sie das bloß nicht. Wenn der Taingda Mingyi und der Hlutdaw glauben, dass ich in aller Öffentlichkeit diese Massenmorde übergehe, indem ich mich bücke und vor Thibaw und Supalayat herumrutsche, dann werden sie etwas ganz anderes erleben! Junger Mann!« Er brüllte Matthew an, der geistesabwesend seine Exverlobte angesehen hatte, die ihrerseits den Kopf gesenkt hielt. »Würden Sie bitte aufpassen! Ab heute Abend nehmen Sie meine Stellung ein, Mr. Sinclair, jedoch nicht als britischer Botschafter, da wir mit den Burmesen nichts mehr zu tun haben. Sie werden nur noch da sein, um Captain Vorne in den Gewahrsam des Hlutdaw zu bringen, da wir für ihn noch bis neun Uhr heute Abend verantwortlich sind. Und verbeugen Sie sich nicht zu tief vor dem Gesindel von Ava.«

»Nein, Sir.« Matthew grinste ironisch.

Dann wandte sich Hawes mit noch finstererer Miene seiner Nichte zu. »Angela, ich mag das Zeug nicht, das du da anhast. Ich hoffe, du hast etwas zum Wechseln dabei. Du kannst schließlich nicht in dem gleichen Zeug vor den König und die Königin von Burma treten, das sie selbst anhaben. Dieses Eingeborenen-Longyi-Ding ...«

Angelas Seufzer drückte blanke Verzweiflung aus. »Onkel Adrian, es tut mir Leid, ich habe meinen Koffer in Loloi lassen müssen. Aber ich glaube, es wäre auch nichts darin gewesen, was ich vor dem König und der Königin von Burma hätte tragen können.« Sie ließ keinen Zweifel daran, dass sie sein Verhalten als unangebracht empfand. »Nathan und ich haben Loloi nämlich ziemlich eilig verlassen, und danach sind wir auf allen möglichen Sampans, Flößen und anderen Seelenverkäufern gefahren.«

Er war nun wirklich empört über sie. Jetzt ging es ihr also um Nathan. Er fragte sich, ob sie nun endgültig ihren Verstand verloren hatte. »Ich sehe deine Schwierigkeiten, meine Liebe.« Dieser Ton hatte schon König Mindon Min aufgebracht. »Aber finde bitte etwas Anständiges zum Anziehen. Mehr verlange ich gar nicht.«

Nathan, der sah, dass die beiden sich zunehmend aufregten, unterbrach sie. »Ich schätze, dass Nanette von der Bibelmission Miss Featherstone gern mit ein paar Kleidern aushelfen wird.«

»Was?« Mr. Hawes drehte sich zu dem Amerikaner um. »Ach ja, richtig, gute Idee.«

Der Mann hatte einen scharfen Verstand, das musste man ihm

lassen. Adrian Hawes dachte über seine Nichte und den Amerikaner nach, der einen äußerst schlechten Ruf genoss, was Frauen anging. Er hoffte sehr, dass sie bei der ihr aufgezwungenen Reise auf dem Irrawaddy nichts mit ihm ›angefangen‹ hatte. Er erfuhr alles, was in Mandalay vor sich ging. So war ihm auch Captain Vornes Vorliebe für ›eingeborene‹ Frauen nicht entgangen. Zuerst war es Nanette mit dem Negereinschlag gewesen, die er aus den Staaten herübergebracht hatte, weshalb offenbar die halbe US-Marine hinter ihm her gewesen war, wegen der Verführung einer Minderjährigen, ganz abgesehen von seiner Schmuggelei. Als Edom Gideon nach dem Sieg der Nordstaaten hierher gekommen war, heiratete er den kleinen Mischling, um sie zu einer anständigen Frau zu machen und ihr Seelenheil zu retten. Später wandte sich Nathan wiederum einem sehr jungen Mädchen zu, der Shan-Prinzessin Minthami. Gott allein weiß, wie viele andere noch dazwischen waren. Aber ausgerechnet eine seiner Verwandten in der Gesellschaft dieses so offenkundig verdorbenen Mannes zu sehen … das ließ ihn schaudern. Nichts konnte Captain Vorne daran hindern, das zu bekommen, was er haben wollte. Er konnte nur hoffen, dass es nicht Angela war, was er jetzt haben wollte. Die Rücksichtslosigkeit dieses Menschen, seine Kaltblütigkeit gegenüber allem und jedem waren nicht zu übersehen. Er selbst hatte vor nicht allzu langer Zeit eine Kostprobe dieses miesen Charakters erhalten, fast hätte er aufgrund dieses Erlebnisses einen Herzanfall erlitten. Er konnte sich noch gut an die drei buddhistischen Phongyis erinnern, die in ihren Safranroben und mit ihren Bettelschalen am Abend von Thibaws und Supalayats Hochzeit an der Tür der Botschaft standen. Die Entdeckung, dass es sich bei den Mönchen mit dem Verletzten in ihrer Mitte um den Kronprinzen von Burma selbst und seinen Bruder, den Prinzen Nyaung Ok handelte, veranlasste ihn zum ersten Mal in seinem Leben, zur Schnapsflasche zu greifen.

Später war ihm mitgeteilt worden, dass der Amerikaner den Plan ausgeheckt hatte, die beiden Prinzen nach Rangun und damit außer Gefahr zu bringen. – Ein sehr schlauer Plan, wie er widerwillig zugeben musste. Dem Amerikaner selbst war es vorher in letzter Minute gelungen, den Todeszellen im Sagaing-Gefängnis zu entwischen. Dann waren die beiden Prinzen unter dem Schutz der britischen Flagge auf einem Schiff der Irrawaddy Flotilla Company zusammen mit Nathan nach Rangun gebracht worden. Es war ihm zu Ohren gekommen, dass der amerikanische Captain sich bei den Briten erholt hatte, während die beiden vertriebenen Prinzen an der Spitze einer Armee nach Mandalay marschieren wollten, um Thibaw und Supalayat den Drachenthron wieder zu entreißen. Der Mann war gerissen, aber auch eine Quelle ständigen Ärgers. Adrian Hawes wollte dieses Treffen zu einem Ende bringen. Er nahm seine Uhr aus der Westentasche und wandte sich an Angela und Captain Vorne: »Entschuldigen Sie mich jetzt bitte, aber ich habe noch andere wichtige Dinge zu erledigen. Captain Vorne, Sie stehen bis neun Uhr unter Hausarrest. Ich wäre Ihnen also sehr dankbar, wenn Sie hier auf dem Gelände blieben. Ich kann einen Diener schicken, der Ihnen alles bringt, was Sie aus Ihrem Haus brauchen.«

Nathan nickte und stand auf. Er streckte seine Hand aus: »Ich möchte Ihnen danken Sir, für das, was Sie für mich getan haben. Ich stehe tief in Ihrer Schuld.«

Mr. Hawes erhob sich ebenfalls, um ihm die Hand zu schütteln. »Mr. Sinclair wird mich über alles informieren, was man über Sie und die Burmesen heute erfahren kann. Ich hoffe, es geht alles gut und Sie finden Ihre Familie unbeschadet vor. Ich habe es schriftlich, dass Ihnen nichts geschieht, wenn Sie sich zur ausgemachten Zeit stellen.«

»Ich verstehe. Und nochmals vielen Dank. Wo soll ich mich in der Zwischenzeit aufhalten?«

»In der Bibliothek, wenn Sie nichts dagegen haben. Einer der Diener bringt Sie hin. Klingeln Sie ruhig, wenn Sie einen Wunsch haben. Ich glaube, wir haben hier auch irgendwo alkoholische Getränke, wenn Sie das Bedürfnis haben …« Er öffnete die Tür und führte sie in den dunklen Korridor. Im Raum gegenüber war

Matthew Sinclair damit beschäftigt, mit den Untersekretären die Antwort an den Taingda anzufertigen. »Mr. Sinclair, ich will, dass der Hlutdaw das bis Punkt fünf in Händen hält.« Als er sich umdrehte, sah er seine Nichte schamlos auf einem wertvollen schwarzen Lacktischchen mit Perlmutteinlagen aus der Zeit des ersten Alaungpaya knien. Nicht nur, dass ihre erschreckend zerstochenen Beine für jedermann sichtbar waren, vielmehr war sie auch noch damit beschäftigt, eine nackte Schulter in einem ebenholzgerahmten Spiegel zu betrachten. Nathan, der sie, die Hände auf dem Rücken, mit glasigem Blick betrachtete, stand völlig selbstvergessen da. »Captain Vorne, hier ist der Diener, der Sie zur Bibliothek bringt.«

Nathan drehte sich zu Mr. Hawes um, der wütend nach allen Seiten Befehle austeilte. »Oh ja … ja natürlich, danke.« Er folgte dem Diener.

»Angela!«, sagte Adrian Hawes knapp. »Morgen Früh möchte ich sofort mit dir sprechen. Ich möchte wissen, warum du deine Verlobung mit dem netten jungen Matthew gelöst hast. Ich nehme das einfach nicht ernst, und ihm geht es genauso. Ich möchte, dass du dir das noch einmal überlegst. Du bist offenbar eine sehr verrückte junge Dame.«

»Ja, Onkel Adrian«, sagte sie erstaunlich gefügig.

»Ich werde Mrs. Gideon benachrichtigen, dass sie innerhalb der nächsten Stunde hier erscheinen und dich für den Abend ausrüsten soll. Inzwischen warte bitte hier, bis ich eine Frau vom Personal finde, die dir deine Unterkunft zeigt. Wie hast du es eigentlich geschafft, deine Schulter so zu verletzen?«

»Ein Tiger, Onkel Adrian.«

»Oh du meine Güte!« Er ging wieder in sein Büro und schloss mit einem Ruck die Tür hinter sich. Er überlegte, was für eine Art von Tiger das wohl gewesen sein konnte, und beschloss, sie so schnell wie möglich mit Matthew Sinclair zu verheiraten.

Vierzehntes Kapitel

1

Angela konnte es kaum glauben, dass sie nun tatsächlich in Mandalay war. Sie hatte schon so lange auf Messers Schneide gelebt, dass sie nun nicht zur Ruhe kommen konnte, auch wenn ihre Reise zu Ende war. Sie war von den Ereignissen um Nathan Vorne unentrinnbar gefangen. Er hinderte jeden daran, zur Ruhe zu kommen, zumal jetzt, wo sie alle aufs Äußerste gespannt auf den Empfang beim König von Burma warteten.

Man hatte ihnen zweimal mitgeteilt, dass es eine Verzögerung geben würde. Es wurde neun Uhr und dann zehn. Sie warteten weiterhin im Vorraum des Audienzsaals. Angela warf einen kurzen Blick auf Nathan, der, durchaus vorführbar in einem cremefarbenen Leinenanzug, neben Matthew saß, der einen Nadelstreifenanzug trug. Ein solcher Dreiteiler, dachte Angela, muss in der Hitze von Mandalay einfach unerträglich sein. Sie alle saßen steif auf verzierten und vergoldeten Brokatstühlen, die entlang der rot lackierten Wände standen. Die einzige Ausnahme bildete Nathan, der niemals und nirgendwo aufrecht saß. Er hatte die Ellbogen auf die Knie gestützt und starrte, das Kinn in den Händen, den Boden an. Minuten vergingen und Stunden. Seine Lippen verspannten sich immer mehr, er wurde zunehmend bleicher, und seine Augen blickten immer grimmiger. Einmal schaute er auf und sah sie an. Sie versuchte, ermutigend zu lächeln, worauf er aber nicht reagierte. Sie wandte sich enttäuscht ab und wünschte, sie sähe nicht so aus wie eins dieser Hühner in Brighton. Das einzige Kleid von Nanette Gideon, das ihr gepasst hatte, war eine so fürchterliche, rosa gestreifte Angelegenheit mit vielen Rüschen und sonstigen Kinkerlitzchen, dass ihr Äußeres ihr zum ersten Mal richtig peinlich war.

Um halb elf erschien ein Palastbeamter, um ihnen mitzuteilen, dass sie nun doch nicht im königlichen Audienzsaal empfangen würden, sondern in einem anderen Raum im Wohnflügel. Angela unterdrückte ihre Enttäuschung darüber, den großen Drachenthron im Audienzsaal, von dem sie so viel gehört hatte, nicht sehen zu können. Bevor sie zum König und zur Königin geführt wurden, forderte man sie auf, ihre Schuhe auszuziehen und sie im Vorraum zu lassen.

Der Raum im Flügel des Königs, in den man sie führte, war so dick mit Teppichen ausgelegt, dass ihnen sogar ihr Atem gedämpft vorkam.

Der König von Burma, die Königin sowie deren Schwester betraten den Empfangsraum durch eine Geheimtür in dem großen Wandgemälde. Die drei machten es sich in aller Ruhe und in aller Pracht auf dem Podium in der Mitte des Saals bequem. Angela und die anderen knieten gemäß dem Zeremoniell.

Als sich die drei zufrieden niedergelassen hatten und ihr Gefolge sich hinter ihnen in einem Halbkreis aufgestellt hatte, durften auch sie sich auf die bereitliegenden Kissen setzen. Angela ließ sich dankbar zurücksinken. In Nanette Gideons fürchterlichem Kleid zu knien, das an der Brust zu eng war und sie in ein Korsett einschnürte, wie sie es schon lange nicht mehr getragen hatte, war ihr schwer gefallen. Hitzewellen waren in ihr aufgestiegen, und sie hatte spüren können, wie ihre Wangen sich zunehmend röteten.

Zur Linken des Königs, ein Stück vor dem restlichen Gefolge, stand ein sehr eindrucksvoller Burmese, der einen Gaung-Baung als Zeichen seines Ratgeber-Status trug. Angela nahm an, dass dies der berüchtigte Taingda sein musste, der so schnell zur Macht gekommen war. Die Königin und ihre Schwester betrachteten sie gelangweilt durch vergoldete Operngläser, bis Angela sich vorkam wie ein Goldfisch im Glas, der von Kindern beäugt wird. Der König dagegen blickte sie ganz offen an. Er war ein gut aussehender junger Mann. Sein breites, fleischiges Gesicht wirkte mit der Andeutung eines westlichen Schnurrbartes nicht sonderlich buddhistisch. Es glich eher dem eines Schuljungen, höflich und harmlos, ganz anders, als sie sich den autoritären und strengen Herrscher vorgestellt hatte. Obwohl überall als Gewohnheitstrinker verschrien, der sich den ganzen Tag am Gin gütlich tat, vermittelte er diesen Eindruck keinesfalls. Er trug eine weiße Seidenbluse und mit blauen und goldenen Blumen bestickte Seidenhosen. Er baumelte mit seinen nackten Füße auf so unkönigliche Weise über die Ecken des Podiums, dass es geradezu sympathisch wirkte. Um seine hohe Stirn war ein kunstvoll besticktes weißes Band, seine schwarzblauen Haare zu einem Knoten auf dem Kopf gebunden. So viele Juwelen schmückten seine Hände, Finger und Ohren, dass er selbst genauso strahlte, wie er Angela mit einem breiten Lächeln anstrahlte. Angela dämmerte es langsam, warum König Thibaw sie so provozierend anlächelte, und sie senkte ihren Blick. Sie konnte nur hoffen, dass sie seine Majestät nicht beleidigt hatte, weil sie ihn allzu aufdringlich angestarrt oder weil sie sein offensichtliches Interesse nicht mit einem Lächeln ihrerseits gewürdigt hatte.

Thibaws Königin saß neben ihrer Schwester, von der man annahm, dass sie mit Prinz Nyaungyan Min verheiratet werden würde, damit die Königinmutter und der Taingda ihre Macht über den Drachenthron sichern konnten. Die Königin und die Prinzessin sahen wie Zwillingspuppen aus. Beide waren sehr elegant und hatten ihre Beine graziös untergeschlagen. Königin Supalayat trug über die rechte Schulter drapiert eine wundervolle handgearbeitete Stola, die mit Millionen winziger Perlen bestickt war, sowie eine wahrhaft königliche Halskette, an der diverse Rubine, Diamanten und Saphire funkelten.

Die Königin sprach englisch, zuerst nur zögernd, dann aber immer sicherer: »Wir begrüßen Sie mit großer Freude, Mrs. Gideon, Miss Featherstone, Mr. Sinclair und Captain de Veres-Vorne. Mit besonderer Wertschätzung begrüßen wir Sie, Miss Angela Featherstone, als Gast in unserem Land. Wie lange beabsichtigen Sie, in Burma zu bleiben?«

Angela war so erstaunt über die unerwartete Frage, dass sie Matthew anschaute, da sie nicht wusste, was sie antworten sollte. Er aber starrte nur auf die Füße der Königin, und ihr wurde klar, dass er nicht für sie antworten konnte, da die Königin die Frage an sie persönlich gerichtet hatte. Der Palastbeamte hatte ihnen vorher eingeschärft, dass niemand den König oder die Königin ansprechen dürfe, es sei denn, er würde gefragt. »Ich, äh … möchte lange genug hier bleiben, um einige Fotografien von Ihrem wunderschönen Palast und von der Stadt aufzunehmen, Hoheit. Außerhalb von Burma weiß man so wenig über dieses Land. Es wäre sehr schön, eine Sammlung von Bildern zu haben, die man der Welt vorführen könnte.«

Die Königin lächelte kaum wahrnehmbar, ein leichtes Zucken ihres rechten Mundwinkels. »Eine wundervolle Idee. Sie müssen uns einmal einige Ihrer Arbeiten zeigen, damit wir uns an ihrer Qualität erfreuen können. Wir, mein Mann und ich, interessieren uns auch für Fotografie. Wenn wir der Ansicht sind, dass Sie Ihr Metier beherrschen, dürfen Sie mit unserer offiziellen Erlaubnis in Mandalay fotografieren.«

Angela war überwältigt. Die Königin war ihr gerade mehr entgegenkommen, als sie hatte erwarten können. »Danke, Hoheit«, murmelte sie mit niedergeschlagenen Augen.

König Thibaw mischte sich nun ein: »Das ist ein sehr interessanter Gesichtspunkt. Ich finde, dass es viele hervorragende Bilder der Camera Obscura gibt, die anderen Kunstwerken Konkurrenz machen. Ich persönlich finde die Möglichkeit, identische Abbilder zu schaffen, einfach faszinierend. Es stecken große Möglichkeiten in der Kamera, große Möglichkeiten. Vielleicht wird man ja eines Tages bunte Fotografien herstellen können. Dann kann man die ganze traditionelle Malerei vergessen …«

»Das wäre tatsächlich ein sehr großer Schritt vorwärts, Sir, aber bis jetzt kann man von Farbfotografien nur träumen, wenn man vom Kolorieren einmal absieht.«

»Vielleicht haben Sie Recht, Miss Featherstone. Ihre königliche Hoheit, die Königin, und unsere gnädige Mutter, Königin Sinpyumashin, interessieren sich ebenfalls sehr für Fotografie, obwohl sich die Königinmutter mehr der Astronomie zuwendet. Ich habe eine neue Kamera aus England.« In seiner Begeisterung ähnelte er einem Schuljungen mit einem neuen Spielzeug.

»Das ist interessant, Sir«, murmelte Angela und versuchte seinen Mandelaugen auszuweichen, die sie anstarrten. »Unglücklicherweise habe ich meine eigene Kamera verloren. Darf ich Sie fragen, was für eine Kamera Sie haben?« Sie hatte ganz vergessen, dass sie keine Fragen stellen durfte.

Der König von Burma schien daran jedoch keinen Anstoß zu nehmen: »Ich habe eine Fox-Talbot, Miss Featherstone.«

»So eine hatte ich auch, Sir. Nichts Großartiges, aber sie machte brauchbare Bilder.«

»Miss Featherstone, Sie müssen mir einmal die Kamera erklären, die ich habe, denn sie macht überhaupt keine brauchbaren Bilder.« Der König kaute auf seinem Daumennagel herum, während er sie weiterhin unverwandt anstarrte.

Das königliche Paar wandte sich nun den anderen zu. Sie kannten Nanette und interessierten sich weniger für sie selbst, als dass sie wissen wollten, ob Mr. Gideon weitere Menschen zum Christentum bekehrt hätte.

»Ich glaube nicht, Hoheit, Sir. Ich glaube, Buddhisten sind heutzutage sehr schwer zu erwischen.«

Mr. Gideon hatte Nanette um Diskretion gebeten, was Bekehrte anging. Wenn sie herausbekommen sollten, dass es zu viele waren, würden sie seine Mission schließen, deren Existenz einzig und allein dem früheren Wohlwollen Mindon Mins gegenüber der christlichen Gemeinde zu verdanken war.

Der König und die Königin nickten zustimmend und wandten sich dann Matthew Sinclair zu. Sie verhielten sich im politischen

Sinne sehr taktisch. König Thibaw drückte sein Bedauern aus, dass die britische Fahne der Botschaft eingeholt worden war. Matthew nickte finster, spielte mit seiner Brille herum und murmelte, dass dies eine traurige, aber notwendige Geste aus britischer Sicht gewesen sei.

»Warum?«, fragte König Thibaw ganz offen.

»Weil der britische Gesandte die gesamten Umstände nicht mehr versteht. Er hatte gehofft, dass es zu einer engeren Zusammenarbeit mit dem Königspaar von Burma und dem Hlutdaw kommen würde. Man hatte ihm schließlich zu verstehen gegeben, dass dies der Fall sein würde. Nun aber sieht er, dass es keine Zusammenarbeit gibt, dass sein Entgegenkommen auf taube Ohren stößt und dass man die Handelsabkommen missachtet. Die Briten wünschen, mit Burma ein friedliches Verhältnis aufrechtzuerhalten, sie wollen Textilien aus Manchester gegen Teakholz aus Burma tauschen. Das wäre ein anständiges Geschäft, jedoch nach den letzten innenpolitischen Vorgängen können wir es von unserer Seite nicht mehr einhalten.«

Angela hätte ihm applaudieren können. Sie sah, dass das Königspaar nervös wurde, denn es ging ihm gar nicht um den Tausch von Stoff aus Manchester gegen Teak aus Burma. Die Königin wandte daher ihre Aufmerksamkeit sofort Nathan zu, während der König mit den Quasten seines Kissens herumspielte.

»Oh!«, rief die Königin aus, während sie ihre kleinen Hände kapriziös zusammenschlug und ihr Opernglas in den Schoß legte. »Endlich haben wir einmal das Vergnügen, Sie, Captain de Veres-Vorne, zu sehen. Sie werden ja noch zu Lebzeiten eine Legende, Captain. Wir haben eine ganze Menge über Sie gehört, unter anderem von Königin Sinpyumashin, unserer gnädigen Mutter. Sie hat den Wunsch geäußert, dass diese Unterhaltung um ihretwillen stattfinden sollte. So erklärt sich auch unsere Intervention in den unabhängigen Shan-Staaten in Loloi, auf die wir gleich noch zu sprechen kommen werden. Wir möchten aber auch gerne noch sagen, wie sehr wir den Tanz Ihrer Frau Minthami, der Shan-Prinzessin von Loloi, genossen haben. Sie sollte ihrer Berufung, für die sie hier am Hof ausgebildet wurde, weiter folgen. Minthami ist eine talentierte und schöne Künstlerin. Leider, so hat sie uns mitgeteilt, bevorzugt sie ihr einfaches Leben ohne Diener und ohne den Luxus, den sie seit ihrer Geburt beanspruchen kann. Sie hat uns gesagt, dass sie kocht und putzt, ohne irgendwelche Hilfe anzunehmen. Das ist sehr bemerkenswert. Wir haben versucht, sie dazu zu überreden, zum Hof von Ava zurückzukehren und ihre beiden Söhne Sa-Lon und Roi – sehr nette Jungen übrigens – hier mit den anderen Jungen aufwachsen zu lassen. Lauter königliche Prinzen, Captain! Aber leider hat Minthami unseren Vorschlag zu der Ausbildung und Erziehung der Kinder zurückgewiesen. *Quelle domage!*« Die burmesische Königin lächelte süßlich. »Entschuldigen Sie, dass ich ins Französische verfalle, Captain de Veres-Vorne, aber ich spreche diese Sprache etwas besser als Englisch, und manchmal schleichen sich einfach französische Ausdrücke in meine Worte. Außerdem sind Sie doch auch französischer Abstammung, oder irre ich mich?«

»Meine französischen Wurzeln liegen weit in der Vergangenheit, als die Franzosen sich in Louisiana niederließen, Madam.«

»Sie sind väterlicherseits, nehme ich an?«

»Ja, Hoheit.«

»Und Ihre Mutter?«

»Sie ist anglo-irischer Herkunft.«

»Ach ja, das hat man mir auch gesagt.« Plötzlich war ihr freundlicher Ton völlig verschwunden. Angela hatte das so in etwa erwartet, da ihr klar war, dass Supalayat ihm erst Honig um den Mund geschmiert hatte, um dann so richtig zuzuschlagen und ihn umso härter zu treffen. »Nun, Captain de Veres-Vorne, geht es um Ihr verräterisches Verhalten gegenüber der königlichen Familie von Burma«, fuhr sie fort. »Unsere gnädige Mutter, Königin Sinpyumashin, hat uns gebeten, hier Einspruch zu erheben, da ihr dies viele Sorgen bereitet. Sie möchte nicht, dass das schwierige Verhältnis zwischen Ost und West durcheinander gebracht wird.« Sie legte bewusst eine Pause ein, damit er ihr auf den Leim ging.

Den ganzen Abend hatte Angela gespürt, wie Nathan innerlich kochte und darauf wartete, endlich mit jemandem vom Hof von Ava zusammenzutreffen. Umgangsformen, das hatte sie erkannt, gehörten nicht zu seinen Stärken. Auch jetzt blieb er sich treu und verzichtete auf jede Art von Etikette: »Madam, ich habe niemals versucht, das Ansehen der burmesischen Regierung durch meine Handlungen zu untergraben.«

»Sie bestreiten also die Anwesenheit königlicher Kinder in dem Shan-Dorf Loloi?«

Endlich war es heraus. Das Massaker von Loloi, die Tigerjagd, die Nathan vom Schauplatz entfernen sollte, Minthami und die Jungen als Geiseln, das alles war Teil ihres Plans. Angela wunderte sich selbst darüber, dass sie erstaunt war. Was Nanette Gideon ihrem Onkel Adrian erzählt hatte und was ihr Matthew während des Wartens auf die Audienz mitgeteilt hatte, machte ihr klar, dass jemand, der in der Lage war, seine eigene Familie auszurotten, zu allem fähig sein musste.

»Ich bestreite die Anwesenheit von Kindern des Königshofes in dem Shan-Dorf von Loloi nicht, Madam. Aber ich bestreite Ihre Vermutungen über die Umstände, unter denen sie dorthin gebracht wurden. Ich habe sie weder gestohlen, entführt noch geraubt und habe auch nichts anderes Illegales getan, was diese Kinder angeht. König Mindon Min hat mich persönlich gebeten, sie in Sicherheit zu bringen. Es war sein Vorschlag, dass es das Dorf Loloi in den Shan-Staaten sein sollte. Vor einigen Jahren hatte der Sawbwa von Loloi einen Vertrag mit König Mindon Min geschlossen, der ihm bei den Shan-Aufständen die königliche Unterstützung sicherte. Seine Kinder wurden als Geiseln zum König gebracht, damit der Sawbwa sein Wort halten würde, was er auch tat. Er war immer ein ehrenhafter und zuverlässiger Anhänger König Mindon Mins, deshalb wurden ihm die sechs königlichen Kinder anvertraut.«

Königin Supalayat erhob ihre Hand, um ihn am Weiterreden zu hindern. »Wir sind uns all dessen sehr wohl bewusst, Captain de Veres-Vorne. Aber es bleibt eine Tatsache, dass die Kinder, wie man bei Ihnen sagt, entführt wurden. Es gibt kein von König Mindon Min unterzeichnetes Dokument, das die Entfernung der Kinder vom Hof anordnet. Können Sie ein solches Dokument vorweisen? Das wäre der Beweis, den wir brauchen.«

Er runzelte die Stirn. »Nein, Madam, ich habe kein solches Dokument. Ich habe nur ein Stück Papier, das die Verbannung von sechs Kindern des Königs nach Indien anordnet.«

»Sie haben die Abschrift einer solchen Anordnung, Captain, wir haben das Original. Mit welchem Recht wurden nun die Kinder vom Hof von Ava auf Ihrem Schiff, der *Belle Hélène*, nach Loloi gebracht?«

»Es war Mindon Mins Befehl, Madam. Das Verbannungsurteil war eine Täuschung. König Mindon Min war die äußerste Geheimhaltung wichtig, um das Leben seiner Kinder nicht zu gefährden.«

»Warum hätten sie denn in Gefahr sein sollen?«

Es lag eine ungeheure Spannung im Raum. Angela schloss ihre Augen, während Matthew seine beschlagene Brille putzte. Er würde doch, um Himmels willen, der Königin von Burma nicht ins Gesicht sagen, dass sie eine Mörderin wäre, dachte Angela.

Aber glücklicherweise zögerte selbst Nathan bei seiner Antwort auf diese Fangfrage: »Welche Gefahr auch immer König Mindon Min für seine Kinder voraussah, war ganz allein seine Sache. Ich habe nicht danach gefragt, sondern habe lediglich den Befehl ausgeführt. Er bat mich, mein Schiff seiner Familie zur Verfügung zu stellen, und das tat ich. Es gibt daher keine Unterlagen. Es war lediglich eine mündliche Abmachung zwischen dem König von Burma und mir, seinem Untertanen. Ich habe ihm nach bestem Wissen und Gewissen gedient.«

Die Königin verbarg ihre Verachtung Nathan gegenüber nun gar nicht mehr: »Captain de Veres-Vorne, war das tatsächlich so? Sie wurden tatsächlich zu König Mindon Min gerufen, um ihm einen Gefallen zu tun? Das beeindruckt mich tief. Verzeihen Sie, Captain, aber warum sollte der König von Burma ausgerechnet Sie, einen Ausländer, keinen Buddhisten, sondern einen weit bekannten Söldner und Beutejäger, auswählen, um ihm diesen besonderen Gefallen zu tun?«

»Vielleicht, Madam, weil ich ein Dampfboot besaß, mit einer Shan-Prinzessin von Loloi verheiratet bin und einen Schwiegervater hatte, der dem König einst schwor, zu jeder Zeit sein treuer Gefolgsmann zu sein. Vielleicht traute er mir auch, weil ich mich in diesem Land neutral verhalte.«

Sie befeuchtete ihre Lippen. König Thibaw schien die ganze Angelegenheit nur zu langweilen.

»Wie erklären Sie sich dann, dass an Bord Ihrer *Belle Hélène* Rubine im Wert von vielen Tausend Rupien gefunden wurden, wenn dies nicht die Bezahlung für die Entführung der Kinder gewesen ist?«

»Ich habe keine Ahnung, Madam. Vielleicht hat sie jemand dort deponiert, um mich verdächtig zu machen. Ich habe nichts anderes bekommen als Mindon Mins Segen. Alles Gold ging direkt an den Sawbwa von Loloi als Bezahlung für die Unterbringung und das Gehalt für die Lehrerin, die sich um die Kinder kümmerte.«

Die drei auf dem Podest warfen schlaue Blicke in Angelas Richtung. Sie wusste nun, warum man sie hierher ›eingeladen‹ hatte. Offenbar war jeder, der auch nur entfernt etwas mit Loloi zu tun hatte, verdächtig. »Die einzigen Rubine, die ich besaß, waren die fünf, die mir mein Schwiegervater, der Sawbwa von Loloi, gegeben hatte, damit ich ihm dafür Ware aus Kanton bringen sollte«, erklärte Nathan.

»Das bringt mich auf einen anderen Aspekt Ihres Verrates«, sagte die Königin. »Der Sawbwa von Loloi hat sich in Staatsangelegenheiten eingemischt – unseres Staates, des Königreichs von Ober-Burma. Als Herrscher einer unabhängigen Enklave hatte er kein Recht, das zu tun. Alle diplomatischen Verhandlungen hätten auf offiziellem Weg erfolgen sollen. Er hatte überhaupt kein Recht, unsere Kinder, Prinzen und Prinzessinnen des Hofes von Ava, bei sich aufzunehmen. Das allein erfüllt schon den Tatbestand des Verrates!« Ihre Stimme war immer höher geworden, und jetzt klang sie schon wie ihre Mutter, die Nathan vor ein paar Monaten verhört hatte.

In die unheimliche Stille hinein, die nach ihren letzten Worten eingetreten war, sagte Nathan ruhig: »Und das dürfte ja wohl der Grund sein, warum Sie ihn durch bezahlte Söldner köpfen ließen, Madam, ihn, der immer König Mindon Mins treuer Gefolgsmann war und der immer nach Ihren Abmachungen gehandelt hat.«

Oh Gott, dachte Angela. Sie hörte Matthew tief Luft holen und spürte die Spannung von Nanette Gideon. Tu das nicht, Nathan, tu's nicht! Lauf nicht die ganze Zeit dem Tod nach!, dachte sie.

König Thibaw begann herumzuzappeln. Königin Supalayat hob ihr Opernglas und blickte Nathan eine Weile stumm an. Dann lehnte sie sich herüber, um etwas zum Taingda Mingyi zu sagen. Er trat neben sie und verbeugte sich tief, während er ihr den Parabaik überreichte, den Matthew Sinclair an diesem Nachmittag dem Hlutdaw gebracht hatte. Die Königin entrollte die Urkunde, hielt sie hoch, sodass alle sie sehen konnten: »Auf diesem Dokument haben Sie alle Vorwürfe zugegeben, die gegen Sie erhoben wurden, Captain de Veres-Vorne.« Ihr Lächeln war katzenartig hinterhältig und triumphierend. Angela konnte ein Schaudern nicht unterdrücken. Man konnte Supalayat nicht trauen. Es war nicht verwunderlich, dass der König es ihr überließ, zu sprechen und die Zuhörer zu verängstigen. Wenn die Geschichten über Königin Sinpyumashin wahr waren, dann war Supalayat ganz gewiss ihre Tochter. »Ist das Ihre Unterschrift?«, fragte sie, indem sie auf den Parabaik tippte.

»Ja, Madam«, antwortete er unerschüttert.

»Sie behaupten also immer noch, dass Sie unschuldig sind? Dass keiner dieser Vorwürfe gegen Sie zutrifft und dass Sie in gutem Glauben und aus Treue gegenüber meinem Vater, König Mindon Min, so gehandelt haben?«

»Ja, Madam.«

»Setzen Sie üblicherweise Ihre Unterschrift unter Dinge, mit denen Sie nicht einverstanden sind, Captain?«

»Häufig, Madam. In Burma jedenfalls.«

Sie starrten sich an. Dann blickte sie zur Seite und reichte die schmutzige Rolle dem Taingda. »Vernichte das!«, wies sie auf Burmesisch an.

Angela war nicht die einzige der Anwesenden, die nicht sogleich verstand, was sie gesagt hatte. Der Taingda sah seine Königin an, versuchte zu lächeln, was ihm nicht gelang, und stammelte mit einem schwachsinnigen Blick: »Ich … entschuldigen Sie, göttliche Majestät … ich habe das doch sicher missverstanden …«

»Ich sagte, vernichten Sie das«, fuhr sie ihn an.

»Sofort, Königin, sofort.« Er verbeugte sich mehrmals zu ihren Füßen, bevor er kniend wieder zu seinem früheren Platz hinter dem Podest zurückkroch.

Sie alle waren völlig perplex und wagten kaum, sich anzusehen. Die volle Bedeutung ihrer Worte wurde Angela nicht klar, bevor die Königin wieder auf Englisch fortfuhr: »Captain de Veres-Vorne, Sie werden hiermit begnadigt und können gehen, wohin Sie wollen. Der britische Botschafter in Mandalay, der sich so für Ihre Angelegenheiten eingesetzt hat, wird sogleich über die Begnadigung informiert werden. Nur die königliche Milde erlaubt es, Sie hier als freien Mann zu entlassen. In diesem Monat unserer Krönung aber wollen wir die Verbrechen unserer Untertanen, aber auch die der Ausländer, die unser äußerstes Missfallen erregt haben, vergeben.« Sie machte eine bedeutungsschwere Pause. »Wir haben auch nicht die Absicht, Euch wiederum in Sagaing einzusperren oder Euch wegen Eurer nun vergebenen Verbrechen auszuweisen. Wir hoffen vielmehr, dass Sie bei uns im Königreich Burma bleiben und Ihren Handel auf dem Irrawaddy, wie Sie ihn zur Zeit des Königs Mindon Min betrieben haben, wieder aufnehmen.«

Sie wartete die Wirkung ihrer Worte ab. Alle vier Zuhörer lächelten befriedigt. Sogar König Thibaw lächelte die Schwester der Königin an. Die Königin selbst lächelte nicht.

»Captain de Veres-Vorne«, sagte König Thibaw, der offensichtlich sehr erleichtert war, dass diese Angelegenheit mit dem Shwe Nat endlich ein Ende hatte, »irgendwann einmal müssen Sie kommen und mir von König Geronimo, dem großen Apachenhäuptling, erzählen. Ich glaube, er ist sehr mutig und reitet ein Pferd wie der berühmte Krieger Tamerlan.«

Königin Supalayat unterbrach ihn: »Captain, wir haben gehört, dass die Briten viele neue Geschäfte in Rangun aufmachen. Man hat uns gesagt, dass die verschiedensten Waren aus der ganzen Welt in diesen Geschäften zu haben sind. Wir würden so etwas auch sehr gerne hier in Mandalay haben. Es gibt ein angemessenes Gelände für ein solches Warenhaus draußen beim Sinzwe Basar. Sie würden eine besondere Genehmigung bekommen, solch ein Geschäft zu eröffnen.«

»Danke, Madam. Ich muss aber zuerst den Preis für das Grundstück wissen. Es könnte sein, dass ich nicht genug Geld habe, es zu kaufen und darauf zu bauen.«

Königin Supalayat zuckte mit den Schultern und fingerte geistesabwesend an ihrer perlenbesetzten Stola herum, ohne ihn anzusehen.

»Den Preis haben Sie schon bezahlt«, murmelte sie. Dann drehte sie sich weg, in dem Wunsch, diese Audienz zu beenden. In die unheimliche Pause hinein, die auf ihre letzte Bemerkung gefolgt war, fragte Nathan:

»Welcher Preis ist bezahlt worden, Madam? War es Loloi? Die englische Lehrerin Miss Lydell? Der Kopf des Sawbwa von Loloi? Das Leben der Kinder des Königs? Welchen Preis meinen Sie, Madam? Ich sollte mein Leben gegen das meiner Frau und meiner Kinder eintauschen ...« Dann erbleichte er. Er sprang von seinem Kissen auf, als er die volle Bedeutung ihrer Worte verstand. Angela, von diesem Nervenkrieg erschüttert, fing an zu zittern, als sie sah, dass die königlichen Wachen, die sich bis jetzt unsichtbar zurückgehalten hatten, auf Nathan zugingen.

Matthew erhob sich auch aus seinen Kissen. »Bleiben Sie sitzen, ich bitte Sie«, zischte er Nathan an. »Lassen Sie mich das in Ordnung bringen.« Er verbeugte sich vor dem König und der Königin. »Eure Hoheiten, es war abgemacht, dass Captain de Veres-Vorne sich stellen würde im Austausch gegen seine zwei Söhne und seine Frau Minthami.«

»Das ist richtig, Mr. Sinclair«, sagte Königin Supalayat.

»Dann verlasse ich mich darauf, dass Sie in keiner Weise verletzt worden sind, und ich wäre Ihnen sehr dankbar, wenn Sie sie mir ohne weitere Verzögerung übergeben würden.«

»Prinzessin Minthami und ihre zwei Söhne sind hier niemals als Gefangene gehalten worden.« Die Königin wirkte durchaus so, als ob ihr das Katz- und Mausspiel gefiele, wenn nur der Einsatz hoch genug war.

»Das verstehe ich nicht, Madam«, sagte Matthew, dem der Schweiß von der Stirn tropfte und dessen Brille völlig undurchsichtig war.

Königin Supalayat begann schrill und hoch zu lachen. Sie klatschte vor Vergnügen in die Hände. Ihre Schwester lächelte ebenso wie der König, der sich vor den Ausländern offensichtlich unwohl fühlte. Angela begann Mitleid mit ihm zu haben, ihm, der so völlig im Schatten seiner kleinen, aber dominanten Königin stand.

Nathan starrte sie gefährlich an, aufsässig wie immer. »Ich will wissen, was mit meiner Frau und meinen Söhnen passiert ist.«

»Beruhigen Sie sich, Captain de Veres-Vorne.« Die Königin lächelte ihn an. »Ihr Blick deutet ja geradezu Königsmord an. Ich bin aber sicher, dass Sie nicht wahnsinnig genug sind, den dritten burmesischen Krieg anzufangen.« Immer noch vor sich hin lachend, wandte sie sich Nanette Gideon zu. »Mrs. Gideon, wie finden Sie die neue Mode meiner weiblichen Wachen? Finden Sie, dass die chinesische Art der Hosen praktischer ist?«

»Viel praktischer, Madam, für Frauen, die Männerarbeiten erledigen. Sie kamen mir noch nie besonders weiblich vor, auch in ihren burmesischen Röcken nicht.«

Die Königin, die Nanette immer noch anlächelte, klatschte in die Hände. Der Taingda eilte zu ihren Diensten: »Geben Sie Befehl, Captain de Veres-Vornes Söhne sofort zu ihm zu bringen.« Dann schickte sie ihren Ratgeber mit einer Handbewegung fort.

»Was ist mit Minthami?«, wollte Nathan wissen, der sich nicht herabließ, sie nach Vorschrift anzureden.

»Das wird nicht möglich sein ... also bitte, bitte, Captain, Ihr Leute aus dem Westen seid doch alle gleich, immer so zappelig!« Sie winkte ihn zu seinem Kissen zurück. »Ich bin es nicht, die Prinzessin Minthami von Ihnen fern hält, sondern der portugiesische Arzt, der sich um sie kümmert.«

»Um Gottes willen, was ist denn jetzt passiert?«

»Was Frauen leider gelegentlich passieren kann, Captain. Sie hat eine Fehlgeburt erlitten und muss liegen bleiben.«

»Wenn das der Fall ist, Madam, kann ich sie bitte sehen? Ich glaube Ihnen nämlich nicht.«

Wieder brach sie in Gelächter aus: »Ich finde Ihr Benehmen ungeschliffen, Captain, aber immerhin amüsant. Nein, Sie können Ihre Frau, die sich im Wohnflügel der Königin befindet, nicht sehen. Kein Mann außer dem König darf diese Räume betreten. Ich werde aber Mrs. Gideon und Miss Featherstone erlauben, Prinzessin Minthami zu besuchen. Sie werden sich sicher dafür verbürgen, dass es ihr gut geht. Sie werden sogleich zu ihr geführt werden. Inzwischen werden Ihre Söhne kommen, und Sie können sie mit nach Hause nehmen. Nun werden wir diese Audienz beenden. Danke, dass Sie gekommen sind. Wir wünschen Ihnen eine gute Nacht.«

Es war fast Mitternacht, als die drei gingen.

Intermezzo

Der Sayadaw, der weise und gelehrte Lehrer des Klosters von Sasana, hatte niemals einen so gewissenhaften Schüler gehabt. Noch nie war eine Engländerin zu ihm gekommen, die mit solcher Intensität den Pfad der Bescheidenheit, Entsagung, des Wissens und letztlich der Befreiung suchte. Er hatte sie aufgenommen, natürlich hatte er sie aufgenommen. Aber er enthielt sich noch eines Urteils, während er sie weiter bei ihren geistigen Übungen wie ein fürsorglicher Vater beobachtete. Von diesem Kloster aus sollte das Wissen über Buddhas Lehren verbreitet werden, wie schon sein Name Sasana besagte.

Die Novizin in der Bibliothek von Sasana legte die Urkunde mit den Gedichten eines buddhistischen Königs zur Seite. Der Text war im heiligen Pali geschrieben und in einem Tempel in Süd-Burma gefunden worden. Sie studierte Pali, genau wie sie ihr gesamtes Leben studierte: Die bloße Existenz war nichts als Unglück. Unglück wurde durch selbstsüchtige Wünsche und Begierden hervorgerufen. Begierden konnten besiegt werden, indem man dem achtfachen Pfad folgte, der am Ende zur Befreiung führte.

Für diesen Morgen hatte sie genug studiert, sie war hungrig. Es wurde auch langsam Zeit zu essen, denn von elf Uhr vormittags an musste man, wenn man die Heiligkeit anstrebte, fasten.

Die helle Sonne draußen brannte in ihren Augen. Aber die Arbeit in der etwas düsteren Bibliothek hatte durchaus ihre Vorteile, vor allem bewahrte sie sie vor abwegigen Gedanken. Bevor sie selbst etwas aß, musste sie noch die heiligen Tauben am Teich der Pagode füttern. Sie hatte sich dies zur täglichen Aufgabe gemacht.

Amagyi-Angela, die buddhistische Novizin, krümelte Brot in das dunkelgrüne Wasser, das von den Bäumen auf dem Hügel überschattet wurde. Das Sonnenlicht verfing sich in ihren rotgoldenen Locken, die knabenhaft kurz geschnitten waren. Bei ihren Gelübden würde ihr der Kopf kahl geschoren werden. Sie würde dann anstatt des weißen ein rosa Gewand tragen und für den Rest ihres Lebens barfuß gehen. Manchmal beschäftigte sie der Gedanke, sich von der Welt zu befreien, in die sie geboren worden war, so sehr, dass sie ganz schnell den Sayadaw aufsuchen musste, um sich von ihm in ihrem Glauben und ihrer Entschlossenheit bestärken zu lassen. Ihm gelang es immer, sie wieder zu überzeugen, dass sie die richtige Entscheidung getroffen hatte.

Das leise Geräusch so vieler Füße, die über die ausgetretenen Fliesen des Klosters hin und her eilten, waren für sie wie ein Gebet, das ihren Geist von neuem belebte. In äußerster Zufriedenheit unter all diesen Schülern Gautama Siddhartha Buddhas fütterte sie ihre Tauben. Ihre schwarze Lackschüssel stand auf der niedrigen Umrandung des Teiches. Sie hatte den Deckel abgenommen, um die Gaben der Gläubigen zu empfangen. In Burma würde sie niemals verhungern, das wusste sie.

Ungewöhnliche Schritte, das Geräusch von ledernen Schuhen auf dem Boden, störte ihre Ruhe. Aus dem Augenwinkel konnte sie eine sehr vertraute Hand sehen, die Kirschen in ihre Schale warf.

»So! Also hat ein Engel ohne Flügel die asiatische Kunst erlernt, Gott zum Werkzeug seiner Absichten zu machen. Wie geht's dir, Angela?«

»Ich bin zufrieden, Nathan. Buddhisten haben übrigens keine Götter, allenfalls Schüler.«

»Um ehrlich zu sein, dachte ich, du würdest das alles nur zwei Wochen durchhalten und dann aufgeben. Du bist auf jeden Fall hartnäckig. Oder vielleicht wäre stur das bessere Wort.«

Sie wandte ihm ihre kühlen, im Sonnenlicht aber strahlenden grünen Augen zu. Ihr Blick sollte Verständnis ausdrücken. »Ich freue mich über die Kirschen, Nathan. Danke für dein Geschenk. Ich bin sicher, dass deine Fürsorglichkeit belohnt werden wird.«

»Warum machst du das, Angela?«

»Was mache ich?«

»Du machst Matthew in der ganzen Stadt lächerlich.«

»Das war nicht meine Absicht.«

»Du bringst auch deinen Onkel Adrian langsam um. Er ist entsetzt über dein Verhalten – ich übrigens auch.«

»Nathan, wenn du diese tausend Treppen hier nur heraufgestiegen bist, um mich zu quälen, dann geh schnell wieder hinunter und lass mich allein.«

»Ich möchte um alles in der Welt wissen, warum du dir das antust. Ein kahler Schädel und Flamingorosa passen wirklich nicht zu dir. Außerdem bin ich sicher, dass du zu denen gehörst, die am Leben teilhaben wollen, nicht zu den Drückebergern. Du wirst hinter Klostermauern niemals glücklich oder zufrieden sein.«

»Nathan Vorne! Ich habe keinerlei Bedürfnis, mir weitere Beleidigungen von dir anzuhören.« Sie hob ihre schwarze Schüssel auf und knallte den Deckel darauf. Dann ging sie einige Schritte hinunter zu einer niedrigen Marmorbrüstung neben einem kleinen Buddhaschrein. Sie hoffte, er würde gehen.

Nathan folgte ihr: »Um Gottes willen, Angela, der Scherz geht jetzt schon weit genug. Ich rate dir wirklich, schnell diese Treppen hinunterzugehen und Matthew Sinclair zu heiraten, der der netteste Mann diesseits von Suez ist.«

Sie blickte über die Stadt hinaus, die Ellbogen auf die Brüstung gestützt. Man konnte nach Osten bis zu der kobaltblauen Bergkette des Shan-Gebirges blicken, nach Süden und Westen über die Palastbefestigungen hinweg auf den Irrawaddy, der in großen Bögen und vielen Nebenflüssen durch den dichten Dschungel pulsierte. Mandalay war dabei, sich auszubreiten, die Bauarbeiten innerhalb und außerhalb der Befestigungsmauern nahmen langsam, aber sicher Gestalt an. »Ich sehe, du hast keine Zeit verloren, deinen Anspruch auf ein wirklich königliches Stück Land im besten Teil der Stadt durchzusetzen, Nathan Vorne.« Sie klang ein wenig amüsiert. »Jetzt legen sie schon das Fundament für deinen neuen Laden. Du wirst dich bald für größere Dinge rüsten.«

»Und was missgönnst du mir noch, Amagyi-Angela?«

Sie wirbelte herum, diesen Ton konnte sie nicht im Geringsten leiden: »Wie kannst du so etwas sagen, Nathan!«

»Aha!« Er grinste sie breit mit erhobenem Zeigefinger an. »Der alte Kampfgeist ist also immer noch vorhanden. Was lehren die Buddhisten – ›wie der Tautropfen im glänzenden Meer aufgeht‹? Meine Liebe, deine Individualität ist dir glücklicherweise noch nicht abhanden gekommen. Warum gibst du denn nicht all diesen Hokuspokus auf und wirst wieder Angela Featherstone, diese verdammt tolle Frau? Du wirfst dich weg, glaub mir. Du bist nicht dafür geboren, Nonne zu sein, sondern irgendjemandes Freundin, Verlobte, Frau, Geliebte, Mutter …«

»Wie geht's Minthami?«, fragte sie knapp.

»Es geht ihr besser. Daw Khin Htays Medizin hat Wunder gewirkt, als ihr nichts anderes mehr helfen konnte. Sobald sie wieder in der Lage ist, diese vielen Treppen zu steigen, wird sie dich besuchen.«

»Sag ihr, dass ich mich darauf freue. Ich muss jetzt gehen, Nathan.«

Die Klosterglocke hatte angefangen zu läuten. Sie rief zur Meditationsstunde. Angela ergriff ihre Bettelschüssel, wurde aber erneut von Nathan aufgehalten.

»Angela, Liebes, ich bin hier nicht heraufgekommen, um mit dir zu streiten. Ich wollte dir nur sagen, dass du eine ganze Menge Leute unglücklich machst mit dem, was du hier tust. Du verschenkst dich und dein Leben, wenn du buddhistische Nonne wirst. Das Leben ist nicht dazu da, hinter dicken Steinmauern verbracht zu werden. Wir müssen hinausgehen und ihm gegenübertreten, wenn es notwendig ist, auch um unsere Existenz kämpfen. Das ist alles, worum es im Leben geht. Aber jetzt hab ich genug gepredigt, weitere weise Worte überlasse ich lieber Edom Gideon. Warum ich eigentlich gekommen bin, ist, vorläufig Abschied von dir zu nehmen. Ich segle ein bisschen nach Indonesien, um ein paar Sachen einzusammeln – die Königin von Burma ist nicht die Einzige, die ihre dreißig Silberlinge haben will.« Sein Lächeln war nur schwach, aber deutlich genug, um ihr ins Herz zu dringen, was sie mit Sicherheit auf Abwege geführt hätte, wenn sie es zugelassen hätte. Sie war zu der Einsicht gekommen, dass Nathan Vorne sie genauso zerstört zurücklassen würde, wie Garabanda das getan hatte.

Sie hob ihren Kopf. Um sie herum läuteten im warmen Wind vom Irrawaddy tausende kleiner Pagodenglocken. Tausende und abertausende von Seelen lärmten, um von Buddha gehört zu werden. Hier war es kühler als unten in der flachen Ebene. Ein sanfter Wind spielte in ihren Haaren. »Was kann ich sagen, außer, dass du glücklich segeln und sicher zurückkehren sollst.« Angela lächelte seinen blauen Augen zu und wusste, dass er unendlich weit von ihren Vorstellungen entfernt war, sein Gesetz nur aus sich selbst nahm und niemandes Untertan sein konnte.

»Sayonara, Amagyi-Angela.« Dieser schöne japanische Abschiedsgruß zusammen mit seinem rätselhaften Blick, eine Mischung von Zweifel, Hoffnung und noch etwas, das sie sich nicht erklären konnte, ausdrückend, verwirrte sie. »Sayonara, Süße.«

Als sie den überdachten Weg zum Kloster zurückging, dachte sie über ihn nach. Für ihn war das Leben immer eine Schüssel voller Kirschen gewesen. Sie betete für ihn und betete, dass die Winde von Java ihn sicher nach Mandalay zurückbringen würden.

Fluss der Edelsteine

1885–1886

Fünfzehntes Kapitel

1

Anicca, Dukkha, Anatta: Unbeständigkeit, Leid, Nichtigkeit: Das Leben ist Wechsel, das Leben ist Begierde, das Leben ist Schmerz. Wenn die Begierde aufhört, hört der Schmerz auf.« Die Nonne meditierte.

Plötzlich fiel ihr wieder ein, dass der König von Burma ihr seine alte Kamera gegeben hatte. Wie gut konnte sie sich noch an seine Bemerkung erinnern, dass »sie einfach keine brauchbaren Fotos machte«. Es war kaum zu glauben, dass seither fast sechs Jahre vergangen waren, seit diesem erinnerungswürdigen Tag – ihrem ersten in Mandalay.

Das Stativ ihrer Kamera würde in dem starken Wind keine Minute stehen bleiben. Angela entschloss sich, wieder zusammenzupacken und einen weniger stürmischen Tag abzuwarten, um das Warenhaus des Shwe Nat zu fotografieren.

Königin Supalayat hatte Angela beauftragt, das große, neue Geschäft, das Captain de Veres-Vorne in Mandalay eröffnet hatte, aufzunehmen. Sie hatte in der *Rangun Gazette* einen Artikel über Ranguns erste Veres-Vorne-Company gelesen und wollte auf keinen Fall, dass ihre Stadt ins Hintertreffen geriet. Sie teilte Angela mit, dass sie Mandalay von seinem Ruf primitiver Rückständigkeit befreien wollte, damit es bis in den Süden Burmas, vielleicht sogar bis nach London Anerkennung finden würde. Sie hatte daher einen Bildband über Mandalay in Auftrag gegeben, und Angela sollte die Fotografien machen.

Als sie über einigen Versuchsfotos saßen, wie Angela sie nannte, hatten Königin Supalayat und der Taingda Mingyi sie unter etwas verlegenem Lachen hin und her gedreht, um ihr dann zu sagen, dass dies ›nicht ganz‹ das sei, was sie der Welt zeigen wollten. »Wir hätten gern etwas Originelleres, das sich diese Briten in ihre englischen Pfeifen stopfen und rauchen können«, hatte die Königin erklärt. Angela verstand nicht, wie das gemeint war. Sie wusste lediglich, dass es sehr schwierig war, es dieser Königin recht zu machen. Ihr bereitete es anscheinend Freude, aus irgendeinem Einfall heraus Leute mit irgendwelchen Aufträgen hierhin und dorthin zu schicken. Manchmal sandte sie Angestellte sogar bis nach Paris, um ein Parfüm, Schmuck oder Kleider, die sie in irgendeinem Modeheft oder in einem Katalog gesehen hatte, für sie zu holen. Wenn sie ihr dann nicht gefielen, schickte sie sie sofort nach Paris zurück.

Ramur, der drawidische Empfangschef im Warenhaus des Shwe, der mit den Kaufleuten der Bond Street und der Fifth Avenue gut bekannt war, griff blitzschnell nach Angelas Stativ und Kamera, die gerade umzufallen drohten. Er reichte sie ihr mit einer Verbeugung und einem breiten Grinsen zurück: »Es ist wieder der Krakatoa, der die See in Aufruhr bringt. Deshalb haben wir diesen Sturm in Mandalay. Es ist besser, Amagyi-Angela, wenn Sie nach Hause gehen und das Fotografieren auf später verschieben.«

»Ich glaube, das ist eine vernünftige Idee, Ramur. Können Sie mir helfen, meine Sachen zusammenzupacken? Guten Morgen, Mrs. Wandersmeith, Miss Stuttgart. Das ist ein Wind, was?«

Sie warfen zwei Münzen in ihre Schale: »Ich dachte immer, dass Nonnen celebretär sein müssten«, meinte Vanda Wandersmeith zu Nancy, als sie durch die Glastüren von Nathans Warenhaus dem Staub von Mandalays Straßen zu entkommen suchten. Sie schüttelte den Kopf über Ramur, der sich um die britische Nonne und ihr Eigentum bemühte.

»Zölibatär, meine Liebe, zölibatär.« Sie blickte nervös über die Schulter zurück, da sie wusste, wie sehr Vanda mit ihrem lauten Reden die Leute verletzen konnte.

»Das ist eine Fischart, Nancy.«

»Nein, Vanda, Sie meinen vielleicht Heilbutt.«

Sie stießen beinahe mit einem Herrn zusammen, der das Warenhaus mit dem Tropenhelm unter dem Arm gerade verließ. Mit breitem Grinsen verbeugte er sich höflich vor den Damen und hielt ihnen die zweite Glastür auf. »Also, wenn das nicht Captain de Veres-Vorne ist!«, sagte Vanda, während Nancy nervös schwieg. »Ich bin froh, dass Sie zurück sind, Captain. Ich wollte Ihnen sagen, dass Ihre Aufzüge nicht funktionieren.«

»Oh, was ist denn da schon wieder passiert?«, fragte er mit gerunzelter Stirn. »Ich bin gerade mit ihnen gefahren, mit dem einen aufwärts, mit dem anderen abwärts. Sie schienen ganz in Ordnung zu sein. Aber im Zweifelsfall wird Ihnen Ramur zeigen, wie ... Ach, entschuldigen Sie mich, ich möchte noch ein Schiff erreichen.«

Vor dem Kaufhaus sah er eine Nonne, die sich eilig entfernte. Ihre rosa Gewänder konnten Angelas Figur nicht verbergen. »Amagyi-Angela, halt, wozu die Eile?«

»Guten Morgen, Nathan, ich wusste nicht, dass du wieder in Mandalay bist. Wie geht es dir?«

»Gut, Angela, gut. Wie geht es dir? Lass mich etwas von deiner Fotoausrüstung tragen. Du bist ja völlig beladen.«

»Nein, nein danke. Ich komme alleine zurecht«, erwiderte sie etwas atemlos.

»Dann bleib wenigstens stehen und rede ein paar Minuten mit mir. Ich werde dir verdammt noch mal in diesem Sturm nicht auch noch nachrennen.«

Mit gesenktem Kopf, ihr Gewand wie einen Schleier um ihre langen Beine gehüllt, stand sie vor ihm. Der Wind hatte ihre Kapuze von dem rasierten Schädel geweht. Sie fühlte ihr Blut bis in den Kopf hinauf pulsieren. »Geh weg. Nathan, lass mich allein. Fünf Jahre sind eine sehr lange Zeit, ich glaube, ich habe vergessen, wie man mit dir reden muss.«

»Und ich glaube, dass ich mich niemals auf dich verlassen konnte, Amagyi-Angela.«

»Du hast mich niemals richtig gekannt, Nathan.«

»Verflucht noch mal, Angela! Wirst du endlich stehen bleiben?« Er ergriff sie am Ellbogen und hinderte sie an ihrer Flucht durch die Straßen von Mandalay hinauf zu ihrem Refugium oben auf dem Hügel. »Warum läufst du vor mir weg?«

»Ich laufe nicht weg. Ich muss zurück zum Kloster. Ich muss für den Sayadaw einige Handschriften bearbeiten.«

»Deine Pali-Handschriften sollen zum Teufel gehen und auch der alte Mann, den du bestochen hast, damit du in Sasana bleiben kannst.«

»Wie kannst du das sagen, Nathan Vorne?«

»Ach, hör doch auf, Angela, jedermann in Mandalay weiß, dass du auf deine Erbschaft, auf die deines Vaters und die deines Onkels Adrian verzichtet hast, damit du weiterhin in diesen lächerlichen Klamotten herumlaufen kannst. Warum nur, Angela? Das wüsste ich gerne.«

»Das wirst du niemals verstehen. Und nun lass mich bitte allein, Nathan. Verschwinde nach Rangun oder wo du auch sonst in den letzten fünf Jahren gewesen bist.«

»Amerika, Irland, Java, Kanton. Ich bin überall gewesen, Amagyi-Angela, ist das eine Antwort?«

»Das interessiert mich wirklich nicht, Nathan.«

»Oh doch, das interessiert dich, verflucht noch mal, wirklich.«

»Mein Gott, du bist doch noch eingebildeter, als ich gedacht habe.«

»Müsste es nicht heißen ›oh mein Buddha‹, wenn man bedenkt, wie du als einzelner Tropfen in sein glänzendes Meer geflossen bist?«

Sie standen auf dem Pflaster und warfen sich grimmige Blicke zu.

»Das Mädchen, die Missionarin und die Missy-Sahib … Wie sehr habe ich mich doch geirrt, Angela.« Ihr wurde auf einmal klar, wie dumm sie sich benahm. »Lass das … Lass das doch bitte, Nathan.« Sie zog ihre Kapuze wieder über den Kopf und bückte sich, um ihre Kamera aufzuheben, die sie in einem Wutanfall, wie sie sich seit ihrem Eintritt ins Kloster keinen mehr gestattet hatte, zu Boden geworfen hatte. Und sie war sich so sicher gewesen, ihre Gefühle im Griff zu haben.

»Du machst also immer noch Fotos«, bemerkte er ironisch.

Mein Gott, dachte sie, was für eine nutzlose Unterhaltung nach all diesen Jahren. Aber, was soll man schon sagen, wenn man eigentlich viel zu viel zu sagen hat? Nichts, einfach nichts …

»Tust du das für die königliche Familie oder aus Gemeinnützigkeit?«

»Beides eigentlich. Das Geld, das ich für meine Arbeit bekommen würde, geht ans Kloster. Ich sagte ›würde‹, weil Supalayat jetzt für das Schatzamt verantwortlich ist, und sie zahlt niemals, wenn es sich um an sie gerichtete Rechnungen handelt.«

»Dann werde ich ihr wohl besser etwas dafür berechnen müssen, dass sie meinen Laden dafür missbraucht, ihr Ansehen in der übrigen Welt aufzumöbeln. Ich nehme an, dass du gerade den einzig richtigen Winkel gesucht hast, um Ramur genau vor den Doppeltüren meines Geschäftes aufzunehmen?«

»Ich war dabei, bis mir die beiden alten Tanten in die Quere kamen.«

Er grinste. »Amagyi-Angela, ich habe dich bis jetzt nicht erreicht. Ich gebe heute Abend ein kleines Fest. Es ist ja schließlich Weihnachten, kommst du bitte? Tu mir bitte den Gefallen. Fast alle Leute haben schon zugesagt.« Kaum hatte er das gesagt, wusste er, dass sie genau aus diesem Grund seine Einladung ablehnen würde. Sie wollte nicht mehr mit Leuten zusammentreffen, die sie von früher kannte.

»Es tut mir Leid, Nathan, ich kann nicht kommen. Der Sayadaw gestattet mir nur auszugehen, um Aufträge des Königs auszuführen. Ich muss um sechs im Kloster zurück sein.«

»Was für ein Quatsch.«

Sie überhörte diese Bemerkung: »Außerdem bedeutet mir als Buddhistin euer Weihnachten nichts mehr.«

»Das ist schon wieder Quatsch. Es ist eine Hauseinweihung. Wir feiern Taufe … ich bitte um Entschuldigung, aber man vergisst manchmal einfach, wie viele ›christliche‹ Wörter sich in die Sprache einschleichen … na, auf jeden Fall soll mein neues Hauses Whitewalls heißen. Was hältst du davon, Amagyi-Angela?«

Sie holte tief Atem. »Ich werde darüber nachdenken, Nathan.«

»Nicht nachdenken …« Er nahm sie bei der Hand, und für einen winzigen Augenblick waren das Feuer und die Sehnsucht wieder da. »Denk nicht nach, Angela, ich würde mich freuen, wenn du kommen würdest.« Angela blickte zu ihm auf: Er sah besser aus als je zuvor, aber auch arroganter, herrischer, seine Angst-einflößenden Züge hatten Kontur gewonnen. Dann zog sie ihre Hand zurück. »Ich weiß noch nicht, Nathan, aber jetzt muss ich wirklich gehen.« Sie nahm ihre Sachen wieder auf, einschließlich der Bettelschüssel mit den zwei Münzen, der milden Gabe der beiden von Edom Gideon bekehrten Damen.

2

Angela hatte nicht gewusst, dass sie so nervös sein konnte.

Alle hatten sich in Nathans Haus versammelt, die Sinclairs, die Tennent-Brownes, die kürzlich wegen einer Grenzangelegenheit nach Mandalay gekommen waren, ein Mann namens Buchanan, die Sundevavas, Ma Ngwe und U Po Thine. Die Gideons fehlten, aber Angela nahm an, dass Edom Gideon Weihnachten mit seiner Gemeinde feierte.

Als Angela in der Marmorhalle, die den Blick auf den Fluss freigab, Nathan begegnete, fragte sie: »Wo ist Minthami? Ich habe erwartet, sie hier zu sehen.«

»Roi hatte letzten Monat eine Lungenentzündung. Sie wollte mit ihm nicht hierher reisen, bevor er wieder völlig gesund war. Deshalb sind sie in Rangun geblieben.«

»Oh, das tut mir Leid. Ich wusste nicht, dass er krank war.«

»Wie hättest du das auch wissen sollen? Ah, hier ist Leigh, darf ich ihn dir vorstellen?«

Diesen Nathan, den Gastgeber im Abendanzug, hatte sie nie kennen gelernt. Diese undefinierbare Anziehungskraft, die er schon bei ihrer ersten Begegnung auf sie ausgeübt hatte, empfand Angela an diesem Abend als besonders stark. Mit einem Mal war auch ihre seit so vielen Jahren in der Versenkung schlummernde Weiblichkeit wieder da, und sie wünschte sich, nicht so langweilig und unattraktiv auszusehen. Um sich von diesen so wenig buddhistischen Gedanken abzulenken, versuchte sie ihre Gefühle für Nathan nüchtern zu analysieren. Sie musste jedoch schnell einsehen, dass ihre wiedererweckten körperlichen Bedürfnisse sich ihrer so mühsam errungenen Vergeistigung in den Weg stellten. Von all den Männern, die sie in ihrem Leben getroffen hatte, war es nur ihm gelungen, Leidenschaft in ihr zu wecken. Und diese Leidenschaft war noch immer da, wie sie sich eingestehen musste. Andere Menschen besiedelten allenfalls leere Fleckchen auf der Landkarte ihres Leben, wie verschwommene Schatten auf einem Bild der Wirklichkeit. Nathan hingegen war scharf umrissen. Er war etwas ganz Besonderes, einzigartig, wesentlich – wie das Silbernitrat für die Entwicklung ihrer echten Fotos. Angela musste über sich selbst und diesen Vergleich schmunzeln. In diesem Moment beugte sich Nathan zu ihr hinüber und flüsterte: »Warum lächelst du?«

Sie lächelte nur zurück und schüttelte den Kopf.

Angela hatte die Ehre, zu seiner Rechten zu sitzen. Lady Tennent-Browne saß zu seiner Linken. Glücklicherweise hatte man die Sinclairs an das andere Ende der Tafel platziert, zusammen mit Sir Edwin.

Fünf Jahre lang hatte sich Angela nicht um ihr Äußeres gekümmert, aber an diesem Abend kam sie sich erschreckend auffällig vor in ihrem Flamingorosa, wie Nathan es einst boshaft bezeichnet hatte. Auch die übersprudelnden Bemerkungen von Blaize Tennent-Browne machten sie noch unglücklicher.

»Kleines, du siehst einfach göttlich in diesem Kostüm aus. Was für ein kluger Einfall, dieser verrückte Aufzug. Mrs. Sundevava, finden Sie nicht, dass Amagyi-Angelas Kopfputz ein kluger Einfall ist, er ist so niedlich – wie eine fantasievolle Verkleidung?«

Nach diesem bissigen Kommentar riss sie die gesamte Unterhaltung an sich, indem sie Nathans Gäste nach Belieben unterbrach und, was Angela nicht bezweifelte, auch in hohem Maße nervte. Sie begann auf ungeheuer rücksichtslose Weise, die Vergangenheit und die Zukunft aller Anwesenden zu sezieren. Den Anfang machte sie mit Leigh Buchanan.

»Wovon leben Sie eigentlich, Mr. Buchanan?«, wandte sie sich an den gut aussehenden jungen Mann zu ihrer Linken, der nur noch Augen für Milly Sinclair hatte, Matthews hübsche Schwester.

»Äh … Telegrafen, Lady Tennent-Browne.«

»Nennen Sie mich ruhig Bee, Leigh. Das hat in Manipur auch jeder gemacht. Dort ist es ganz anders als in Mandalay. Was für ein Ding ist so ein Telegraf? Ich weiß schon, was es ist, aber wie funktioniert diese Sache genau?«

»Man schickt Botschaften in Morsezeichen durch einen Draht, Madam.«

»Um Himmels willen, das hört sich ja nach Wäscheleine an. Captain de Veres-Vorne, es war so nett von Ihnen, Edwin und mich zum Dinner einzuladen. Ich liebe diese Weihnachtsabende. Allerdings ist es in diesem Land nie wie zu Hause in Tunbridge Wells. Eine herrliche Suppe. Schwalbennester, oder? Ah, Sie müssen gar nichts sagen, ich weiß es ja schon, denn wir waren letzte Woche bei einem chinesischen Bankett, und da gab es auch Schwalbennestersuppe, neben den fünfzehn anderen Gängen. Auf jeden Fall merkt man, dass dies nicht die gleichen Nester sind, wie man sie in englischen Hecken findet. Hätten Sie etwas dagegen, wenn wir Sie mit Nathan anreden? Captain de Veres-Vorne ist einfach zu unaussprechlich, wenn man den Mund voller Suppe hat.«

»Es ist mir ein Vergnügen«, murmelte er.

»Sie arbeiten hier auf eigene Rechnung, oder?«

»Ja, Madam, ich bin mein eigener Herr.«

»Oh, dieser freie Unternehmergeist!«, rief sie enthusiastisch und ließ ihre blauen Augen funkeln.

Angela senkte lächelnd ihren Blick auf ihre Schale mit der Schwalbennestersuppe, die erfreulich nach Spargel schmeckte. Matthew sah sie auf eine merkwürdige Weise an, während er vorgab, Edwins Statistiken über den grünen Star in Asien zuzuhören, die etwas veraltet waren, da sie noch aus der Zeit stammten, als er vor Jahren Militäraugenarzt gewesen war. Matthews Frau aber, eine dürre Gestalt mit käsigem Teint, die auf einem Fischdampfer nach Asien gekommen war, schien besonders an der Kindersterblichkeit in Indien und Burma interessiert zu sein. Angela dachte, dass ihr drittes Kind wohl bald kommen würde.

»Matthews indische Amme ist schuld an seinen schlechten Augen«, erzählte sie Edwin allen Ernstes. »Sie verhinderte nicht, dass Fliegen über sein Gesicht krabbelten, als er noch ein Baby war. Das führte zu einer Augenentzündung. Seine Mutter hat mir das alles genau erzählt. Deshalb verlassen wir uns nicht auf indische Ammen. Aus diesem Grund ist auch Milly von Coimbatore gekommen, um mir mit den Kindern zu helfen.«

Angela fing immer wieder einen Blick von Matthew auf, der sich offensichtlich dessen bewusst war, welche absurde Wendung ihrer beider Leben genommen hatte.

»Ja«, räusperte er sich, während Angela ein Stück Brot auf ihrem Dessertteller zerkrümelte, »Milly kümmert sich wunderbar um die Kinder.«

Blaize Tennent-Browne hatte sich wieder auf Nathans Beschäftigung eingeschossen. »Aber was tun Sie eigentlich genau, mal abgesehen davon, dass Sie in Ihrem kleinen Boot den Irrawaddy hinauf- und hinunterfahren?«

»Nathan besitzt das Shwe-Kaufhaus in Rangun und in Mandalay«, erklärte Angela, während Ko Lee, Nathans chinesischer Diener, ein Süßkartoffel-Gericht anbot. »Danke, Ko Lee.« Sie bediente sich.

»Handel, das ist ja interessant.« Lady Tennents Tonfall ließ ihre Worte Lügen strafen.

»Bee hatte gedacht, dass du zumindest der amerikanische Botschafter in Mandalay sein müsstest, Nathan.« Angela beugte sich wieder über ihr Essen.

»Angela, wie kannst du das sagen? Ich wundere mich manchmal wirklich, wie du dich in diesen Nonnenkleidern so zum Narren machen kannst. Wie sind Sie auf die Idee gekommen, ein Kaufhaus wie dieses mitten in den Dschungel zu setzen, Nathan?«

»Tja, Madam. Gott erschuf die Welt in sechs Tagen, und am siebten fügte er Burma als Postscriptum hinzu. Ich denke also, er hätte das Shwe-Kaufhaus gebraucht, um billige Werkzeuge zu kaufen und seinen eigenen Dschungel abzuholzen, anstatt das uns zu überlassen.«

»Es muss furchtbar schwierig sein, all diese Dinge von der Küste hierher zu schaffen.«

»Ich habe ja meine Dampfschiffe«, sagte Nathan.

»Dampfschiffe? Wie interessant! Entschuldigen Sie, Nathan, aber mir ist da ein kleines Gerücht zu Ohren gekommen, Sie wissen ja, wie das ist, dass Sie nämlich mit der Gräfin Keir verwandt sind?« Sie fuchtelte erwartungsvoll mit Messer und Gabel herum.

»Ja, sie ist meine Mutter.«

»Oh, das ist aber interessant! Ich hatte gedacht, dass Ihre Familie etwas mit Baumwollplantagen zu tun hatte und anderen finsteren Dingen, die nach der Sklavenbefreiung passiert sind.«

»Das stimmt. Meine Mutter hat aber noch einmal geheiratet, nachdem mein Vater gestorben war. Sie ging zurück nach Südirland und heiratete in den anglo-irischen Adel von Tipperary ein. Gott möge ihr verzeihen. Sie ist in ihre ursprüngliche Heimat zurückgekehrt. Das müsste Ihre Frage beantworten.« Nathans Miene blieb ungerührt.

Angela hatte Nathans ironische Replik auf Lady Bees Fragerei natürlich durchschaut, sie wusste, dass er sich über die offensichtliche und aufdringliche Neugier dieser Frau amüsierte. Genauso durchschaute sie, nach welchen Kriterien Lady Bee ihre Mitmenschen einschätzte: Nathan Vorne war in ihrem Ansehen um eine Klasse – nein um etliche Klassen – gestiegen, weil er mit der britischen Aristokratie verwandt war. Vorher hatte sie dagegen keinen Hehl aus ihrer Geringschätzung darüber gemacht, dass seine Person mit diesem bürgerlichen Wort ›Handel‹ assoziiert werden musste.

»Verkaufen Sie auch Fingerhüte, Nathan?«, fragte Lady Bee, plötzlich das Thema wechselnd.

»Nicht ich persönlich, aber ich glaube, dass mein Kaufhaus solche Waren vorrätig hat.«

»Dem Himmel sei Dank dafür. Niemand hier scheint ja zu wissen, was ein Fingerhut ist. Leigh, wo sind Sie ausgebildet worden?«

»In der Woolwich-Militärakademie, Lady Tennent-Browne.«

»Oh ja, das ist sehr interessant. Wo halten sich Ihre Eltern hier in Indien auf?«

»Früher waren sie in Kalkutta, aber jetzt haben sie sich nach Dehra-Dun zurückgezogen.«

»Oh ja, diese Forstschule. Voller Burschen, die sich um die Teakbäume kümmern. Das ist übrigens ein schrecklich guter Wein, Nathan.«

»Verdammt guter Wein, Captain!«, dröhnte Sir Edwin vom anderen Ende der langen Rosenholztafel, die, mit dem besten Silber und Kristall geschmückt, eine Zierde für Nathans Speisezimmer bildete. »Die Franzosen scheinen sich ja überall in Ober-Burma auszubreiten. Aber immerhin wissen sie, wie man einen anständigen Weinkeller anlegt.« Er erhob sein Glas. »Frohe Weihnachten für alle! Mr. Po Thine und ich hatten gerade eine sehr interessante Unterhaltung. Es ist ein verdammt harter Job, den Hlutdaw dazu zu bringen, mit der Grenzkommission von Kalkutta zusammenzuarbeiten. Mr. Po Thine, der die Dinge von beiden Seiten sieht, sagt, dass die Burmesen ganz erpicht darauf sind, wegen dieser

Grenzfrage die indischen Grenzposten anzugreifen. Ich nehme ihm das ab, aber er lässt sich nicht ausreden, dass der burmesische Standpunkt nichts als Anarchie ist.«

»Sie waren doch bei dem Treffen der Handelskammer von Rangun im Oktober, Nathan. Was haben sie beschlossen?«, wollte Matthew wissen.

»Es gab drei wesentliche Beschlüsse. Da Ober-Burma von König Thibaw und seinem Hlutdaw so schlecht regiert wird, dass es den Einwohnern schadet, sollte die Regierung Ihrer Majestät einschreiten, um für Recht und Ordnung zu sorgen. Sie beschlossen, Ober-Burma zu annektieren, oder, wenn das nicht möglich sein sollte, ein Protektorat einzurichten, das von einem der exilierten Prinzen regiert wird, vorzugsweise von einem, der auf der Seite der Briten steht. Das Problem ist, dass Nyaungyan Min, der in Kalkutta lebt, wohin ihn die Briten zu seiner eigenen Sicherheit gebracht haben, nicht die richtige Person ist, um jetzt Thibaws Nachfolger zu werden. Sein jüngerer Bruder, Prinz Nyaung Ok, der ebenfalls im Exil in Pondicherry lebt, hat Schwierigkeiten, sich den Franzosen zu entziehen, die ihm jede Menge Geld anbieten, damit er mit seinen Truppen nach Mandalay zurückkehrt.«

»Diese verdammten Franzosen«, sagte Edwin wütend. »Die werden noch einmal der Ruin von Indochina sein, einschließlich Ober-Burma. Merken Sie sich das! Sobald die Briten auch nur in einem Punkt nachgeben, werden die Franzmänner hier ihr Reich ausweiten. Sie wollen alle diese Länder unter ihre Kontrolle bringen.« Er ließ sich gehen, und Angela dachte, dass er sich besser an die Fruchtsäfte gehalten hätte, die auch U Po Thine und Mr. Sundevava aus religiösen Gründen bevorzugten. Sie selbst trank lediglich etwas Eiswasser. Die strengen Vorschriften bezüglich des Fastens waren ihr vom Sayadaw für diesen besonderen Abend erlassen worden.

»Was halten Sie von diesen Vorschlägen der Handelskammer?«, wollte Matthew von Nathan wissen.

»Um ehrlich zu sein, sehe ich nicht ein, was Ihre Regierung

oder sonst irgendeine mit der Verwaltung von Ober-Burma zu tun hat. Es wäre etwas anderes, wenn ihre Abscheulichkeiten und ihre Misswirtschaft direkt gegen die Briten gerichtet wären. Bis jetzt aber haben ihre Aufstände, ihre Raubzüge und ihre Morde nur ihre eigenen Leute betroffen. Die Briten können nicht einfach in irgendein fremdes Land einmarschieren und den König absetzen, weil sie seine Regierungsmethoden nicht mögen. Jedenfalls sehe ich das so. Bring den Nachtisch, Ko Lee.«

»Ja, Captain.«

Hatte Nathan Loloi so schnell vergessen, ihre Tante Emmy, seinen Schwiegervater, die Prinzen und Prinzessinnen des Hofes von Ava, die man für immer hatte verschwinden lassen? Was war mit den Dingen, die man ihm angetan hatte, Minthami und ihren Kindern? Sie sah ihn an. Er blickte sie an. Ihr Gesicht war ein einziges Fragezeichen. Warum nur, Nathan? Er zuckte kaum bemerkbar mit den Schultern, als ob er sagen wollte: »Das ist mir jetzt wirklich gleichgültig geworden, ich habe bekommen, was ich wollte.«

»Wünscht jemand etwas Crème Caramel? Es gibt auch Mandel-Soufflé oder frische Früchte. Bee, was möchten Sie haben?«

»Crème Caramel, bitte. Von Mandeln bekomme ich so leicht Ausschlag. Es war ein köstliches Essen, Nathan. Zu Ihrem Koch kann man Sie ja nur beglückwünschen. Ich habe solche Wachteln nicht mehr gegessen seit … letzter Woche. Spielen Sie Polo, Nathan?«

»Nein, Madam«, antwortete er reserviert.

»Das ist eine Schande! Edwin liebte es, Polo mit dem Radscha von Manipur zu spielen, nicht wahr, Liebling …? Edwin, ich sagte, dass du so wahnsinnig gern mit dem Radscha von Manipur Polo gespielt hast, stimmt's? Danke, Ko Lee, das reicht. Die Crème sieht herrlich aus, gerade richtig. Spielen Sie Polo, Leigh?« Sie probierte den Nachtisch, indem sie ein winziges bisschen der Crème auf die Zungenspitze nahm, um zu prüfen, ob ihr Ausschlag sich auch ohne Mandeln melden würde. Angela, Miss Latchmirandi und deren Mutter beobachteten sie höchst amüsiert.

»Nein, Lady Tennent-Browne, ich spiele auch nicht Polo«, antwortete Leigh.

»Oh Gott! Spielt denn hier in Burma überhaupt jemand irgendetwas?«

»Nur Solitaire«, antwortete Nathan. »Für etwas anderes ist es hier am Nachmittag zu heiß und zu schwül.«

»Oh weh, ich sehe, dass ich hier einiges ändern muss.« Nur widerwillig wandte sie den Blick von ihm ab. »Angela, wie kommt es, dass Sie solche Freiheiten genießen? Ich meine, Kleines, keine andere Nonne läuft mit der Kamera des Königs und goldumrandeten Einladungen in den Palast und nach Whitewalls in Mandalay herum. Das Dasein als Nonne in Burma kann doch wohl nicht nur aus einem geschorenem Kopf, bloßen Füßen und Aufopferung bestehen.«

Nathan räusperte sich, um Angela zu Hilfe zu kommen, bevor sie sich in Erklärungen verstricken konnte, die niemanden etwas angingen, am wenigsten Blaize Tennent-Browne. »Wenn die Damen mir hinüber folgen wollen, es wird Tee und Kaffee serviert.« Er begleitete sie hinaus. Sein freundliches Lächeln war einfach umwerfend. »Hier entlang, bitte.«

»Ja natürlich, mein Lieber, wir kennen ja den Weg.«

Die Männer blieben bei Brandy, Portwein und Zigarren unter sich. Angela hoffte, sich bald verabschieden zu können, und fragte sich, warum sie bloß der Versuchung erlegen war, hierher zu kommen, nach fünf Jahren. Dies war wahrlich nicht der richtige Ausflug für eine buddhistische Nonne gewesen, mit oder ohne königliche Erlaubnis.

»Sehen Sie Minthami gelegentlich, Amagyi-Angela?«, wollte Ma Ngwe wissen, die, seit sie einen bekannten Anwalt geheiratet hatte, noch dicker geworden war. Sie zündete sich eine lange, dünne Zigarette an, da sie, wie die meisten besser gestellten burmesischen Frauen, immerzu und überall rauchte

Angela lächelte sie an. »In letzter Zeit selten, Ma Ngwe. Minthami ist so selten in Mandalay.«

»Es tut mir Leid, dass Ihr Onkel, der Botschafter, vor lauter Sorgen über diese schlimmen Zeiten gestorben ist«, sagte Ma Ngwe.

»Sein Tod liegt ja nun schon eine Weile zurück, aber ich vermisse ihn noch immer sehr. Er war wirklich nicht der muffige alte Einzelgänger. Manchmal konnte er erstaunlich menschlich sein. Mir tut es sehr Leid, dass Ihre Tante Daw Khin Htay gestorben ist.«

Ma Ngwe, deren Wangen wie zwei hellrote Äpfel leuchteten, antwortete traurig: »Daw Khin Htay hat ihren Frieden noch nicht gefunden. Manchmal hört Ma Ngwe, wie ihr Geist auf dem Baum der Hoffnung sitzt, von wo sie mit ihrem Kind und dem König redet.«

Dieses Gespräch schien Blaize Tennent-Browne sehr merkwürdig, sie konnte ihm nicht folgen und wechselte daher das Thema. »Angela, erzähl mir doch ein bisschen über diesen fantastischen Nathan Vorne, der ja wohl einen Platz in deinem Kopf hat. Oh, schau mich nicht so finster an. Eine Frau kann ihre Gefühle für einen Mann, den sie, sagen wir mal ... bewundert, nicht verbergen. Was wollte ich sagen? Ach ja. Ist er wirklich mit so einer Art Eingeborenenprinzessin verheiratet?«

»Sie ist eine Shan-Prinzessin, Bee.«

»C'est la même chose«, murmelte Lady Bee. Sie setzte ihre Tasse ab. Dann schaute sie Angela, die merkwürdigste buddhistische Nonne, die sie jemals gesehen hatte, neugierig an. »Kann ihre Heirat überhaupt legal sein? Ich meine, er ist Christ und sie offenbar eine fromme kleine Buddhistin ... die Kirche kann ihre Heirat wohl kaum akzeptieren, außer sie wäre zum Christentum konvertiert, was offensichtlich nicht der Fall ist. Folglich sind sie nicht rechtmäßig verheiratet.«

»Ich habe keine Ahnung, Blaize. Was Nathan Vorne und Minthami tun, ist ihre Angelegenheit und geht niemanden was an.«

»Kleines, du magst dich ja selbst täuschen können, aber mich kannst du nicht täuschen. Ich habe ja die Blicke gesehen, die ihr euch zugeworfen habt, als ihr euch unbeobachtet gefühlt habt. Ach, ihr beiden da, Milly und Miss Latchmirandi, warum geht ihr nicht und spielt Mah-Jong oder I-Ging oder irgendetwas anderes. Dies ist eine Unterhaltung unter erwachsenen Frauen und nicht für eure kleinen Ohren bestimmt.« Die beiden Angesprochenen zogen sich nur widerwillig zurück und spielten in einer Ecke Klavier.

Clare Sinclair blieb unglücklicherweise neben Mrs. Sundevava und Ma Ngwe sitzen und lauerte auf alles, was Lady Tennent-Browne mit der Nonne zu besprechen hatte. »Ich rede von der Rechtmäßigkeit einer Ehe eines Christen mit einer Buddhistin. Hier gibt es keine Rechtmäßigkeit. Sie können nicht in der Kirche geheiratet haben, wenn sie ihren buddhistischen Glauben nicht abgelegt hat. Die Burmesen nehmen die Heirat nicht so ernst wie wir, die Frauen übernehmen ja nicht einmal den Namen ihres Mannes. Fragen Sie nur Ma Ngwe. Er lebt also nur mit ihr zusammen, folglich sind ihre Kinder unehelich, in anderen Worten Bastarde, ohne dass ich jemanden beleidigen möchte.«

Clare Sinclair schnappte nach Luft und lief rot an, während sie mit ihren kleinen Händen ihren gewaltigen Bauch hielt. Angela wusste zwar nicht, warum, aber sie empfand einen unwillkürlichen Widerwillen gegen Matthews ›arme kleine Frau‹. Wenn er wirklich aus der Enttäuschung heraus irgendjemanden heiraten musste, dann hätte er sich etwas Besseres suchen können.

Angela war über ihre plötzlich zu Tage tretenden starken Gefühle Matthew betreffend erstaunt, der ihr bisher ob ihrer eigenen selbstsüchtigen Sehnsüchte eher gleichgültig gewesen war. In diesem Moment bemerkte sie, dass sie ein in ihr tief verborgen liegendes Schutzbedürfnis für ihn empfand. Dass sein Wohlergehen wie sein Glück jetzt in der Hand einer anderen Frau lagen, ließ leise Selbstzweifel in ihr aufsteigen. Direkt mit der Person, die ihren Platz eingenommen hatte, konfrontiert, sah sie sich selbst, ihr Leben und demgegenüber das von Clare Sinclair. Sie beneidete diese Frau. Clare hatte jetzt die Geborgenheit und Sicherheit, die ihr, Angela, damals auf der *SS Tahara* versprochen worden war. Was war nur geschehen, dass sie all dies verspielt hatte? War es aufgrund des furchtbaren Erlebnisses im Jainta Pass? Oder war es wegen Nathan Vorne? Oder etwas anderes, das sie sich nicht erklären konnte? Anstatt sich der Suche nach der eigenen Seele im Kloster zu widmen, wäre es vielleicht besser, sie wäre jetzt an Clares Stelle. Dann wäre sie inzwischen an Matthews Seite fest in Mandalay verwurzelt, die gleiche Liebe für ihre Wahlheimat empfindend. Und hätte diese Liebe zu dem fremden Land auch nicht ihre Liebe zueinander mit eingeschlossen, so hätte Angela aber die Sicherheiten und Annehmlichkeiten, die jetzt Clare an ihrer Stelle genoss. Angela konnte dies alles nur ratlos wie eine Außenstehende betrachten. Plötzlich wünschte sie sich, dass ihr Leben anders verlaufen wäre.

Mrs. Sundevava hatte den Schlagabtausch zwischen der Nonne und der Lady voller Interesse verfolgt. Sie hatte schon viele Memsahibs wie Blaize Tennet-Browne erlebt, auch wenn diese vielleicht nicht ganz so extravagant gewesen waren. Blasse, gehässige und frustrierte Weibsbilder, die sich nicht einen Dreck für den Osten interessierten. Alle Zeit der Welt habend, verhätschelt von ihren Ehemännern und vielen Dienern, hatten sie einfach nichts anderes zu tun, als die Angelegenheiten ihrer Mitmenschen durchzuhecheln. Und an diesem Abend hatte es ausgerechnet den Gastgeber, Captain de Veres-Vorne, oder besser gesagt seine beiden dunkelhäutigen Söhne getroffen ... Nun, Mrs. Sundevava dachte nach und wartete. Ma Ngwe schaute etwas unglücklich aus der Wäsche, und Clare Sinclair weidete sich an dem offenkundigen Unbehagen von Matthews früherer Verlobter.

Angela setzte ihre leere Tasse ab. Sie fand, dass sie sich ganz gut gehalten hatte, angesichts der gemeinen Bemerkungen von Blaize, die die Unterhaltung nicht gerade angenehm gestaltet hatten. Bevor Blaize weiteres Gift verspritzen konnte, dachte Angela, dass nun der Augenblick gekommen sei, um allen höflich eine gute Nacht zu wünschen und sich zu verabschieden. Sie wollte sich gerade erheben, als plötzlicher Lärm auf der Veranda jedermanns Aufmerksamkeit auf sich zog.

3

Es ist alles in Ordnung. Gehen Sie doch bitte wieder hinein. Er möchte nur Matthew sprechen.« Nathan führte sie zurück ins Wohnzimmer, wo ihnen wiederum Getränke und Süßigkeiten gereicht wurden. »Singen Sie doch ein paar Weihnachtslieder.« Er schloss die Doppeltür zur Veranda zwischen sich und seinen Gästen.

Draußen flüsterte Matthew mit einem Burmesen, der wie ein Räuber zur Veranda heraufgeschlichen war: »Ba Say, ich bin wirklich sehr verärgert, dass du hier zu Captain Vornes Haus kommst. Wenn irgendjemand herausfindet, was du hier tust, dann sind wir alle fällig.«

»Es tut Ba Say sehr Leid, Thakin Sinclair«, flüsterte die Stimme aus der Dunklheit. »Aber Ba Say muss dem britischen Assistenten von Mandalay wichtige Dinge mitteilen.«

»Na gut, dann raus damit«, sagte Matthew gereizt, während er seine Brille abnahm und sie putzte. Nathan stand ganz in der Nähe und hörte aufmerksam zu, was Ba Say zu sagen hatte.

»Sie haben in der Stadt wieder mit den Aufständen angefangen. Viel Feuer, viele Leute tot. Sie haben versucht, die Bibelmission anzuzünden, aber der Prediger und viele Gläubige haben Feuer gelöscht. Auch Geschäft von Pathan Sundevava ist verbrannt.«

»Ist das alles?« Matthew setzte seine Brille wieder auf und steckte das Brillenputztuch ein.

Ba Say schaute beleidigt, da er nicht erkannt hatte, dass Matthew nicht die Absicht gehabt hatte, sich spöttisch zu äußern. »Ba Say riskiert sehr große Gefahr, weil er Neuigkeiten direkt aus der Höhle des Löwen bringt und Thakin Sinclair sagt, dass es einen Geheimvertrag mit den Franzosen über die Rubinminen und die Shan-Staaten gibt.«

»Warum hast du das nicht gleich gesagt? Ist in Ordnung, Ba Say. Ich komme sofort hinunter nach Mandalay. Geh jetzt.«

Ba Say verschwand wieder im Dunkel der Bäume. »Wir sollten

das mit seinem Geschäft dem guten alten Pathan wohl besser erzählen«, meinte Matthew zu Nathan, der die ganze Zeit im Hintergrund seine Pfeife geraucht hatte. »Ich muss jetzt zurück nach Mandalay, Nathan, tut mir Leid.«

Nathan nickte: »Die Pflicht ruft uns alle. Ich hole schnell Sundevava.«

Er war gleich mit dem Inder zurück, der lamentierte: »Oh mein Gott, jetzt haben sie mich wirklich erledigt, wenn all meine Zuckervorräte verbrennen. Es sind diese verdammten Boss, diese vom Taingda Mingyi bezahlten Räuberhäuptlinge. Ich habe ihr System von Korruption und Erpressung lange Zeit abgelehnt, ich habe ihr so genanntes Schutzgeld nicht bezahlt. Dafür haben sie jetzt mein Geschäft niedergebrannt. Das nächste Mal werden sie unser Haus anzünden. Die sind unglaublich bösartig. Entschuldigen Sie mich, Captain Vorne, ich muss schleunigst hinunter zum Schauplatz dieses Verbrechens.«

»Nathan«, sagte Matthew, »wenn diese Halsabschneider in Go Wain alles anzünden, was ist dann mit Ihren Lagerhäusern oben am Fluss?«

Nathans Grinsen glich eher einer Grimasse und machte klar, dass diese Banditen keinen Erfolg haben würden. »Meine eigenen Halsabschneider werden schon dafür sorgen, dass mit meinen Lagerhäusern nichts passiert. Ich erfahre sofort, wenn es irgendeine Schweinerei gegen die de Veres-Vorne Company gibt. Aber ich werde doch hinübergehen, sobald die Party hier vorbei ist. Sowie ich die Leute mit Anstand losgeworden bin, ohne sie zu Tode zu erschrecken.«

»Ich glaube, die Party ist sowieso vorbei, für heute jedenfalls.« Matthew seufzte tief. »Manchmal wünsche ich mir, dass Adrian Hawes wieder an seinem Platz wäre. Ich gehe jetzt und sage Clare, dass sie sich fertig machen soll. Danke für den schönen Abend, Nathan.« Er streckte die Hand aus.

Nathan schaute in den Himmel über Mandalay. Geistesabwesend schüttelte er Matthews Hand und sagte: »Da ist Feuer oben am Hang. Das Leuchten dort ist mit Sicherheit nicht der Stern von Bethlehem. Ich glaube, die Damen wären heute Nacht hier viel besser aufgehoben. Fee Tam wird sich bestens um sie kümmern. Außerdem möchte ich Sie nach Mandalay begleiten. Ich möchte wissen, was da los ist. Die lassen besser die Finger von dem Shwe-Kaufhaus, sonst werden Supalayat und ihr Hlutdaw für den Schaden bezahlen.«

»Edwin und Leigh werden wohl nicht hier bleiben wollen«, sagte Matthew unglücklich. »Es tut mir Leid, dass wir Ihre Party so gestört haben, Nathan.«

»Das ist nicht Ihre Schuld. Wir könnten jetzt losziehen und dem guten alten Edom Gideon beim Löschen helfen.«

Angela lehnte es strikt ab, in Nathans Haus zu bleiben. »Ich muss zurück«, erklärte sie ihm nachdrücklich, als sie außer Hörweite der anderen Frauen waren.

Nathan fauchte sie an: »Du wirst mit Sicherheit nicht durch Mandalay gehen, bei all dem, was heute passiert ist.«

»Oh doch, Nathan, genau das werde ich tun. Wenn ich auf Verletzte treffe, kann ich ihnen helfen. Dafür sind Nonnen in diesen Zeiten schließlich da. Ich werde oft vom Kloster nachts hinausgeschickt.«

»Nicht heute Nacht.«

»Ich habe in den letzten sechs Jahren ständig mit der Gefahr leben müssen. Ich habe mich daran gewöhnt«, entgegnete sie dickköpfig.

Mit zusammengekniffenen Augen starrte Nathan sie an: »Glaub mir, Amagyi-Angela, wenn ich dein alter Sayadaw wäre, dann hätte ich dir schon vor Jahren das Fell über die Ohren gezogen und dich nach England zurückgeschickt. Du musst ja wirklich eine Pest in seinem Kuthodaw sein.« Als er aufblickte, sah er Matthews Frau in der Verandatür stehen.

»Matthew!«, rief sie. Ihre Stimme klang wie eine Totenglocke. Sie hielt ihren Bauch mit beiden Händen fest. »Ich glaube, das Baby kommt.«

Nathan fluchte. »Das hat uns gerade noch gefehlt.« Angela lächelte ihn an. »Das ist doch nun wirklich keine Überraschung. Schließlich ist Weihnachten!«

Sechzehntes Kapitel

1

Angela hatte das Gefühl, sich ihr ganzes Leben nur um andere Leute kümmern zu müssen. Mit einem feuchten Tuch wischte sie Clares Gesicht ab.

Die Männer waren in dem Augenblick verschwunden, als Clare gesagt hatte, wie es um sie stand. Nathan war mit Leigh und Edwin entwischt, um die Situation in Mandalay zu untersuchen. Die Sundevavas, Ma Ngwe und ihr Mann waren ebenfalls weg. Angela würde Nathan seinen Blick offener Freude darüber, dass er nun doch die Oberhand behalten hatte, nie verzeihen können. »Tja nun, Amagyi-Angela, da es Weihnachten ist und es ganz so ausschaut, als ob uns hier ein Kind geboren wird, schlage ich doch vor, dass du dich hier nützlich machst und nicht in den Straßen von Mandalay. Fee Tam bringt dir alles, was du brauchst, heißes Wasser, Tücher und alles andere. Vor allem heißen, starken Kaffee, denn es wird eine verdammt lange Nacht werden.«

Warum immer ich? Sie zerrte eine silberne Kordel von den schweren Schlafzimmervorhängen. Ich kann die Frau ja nicht mal leiden! Dann verknotete sie die Kordel an einem Fuß des Gästebettes und legte sie in Clares Hand.

»Hier, halten Sie sich daran fest, wenn der Schmerz zu stark wird. Schreien Sie ruhig, so laut Sie wollen. Alle Männer sind weg, einschließlich Ihres Mannes. Und Blaize Tennent-Browne hört Sie schon nicht, sie schläft tief und fest.« Angela merkte selbst, wie unfair sie sich gegenüber Matthews Frau gerade verhielt, aber sie war immer noch wütend darüber, dass Nathan ihr auf diese Tour seinen Willen aufgezwängt hatte.

Da es schon Clares drittes Kind war, verliefen die Wehen normal. Clare hielt sich bemerkenswert gut. Und so bekamen Clare und Matthew um sieben Uhr morgens ohne große Schwierigkeiten eine weitere Tochter. Matthew kam mit Nathan etwa gegen elf Uhr zurück, als alles im Haus aufgeräumt war und Clare mit ihrem Baby im Bett saß.

Angela kauerte auf den Treppen von Whitewalls und trank eine Tasse dampfenden Kaffee. Matthew eilte hinauf, um Frau und Kind zu sehen und um Clare zu versichern, dass die anderen beiden Kinder gut aufgehoben seien, zumal ihre treuen Diener sie in die britische Botschaft gebracht hatten, da es ihnen in ihrer Wohnung in der Kyauktawgyi-Straße nicht mehr sicher genug schien. Er hatte immer noch seinen Abendanzug an, der aber jetzt tropfnass war, genau wie der von Nathan, der träge an einer Säule lehnte. Seine Augen waren gerötet, sein Gesicht und sein Hemd geschwärzt, und sein breites Grinsen wirkte wie das koboldhafte Lachen eines Schornsteinfegers. Plötzlich zog er etwas hinter seinem Rücken hervor. »Frohe Weihnachten!« Er überreichte ihr einen Strauß duftender burmesischer Rosen mit pfirsichfarbenen Knospen.

»Oh danke, Nathan.« Sie war erfreut und gerührt von dieser Geste. In ihrer Aufregung sagte sie etwas Falsches. »Sollte man sie nicht der Dame da oben geben?«

Ein merkwürdiger Ausdruck überschattete sein Gesicht. Er drehte sich auf dem Absatz um und ging ins Haus.

Angela vergrub ihr Gesicht in den Rosen und verfluchte sich für ihre Stoffeligkeit in einer solchen Situation. Jetzt sah sie nur noch einen leeren Stuhl, einen leeren Platz an einer geschmückten Weihnachtstafel und ein wunderschönes marmornes Haus, in dem die Frau und Gastgeberin fehlte, für die die Pracht eigentlich gedacht war.

Matthew kam heraus. Er räusperte sich: »Hallo, Angela, ich danke dir für das, was du heute Nacht für Clare getan hast.« Angela hob den Kopf und blickte sich mit einer gewissen Förmlichkeit, die ihre Begegnungen immer noch bestimmte, nach ihm um. »Das war kein Problem, es ist ein nettes Baby, das keine Schwierigkeiten gemacht hat. Wie wollt ihr sie nennen?«

Er zögerte, spielte mit seiner Brille herum und lehnte sich dann an eine Säule. »Clare und ich haben uns noch nicht entschlossen. Ich würde sie gerne nach dir benennen, weil du sie auf die Welt gebracht hast. Das heißt, wenn du nichts dagegen hast.«

Angela konnte ihm nicht in die Augen sehen und wandte sich wieder dem Garten zu. »Ich fühle mich geschmeichelt, aber ich glaube nicht, dass das eine gute Idee ist. Clare könnte etwas dagegen haben.«

»Ja, da hast du vermutlich Recht.« Irgendwie erweckte er immer wieder Schuldgefühle. Nach einiger Zeit fragte sie: »Wie sieht's in Mandalay aus?«

»Schlimmer als schlimm.« Er zog ein spöttisches Gesicht. »Nicht genug, dass sie vor ein paar Monaten Bhamo niedergebrannt haben, jetzt versuchen sie, mit Mandalay das Gleiche zu machen.«

»Aber warum, Matthew, warum nur? Was wollen diese Leute eigentlich?«

»Ich nehme an, das, was wir alle wollen. Die Beständigkeit und die Gerechtigkeit einer guten Regierung.«

»Dann sollten die Burmesen, die für Gerechtigkeit sind, lieber Prinz Nyaungyan Min aus Indien zurückholen, der kann sie ihnen geben. Mit Thibaw und Supalayat, die nur an sich selber denken, werden sie sie nie bekommen. Ich habe beobachtet, dass die beiden sich manchmal wie kleine Kinder benehmen, die schlechter Laune sind, weil sie keine Süßigkeiten bekommen. Es ist nicht so sehr Thibaw als vielmehr Supalayat, die zusammen mit dem Taingda Mingyi das Land nach ihren Gesetzen regiert.«

Matthew nickte. »Als ob ich das nicht wüsste. Sie sind beide so franzosenfreundlich, was mir das Leben nicht gerade einfacher macht. Die Franzosen fachen das alles noch an, um dann, wenn Ober-Burma am schwächsten ist, von Tonking aus einzumarschieren.«

»Und was macht die britische Regierung?«, wollte sie wissen, denn er musste ja schließlich informiert sein, was zwischen Mandalay und Rangun vor sich ging.

Matthew starrte auf seine abgewetzten, staubigen Schuhe. »Nichts, jedenfalls zurzeit nichts. Sie wollen sich nicht einmischen, bis es uns selbst betrifft.«

»Ach hör auf damit, Matthew! Schon vor fünf Jahren ging es uns direkt an. Wir wissen doch beide, was für eine Welle von Abscheu durch Rangun und London ging, als die Zeitungen veröffentlichten, was während der drei Krönungsfeiertage in Mandalay vor sich gegangen war. Ich sage nicht, dass irgendjemand hätte einmarschieren oder das Land in Besitz nehmen sollen, wie die Franzosen planen – und wir ja eigentlich auch. Ich will nur sagen, dass bei all diesen Massenmorden, die schweigend übergangen wurden, zumindest der Entschluss hätte gefasst werden sollen, Thibaw und Supalayat vom Thron zu stoßen und ihn wieder dem rechtmäßigen Erben zu übergeben. Das ist meine Meinung. Aber jetzt ist es zu spät, noch irgendetwas an dem zu ändern, was hier passiert. Thibaw und Supalayat sitzen schon viel zu fest auf dem Drachenthron.«

Matthew warf ihr einen schlauen Blick zu. »Fünf Jahre sind gar keine Zeit, wenn jemand hinter Macht, Ruhm und Reichtum her ist. Es ist überhaupt keine Zeit für ein Volk, aber es ist eine lange Zeit für eine Regierung. Thibaw und Supalayat haben versucht, jeden verschwinden zu lassen, der eine Gefahr für sie darstellt. Sogar die Prinzen im Exil werden gejagt, wo immer sie auch sind, bis sie dann plötzlich verschwinden. Jeder, der verdächtigt wird, einen anderen Thronanspruch zu befürworten, wird eliminiert, besonders die, die Nyaung Oks Anspruch auf den Thron finanziell unterstützen. Das kann so nicht weitergehen. Ein Grund für all diese Unruhe und das Blutvergießen ist die Unzufriedenheit über die Regierungspolitik und die Korruption. Leigh Buchanan hat mir gesagt, dass er seit vier Monaten nicht von Thibaw bezahlt worden ist. Die Soldaten sind in derselben Zwangslage wie alle, die für Thibaw arbeiten. Es ist kein Wunder, dass Banden von Mördern frei herumlaufen, plündern und brennen. Die Bandenführer können machen, was sie wollen, daher schließen sich ihnen viele Bürger an. Solange bei Halsabschneiderei und Profitmacherei ein Auge zugedrückt wird, wenn nur ein Teil des Geldes in die Taschen korrupter Minister fließt, so lange wird es in Ober-Burma auch Rebellionen geben. Die Dinge werden sich früher oder später zwangsläufig zuspitzen.«

Er nahm sein Taschentuch heraus und wischte sich über seine klatschnasse Stirn. »Wie herrlich wäre es, wenn es heute ein bisschen schneien würde«, meinte er voller Heimweh.

Angela betrachtete ihn mit Mitgefühl. »Matthew, ich glaube, du solltest dich jetzt ein bisschen ausruhen. Clare und dem Baby geht's gut, aber du siehst halb tot aus. Ich bin sicher, dass Nathan irgendwo ein Sofa hat, auf das du dich für ein paar Stunden legen kannst. Milly wird sich um alles kümmern, wenn ich die Augen nicht mehr offen halten kann – wie du.« Sie lächelte ihn aus ihren strahlend gelbgrünen Augen an.

Er holte sehr tief Luft, während seine Schultern sich schmerzhaft zu verkrampfen schienen. »Weißt du, ich habe mich damals auf der *SS Tahara* in dich verliebt, weil ich mich bei dir immer so glücklich fühlte, auch wenn ich das Gefühl hatte, deiner nicht wert zu sein.«

Angela stellte ihre Kaffeetasse auf die Marmortreppe, griff ihren rosa Umhang und rannte los, bis man sie von Whitewalls aus nicht mehr sehen konnte. Erst hinauf zur Sasana Pagode verfiel sie wieder in einen würdevolleren Schritt, um dort die heiligen Tauben zu füttern.

2

Drei Monate später schob Milly Sinclair einen geflochtenen Kinderwagen hinunter zum Fluss und in Richtung von Nathan Vornes Haus. Sie wurde von Jubela, der Amme, begleitet, die den ältesten Sinclair-Spross an der Hand hielt. Es war noch sehr früh, nicht einmal sechs Uhr, aber Milly brauchte einmal am Tag Bewegung und wollte das erledigt haben, bevor die Hitze jede Art von Anstrengung unmöglich machte.

Ihre Augen suchten das stolze weiße Anwesen auf dem grünen Hügel über dem Fluß, das gut versteckt inmitten eines weitläufigen Parks mit einem vielfältigen Baumbestand lag. Das Haus hatte eine imposante Säulenfassade, Balkons auf jeder Seite des Untergeschosses, eine das gesamte Obergeschoss umlaufende Veranda sowie eine Menge großer, gewölbter Fenster. Es war so ansprechend symmetrisch, wie Milly wieder einmal befand. Sie konnte die prachtvolle Südstaaten-Villa geradezu sehen, die Nathan beim Bau von Whitehalls vor Augen gehabt haben musste. In einem Land, in dem man es hauptsächlich mit diesen aus Bambus, Schlamm und Stroh zusammengebauten Hütten zu tun hatte, erschien Nathans Haus wahrlich wie ein Palast. Selbst die schönsten Residenzen, die in den Vororten Mandalays zu dieser Zeit wie Pilze aus dem Boden schossen, konnten mit Captain Nats Whitewalls nicht konkurrieren.

Milly, die schon seit Sarahs sechster Lebenswoche Anfang Februar hier spazieren gegangen war, hatte weder Nathan Vorne noch Leigh Buchanan jemals getroffen. Jetzt sah sie beide auf einmal.

»Guten Morgen, Miss Sinclair«, grüßten die beiden sie fröhlich, wenn auch nicht ganz ohne Erstaunen. Sie stiegen von ihren Pferden und lüpften ihre Tropenhelme. »Sie sind ja ganz schön früh auf und weit weg von zu Hause, Miss Milly«, sagte Nathan.

»Ja«, antwortete sie schüchtern. »Aber die Bewegung an der frischen Luft tut mir und den Kindern gut. Bei uns in der Straße sind die Pocken ausgebrochen, und so habe ich mir gedacht, dass es das Beste ist, diesem Übel so weit wie möglich aus dem Weg zu gehen.«

»Nun, ich denke, diese Entschuldigung ist gut.« Nathan lächelte sie an. Ihre kastanienfarbenen Haare quollen unter dem Tropenhelm hervor, ihre grauen Augen hatten die Farbe eines dunstigen Morgens am Fluss.

Milly hatte nicht gewusst, dass Nathan wieder in Mandalay war. Er schien ja die meiste Zeit bei seiner Familie in Rangun zu sein, wo die beiden Söhne in die Schule gingen. Jedenfalls hatte sie das gerüchteweise gehört.

»Miss Sinclair, Sie sollten hier, so weit draußen, nicht allein herumlaufen. Das ist zu gefährlich, wenn man an all die Halsabschneider denkt, die heutzutage frei herumlaufen, besonders auf einer einsamen Straße am Fluss«, warnte Leigh sie.

Sie lächelte ihn auf ihre milde und freundliche Art an. »Ich glaube nicht, Mr. Buchanan, dass wir pausenlos in Furcht leben können. Außerdem denke ich nicht, dass ein Halsabschneider bei uns viel finden würde.«

Leigh tätschelte geistesabwesend den Hals seines Pferdes, während er darüber nachdachte, wie sehr sich die nette Miss Sinclair irrte.

Nathan sagte gastfreundlich: »Wollen wir nicht alle hineingehen, anstatt uns hier draußen auf der Straße zu unterhalten? Sie können noch nicht gefrühstückt haben, Miss Milly, und es dauert noch lange bis zum Mittagessen. Sie und die Kinder brauchen doch sicher etwas zu trinken.«

»Danke, Captain Vorne, aber ich kehre besser um und gehe nach Hause. Es gehört sich nicht, dass wir uns Ihnen in dieser Weise aufdrängen. Außerdem macht man sich zu Hause sicherlich Sorgen, wenn wir zu lange ausbleiben. Aber vielen Dank jedenfalls.« Sie wandte sich um.

Leigh war sehr enttäuscht. Er hatte während der letzten drei Monate oft über Milly Sinclair nachgedacht und hatte sich über ihr zufälliges Treffen gefreut, da er so ihre Bekanntschaft auffrischen konnte. Aber just in diesem Moment – der kleinen Verity sei Dank – wendete sich das Blatt zu seinen Gunsten.

»Verity ist es sehr heiß, sie hat Durst und muss auf die Toilette. Sie will nicht wie Jubela in den Büschen sitzen.«

»Verity!« Milly, die dunkelrot angelaufen war, schaute die Tochter ihres Bruders grimmig an. Das Kind war wirklich zu vorlaut! Peter, der Zweitälteste, der am anderen Ende des neuen Kinderwagens saß, nahm seinen Daumen aus dem Mund und lispelte zustimmend: »Auch Durst. Will Orangensaft.« Er steckte den Daumen wieder in den Mund.

Nathan lachte. »Also kommen Sie, bringen Sie alle ins Haus, Miss Milly, ich glaube, Sie sind überstimmt.«

»Verity will reiten.«

»Sei jetzt still, Verity«, flüsterte Milly.

»Nein, sie soll ruhig reiten. Rauf hier, Hopsa!« Er stieg auf und setzte sie vor sich in den Sattel, wo Verity fröhlich vor sich hin kicherte.

Leigh ergriff die Gelegenheit und ging neben Milly her, während Jubela mit Peter und dem Baby das Schlusslicht bildete. Sie übergaben die Pferde einem Stallknecht, der auf das Geräusch der Hufe auf dem Schotter hin herausgeeilt war. Nathan beauftragte Ko Lee damit, Frühstück für alle und Fruchtsäfte für die Kinder zu bringen. Danach verschwand er, ob absichtlich oder nicht, das wusste Milly nicht. Jedenfalls fand sie sich allein mit Leigh Buchanan.

Sie wusste, dass sie nicht hier sein durfte. Sie fühlte sich unsicher und stotterte eine Entschuldigung: »Ich habe das Gefühl, dass ich mich Captain Vorne aufdränge. Ich sollte nicht ohne Einladung hier sein.« Sie zögerte, stand auf, setzte sich wieder hin. Sie wusste einfach nicht, was sie tun sollte, außer vorzugeben, ein wachsames Auge auf Verity und Peter zu werfen, die sich draußen im Gras wälzten, während das Baby zufrieden in seinem Wagen schlief. Milly war nur froh, dass Leigh weiterhin die Marmorfliesen zu seinen Füßen einer eingehenden Untersuchung unterzog. Sie stand wieder auf: »Ich muss jetzt gehen. Würden Sie mich bitte bei Captain Vorne entschuldigen, Mr. Buchanan?«

»Leigh ... bitte nennen Sie mich Leigh, Milly.« Er blickte zu ihr auf und erkannte plötzlich, wie unwohl sie sich fühlte. »Bitte gehen Sie noch nicht, das ist schon in Ordnung, Milly. Nathan denkt bestimmt nicht, dass Sie sich ihm aufdrängen, so ist er nicht. Und wenn Sie sich Sorgen machen, weil Sie hier mit mir alleine sind, dann müssen Sie wissen, dass die Amme keine zwei Meter entfernt ist. Außerdem sind wir uns ja schon vorgestellt worden, oder?« Er lächelte sie bittend an und versuchte sie sich etwas wohler fühlen zu lassen. »Kommen Sie, setzen Sie sich wieder und erzählen Sie mir, wie und warum Sie nach Mandalay gekommen sind. Wir haben ja das letzte Mal nicht viel Gelegenheit gehabt, miteinander zu reden, wegen der Aufstände und der Geburt des Babys. Bitte, Milly.« Widerstrebend setzte sie sich. Der Tisch war für vier Personen gedeckt worden. Da der vierte Platz wohl kaum für Jubela war, empfand Milly Erleichterung bei dem Gedanken, dass Minthami anscheinend auch im Haus war und sie selbst somit nicht allein mit den beiden Männern war. Ko Lee trat in seinem blütenweißen Leinenjackett mit Messingknöpfen und tadellos gebügelten schwarzen Hosen auf die Veranda. Als die rechte Hand des Captains achtete er sehr auf sein Äußeres. Er stellte silberne Schüsseln mit Mangos, Bananen, Aprikosen, Pfirsichen und Ananas auf die schneeweiße Decke. Dann wurde Fruchtsaft in Kristallkrügen gebracht, die mit Musselindeckchen zugedeckt waren, um die Insekten von ihnen fern zu halten. Aus der Küche wehte der Duft von frisch gebackenem Brot und frisch gemahlenem Kaffee zu ihnen herüber.

Um ihr die Schüchternheit zu nehmen, die durch all die um sie herumschwirrenden Diener offensichtlich noch verstärkt wurde, fragte Leigh: »Wie gefällt es Ihnen in Burma?«

»Ich weiß noch nicht so recht, Mr. Buchanan. Es ist alles so, na ja, primitiv. Ich bin ja nun noch nicht lange hier, und ich glaube nicht, dass ich noch sehr lange bleiben werde. Ich wohne eigentlich in Coimbatore, wo mein Vater Bezirkskommissar ist.« Sie hielt ihre Augen starr auf die gefalteten Hände in ihrem Schoß gerichtet.

Leigh Buchanan dachte, dass Milly Sinclair das netteste Mädchen war, das er je getroffen hatte. Er wollte mehr über sie wissen.

»Erzählen Sie mir von Coimbatore.«

»Oh, da gibt es nicht viel zu erzählen. Wir sind eine große Familie, elf Kinder. Unser ältester Bruder ist fünfzehn Jahre älter als Matthew. Ich bin die Jüngste. Matthew ist der Zweitjüngste. Obwohl auch er sieben Jahre älter als ich ist, haben wir uns immer sehr gut verstanden. Sind Sie in der Armee, Mr. Buchanan? Ich frage nur, weil ich davon gehört habe, dass Sie in Thibaws Armee sind.«

»Nein, ich bin, streng genommen, in niemandes Armee. Ich bin Zivilist. Ich habe tatsächlich an einer Militärakademie angefangen, aber dann bin ich in den Telegrafendienst übergewechselt. Ich bin Ingenieur für Telegrafie und unterrichte das auch. Ich habe eine Beschäftigung hier in Thibaws Armee als ziviler Ausbilder, um die Grundlage für ein umfassendes Telegrafensystem in ganz Ober-Burma zu legen. Ich muss mit den Briten in Rangun und den Burmesen oben im Norden zusammenarbeiten, um meinen Job überhaupt tun zu können. Das ist manchmal ganz schön schwierig, aber es ist auch eine Herausforderung. Im Moment ist der Irrawaddy hier das einzige Kommunikationsmittel, und das geht doch ganz schön langsam. Die Telegrafen, die es bisher gibt, reichen einfach nicht. Es ist also meine Aufgabe, das Nachrichtenwesen hier zu beschleunigen.«

»Ah ja. Ich nehme an, eine Eisenbahn würde auch helfen?«

»Die wird es auch geben.«

»Das finde ich alles ziemlich aufregend. In einem Land zu leben und in einer Zeit, wo man all diesen Fortschritt selbst beobachten kann.« Milly hatte sich in seiner Gesellschaft unwillkürlich entspannt. Sie waren so in ihre Unterhaltung vertieft, dass sie nicht bemerkten, dass Blaize Tennent-Browne sich der Veranda genähert hatte.

»Wer hätte das gedacht, ein kleines Tête-à-Tête, wie süß! Guten Morgen, Leigh, guten Morgen, Milly. Was machst du hier so früh am Morgen, Schätzchen? Nein, nein, antworte nicht, ich will euch beiden Turteltäubchen ja nicht in Verlegenheit bringen. Böser, böser Leigh, jetzt weiß ich wenigstens, wer hinter deinem verliebten Blick steckt.« Sie drohte mit dem Finger und hatte erreicht, dass die beiden blutrot anliefen. Leigh verfluchte Lady Tennent-Brownes Ankunft innerlich, Milly würde jetzt nur umso früher verjagt werden.

Ohne sich bewusst zu sein, welche Verärgerung sie gerade verursacht hatte, wandte sie sich zu Nathan um, der gerade zum Frühstück kam. Er rückte ihr ihren Stuhl zurecht, während sie sich hinsetzte. Ihr Köfferchen, das sie mitgebracht hatte, stellte sie vor sich unter den Tisch. Milly und Leigh, die halb saßen, halb standen, hatten den Eindruck, dass Lady Tennent-Browne hier nicht zum ersten Mal frühstückte.

»Setzt euch hin, ihr beiden.« Sie winkte sie beide auf ihre Plätze zurück.

Erst als Verity hinfiel und sich ihr Knie verletzte, hatte Milly einen Vorwand, vom Tisch aufzustehen. Leigh schluckte schnell seinen heißen Kaffee hinunter. »Ich glaube, ich werde Miss Sinclair lieber zurück nach Mandalay bringen«, sagte er hastig. »Es ist zu unsicher, allein mit den Kindern dort hinunterzugehen.«

»Gute Idee«, sagte Nathan, der nachdenklich auf seinem Brot herumkaute. »Nimm Danny Boy, dann kann Verity mit auf dem Pferd sitzen.«

»Ach, bitte, bemühen Sie sich nicht so sehr. Die Amme und ich kommen schon klar, und Sie, Mr. Buchanan, brauchen wirklich nicht mitzukommen. Es sind immerhin sechs Meilen hin und zurück, und Sie haben sicher etwas anderes zu tun.«

Er konnte ihr nun wirklich nicht erzählen, dass er nichts lieber machte, als sie nach Hause zu begleiten. »Ich bestehe darauf.

Komm, Verity, lass uns losziehen und Danny Boy suchen.« Er nahm das kleine Mädchen an die Hand und beendete so die Diskussion.

»Danke, Captain Vorne«, rief Milly und winkte ihm vom Weg aus noch einmal zu. »Das Frühstück war wirklich köstlich.«

»Es war mir ein Vergnügen. Grüßen Sie Matthew und Clare von mir.« Er wandte sich wieder Blaize zu, die das ganze äußerst amüsiert beobachtete. »Lady Bee, wenn du auch nur ein einziges Wort sagst, das Leigh und Milly verletzen könnte, dann werde ich dich persönlich mit deinen eigenen Waffen schlagen.«

Sie fuhr ihm mit ihren langen, lackierten Fingernägeln über den Handrücken. »Das ist eine Versuchung, der ich kaum widerstehen kann.«

Er zog seine Hand zurück und goss sich eine Tasse Kaffee ein. »Die Arbeit zuerst, dann das Vergnügen. Was ist diesmal in Edwins Aktenkoffer?«

Sie holte ihn unter dem Tisch hervor. »Ich soll dir äußerste Geheimhaltung nahe legen. Dies ist sehr vertraulich und darf auf keinen Fall in die falschen Hände fallen.«

»Was für eine Zeitbombe haben Matthew und Edwin diesmal auf mein Boot geschmuggelt?«

»Waffen, Liebling. Sie werden über Tonking hereingebracht. Wagenladungen von Martini-Gewehren.«

Er warf den Kopf zurück und lachte laut.

Blaize stand beleidigt auf. »Und was, darf ich bitte fragen, soll diese Heiterkeit? Ein Bruch des Vertrages von Yandabo ist wohl kaum ein Grund zum Lachen, Captain Vorne!«

»Das stimmt schon. Von meiner Warte aus ist es schwer, zu sagen, ob die Briten wirklich so dumm sind, dass ihre Einschätzung der burmesischen Mentalität so völlig daneben liegt, oder ob hinter ihrer vermeintlichen Naivität die gleiche Hinterhältigkeit steckt, wie die Burmesen sie an den Tag legen. Schmuggel ist hier seit jeher üblich gewesen, und die Burmesen unterschreiben lächelnd alles, um dann genauso weiterzumachen wie vorher.« Er spürte, wie ihre Finger seinen Hemdärmel hinaufwanderten und merkte, dass dieses Frühstück wohl eine andere Wendung nahm.

»Liebling, ich mag es einfach, wenn du so ärgerlich wirst. Kann man diese Wildheit nicht besser einsetzen, zumal wir ja nun mit der Arbeit fertig sind? Wir haben jede Menge Zeit. Edwin erwartet mich nicht vor dem Mittagessen zurück, also, mein Lieber …«

Er hielt ihre Handgelenke mit festem Griff und zog sie an sich. »Also, meine Liebe«, sagte er in seinem schleppenden Südstaatentonfall. »Ich würde ja gerne jetzt mit dir ins Bett gehen. Ich muss aber noch ein Boot erwischen und Befehle erteilen. Und verdammt, ich glaube, ich habe vergessen, die Tauben von Sasana zu füttern!«

Nathan ging die Veranda hinunter. Sein Brüllen nach Ko Lee ließ ihr das Blut in den Adern gerinnen.

Siebzehntes Kapitel

1

Nathan hoffte Rangun in sechs Tagen zu erreichen. Vielleicht würde er es sogar in fünf schaffen, woran er allerdings nicht glaubte. Der Fluss war mal wieder verstopft mit allen Arten von Gefährten; Sampans, Flöße aus Riedgras, die ganze Dörfer transportierten, und doppelstöckige Dampfer kamen sich wie immer gegenseitig in die Quere.

Er mochte die Fahrt nach Süden weniger als die nach Bhamo zu seinem letzten Handelsstützpunkt ganz im Norden. Nirgendwo war die Landschaft, die man passierte, bis der Fluss nicht mehr weiter befahrbar war, derart beeindruckend. Das Wasser schlängelte sich dort durch die schönsten Teile des burmesischen Dschungels, über dem sich Felsschluchten und in den Himmel steigende Berge erhoben. Viele Wasserfälle, einer gewaltiger als der andere, ergossen sich auf diesem Streckenabschnitt in den Irrawady. In dieser Gegend rund um Loloi, mit ihren grünen Hügeln, der Bergluft und den vielen im Nebel liegenden Seen, fühlte Nathan sich am wohlsten, absolut zufrieden mit dem Leben, das das Shan-Land einem bot.

Er blickte in das Kielwasser der *Belle Hélène II*, seines schnellen neuen Dampfbootes. Er war sich bewusst, dass der Orient seinem Abenteurergeist immer neue Impulse geben würde.

In Thayetmyo, an der Grenze zwischen Ober-Burma und dem von den Briten annektierten Teil Burmas, zeigte er seine Papiere vor.

Vierundzwanzig Stunden später erreichte er Rangun und fand in diesem herrschaftlichen Hafen des Südens einen Ankerplatz.

Rangun war eindeutig nicht seine Stadt, es schmerzte, quälte, verhöhnte ihn und ließ ihn immer wieder so schnell wie möglich in das Herz des echten Burmas – nach Mandalay – zurückkehren. Nur der friedlichen Anonymität, die hier herrschte, war es zu verdanken, dass er hier eine Wohnung genommen hatte. Nur hier konnte er sich, Minthami und seine Söhne den Nachstellungen Supalayats entziehen. Nathan nahm seinen Heimweg durch die grellbunte Vielfalt dieser Stadt, er eilte an den Straßenverkäufern und den Opiumhöhlen vorbei, wollte all dem Lärm und Gestank möglichst rasch entkommen.

Zwischen zwei Wäscheleinen, die hier beinahe jede Straße überspannten, stieß er mit einem Mann zusammen. Dessen weiße Satinjacke mit den edelsteinbesetzten Knöpfen und der karierte Longyi kennzeichneten ihn als einen Mann von Rang. Der Burmese murmelte erschrocken eine hastige Entschuldigung. Wohl mehr aus Gewohnheit als aus wirklicher Höflichkeit, wie Nathan vermutete, der sich nach seinem Schlüssel bückte. Zu spät bemerkte er, dass der Burmese zwischen den Wäscheleinen die Treppen hinunter verschwunden war. Er fluchte vor sich hin, während er sich einen Reim daraus zu machen versuchte, was dieser Fremde vor seinem Haus zu suchen gehabt hatte.

Er schloss die Tür auf, durch das kuriose Zusammentreffen mit dem rüpelhaften Burmesen nicht gerade bester Laune. Wütend warf er die Tür ins Schloss. Minthami kam in die Vorhalle gerannt. Sie hatte ein kanariengelbes Handtuch wie einen Turban um ihr langes schwarzes Haar geschlungen. Ein weiteres gelbes Handtuch trug sie wie einen Sarong um Brust und Oberschenkel. Ihre Augen leuchteten auf, als sie ihn sah. Sie schmiss ihre braunen Arme um seinen Hals und rieb ihre Nase an seiner. Manchmal mochte er es, wenn sie sich wie ein Fohlen aufführte. Im Augenblick aber hatte er das Gefühl, dass sie ihn genau da verletzt hatte, wo es am meisten schmerzte. Er entwand sich ihr und warf seinen Seesack in eine dunkle Ecke, von der aus vier Bambustüren in andere Räume führten.

Da ihr die Stimmung, in der er sich in diesem Augenblick befand, durchaus vertraut war, seufzte sie hilflos: »Du magst deine Frau nicht, sie macht jetzt Essen für Thakin Vorne.« Auf der Schwelle zur Küche drehte sie sich noch einmal schmollend um. »Warum sagst du Minthami nicht, dass du nach Hause kommst? Kein Brief, kein Telegramm, kein gar nichts. Minthami hört wochenlang nichts, und sie glaubt schon, dass der amerikanische Captain im Fluss ertrunken ist. Minthami ist ohne den Shwe Nat sehr einsam, aber er kümmert sich nicht. Er ist immer irgendwo und macht mehr Geld und mehr Geld.«

»Wer war der Mann?«

»Welcher Mann? Minthami kennt keinen Mann.«

Nathan ging mit ein paar großen Schritten wütend durch die Halle und ergriff ihre nackten Schultern. »Hör auf, Mätzchen zu machen, Minthami. Ich weiß genau, wann du lügst. Ich sah einen Mann, einen geschniegelten Burmesen, das Haus verlassen. Ich will wissen, wer das war.«

Seine Augen glitzerten gefährlich. Minthami konnte es nicht leiden, wenn sie von ihm behandelt wurde wie eine Frau, die er irgendwo auf der Straße aufgelesen hatte. Sie stieß ihn zurück. »Minthami weiß nicht, wo du bist, was du tust, welche Frauen du hast. Du kommst fünf Minuten zurück und wirfst Minthami vor, dass sie mit einem anderen Mann zusammen ist. Du bist verrückt!«

»Wer war der Mann?«, insistierte er drohend.

Minthami kannte diesen Ton. Wenn der Shwe Nat sie aus einem bleichen Gesicht mit glühenden Augen anstarrte, dann wusste sie, was sie zu erwarten hatte. Aber Minthami ließ sich nicht von ihm einschüchtern. »Der Shwe Nat ist verrückt.« Sie drehte sich um.

Nathan ergriff sie wieder am Arm. »Minthami, dieser Gockel mit dem Grinsen auf seinem flachen Burmesengesicht, der sich in meinem Haus herumtreibt ... ich will wissen, was er hier zu tun hatte, außer mir die Butter vom Brot zu nehmen. Also sag es mir, ich will verdammt noch mal wissen, was für ein dreckiges Geschäft er hier gemacht hat.«

»Nein, Mann!«, kreischte sie und schüttelte seine Hand ab. »Warum redest du immer schmutzig? Warum denkst du immer schmutzig? Du siehst nichts, du weißt nichts, du kümmerst dich nicht, amerikanischer Cap...!«

Ihr Kopf flog zurück, als er sie schlug.

Ihr gelber Turban löste sich, und ihr schönes langes Haar fiel über ihre Schultern. Nathan war erschrocken über sich selbst. Fünfzehn Jahre lebten sie nun schon zusammen, und niemals war so etwas passiert. Niemals hatte er auch nur einen Finger gegen sie erhoben, auch nicht, wenn sie biss, trat oder kratzte. Niemals!

Minthami war völlig entgeistert. Sie hatte sich nicht vorstellen können, dass sie jemals geschlagen würde. Niemand, kein Mann, keine Frau, kein Kind durfte jemals nach dem Kopf eines anderen, dem Sitz seiner Ehre, schlagen. Dass der Shwe Nat sie ins Gesicht geschlagen hatte, war die größte Beleidigung, die sie sich vorstellen konnte. In diesem Augenblick wusste sie, dass die Krise zwischen ihnen ihren Höhepunkt erreicht hatte. Nathan nahm sie am Arm und führte sie ins Schlafzimmer. Minthami war so lammfromm und mild, dass er eine Gänsehaut bekam. Er setzte sich mit ihr aufs Bett.

»Wie heißt er?«

»U Hla Hla Han.«

»Was ist er?«

»Er ist adeliger Abkunft. Shan-Sohn des Sawbwa.«

»Woher?«

»Taunggyi.«

»Das hört sich für mich nicht sehr nach einem Shan an.«

»Es ist nicht sein richtiger Name.«

»Was ist es dann?«

»Sein Künstlername.«

»Was für eine Kunst?«

»Burmesische Tanzschule für die Briten.«

»Was wollte er hier?«

»Er kam, um Minthami zu sehen.«

»Warum?«

»Minthami ist einsam.«

»Was noch?«

»Sonst nichts, nur ein Geschenk.«

»Was für ein Geschenk?«

»Heilige Reliquie von Buddha für Schrein im Haus.«

Er starrte auf den Boden, den Kopf in die Hände gestützt, die Knöchel weiß vor Anspannung. Sie starrte durch das Fenster, in das viereckige Stück Himmel.

»Hat er dich angerührt?«

Sie wandte sich wütend zu ihm um: »Was soll das heißen, angerührt?«

»Ich will damit sagen, du dummes kleines buddhistisches Flittchen, hat er dich in mein Bett geworfen, um mit dir einen adeligen burmesischen Phongyi zu fabrizieren, während ich gearbeitet habe, oder ... oder die Tochter, über die du die ganze Zeit redest?« Er schlug mit den Fäusten aufs Bett. »Wenn das so war, dann schmeiße ich dich jetzt raus, raus auf die Straße der Tausend Huren ... also raus!« Er stieß sie grob zur Tür. »Geh, du ... du ...«

Minthami zitterte. Sie kroch in sich zusammen und rückte so weit wie möglich von ihm ab. Ihr Badetuch zusammenhaltend, sagte sie stolz: »Minthami geht, Captain Vorne. Sie will nicht mehr mit einem Ludu und Kala leben. Sie mag dieses primitive Geschrei nicht. Sie mag nicht schlimme und schmutzige Dinge hören. Minthami ist eine Shan-Prinzessin von besserer Herkunft als der amerikanische Captain, der nur das besitzt, was man für Geld kaufen kann. Sie ist nicht mehr die Frau des Shwe Nat von Mandalay. Ihr Herz empfindet nichts mehr für ihn, sie geht jetzt mit Vergnügen. Diesmal kommt Minthami nicht mehr zurück wie früher. Minthami weiß, was amerikanischen Captain dazu treibt, sich wahnsinnig aufzuführen. Sie will ihm keine Schwierigkeiten mehr machen. Du bist wieder frei. Pyan-dor-may, goodbye.«

Es war die vernichtendste Anklage, die er jemals von ihr gehört hatte. Das Äußerste an Verachtung kam aber noch: »Würdest du bitte aus dem Schlafzimmer gehen, während Minthami sich anzieht.«

Bleich im Gesicht ging er an ihr vorbei. »Verflucht, Minthami, ich will dich nie wieder sehen. Du verschwindest. Wenn ich wiederkomme, dann will ich, dass du mit all deinen widerlichen kleinen Buddhabildern aus meinem Haus verschwunden bist!«

Er stolperte die Verandatreppen hinunter. Weg, nur weg von dem Menschen, den er am meisten respektiert hatte. Er wollte unten am Hafen nach seinen Leuten, nach Findebar und Ko Lee suchen. Mit etwas Glück würden ein Schnapsladen und eine andere asiatische Hure oder vielleicht auch ein halbes Dutzend von ihnen den widerlichen Nachgeschmack der Untreue überdecken.

2

Angela war wieder einmal zur Königin gerufen worden. »Amagyi-Angela«, sagte sie, von den Fotos aufblickend, die sie gerade betrachtete, »diese Bilder sind gut, und wir wollen sie vielleicht in unser Album aufnehmen. Wäre es Ihnen wohl möglich, für uns eine kleine Reise zu unternehmen?«

»Wohin, Hoheit?«

»Wir haben da von einem großen Geschäft in Knightsbridge gehört, das sehr gut ausgestattet sein soll. Wir brauchen einige Aufnahmen und noch ein oder zwei andere Kleinigkeiten.« Sie blickte nicht auf, sondern betrachtete weiterhin die Bilder, die auf dem Boden herumlagen.

Angela hatte keineswegs die Absicht, zu Harrods nach London zu reisen. Daher sagte sie leise: »Es wäre mir eine Ehre. Die Anziehungskraft meines Heimatlandes könnte aber so groß sein, dass ich vielleicht nie mit den von Ihnen gewünschten Bildern zurückkehren würde.«

»In diesem Fall müssen wir wohl jemand anderen losschicken.« Die Königin ließ die Fotografien fallen, klatschte energisch in die Hände und verkündete biestig, auf der Stelle allein gelassen werden zu wollen.

Angela verließ das Palastgelände durch das Südtor, in Richtung Mandalays Geschäftsstraßen und dem großen Bazar. Die dem Konvent vorstehende Nonne hatte sie vor ihrem Aufbruch zur Königin gebeten, im Kaufhaus des Shwe ein paar neue Lackschalen zu besorgen.

Im Kaufhaus wich Angela, den Arm voller Lackschalen, Mrs. Wandersmeith und Nancy Stuttgart aus, die auf Edom Gideon zuliefen. Dabei stieß sie mit einem Kinderwagen zusammen, ihre Schalen fielen auf den Boden und sämtliche Blicke richteten sich auf sie.

»Oh, das tut mir so Leid ... bitte verzeih.« Matthews Entschuldigung ging im Geschrei seiner Kinder völlig unter.

Angela war so überrascht darüber, dass Matthew einen Kinderwagen schob, dass sie ihm nicht einmal böse sein konnte. »Nanu, Matthew! Was um Himmels willen ...?« Um Matthew nicht noch mehr in Verlegenheit zu bringen, als er ohnehin schon war, schluckte sie ihre Frage schnell hinunter. »Hast du denn gar keine Diener?«, fragte sie stattdessen, um die Situation zu entspannen.

»Hm ... Milly muss hier irgendwo sein. Clare ist krank, und Milly sollte beim Einkaufen helfen. Aber sie scheint mit Verity verschwunden zu sein.«

Angela verkniff sich, ihm mitzuteilen, dass seine Schwester irgendwo zwischen Rattanmöbeln und Topfpflanzen Mr. Buchanan umarmte. Sie konnte nur hoffen, dass Edom Gideons zwei alte Trompeten des jüngsten Gerichts das nicht gesehen hatten, sonst würde in zehn Minuten ganz Mandalay darüber Bescheid wissen. Angela verspürte Mitleid mit Matthew, so unglücklich, hilflos und gehetzt wie er war, und sie hätte Clare ermorden können, weil sie ihn in diese Situation brachte. »Wo ist euer Boy? Habt ihr etwa keinen? Irgendjemanden, der die Einkäufe für euch erledigt?«

»Der Boy ist krank, der Koch hat sich verbrüht ... entschuldige, Angela, ich muss weiter.«

»Matthew!« Angela bückte sich, um die Schalen aufzuheben. »Ich helfe dir. Ich bringe die Kinder nach Hause. Dann kannst du in die Botschaft gehen, wo du ja jetzt wohl eigentlich sein solltest.« Während sie noch kniete, blickte sie in den Kinderwagen, ergriff die winzige Faust und stopfte dem Baby seinen Daumen in den Mund, damit das Geschrei endlich aufhörte. Peter, der am anderen Ende des Wagens saß, schaute sie mit großen Kulleraugen an. Unter ihrem Blick hatte er längst den Daumen in den Mund geschoben und wagte es nicht, auch nur einen Ton von sich zu geben. »Matthew, was ist denn jetzt mit Clare los?« Sie steckte die Schalen in die Tasche, die sie an der Schulter hängen hatte.

Es schien ihm ein wenig unangenehm zu sein, darüber zu sprechen: »Clare ... Clare ist indisponiert.«

»Wenn das ansteckend ist, dann solltest du es mir lieber sagen.«

Seine Lippen zuckten. Für einen Augenblick wirkte er wirklich amüsiert. »Nein, keine Sorge, Clare bekommt nur wieder ein Kind.«

»Mein Gott!« Angela realisierte im selben Moment, dass ihre Bemerkung nicht gerade taktvoll gewesen war, und wechselte daher schnell das Thema. »Ich glaube, ich sehe da drüben bei den Gartenmöbeln Milly und Verity. Wenn du jetzt ins Büro gehen möchtest, dann erledige ich hier alles mit Milly und gehe bei dir zu Hause vorbei, um Clare zu besuchen.«

»Danke, Angela. Ich kann dir kaum sagen, wie dankbar ich dir bin.« Man sah Matthew seine Erleichterung an, dass er ihr seine pausenlos wachsende Familie übergeben und in Richtung Ausgang flitzen konnte.

Matthew noch kopfschüttelnd hinterherblickend, bemerkte sie, dass Edom Gideon auf sie lauerte, zweifellos, um ihr gleich zu sagen, was Gott von ihrer Abtrünnigkeit gegenüber der christlichen

Religion hielt. Einer weiteren peinlichen Begegnung an diesem Tag wollte sie unbedingt entgehen, so riss sie den Kinderwagen herum und steuerte schnellstens auf Milly zu. Die fingerte an einigen Spitzen herum, ihre Wangen glühten und ihre Augen leuchteten.

»Guten Morgen, Milly. Ihr Bruder ist wieder an seine Arbeit gegangen. Ich helfe im Haus aus, da ja alle krank sind. Also gehen wir.«

»Amagyi-Angela.« Ein Strahlen ging über Millys Gesicht. »Stellen Sie sich vor, Leigh hat mich gefragt, ob ich ihn heiraten will. Außer Ihnen weiß das bis jetzt niemand.«

»Hm!«, seufzte Angela, die das kleine Volk durch das Kaufhaus dirigierte. »Ich kann nur hoffen, Sie haben Ja gesagt.«

Achtzehntes Kapitel

1

Achthundert Kilometer entfernt lag der Besitzer des bestgehenden Geschäftes von Mandalay schwitzend und verzweifelt in seinem Bett. Immer wieder hatte er Minthami gesucht. Einmal hatte er geglaubt, sie auf dem örtlichen Frucht-Markt zu sehen. Er war ihr nachgerannt, schubsend und ausweichend, hatte laut die Menschenmenge verflucht, die ihn immer wieder in die andere Richtung drängte und damit verhinderte, dass er sie einholen konnte. Das Mädchen mit den Orchideen in ihren langen Haaren, so lackschwarz glänzend wie der Flügel eines Raben, er wollte sie wiederfinden ... aber als er endlich zu dem Mädchen im Bazar aufholen konnte, war es doch nur eine eurasische Prostituierte gewesen, die sich da zu ihm umwandte. Er hatte sich aus dem Bazar geschleppt, absolut entmutigt.

Nathan konnte nachts die Albträume nicht mehr von der Realität unterscheiden. Wenn er sich schweißgebadet im Bett herumwälzte, half ihm meistens nur noch die Flasche Rum, die er mit ins Schlafzimmer genommen hatte. Was hatte Angela ihnen während der Party an Weihnachten gesagt? Unbeständigkeit, Leiden und Selbstlosigkeit? Die Buddhisten liegen wohl doch nicht so verdammt falsch, dachte er niedergeschlagen.

Die Endgültigkeit ihres Fortgehens war ihm erst so richtig bewusst geworden, als er bemerkte, dass die kleine Buddhastatue nicht mehr in ihrem Schrein im Wohnzimmer stand. Sie hatte noch nie ihre Buddha-Reliquien mitgenommen. Und er hatte Angst bekommen, Angst, dass Minthami dieses Mal wirklich Ernst gemacht haben und für immer mit ihrem buddhistischen Freund weggegangen sein könnte. Er brauchte geschlagene drei Wochen, um zu dieser Einsicht zu kommen, um nachzuvollziehen, wie es für sie gewesen war, immer wieder für lange Zeit allein gelassen worden zu sein, nicht wissend, wie es ihm ging, was er tat, mit wem er zusammen war. Er fühlte nichts anderes als große Einsamkeit, mit seiner Pfeife und Rum als einziger Gesellschaft. Verdammt, Minthami!, dachte er wieder, diese Unsicherheit machte ihn krank. Vor allem auch, weil diese Stadt aus Millionen Löchern bestand, in die eine junge und ungewöhnlich schöne Frau verschwinden konnte.

Plötzlich fiel Nathan Edwin Tennent-Brownes Aktenkoffer wieder ein, den er Charles Bertram, dem britischen Kommissar, überbringen sollte. »Jesus Christ ...« Er stolperte aus dem Bett und lief in die Halle zu seinem Seesack, den er bei seiner Ankunft in die Ecke geworfen hatte. Er wühlte in der ganzen Wäsche, unter der er den Koffer versteckt hatte, und zog ihn heraus. Er nahm ihn mit, kletterte wieder in sein Bett, stopfte das Köfferchen unter sein Kopfkissen und schlief mit brummendem Schädel den Rest der Nacht durch.

Die Briten ließen ihn länger als eine Stunde warten. Man teilte ihm auf seine ebenso ehrliche wie dumme Erklärung, dass er keinen Termin mit dem Chief Commissioner ausgemacht habe, mit, dass er eingeschoben werden würde, wenn Zeit wäre. Skeptisch beobachtete er das ganze Durcheinander, in dem die große Regierung ihrer Arbeit nachging.

»Captain de Veres-Vorne?«

»Das bin ich.«

»Der C. C. kann Sie jetzt empfangen, Captain. Hier entlang, bitte.«

Charles Bertram schüttelte ihm die Hand und bot ihm einen Stuhl an. »Ich habe Sie schon vor drei Wochen erwartet.« Er sah ihn fragend an.

Nathan räusperte sich. »Ja, Sir, äh ... ich bin aufgehalten worden.« Hastig reichte er ihm Matthews und Sir Edwins Botschaften. Der C. C. blätterte sie schnell durch und legte sie zur Seite. »Ich bin Ihnen sehr dankbar, Captain. Das ist nicht das Zeug, das man über den Telegrafen senden kann. Und es ist sehr schwer, zuverlässige Boten zu finden, die von Mandalay hierher kommen. Es sieht so aus, als ob die Dinge dort ein bisschen schwierig werden.«

»Das kann man wohl sagen. Es ist sehr beunruhigend für die Kaufleute und Händler genauso wie für alle Leute, die dort wohnen.«

Charles Bertram war in einer schwierigen Situation. Die britische Regierung und die indische Verwaltung drängten ihn, irgendetwas in der ›Angelegenheit Ober-Burma‹ zu unternehmen. Er selbst wollte lieber warten, bis sich die Situation von alleine klären würde, ohne dass sie dort einmarschieren mussten.

Er beugte sich vor und drückte auf eine kleine Messingglocke in Form eines Buddhas im Lotussitz: »Mr. Gosney, würden Sie bitte Major Radcliffe für einen Moment zu mir bitten? Ich werde ihn nicht lange aufhalten.« Die Tür schloss sich wieder, und der Chief Commissioner wandte sich Nathan erneut zu: »Sie waren doch schon in der Sagaing-Festung, oder, Captain de Veres-Vorne?«

Nathan fuhr auf. Seine Antwort drückte dieselbe Zurückhaltung aus wie seine gesamte Haltung. Er legte wirklich keinen Wert darauf, an diese Zeit erinnert zu werden. »Sicher, ich war da einmal. Genau einmal zu viel.«

»Ich verstehe«, sagte der C. C., aber Nathan war sich sicher, dass er noch in tausend Jahren nichts verstehen würde. »Man hat mir angedeutet, dass Sie auf eine äußerst bemerkenswerte Weise von dort geflohen sind.«

»Ja«, sagte Nathan vorsichtig. Er hatte das Gefühl, dass man ihn wieder auf Wege führen wollte, die er nicht mehr gewillt war zu betreten.

Die Tür ging auf, und Mr. Gosney führte einen Major herein, dessen Khakiuniform der Inbegriff von Vollkommenheit war.

Dieser Mann, der den Spitznamen Radscha trug, Major Jeffrey Arthur Radcliffe vom britischen Geheimdienst aus Kalkutta, machte Nathan entschieden nervös. Umso mehr, als er hören musste, mit welcher Erklärung Charles Bertram sich an ihn wandte:

»Major, Captain de Veres-Vorne hat uns einige wichtige Nachrichten aus Mandalay gebracht, was die Waffen angeht, die durch Tonking hineingeschmuggelt werden, und auch einige andere Informationen. Er ist auch in der einzigartigen Lage, der erste Weiße zu sein, der dem Gefängnis von Sagaing lebend entkommen ist. Nach einer Haft von ungefähr zehn Tagen gelang es ihm, sich aus den Händen der berüchtigten Gebrandmarkten zu befreien und durch ihr Haupttor zu fliehen. Eine ganz schöne Meisterleistung, nicht wahr?«

Nathan zuckte zusammen. Das Wort ›Meisterleistung‹ rief in ihm Erinnerungen wach, von denen Charles Bertram keine Ahnung haben konnte. »Ich glaube, unter diesen Umständen ist er genau der Mann, den wir suchen«, schloss der Chief Commissioner.

»Einen Augenblick, meine Herren«, sagte Nathan zu den beiden Briten, die offenbar genug über ihn wussten, um ihm etwas anzuhängen. Es war eine Sache, ihnen gelegentlich einen Gefallen zu tun und als unbezahlter Bote für sie zu fungieren, aber eine ganz andere, wenn es persönlich wurde. »Dies ist Ihr Krieg, nicht meiner. Ich bin ein neutraler Amerikaner, der den Burmesen versprochen hat, seine Nase nicht ihre Angelegenheiten zu stecken. Das Versprechen wurde mir in der Todeszelle von Sagaing abgenommen. Ich habe nicht die geringste Absicht, dorthin zurückzukehren. Niemals! Tut mir Leid, meine Herren.« Er wollte zur Tür gehen.

Unglücklicherweise lehnte Major Radcliffe immer noch an der schweren Türeinfassung aus Teakholz. Er stand mit verschränkten Armen da, ein katzenhaftes Grinsen unter seinem gepflegten Bärtchen. Auch der Chief Commissioner schien geradezu zu schnurren, als er seine Hand auf Nathans Schulter legte. »Beruhigen Sie sich, Captain de Veres-Vorne. Wir stehen nicht im Krieg mit den Burmesen. Wie kommen Sie auf die Idee? Major Radcliffe ist lediglich an den örtlichen Gegebenheiten der Festung von Sagaing interessiert und hätte gerne nur ein paar Auskünfte über die Art des Bogens, den der Irrawaddy um Ava und Sagaing macht. Da Sie die Örtlichkeiten gut kennen, wären wir Ihnen unendlich dankbar, wenn Sie uns weiterhelfen könnten. Wenn Sie mich jetzt bitte entschuldigen würden, meine Herren, ich habe noch zu tun. Vielen Dank für Ihre Hilfe, Captain de Veres-Vorne. Guten Tag.«

Das lief alles so subtil, so geschickt und so gentlemanlike, dass Nathan über ihre Unverfrorenheit immer noch nach Luft schnappte, als er in einem anderen Raum auf eine Karte von Burma starrte. Wie zum Teufel, fragte er sich, konnte er sich in die Absichten der Briten verwickeln lassen, die in Ober-Burma einmarschieren wollten. Er würde das noch lange zu bereuen haben. »Captain de Veres-Vorne, jede Information, die Sie uns über die Festung von Sagaing geben können, ist für uns von immenser Wichtigkeit, da wir keinerlei Wissen über diesen Ort haben. Diese Mauern hier sind wohl von der Wasserseite und vom Land aus kaum zu durchbrechen?« Er tippte mit einem Zeigestab auf die Karte. »Das stimmt, Major. Wenn Sie natürlich eine Maschine hätten, die Kanonenkugeln vom Himmel fallen lassen könnte, dann wären Sie sicher in der Lage, Thibaws Armee dort aus ihren Löchern zu vertreiben.« Er hatte den Satz kaum beendet, da wünschte er schon, er hätte sich diesen Scherz verkniffen.

Major Radcliffe kratzte seinen Schnurrbart mit dem Zeigestock. Sein Gesicht zeigte deutlich, dass er diese amerikanische Flapsigkeit für ziemlich fehl am Platze hielt. »Richtig.« Er legte den Zeigestab beiseite, nahm eine Zigarettendose aus seiner Hosentasche und hielt sie Nathan hin.

»Danke, Major, ich rauche nur Pfeife.«

»Kennen Sie die Stärke und die Bewaffnung der Burmesen, die Batteriestellungen um die Kasematten von Sagaing?«

»Ich kann Ihnen nur ungefähr erzählen, woran ich mich vage erinnere. Es ist mehr als sechs Jahre her, und ich glaube nicht, dass ihre Batteriestellungen mir einen prägenden Eindruck hinterlassen haben, allenfalls ihre Keulen. Ich müsste versuchen, Ihnen einen Plan zu zeichnen. Das ganze Fort ist ein Gewirr von Wehrgängen, Wachtürmen und Befestigungen, die einen Hof in der Mitte umgeben. Von außen ist es quasi uneinnehmbar. Es ist tatsächlich einfacher, heraus- als hineinzukommen. Jeder, der versucht, das Fort von unten, vom Wasser her, zu beschießen, kann von den schweren Geschützen auf den Mauern oben wie eine Ente abgeknallt werden. Und es geht nicht nur um Sagaing, da sind ja auch noch Ava und Amarapura, wobei ein Schiff bei diesen Flusswindungen schon ohne Beschuss genug Schwierigkeiten hat.«

»Das ist der Grund, warum es so absolut notwendig ist, dass wir die Stärke ihrer Armee und Marine kennen«, sagte Major Radcliffe. »Wenn Sie ein paar Zeichnungen für mich anfertigen können, Captain, wäre ich Ihnen sehr dankbar. Schicken Sie sie mir gleich morgen Früh. Wir müssen einfach alles wissen, was man über die Befestigungen am Irrawaddy erfahren kann. Einfach alles! Sonst haben wir nicht die geringste Hoffnung, mit einer Flotte von der Größe, wie wir sie aufstellen können, an der Festung von Sagaing vorbeizukommen. Ich wüsste auch gerne mehr über diesen Waffenschmuggel, wie viele davon unter den Augen der Chinesen hinübergebracht werden. Der über Tonking laufende Waffenschmuggel hat stark zugenommen, auch wenn die Burmesen das bestreiten. Aber wir müssen sicher sein, Captain. Tatsachen! Haben Sie irgendwelche Informationen?« Er schaute Nathan lauernd an.

Nathan fühlte sich unwohl. »Ja, da gibt es einen Burschen, einen Briten, der Ihnen die Tatsachen besorgen könnte, Major. Er ist im Telegrafendienst von König Thibaw. Er ist jetzt auf dem

Weg hinauf nach Bhamo. Er hat das Ohr dicht am Boden oder besser gesagt, am Draht.«

»Gut, gut, setzen Sie ihn darauf an, aber was ich brauche, sind Fakten.«

Es schien Nathan, als wüsste Major Radcliffe ohnehin genau, von wem er redete.

»Schicken Sie mir bitte Ihre Zeichnungen, so früh es Ihnen möglich ist. Und zeichnen Sie den Fluss so genau wie möglich. Jede Kleinigkeit, auch die, die Ihnen am unerheblichsten erscheint, könnte sich als wichtig herausstellen. Wir wollen sogar wissen, an welcher Stelle die Hunde an Sagaings Mauern pinkeln, für den Fall, dass auch das eine Bedeutung hat. Haben sie Kanonen auf den Befestigungen?«

Nathan rieb sich das Kinn: »Da oben sind Kanonen, aber sie sind so alt, dass sie aus dem ersten burmesischen Krieg stammen müssen. Welches Fabrikat sie haben, weiß ich nicht. Die Anzahl und ihr Kaliber werden mir vielleicht wieder einfallen, wenn ich eine Weile darüber nachdenke. Wenn Sie die Absicht haben, diese Forts zu stürmen, dann werden Sie verdammt was vor sich haben. Ava, Sagaing und Amarapura, dieser Flussbereich ist der Albtraum jedes Kapitäns. Die Wasserhöhe schwankt ungeheuer. Zwischen der Monsunzeit von Juni bis September ist sie sechs bis neun Meter höher als der niedrigste Stand im Dezember. Und der Monsun-Wasserstand kann bis Mitte Oktober so bleiben. Unterhalb der Festung von Sagaing gibt es eine Reihe von wandernden Sandbänken. Wenn das erste Schiff aufläuft, kommen auch die anderen nicht mehr weiter. Und wenn das passiert, knallen die Burmesen Sie vom Ufer aus ab.«

»Genau das wollen wir vermeiden, Captain. Fakten. Ich brauche sie alle. Ich möchte sie zum Frühstück.« Er grinste.

Nathan grinste zurück. »Es gibt natürlich einen Trost, Major, und der ist, dass Sie bis jetzt noch nicht im Krieg mit den Burmesen sind. Sie würden dann nicht einmal einen einzigen Schuss abzufeuern haben. Die Burmesen sind die meiste Zeit ihres Lebens mittelalterliche Mönche. Und wenn es zu Schießereien kommt, dann rennen sie weg. Sie sind Buddhisten, keine Soldaten, auch wenn sie das selbst gerne glauben. Wenn sie plötzlich britische Kriegsschiffe den Irrawaddy heraufkommen sehen, dann werden sie in den Dschungel zur nächsten Pagode rennen, um Buddha um Hilfe zu bitten. Dann können Sie ohne Schwierigkeiten den Union Jack auf den Befestigungen von Sagaing aufrichten.«

Wiederum war seine Flapsigkeit nicht sehr willkommen.

»Captain de Veres-Vorne, es gibt eine Sache, die wir in der britischen oder der indischen Armee niemals machen, nämlich den Feind zu unterschätzen. In der Vergangenheit sind tragische Fehler passiert, indem die Gegner als minderwertig, als bloße Eingeborene, als zurückgeblieben und unwissend verachtet wurden. Nun, das war's für heute. Schicken Sie mir Ihre Informationen sobald wie möglich. Zeichnen Sie die Pläne, ich erwarte Sie morgen um ungefähr die gleiche Zeit. Kommen Sie direkt zu mir, ohne unten zu warten. Fragen Sie nach Corporal Duckett. Er wird Sie hereinführen und jetzt auch hinaus.«

Hier herrschte der gleiche herzliche Mannschaftsgeist, den man auch auf den Sportplätzen in England miterleben konnte. Jeffrey Redcliffe öffnete die Tür zu einem weiteren Büro, steckte seinen Kopf hinein und sagte zu jemandem, den Nathan nicht sehen konnte: »Corporal Duckett, bringen Sie Captain de Veres-Vorne wieder in Mr. Gosneys Büro zurück, pronto, seien Sie so gut.« Er kam wieder in sein Büro zurück, und Corporal Duckett erschien in der Tür.

»Auf Wiedersehen, Captain, es war nett, Sie kennen gelernt zu haben. Danke, dass Sie uns helfen wollen.« Er blickte rauchend wieder auf die Karte von Burma, um die Invasion in Ober-Burma vorzubereiten.

Nathan konnte sich seine leichte Belustigung nicht verkneifen, während er dem krummbeinigen kleinen Corporal durch ein Gewirr von Korridoren und Büros folgte. Nach Major Radcliffe war er wohl so eine Art Dossier zwischen den verschiedenen Abteilungen. ›Bringen Sie Captain de Veres-Vorne in Mr. Gosneys Büro zurück, pronto!‹ Er selbst war wohl so etwas wie eine Akte mit der Aufschrift ›vertraulich‹, vor allem, wenn er an die britische Gier nach Papier dachte, ganze Haufen davon musste er immer in Thayetmyo vorweisen.

Bevor Mr. Gosney ihn an einen anderen, gewöhnlicheren Sterblichen weiterreichte, händigte er Nathan zwei gut versiegelte gelbbraune Kuverts aus. Das eine war für Sir Edwin Tennent-Browne KCMG, KCVO und M. Sinclair Esq, Geschäftsträger, I .C. S. (Mandalay).

»Der Commissioner wäre Ihnen sehr dankbar, wenn Sie diese Nachrichten den beiden Herren direkt übergeben würden. Händigen Sie sie niemand anderem aus. Guten Tag, Captain de Veres-Vorne.«

Er lächelte schmierig, und Nathan konnte sich kaum beherrschen, diesem öligen Mr. Gosney zu erklären, dass er auch als Amerikaner durchaus in der Lage war, Englisch zu lesen, und er hätte ihn gern gefragt, warum sie sich nicht jemand anderen für ihren dreckigen Schmuggel suchten.

Er überlegte es sich anders. Wütend steckte er die Papiere in Edwins Aktenkoffer. Er war ein Trottel und wusste das auch.

2

Draußen wischte Nathan sich mit dem Arm über seine nasse Stirn und riss die Krawatte und den Kragen herunter, den Fee Tam dermaßen gestärkt hatte, dass er ihm in den Hals schnitt. Er verspürte keine Lust, seine Zeit mit Findebar und Ko Lee zu verbringen. Er sehnte sich danach, nach Mandalay zurückkehren zu können. Schließlich entschied er sich, seine Söhne zum Essen auszuführen. Vielleicht könnten sie anschließend den Rest des Tages damit verbringen, auf dem See herumzusegeln. Irgendein kleines Boot würden sie schon finden. Er machte sich auf den Weg zur englischen Schule.

Er verbrachte eine nette halbe Stunde mit den beiden, bis Sa-Lons Schmollen unerträglich wurde. »Was zum Teufel ist denn los mit dir, Sa-Lon? Ich dachte, du würdest dich freuen, deinen Vater zu sehen.«

»Ich hätte mich sehr gefreut, wenn es nicht gerade heute Nachmittag gewesen wäre. Heute haben wir unser wichtigstes Cricket-Match. Ich hätte für unser Haus die meisten Punkte geholt, da ich an meinen Schlägen verdammt hart gearbeitet habe. Jetzt kann ich nicht spielen, weil du mich aus der Schule geholt hast.«

»Also muss Sa-Lon de Veres-Vorne allen beweisen, dass er nicht nur was im Kopf, sondern auch Schlagkraft hat? Das letzte Mal ging's doch noch um deinen Verstand, oder? Du warst schlechter Laune, weil du befürchtet hast, nicht die besten Noten in irgendeiner Prüfung am nächsten Tag zu kriegen. Deine Ausreden werden immer dürftiger. Wenn du also meinst, ich sollte lieber wegbleiben, dann sag's einfach.«

Sa-Lon knirschte mit den Zähnen. Er war bald vierzehn, und Nathan fand, dass er zu großkotzig wurde. Man musste ihn wohl mal ein wenig zurechtstutzen. Irgendwie hatte er schon immer Ärger mit Sa-Lon kommen sehen, weil Minthami ihn aufs Äußerste verzog. Gott sei Dank hatte er seine Kinder davor bewahrt, Muttersöhnchen zu werden, und hatte sie in eine anständige Schule gesteckt und nicht in irgendein Phongyi-Kyuang, wie Minthami das vorgehabt hatte. Nathan kam zu dem Schluss, dass Roi den bei weitem besseren Charakter hatte. Er war stabiler, war weniger unstet und zeigte mehr Anstand. Spät am Nachmittag war Nathan erschöpft. Sein älterer Sohn hatte seine Geduld auf eine harte Probe gestellt.

»Habt ihr eure Mutter in der letzten Zeit gesehen?«, fragte er vorsichtig.

Sie standen vor einer Statue der Königin, die mit Reichsapfel und Zepter auf einem Teppich aus Rosen saß.

»Gestern, warum?« Sa-Lon warf ihm einen merkwürdigen Blick zu. »Bist du denn noch nicht zu Hause gewesen?«, fügte er unverschämt hinzu.

Nathan hätte Sa-Lon gerne geohrfeigt. »Das bin ich tatsächlich noch nicht gewesen.« Er räusperte sich. »Tatsächlich bin ich direkt vom Hafen gekommen, um euch Jungs zuerst zu sehen, bevor ich nach Hause gehe.«

»Das ist merkwürdig. Mama sagte, dass du schon seit drei Wochen zu Hause bist.« Sa-Lon hatte ihn nicht einmal ausreden lassen.

Nathan räusperte sich noch einmal. Es war ihm zutiefst unangenehm, beim Lügen erwischt zu werden. »Äh, sagte sie das? Sie hat wohl sicher nicht gesagt, hm, wo sie gewesen ist … ich meine, woher sie …« Beschämt starrte er Sa-Lon an. Er verlor die Beherrschung. »Ach, zum Teufel, vergiss es, Sa-Lon!«

Er ging weg. Roi lief ihm nach und zog ihn am Jackenärmel. »Papa, ist irgendwas nicht in Ordnung?« Er hüpfte neben ihm her, um mit seinem Vater Schritt halten zu können.

»Nicht in Ordnung?« Er blickte in das besorgte kleine Gesicht. »Nein, natürlich ist alles in Ordnung, Roi. Warum sollte irgendetwas nicht in Ordnung sein?« Er blieb stehen und wartete auf Sa-Lon, während er liebevoll durch Rois Haar fuhr. »Kommt, ihr beiden Sportler!« Um Rois willen versuchte er, fröhlich zu wirken. »Ich möchte keine Schläge von eurem Direktor bekommen, weil ich euch zu lange mitgenommen habe.« Mit äußerster Nachsicht strahlte er Sa-Lon an. »Schau mich nicht so finster an, Sa-Lon, sonst bleibt dir dieser Blick, wenn der Wind sich dreht.« Er nahm ein paar Münzen aus seinem Geldbeutel. »Hier, etwas Taschengeld. Sagt bloß nicht, ich kümmere mich nie um euch.«

Es war mehr, als die beiden hatten erwarten können.

»Papa!« Roi hielt ihn vor dem Schultor fest. »Die englischen Jungs sagen, dass wir Mischlinge sind, weil wir einen weißen Vater und eine schwarze Mutter haben. Ich habe ihnen gesagt, dass Mama eine wunderbare, hellbraune Haut hat, die viel netter aussieht als die der Weißen. Sie haben mich nur ausgelacht. Sa-Lon hatte eine Schlägerei, bekam ein blaues Auge und wurde dann von Mr. Whitehead geschlagen, weil er die Prügelei angefangen hatte. Old Crumbs, der Oberpräfekt, nahm uns auch wieder auf den Arm und sagte, es sei kein Wunder, dass wir mit Handel beschäftigt seien, weil Mischlinge sowieso nichts anderes tun könnten.«

Nathan war entsetzt.

»Halt den Mund, Petzer!« Sa-Lon rempelte Roi an, bevor er den Weg zur Schule hinaufrannte.

Nathan wusste zuerst nicht, was er seinem kleinen Sohn sagen sollte. Endlich meinte er: »Roi, kümmere dich nicht darum, was die anderen sagen. Sie frotzeln euch an, weil sie neidisch darauf sind, dass ihr reich seid. Vermutlich kaufen ihre Eltern im Shwe-Kaufhaus. Du kannst ihnen sagen, dass Handeln auch Klugsein bedeutet. Sie müssen das Zeug bei mir kaufen, während ihr alles von eurem Händler-Vater umsonst bekommt.«

Roi grinste ihn frech an, und Nathan fühlte sich gleich sehr viel wohler. »Also, Papa, ich werde ihnen das alles mal klar machen müssen, damit sie wissen, wer wir sind.«

»Na, das ist mein Sohn. Lauf los, damit du Sa-Lon noch erwischst.«

Nathan stand noch lange Zeit vor dem Schultor. Verärgert und traurig überlegte er, was diese teure englische Schule Sa-Lon und Roi noch alles antun würde, wenn man sie schon jetzt wegen ihrer Hautfarbe schlecht behandelte. Vielleicht wäre es auf lange Sicht doch besser gewesen, wenn Minthami ihren Willen durchgesetzt und sie auf eine Klosterschule geschickt hätte.

Neunzehntes Kapitel

1

Nathan schob die Zeichnungen und Notizen zur Seite, die er für Major Radcliffe vorbereitete. Er klopfte seine Pfeife in dem randvollen Aschenbecher aus und bemerkte, wie schmutzig alles um ihn herum war. Es war ihm leichter gefallen, sich an die Verhältnisse in Sagaing zu erinnern, als er erwartet hatte. Schließlich hatte er lange genug im Block gesessen und nichts anderes zu tun gehabt, als seine Umgebung zu beobachten. Tatsächlich war ihm jede Einzelheit im Gedächtnis geblieben.

Er verschränkte die Hände hinter dem Kopf und starrte zu der fliegenübersäten Zimmerdecke. In diesem Moment wurde ihm bewusst, dass er sich diese Wohnung nicht einmal richtig angeschaut hatte. Jetzt, nachdem er die Wochen in ihr eingesperrt war, bemerkte er, wie schäbig sie war. Er hatte Minthami erlaubt, die Gegend auszuwählen, in der sie in Rangun leben sollten, und sie hatte sich ausgerechnet Chinatown ausgesucht. Wahrscheinlich rührte diese Wahl daher, dass die Shans von Loloi lieber unter Chinesen und Thais als unter den Briten von Rangun lebten. Aber trotzdem hätte sie wirklich ein besseres Viertel wählen können, dachte er. Er musste verrückt gewesen sein, als er zugestimmt hatte, auf einer solchen Müllhalde zu hausen. Nun gut, er würde die Wohnung in diesem widerwärtigen Stadtteil ja bald los sein. Minthami würde nicht zurückkommen, und die Jungen würde er in ein paar Jahren nach Amerika schicken, damit sie dort ihren Schulabschluss machen konnten.

Er beugte sich wieder über seine Zeichnungen. Kanonen, Sandbänke, Bambuspalisaden, Geschützstellungen – er war dabei, die Burmesen zu verraten, die sein Nest ausgepolstert hatten. Der einzige Grund dafür war seine Hoffnung, dass die Briten den Burmesen treffen würden, der ihm seine Frau geraubt hatte. Nein, Nathan mochte den Gedanken nicht, dass er vielleicht zum zweiten Mal gekauft worden war.

Er übergab seine Zeichnungen an Corporal Duckett und entschuldigte sich, dass er Major Radcliffe nicht aufsuchen könne, weil er eine dringende Verabredung habe. Er hoffe aber, dass diese Informationen ihm von Nutzen sein würden. Dann machte er einen Höflichkeitsbesuch in seinem Büro, um festzustellen, dass all seine Angestellten das taten, wofür sie bezahlt wurden. Danach kaufte er eine Tube Zahnpasta im Shwe-Kaufhaus und, weil er schon mal dabei war, etwas Sarsaparilla von Wilkinson.

»Extrakt aus roten Jamaikawurzeln, ein wundervoller Reiniger für unser Blut.« Er grinste die Verkäuferin an. »Ich kaufe es auf jeden Fall, da ich all das, was hier aufgezählt ist, habe – Leberschaden, Schwächeanfälle, Hautausschlag und auch die ganzen anderen Wehwehchen.«

»Sie bezahlen doch jetzt nicht, Captain Vorne?«, wollte sie wissen.

Er lächelte sie wieder an: »Warum nicht? Ich kann ja schließlich nicht alles auf dieser Welt umsonst bekommen.« Er reichte ihr etwas Kleingeld. »Ich wäre wohl bald aus dem Geschäft, wenn meine Ware nicht im Umlauf bliebe.«

Den Rest des Tages verbrachte er damit, auf seinem unordentlichen Bett Joghurt zu trinken und überall Asche und Tabak zu verteilen und ziemlich schnell einzuschlafen.

Früh am nächsten Morgen würde er Segel nach Mandalay setzen.

2

Wilkinsons Sarsaparilla hatte sehr gut gewirkt. Er wachte nicht vor Mittag auf, und dann auch nur, weil er etwas an seinen Füßen spürte. Auch nach sechs Jahren war die Haut auf seinen Füßen und seinem Rücken immer noch äußerst empfindlich nach all dem, was die Gebrandmarkten mit ihm angestellt hatten. Widerwillig öffnete er die Augen.

Die Gestalt hinter dem Moskitonetz ließ ihn aufstöhnen.

»Minthami, wo zum Teufel bist du gewesen?« Er ließ sich in die Kissen zurückfallen.

Sie fuhr fort, seine empfindlichen Füße auf ihre unnachahmliche Weise zu massieren. Er redete hinauf zur fliegenübersäten Decke: »Ich habe dir doch gesagt, du sollst verschwinden. Ich wollte dich nicht wiedersehen.«

Sie gab noch immer keine Antwort. Es konnte kein Traum sein, denn er spürte ihre Hände deutlich. Mit weit offenen Augen sagte er ärgerlich: »Verflucht, Minthami, verschwinde!«

»Minthami geht gleich. Sie kommt nur, um ein Paar Schuhe für Sa-Lon zu suchen. Er braucht sie heute, und so kommt Minthami zu dem Haus, das Captain Vorne zum Mülleimer gemacht hat.«

»Oh Gott.«

»Warum sagst du ›oh Gott‹?«

Er räusperte sich. »Ich fühlte mich danach.«

Sie sah herrlich aus. Ihr Aufzug sollte ihn wohl verwirren.

»Warum bist du so angezogen?«

»Wie angezogen, Captain Vorne?«, fragte sie unschuldig.

»Wie das da … geschlitzter Rock und so weiter.« Er drohte ihr mit dem Zeigefinger. »Sag bloß nicht, dass du so durch die Straßen gelaufen bist.«

»Warum machst du dir Gedanken? Du wirfst Minthami auf die Straße. Warum machst du dir jetzt Gedanken?«

Er rutschte ein Stück hoch und lehnte sich gegen das Kopfende des billigen Messingbettgestells, an das er nun schon so lange gewöhnt war. »Minthami, wo bist du die ganze Zeit gewesen? Ich will es wissen.«

Sie kicherte und tänzelte vor ihm herum.

»Gefalle ich Ihnen, Captain Vorne?« Sie ahmte die Bewegungen einer Marionette nach. »Wie viel bezahlt der amerikanische Captain heute für Minthami?«

Er hielt seinen Kopf mit beiden Händen. »Minthami, tu mir das nicht an! Hör endlich einmal auf zu lügen. Sag mir, wo du gewesen bist. Ich bin in den letzten drei Wochen wie von Sinnen gewesen, weil ich nicht wusste, was dir passiert ist.«

»Du bist ein sehr komischer Mann. Du schlägst Minthami, verprügelst sie, sagst ihr sehr schlimme Dinge, und dann schickst du Findebar, Ko Lee und Tonsin in der ganzen Stadt herum, weil du Angst hast, was aus ihr geworden ist.« Sie lehnte sich über das Fußende und fing wieder an, ihm die Füße zu massieren. Das Moskitonetz lag wie ein Brautschleier über ihrem Kopf. »Ich wüsste aber immer noch gerne, wo du gewesen bist. Warst du mit dem Mann zusammen, der dir die Buddhareliquien gegeben hat, mit diesem Ha-Ha-Hands?«

Ihre Hände glitten an der Innenseite seiner Beine hoch.

»Verdammt, Minthami, lass das!«

»Ja, Minthami lebt mit ihm.«

Er ergriff ihre Arme und zog sie über das Fußende zu sich: »Ich will die ganze Wahrheit wissen!«

»Minthami war die ganze Zeit hier. Unten im Haus von Hla Hla Han, Halbbruder von Minthami. Er kommt mit erster und zweiter Frau von Moulmein nach Rangun, um hier zu leben. Minthami und Halbbruder lebten am Hof von Ava als Geiseln von Mindon Min. Sie gaben sich gegenseitig viel Trost, wenn Königin Sinpyumashin, die jetzt Königinmutter, ärgerlich mit ihnen war. Er arbeitet, wo Minthami arbeitet, in der Schule, die viele Tänze für die Briten veranstaltet, die nichts von burmesischer Kultur verstehen.«

»Warum zum Teufel hast du mir das nicht alles früher gesagt?«

»Minthami hatte keine Gelegenheit. Du glaubst nur, was in deinem eigenen bösen Kala-Kopf vorgeht. Hla Hla Han bringt nur Schrein mit nachgemachter Buddhareliquie, die wir bei Zatpwé in der Tanzschule verwenden. Wir haben viele Vorführungen, und ich bin sehr beschäftigt, während der Shwe Nat in Mandalay ist. Nur so ist Minthami nicht einsam, jetzt wo Sa-Lon und Roi in englischem Internat sind. Deshalb war er hier im Haus. Er meinte nichts Böses, Minthami meinte nichts Böses. Als er ging, hat sie sich ausgezogen, um sich für die Abendvorführung zurechtzumachen.«

»Oh Gott, Minthami ... es tut mir Leid.«

Sie fuhr ihm durch sein helles Haar, das sie immer fasziniert hatte. »Du sagst immer, es tut dir Leid, aber manchmal ist das nicht genug ...«

»Dann ziehen wir erst einmal dieses Zeug hier aus, bevor ich dich wieder mal richtig flachlege.« Er zog ihr ungeduldig die Kleider aus, seine Gier nach ihr war unerträglich.

»Es ist nicht genug, Minthami wird für einige Zeit ...«

Sie konnte ihren Satz nicht beenden. Er überschüttete sie mit Küssen. Ihr seidenes, offenes schwarzes Haar umhüllte ihn mit einem Duft von Jasmin und Rosen. Er nahm sie so schnell, dass er nach der Befriedigung, die sie ihm verschafft hatte, nach Luft schnappend dalag. Sie dagegen schnappte vor Empörung nach Luft. »Wenn es das ist, was du willst, warum kaufst du dir dann keine Frau?«

Er dämpfte sein Lachen mit dem Kopfkissen: »Ich will dich, niemand anderen. Ich habe dich vermisst.« Er langte nach seinem Tabaksbeutel. Plötzlich wurde ihm bewusst, dass sie ihm einen sehr merkwürdigen Blick zuwarf. »Was soll dieser Gesichtsausdruck bedeuten?«

Nahe bei ihm auf dem Bett sitzend, starrte sie ihn an: »Minthami glaubt, dass der Shwe Nat lügt, wenn er keine andere Frau will. Es ist schade, dass der amerikanische Captain kein Buddhist ist. Dann hätte er *Ma Ya Nga*.«

»Ich will keine zweite Frau.«

»Minthami glaubt, Shwe Nat braucht zweite Frau.«

»Es ist mir zum Teufel egal, was Minthami denkt. Ich weiß, was ich denke.« Er zog an seiner Pfeife.

»Die Nebenfrau tut für den buddhistischen Ehemann das, was die erste Frau nicht immer tun kann.«

»Was soll das wieder heißen?« Er schaute sie, während sie ihren Kopf neben seinem Ellbogen auf das Kissen bettete, finster an.

Sie streichelte seine Brust. Seine dunkelblonde Behaarung, die für sie in diesem Land glatthäutiger Männer so ungewöhnlich war, erregte sie immer wieder. »Manchmal glaubt Minthami, dass der Shwe Nat und Amagyi-Angela …«

»Um Gottes willen, Minthami, hör auf damit!« Er stieg aus dem Bett auf und ließ die Rattanmatten am Fenster herunter, weil die Sonne den kleinen Raum in einen Ofen verwandelt hatte. »Und noch etwas: Wir ziehen hier aus. Entweder bekommen wir ein anständiges Haus irgendwo bei den Seen, oder wir wohnen ständig in Mandalay.«

Als er sich umdrehte, sah er sie auf dem Bett knien. Ihre Schultern bewegten sich rhythmisch zu dem Schwung ihres parfümierten Haares. Ihre Tänze waren nicht immer religiöser Natur. Die Bewegungen ihres Körpers und ihre Haltung konnten genauso aufreizend und erotisch sein wie die eines Freudenmädchens oder die einer indischen Tempeltänzerin vor einem Phallussymbol. Ihre sexuellen Wünsche äußerten sich durch die leicht geöffneten Schenkel, die ihm den Ort zeigten, der von seiner eigenen Lüsternheit noch feucht war. Sie streckte die Arme nach ihm aus. Mit leuchtenden Augen zog sie ihn an sich: »Komm, diesmal ist es auch für Minthami. Sie macht den Shwe Nat sehr glücklich, sodass er keine andere Frau braucht.«

3

Er musste seine Rückfahrt also um einen Tag verschieben. Mit einem Longyi um die Hüften und nackter Brust stand er da und betrachtete sie. In der einen Hand hatte er ein Glas warmes indisches Ale, in der anderen Hand seine erloschene Pfeife.

Minthami lag in ihrer ganzen nackten Schönheit auf dem Sofa und murmelte gewissenhaft Gebete. Ihre schlanken Beine hielt sie fest überkreuzt, um die Samen in ihrem Leib zu schützen. Sie ließ die Gebetsperlen rhythmisch durch ihre Hände laufen.

»Verrückte Frau«, murmelte er, während er ihren schlanken Körper mit den winzigen Brüsten betrachtete.

Er suchte nach Eis. Der zinkverkleidete Eiskasten war leer. »Minthami.« Er brüllte aus der Küche herüber. »Es ist, verdammt noch mal, kein Eis mehr da!«

Da er keine Antwort bekam, ging er hinüber zur Couch. »Minthami, hast du mich gehört?«

»Sch! Du vertreibst den Schmetterlingsgeist der Tochter, die Buddha für Minthami macht.«

Er beugte sich über sie und flüsterte, während er die Hand auf das Dreieck ihres Schmetterlingsgeistes legte: »Minthami Schatz, ist es zu viel verlangt, dass du dich darum kümmern sollst, dass der Boy Eis vom Shwe-Kaufhaus holt? Du weißt, ich hasse warmes Bier.«

»Minthami hat es nicht vergessen. Sie hat viel Eis aus der Eismaschine im Shwe-Kaufhaus bestellt, bevor Ehemann nach Hause kam. Als der Shwe Nat in schlechter Laune zu Hause eintraf, ohne Minthami etwas zu sagen, da war er jede Nacht betrunken. Minthami weiß das. Minthami hat ihn von der Wohnung von Hla Hla Han unten beobachtet. Er hat sie nie gesehen. Er ist sehr dumm. Hat nie in selbes Haus gesehen, nur in Bordelle, Basare und andere dumme Plätze, wohin Minthami niemals geht. Schlecht, sehr schlecht, und das Haus so schmutzig. Also Eis weg.«

Er nickte. »Eis weg. Aha! Wenn du schon mal dabei bist, könntest du für mich mitbeten, dass Buddha jemanden um etwas Eis zum Kaufhaus schickt?«

»Zu spät. Das Shwe-Kaufhaus ist geschlossen. Die Geschäftsführer wollen schlafen, auch wenn der Shwe Nat immer noch wach ist. Außerdem ist Buddha der Erleuchtete, oh Thakin Vorne, und er erhört solche Gebete nicht. Er trinkt keinen schottischen Whisky, Rum aus Jamaika oder indisches Bier. Er braucht kein amerikanisches Eis.«

Nathan richtete sich auf. »Ich habe das Gefühl, dass du genauso boshaft wirst wie der kleine Sa-Lon. Also, Minthami, du kommst gleich morgen Früh mit mir nach Mandalay zurück. Wir werden in Whitewalls leben und nicht in dieser chinesischen Wäscherei.«

»Alles, was du willst, göttlicher Thakin. Minthami wird aber die vielen Freunde und Verwandten hier vermissen. Sie kann in Mandalay eine Tanzschule aufmachen, wenn Thakin Vorne das wünscht.«

Er seufzte. Mit dem warmen Bier in der einen Hand und der kalten Pfeife in der anderen warf er sich auf das frisch gemachte Bett. Einen Vorteil hatte ihre Wiederkehr auf jeden Fall. Die Wohnung war sauber, die Wäsche gewaschen, und sein Essen stand bereit. Die Skorpione in der Waschküche an der Veranda hatten keine Gelegenheit gehabt zu begreifen, was los war, bevor sie von Putzwasser weggespült wurden.

Eine verrückte Frau, dachte er. Trotz ihrer Fehlgeburt, die es ihr wohl nie wieder gestatten würde, ein Kind zu bekommen, vertraute sie fest darauf, noch einmal schwanger zu werden. Er würde sich eher von den Gebrandmarkten die Zunge herausschneiden lassen, als ihr von dieser Vermutung zu erzählen.

»Warum bist du zurückgekommen, Minthami?«

»Minthami hat kein Geld mehr. Sie hat sehr wichtige Rolle im Wasser-Festival und braucht neues Kostüm, *Achaeik Htameins*.«

»Was ist denn an dem verkehrt, das du heute Morgen angehabt hast?«

»Es gehört Ma Ma May, der zweiten Frau von Hla Hla Han. Warum hast du an dem Tag Minthami in ihr Gesicht geschlagen?«

»Wahrscheinlich, weil ich ein verrückter Kala bin.«

»Minthami tut es sehr Leid, aber sie kann nicht vor dem burmesischen Neuen Jahr nach Mandalay gehen. Es wäre große Schande für Minthami, beim Zatpwé nicht in Rangun zu sein, nachdem sie dafür geprobt hat.«

Sein Herz zog sich zusammen. »Minthami, ich habe nicht die Absicht, während der nächsten Wochen in meinem Kopf nichts anderes zu haben als die Sorge um dich. Ich werde früh am Morgen nach Mandalay zurückkehren. Ich habe die *Belle Hélène* und zwei Barken, die mit Waren voll gestopft sind, die wir aus England geordert haben und die in Mandalay dringend erwartet werden. Du würdest mir eine Freude machen, wenn du mit mir kommst. Wenn nicht, dann bekommst du dein *Achaeik Htameins* und genug Geld, um die Diener, das Internat und alles zu bezahlen, wofür du Geld brauchst. Du siehst mich aber nicht wieder, jedenfalls für lange Zeit nicht. Von Mandalay reise ich nach Bhamo und die nördlichen Nebenflüsse hinauf. Vielleicht gehe ich sogar nach Yünnan.«

Sie schien angesichts der längeren Trennung nicht besonders betrübt zu sein. Sie lächelte ihn müde an. »Minthami hat viel zu tun und wird sich bemühen, Ehemann nicht zu vermissen. Nächstes Mal, wenn er kommt, hat sie vielleicht ein Geschenk für ihn. Vielleicht ist sie schwanger mit einem Kind Buddhas als Gabe für den Shwe Nat.«

»Mag sein. Aber wirfst du nicht deine ganzen Götter durcheinander?« Er versuchte, einen ruhigen Ton beizubehalten. »Es ist Buddha, der deine Gabe erhalten sollte. Ich bin ja schließlich nur aus Fleisch und Blut, und er ist der mit dem goldenen Penis.« Er ging langsam zurück, während sie verärgert nach ihrem Morgenrock griff. Sie wand ihr Haar zu einem dicken Strang zusammen und befestigte die schwere Schlinge mit einem zerbrochenen Kamm. »Es ist sehr heiß hier oben. Minthami denkt, sie wird jetzt hinuntergehen und mit Ma Ma May und der Familie frühstücken.« Sie schloss den Gürtel um ihre schmalen Hüften.

»Kindchen, es ist elf Uhr nachts«, erinnerte er sie.

»Das ist die Zeit, wo das Chinesenviertel aufwacht. Soll dir Minthami ein paar Eiernudeln mitbringen?«

»Ich hätte gerne, dass Minthami mich um fünf Uhr aufweckt, falls sie dann immer noch frühstückt oder betet. Jetzt sollte ich mich ein bisschen hinlegen, nachdem ich mir die Zähne mit meiner wunderschönen neuen rosa Zahnpasta geputzt habe.« Er ging ins Schlafzimmer.

»Wenn Minthami wach ist, dann nimmt sie einen Bambusprügel, um den Shwe Nat aufzuwecken, der immer schläft wie ein Teakbalken. Aber wenn sie auch schläft, dann bitte nicht aufwecken, weil sie morgen sehr anstrengenden Tag hat in großer Rolle beim Zatpwé. Danach, nach den Neujahrsfeierlichkeiten wird sie nach Mandalay kommen und in Nathans großartigem Haus leben.«

Er schloss die dünne Rattantür zum Schlafzimmer. Der Lärm draußen wurde etwas leiser. Der Geruch von Essen, von ranzigem Ghee, von scharfen orientalischen Gewürzen lag in der Luft. Wieder einmal hatte Rangun ihn besiegt.

»Man-da-lay.« Schon der Klang dieses Namens war angenehmer.

Zwanzigstes Kapitel

1

Fünf Monate später setzte der Monsun mit aller Macht ein. Regenströme verwandelten den ausgetrockneten Boden in eine einzige Matschlandschaft und klatschten auf die Blätter der Kochbananenbäume, die wie die Ohren zorniger Elefanten hin und her wogten. Der Regen prasselte mit einer solchen Wucht in Mandalays Wassergraben, dass die Wasserhyazinthen ihre Blüten schlossen und bald überhaupt nicht mehr zu erkennen waren.

Clare Sinclair hatte ihre Liege auf die Veranda stellen lassen, um von dort dieses Naturschauspiel zu betrachten. Ihre Vorfreude auf Angelas Besuch war zwiegespalten. Auch wenn die reservierte Art der englischen Nonne sie einschüchterte, empfand sie ihre buddhistische Gelassenheit gleichzeitig als ungemein beruhigend. Während Clare Angela immer mit dem Ausdruck ›anders‹ charakterisierte, hatte Matthew in diesem Zusammenhang das Wort ›magnetisch‹ fallen lassen. Sie wusste noch immer nicht genau, was er damit meinte, aber irgendwie spürte sie, dass diese Frau mit ihren grünen Augen eine außergewöhnliche Ausstrahlung hatte. Trotzdem konnte sie die frühere Verlobte ihres Mannes immer noch nicht leiden.

Clare starrte mit trübem Blick in den Regen. Von der Rückseite ihres Hauses blickte man auf die Kyautawgyi Straße, die am Wassergraben entlang zur Nordseite des Palastes führte. Matthews Residenz lag einen guten Kilometer entfernt im Westen. In der genau entgegengesetzten Richtung, etwa einen Kilometer nach Osten, befand sich Edom Gideons Kirche. Amagyi-Angela musste aus dieser Richtung kommen. Auch Clare war den Weg, den die Nonne nehmen würde, schon etliche Male entlangspaziert. Sie ging häufig aus, da sie ihr Haus, das sie von einem Verwandten des Taingda Mingyi für eine unverschämte Summe gemietet hatten, geradezu hasste. Es war ein düsteres Gebäude. So trostlos und feucht es mit seinem undichten Dach und den verrotteten Holzplanken war, wünschte sie, es würde komplett im Wassergraben versinken. Sie wünschte zum hundertsten Mal, sie hätte niemals etwas von dieser Fischereiflotte gehört. Und manchmal wünschte sie, sie wüsste nicht, wer Matthew Sinclair überhaupt war.

Sie wandte ihr verkniffenes Gesicht zu ihrem Mann, der auf einem geflochtenen Sessel in einer der Zimmerecken saß und mit Verity auf dem Schoß ein Bilderbuch anschaute. Sie strich sich über den Bauch. Jede Schwangerschaft schien noch unangenehmer zu sein als die vorhergehende. Sie war entsetzt gewesen zu erfahren, dass man durchaus schwanger werden konnte, während man das letzte Kind noch stillte. Irgendjemand hatte ihr erzählt, dass das nicht möglich sei. Inzwischen hatte Clare herausgefunden, dass nichts unmöglich war, was Schwangerschaften anging. Sie hasste das. Und am meisten hasste sie Matthew dafür, dass er sie immer wieder in diese Situation brachte.

Bhuti, der Parse, schlurfte barfüßig auf die Veranda, um Amagyi-Angelas Ankunft zu melden.

»Entschuldige mich bitte, Clare. Da Angela jetzt hier ist, kann ich ja in die Botschaft gehen. Es ist einiges liegen geblieben, das ich noch aufarbeiten muss.«

»Ich hätte gar nicht gedacht, dass du noch so viel zu tun hast, wenn man bedenkt, dass es zwischen Rangun und Mandalay gar keine offiziellen Beziehungen mehr gibt«, meinte Clare ausgesprochen mürrisch.

Matthew verkniff sich eine Antwort und war beinahe froh, Angela zu sehen.

»Hallo, Matthew«, begrüßte diese ihn fröhlich. Sie schüttelte ihren Regenschirm aus und schien überhaupt nicht zu bemerken, wie durchnässt sie trotz des Schirmes war. Sie lief immer noch barfuß herum, wie Matthew bemerkte.

»Du solltest dich gut abtrocknen, sonst verkühlst du dich noch und wirst krank.«

Angela lachte ihn an: »Oh je, Matthew, wenn ich mich jedes Mal verkühlen würde, wenn ich im Monsun draußen herumlaufe, dann hätte ich in der heißen Jahreszeit nichts, worüber ich mich beklagen könnte.« Sie ließ sich neben dem Haufen von Wäsche nieder, den Clare für sie zum Nähen und Ausbessern bereitgelegt hatte. Warum Clare, die den ganzen Tag wie die Königin von Saba herumlag, das nicht selbst erledigen konnte, blieb Angela ein Rätsel. Clare fehlte ja schließlich nichts an den Händen, soweit sie das beurteilen konnte.

Matthew trat ungeduldig von einem Bein auf das andere, offensichtlich erleichtert, dass seine Mittagspause, in der er seiner Frau Gesellschaft leisten musste, nun endlich vorüber war. »Entschuldigt mich, die Pflicht ruft.«

Er lächelte sie flüchtig an, aber Angela bemerkte, dass in seinen Augen hinter den Brillengläsern immer noch Verzweiflung und Ärger glitzerten. Er hatte immer noch nichts vergessen, nichts vergeben. Es war wohl, wie Salz in seine Wunden zu streuen, wenn sie jeden Tag hierher kam. Er und Clare hatten aber darauf bestanden. Angela hatte einen solchen Hilfeschrei einfach nicht überhören können.

Eine Stunde später brach die Sonne durch die Wolken, und ein Regenbogen spannte sich über den Palastgraben. Alles dampfte in der Hitze genauso wie sie selbst. Aufdringliche Moskitos rückten in ganzen Scharen an. Angela hatte das Gefühl, Clares mürrische Gesellschaft nicht noch einen Augenblick länger aushalten zu können, als eine wohl bekannte Stimme durch das Haus hallte.

»Hallo! Ich bin es nur.« Blaize Tennent-Browne schlenderte auf die Veranda. »Ich hoffe, es schlafen nicht alle. War das nicht eine fürchterliche Woche? Angela, Liebes, ich dachte mir schon, dass ich Sie hier bei Ihrer guten Tat für heute finden würde. Wie viele

Leben haben Sie schon angesammelt? Ich denke mir immer, wenn Sie schon aus diesem Leben ein Fegefeuer machen, dann werden Sie wohl auch kein anderes mehr erreichen. Gott im Himmel, Edwin mutiert langsam wirklich zu einem Klageweib. Ich musste jetzt einfach mal seinen Fußpilz und seine kahlen Stellen sich selbst überlassen, um etwas frische Luft zu schnappen. Freunde, wenn ich noch mal heirate, dann wird es ein junger Angestellter sein. Ich bin meinem Vater wirklich böse, dass er mich in die Arme eines anderen alten Mannes getrieben hat. Sieben Töchter, das war sein Fegefeuer. Armer alter Bursche.« Sie ließ sich in einen Korbstuhl fallen. Ihr wunderbarer weißer Spitzenumhang musste Edwin ein Vermögen gekostet haben. Angela, die gerade einen neuen Faden einfädelte, betrachtete Lady Bee, die gekleidet war, als ob sie sich auf einer englischen Gartenparty im Sommer und nicht auf einer Veranda in Mandalay in der Regenperiode befände.

»Kinder«, sprudelte sie hervor, »schaut euch nur diese Schuhe an.« Sie zeigte ihre schlanken Fesseln. »Der Schimmel hier ist ja noch schlimmer als in Manipur. Das Gleiche ist meinen viel zu teuren Handschuhen passiert. Übersät von grünen Flecken! Jetzt sehe ich aus wie ein verschimmelter Leopard, wenn ich irgendwohin gehe, zum Brüllen komisch. Mein Gott, sind diese Wasserhyazinthen nicht wunderschön, wenn sie sich nach dem Regen öffnen. Genauso blau wie die Augen eines einfach herrlichen Mannes. Angela, Sie wissen sicher, wen ich meine. Da wir schon einmal von ihm reden …« Sie spielte mit ihrem Rocksaum herum, während sie geistesabwesend über den Wassergraben blickte. »Wussten Sie, dass er wieder in Mandalay ist? Ach, das wussten Sie nicht? Wie dumm von mir, ich dachte, dass Sie die Erste sein würden, die erfahren würde, dass der König des Flusses wieder in seinem marmornen Palast weilt, während der König von Burma in seinem hölzernen vor sich hin meditiert. Das ist schon komisch. Auf jeden Fall aber hat er diesmal seine kleine Eingeborenenprinzessin im Schlepptau.« Sie bedachte Angela mit einem zuckersüßen Lächeln.

Angela beugte sich wieder über ihr Nähzeug: »Ach ja? Ich hatte keine Ahnung, dass Nathan und Minthami zurück sind. Um Gottes willen, ich werde für diese feierliche Gelegenheit meinen besten Hut heraussuchen müssen.«

Clare kicherte vor sich hin.

»Touché, Schätzchen.« Blaize stieß einen tiefen Lacher aus. Unter ihrem eleganten Spitzenrock schlug sie ein Bein über das andere. »Clare, Liebling, Ihr Bauch nimmt ja langsam die Ausmaße eines Heißluftballons an. Was bekommt ihr beiden denn diesmal, einen Elefanten?«

Clare lief rot an. Sie biss sich auf die Lippen und sah aus, als ob sie jeden Moment in Tränen ausbrechen würde. Blaize fuhr fort: »Also seien Sie nicht so langweilig, Kleines, und verraten Sie uns das Geheimnis. Es gibt doch so verdammt wenig Neues in dieser gottverlassenen kleinen Stadt. Wann wollen übrigens Leigh und Milly heiraten?« Angela sah, dass Clare kurz vor einem hysterischen Anfall stand, und drückte ihr prophylaktisch das Riechsalz in die Hand.

»Tut mir Leid«, sagte Lady Bee. »Habe ich irgendetwas Falsches gesagt? Ich habe nur so etwas im Europäischen Club vor ein paar Tagen läuten hören. Man weiß ja, wie sich solche Gerüchte verbreiten, ganz besonders unter diesen ungehobelten Knaben, wenn sie Urlaub von ihren Elefanten haben. Ich hätte ja kein Wort davon geglaubt, dass Milly und Leigh sich lieben, wenn ich sie nicht zufällig mal beim Frühstück in Nathans Haus getroffen hätte ... Oh mein Gott! Angela, wie können Sie nur, ich bin ja klatschnass.«

»Es tut mir so Leid, Bee, entschuldigen Sie bitte! Ich werde immer ungeschickter. Das letzte Mal war es Supalayats Vase.« Angela wischte hastig das Wasser von Clares Tisch, wozu sie das Lätzchen verwandte, an dem sie gerade genäht hatte, dann wandte sie sich Blaize zu, um ihr zu helfen.

»Nein! Bitte nicht, Sie machen ja mit diesem nassen Lappen alles noch schlimmer.« Lady Bee stand auf und schüttete das Wasser aus ihrem Schoß.

»Oh je, ich hoffe, die Spitzen laufen nicht ein, Bee. Und so ein schönes Kleid. Ich würde nach Hause gehen und das Kleid flach auslegen, damit es trocknet. Hängen Sie es auf keinen Fall auf, sonst ist es ruiniert.«

Blaize hatte ihre Beherrschung wiedergefunden. Sie konnte es durchaus mit Angelas Hinterlist aufnehmen: »Machen Sie sich keine Sorgen, Liebes, ich verstehe Sie schon. Dieses Kleid wird schon nicht so scheußlich werden wie das rosa Zeug da, das Sie anhaben. Erinnern Sie mich daran, dass ich Ihnen gelegentlich mal ein paar Schnittmuster leihe. Sie könnten sie Ihrer Mutter Oberin geben, dann würde auch da oben in Sasana etwas mehr Eleganz herrschen. Auf jeden Fall muss ich mich jetzt wirklich beeilen. Ich habe versprochen, Nathan, Leigh und Edwin zuzujubeln, wenn sie gegen die Eingeborenen Polo spielen. Man kann es kaum glauben, aber all diese Nasen, die Nathan im Shwe-Kaufhaus und in seinen anderen Lagerhäusern beschäftigt, stellen sich gar nicht so schlecht dabei an, wenn auch auf ihre etwas primitive Art. Auf Wiedersehen, Clare, seien Sie lieb und trinken Sie das Nerventonikum, das Ihnen Edwin verschrieben hat. Es wird bewirken, dass Sie nicht mehr wie ein Gespenst, sondern wieder etwas mehr nach Fleisch und Blut ausschauen. Auf Wiedersehen, Angela, ich werde Nathan sagen, dass ich über Sie gestolpert bin.«

Sie nahm ihren Hut und eilte davon.

2

Bei Sonnenuntergang ging Nathan die Kyauktawgyi-Straße entlang, bog an ihrem Ende nach links ab und ging dann an den siebenhundertneunundzwanzig Pagoden Mindon Mins vorbei, in die die Pali-Texte des Kuthodaws eingeschrieben waren.

Gigantische Löwenstatuen bewachten den Aufgang der Treppe, die zur Spitze des Bergs von Mandalay führte. Der überdachte Gehweg, der sich den Berg hoch schlängelte, war mit vielen Rastplätzen ausgestattet, auf denen die Wanderer wieder zu Atem kommen konnten. Der Ausblick, den man von der Bergspitze hatte, war den mehr als mühsamen Aufstieg aber immer wert. Auch Nathan erklomm in diesem Moment voller Vorfreude auf die wunderbare Aussicht die letzten Stufen. Allerdings war das Panorama nicht der eigentliche Grund für seine Bergtour. Vielmehr hoffte er, Angela dort oben dabei anzutreffen, wie sie ihre Tauben fütterte. Er freute sich sehr darauf, sie wiederzusehen.

Die Chinthes schienen ihn, den respektlosen Kala, der ihre geheiligten Stufen hinaufging, ohne sich die Schuhe auszuziehen, aus ihren weit aufgerissenen Mäulern anzuknurren. Fast an der Bergspitze angekommen, fiel sein Blick auf Buddha, in Gold und Bronze verewigt und seine Hand über Mandalay haltend. Direkt neben ihm befand sich die Statue einer Frau, die in den Händen ihre eigenen amputierten Brüste hielt, um sie Gautama zu opfern. Dieser Statue, die im Schatten des überwältigenden Buddhas stand, hatte Nathan nie viel Beachtung geschenkt. Schwitzend nahm er seinen Tropenhelm ab und wischte sich über die Stirn.

Der Mann, der ihm gefolgt war, seit er die Stadt durch eines der westlichen Nebentore betreten hatte, sprang in eine Nische zurück. Nathan setzte sorgfältig seinen Tropenhelm wieder auf und zog den Kinnriemen fest. Trotz seiner scheinbaren Geistesabwesenheit entging ihm nichts. An einem der kleinen Stände kaufte er für Minthami einen kleinen Kamm aus Elfenbein und Silber. Dann kam er an einem Obststand vorbei und suchte bedächtig einige Mangosteens, seine Lieblingsfrüchte, aus. Er blickte über die Schulter. Der Mann lauerte immer noch im Schatten. Nathan ging ein paar Meter weiter, blieb stehen, überzeugte sich, dass der Mann außer Sicht war, und trat schnell in eine Nische, in der ein über und über verzierter Buddha stand. Er steckte den Kamm in die Tasche und legte die Mangosteens Buddha zu Füßen. Der Mann kam vorbei und blickte verstohlen um sich. Dann blieb er stehen, er schien unsicher. Sein Gesicht war von dem unteren Teil seines Turbans verhüllt. Nathan packte ihn von hinten.

Mit aller Gewalt ergriff er die Arme des Mannes und zog ihn mit in die Nische. »Wenn du mir nicht sagst, wer du bist und warum du mir die ganze Zeit gefolgt bist, dann schneide ich dir die Kehle durch!«, zischte er ihn an.

Die vermummte Gestalt wand sich und versuchte, den würgenden Armen und dem Knie in seinem Rücken zu entkommen. »Halt, halt bitte, Thakin Vorne. Ich bin es nur, nur Ba Say.«

Nathan zog ihm den Musselinturban vom Kopf. »Mensch, Ba Say, du hast mich zu Tode erschreckt. Was in Teufels Namen hat dein Spielchen hier zu bedeuten? Ich dachte, du seist ein Räuber, der mir seinen *Dah* in den Rücken stoßen wollte. Warum läufst du mir nach?« Er ließ den Burmesen los.

»Thakin Vorne, Ba Say hat heute im Rat schlimme Dinge gehört. Neuigkeiten über Festnahmen …«

»Halt jetzt erst mal die Luft an. Ich bin kein Brite. Der Mann, den du suchst, ist der britische Geschäftsträger, Mr. Sinclair.«

»Ba Say weiß, Thakin Vorne, aber es gehört sich nicht, dass Ba Say ihm das sagt, denn es geht um ihn. Ich komme vom Hlutdaw, von besonderem Treffen über die Situation hier in Mandalay. Es ist sehr schlimm. Viele Namen sind auf der Liste. Alle, die ›verdächtige Ausländer‹ genannt werden. Thakin Sinclair ist einer davon.«

»Wer noch?«

»Viele andere. Ba Say erinnert jetzt sich nur an wenige, wie Thakin Buchanan vom Telegrafendienst, Thakin Doktor, der Brown Tent genannt wird …«

»Tennent-Browne. Wer noch?«

»Viele, viele andere. Ba Say hat gutes Gedächtnis, er schreibt auf …«

»Nein, um Gottes willen, schreib bloß nichts auf, sonst wirst du noch als Spion an irgendeinen Wachturm genagelt.«

»Ba Say ist schon ausgepeitscht worden, und seiner Familie sind so böse Dinge von Taingda Mingyi und den Räubern angetan worden, dass er bezahlt hat.«

»Darum geht es jetzt nicht. Stand mein Name auf der Liste des Taingda?«

»Nein, da bin ich sicher.«

»Na, das ist doch schon mal was. Gut, Ba Say, geh jetzt und schleich mir das nächste Mal nicht so nach, als ob du mir ein Messer in den Leib rammen wolltest. Das macht mich misstrauisch. Mach dir keine Sorgen, ich werde die verdächtigen Ausländer warnen. Und vielen Dank.«

»Es ist großes Vergnügen, Thakin Vorne. Möge jeder deiner Schritte von Glück begleitet sein.« Ba Say zog sich mit äußerster Höflichkeit rückwärts gehend zurück und rannte dann die Arkaden hinunter. Glück war so ziemlich das Letzte, was Nathan empfand, als er sich wieder bergab wandte, um Matthew vor der Gefahr zu warnen, in der er schwebte.

3

Nathan fand Matthew in der Botschaft. Er saß an Mr. Hawes altem Platz im Büro. Er widmete sich mit offensichtlichem Genuss der bernsteinfarbenen Flüssigkeit in seinem Glas. Unangenehm berührt, weil man ihn dabei erwischt hatte, wie er sich so gar nicht nach Adrian Hawes Vorbild verhielt, begrüßte Matthew Nathan etwas verlegen.

»Stören Sie sich nicht an mir«, sagte Nathan fröhlich. »Ich trinke ein bisschen mit, wenn ich darf.«

»Gerne.« Matthew bot ihm einen Stuhl an und klingelte dann nach dem Boy, der noch ein Glas und mehr Whisky bringen sollte. »Ich möchte während der nächsten Stunde nicht gestört werden!«, rief er dem Boy nach. »Was kann ich für Sie tun, Nathan?«

»Ich habe gerade eben mit Ba Say geredet, der heute Nachmittag im Obersten Rat war. Offensichtlich hat der Hlutdaw eine Liste verdächtiger Ausländer erstellt. Ihr Name ist auch darauf.«

»Das war ja zu erwarten.«

»Sie wissen das schon?« Nathan war etwas verärgert darüber, diesen ganzen Weg gelaufen zu sein, nur wegen einer Nachricht aus zweiter Hand.

»Ich weiß schon seit einiger Zeit, dass dies passieren würde. Mein Name würde ganz oben auf der Liste des Taingda stehen, das war klar. Das alles haben wir Frankreich zu verdanken, das seine Geschäftsinteressen in Mandalay sichern will. Deshalb sind London und Paris nicht gerade freundlich miteinander. Der neue französische Konsul hier hat auch die Feindschaft zwischen Rangun und Mandalay weiter angefacht. Seit der Vertrag zwischen Frankreich und Burma in diesem Januar unterzeichnet wurde, haben die Franzosen nichts anderes getan, als uns auf die Zehen zu steigen. Alles gehört dazu, auch der Zweieinhalb-Millionen-Kredit für eine Eisenbahnverbindung zwischen Mandalay und Taunggyi und die gleiche Summe für eine staatliche Münzpräge. Der Taingda Mingyi und Supalayat sind, wie Sie wissen, ausgesprochen franzosenfreundlich, obwohl der Taingda meiner Ansicht nach in erster Linie fremdenfeindlich ist und Burma nur für die Burmesen haben will. Auf jeden Fall ist das Ganze ein übles Geschäft, vor allem das Waffengeschäft, das die Franzosen mit den Burmesen hinter unserem Rücken machen. Die Regierung Ihrer Majestät hat an den britischen Botschafter in Paris geschrieben, damit Vorkehrungen getroffen werden, um eine Konfusion innerhalb der Angelegenheiten ›halb zivilisierter Staaten‹ zu vermeiden. Das waren Lord Salisburys Worte, nicht meine.« Matthew schwieg und trank einen Schluck Whisky.

»Die Tatsache aber bleibt bestehen«, fuhr er dann fort, »dass der Hlutdaw jetzt einen Schritt weiter gegangen ist und uns hinter die Franzosen drängen will. Sie haben vermutlich von der Bombay-Burma Trading Corporation gehört und dass sie uns dafür eine Strafe aufbrummen wollen? Sie drohen, die Holzvorräte der Gesellschaft zu beschlagnahmen, sollten wir nicht zahlen. Sie haben den Eindruck, dass die Buchführung der Gesellschaft nicht in Ordnung ist. Wir haben Widerspruch eingelegt. Ich bin nicht allzu sehr besorgt über diese Liste. Wir bringen zu viel Geld und Industrie in ihr Land, sie können einfach nicht wagen, uns ganz dumm zu behandeln.« Matthew trank sein Glas aus und füllte es wieder.

Nathan pfiff durch die Zähne. Er kippte seinen Stuhl zurück, schlug die Beine übereinander und sagte: »Was für eine prekäre Situation.«

»Ja, im Moment ist die Lage wirklich nicht berauschend. Man müsste hinter ihren Trick kommen. Der einzige Grund, warum wir diesen Ärger nicht schon früher hatten, liegt in der Niederlage der Franzosen bei Lang-Son im März.«

»Was wollen Sie also tun?«, wollte Nathan wissen.

»Erst mal abwarten. Ich bin noch nicht zurückgerufen worden. Aber wenn es so weit kommen sollte, gehe ich nach Hause. Inzwischen aber sitze ich das Ganze aus. Der Whisky hilft mir dabei.« Er lächelte ruhig und tippte die Flasche an.

»Na, dann noch eine schöne Zeit!« Nathan erhob sein Glas. »Ich bin nur froh, dass ich hier neutral bin.«

»Und ich bin nur froh, dass Sie ein so schneller Läufer sind.« Matthew fühlte sich in Nathans Gesellschaft wohl. Der Captain war anscheinend doch keine so miese Type, wie die Leute ihn hinzustellen versuchten, dachte er. »Ich habe gehört, es war ein gutes Spiel heute Nachmittag.«

»Wenn man sich um fünf Uhr nachmittags gerne anstrengt. Das Spielfeld war so verflucht nass nach dem ganzen Regen, dass es eher Wasserpolo war.«

»Wer hat gewonnen?«

»Wir natürlich.«

»Wer ist wir?« Matthew grinste.

»Wir Neutralen.«

»Oh natürlich! Na gut.« Matthew warf einen Blick auf seine Uhr und zog eine Grimasse. »Ich glaube, ich werde mich jetzt besser nach Hause schleichen, sonst macht sich Clare Sorgen. Es war nett, Sie zu sehen, Nathan. Danke, dass Sie mir mitgeteilt haben, was Ba Say da heute Nachmittag gehört hat. Ich freue mich, dass er immer noch auf dem Posten ist. Aber warum ist er nicht gleich zu mir gekommen, anstatt diesen Umweg über Sie zu machen?«

»Sie kennen doch die Burmesen. Manchmal treiben sie ihre verdammte Höflichkeit so weit, dass man Lust hätte, sie bei ihren vielen Verbeugungen in den Hintern zu treten. Wahrscheinlich wollte er Sie nicht verletzen und zog mich vor, um es Ihnen so vorsichtig beizubringen.«

Auf der Veranda gaben sie sich die Hand, bevor sie ihrer Wege gingen.

Matthew bedauerte es sehr, dass er überhaupt nach Hause gegangen war. Er traf Clare im Wohnzimmer, die ihn sofort angiftete, ohne ihm auch nur Zeit zu lassen, Bhuti seinen Hut und Schirm zu geben. Es war eigentlich seit Monaten das erste Lebenszeichen, das sie von sich gab.

»Matthew, deine Schwester ist nichts als ein kleines Miststück!«

Er trat erschreckt einen Schritt zurück, als Clare ihren wütenden Angriff auf Milly losließ. Er blickte sie an, als ob sie den Verstand verloren hätte. »Das ist genau das, was Milly nicht ist! Und ich wäre dir dankbar, wenn du deine Sprache ein bisschen mäßigen würdest, Clare.« Er war in seinem Leben noch nie so verärgert gewesen. Verletzt und verstört, das schon, aber niemals so verärgert. Clare aber hatte etwas zu sagen, und sie war finster entschlossen, es auszusprechen.

»Ich habe Milly in ihr Zimmer geschickt. Sie wird dort bleiben. Ich habe ihr verboten, das Haus zu verlassen sowie sich in die Nähe der Kinder zu wagen.«

»Was soll dieser Zirkus? Kannst du mir bitte mal sagen, warum du dich derartig hysterisch aufführst?«

»Nicht bevor ich dir gesagt habe, dass ich Bhuti mit dem Boot nach Ava geschickt habe, um ein Telegramm an deine Eltern aufzugeben. Ich möchte, dass sie Milly nach Coimbatore zurückholen, und ich habe ihnen auch mitgeteilt, warum.«

»Du hast was getan?« Matthew war entgeistert.

»Ich wollte nicht, dass dieses Telegramm dem raffinierten Mr. Buchanan in die Hände fällt, denn er ist ja schließlich die Wurzel allen Übels. Darum wurde das Telegramm von Ava aus und nicht von Mandalay geschickt.«

Sie schien stolz auf ihre Schlauheit zu sein. Matthew hatte das Gefühl, dass das Zimmer sich um ihn drehte. Er wünschte, er hätte nicht so viel Whisky getrunken. Dann riss er sich zusammen. Er holte tief Luft und fragte dann: »Würdest du mir bitte verraten, was Leigh Buchanan und Milly dir angetan haben, dass du dich ihnen gegenüber so gehässig verhältst?«

»Das werde ich dir sagen, Matthew. Deine billige kleine Schwester hat ihn die ganze Zeit hinter deinem Rücken getroffen. Jedes Mal, wenn er aus dem Dschungel zurück ist, sieht man sie zusammen, und alle Leute reden darüber. Ich wundere mich, dass du noch nichts davon gehört hast, wo du doch sonst alles mitbekommst. Sie schleicht sich von hier fort, um sich in fremden Häusern mit ihm zu treffen. Ich dulde das nicht, Matthew! Ich will nicht, dass deine Schwester mein Haus mit ihrem liederlichen Verhalten in Verruf bringt. Ich will nicht, dass sie diesen Mr. Buchanan noch einmal trifft. Ich will nicht, dass sie noch einen Tag in diesem Haus mit meinen Kindern zusammen ist. Und was Captain Vorne angeht, frage ich mich wirklich, wie er die beiden auch noch in ihrem unanständigen Benehmen unterstützen kann, indem er ihnen gestattet, Whitewalls als Absteige für ihre …«

»Hör auf!«

Sie hatte ihn noch nie so brüllen hören.

»Hör auf. Kein Wort mehr! Ich möchte von dir kein Wort mehr über meine Schwester hören. Ich werde jetzt hinauf zu Milly gehen und die Wahrheit über die ganze Angelegenheit erfahren.«

»Die Wahrheit ist, dass sie eine Schlampe ist.«

»Nein, Clare, sie hat sich verliebt. Aber das ist etwas, was du nie verstehen wirst.« Er drehte auf dem Absatz um und verließ das Wohnzimmer.

4

Auf der Veranda von Whitewalls saßen Nathan und Leigh im Mondlicht über dem glitzernden breiten Fluss und genossen sowohl die Schönheit der Nacht als auch ihren Whisky. Mit Minthamis Räucherstäbchen ließen sich die Moskitos zumindest auf Abstand halten, und auch Nathans Pfeife tat dabei ihre Wirkung.

Nathan hatte es für richtig gehalten, Leigh mitzuteilen, dass auch sein Name auf der Liste der verdächtigen Personen stand. Leighs Reaktion auf diese Nachricht war, wie Nathan kaum anders erwartet hatte, so ähnlich wie die von Matthew. Die Burmesen würden niemanden verhaften, sie hätten jetzt noch keinen Grund dazu. Das würde ihren Ruf draußen noch verschlechtern. »Die Burmesen sind doch nicht so dumm, sich mit Absicht von den zivilisierten Ländern, die sie doch brauchen, zu separieren. Wenn aber die Burmesen oder die Briten den Krieg erklären, dann passen wir besser auf. Aber ich bin schon vorsichtig, mach dir keine Sorgen. Vielen Dank für die Warnung.«

»Danke nicht mir, sondern Ba Say. Er war es schließlich, der seinen Kopf in das Maul des Löwen gesteckt hat.«

Nathan stand auf und lehnte sich an die Balustrade. Er hatte ein leichtes Zittern unter seinen Füßen gespürt. Auch hier an der Balustrade konnte er es spüren. Er blickte hinauf zu den Lampen, die jedoch völlig ruhig hingen. Auch keiner der an den Wänden hängenden Gegenstände rührte sich.

»Was ist los?«, fragte Leigh. »Ein Erdbeben?«

»Ich weiß nicht … ich spüre nur ein Trommeln auf dem Boden. Pferde! Allmächtiger! Leigh, schnapp die Gewehre … da hinter dir an der Wand! Sie sind alle geladen.«

»Banditen?« Leigh sprang zu den Waffen.

»Darauf kannst du wetten.« Nathan nahm sein Gewehr herunter. »Die Bos hier sind schon die ganze Zeit hinter mir her, weil ich mich ihrer leichten Geschäftemacherei nicht beuge. Ich werde den Dienern sagen, sie sollen alles abschließen. Minthami soll sich verstecken.« Er rannte los und brüllte nach seiner Dienerschaft.

Leigh fühlte sich schwindelig. Er stellte sich hinter einer Marmorsäule auf. Sein Mund fühlte sich an wie Sandpapier, und er hatte das unangenehme Gefühl, dass Nathans Mahnung, die Drohung des Taingda ernst zu nehmen, nicht unbegründet war. Dem Kerl war wirklich nicht zu trauen. Er lehnte das Gewehr an eine der Verandasäulen und überlegte, wo Nathan und seine Männer wohl waren. Der Lärm entlang des Bund nahm zu. Das erste Pferd kam in Sicht und galoppierte in einem halsbrecherischen Tempo die Auffahrt herauf. Leigh legte sorgfältig an, wartete noch den Bruchteil einer Sekunde, bis er den Banditen an einer mondbeleuchteten Stelle zwischen den Bäumen gut im Visier hatte, und feuerte. Das Pferd bäumte sich auf und warf den Reiter ab.

Er rührte sich nicht mehr. Gut. Er hatte den ersten erwischt. Erste Runde. Leigh wartete auf die anderen.

Vom anderen Ende der Veranda, wo er sich mit seinen Männern in den Büschen versteckt hatte, hörte Nathan das Pferd in Panik davongaloppieren. Das Warten auf den nächsten Angriff der Bande schien unerträglich lang.

Dann sah Nathan Leigh über das Gras hinauskriechen. »Leigh«, zischte er ihn an, »sei kein Idiot, das ist ihre Taktik, um uns hinauszulocken. Die anderen fallen über dich her!«

Leighs heiserer Schrei draußen in der Dunkelheit ließ Nathan frösteln. Er hatte ihn schließlich gewarnt. Der Bandit draußen hatte sich sicher nur verstellt. Nathan sprang über die Balustrade und eilte, immer wieder in Deckung gehend, Leigh zu Hilfe. Er fürchtete, ihn mit aufgeschlitzter Kehle zu finden.

Die beiden Gestalten lagen eng beieinander. Nathan konnte nicht erkennen, was vor sich ging. Er hörte nur Leigh in der Dunkelheit jammern.

»Leigh, was zum Teufel ist los?« Nathan erkannte, dass der Körper in Leighs Armen der einer Frau war. »Milly, es ist Milly, Nathan. Ich habe Milly umgebracht. Sie ist völlig blutüberströmt, siehst du das nicht?«

»Um Gottes willen, bring sie zum Haus … nein lass sie liegen, ich werde sie selbst hinübertragen. Hol mir nur Ko Lee … nein, kümmer dich nicht weiter darum.« Er hatte Milly Sinclair schon auf den Armen und rannte zum Haus. Dort legte er sie vorsichtig auf das weiße Sofa. »Bleib bei ihr.« Leigh war ihm nachgelaufen. »Ich hole Minthami und schicke Ko Lee nach einem Arzt.«

Er sah, dass Leigh am Rande eines Nervenzusammenbruchs stand und in diesem Zustand niemandem mehr etwas nützen würde. Er selbst fühlte Übelkeit in sich aufsteigen.

Minthami, die seit einem Monat zurück in Whitewalls war, rannte die Treppen herunter: »Was, was? Was ist los?«

»Milly ist angeschossen worden. Ihr Kopf ist blutig. Tu irgendwas, Minthami, um Gottes willen. Leigh führt sich da drinnen wie ein Verrückter auf. Ko Lee, lauf. Lauf!, hab ich gesagt. Hol den verdammten Doktor.«

Minthami schob Leigh zur Seite. Er war auf die Knie gefallen und hatte seinen Kopf auf Millys Brust gelegt. Seine Arme hielten ihren bewegungslosen Körper. »Gehen Sie bitte, lassen Sie mich nach ihr sehen.« Dann blickte sie auf zu Nathan. »Nimm ihn bitte mit und gib ihm Brandy, bevor er auch stirbt.« Minthami berührte vorsichtig die Verletzung auf Millys Stirn. Sie schob die braunen Locken zur Seite, um die Wunde genau zu sehen. »Holt Riechsalz und Brandy!«

»Verdammt, Minthami, du kannst ihr doch keinen Brandy geben, wenn sie nicht einmal atmet.«

»Sie atmet sehr wohl. Tu, was Minthami sagt, bitte, Shwe Nat. Gleich ist alles in Ordnung. Jetzt hat sie nur eine Gehirnerschütterung.«

»Du meinst, sie ist nicht erschossen?«

»Nein, sie ist nicht getroffen. Nur eine Schramme am Kopf, wo sie auf den Schotter gefallen ist. Ich glaube, das Pferd ist getroffen, denn ich habe gerade gehört, wie es kläglich wiehert. Du kümmerst dich um das Pferd, ich kümmere mich um Milly.«

Leigh saß in dem Sessel, in den ihn Nathan bugsiert hatte. Er konnte die Hand mit dem Schnapsglas einfach nicht stillhalten. Nur langsam verstand er, was Minthami gerade gesagt hatte. »Sie ist nicht tot?«

»Sie lebt. Sie hatte Glück. Ihr Männer, immer mit Gewehren herumspielen, um andere zu töten. Denken tut ihr später, sehr dumm. Fee Tam bring bitte Watte, Stoff und Bandagen. Ich glaube, sie öffnet die Augen.« Sie winkte Leigh weg. »Nein, sprechen Sie nicht mit ihr, bis es ihr besser geht.« Sie lächelte Milly an, die sie benommen anstarrte und nicht wusste, wer sie war. »Alles in Ordnung, Milly. Ich bin Minthami, Frau von Captain Vorne. Sie sind in seinem Haus. Erinnern Sie sich, was passiert ist?« Milly hielt ihre Hand an den Kopf. »Ich glaube, das Pferd hat mich abgeworfen.«

Minthami strahlte. »Gut! Sie ist in Ordnung, Gedächtnis nicht verloren. Milly, sind Sie nur am Kopf verletzt?«

»Ich weiß nicht, nein, ich glaube nicht. Es tut mir Leid. Ich hätte nicht so hierher kommen sollen.« Milly hob ihren Kopf und wimmerte, als sie versuchte, sich zu bewegen.

»Nicht, bitte, Sie müssen liegen bleiben.« Minthami drückte sie sanft auf die Couch zurück und versorgte ihre Schnitte und Schrammen. Dann flößte sie ihr ein paar Schluck Brandy ein.

Eine halbe Stunde später kehrte Ko Lee keuchend mit einer Ärztin zurück, und Minthami schob Leigh aus dem Zimmer. Die Ärztin erklärte, dass Milly nichts gebrochen habe. Die Verletzung an ihrem Kopf sei zwar nicht schlimm, obgleich die Patientin am nächsten Tag mit starken Kopfschmerzen und zwei blauen Augen rechnen müsste. Nachdem sie ihr ein Beruhigungsmittel verschrieben hatte, ging sie wieder. Als Nathan mit Leigh ins Wohnzimmer zurückkam, saß Milly Sinclair aufrecht und lächelnd da, trank chinesischen Tee und unterhielt sich mit Minthami.

Nathan explodierte: »Milly Sinclair! Weil Sie hier heute Abend wie ein verdammter Bandit aufgetaucht sind, musste ein gutes Pferd jetzt eine zweite Kugel in den Kopf kriegen, damit es von seinen Leiden erlöst werden konnte. Und was dich angeht, Leigh, was für ein beschissener Schütze bist du eigentlich! Die Kugel ging durch beide Augen. Das Tier war blind, aber nicht tot, das arme Vieh, oh mein Gott!« Milly schauderte, Leigh zuckte zusammen, und Minthami winkte Nathan abwiegelnd zu.

»Und jetzt sag bloß nicht, dass ich den Mund halten soll, Frau! Ich möchte von Milly Sinclair auf der Stelle eine Erklärung hören, warum sie hier mitten in der Nacht herumreitet, als ob der Teufel persönlich hinter ihr her wäre. Sie hätten eine gehörige Tracht Prügel verdient, junge Dame, und ich werde Matthew bitten, sie Ihnen zu verabreichen.«

»Nathan, bitte …«

»Halt den Mund, Leigh, das ist mein Haus. Na los, Milly, erklär mir das.«

»Nathan, ich lasse das nicht zu.« Leigh stellte sich neben Milly und hielt ihre Hand. »Siehst du Sie nicht, wie aufgeregt sie ist?«

»Das bin ich auch. Das sind alle hier. Sie hätten getötet werden können, genau wie Ihr Pferd. Und du hättest sie umgebracht, Leigh Buchanan, also mach dir nichts vor!«

»Tut mir Leid, Nathan, ich lasse mir das nicht gefallen. Ich gehe jetzt, und Milly kommt mit.«

»Nein, Milly kommt nicht!«, sagte Minthami entschlossen. »Doktor sagt, sie soll nicht bewegt werden. Bitte alle hinsetzen und noch mehr Whisky und Brandy trinken. Alle sehr aufgeregt, aber jetzt ist alles vorbei, kein schlimmer Schaden geschehen. Leigh, Sie dürfen Milly jetzt nicht nach Mandalay bringen, aber Sie werden Matthew sagen, alles ist in Ordnung.«

Milly unterbrach sie. »Nein, bitte nicht. Ich möchte sie nicht noch mehr aufregen. Sie wissen nicht, dass ich aus dem Haus weg bin. Sie schliefen schon alle, als ich mich hinausgeschlichen habe. Ich bin weggerannt, Leigh. Sei nicht böse, bitte. Aber Clare hat so widerliche Dinge gesagt, dass ich keine Minute mehr dort bleiben konnte und mir das Zeug anhören, das sie über uns sagte. Ich habe es Matthew erklärt, er versteht mich. Aber Clare hat ein Telegramm an meine Eltern geschickt, damit sie kommen und mich nach Coimbatore zurückholen. Es ist eine solch gemeine Aufforderung, dass auch Matthew ganz entsetzt darüber war. Wenn ich nur heute Nacht hier bleiben könnte, dann könnte Leigh vielleicht morgen mit Matthew reden. Es tut mir furchtbar Leid, dass ich Ihnen solche Schwierigkeiten verursacht habe, aber ich wäre lieber tot, als dass ich wieder zurück zu Clare gehen würde.«

»Das hätten Sie beinahe geschafft, Milly Sinclair ...« Nathan schaute sie finster an, aber Minthami fiel ihm ins Wort, bevor er weiterreden konnte. Sie klatschte in die Hände, um die Diener herbeizurufen. Milly wurde ins Gästezimmer gebracht, während Minthami unten den beiden Männern ihre Anweisungen gab: »Am Morgen, das ist nicht lange, esst ihr bitte beide Frühstück und dann reitet nach Mandalay, dass niemand Schlechtes denkt, weil Leigh und Milly unter einem Dach schlafen, ohne verheiratet zu sein.«

»Mach weiter, Minthami«, drängelte Nathan.

»Captain Vorne erzählt Mr. Sinclair von armer Milly, die sehr unglücklich im Haus von Schwägerin lebt. Sie sollen Milly mit mehr Respekt und Freundlichkeit behandeln, weil sie ein gutes Mädchen ist. Er soll auch seine Eltern in Coimbatore bitten, ihnen Segen für die Heirat zu geben, damit sie ihr eigenes Haus hat.«

Nathan brummelte aus seinem Sessel: »Ganz einfach. Angenommen, sie sagen Nein?«

»Dann sind sie dumme Leute.« Minthami sagte nichts weiter, sondern kletterte von der Sessellehne, auf der sie gelehnt hatte. »Jetzt geht Minthami ins Bett. Am Morgen reden wir wieder. Wenn die Sonne scheint, ist alles anders.« Sie ging hinaus.

Nathan und Leigh sahen sich gegenseitig an. Leigh blickte besorgt. Eine schwarze Strähne fiel über seine Stirn: »Ich kann Milly nicht heiraten, wenn die Leute hier darauf aus sind, mir die Kehle durchzuschneiden. Ich würde sie so gerne heiraten, mehr als alles andere auf der Welt. Aber es wäre jetzt nicht richtig. Was wäre mit ihr, wenn uns etwas passieren würde?«

»Was uns allen hier passiert. Wenn wir stark genug sind, dann werden wir damit fertig, wenn nicht, dann werden sie mit uns fertig. Kommst du jetzt mit zum Frühstück nach Mandalay, oder nicht?«

Einundzwanzigstes Kapitel

1

Nathan beaufsichtigte die Verladung seiner Vorräte an Reis, Hülsenfrüchten und Kohlen, die zu seinen Lagerhäusern in Bhamo und Rangun gebracht werden sollten. Mandalay, das genau in der Mitte zwischen beiden lag, war nun das Zentrum der Raubüberfälle geworden. Die Verschiffung der Kohle bereitete ihm die größten Sorgen. Ein Funke, und es würde ein Inferno geben. Trotzdem wollte er die Kohle unbedingt schnell nach Rangun befördern, da die Briten ihm einen guten Preis zahlen würden, wenn sie ihren Krieg mit Burma beginnen wollten. Er wurde von Mr. Sundevava gestört, der sich durch die geschäftigen Leute drängte.

Mr. Sundevava nahm seinen Strohhut ab, wischte sich mit einem vor Dreck starrenden Taschentuch über die Stirn. »Guten Morgen, Captain de Veres-Vorne. Es ist sehr neblig heute Morgen, oder? Diese Feuchtigkeit bekommt meiner Gesundheit überhaupt nicht. Und es sieht nicht so aus, als ob sich der Dunst vor Mittag verziehen würde.«

»Um diese Jahreszeit ist es am Fluss immer etwas feucht, Mr. Sundevava.«

»Captain de Veres-Vorne, haben Sie möglicherweise etwas Platz für eine Ladung Zuckerrohr auf einem Ihrer Lastkähne hinauf nach Bhamo?«

»Wie viel Zuckerrohr, Mr. Sundevava?«

»Oh, nicht viel, wirklich nicht viel, bloß ein paar Tonnen.«

»Leider nicht, Mr. Sundevava. Der letzte meiner Lastkähne ist gestern nach Rangun abgegangen.«

»Oh, dann bin ich erledigt. Der Zucker bedeutet für mich persönlich sehr viel. Ich hatte außerdem gehofft, meine Frau und mein Kind wegbringen zu können, für den Fall, dass es einen Krieg zwischen den Briten und den Burmesen gibt. Es ist furchtbar, dass das alles zu unserer Zeit in Mandalay passiert. Ich weiß nicht, ob Sie auch dort waren, Captain de Veres-Vorne, aber ich habe an der Sitzung der Handelskammer in Rangun teilgenommen, in der man so einfach vorschlug, dass die Briten Ober-Burma besetzen sollten. Und nun noch dieses Ultimatum an die burmesische Regierung, den Bombay-Burma-Company-Fall an ein unabhängiges Schiedsgericht zu schicken, das setzt dem Ganzen die Krone auf. Was wird der Hlutdaw dazu sagen, dass die Briten letztlich alles selber regeln wollen, und was ist mit dem neuen Botschafter in Mandalay, der nicht gewillt ist, die ganze Zeit Verbeugungen und Kratzfüße zu machen? Ich glaube nicht, dass der Hlutdaw das hinnehmen wird. Genauso wenig wie das private Dampfschiff, das dem Botschafter zur Verfügung stehen soll – vermutlich, damit er damit schnell genug flüchten kann. Während die Briten so scharf darauf sind, ihre Handelswege zwischen Bhamo und China offen zu halten, müssen wir alle darunter leiden, wir Neutralen.«

»Sie bringen die Sache auf den Punkt, Mr. Sundevava.«

»Das wird uns alle in ziemliche Schwierigkeiten bringen, Captain de Veres-Vorne.«

Nathan grinste nur. »Ich würde mir darüber nicht zu sehr den Kopf zerbrechen, Mr. Sundevava. König Thibaw wird sich schon nicht zu stark zur Wehr setzen und das englische Ultimatum annehmen. Er will sicher nicht mit den Briten kämpfen. Er ist schon unterwegs zu seinem Palast in Shwebo, wo er auf seinen Nägeln herumbeißen, Gin trinken und über Pali-Schriften grübeln kann. Am Schluss wird er dann doch die Meditation dem Kanonenfeuer vorziehen. Warten Sie nur ab!«

»Glauben Sie das wirklich, Captain de Veres-Vorne? Sollte das tatsächlich Ihre Überzeugung sein, dann bin ich wieder ein glücklicher Mensch.«

»Aber natürlich. Passen Sie mal auf, wenn Sie sich wirklich Sorgen um Ihren Zucker machen – wie natürlich auch um Ihre Familie –, kann ich Ihnen einen Tipp geben. Es gibt drei Flachbodenschiffe, die sich die Burmesen noch nicht unter den Nagel gerissen haben. Sie liegen in einer Bucht oberhalb von Go Wain. Sie sollten gleich losziehen und dem alten Dimitri, dem Griechen, sagen, dass Sie sie mieten wollen. Aber ich sage Ihnen gleich, dass Sie die Schiffe erst wieder herrichten müssen.«

»Vielen Dank, ich bin Ihnen ja so dankbar, Captain de Veres-Vorne«, sprudelte der Inder heraus. »Ich gehe sofort und rede mit Dimitri.« Er setzte seinen Strohhut auf und eilte davon. Nathan sah dem kleinen Mann in seinem zerknitterten Anzug mit einem breiten Grinsen nach. Die Flachbodenschiffe des guten alten Dimitri lagen tatsächlich in einer kleinen Bucht, aber sie waren auf Grund gelaufen, weil man sie überladen hatte. Auf jeden Fall würde der alte Pathan Sundevava eine ordentliche Portion Glück brauchen, um diese Wracks am nächsten Tag aus dem Wasser ziehen zu können. Der Zucker interessierte ihn einen Dreck. Er konnte nur hoffen, dass er für sein eigenes Zuckerrohr auch bestimmt das Rohopium bekam – das nette kleine Geschäft mit den chinesischen Piraten an der Nordgrenze lief ganz gut.

2

Matthew war dabei, sein Büro aufzuräumen und seine Papiere zu ordnen, als Clare unangemeldet in die Botschaft stürmte. Atemlos stand sie mit dünnen Lippen und rotem Gesicht vor ihm. Ihr Hütchen und ihr Schal saßen schief, und so derangiert sah sie besonders unattraktiv aus. Clare war jetzt im achten Monat. »Matthew, was soll diese Nachricht bedeuten, die du uns geschickt hast, dass wir das Haus räumen sollen? Was meinst du mit ›Pack deine Sachen‹?«

»Was ich damit meine, Clare, ist: Pack deine Sachen. Pack die

Sachen der Kinder und sag Milly, sie soll ihre Sachen packen. Ihr reist alle auf der *Belle Hélène* nach Rangun ab. Gleich morgen Früh!«

»Warum?«

»Weil ich zurückbeordert worden bin, meine liebe Frau. Wir sind alle zurückbeordert worden. Die burmesische Regierung hat das britische Ultimatum bis auf zwei Forderungen abgelehnt. Sie wünschen nicht ...«, er nahm das Communiqué, das am Morgen eingetroffen war, von seinem Schreibtisch, »ich zitiere, ›internationale Beziehungen unter der Anweisung der Regierung von Indien zu unterhalten‹. Es ist also davon auszugehen, dass die Burmesen mit uns um Ober-Burma kämpfen wollen. Alle Europäer verlassen jetzt das Land auf Schiffen, und auch du möchtest doch sicherlich deine Chance nicht vertun, mit ihnen zu verschwinden?« Er schaute sie streng, kalt und überlegen an. Clare wusste, dass sie sein schroffes Verhalten dieser unglückseligen Angelegenheit mit Milly und Leigh Buchanan zu verdanken hatte. Sie konnte noch immer nicht glauben, dass sich ihr Mann tatsächlich auf die Seite seiner Schwester gestellt hatte. Dann hatte Matthew Milly sogar entgegen ihrem ausdrücklichen Wunsch wieder zurück zu ihnen in die Kyauktawgyi Road geholt. Darüber hinaus hatte er Clare gezwungen, sich bei Milly und Leigh zu entschuldigen, und ihr auch noch das Versprechen abverlangt, Milly fortan freundlicher zu behandeln. Der einzige Trost, den Clare aus der ganzen unangenehmen Angelegenheit gezogen hatte, war der, dass die Eltern von Milly und Matthew ihre Zustimmung zur Heirat der beiden nicht gegeben hatten, da sie Leigh Buchanan niemals kennen gelernt hatten. Da Milly noch minderjährig war, gab es jetzt nur die Möglichkeit zu warten, bis sie einundzwanzig war, oder Mr. Buchanan müsste die weite Strecke nach Indien reisen, um dort die Familie Sinclair zu treffen und um die Zustimmung zur Heirat zu bitten. Und bis jetzt war ja beides noch nicht passiert. Clares Schadenfreude war immens.

»Ich kann nicht reisen«, sagte sie. Sie hielt die Hände über ihren gewölbten Röcken. Er vermied es, sie anzusehen. Es ärgerte ihn, dass sie schon wieder nicht im Geringsten gewillt war, ihm in irgendeiner Weise entgegenzukommen.

»Du wirst reisen, denn ich will, dass die Kinder nach Hause, nach Coimbatore kommen.«

Clare blieb stur: »In meinem Zustand kann ich nicht reisen. Du willst doch nicht, dass unser Kind irgendwo mitten auf dem Irrawaddy das Licht der Welt erblicken muss, oder?«

»Nein, Clare, das will ich ganz bestimmt nicht. Das Kind soll aber erst in vier oder fünf Wochen kommen, es bleibt also genug Zeit, um Rangun vor der Geburt zu erreichen. Nathan hat uns sein neues Haus, das er und Minthami dort am See gekauft haben, angeboten. Dort wird man gut für dich sorgen. Minthami ist bereits vor Ort, sie haben es übrigens Zayat genannt, glaube ich. Du kannst also sicher sein, dass du in einer sehr angenehmen Umgebung niederkommen wirst. Nathan hat Minthami um ihrer Sicherheit willen bereits vor einigen Tagen dorthin zurückgeschickt. Im Augenblick ist Mandalay kein sicherer Platz, das brauche ich dir nicht zu sagen. Also benimm dich wie Minthami und tu, was dein Mann sagt.«

»Kommst du mit uns?«

»Nein, ich muss hier bleiben, bis der Letzte, der Mandalay verlassen will, aufgebrochen ist.«

»Und was ist, wenn die Burmesen dich in der Zwischenzeit verhaften?«

»Dann habe ich eben Pech gehabt. Ich kann dieses Büro nicht verlassen, bis ich jeden, der unter britischem Schutz steht, in Sicherheit weiß.«

»Das ist sehr nobel! Na gut, ich werde nach Rangun reisen. Aber ich kann nur betonen, dass mich die Aussicht nicht sonderlich fröhlich stimmt. Wahrscheinlich ist es dort genauso wie in allen anderen Eingeborenenstädten, nämlich in allererster Linie dreckig. Außerdem wäre es mir lieber gewesen, wenn du uns Plätze auf einem anderen Schiff besorgt hättest. Ich mag diesen Captain de Veres-Vorne nicht.«

»Du magst überhaupt niemanden, Clare.«

»Sei nicht ekelhaft, Matthew.«

»Ich stelle nur eine Tatsache fest. Warum hast du mich überhaupt geheiratet, Clare?«

»Weil du mir einen Antrag gemacht hast.«

»Habe ich das? Wie unvorsichtig von mir.«

Ihre Unterlippe zitterte, ihre Finger zupften nervös an den Fransen ihres Schals herum. »Wenn ich gewusst hätte, dass du mich nicht liebst, dann hätte ich nicht Ja gesagt. Ich hätte jemand anderen geheiratet. Jemanden, der weniger ... erbärmlich gewesen wäre!« Sie eilte aus der Botschaft. Wenn sie gekonnt hätte, wäre sie nach Hause gerannt.

3

Von ihrem hochgelegenen Ausblick konnte Angela sehen, wie sich entlang der Straßen Brände ausbreiteten.

Niemand hatte erwartet, dass die Gewalttätigkeiten so schnell nach der Ablehnung des britischen Ultimatums ausbrechen würden. Alle hatten gedacht, dass König Thibaw und seine Regierung weiterhin mit den Briten verhandeln würden. Jetzt aber gab es diesen Kampf auf dem Weg zu den Booten. Weit entfernt konnte Angela den Trubel förmlich spüren, in dem die weiße Bevölkerung um die letzten Plätze auf den Dampfschiffen nach Rangun kämpfte. Sie hoffte, dass Matthews Familie mit Nathan am frühen Morgen sicher abreisen können würde, bevor die Burmesen den Fluss sperrten.

Viele Menschen hatten sich vor dem wütenden Pöbel auf den Straßen ins Sasana-Kloster geflüchtet. Sie ging, um sich um diese armen Flüchtlinge zu kümmern.

Edom Gideon gehörte zu den Leuten, die trotz der gefährlichen Situation zwischen den Burmesen und den Briten in Mandalay bleiben wollten. Er verließ sich auf seine Neutralität als Amerikaner, die ihn und seine kleine Herde schützen würde.

Die Banditen, ihre Bo-Führer und alle die, die einen Hass auf die Briten hatten, respektierten Edom Gideons Neutralität aber nicht. Er war weiß, er sprach Englisch, er benahm sich wie ein Brite, also war er einer von ihnen. Sie bewarfen seine Mission mit Steinen, brüllten Schimpfwörter und schwenkten drohend ihre brennenden Fackeln. Eine Hand voll Gläubiger kniete gerade im Gebet, als einige Fenster zersplitterten. Eine Scherbe verletzte Edom Gideon über dem rechten Auge, sein Gesicht war blutüberströmt. Nancy Stuttgart kreischte auf. Die anderen fielen in das Geschrei ein, und in allgemeiner Panik rannten alle auf die schweren Teaktüren zu.

»Halt!«, brüllte der Prediger von der Kanzel herunter. »Verriegelt die Türen. Keiner soll seinen Platz verlassen, denn wo ein oder zwei versammelt sind, da ist der Herr unter uns. Mrs. Gideon, geben Sie ein gutes Beispiel und seien Sie die Erste, die wieder zum Gebet niederkniet.«

Nanette, inzwischen mittleren Alters, hielt ihr geliebtes Kind in den Armen und kniete nieder. Auf der Stelle brach der zweijährige Duke Gideon in lautes Gebrüll aus.

Prediger Gideon wischte sich mit seinem Taschentuch das Gesicht ab. Sein Gesicht war in einem Ausmaß von Gottes Geist beseelt, wie man es noch nie bei ihm gesehen hatte.

»Mrs. Wandersmeith, Miss Stuttgart, Mrs. Gideon und alle anderen geliebten Gemeindemitglieder, wir sind hier als Zeugen eines historischen, nein, eines biblischen Augenblickes! Wir sind auserwählt. Wir sind hier in einem heidnischen Land voller goldener Glocken und Granatäpfel, in dem alles nur auf diesen einen herrlichen Augenblick unseres Lebens zustrebte, dem Augenblick der Wahrheit! Der Herr wird die Heiden zu Christen machen. Er wird ihre heidnischen Götterbilder, ihre gemeißelten Kunstwerke niederwerfen und ihnen ihre Teufelsverehrung austreiben. Buddha soll nicht mehr herrschen. Wir werden keinen Mangel leiden, wenn dieses Land im Morgengrauen des neuen Jahrtausends von dem Fluch des Irrglaubens befreit wird. Lasset uns beten. Du, der Du unsere Rettung, unser Bollwerk in diesen schweren Zeiten bist, Herr, Herr, wir rufen Dich an. Der Herr ist der Sieger. Pharaos Kriegswagen hat er in die See geschleudert, seine Heerführer hat er im roten Fluss ertränkt …«

»Rotes Meer, Mr. Gideon, nicht roter Fluss«, flüsterte Nanette aufgeregt. »Im Exodus steht Meer, nicht Fluss.«

»Mrs. Gideon, ich wäre Ihnen dankbar, wenn Sie Ihr Kind zur Ruhe bringen würden, während wir beten. Die Leute sollen zuhören und Angst verspüren. Der Schrecken soll die Bewohner von Mandalay ergreifen. Gott, hilf uns!«

Nanette schrie auf. Sie drückte ihren Jungen an sich und beugte sich schützend über ihn. Der Pöbel stürzte in die kleine Halle. Sie schwenkten Dolche, Knüppel und brennende Fackeln.

Der jugendliche Führer des Haufens erhob sein Messer über Nanette und ihr Kind, als eine schneidende Stimme ihn innehalten ließ. *»Kin Byarl.«*

Edom Gideon hielt die Bibel hoch erhoben und sprach die Kerle in ihrer eigenen Sprache an: »Du wirst mein Volk nicht schlagen, sonst wird Gott der Herr dich da niederschlagen, wo du stehst. Legt eure Schwerter und Stöcke nieder und lasst mein Volk gehen. Wir werden diesen Platz in Frieden verlassen … kommt, folgt mir.«

Er verließ sein Podest, die Bibel immer noch über seinem Kopf haltend, sodass alle sie sehen konnten und ihm folgen würden. Er führte seine kleine Gruppe aus der Mission, während die Unruhestifter tatsächlich zurücktraten und den Christen Platz machten.

4

Die Kyauktawgyi Road bot ein schreckliches Bild, Feuer und Durcheinander, wohin man blickte.

Clare Sinclair lag auf ihrem Bett. Ihre Kinder versteckten sich darunter. Sie konnten das fürchterliche Brüllen des Pöbels draußen hören. An ihrem Taschentuch herumkauend, redete sie auf Milly ein.

»Warum kommt er nicht? Warum denn nicht? Er sollte doch jetzt hier sein, um uns gegen diese Wilden da draußen zu beschützen. Ich will, dass er hier ist. Geh und sag Bhuti, dass er ihn holen soll. Sag ihm, dass er kommen soll.« Clare warf ihren Kopf hin und her und jammerte vor sich hin.

»Sei vernünftig, er kann doch nicht kommen. Matthew hat die Pflicht, die Botschaft für alle offen zu halten, die Hilfe brauchen.«

»Wir sind das Wichtigste für ihn. Warum lässt er uns nicht hinüberholen, damit wir dort Schutz finden?«

»Ganz einfach: Wenn du vom Bett aufstehen und einmal hinaussehen würdest, dann wüsstest du, warum. Wir würden nicht einmal aus dem Tor kommen, geschweige denn den einen Kilometer die Straße hinunter. Sie ist voller Verbrecher, die über jeden herfallen, auch über die eigenen Leute. Es ist sicherer, hier im Haus zu bleiben. Uns hinauszuwagen wäre der reine Selbstmord. Wir müssen hier bleiben. Captain Vorne wird jemanden schicken, wenn er nicht sogar selbst kommt, um uns zu seinem Schiff zu begleiten. Wir müssen bereit sein, Clare, und wir dürfen jetzt nicht durchdrehen.«

»Du hast leicht reden, du bist schließlich nicht in meinem Zustand.«

»Clare, versuch doch bitte ein bisschen zu schlafen, bevor wir gehen.«

Der alte Bhuti klopfte leise an die Schlafzimmertür. Alle anderen Diener, einschließlich Jubela, der Amme, waren geflohen. »Memsahib, Missy-Sahib, sie haben alle Häuser dieser Straße angezündet. Das Haus nebenan brennt, Funken fliegen auf das Dach. Es ist gefährlich hier im Schlafzimmer direkt unter dem Dach. Sie müssen auf die Veranda herunterkommen, das ist sicherer.«

Milly hatte den Rauch schon eine ganze Weile bemerkt, ihn aber verdrängt. Wenn das Haus Feuer fing, dann hätten sie bei all dem Holz und dem Schilf um sich herum keine Chance.

»Clare, kannst du dich bitte etwas bemühen? Ich werde mich um die Kinder kümmern, wenn du es schaffst, allein hinunterzugehen. Ich werde Bhuti sagen, dass er dir helfen soll.«

»Nein, ich will mich nicht bewegen. Ich kann mich nicht bewegen, meine Beine tragen mich nicht.«

»Du musst es versuchen, um der Kinder willen!«

»Du gehst, du nimmst die Kinder. Ich bleibe.«

»Das kannst du nicht, Clare. Das brennende Dach wird auf dich fallen, und du wirst verbrennen.«

»Oh mein Gott, warum bin ich überhaupt nach Mandalay gekommen?«

»Das weiß ich nicht. Aber da du einmal hier bist, solltest du das Beste daraus machen. Ich muss jetzt die Kinder hinunterbringen, du willst doch nicht, dass sie umkommen? Also komm bitte, ihretwegen.«

Clare bewegte ihre Körpermasse nur langsam, während Milly zur Tür ging. Verity und Peter lagen schlafend auf dem Boden. Sarah strampelte und krähte in ihrer Wiege. Milly legte Peter in Bhutis Arme, schüttelte Verity, um sie aufzuwecken, und legte ihre Hand in die ihrer Mutter. »Clare, du nimmst Verity, ich trage das Baby.« Auch wenn die Feuchtigkeit verhindern würde, dass das Haus sofort in Flammen aufging, wusste Milly doch, dass sie hier nicht mehr sicher waren. Als sie sah, dass ihre Nachbarn sich schwimmend aus den Häusern flüchteten, brachte sie das auf eine Idee.

»Bhuti, der Sahib hat doch ein kleines Boot, oder?«

»Ja, Missy-Sahib, unten an den Hauspfosten bei den Treppen angebunden.«

»Ja, ich weiß, wo es ist. Aber ist es noch dort? Er hat es lange Zeit nicht benutzt, deshalb frage ich mich, ob es noch da ist.«

»Ich werde gehen und nachschauen, Missy-Sahib.« Er setzte Peter in einem Korbstuhl ab und eilte davon. Unten hörte sie den Riegel der kleinen Tür quietschen, und kurz darauf rief er herauf: »Boot ist noch da, Missy-Sahib.« Er kam wieder die Treppe hochgeeilt.

»Bhuti, ich brauche deine Hilfe, um die Memsahib ins Boot zu verfrachten, allein schaffe ich das nicht. Wenn sie schon mal im Boot sitzt, kann ich ihr die Kinder reinreichen.«

Bhuti schaute bedenklich. »Missy-Sahib, Sie sind tapferes Mädchen. Ich glaube, es ist nicht klug. Kleines Boot wird umkippen, wenn sich die Kinder bewegen, und alle fallen ins Wasser.«

»Wir haben nicht viele Alternativen, Bhuti. Entweder bleiben wir da und verbrennen, oder wir gehen hinaus und werden von dem Mob gesteinigt. Ich glaube, auf dem Wasser haben wir eine größere Chance.«

»Haben Sie jemals ein Boot gerudert, Missy-Sahib?«

»Nein, habe ich nicht. Aber ich weiß, wie es geht. Man muss nur mit den Rudern in die Richtung paddeln, in die man will.«

»So einfach ist es nicht, Missy-Sahib. Sie werden die anderen und sich ertränken.«

»Nein, Bhuti, das werde ich nicht. Jetzt hilf mir bitte. Wie es aussieht, ersticken wir ja gleich.« Sie wandte sich zu Clare, die auf dem Sofa auf der Veranda lag. Sie hielt die Augen geschlossen und schien sich für die Vorgänge um sie herum nicht im Mindesten zu interessieren. Milly schüttelte sie. »Komm, wir verschwinden. Wir können nicht hier bleiben, das Haus brennt schon.«

»Wohin gehen wir?«

»Wir steigen in das Ruderboot. Fang jetzt bloß nicht an, mit mir zu streiten, Clare, bitte! Pass auf! Ich setze die Kinder ins Boot, und wir rudern von hier weg. Wenn du willst, bleib da, dann soll es mir egal sein. Aber dies sind die Kinder meines Bruders, und ich lasse sie nicht verbrennen, wenn ich sie über den Schlossgraben wegbringen kann. Komm, Bhuti, hilf mir.« Milly ging auf die Treppen zu, die hinunter zum Wasser führten. Das Baby auf ihrem Arm rührte sich nicht. »Bhuti, bring Peter. Verity, halt dich an meinem Rock fest und lass nicht los. Eure Mutter kommt nicht mit.«

»Doch, doch ich komme. Ich will nicht alleine bleiben.« Jetzt konnte sie sich auf einmal bewegen. Milly sagte grimmig: »Warte, Bhuti, bring die Memsahib hinunter und dann hol Peter.«

Es war zehnmal schwieriger, Clare in das kanuartige Boot zu bugsieren als die drei Kinder. Schließlich saßen alle im Boot. »Bhuti, bleib nicht hier, die Burmesen sind nur hinter den Europäern her. Gehe bitte gleich, das Haus wird sofort in Flammen aufgehen. Versuche nicht, irgendetwas aus dem Haus zu retten, dein Leben ist wichtiger.«

»Ja, Missy-Sahib. Ich werde zur Botschaft gehen und dem Sahib sagen, dass Sie die Familie in Sicherheit bringen. Wohin bringen Sie sie? Was soll ich sagen?«

»Ich kann nur nach Osten gehen. Ich will versuchen, zum Sasana-Kloster zu kommen. Sie werden uns Schutz geben. Falls ein Bote von Captain Vorne kommt, sag ihm, wo wir sind. Auf Wiedersehen, Bhuti.«

Sie kam mit dem Rudern besser zurecht, als sie gedacht hatte, auch wenn sie zuerst in die falsche Richtung gepaddelt war. Dann sahen sie, wie das Haus geradezu explosionsartig in Flammen aufging. Milly betete, dass Bhuti entkommen war, und legte sich mit aller Kraft in die Ruder. Sie hatte keine Ahnung gehabt, was es hieß, einen guten Kilometer so schnell wie möglich zu rudern. Und das auch noch in einem Boot, in dem das Wasser zum Entsetzen der Kinder von Minute zu Minute stieg! Sie hatten nicht das kleinste Gefäß, um ihr Gefährt auszuschöpfen.

Endlich erschienen die dunklen Rümpfe der Schiffe am Anlegeplatz. Sie lenkte das unauffällige Boot zwischen die Landetreppen und den riesigen Rumpf einer goldverzierten Staatsbarke. Seit ihrem Sturz verursachte ihr jede größere Anstrengung Kopfschmerzen. Plötzlich aber wurde ihr klar, dass sie würden schwimmen müssen, wenn sie noch länger im Boot blieben. Sie forderte Clare auf, ihr die Kinder auf die Treppen zu reichen, bevor sie selber das Boot verließ. So stand sie nun da mit Matthews schwieriger Familie. Sie mussten jetzt weiter. Verity nahm die Hand ihrer Mutter. Peter stand auf der anderen Seite und hielt sich mit einer Hand an ihren Röcken fest. Den anderen Daumen nahm er offenbar niemals aus dem Mund. Er war schläfrig und quengelig. Clare fauchte ihn an, weil er unbedingt getragen werden wollte.

Milly fand, dass das fast einjährige Baby in ihren Armen ein ganz beträchtliches Gewicht entwickelte. Um Peter zur Ruhe zu bringen, sagte sie: »Deine Mama kann dich nicht tragen, Peter. Also sei bitte lieb. Wenn du brav bist, dann gibt dir Amagyi-Angela Süßigkeiten, wenn wir oben sind.«

Zwei Burmesinnen, die ebenfalls auf dem Weg waren, um in einer Pagode Unterschlupf zu suchen, lösten das Problem für sie. Alle Pagoden im Zentrum von Mandalay waren überfüllt, und da sie auf dem gleichen Weg waren, boten sie sich an, Peter wechselweise die tausend Treppen hinaufzutragen. Clare hielt sie alle auf, da sie nach jeder zweiten Stufe eine Pause einlegen musste, sodass es anderthalb Stunden dauerte, bis sie die weit geöffneten Tore des Sasana-Klosters erreichten.

Zweiundzwanzigstes Kapitel

1

»Amagyi-Angela, Amagyi-Angela! Komm schnell, da sind Engländer, die nach dir suchen. Ich verstehe kein Wort von dem, was sie sagen, nur deinen Namen.« Die Äbtissin fand sie, als sie gerade einen kleinen blinden Jungen fütterte. Sie nahm Angela den Löffel aus der Hand. »Geh nur, ich kümmere mich um ihn. Sieh du nach den anderen.«

»Milly, Clare ... Meine Güte, wie seht ihr denn aus!« Angela begrüßte sie bestürzt. »Was ist denn passiert? Ich dachte, ihr wäret mit Captain Vorne auf dem Weg nach Rangun.«

»Das wollten wir«, sagte Milly, die völlig erschöpft auf den Boden gesunken war. Sie schaute mit ihren großen Augen zu Angela auf. »Es kam nur niemand, um uns abzuholen. Das Haus brannte über unseren Köpfen nieder, und wir mussten unbedingt wegkommen. Wir fuhren den Palastgraben hinauf.«

Angela bewunderte die kleine, mutige Milly im Stillen und wandte sich behutsam an alle: »Setzt euch hin. Gib mir das Baby, Clare. Ich werde euch etwas zu essen und trinken holen, dann müsst ihr schlafen.« Sie nahm die pummelige Sarah aus den Armen ihrer Mutter. Die anderen zwei Kinder waren schon auf den Matten eingeschlafen, mit denen der ganze überdachte Ruhebereich ausgelegt war.

»Ich möchte nur etwas Wasser. Clare und die Kinder können hier bleiben, aber ich muss nach Whitewalls.«

»Milly Sinclair, haben Sie den Verstand verloren?« Angela war sprachlos.

Milly hockte bleich auf dem Boden. »Wahrscheinlich habe ich das, sonst wären wir wohl nicht hier. Aber ich muss zu Captain Vorne, damit er seine Abfahrt verschiebt, sonst fährt er ohne uns ab.«

»Das würde Captain Vorne nie tun, Milly. Wenn Sie mit ihm nach Rangun fahren sollen, dann wartet er oder sucht nach Ihnen.«

»Aber er wird uns doch nicht finden. Der Diener sollte Matthew eine Botschaft bringen, dass wir nach Sasana aufgebrochen sind. Matthew hätte Captain Vorne dann über unseren Aufenthaltsort informieren können, aber kurz nachdem wir im Boot saßen, war das Haus nur noch ein einziger Feuerball. Ich weiß nicht, ob Bhuti noch herausgekommen ist. Ich mache mir Sorgen, weil man nicht weiß, wo wir sind, und das Schiff ohne uns abfährt. Wenn ich die westliche Treppe hinuntergehe und dann übers offene Land, dann umgehe ich die Stadt. Das wird nicht lange dauern.«

»Sie gehen nicht allein, Milly. Das lasse ich auf keinen Fall zu. Sie müssten das Slumviertel der Stadt durchqueren, in dem Sie den übelsten Leuten von Mandalay in die Hände fallen können.«

»Sie gehen doch auch dorthin, Amagyi-Angela. Also kann es doch so schlimm nicht sein.«

»So schlimm ist es auch nicht, Milly, aber dort wohnen wirklich ein paar miese Gestalten. Ich gehe dort meiner Pflicht als Nonne nach. Bei Ihnen ist das etwas anderes. Eine junge Engländerin, die ohne Begleitung durch den Nordteil der Stadt geht, das ist reiner Wahnsinn. Ich kann das wirklich nicht zulassen.«

Irgendwie erinnerten ihre Worte sie an die Standpauke ihrer Tante Lydell vor der Tigerjagd. Sie zögerte. »Milly, wenn Sie wirklich darauf bestehen, dann komme ich mit. Clare und die Kinder schlafen, sie sind hier sicher. Captain Vorne kann uns dann genau sagen, was hier los ist. Außerdem kann er sicher herausfinden, was mit Matthew und der Botschaft ist. Das wird Sie beruhigen – wie mich übrigens auch. Wir könnten sonst beide nicht schlafen.«

Angela übergab Sarah einer jungen Nonne und kam kurz danach mit einem Gewand für Milly zurück. »Sie müssen aus diesen nassen Kleidern raus. Ziehen Sie bitte das an. So kommen wir leichter durch Mandalay, ohne Aufmerksamkeit zu erregen.« Sie reichte ihr das weiße Gewand einer Novizin.

Die Äbtissin war gelinde erstaunt, als sie von Angelas Absichten erfuhr, mischte sich aber nicht ein.

Es war früh am Morgen, die Wäscherinnen trugen ihre Wäsche zum Fluss hinunter. Das Nordtor war geöffnet, und Milly und Angela eilten hastig darauf zu, als plötzlich ein Haufen von Banditen auf sie zuritt. Eine alte Frau mit weißem Haarknoten, gebrechlich und blind, humpelte über die Straße. Einer der Banditen hing tief im Sattel und holte aus, als ob er der Frau, die ihm im Weg stand, den Kopf abschlagen wollte. Er traf einen ihrer erhobenen Arme und schlug ihn ab.

Milly holte Luft. Angela konnte ihren Schrei im letzten Moment verhindern, indem sie ihr den Mund zuhielt. Die Banditen galoppierten mitten durch die Gruppe auseinander stiebender Wäscherinnen in die Stadt hinein.

Die alte Burmesin lag in einer Blutlache. Ihr Haarknoten hatte sich gelöst, und ihre Haare wehten geisterhaft um ihren Kopf. Mit der einen Hand schien sie sich in der Luft festzukrallen, während die andere abgeschlagen neben ihr lag. Sie stöhnte stoßweise unter ihren entsetzlichen Schmerzen. Milly flüsterte mit geschlossenen Augen: »Das ist heute wie ein Gericht. Ich kann das einfach nicht glauben. Angela, was können wir tun?«

»Wir müssen ihr helfen, Milly. Wir können sie hier nicht alleine liegen lassen, nur weil wir ein Boot erreichen müssen. Captain Vorne wird schon warten. Sehen Sie nach, ob Sie in der Hütte etwas Stoff finden, der einigermaßen sauber aussieht, um ihre Wunde zu verbinden.«

Die Burmesin litt fürchterlich. Ihr leises Stöhnen schwoll immer wieder zu lauten Schmerzensschreien an. Das Blut drang so kräftig aus ihrem abgeschlagenen Armstumpf, dass Angela und

Milly den Verband immer wieder erneuern mussten. »Wir müssen einen Arzt finden! Ich kann nichts mehr für sie tun. Wir brauchen Opium, um sie zu betäuben. Es gibt eine Ärztin, die hierher kommen wird. Aber ich muss Sie hier allein lassen. Es wird nicht lange dauern. Ist das in Ordnung, Milly?«

»Mit mir ist alles in Ordnung, aber was wird mit Ihnen sein? Sie sollten nicht gehen.«

»Ich muss aber, Milly. Wir können sie nicht so schrecklich sterben lassen. Das Opium wird ihr wenigstens ohne Schmerzen aus dieser Welt heraushelfen.«

»Gut, ich bleibe hier und tue für sie, was ich kann.«

2

Nicht weit vom Nordtor ging Angela an einem kleinen Buddhaheiligtum vorbei. Sie hielt ihren Kopf gesenkt und hatte ihre Hände in den weiten Ärmeln ihres Gewandes verborgen. Sie hoffte, dass der Mann, der zwischen den Mangobäumen und Palmen heraustrat, sie nicht belästigen würde. Er ließ sie aber nicht vorbeigehen, sondern sprach sie an: »Als eine heilige Frau dürfen Sie kranke Männer versorgen.« Sein Gesicht war unter der Vermummung nicht zu erkennen, seine Stimme kaum hörbar. »Einer meiner Männer blutet aus einer Wunde in seiner Brust. Bitte kommen Sie herein und kümmern Sie sich mit all Ihrem Wissen und Können um ihn.« Der Dolch in seiner Hand verlieh seiner Bitte Nachdruck, und Angela war nicht so wahnsinnig, sich um ihren Kopf zu bringen, und folgte ihm hinein.

In einer Ecke des Heiligtums lag unter dem vergoldeten Buddha schwach beleuchtet ein Mann auf dem Erdboden. Angela kniete sich neben ihn. Aus einem seiner Mundwinkel sickerte Blut. Sie öffnete sein Hemd, um die Wunde zu untersuchen. Es war ein kleines schwarzes Loch mit verkrustetem Blut. »Er verblutet innerlich, ich kann nichts tun, um ihn zu retten. Ich bin gerade auf dem Weg, um etwas Opium für eine schwer verletzte alte Frau zu holen. Ich bringe auch für ihn etwas mit.«

»Wird die Medizin, von der Sie sprechen, sein Leben retten? Oder ist es nicht besser, wenn ich sein Leiden beende?«

Angela sah zu ihm auf und beantwortete seine Frage ehrlich: »Nein, aber es wird seine Schmerzen lindern.«

Der Bo schien irgendwie gefesselt zu sein. Seine dunklen Augen starrten in ihre grünen. In diesem Augenblick erkannten sie sich gegenseitig wieder.

Er versuchte, ihr die Kapuze vom Kopf zu reißen, sie aber hatte ihre Hände in seine gekrallt. Sein Lachen, sein übles Verhalten, seine Abscheulichkeit, die in diesem Moment wieder mit aller Gewalt in ihr Gedächtnis traten, hatte sie im Sasana-Kloster vor jedermann verborgen gehalten. Es war ein Mord gewesen und sie die Mörderin, die für ein Verbrechen sühnte, an dem nicht eigentlich sie die Schuld trug.

An ihrem Knie spürte sie kaltes, hartes Metall. Die Pistole, die der Verwundete im Gürtel stecken hatte, war von ihrem Rock bedeckt. Kaltblütiger und überlegter, als sie je gewesen war, zog sie die Pistole und zielte sorgfältig auf den Mann, der an ihrer Kapuze zerrte. Sie traf ihn mitten auf der Stirn. Diesmal sorgte sie dafür, dass er nie wieder aufstehen würde, um irgendjemanden zu quälen. Dieses Mal hatte sie nichts wieder gutzumachen.

Angela rannte den ganzen Weg vom Heiligtum zu der Hütte der verletzten Frau zurück. Sie keuchte, bekam keine Luft und wusste kaum, was sie tat. Milly, die halb eingeschlafen neben der Alten kniete, sagte bedauernd, als Angela außer Atem hereinstürzte: »Es tut mir Leid, dass Sie sich vergeblich bemüht haben.« Sie stand mühsam und steif auf. »Sie hat vor zehn Minuten aufgehört zu atmen, sehen Sie doch bitte einmal selbst nach. Ich denke, sie ist tot.« Sie brach ab, als sie Angelas gequältes Gesicht sah.

»Amagyi-Angela«, meinte sie beunruhigt, »Sie sehen aus, als hätten Sie einen Geist gesehen, was ist passiert?«

»Nichts, nichts, kommen Sie, Milly, wir wollen hier weg. Rennen wir, wir müssen nach Whitewalls.«

Ko Lee öffnete auf ihr stürmisches Läuten die doppelte Eingangstür von Whitewalls. Er war erschreckt über den Anblick der beiden Frauen. »Ich gehe den Captain holen, meine Damen, einen Augenblick bitte.«

Nur wenige Augenblicke später eilte Nathan schon durch die Halle auf sie zu. Trotz der frühen Morgenstunde trug er immer noch einen Anzug. »Mein Gott, Angela! Was ist dir denn passiert? Warum bist du völlig blutüberströmt? Und Sie, Milly Sinclair! Mein liebes Mädchen, ich habe die halbe Nacht damit verbracht, nach Ihnen zu suchen, und bin gerade eben erst aus Mandalay zurückgekommen. Was zum Teufel ist eigentlich los?«

»Schatten von Loloi, Nathan. Aber bring Milly doch bitte hinein. Sie ist so gut wie tot. Sie wird dir alles erklären. Ich muss jetzt gehen.«

Angela drehte sich um und rannte die Verandatreppen hinunter. Milly war am Ende ihrer Kräfte und fiel in Ohnmacht. Nathan fing sie auf und trug sie wieder einmal auf die Couch im Wohnzimmer. Dann rief er nach Fee Tam, die sich um sie kümmern sollte. Danach hastete er die Treppen hinunter und rannte durch den Garten hinter Angela her. Er holte sie auf der Straße am Fluss ein, die von Mandalay wegführte.

»Um Gottes willen, Angela, was ist denn?« Nach Luft schnappend, ergriff er sie am Ellbogen und riss sie zu sich herum. Sie schien unendlich erschreckt. Nathan nahm sie in die Arme und streichelte sie beruhigend.

Die Anspannung ihres Körpers ließ nach, als er sie zärtlich und fest hielt. Dann beugte er seinen Mund über ihren, bis ihr rasselnder Atem erstarb. Seine Liebe wirbelte ihre ganze Welt durcheinander und riss ihre Sehnsucht auf. Gierig klammerte sie sich an ihn, ihre Küsse wurden zu Ewigkeiten, es gab nur noch sie beide. Der Mangel an Zärtlichkeit über eine so unendlich lange Zeit, die Erinnerung an ihr Zusammensein am Flussufer machten ihr klar, dass sie ohne ihn niemals sie selbst hatte sein können. Dann wurden seine Bewegungen fordernder, zugreifender. Seine Hände glätteten ihr Gewand über ihrem schlanken Körper. Er öffnete ihr Kleid, um ihre festen Brüste an seiner Brust zu spüren. Sie gaben sich der Lust und der Vergänglichkeit hin und dem Leid, das unweigerlich auf die Trennung folgen würde.

Mit einem Aufschrei, der Verzweiflung und Schmerz enthielt, entwand sie sich ihm und zog das Kleid wieder über ihre Schultern. Sie wusste, es würde immer so sein: das Gefühl von Schuld und Unvollkommenheit, die Unsicherheit, die sie immer verfolgen würde.

Im Morgengrauen stand er unter den Palmen, die darauf warteten, dem Tag einen Hauch ihres Grüns zu geben. Er sah sie hilflos und geschlagen an.

»Was ist los?«, fragte er sie verwirrt.

Sie konnte ihn nur beschuldigen.

»Du verwirrst mich absichtlich, Nathan.«

»Wie denn?«

»Weil ... weil ...« Sie konnte ihre Gefühle nicht in Worte fassen.

Er fand die Worte: »Weil ich dich immer noch will, auch mit einem geschorenen Kopf? Weil ich dir unter deine Nonnenkleider greife? Weil ich einen schwachen Moment im Leben von Buddhas angesehenster, unberührbarster, aufrechtester Nonne ausnütze? Hör doch auf, Angela! Heuchle den anderen etwas vor, aber doch nicht mir. Du hast mir gerade gezeigt, wie fehl am Platz du dort oben auf dem Hügel bist. Was ist denn passiert, dass du dich mir so selbstvergessen in die Arme geworfen hast, nachdem du mir fast sieben Jahre lang nur die kalte Schulter zugewandt hast?«

Ihre Augen verengten sich zu giftigen grünen Schlitzen: »Ich nahm einem Sterbenden seine Pistole weg und schoss seinem Bo genau zwischen die Augen. Genau mitten in die Stirn. Er hat nicht einmal geblutet. Er sah mich nur erstaunt an. Dann fiel er auf den Mann mit dem Blut in den Lungen. Ich tat es kaltblütig, mit Absicht und ohne Mitleid. Ich tat es sogar mit großem Vergnügen! Es war herrlich! Und ich würde es noch einmal tun! Das habe ich heute Nacht getan! Du weißt also, Captain Vorne, dass du diese Amagyi-Angela mit ihren blutigen Händen und ohne ihre Nonnengewänder sehr, sehr gut kennst. Ja, ich bin eine Heuchlerin, verdammt noch mal!« Sie raunzte ihn an, aber ihr Fauchen schlug im selben Moment in Schluchzen um.

»Genau deshalb muss ich nach Sasana zurück. Ich muss dem verehrungswürdigen alten Sayadaw mein Verbrechen beichten.« Sie zog ihre Kapuze wieder über den Kopf und drehte ihm den Rücken zu. »Zu töten, egal was, und sei es eine Mücke, ist doch eine Todsünde, oder, Nathan? Deshalb muss ich den Sayadaw um Vergebung bitten.«

Seine Stimme klang hohl, als er sie fragte: »Warum hast du ihn getötet?«

»Warum bringt eine Frau einen Mann um?«

»Ich weiß nicht, deshalb frage ich dich ja.«

Sie warf ihm einen verächtlichen Blick über die Schulter zu. »Er wollte mir etwas antun. Er war kein Buddhist. Die Buddhisten respektieren Frauen.«

»Ich glaube trotzdem, dass der Sayadaw der letzte Mensch ist, zu dem du gehen solltest. Er müsste deine Beichte nur dem Sangha vorlegen. Der Sangha würde das Leben eines Mannes höher veranschlagen als das einer Frau. Sie würden die Sache den Gerichten übergeben.«

»Die Burmesen können mich nicht verklagen, ich bin doch Britin.«

»Verflucht noch mal, Angela, du denkst ein bisschen zu spät nach, oder? Du bist eine buddhistische Nonne. Warum du das geworden bist, kapiere ich sowieso nicht.« Er schüttelte verzweifelt den Kopf. Dann hob er einen kleinen Kieselstein auf und warf ihn wütend weg. »Was hast du mit der Pistole gemacht?«

»Ich glaube, ich habe sie weggeworfen. Ich weiß nicht mehr.« Vor Angelas Augen wirbelte alles: der Jainta-Pass, der tote Prediger, seine Frau und Felicity Quentin. Es war völlig gleich, um wen es ging. Die Vergangenheit hatte sich jetzt mit der Gegenwart verwirrt und vermischt. Sie alle, Felicity, sie selbst, Milly, Tante Emmy, Moke und der Sawbwa von Loloi, sie alle wirbelten in diesem nicht enden wollenden Strudel der Gewalt herum.

Nathan holte tief Luft. »Zum Teufel, du gehst nicht zum Sayadaw. Der wird dich dem Taingda Mingyi ausliefern, der ganz wild darauf ist, auch mit der schlechtesten Ausrede so viele Europäer wie möglich einzusperren. Und Europäer heißt hier Brite, was du ja trotz allem bist, auch wenn du anderer Meinung bist, Amagyi-Angela. Glaub mir, das Gefängnis von Sagaing ist nicht der geeignete Ort, um deine unsterbliche buddhistische Seele, deinen Geist, das Aufgeben deines Ichs und was sonst noch alles nach dem Tod passieren soll, zu retten. Die Wärterinnen in Sagaing sind mindestens so übel, wenn nicht noch schlimmer als ihre gebrandmarkten Kollegen. Ich möchte dich wirklich nicht gerne dort den ganzen Tag in Fesseln sitzend wissen. Ich nehme außerdem nicht an, dass jemand ein paar Banditen vermissen wird, die ohnehin besser tot als lebendig sind. Wenn die Pistole, mit der du geschossen hast, immer noch im Schrein liegt, dann sieht es nach einem Streit zwischen zwei Banditen aus oder danach, dass die Soldaten ihnen ihren wohlverdienten Lohn verpasst haben. Es hat dich niemand gesehen, oder?«

»Ich glaube nicht. Ich bin mir fast sicher. Es war so viel los dort in dem Hüttendorf und am Nordtor, dass sich wohl kaum jemand für den versteckt liegenden Schrein interessiert haben dürfte.«

»Dann sei keine Idiotin, Amagyi-Angela. Vergiss das Ganze einfach und gib um Gottes willen den Buddhismus auf.« Wieder griff er nachdenklich nach einem Kiesel, um ihn sofort darauf wieder wegzuwerfen. Er hockte da, und die rosa Blüten des heiligen

Bo-Baumes rieselten wie rosige Schneeflocken auf ihn herunter. »Ich glaube, ich kann dir alles verzeihen, außer dass du dein wundervolles Haar abgeschnitten hast. Mir scheint das ein größeres Verbrechen, als diese Banditen umzubringen.« Er blickte zu ihr auf.

Angela lächelte ihn gequält an und sagte: »Deine hilfreichen Bemerkungen erleichtern mein Gewissen leider auch nicht.«

»Dann musst du das eben mit deinem Gewissen ausmachen. Ich habe nie unter so etwas gelitten, aber es muss einfach furchtbar sein. Kommst du mit mir nach Rangun, Amagyi-Angela?« Er betrachtete sie, sein Gesicht war ausdruckslos, aber aus seinen Augen glitzerte etwas Unerklärliches. »Die *Belle* wartet.«

»Warum, Nathan?«

»Damit du nicht wieder irgendetwas Verrücktes anstellst, während ich nicht in Mandalay bin. Ich möchte Sagaing nicht mehr wiedersehen. Aber wenn du so dumm bist, weiterhin beim Sayadaw den Mund über die letzte Nacht aufreißen zu wollen, dann werde ich dich da wohl rausholen müssen, und das wird mir keinen Spaß machen.«

»Warum würdest du das tun, Nathan?«

»Ich weiß nicht. Aber irgendwie bist du ein verdammt schwieriges Frauenzimmer, und irgendwie scheine ich mit dir verstrickt zu sein, genau wie mit Minthami! Ich habe dir schon vor Jahren gesagt, du hättest Matthew Sinclair heiraten sollen, wenn auch nur ich dich losgeworden wäre und Matthew jetzt nicht Clare am Hals hätte.«

»Bitte nicht, Nathan. Das ist wirklich nicht fair.«

»Tut mir Leid.« Er richtete sich auf und betrachtete den Himmel. »Sieht nicht so aus, als ob ich beim Morgengrauen abfahren werde. Komm, gehen wir zurück zum Haus und bringen etwas Ordnung in unser Leben. Sonst machen die Burmesen noch den Fluss dicht, und wir sitzen hier oben auf dem Gummibaum. Auf jeden Fall sitzt du da, ich bin ja neutral. Ich sollte auch noch Blaize und die Amme der Sinclairs einsammeln, die den Tennent-

Brownes gestern zugelaufen ist. Wusstest du, dass der Pöbel Edom Gideons Mission niedergebrannt hat?«

»Nein. Das ist ja furchtbar. Ich hoffe, niemand ist verletzt worden.«

»Ich glaube, sie sind alle in die Kyauktawgyi-Pagode entkommen. Es hat mich verdammt erschreckt, als ich dorthin kam und sah, wie das Haus der Sinclairs sich in einen Feuerball verwandelt hatte. Ich dachte, dass sie alle drinnen verbrannt seien, aber es war nur noch der alte Mann im Haus, ihr Diener. Weißt du, ihr Briten zerstört wirklich das Leben aller, die nicht britisch sind und hier in Mandalay nur ein ruhiges Leben führen wollen.«

Er betrachtete sie von der Seite, während sie nebeneinander durch den Garten zurück zum Haus gingen.

»Werde ich Mandalay jemals wiedersehen?« Sie hatte diese Frage mehr an sich selbst als an Nathan gerichtet. Seite an Seite stiegen sie die Marmortreppen von Whitewalls hinauf. »Ein wunderschönes Haus in einem wunderschönen Land mit unberechenbaren Einwohnern.«

»Beruhige dich, wenn die Briten ihren kalten Krieg, von mir aus auch den heißen oder kühlen Krieg gegen die Burmesen gewinnen, werden sie Mandalay verdammt berechenbar machen. Dann kann Königin Victoria mit ausgestreckter Hand auf dem Hügel von Mandalay sitzen und über dem Land thronen, das Buddha Mindon Min gegeben hat, und nicht einmal Edom Gideon wird ihren Hintern da wegbekommen.«

Angela lachte. Hoffentlich hatten sie Milly nicht aufgeweckt, die jede Menge Schlaf brauchte. »Nathan, abgesehen davon, dass du dich fürchterlich benimmst, würdest du auch noch so nett sein, herauszubekommen, was aus Matthew geworden ist, wenn du seine Frau und seine Kinder vom Sasana abholst?«

»Natürlich. Ko Lee, bring uns Kaffee. Heiß und schwarz. Und dann sieh zu, dass du rüber zur *Belle Hélène* kommst, wir legen spätestens mittags ab.« Als er sich wieder zu ihr umwandte, war er wieder der galante Herr, der ihr den Stuhl an seinem Verandatisch zurechtrückte. »Matthew verhielt sich prima und völlig ruhig, als ich ihn um drei Uhr das letzte Mal sah. Reg dich nicht auf. Wenn alle Briten von seinem Kaliber sind, dann werden sie alle fahrplanmäßig hier ankommen.«

Dreiundzwanzigstes Kapitel

1

Das letzte Dampfschiff hatte Mandalay in Richtung Rangun verlassen.

Matthew Sinclair hatte seine Familie vor ihrer Abreise nicht mehr verabschieden können, sondern seine Nachrichten und guten Wünsche durch Nathan ausrichten lassen, der noch einmal zu ihm gekommen war, um ihm mitzuteilen, dass alle sicher an Bord seien und das Schiff in der nächsten Stunde ablegen würde. Das war nun schon vierundzwanzig Stunden her.

Die einzigen in der Botschaft verbliebenen Europäer waren Matthew, Edwin Tennent-Browne, ein Schotte namens Dave MacAbee und ein französischer Ingenieur, Robert René. Sie hatten sich in dem Gebäude verbarrikadiert und überlegten, wie lange es wohl noch dauern würde, bis die britische Flottille endlich in Mandalay ankommen und damit ihr Hausarrest beendet sein würde. Obwohl sie buchstäblich belagert wurden, waren die Umstände für sie im Augenblick noch nicht besonders schlimm. Lebensmittel und Wasser wurden ihnen hereingeschmuggelt. Mit den Vorräten an Schnaps und Zigaretten in der Botschaft konnten sie ihre patriotische Stimmung auch in der Hitze des Tages aufrechterhalten. Die ersten vierundzwanzig Stunden vergingen dementsprechend ohne besondere Aufregung. Am nächsten Morgen erschien Ba Say mit der Nachricht, dass der Taingda Mingyi zwei Italienern den Auftrag gegeben hatte, den Fluss bei Minhla zu verminen, sodass die Flottille in die Luft fliegen würde, falls sie überhaupt jemals in Ava ankommen würde.

Erschreckt starrte Matthew Sir Edwin an. »Das trifft auch die Dampfschiffe. Sie können Minhla noch nicht erreicht haben, und sie werden mit den Frauen und Kindern an Bord in die Luft fliegen. Wir müssen etwas unternehmen, Edwin. Wir können hier nicht herumsitzen und diese Nachricht für uns behalten. Sie müssen gewarnt werden.«

»Und was schlagen Sie vor, angesichts der Tatsache, dass der Telegraf überwacht wird?«, fragte Dave MacAbee bedrückt. »Die Burmesen lassen uns da überhaupt nicht mehr dran.« Edwin wandte sich MacAbee zu. »Sie sind doch ein Freund von diesem Buchanan, oder? Beide in derselben Uniform?«

Dave nickte.

»Wo ist Buchanan jetzt?«

»Das Letzte, was ich über ihn gehört habe, war, dass er irgendwo im Dschungel verschwunden sein soll. Die Burmesen brauchen uns nicht mehr. Da Leigh der verdächtige Ausländer Nummer eins war, schon wegen der Arbeit, die er in Thibaws Armee verrichtet hat, musste er sich so schnell wie möglich absetzen. Ich war schon die ganze Zeit auf Urlaub hier in Mandalay, also kann ich nicht mehr wissen als das.«

»Haben Sie irgendeine Ahnung, wohin er gegangen sein könnte?« Matthew putzte nachdenklich seine Brille. Er ließ sich viel Zeit dabei, um seine Gedanken zu ordnen.

Dave MacAbee hatte die Füße auf den Tisch gelegt. Er betrachtete nachdenklich sein Glas Whisky. Die lästige Untätigkeit hatte ihn träge werden lassen. »Leigh hielt sich häufig in einem abgelegenen Dschungeldorf bei Senyat auf, wenn seine freie Zeit nicht reichte, um nach Mandalay zu reisen. Ich glaube, er versteht sich recht gut mit dem Thugyi von Senyat, der ihm alle möglichen Informationen liefert. Wenn er sich irgendwo verstecken muss, dann wird er zum Thugyi gehen.«

Eine schwere Stille lag über dem Raum.

Schließlich sagte Matthew zu Edwin: »Denken Sie das Gleiche, was ich denke?«

»Ich glaube schon, alter Kumpel.« Edwin war damit beschäftigt, träge mit einer Klatsche nach den Fliegen zu schlagen. »Alles ist besser, als hier zu verrosten. Ich habe die ganze Zeit unsere Diener und Boys beobachtet, die sich trotz der Drohungen des Taingda Mingyi um uns kümmern. Ich glaube, wir werden es schaffen, zu Buchanan in den Dschungel zu kommen, zumal ich noch ein Ass im Ärmel habe.« Er stand auf und ging zum Fenster. Draußen lag ein schlafender Wachmann, der dröhnend schnarchte. Edwin lehnte sich über das Fensterbrett und stocherte mit der Fliegenklatsche an dem Burmesen herum. »Komm rein, Kerl.«

Der Mann stand verschlafen auf.

Edwin gab ihm seine Anweisungen: »Pass auf, wir wollen Ba Say benachrichtigen, der Protokollführer beim Hlutdaw ist. Aber das muss in aller Heimlichkeit passieren. Wir möchten Ba Say heute Abend noch hier sehen, verstanden?«

Der Burmese nickte. »Thakin, ich werde ihn heimlich hierher bringen, noch heute Nacht.«

»Na gut, dann ist ja alles in Ordnung.« Edwin machte es sich wieder auf seinem Ledersessel bequem.

»Was haben Sie vor, Edwin?«, wollte Matthew wissen.

»Mein lieber Freund, die Burmesen laufen hier rein und raus, als ob es der Aufenthaltsraum einer Pagode wäre. Niemand scheint sich auch nur einen Dreck darum zu kümmern, dass wir auf der schwarzen Liste des Taingda Mingyi stehen und nicht einmal zum Pinkeln rausdürfen. Es dürfte nicht zu schwierig sein, von hier zu verschwinden, wenn wir uns wie sie anziehen.«

»Sie wollen sagen, dass wir hier einfach verkleidet rausspazieren sollen?« Dave MacAbee fand Edwins Idee richtig gut und grinste breit. Sogar der gut aussehende Franzose ließ sein Glas sinken, um einen Augenblick zuzuhören.

»Genau das meine ich. Wir werden uns mit Buchanan zusammentun. Er wird sicher eine Idee haben, wie wir die burmesischen Drähte anzapfen können. Das ist ja immerhin sein Beruf. Aber Matthew hat Recht, wir müssen die Briten in Thayetmyo über die neueste Entwicklung mit den burmesischen Minen benachrichtigen. Immerhin wusste niemand, dass sie die überhaupt hatten.« Edwin schaute Robert René finster an. »Ich weiß nicht, was Sie hier tun, René, aber es ist immerhin Ihr Haufen, der dafür gesorgt hat, dass die Burmesen die Waffen überhaupt in die Finger gekriegt haben.«

Robert René, dem die ganze Angelegenheit ziemlich gleichgültig zu sein schien, zuckte nur mit den Schultern und widmete sich weiter seinem Whisky. Matthew setzte seine Brille wieder auf und erklärte enthusiastisch: »Ich finde Ihre Idee einfach glänzend, Edwin. Hoffentlich haben wir keine größeren Schwierigkeiten, Leigh zu finden.«

»Amen«, erwiderte Sir Edwin.

2

Die *Belle Hélène* dampfte auf Pagan zu. Blaize Tennent-Browne kam ins Steuerhaus und unterbrach Nathans Träumerei über diese geschichtsträchtige Gegend.

Sie schlich herein und schloss die Tür hinter sich. »Liebling, kann ich mal mit dir reden?«

»Nein! Tut mir Leid, Bee, sei mir nicht böse, aber das ist eine meiner Grundregeln: keine Damen im Steuerhaus.«

»Dann bin ich ja ausgenommen. Sag, ist es wirklich wahr, dass Angela endlich ihren Irrtum eingesehen hat und Buddha für eine wichtigere Sache, nämlich die kleine Abwechslung dieser Reise, aufgegeben hat?«

»Ungefähr so«, sagte er mit der Pfeife im Mundwinkel.

»Ich muss schon sagen, es wurde auch Zeit. Ihre Kutte war wirklich schon unerträglich. Man konnte nicht mehr näher als zehn Schritte an sie herankommen, ohne ganz Burma zu riechen. Ich habe Tonsin beauftragt, es in den Irrawaddy zu werfen – nein, nicht die liebe Angela, sondern das Gewand. Sie trägt jetzt ein anständiges Kleid von mir und schaut, abgesehen von ihrem kahlen Schädel, nun schon fast wieder wie ein Mensch aus. Sie war klug genug, sich etwas auf den Kopf zu setzen. Einen Moment lang war ich fürchterlich erschrocken bei dem Gedanken, dass sie auch Milly zum Buddhismus bekehrt haben könnte. Gott sei Dank war es nur eine Verkleidung. Glücklicherweise habe ich einen großen Koffer mitgenommen. Alle hier scheinen sich aus meiner Garderobe zu bedienen. Ich muss wohl noch ein paar Gutscheine von dir oder, besser gesagt, vom Shwe-Kaufhaus auftreiben, um ein paar neue Kleider zu besorgen.«

»Ach, tatsächlich?« Nathan stand geistesabwesend und ungeduldig da. »Wenn du mich jetzt entschuldigen würdest, meine Liebe, ich habe noch zu arbeiten.«

»Das tue ich nicht! Lass schon mal so viel Dampf ab, Darling, wie du kannst, denn du wirst das nicht sehr gerne hören, was Angela dir ausrichten lässt.«

»Heraus damit!«

»Na gut, ich versuche es dir so vorsichtig wie möglich beizubringen, ja? Der Grund, warum Clare heute Morgen so ungewöhnlich munter war, muss wohl darin liegen, dass sie zum vierten Mal Mutter wird. Keine Gewalt bitte, Liebling!« Sie sprang einen Schritt zurück.

»Gott verflucht, Bee!« Nathan riss sich die Pfeife aus dem Mund und brüllte so laut, dass sie erschrocken rückwärts taumelte. »Was hast du gesagt? Ich glaube das einfach nicht. Keine Frau der Welt kann in einem Jahr zwei Kinder bekommen! Oder können sie das, können sie das wirklich? Sag mir bitte, dass das nicht geht. Ich halte das nicht aus, dass diese ..., dass dieses Weib auf meinem Schiff gebärt. Mit mir in der Nähe, dem Krieg in der Nähe, dem Irrawaddy um uns herum. Das kann sie mir doch einfach nicht antun. Ich bin doch hier kein Mütterversorgungsheim!«

»Oh je, ich wusste, dass du wütend werden würdest.«

»Ich bin nicht wütend. Ich finde das alles einfach nur unglaublich. Man nutzt mich aus. Ich bin nur noch eine Schachfigur in den Händen dieser Weiber. Ich lasse das nicht zu! Ich bin mein eigener Herr!«

»Aber Darling, schrei doch nicht so herum. Du wirst noch Clare erschrecken. Angela glaubt, dass es die Treppen hinauf zum Kloster gewesen sein müssen oder dass Clares Berechnungen nicht stimmen.« Blaize duckte sich an der Tür des Ruderhauses.

»Wo steckt sie? Wo steckt sie bloß? Ko Lee. Ko Lee! Bring deinen Hintern hier herein und übernimm das Steuer. Du bringst mich zu ihr. Ich werde sie zusammen mit ihren Berechnungen dem Irrawaddy übergeben.«

Ko Lee übernahm das Ruder, während Nathan über das Deck rannte. Blaize lief aufgeregt neben ihm her: »So beruhig dich doch, Nathan. Ich weiß, du bist nur wütend und meinst es gar nicht so. Außerdem war das letzten Dezember, und jetzt ist es November! Es dauert doch nur neun Monate. Nathan! Du kannst da einfach nicht reingehen. Clare liegt in den Wehen.« Sie stand mit dem Rücken zu der Kabine, in der Clare und Angela sich wieder einmal um ein Kind bemühten. Sie versuchte, ihn von den Frauen fern zu halten. »Angela muss sich fürchterlich anstrengen. Sie will keinen Mann dabei haben.«

»Ich bin hier der Captain! Wer zum Teufel kommt jetzt eigentlich nieder, Angela oder Clare?«

»Liebling, werde jetzt bloß nicht auch noch böse auf mich. Es ist eine Steißgeburt – jedenfalls hat mir das eine Person gesagt, die alles zu wissen scheint –, das Baby sitzt fest und kommt einfach nicht. Deshalb schwitzt Angela hier drinnen so. Und Clare stellt sich natürlich wie immer fürchterlich an.« Sie zog eine Grimasse. »Du weißt schon, was ich meine.«

»Aus dem Weg, Bee! Ich verstehe was von Steißgeburten – Roi war eine. Angela kann sicher ein paar konstruktive Ratschläge gebrauchen.«

»Oh, oh!« Blaize sah ihn mit geradezu teuflischer Bewunderung an. »Er steuert also nicht nur ein Schiff gut, sondern er ist auch ein erfahrener Geburtshelfer, der mit Steißgeburten fertig wird. Aye-

Aye, Captain!« Sie salutierte und trat in militärischer Haltung zur Seite, um ihn hineinzulassen. »Aber noch eins, Captain, der Mutter und nicht der Hebamme müssen Sie die Hand halten.«

»Lass den Quatsch, Bee.« Er öffnete die Tür und wünschte sogleich, er hätte es bleiben lassen.

3

Milly Sinclair ging in der glühenden kleinen Kabine auf und ab. Sie versuchte, Sarah zu beruhigen, die Hunger hatte. Aus der Kabine nebenan konnte sie Clares Schreie hören. Sie war sich nicht sicher, wem es schlechter ging, der Mutter oder ihren Helfern.

Die ganze Zeit plapperte Jubela auf sie ein. Sie beklagte sich wortreich, dass alle ihre guten Ratschläge nicht befolgt worden waren. Weder hatte man alte Ziegelsteine vom Land holen lassen, um diese erhitzt der Gebärenden unterzulegen, noch hatte man eine Ziege besorgt, mit deren Milch man die Kinder hätte füttern können. Um sich ihren Ratschlägen zu entziehen, packte Milly das Baby in einen Korb und sagte, sie würde Lady Tennent-Browne suchen. Bei der bloßen Erwähnung dieses Namens geriet Jubela in Panik. Sie hatte nur den einen Wunsch, dass diese Dame mit den englischen Grübchen und der Zunge einer Kobra, wie sie sagte, nicht hereinkommen würde. Milly lächelte und machte sich auf die Suche nach Lady Bee.

Blaize saß faul auf einem Klappstuhl unter dem gestreiften Sonnensegel und las ein Buch, als Milly sie störte. »In Ordnung, Kleines.« Blaize legte etwas gereizt ein Lesezeichen in das Buch. »Wegen dieser armen Frau, die immer noch nicht niedergekommen ist, und ihrem kreischenden Baby habe ich heute Nacht kein Auge zugemacht. Guten Morgen, Mr. Findebar!« Sie lächelte ihm zu. »Ziehen Sie los, Milly, ich komme gleich. Ich bin sicher, dass Jubela mich in den nächsten paar Sekunden noch nicht braucht.«

Findebar ging zur Reeling, lehnte sich darüber und hustete sich erst einmal aus. »Morgen, Madam.« Er lüftete seine blaue Mütze, kratzte sich die weiße Mähne und setzte seine Kopfbedeckung wieder auf. »Werden bald in Rangun sein bei dieser Geschwindigkeit, Madam.«

»Das hoffe ich wirklich, Mr. Findebar. Zwei Tage auf diesem Schiff, und ich bin bereits magenkrank. Ich habe keine Vorstellung, wie es mir nach sechs Tagen gehen wird. Hoffentlich rumpeln wir im Dunklen nicht auch noch in die Flottille, sonst habe ich wirklich alles erlebt, was man auf dieser Reise erleben kann. Es ist wirklich *nicht* die Art von Reise, wie ich sie erwartet habe.«

»Oh, das tut mir aber Leid. Was hatten Euer Gnaden erwartet, wenn ich so unverschämt sein darf, diese Frage zu stellen?«

»Ich hätte erwartet, dass diese Reise mit etwas mehr, na sagen wir mal, Voraussicht durchgeführt werden würde und dass das Essen etwas gewählter sein würde. Ich hätte zumindest kein Chop Suey mit Krabben auf der Speisekarte erwartet.«

»Sie haben völlig Recht, Madam. Wenn es Ihrem Magen schlecht geht, dann liegt es nur an Ko Lees Chop Suey, das mir auch Magenschmerzen verursacht. Wenn Sie so oft auf diesem Schiff gereist wären wie ich und auch so oft dieses Chop Suey bekommen hätten, dann würden Sie auch das Gefühl haben, dass man Ihre Därme – entschuldigen Sie den Ausdruck – in einem steifen Nordwestwind um den Schornstein wickelt. Übrigens ist der Fisch, den dieser Chinese ausbaggert, immer verdächtig. Was er dem gestrigen Abendessen beigefügt hat, stammt mit Sicherheit von dem alten Floßdorf, das vorgestern an uns vorbeigetrieben ist. Außerdem habe ich gehört, dass in Myede Typhus herrscht. Abgestanden wie uraltes Bier waren diese Krabben, Ko Lee wusste das genau.«

»Es ist Ihre Sache, sich beim Captain zu beschweren, Mr. Findebar. Immerhin sind Sie sein, wie heißt es noch? Erster Maat? Daher müssen Sie Ihren obersten Offizier wirklich über die Methoden seines Kochs beim Einkauf von Vorräten informieren. Offensichtlich kann man ihm nicht trauen. Das Geld, das er durch den Kauf von minderwertigen, billigeren Lebensmitteln einspart, steckt der bestimmt in die eigene Tasche. Captain Vorne muss einfach erfahren, was Ko Lee da treibt, es handelt sich ja nicht nur um bösen Betrug, sondern schadet unserer Gesundheit, was es noch schlimmer macht!«

Findebar schüttelte sein graues Haupt. »Nein Madam, ich riskiere nichts, was Ko Lee angeht. Der Junge ist die ganzen Jahre bei uns gewesen, und der Captain hat ihn auf seine Art sehr gern ... nein, nein, nicht so, Madam, wie Sie meinen! Der Captain und sein chinesischer Küchenboy sind sehr anständige Menschen.«

»Na gut, Mr. Findebar, wie auch immer: Unsere Mägen leiden jedenfalls darunter. Ich sehe gerade, wie Captain Vorne das Ruder wieder übernimmt. Offensichtlich haben seine zarten aristokratischen Hände mit einem Baby, das verkehrt herum liegt, nicht fertig werden können, und er hat aufgegeben. Entschuldigen Sie mich, Mr. Findebar. Ich werde wohl selbst mit ihm über die Krabben seines chinesischen Kochs sprechen müssen.«

Graziös raffte sie ihre Röcke, nahm ihr Buch und ging mit einem teuflischen Glitzern in den Augen auf das höchste Heiligtum des Schiffes zu.

Findebar grinste breit, spuckte in den Irrawaddy und sagte zu sich selbst: »Man sollte meinen, unser Gnaden wäre ein zahlender Reisender.«

4

In Senyat wurde Leigh grob aus dem Schlaf gerissen. »Thakin ... Thakin, wach schnell auf!«, flüsterte der Dorfälteste, bei dem sich Leigh verbarg. Der intensiv nach Curry und Knoblauch riechende Atem von Thugyi stieg Leigh in die Nase und ließ ihn noch schneller aufwachen.

»Was ist los?«, fragte er erschrocken.

»Vier Engländer kommen von Mandalay. Ba Say, er ist dem Hlutdaw weggelaufen und führt Engländer mit viel Mühe durch den Dschungel. Sie fragen nach Buchanan. Sollen sie dich finden?«

Der alte Thugyi war kein Idiot. Leigh setzte sich vorsichtig auf. »Was für Männer? Haben sie ihre Namen genannt?« Der Alte runzelte die Stirn: »Ein Mann sehr krank, Fieber ... Sincare, sein Name.«

»Sinclair?« Leigh war verwirrt. Er hatte sich am letzten Abend vollständig angezogen hingelegt, sodass er jetzt nur noch seine Stiefel anziehen musste. Er folgt dem Thugyi zu einer anderen heruntergekommenen Hütte, wo er Millys Bruder mit einem Malariaanfall vorfand. Sir Edwin Tennent-Browne war in höchster Wut, und Dave MacAbee und Robert René sahen in ihren burmesischen Kleidern noch trauriger aus, als sie ohnehin waren.

»Ich bin verflucht froh, dass wir es endlich geschafft haben, Sie zu finden, alter Knabe.« Er warf Ba Say einen boshaften Blick zu. »Ba Say kennt den Dschungel ungefähr genauso gut wie Buddhas Hintern. Haben Sie noch Chinin? Wir haben unseres bis auf den letzten Rest verbraucht.«

»Es muss irgendwo in meiner Hütte sein, ich hole es gleich.«

»Bevor Sie verschwinden: Ist es eigentlich sicher hier, bis Matthew das Schlimmste hinter sich hat?«

»Eigentlich nicht. General Gyi San Wun, der hier das große Wort führt, muss jeden Augenblick in der Garnison von Senyat ankommen. Ich habe herausgekriegt, dass die Burmesen hier ein heimliches Waffenarsenal angelegt haben.«

Edwin pfiff erstaunt vor sich hin.

»Also bleibe ich nicht hier. Wenn er erfährt, dass sich Briten im Dschungel verstecken, wird er wohl kaum annehmen, dass es sich um ein englisches Picknick dreht. Der Thugyi kennt ein besseres Versteck, ich wollte eigentlich gleich in der Frühe dorthin verschwinden.«

»Hören Sie mal zu, alter Junge, wir sind nicht nur aus Mandalay verschwunden, weil wir den Briten von größerem Nutzen sind, wenn wir aus der Reichweite des Taingda verschwinden und vom Dschungel aus weiterkämpfen, sondern auch, weil wir unbedingt eine Information hinunter nach Thayetmyo weiterleiten müssen, bevor die Flottille Minhla erreicht. Gibt es irgendeine Möglichkeit, Ihren Telegrafen hier in der Nähe zu benutzen?«

Leigh runzelte die Stirn. »Ich habe tatsächlich von Senyat aus gearbeitet. Aber in ein paar Tagen wird die Garnison von neuen Truppen übernommen. Sie werden von Gyi San Wun, einem Cousin des Taingda, angeführt, und das ist ein Mann, dem man besser aus dem Weg gehen sollte. Alle dringenden Botschaften müssten also ganz schnell, vor seiner Ankunft hier durchgegeben werden.«

»Können Sie das für uns tun?«

»Habe ich eine andere Wahl?«

»Nein.«

»Dann werde ich das ja wohl tun müssen. Ich muss mir etwas einfallen lassen. Die Leute kennen mich alle, und sie werden sich wundern, was ich hier noch tue und warum ich den Telegrafen benutzen will, nachdem ich meinen Marschbefehl schon längst erhalten habe.« Leigh wandte sich dem Thugyi zu und sagte auf Burmesisch: »Der feuchte Boden hier in der Hütte ist kein guter Platz für den Engländer. Könnte er über Nacht irgendwo anders bleiben?«

Der Haarknoten des Burmesen wackelte vor Aufregung: »Die Thakin-Herren wohnen in großem Pfahlhaus, das Frauen gehört. Ich werde alle aufwecken, damit sie nach dem Engländer sehen. Wollen sie alle sich vor General Gyi San Wun verstecken?« Der Thugyi konnte seine Aufregung nicht verbergen. Er hatte zwar nicht verstanden, was die Engländer zueinander sagten, aber er hatte eine vage Vorstellung von dem, was vor sich ging.

Leigh nickte ihm zu, und der Thugyi antwortete sofort: »Dann ist es hier kein gutes Versteck. Zu nahe an der Senyat-Garnison. Es ist besser, gleich zu dem Platz im Dschungel zu gehen, wo es ganz sicher. Vertrau mir bitte, und wir werden Vorbereitungen machen, sofort zu gehen. Wir tragen kranken Mann auf Sänfte.«

Leigh nickte wieder: »Sehr gut, wenn du sicher bist, dass du im Dunklen zurechtkommst.«

»In zwei Stunden wird es hell«, sagte der Thugyi. »Dann wird es gefährlich. Viele Soldaten kommen hier durch den Dschungel. Vertrau mir, Thakin, wir werden sicher gehen, bevor die Sonne aufgeht.«

Leigh wusste, dass der Thugyi sich große Sorgen um seine Familie und seine Dorfbewohner machte, denen er ebenso beinahe väterliche Gefühle entgegenbrachte. Trotz all seiner Gastfreundschaft und seiner Hilfsbereitschaft war es verständlich, dass er sie lieber von hinten sah, bevor der burmesische Kommandant, Gyi San Wun, herausfinden konnte, dass vier flüchtige Engländer sich in seinem Dschungeldorf verbargen. Er vertraute sich und die anderen also den Händen des würdigen alten Thugyi an.

5

Vor der Dschungelhütte, zu der sie der Thugyi geführt hatte, machte sich Ba Say als Koch nützlich. Der appetitliche Geruch des Hühner-Curry machte Leigh noch hungriger. Robert René schnitzte nachdenklich mit seinem Taschenmesser an einem Stück Bambus herum. Nach einer ordentlichen Menge Chinin schlief Matthew endlich ohne Schüttelfrost. Was Edwin und die anderen ihm erzählt hatten, beunruhigte Leigh zutiefst. Er musste den Versuch unternehmen, den burmesischen Telegrafen noch heute Nacht zu erreichen, sonst würde es zu spät sein. Außerdem musste er seine eigene Nachricht über das Arsenal von Senyat durchgeben, von dem die Briten nichts wussten. Aber natürlich war es das Wichtigste, den Kommandeur der Flottille vor dem zu warnen, was ihn hinter Thayetmyo erwartete. Er stand auf, um sich die Füße zu vertreten.

»Was haben Sie denn vor?«, knurrte ihn Edwin an. »Es ist wirklich nicht nötig, dass Gyi San Wun durch Sie darauf aufmerksam gemacht wird, dass wir hier stecken. Seine Männer könnten hier irgendwo herumhängen.«

»Keine Sorge. Ich gehe nicht weiter als bis zum Rand dieses Geländes. Ich habe nur einen Krampf in den Beinen.«

Robert René warf seinen Stock weg und sagte: »Ich komme mit Ihnen.«

Außer Hörweite der anderen wandte er sich an Leigh: »Nun, *mon ami*, was wollten Sie mir mitteilen, das die anderen nicht hören sollten, wie Sie es in Ihrem kleinen billet-doux, das Sie mir auf so reizende Art zusteckten, andeuteten?« Er warf Leigh anzügliche Blicke zu.

»Sie haben doch mit diesen beiden italienischen Kerlen da im Dienste des Taingda gearbeitet, oder?«

»Sie meinen Corini und Mageier?«

»So hießen sie wohl.«

»Was ist mit denen, *mon ami*?«

»Der Taingda ist doch franzosenfreundlich. Warum fliehen Sie also aus Mandalay?«

Robert René war überrascht über die angedeuteten Vorwürfe und wusste nicht, wie er reagieren sollte. Leigh versuchte, diesen Vorteil auszunutzen. Er traute dem Franzosen nicht weiter, als er sehen konnte. »Ich hätte gedacht, dass Sie mit Vergnügen in Mandalay geblieben wären, um zuzuschauen, wie die Briten aus Ober-Burma hinausgeworfen werden. Sie und Ihre Landsleute hätten es sich dann doch ohne jegliche Geschäftskonkurrenz bequem dort einrichten können.«

Der Franzose blieb auf dem finsteren Dschungelpfad plötzlich stehen. Der Ton des Briten störte ihn, und er zeigte es deutlich: »Ausgerechnet Sie beschuldigen *mich*?« Mit verschränkten Armen blickte er ihn beleidigt an. »Sie glauben, dass der Taingda Mingyi mich auch in der Tasche hat, weil ich ein Franzose bin?«

»Hat er das nicht?«, wollte Leigh wissen.

»Das ist stark, *mon ami.*«

Leigh blieb zurückhaltend. Er zerrupfte nachdenklich ein Blatt und schwieg, um den Franzosen aus der Reserve zu locken. Er wusste, dass der den Vorwurf nicht auf sich sitzen lassen würde und deshalb auch weitere Erklärungen vom Stapel lassen würde. Es war nur eine Frage der Zeit.

Nach einigem Schweigen sagte René dann auch tatsächlich: »Oh nein, nein, nein. Ich bin so ziemlich der Letzte, der sich von diesem burmesischen Minister oder, wenn Sie wollen, Monster, bestechen lässt. Ich mache nur meine Arbeit. Ich baue Brücken über Flüsse, entwerfe Eisenbahnsysteme und grabe Brunnen für die Wasserversorgung von Mandalay. Keine Angst also, der Taingda Mingyi zählt wirklich nicht zu meinen Freunden. Das Geld, das ich von den Burmesen bekomme, zahlen sie mir für meine Arbeit. Wenn Sie glauben, dass ich die Briten auch aus Ober-Burma herauswerfen will, dann irren Sie sich. Ich habe nichts gegen sie. Es ist mir gleichgültig, wer Burma regiert, solange ich jeden Monat meinen Lohn bekomme. Ob das nun Kyats oder Rupien sind, das ist mir egal, so lange es in goldenen Sovereigns ausbezahlt wird.« Er grinste breit. Seine weißen Zähne kontrastierten mit seinem sonnengebräunten Gesicht.

»Plus natürlich einer schönen Summe für die Verstärkung der burmesischen Befestigungen am Irrawaddy, was, René?«

Der Franzose zuckte die Schultern und erhob die Hände. »Das ist eben mein Beruf.«

»Ist es auch Ihr Beruf, genau zu wissen, was alles mit französischer Hilfe nach Sagaing, Minhla und Gue Gyoun Kamyo geschmuggelt worden ist?«

René antwortete nicht.

»Na kommen Sie, René. Ich weiß, welches Geschäft zwischen Ihnen und der Regierung des Taingda Mingyi läuft. Die Hälfte der Franzosen, Italiener und Portugiesen werden ganz schön reichlich für Dinge bezahlt, die nicht in ihrem Beschäftigungsvertrag stehen. Der illegale Schmuggel von Waffen verstößt gegen den angloburmesischen Vertrag, aber darüber rede ich jetzt gar nicht. Was mich mehr beschäftigt, Monsieur René, ist Ihre geschickte Bautätigkeit, wie zum Beispiel die Befestigung der burmesischen Verteidigungslinien entlang des Irrawaddy und natürlich das Verminen von Flüssen und Brücken. Davon haben die Burmesen doch keine Ahnung. Das bringt Ihnen doch hunderttausende von goldenen Sovereigns ein. Also kommen Sie, René, erzählen Sie mir, warum Sie hier sind. Vielleicht, um uns auszuspionieren?«

»Was fur einen Vorteil hätte das, Mr. Buchanan?« Der Franzose lächelte. »Sie sind ein Mann ganz nach meinem Geschmack. Ein intelligenter Mensch wie Sie muss aber doch wissen, dass man ein Verbrechen erst einmal nachweisen muss. Ich habe nur das getan, was die Burmesen von mir verlangt haben.«

»Na gut. Aber ich habe jede Menge Beweise gegen Sie, René. Da gibt es den Waffenschmuggel an der chinesischen Grenze, Geschäfte mit Opium, die Unterstützung von Corini und Mageier bei der Verminung des Irrawaddy und nun hier den Versuch, uns Gyi San Wun auszuliefern.«

»Sie sind sehr misstrauisch, Mr. Buchanan. Aber sagen Sie mir eins: Wer von uns beiden wird wirklich in Schwierigkeiten stecken, wenn die Briten ihren kleinen Krieg mit den Burmesen verlieren, ich oder Sie?«

»Wir werden schon nicht verlieren, René. Und wenn dann die Briten in Mandalay ankommen, wird General Prendergast zweifellos erst einmal damit anfangen, nach den verborgenen Aktivitäten der Franzosen vor seiner Ankunft zu fragen. Er wird zum Beispiel wissen wollen, wer den Burmesen entgegen allen Verträgen und Abkommen die ausländischen Waffen plus Munition geliefert hat. Er wird wissen wollen, wer unsere Leute und die Schiffe bei Minhla und Sagaing in die Luft gejagt hat. Was wird man von Ihrer Ingenieursarbeit dann wohl halten, Monsieur René?«

»Sehr schlau, Mr. Leigh Buchanan! Aber Sie hätten sich nicht in eine solche List versteigen müssen. Ich hätte Ihnen gerne und freiwillig all die Informationen gegeben, die Sie aus mir herausholen wollen. Um Ihnen zu zeigen, dass ich der ganzen Angelegenheit mit sehr gemischten Gefühlen gegenüberstehe, werde ich Ihnen jetzt ohne weitere Mätzchen einiges mitteilen. Eine Truppe von acht- bis zehntausend Soldaten der burmesischen Armee ist in Sagaing stationiert. Die gleiche Anzahl ist nach Minhla abmarschiert, wohin auch eine Menge Waffen von Senyat aus gebracht wurden. Die Waffen kommen von Tonking. Sie werden hier zu dieser Dschungelgarnison gebracht, das wissen Sie doch. Wie ich gehört habe, setzen die Briten alles daran, Gue Gyoun Kamyo, die größte Befestigung am Irrawaddy, einzunehmen. Sie sollten aber lieber Minhla angreifen. Die Italiener nämlich, vor allem Corini und Mageier, haben unterhalb der Kasematten von Minhla Minen verlegt. Diese Minen werden, sobald die Flottille näher kommt, vom Ufer aus gezündet. Also, *mon ami*, sollten Sie nicht mich, sondern die Italiener verdächtigen. Ihre ehrlichen Augen verraten Sie, mein Freund. Ich weiß sehr wohl, dass Ihre Kneifzangentaktik nichts als ein Herumstochern im Dunklen war. Glücklicherweise kann ich Ihnen helfen, weil man mich vor dem Verschwinden von Corini und Mageier damit beauftragt hat, die Pläne der Befestigungen am Irrawaddy zu überprüfen. Bei dieser Gelegenheit habe ich ein paar raffinierte Pläne entdeckt, die die Italiener und Burmesen gemacht haben, um den Fluss in Zukunft unter Wasser zu verminen.« René schwieg einen Augenblick und klopfte auf seine Tasche. »Die Pläne sind hier. Ich habe sie kopiert. Sie bekommen Ihre Beweise.«

»Wie viel, René?«

Robert René grinste wieder. »Ich hätte immer noch gern meinen Lohn in goldenen Sovereigns, wenn die Briten ankommen. Schließlich muss ich auch meine Interessen vertreten. Sagen wir mal, ich gebe Ihnen die Pläne über die Verminung des Flusses durch Corini und Mageier und alle anderen wichtigen Informationen, und dafür vergessen Sie mein kleines finanzielles Polster, das mir die Burmesen beschert haben.«

»Das ist nicht meine Sache«, antwortete Leigh.

»Sie sind unersättlich, Mr. Buchanan.«

»Nein, René. Ich beschütze nur uns selbst. Auf irgendeine Weise bekomme ich die Pläne von Ihnen. Es steht immerhin vier zu eins.« Robert René blickte plötzlich auf Leigh Buchanans Pistolenlauf. »Ich hätte gern diese Zeichnungen, René.« Leigh sah den Franzosen ruhig an.

»Stecken Sie die Waffe weg, Leigh«, sagte René, der seine Brusttasche aufknöpfte, um einige Papiere herauszunehmen. »Ich bin nicht gewalttatig und glaube auch nicht, dass Sie das sind. Ich habe Ihnen diese Pläne versprochen. Ich bin nicht so dumm, dass ich glaube, die Briten verlieren ihren Kampf mit den Burmesen, also benehmen wir uns wie Gentlemen und fuchteln wir nicht mit Waffen herum. Ich weiß, wann ich geschlagen worden bin.«

Sie kehrten gemeinsam zu der Dschungelhütte zurück. Dort hörten sie die Stimmen von Burmesen. Sie versteckten sich hinter den Bäumen, bis sie erleichtert erkannten, dass es sich um den Thugyi und seine vier Kumpane handelte, die ihnen Wasser, Petroleum und Verpflegung brachten. Leigh wusste, dass sie die friedfertigen Karens von Senyat nicht fürchten mussten. Dieses gastfreundliche Volk kümmerte sich, genau wie die meisten Dorfbewohner in Burma, kaum darum, wer auf dem Drachenthron in Mandalay saß, so lange man sie in Ruhe ließ.

»René«, sagte Leigh, »können Sie mir noch einen Gefallen tun?«

»Was denn jetzt, mein Freund?«

»Ich möchte ein Telegramm hinunter nach Thayetmyo schicken, aber dazu brauche ich Hilfe. Ich muss es von Kadaw, nicht von Senyat abschicken.«

»Aber warum nur? Kadaw ist sechs Kilometer von hier entfernt. Es könnte genauso gut auf der anderen Seite des Mondes liegen. Was hindert Sie daran, die Telegrafenhütte auf dem Hügel von Senyat zu benutzen? Sie haben doch auch sonst immer von dort telegrafiert. Die Burmesen in Senyat kennen Sie und trauen Ihnen. Und da General Gyi San Wun noch nicht angekommen ist, werden die paar Untergebenen nicht gerade den Mann, der ihnen alles beigebracht hat, mit Fragen belästigen – auch wenn es sich um einen Briten handelt.« René grinste ihn süffisant an.

»Ich habe gute Gründe, nicht nach Senyat zu gehen. Wollen Sie mir jetzt helfen oder nicht?«

Der Franzose kratzte sich nachdenklich am Kopf und schaute den Engländer mit seinen dunklen Augen an. »Wie denn?«

»Es wird einen Schaden zwischen Senyat und Kadaw geben. Das passiert immer wieder: Aufhängungen, Räder und Isolatoren werden von den Burmesen gestohlen, um sie dann an die Chinesen zu verkaufen. Manchmal nagen sich auch Affen durch die Drähte. Wir werden die Reparaturen durchführen.«

»Werden wir das?« René konnte sich mit dieser Vorstellung überhaupt nicht befreunden. Erst als sie in den Hof traten, gab er seine Zustimmung: »In Ordnung, *mon ami*, ich werde Ihnen helfen. Aber wie Sie und ich wissen, hat jede Gefälligkeit ihren Preis.«

»Was ist es denn, René? Spucken Sie es aus!«

»Es geht um das kleine Mädchen, das dauernd ihrem Großvater, dem Thugyi, nachläuft und das die Augen nicht von Ihnen wenden kann. Wenn Sie ihr schon die kalte Schulter zuwenden müssen, dann schicken Sie sie doch zu mir. Sagen Sie ihr, dass ein anderer sehr gut aussehender Mann, ein Franzose, der die Liebe erfunden hat und daher viel mehr davon weiß als ein Engländer, hinter dem Banyan-Baum auf sie wartet.«

Leigh lachte kurz auf: »Sie werden noch dafür sorgen, dass ich auf der Speerspitze des Thugyi lande, René!«

»Ach, ihr Briten könnt euch doch immer so wunderbar verteidigen!« René schlug ihm kameradschaftlich auf den Rücken.

Dann kamen sie in den Hof zurück, wo ihnen Ba Say sofort seinen Curry servierte. Leigh hatte einen solchen Hunger, dass er einen ganzen Ochsen hätte verschlingen können. Er konnte nur hoffen, dass Ba Says Hähnchen essbar waren. »Heute Nacht, René, brauchen Sie Ihre Kräfte für andere Sachen.« Sie redeten leise miteinander, damit die anderen, die auf der Veranda aßen, nicht mithören konnten.

Der Franzose seufzte dramatisch auf: »*C'est la vie!* Es gibt keine Romantik mehr bei den Briten. Sie können nur noch an Krieg denken. Wir Franzosen kümmern uns erst um die Liebe und dann um den Krieg.«

»Deshalb verlieren Sie ja auch immer gegen uns, René. Wir machen es genau umgekehrt.«

»Genau umgekehrt ist immer gefährlich.« Robert streckte seine Hand nach der Portion Hühner-Curry aus, die Ba Say auf einem Bananenblatt servierte.

»Ich könnte der Verlierer sein, aber ich werde kein toter Verlierer sein. Sie, *mon ami*, werden tot sein, wenn Gyi San Wun Sie mit Ihren billigen Tricks erwischt.«

»Uns erwischt, René, uns!«

Vierundzwanzigstes Kapitel

1

Nathan beendete seine Lesung, schloss die Bibel und reichte sie Findebar.

Nicht die kleinste Welle bewegte die Wasseroberfläche. Es war still, gespenstisch still. Die kleine Gruppe rückte enger zusammen. Alle beugten sich über die Reling und starrten schweigend auf die Stelle, an der sie die beiden kleinen Körper versenkt hatten. Milly wischte sich die Tränen aus dem Gesicht und flüsterte: »Sie war so ein niedliches Mädchen. Immer so fröhlich, so ein kleines, vor Gesundheit nur so strotzendes Pummelchen ... Ich kann es einfach nicht glauben.« Sie war wie alle anderen am Boden zerstört und begann, erneut zu schluchzen. Angela legte in starker Zuneigung ihren Arm um Millys Schultern. »Milly, Liebes, ich denke, wir sollten alle versuchen, uns ein wenig auszuruhen.« Dann wandte sie sich an Ko Lee: »Vielleicht kannst du uns eine Kanne Tee in die Kabine bringen.« Ko Lee, dessen Gesicht ebenfalls von großer Bestürzung über das tragische Ereignis gezeichnet war, nickte. »Selbstverständlich, Amagyi-Angela, ich bringe sofort welchen.«

»Es lag an der Ziege«, sagte Blaize zum wiederholten Male. »Ihre Milch war verseucht. Ich hab das schon erkannt, als das stinkige Vieh an Bord gebracht wurde. Aber mir wollte ja niemand glauben. Sarah hat sich mit der Milch vergiftet. Mit dem anderen Kind war es ja nicht ganz so schlimm ... es ist schließlich nie richtig lebendig geworden, bevor es sich mit der Nabelschnur erwürgt hat ... Mein Gott! Bin ich froh, dass ich nie ein Kind gehabt habe.«

»Bee, warum kannst du nicht einfach den Mund halten?«, sagte Nathan müde. Dies war mit Abstand die schlimmste Fahrt, die er je erlebt hatte. Sie befanden sich jetzt bereits seit vier Tagen auf dem Irrawaddy und noch immer nicht an der Grenze. Unter diesen Umständen freute er sich sogar darauf, endlich in das von ihm sonst so gehasste Rangun zu kommen.

»Du fühlst dich wohl unglaublich stark, seitdem du gleichzeitig den Prinzen, den Prediger und den Freibeuter gibst, oder? Ich bin beeindruckt, wie schnell du dich zum Baptisten gemausert hast, der beerdigt und dabei fromme Reden schwingt, als du einsehen musstest, dass deine Macht nicht reicht, um auch den unschönen Unterleib von Clare unter deine Kontrolle zu bringen. Deine Vielseitigkeit überrascht einen doch immer wieder, Captain. Nur schade, dass du so gar kein Händchen für Frauen hast.«

Seine blauen Augen sahen sie gefährlich an.

»Wenn du seekrank bist, Bee, geh doch hinunter und leg dich ein bisschen hin.« Nathan wollte ihretwegen nicht die Nerven verlieren, auch wenn sie ihn und alle anderen an den Rand ihrer Fassung getrieben hatte.

»Was findest du denn an ihr, verdammt noch mal?«

»An wem? Von wem zum Teufel redest du eigentlich?«

»Von dieser Amagyi-Angela. Es ist zwar alles völlig klar, aber du könntest wirklich mit einer anderen ins Bett gehen wollen als mit dieser kahlen, sommersprossigen Frau, die man allenfalls als Lot für die Wassertiefe verwenden könnte.«

Er schaute sie ruhig an. »Ich könnte noch etwas viel Schlimmeres tun. Ich könnte mit einer Frau ins Bett gehen, die sämtliche Leidenschaft eines Mannes allein durch ihr dummes Gewäsch innerhalb von Sekunden zum Erliegen bringen würde.«

Es gelang ihm, ihrem Versuch, ihn aufzuhalten, zu entgehen, indem er sich ins Ruderhaus flüchtete.

Ko Lee, der am Steuer stand, grinste breit: »Der Captain lächelte. Sie denken an irgendetwas Komisches, was, Captain?«

Nathan zog seine Pfeife aus der Hosentasche und stopfte sie.

Dann zog er nachdenklich an ihr. »Ja, das ist sehr komisch, Ko Lee. Nimm meinen Rat an und heirate eine Frau, die fett, fünfzig und vertrauenswürdig ist. Auf diese Weise könnt ihr gemeinsam alt werden, anstatt dass es dich früher erwischt.«

»Sehen Sie, Captain.« Ko Lee suchte etwas in seinen Taschen und gab es Nathan. »Sehr schön, oder?«

»Jesus, Ko Lee! Wo zum Teufel hast du das her? Das ist ja eine Wahnsinnsbeute.«

»Das ist sicher große Beute.« Ko Lee nickte zustimmend, während er weiterhin das Boot steuerte.

Nathan hielt die Brosche in Form einer Margerite gegen das Licht. Ihre Diamanten blendeten ihn. »Also, Ko Lee, wenn du das gestohlen hast, dann zieh ich dir das Fell über die Ohren.«

»Nicht gestohlen, Captain. Es liegt ganz fröhlich im Fluss, wo Wäscherinnen die Wäsche aus dem Palast jeden Tag waschen.«

Nathan nahm die Pfeife aus dem Mund und pfiff durch die Zähne: »Aha! Da also versteckt die schlaue kleine Schlange die Kronjuwelen! Ko Lee, wenn die Briten tatsächlich ihren dummen kleinen Krieg gewinnen, dann tauchen wir nach Schätzen.«

»Schade, Captain, kein Taucher, kein Schwimmer.«

»Dann auch kein Geld«, sagte Nathan.

2

Sechzig Meilen vor der Grenze studierte Nathan im Ruderhaus die Karten, während Findebar das Ruder führte und Tonsin den Boiler heizte. Ein Ruf von Findebar schreckte Nathan auf, als sie die Schatten von Gue Gyoun Kamyo auf der einen und die von Minhla auf der anderen Seite gerade hinter sich gelassen hatten.

»Vorsichtig, Findebar, vorsichtig!«, rief er und betätigte das Nebelhorn.

»Es war seine Schuld, Captain, nicht meine! So aus dem Nebel zu kommen, er muss sein Gehirn untersuchen lassen. Passen Sie selbst auf, Captain.« Nathans Hände klammerten sich an das Ruder, und er brachte die *Belle* weiter hinüber in die Untiefen auf der Seite von Gue Gyoun. Obwohl eigentlich reichlich Platz zwischen ihnen war, steuerte der Kapitän des burmesischen Dampfers, der vier Flachboote schleppte, direkt auf sie zu. Er schien entschlossen, sie zu rammen. Nathan und Findebar erkannten plötzlich, dass die Flachboote mit angespitzten Teakstämmen ausgerüstet waren, die nadelspitz aussahen.

»Was zum Teufel hat der vor?«

»Er versucht, uns zu versenken, Captain, das ist alles – oh mein Gott, da kommen noch zwei hinter uns aus dem Nebel.«

»Geh runter und bring noch mehr Dampf in dieses Ding. Wenn sie Musikdampfer mit uns spielen wollen, dann können sie das haben. Aber zuerst müssen wir an ihren Geschützstellungen auf dem Berg vorbei, falls sie uns nicht schon vorher zusammenschießen.«

»Es schaut ganz so aus, als ob sie das ohne ihre Geschütze versuchen würden. Diese Schweinehunde schleichen sich wieder von hinten an. Warten Sie, bis ich genug Druck draufhab, und wir lassen sie in den Untiefen stecken.«

»Tu das, um Himmels willen, Findebar, und hör um Himmels willen auf, hier lange Reden zu schwingen. Die *Belle* lässt jedes Schiff auf diesem Fluss hinter sich. Aber vergiss nicht, dass wir neutral sind.« Findebar riss die Tür des Ruderhauses auf und fiel geradezu die Treppen hinunter.

»Captain«, rief er zurück, »ich werde die Stars und Stripes so hoch aufziehen und diese Burmesen damit derart blenden, dass sie Tag und Nacht nicht mehr unterscheiden können.«

Burmesische Geschütze eröffneten das Feuer, um die *Belle* aufzuhalten. Nathan wand sich zwischen den anderen Booten hindurch und war finster entschlossen, ihnen zu entwischen. Vom plötzlichen Geschützfeuer erschreckt, stürzte Blaize in das Ruderhaus: »Nathan, was zum Teufel ist los?«

»Runter! Auf den Boden!«

»Schießen die etwa auf uns?«

»Runter auf die Knie! Sie werden dir den Kopf abknallen ... und sag den anderen, sie sollen unter Deck bleiben. Das ist ein Befehl!«

»Oh ja, oh mein Gott, ja natürlich ...« Lady Bee kroch auf allen vieren zu ihrer Kabine zurück.

Der Kapitän einer Flussbarkasse, die längsseits ging, forderte Nathan über ein Megafon auf, die *Belle Hélène* ans Ufer von Gue Gyoun Kamyo zu bringen.

»Nur über meine Leiche«, dachte Nathan, der froh war, dass Ko Lee in diesem Moment neben ihm auftauchte.

»Brauchen Hilfe der chinesischen Marine, Captain?«

»Übernimm das.« Nathan gab ihm das Steuer und rief mit seinem Megafon hinüber zur *Shwebo*: »Ahoi! Hören Sie sofort auf zu schießen. Hier sind Frauen und Kinder an Bord.«

»Dann fahren Sie bitte langsamer und lassen Sie uns längsseits kommen.«

Nathan zog den Kopf zurück. »Nur über meine Leiche, Ko Lee.« Er hatte das unangenehme Gefühl, dass genau das der Fall sein würde, wenn er die Befehle des Kapitäns der *Shwebo* nicht befolgte. Er hob wieder sein Megafon: »Wir sind ein neutrales Schiff, Sie haben nicht das Recht, uns aufzuhalten.«

»Ich habe jedes Recht, Captain Vorne. Ich möchte Ihre Papiere überprüfen. Wir wissen genau, dass Sie englische Frauen und Kinder an Bord haben. Das hat nichts mit Neutralität zu tun. Fahren Sie also ans Ufer, sonst eröffnen wir das Feuer wieder.«

»Kapitän Bodaw, die Rangun *Gazette* und die *Times* werden sich sehr freuen, diese Geschichte verbreiten zu können. Es wird ihnen ein Vergnügen sein, überall in der Welt zu verbreiten, dass die Burmesen auf hilflose Frauen und Kinder schießen. Wenn Sie weiterhin ein unbewaffnetes Schiff angreifen, das unter der Flagge der Vereinigten Staaten fährt, dann wird es eine lange Geschichte werden.«

»Captain Vorne, ich warne Sie! Der Fluss vor Ihnen ist vermint. Sie werden die Schuld daran tragen, dass Ihre Passagiere umkommen. Wir Burmesen dagegen werden unsere Hände in Unschuld waschen, da wir Sie nur vor der Gefahr hatten warnen wollen. Wir wollen weder Sie noch Ihre Passagiere verletzen. Und nun legen Sie bitte am Ufer von Gue Gyoun Kamyo an, oder Sie werden an den verminten Stellen in die Luft fliegen. Das ist ein gut gemeinter Ratschlag zu Ihrer eigenen Sicherheit und der Ihrer Passagiere.«

»Verflucht, Ko Lee, was machen wir jetzt?«

»Wir gehorchen Ihnen, Captain«, sagte der junge Chinese mit einem resignierten Schulterzucken. In diesem Augenblick aber kam Findebar mit einem öligen Lumpen in der Hand ins Steuerhaus gerannt: »Hören Sie nicht auf sie, Captain! Sie lügen wie gedruckt. Machen Sie das nicht, Sir. Die haben keine Ahnung, wie man einen Fluss vermint, darauf schwöre ich Stein und Bein. Wir fahren ihnen hinunter nach Thayetmyo davon, darauf haben Sie mein Wort.«

»Lass den Kapitän seine eigenen Entscheidungen treffen«, schnappte Ko Lee herablassend.

Findebar aber bestand auf seiner Meinung: »Captain Nat, wenn Sie sich diesen burmesischen Lumpen ergeben, dann werden sie Sie genauso misshandeln wie an dem Tag, an dem sie Sie bei Sagaing von der *Belle* holten. Sie werden diesen Tag noch bereuen. Die dort sind nichts als kleine, verlogene Kröten, die nichts anderes wollen, als unser Schiff gegen die Briten einzusetzen. Wenn Sie sich ergeben, dann kündige ich.«

»Hör mit dem Unsinn auf, Findebar, niemand ergibt sich hier. Ich glaube nur nicht, dass sie in diesem Punkt lügen, und ich möchte nicht gerne, dass die *Belle* zusammen mit uns in die Luft gejagt wird.«

»Die bluffen doch nur, Captain! Das sind alles nur dumme Heiden, die nichts von diesen Sprengstoffen verstehen. Glauben Sie mir, Sir, wenn Sie denen entsprechend entgegentreten, dann ziehen sie den Schwanz ein. Das machen sie immer.«

Nathan hatte sich entschlossen: »Findebar, mach hier keine Schwierigkeiten. Ko Lee, lass uns nach Gue Gyoun abdrehen.«

»Ich hätte nie gedacht, dass ich einmal erleben würde, wie Captain Nat Vorne sich ein paar burmesischen Schreihälsen ergeben würde!« Findebar warf angewidert seinen öligen Lappen auf den Boden und verschwand.

Nathan legte mit der *Belle Hélène* an einem Liegeplatz, einer hölzernen Landungsbrücke unterhalb der beeindruckenden roten Befestigung von Gue Gyoun Kamyo, an. Als die *Shwebo* und ihr Schwesterschiff, die *Mingun*, längsseits anlegten, hielten er und seine Mannschaft Pistolen in den Händen.

»Das war eine weise Entscheidung, Captain Vorne«, sagte der burmesische Kapitän, nachdem er in pompösem Aufwand von der *Shwebo* hinunter auf den Kai gestiegen war. »Sie werden keinen Nachteil davon haben.«

»Das sehe ich, verdammt noch mal, anders!«, sagte Nathan. »Hören Sie zu, Kapitän Bodaw, wir rühren uns keinen Schritt von diesem Schiff, das schließlich neutraler amerikanischer Boden ist. Auch werden Ihre Leute keinen Fuß darauf setzen, bis mir freies Geleit nach Thayetmyo garantiert worden ist. Ich will zwei Ochsenkarren und Papiere, die eine sichere Reise garantieren. Da Ihre Flotte den Irrawaddy unpassierbar gemacht hat, will ich außerdem, dass wir genug Verpflegung bekommen, um die Grenze zu erreichen.«

Der burmesische Kapitän lächelte beschwichtigend. Er winkte Findebar, Ko Lee und Tonsin zu, die ihre Waffen auf ihn gerichtet hielten: »Captain Vorne, Sie sind nicht in der Position, mit mir zu verhandeln. Was können denn Ihre vier Pistolen gegen die Mannschaften der *Shwebo, Mingun* und der *Pagan* mit ihren automatischen Waffen ausrichten? Nein, nein, Captain, Sie mögen ja ein sehr mutiger Mann sein, aber Sie wären wahnsinnig, wenn Sie versuchen würden, all die Männer zu erschießen, die Ihnen in diesem Augenblick gegenüberstehen.«

»Das ist auch gar nicht meine Absicht, Kapitän Bodaw. Aber

wir können die Offiziere der *Mingun* und der *Pagan* und auch Sie selbst erwischen, wenn einer von Ihnen ohne Erlaubnis an Bord der *Belle Hélène* geht.«

»Und was wird dann aus den Frauen und Kindern? Ich kann nicht dafür garantieren, dass Sie sicheres Geleit bekommen, wenn irgendwelchen Offizieren der burmesischen Marine, die ja schließlich nur mit Ihnen reden wollen, irgendetwas passieren sollte. Es wäre das Vernünftigste, Captain Vorne, wenn Sie ohne weitere Schwierigkeiten mit mir kommen würden. Sie, Ihre Mannschaft und die englischen Frauen und Kinder werden sehr angenehm im Amtssitz des Myowun in Minhla als Gäste der burmesischen Regierung untergebracht werden. Wenn die britischen Truppen für immer aus Burma verschwunden sind, dann können Sie wieder tun, was Sie wollen. Bis dahin aber vertrauen Sie sich uns an.«

Nathan hielt seinen Blick auf Kapitän Bodaw gerichtet, während er Ko Lee anwies: »Geh unter Deck und bleib bei den Memsahibs und den Kindern. Wenn du Schüsse von oben hörst und damit weißt, dass die Kapitäne der burmesischen Schiffe tot sind, dann erschießt du die Frauen und Kinder und dich auch. Sie dürfen nicht lebend in burmesische Hände fallen. Verstanden?«

»Aye, aye, Captain. Ko Lee versteht vollkommen. Er geht, die Wünsche des Captain zum allerletzten Mal auszuführen.«

»So bleiben uns noch drei Schüsse für drei burmesische Kapitäne.« Nathan sah sie der Reihe nach an. »Ich bin auch dabei, Kapitän Bodaw, also keine Angst, dass ich Ihretwegen herumtrödeln werde.«

Kapitän Bodaw hatte so etwas keinen Augenblick in Betracht gezogen. Er zögerte. Ihnen allen, die da um die Schiffe herumstanden, war klar, welch große Schande das für sie bedeuten würde. Der gute Ruf des Captain de Veres-Vorne hatte in den letzten zwei Jahrzehnten keineswegs abgenommen, er war vielmehr in der Achtung der Leute immens gestiegen. Die Geschichten um den Shwe Nat von Mandalay hatten beinahe märchenhafte Züge angenommen. Einem Mann, der es fertig brachte, der Königin von Burma Widerstand zu leisten und einen Gebrandmarkten direkt vor dem schrecklichen Gefängnis von Sagaing zu erwürgen, dem war alles zuzutrauen. Kapitän Bodaw reagierte respektvoll. »Captain Vorne, es besteht kein Anlass für diese Schauspielerei.«

»Oh, Kapitän Bodaw, nichts lag mir ferner.« Ein Blick auf Captain Vornes Gesicht überzeugte Bodaw, dass das wohl tatsächlich zutraf. »Gut, ich nehme Ihre Bedingungen an. Zwei Ochsenkarren, Pässe, Verpflegung und Wasser. Sie können Ihren Weg nach Thayetmyo fortsetzen.«

»Das hätte ich gerne schriftlich, Kapitän Bodaw. Sie werden versichern, dass wir auf dem Weg zur Grenze nicht belästigt werden und dass die *Belle Hélène* an ihrem Anlegeplatz nicht angerührt oder gar von den Burmesen als Kanonenboot beschlagnahmt wird. Und dass wir unsere Ochsenkarren, die Verpflegung und das Wasser bekommen.«

»Ich kann nicht für die Sicherheit Ihres Schiffes garantieren, Captain Vorne. Man kann nie wissen, was mit Ihrem Schiff in dem Seegefecht mit den Briten passieren kann. Ich würde Ihnen aber vorschlagen, dass Sie und Ihre Reisegesellschaft sich unverzüglich entfernen. Falls nämlich die britische Flottille in den nächsten Stunden gesichtet wird, kann ich für Ihre Sicherheit nicht mehr garantieren. Ich lasse Ihre Ochsenkarren und die Verpflegung hierher bringen, obwohl ich es immer noch für klüger halten würde, wenn Sie unsere Gastfreundschaft im Palast des Gouverneurs auf der anderen Seite annehmen würden, anstatt sich dem Risiko von Gewehrfeuer und Raubüberfällen auf dem Weg nach Thayetmyo auszusetzen.«

Nathan stand breitbeinig auf seinem Schiff, seinem Territorium. »Wir gehen das Risiko ein. Ich hätte übrigens noch gerne einen Ballen Stroh, da wir eine schwerkranke Frau an Bord haben. Sie wird vermutlich auch lieber auf der Straße nach Thayetmyo sterben als zwischen den Bambuspalisaden im Hof des Gouverneurs.«

»Sie tun uns Burmesen Unrecht, Captain Vorne«, sagte Kapitän Bodaw beleidigt. »Wir Burmesen kämpfen nicht gegen Frauen und Kinder. Außerdem haben nicht wir den Krieg angezettelt, die Briten haben ihn uns aufgezwungen. Wir verteidigen ja nur unser Land. Ist das etwa ein Verbrechen?«

»Ich möchte mich nicht in die Politik einmischen, Kapitän Bodaw, und ich möchte mich auch nicht zwischen die Stühle setzen. Wenn Sie mir freundlicherweise all das bringen lassen würden, worum ich Sie gebeten habe, dann wäre ich Ihnen sehr dankbar.«

Der Burmese verbeugte sich tief und zog sich, ohne weitere Gedanken an das Schicksal von Captain Vorne und seine Passagiere zu verschwenden, zurück in das sichere Innere seines eigenen Schiffes.

Eine Stunde später präsentierte sich sein Adjutant an Bord der *Belle Hélène*. Er brachte alle Papiere mit, die ihre Reise zur Grenze sicherstellen sollten. Zwei Ochsenkarren, einer davon mit einem Strohbündel, und zwei mit Vorräten beladene Maultiere standen unten an der Uferböschung. Die Zukunft der *Belle* war nirgendwo erwähnt worden, aber Nathan wollte sein Glück nicht überstrapazieren und gab sich mit dem zufrieden, was man ihm garantierte. Ko Lee, Findebar und Tonsin trugen immer noch ihre Waffen, als sie Kapitän Bodaws Adjutanten vom Schiff geleiteten und den Frauen und Kindern hinunter in den Karren halfen.

»Ich kann nur hoffen, dass die britische Flottille sie in Stücke schießt.« Lady Tennent-Browne stand da und drehte ihren Sonnenschirm auf ihrer Schulter, während sie die burmesischen Schiffe mit ihren Mannschaften, deren Männer ihre Abreise beobachteten, finster anstarrte. »Das ist doch nun wirklich schlimm, meine Lieben. Als ob wir auf dieser widerwärtigen Reise nicht schon genug gelitten hätten. Wie können sie nur erwarten, dass wir auf

Ochsenkarren durch ihren primitiven Dschungel kutschieren. Welche Sicherheiten haben wir eigentlich, Nathan? Du weißt genauso gut wie ich, was ihre Papierfetzen wert sind, wenn es darum geht, wer gewinnt. Warum können wir nicht auf der *Belle* weiterreisen?«

»Weil sie im Wasser Minen verlegt haben, um die Flottille in die Luft zu jagen. Deshalb.«

»Woher weißt du das?«

»Man hat es mir gerade gesagt.«

»Die können ja lügen.«

»Das mag sein. Ich möchte es aber nicht darauf ankommen lassen.«

»Nathan, ich weigere mich, auf dem ersten Karren zusammen mit dem furchtbaren Burmesen zu reisen, der sich ununterbrochen umdreht, um mich aus seinen vielen Schals heraus anzustarren. Ich werde mit dir, Angela und den Kindern im zweiten Wagen fahren.«

»Los, rauf da vorne, zusammen mit Findebar und Milly. Da kannst du Milly helfen, wenn etwas mit Mrs. Sinclair ist.«

»Nathan, ich will nicht wie ein Kind behandelt werden!«

Er hielt sich nicht lange mit ihr auf, sondern hob sie hoch und setzte sie ganz hinten auf den ersten Wagen, wobei sich ganz zufällig einer ihrer Unterröcke an einem Holzsplitter verfing. Er überließ es Findebar, ihr aus dieser Klemme herauszuhelfen, während er Ko Lee und Tonsin dabei half, Clare auf einer improvisierten Trage zum Wagen zu bringen. Angela und die Amme trugen die zwei Kinder zum zweiten Karren. Als sie aufblickten, sahen sie eine Gruppe burmesischer Soldaten in ihren auffälligen Uniformen von Gue Gyoun Kamyo herunterkommen. Der Offizier ritt auf einem Maultier vor ihnen her und trieb das Tier mit einem Stock an. Vor ihrer kleinen Gruppe verbeugte sich der fette kleine Mann im Sattel und haspelte mit seiner Fistelstimme: »Kommandant von Gue Gyoun Kamyo bedauert Beschwerlichkeiten zutiefst, will aber Captain de Veres-Vorne und die Gefangenen sofort sehen. Befehle des hohen Generals, des Oberkommandierenden und Schwiegersohns des berühmten Taingda Mingyi und auch des Verwalters der königlichen Barken und des mächtigen Kriegers seiner göttlichen Majestät, des Königs Thibaw von Burma!«

»Was für Gefangene, verflucht noch mal?« Nathan war wütend. »Es gibt keine Gefangenen hier, Sie können zurück zu Ihrem feinen Kommandeur gehen und ihm das sagen. Wir haben Pässe bekommen, die uns Kapitän Bodaw selbst ausgestellt hat und die uns den Weg zur Grenze freigeben.«

»Bitte, Captain Vorne, streiten Sie nicht mit Soldaten der erhabenen burmesischen Armee. Kapitän Bodaw ist ein Schiffsoffizier auf dem Irrawaddy, der keine Befehlsgewalt an Land hat, das den Anordnungen des edlen Hlethin Atwinwun untersteht, der die Festung von Gue Gyoun Kamyo kommandiert.« Findebar, der über das Verhalten der Burmesen, denen man ja seiner Ansicht nach ohnehin nicht hätte trauen dürfen, empört war, drehte sich nach ihnen um. Er hatte eine Hand noch immer im Spitzensaum von Lady Tennent-Brownes Kleid, das er vergeblich von dem Holzsplitter zu lösen versucht hatte. Der burmesische Infanterieoffizier missverstand seine Bewegung und schoss auf ihn. Findebar schwankte, sein Blut bespritzte Blaize. Nathan stürzte mit einem heiseren Schrei auf den Offizier und wurde von den Soldaten zu Boden gezogen. Angela erstarrte, genau wie Ko Lee und Tonsin, die Clare Sinclair beinahe zu Boden fallen ließen.

Schweigend wurde die kleine Gruppe zusammengetrieben und mit vorgehaltenem Gewehr zur Festung geführt. Clare Sinclair wurde ohne weitere Umstände neben Findebar auf den Ochsenkarren gelegt und von einem burmesischen Soldaten hinaufgefahren.

Der hochwohlgeborene burmesische General ließ seine Gefangenen, die ihm so zufällig in die Hände gefallen waren, in Zellen sperren, die zum Fluss hinunter gingen. Dort würden sie mit Sicherheit dem Feuer der britischen Kanonenboote ausgesetzt sein.

Dann gab er noch Befehl, den toten Seemann in den Irrawaddy zu werfen, bevor er sich hinsetzte und persönlich eine Botschaft an den Kapitän Bodaw aufsetzte, um ihm zu gratulieren, dass er ihnen so wertvolle Geiseln verschafft hatte, auch wenn das natürlich nicht Bodaws Absicht gewesen war.

Fünfundzwanzigstes Kapitel

1

Im Morgengrauen des dreizehnten November fingen die Briten ein recht merkwürdiges Glückwunschtelegramm auf, das in Kadaw, ungefähr fünfzehn Meilen von Mandalay entfernt, aufgegeben worden war. Der junge Offizier, der es aufgenommen hatte, schüttelte den Kopf und reichte es seinem vorgesetzten Offizier weiter.

»Happy Birthday, Happy Birthday to you, Happy Birthday, dear Harry, Happy Birthday to you.«

Der Offizier vom Dienst reichte die Botschaft sofort zum Entschlüsseln weiter. Später gelangten beide Botschaften in die Hände von General Harry North Dalrymple Prendergast, V. C., der am Nachmittag an Bord der *Thambyadine* angekommen war. Von den Nachrichten, die ihm zu seiner besonderen Beachtung überreicht wurden, hielt er die von Kadaw für genauso wichtig wie die vom britischen Außenministerium in Whitehall. Er reagierte sofort auf die Mitteilung aus Whitehall, die den sofortigen Angriff auf Mandalay befahl, da König Thibaw das letzte Ultimatum der Briten zurückgewiesen hatte.

Er übergab die schlechten Nachrichten von Kadaw seinem Stabsoffizier an Bord der *Thambyadine*.

Die britische Flottille lief aus. Sie war vorausschauend mit allem ausgerüstet worden. Nach ihren auf der Krim-Halbinsel gemachten Erfahrungen gingen die Briten bei der Einnahme von Mandalay keinerlei Risiko ein. Die Truppen bestanden aus zehntausend Soldaten, also drei Infanteriebrigaden, sechs Pionierkompanien, drei Batterien und drei Gebirgsjäger-Batterien aus Indien.

Bis jetzt hatte Jeffrey Radcliffe den Fluss nur auf den Karten in seinem Hauptquartier in Rangun gesehen. Jetzt aber erblickte er ihn in natura, in all seiner Wildheit, und konnte sich seiner Wirkung nicht entziehen.

General Prendergast übertrieb keineswegs, als er Jeffrey Radcliffe widersprach, der behauptet hatte, sie würden die vor ihnen liegenden Mauern niemals durchbrechen: »Das schaffen wir an einem Vormittag. Mit etwas Glück haben die Burmesen genug damit zu tun, sich gegenseitig aus dem Wasser zu fischen, nachdem ihre Minen hochgegangen sind. Das war gute Arbeit, Major, wirklich ein guter Einfall, diese merkwürdige Nachricht aus Kadaw zu übertragen. Wir wären ahnungslos auf die Minen des Feindes gefahren. Es scheint hier ja alles mit Soldaten und Befestigungen überschwemmt zu sein.«

Die Truppen des Brigadegenerals Foord von der Royal Welsh Infanterie waren schon acht Meilen flussabwärts in einem Ort namens Patango von Bord gegangen. Die Soldaten von Madras hatten hinreichende Erfahrungen, um mithilfe von Stricken und Bambusleitern mit dieser Art von Befestigungen fertig zu werden. Das Regiment von Liverpool und die Armee von Madras sollten vom Osten aus angreifen, während die britischen Kanonenboote, die *Irrawaddy* und die *Kathleen,* die Burmesen in der Befestigung unter Beschuss halten sollten. Inzwischen konnte die bengalische Brigade unter General Norman bei Maloon auf der rechten Flussseite landen. Sie sollten Minhla einnehmen und den burmesischen Gouverneur sowie seine hohen Beamten festnehmen. Der dichte Dschungel, die gewundenen Karrenwege erschwerten den Angriff auf Minhla stärker als erwartet.

Oberst Baker fand sich plötzlich in einem Hinterhalt wieder. Sie wurden von Burmesen beschossen, die sich beim Gouverneurspalast festgesetzt hatten. Schwere Geschütze feuerten auf die Briten. Endlich, nach schwerer Beschießung, griff eine kleine Gruppe von Offizieren und Mannschaften der Madras- und Bengalen-Infanterie die burmesischen Barrikaden aus Karren und Bambuszäunen an und überwanden die Befestigungen. Der Gouverneurspalast wurde angezündet, die Truppen sammelten sich wieder und rückten gegen Minhla selbst vor. Es gab schwere Verluste auf beiden Seiten. Die Verwirrung war groß, zumal die Lazarettschiffe nur sehr schwer nach Minhla vorankamen. So blieben die Verwundeten und Sterbenden in der heißen burmesischen Sonne liegen, bis sie ärztliche Hilfe bekamen.

Früh am siebzehnten November, nur vier Tage, nachdem sie von Thayetmyo aufgebrochen waren, verließ Brigadegeneral Foord mit seinen Leuten das Dorf Patango in nördliche Richtung. Sie marschierten die acht Meilen von dichtem Dschungel nicht, sie mussten sich ihren Weg buchstäblich freischlagen. Endlich erreichten sie die Ostmauern von Gue Gyoun Kamyo.

Die burmesischen Geschütze waren immer noch auf die *Irrawaddy* und die *Kathleen* gerichtet, deren Nordenfeldt- und Gardner-Geschütze die Festung bombardierten. So bemerkten die Burmesen nicht, was hinter ihrem Rücken vorging. Die Einsatztruppe der Madras-Armee führte, gefolgt vom Liverpoolregiment. Sie stürmten die Befestigungen, durchbrachen die mächtigen roten Mauern und eroberten zum Schluss das Osttor. Die geschwächten Burmesen flohen demoralisiert zum Fluss hinunter, wo sie von Sepoys erschossen wurden. Um ein Uhr an diesem Dienstag fiel Gue Gyoun Kamyo in britische Hände. General Prendergast sah von Bord der *Dowoon* die weiße Flagge auf der weißen Pagode. Er befahl der *Irrawaddy* und der *Kathleen*, das Feuer auf die Festung einzustellen und sich auf Minhla zu konzentrieren, wo eine blutige Schlacht zwischen den britischen und den burmesischen Truppen stattfand. Die Burmesen leisteten heftigen Widerstand und kämpften bis zum letzten Mann.

Major Radcliffe war nicht nur als Offizier des militärischen Sicherheitsdienstes, sondern auch als Verbindungsoffizier zu den Burmesen eingesetzt worden, weil er ihre Sprache fließend beherrschte. Er bekam den Befehl, die Festung sofort zu besichtigen und eine Meldung über die Anzahl der Gefallenen, der Waffen und der Gefangenen zu bringen sowie die Festung insgesamt zu untersuchen.

Radcliffe war mehr als erstaunt, als er dort englische Frauen und Kinder in den unteren Stockwerken der Festung vorfand. Er beschloss, nie mehr über irgendetwas erstaunt zu sein, was er in Burma vorfinden würde.

»Was tun Sie denn hier?«, rief er aus, als die Zellentüren von zwei jungen Walisern geöffnet worden waren, die den burmesischen Wachen die Schlüssel abgenommen hatten.

»Das ist eine gute Frage, Major!« Lady Tennent-Browne stürmte aus der Zelle, in der sie von den fürchterlichsten Viechern wie Ratten, Spinnen und Skorpionen belästigt worden war. »Wir haben schon gedacht, Sie kommen niemals hier an!« Trotz ihres blutbespritzten Kleides, dessentwegen ganz Paris in Tränen ausgebrochen wäre, trotz ihres schmutzigen Gesichtes, ihres ungekämmten Haares, trotz der Tatsache, dass sie sich seit Tagen nicht hatte waschen können, war ihr Auftritt erstaunlich selbstbewusst. Sie hielt sich nicht zurück, sondern wurde mehr als deutlich: »Sie haben sich ganz schön Zeit gelassen.«

»Es tut mir Leid, Madam«, entschuldigte sich Radcliffe hastig, »wir sind so schnell wie möglich gekommen. Sie sollten jetzt alle mit mir zu General Prendergast gehen und Ihre Beschwerden selbst vortragen.«

»So wie ich aussehe?« Lady Tennent-Browne hielt es trotz der Umstände nicht für angemessen, dem General in diesem Zustand gegenüberzutreten. Sie betrachtete den geschniegelten Major erschreckt. »Das ganz bestimmt nicht, Major!«

»Doch, Madam, genau so. Entschuldigen Sie mich.«

Ein Zuruf einer seiner Männer hatte ihn von den schlecht behandelten Memsahibs abgelenkt, die aber nicht allzu erschüttert schienen. Weiter unten in dem grünen, verschimmelten Gang traf er auf weitere Gefangene, eindeutig nicht burmesischer Abstammung. Es waren zwei Diener und ein amerikanischer Captain, den er schon einmal in Rangun getroffen hatte.

»Großer Gott, Captain de Veres-Vorne, was machen Sie denn hier?«

Nathan konnte trotz seiner Trauer über Findebars Tod und über alles, was er bisher erlitten hatte, zum ersten Mal wieder lächeln:

»Es tut gut, Major Radcliffe, Sie und Ihre Jungs hier wieder zu sehen. Bringen Sie uns so schnell wie möglich aus diesem Drecksloch heraus zu Ihrem kommandierenden Offizier. Ich möchte ihm ganz schnell sagen, was hier los ist, vielleicht bewegt er seinen Hintern dann etwas schneller hinauf nach Mandalay.«

2

Trotz der drückenden Hitze im Zimmer von Senyats Kommandanten in der Residenz fror Leigh Buchanan. Er war vor Schmerzen wie betäubt. Man hatte ihm einen Fingernagel nach dem anderen abgerissen und dann mit Bambussplittern das wunde Nagelbett traktiert.

General Gyi San Wun wollte immer wieder wissen, warum er nach Kadaw geritten war. Leigh konnte sich zwar dunkel an die Nacht erinnern, wusste jedoch nicht, was er hätte antworten sollen. Sie brachten ihn weg und holten ihn nach einer Stunde wieder.

»Warum sind Sie mitten in der Nacht nach Kadaw geritten?«, wollte der General wissen.

»Der Sturm, da war ein Sturm. Die Drähte sind heruntergekommen. Passiert immer wieder. Ich war dafür verantwortlich …«

»Sie *waren* einmal dafür verantwortlich. Aber warum sind Sie hinunter nach Kadaw gezogen, etwa um den Briten Ihre Nachricht zu schicken?«

»Keine Botschaft an die Briten … Leitungen überprüfen, das ist alles.«

»Was noch?«

»Sonst nichts. In Kadaw brachte ich Ko Ba Wan meine Abschiedsgrüße. Nein, es war Ko Ban Wan, nein Ko Ba Wan. Ich habe ihn in Senyat ausgebildet. Seine Frau hatte ein Kind bekommen, einen Sohn. Ich wollte ihm zur Geburt seines Sohnes gratulieren.«

»Sie sind also in diesem Wetter sechs Kilometer herumgeritten, nur um sich von Ko Ba Wan zu verabschieden? Warum haben Sie nicht den Telegrafen in Senyat benutzt?«

»Er hat nicht funktioniert«, sagte Leigh müde.

»Weil Sie und der Franzose vorher mit den Leitungen von Senyat herumgespielt haben?«

»Nein.«

»Sie lügen, Engländer!«, brüllte Gyi San Wun und schlug mit der Faust auf den Tisch. Mit einem Blick auf Leigh wurde ihm klar, dass er nur den Respekt des Gefangenen verlieren würde, wenn er sich weiterhin gehen ließ. Er senkte seine Stimme, nahm eine Prise und fuhr fort: »Sie hatten doch ganz besonders die Absicht, dem britischen Kommandeur in Thayetmyo diese Nachricht zukommen zu lassen. Deshalb sind Sie doch diese sechs Kilometer geritten, oder? Warum wollten Sie ausgerechnet die Telegrafenstation von Senyat nicht benutzen? Haben Sie gefürchtet, dass ich zu früh ankommen könnte?«

»Warum sollte ich das tun wollen, wenn ich … oh mein Gott!« Leigh hatte das Gefühl, dass seine Zunge sich selbstständig machen würde. Wenn er sich nicht sofort zusammenriss, würde er noch alles ausplaudern. Er versuchte, tief Luft zu holen, aber in seine Lungen gelangte nur der im Raum liegende üble Mief.

»Ich stelle hier die Fragen, Engländer«, sagte Gyi San Wun milde, während er wieder eine Prise nahm. »Sie haben mir gerade gesagt, dass die Leitungen zwischen Kadaw und Senyat schadhaft waren, sodass Sie Ihre Botschaft nicht von Senyat aus senden konnten.«

»Ja, das ist der Grund, warum sich Monsieur René um sie gekümmert hat. Sie wissen, er ist Ingenieur und versteht mehr davon als jeder andere.«

»Aber Monsieur René ist Tiefbauingenieur, kein Fachmann für das Fernmeldewesen. Was für eine Ahnung hatte er schon davon?«, flüsterte der General sanft in Leighs Ohr.

»Wasser!«, flüsterte Leigh.

»Nein! Warum haben Sie keine ausgebildeten Soldaten als Hilfe angefordert?«

»Es gab keine. General Maung Laik hat alle ausgebildeten Männer mit nach Myingyan genommen.«

»Wir wissen, dass Sie auf dem Maultier des Thugyi nach Kadaw geritten sind. Und der Thugyi wird seine Strafe auch erhalten. Was für Informationen haben Sie an die Briten weitergegeben?« Seine Stimme klang wie das Schnurren einer Katze, während er mit einer langen Nagelfeile auf Leighs nagellose Finger klopfte.

»Ich habe keine Nachricht weitergegeben.«

»Warum sind Sie dann nach Kadaw geritten?«

»Um Ba Wan Glückwünsche zu senden. Neues Baby … Glückwünsche, um …«

»Er war ein guter Freund von Ihnen, dieser Ko Ba Wan?«

»Ja, er war ein Freund.«

Die Feile schlug wieder bösartig zu.

»Nein!« Leighs Körper stemmte sich auf. Der Schmerz war zu unerträglich geworden. Mit einem Stöhnen fiel er auf den Tisch und war ohnmächtig.

Auf ein Nicken des Generals schleppten die zwei Soldaten, die hinter dem Stuhl des Gefangenen gestanden hatten, diesen zurück in seinen Bambuskäfig.

Der hohe Kommandeur von Senyat griff nach seiner Opiumpfeife.

Die Leute an den Telegrafen waren befragt worden, aber nichts war dabei herausgekommen. Ko Ba Wan hatte geschworen, dass der Engländer nur diese bekannte Melodie gepfiffen hatte, als er bei ihm erschienen war, um ihn zu beglückwünschen und sich von ihm zu verabschieden. Nein, er war nicht allein im Telegrafengebäude gewesen, allenfalls einen Augenblick, als er selbst hatte hinausgehen müssen, um sich an der Mauer zu erleichtern. Der General war sich sicher, dass Buchanan irgendetwas an dem Telegrafen manipuliert hatte. Der Mann war höchst verdächtig. Schließlich hatte er ja mit dem genauso verdächtigen Shwe Nat in Mandalay zu tun gehabt und mit dem britischen Geschäftsführer, Sinclair, der hinter seiner gutmütigen Erscheinung allerhand verbarg.

Und da war ja auch noch dieser Milchbart von General, dieser Maung Laik, der behauptete, Buchanan sei ein ehrenwerter Brite, der nicht nach der Hand schnappen würde, die ihn fütterte. Da glaubte er schon eher dem Franzosen, denn in der Furcht steckte immer mehr Wahrheit, und Monsieur René hatte genug Angst, um seine Seele an den Teufel zu verkaufen.

Er gab seinem verkrüppelten Diener den Auftrag, die Soldaten mit dem Engländer zurückzurufen.

»Sie haben mich belogen, Engländer, als Sie behauptet haben, dass Ko Ba Wan und Ko Toe Myint Ihre Freunde seien. Ihr Volk hat hier keine Freunde. Sie wollen sie genauso beherrschen, wie Sie das jetzt schon mit den Indern tun. Wir werden die beiden also besser als Ihre Kollegen bezeichnen. Besser vielleicht noch als Ihre Kinder, da Sie ja ihr Lehrer waren. Ja genau, liebe, kleine burmesische Kinder. Es muss also leicht gewesen sein, Ihre Kinder zu bestechen, dass Sie sie unbewacht telegrafieren ließen. Womit haben Sie sie bestochen?«

Leigh spürte unvorstellbaren Durst und ein unüberwindliches Schlafbedürfnis. Sein Kopf sank immer wieder vornüber, wurde aber jedes Mal von einem der Soldaten hochgerissen.

»Was ist das hier?«

Leigh strengte seine Augen an, um zu erkennen, was der General ihm zeigte. Es war sein Codebuch. Ein Blatt war herausgerissen und angebrannt, als sie gerade dabei waren, das Buch zu vernichten und die burmesischen Soldaten über sie hergefallen waren.

»Mein Codebuch«, murmelte Leigh schläfrig.

General Gyi San Wun hatte ein grausames Lächeln im Gesicht. Endlich kam er doch mit diesem hartnäckigen Engländer weiter.

»Ein Codebuch für eure geheimen Nachrichten, Engländer?«

»Ja«, sagte Leigh sorglos.

»Was für Geheimnisse stecken denn in diesen eng bedruckten Seiten aus Burmesisch und Englisch?«

»Alle möglichen Geheimnisse.«

»Erklären Sie sie mir.«

»Zu viele …«

»Dann einige davon. Dies hier.« Gyi San Wun tippte mit spitzem Fingernagel auf die fragliche Stelle.

Leigh schielte. Mit seinen wässerigen Augen konnte er kaum etwas erkennen. Er gab einige grundsätzliche Erklärungen zum Morsesystem, abgehackt und unvollständig. Er versuchte sich mit dem grundlegenden Unterschied zwischen Burmesisch und Englisch herauszureden, versuchte auf hilflose Art, den General mit seinen Erklärungen zu verwirren. Schließlich war seine Stimme kaum noch hörbar. Sein Gemurmel von Punkten und Strichen wurde immer unverständlicher.

»Geben Sie mir ein Beispiel.« Gyi San Wun blieb stur.

»Ich kann nicht … kann nicht, wenn Sie nicht Englisch sprechen.«

»Ich spreche Englisch, Engländer!«, brüllte Gyi San Wun. Dann verzog sich sein Mund zu einem Lächeln, während seine Augen ihren lauernden Blick weiter beibehielten: »Happy birthday to you! Engländer, ich möchte wissen, was das im Burmesischen heißt!«

Der Raum drehte sich um Leigh, und seine dicke Zunge erwürgte ihn fast. »Auf Burmesisch heißt das, dass die Phongyis alle um einen wunderschönen Geburtstagskuchen versammelt sind und darauf warten, die Kerzen auszublasen, aber der König ist noch nicht angekommen.«

»Was soll das heißen?«, fragte Gyi San Wun sehr ruhig.

Leigh murmelte: »Es heißt, die Phongyis haben sich alle …« Ein Schlag mit der Nagelfeile brachte ihn zur Ruhe.

»Ihr Vater arbeitet für den britischen Nachrichtendienst?«

»Er hat einmal für ihn gearbeitet, aber er ist jetzt pensioniert.«

»Und Sie, ist das mit Ihnen auch so? «

»Ja, man könnte sagen, dass die Burmesen mich pensioniert haben.«

»Ich meinte nicht Ihre Beschäftigung durch die Burmesen. Ich meinte Ihre Verbindung zum britischen Geheimdienst. Ich glaube, Engländer, dass Sie mich mit Absicht missverstehen. Ich weiß auch, dass Ihr Wissen über die burmesische Sprache nicht so gering ist, zumal Sie andere unterrichten, ihre Feinheiten zu verstehen. Also stellen Sie sich nicht dumm, Engländer. Denken Sie daran, dass Ihre Zehen immer noch genauso viel Schmerz empfinden können, wie das Ihre Hände noch vor kurzem taten. Sie werden dann nicht nur unfähig sein, Morsesignale auszusenden, sondern Sie werden dann auch nicht mehr laufen können. Also sagen Sie mir schnell, mit welchem Auftrag Sie hier betraut waren. Sind Sie ein britischer Spion, der für den militärischen Nachrichtendienst arbeitet?«

»Ich habe für die burmesische Regierung und für die königliche Familie gearbeitet. Das hat nichts mit irgendwelchem Militär zu tun, sei es das britische oder das burmesische.«

»Warum haben Sie dann für die Burmesen gearbeitet?«

»Um ihre Kenntnisse über den elektromagnetischen Telegrafen zu erweitern, den es heute schon in allen zivilisierten Ländern der Welt gibt.«

»Wofür?«, wollte Gyi San Wun wissen.

»Für Geld.«

General Gyi San Wun fuhr sich über das Kinn. Dieser Engländer Buchanan war viel zu schlau und verstand die burmesische

Sprache zu gut, fast so gut wie seine eigene. »Sie hatten den Eindruck, dass Sie von den Burmesen gut bezahlt wurden und dass Sie nur deshalb für sie arbeiteten?«

»Ja, das war's und weil ich Burma liebe … Burma liebte.«

Der Rauch der Opiumpfeife gab ihm ein angenehmes Gefühl, sehr entfernt, schmerzlos, ja sogar glücklich. Millys Gesicht schwebte vor ihm, eingewebt in die Wolken träge dahinziehenden blauen Rauchs. Leigh streckte die Hand nach ihr aus und berührte Millys Gesicht. Sie lächelte ihn an. Ihre grauen Augen waren voller sanfter Zuneigung.

»Warum wollten Sie Ihr Codebuch verbrennen, wenn es so wichtig für Ihren Unterricht war?«

Der burmesische General wartete, dass der verwirrte Mann endlich seine herumfuchtelnden Arme zur Ruhe bringen würde. Schließlich ließ er ihn dann wegbringen.

Die Welt war voller Verräter. Da saßen noch drei andere Engländer irgendwo draußen im dichten Dschungel, der Senyat und Kadaw umgab. Dieser Sinclair war von besonderer Bedeutung für den Taingda Mingyi, zumal er viel über die Burmesen wusste. Aber er, Gyi San Wun, würde ihn schon erwischen. Er würde sie alle früher oder später erwischen. Was er mit dem Franzosen morgen vorhatte, das würde ihn direkt in das Hornissennest führen, und dann würde der schweigsame Engländer, wenn er das Elend seiner Freunde sehen und ihre Schreie hören würde, alles gestehen. Ja, alles gestehen, was Happy birthday to you wirklich hieß!

Gyi San Wuns Lächeln wurde immer rätselhafter, als er vor sich hin murmelte: »Bring mir ›Das Leben des Mandschurischen Inquisitors‹.«

»Sofort, ehrenwerter Herr.« Der chinesische Diener zog sich unter Verbeugungen zurück.

Sechsundzwanzigstes Kapitel

1

Im verlassenen Palast von Myowun warteten Angela, Milly und Blaize auf Nachrichten von Nathan, der mit der Flottille nach Mandalay gefahren war. Er hatte ihnen versprochen, sie sofort zu informieren, sobald er etwas von Matthew, Leigh und Edwin hören würde.

Major Radcliffe hatte für die Frauen Unterkünfte in Minhla gefunden und es Nathan ermöglicht, sich in der Flottille ›einzuhängen‹, zumal er den Irrawaddy ja wie seine Westentasche kannte. Eine der Aufgaben von Jeffrey Radcliffe und seinen Männern war es, den Fluss unterhalb von Minhla zu untersuchen, sodass die übrige Flotte ohne Furcht vor burmesischen Minen hinauffahren konnte. Der amerikanische Captain, da war sich Jeffrey Radcliffe sicher, würde ihnen sagen können, wo sie den Fluss mit Bojen markieren sollten, um Untiefen zu kennzeichnen.

Blaize wedelte sich energisch mit einem Palmblatt frische Luft zu. Sie saß auf einer der wenigen Veranden, die nicht vom Feuer zerstört worden waren: »Ist das nicht schön? Es ist doch schade, dass so viel vom Palast im Feuer aufgegangen ist. Aber es geschieht ihnen recht, warum mussten sie auch Kanonen vom Dach aus auf unsere armen Jungs richten. Haben Sie den schönen Pfau gesehen, Angela, der vor seinem Harem von Hennen herumstolziert ist? Wahrscheinlich haben Buddha und seine Schüler die Idee männlicher Überlegenheit unter dem Eindruck einer solchen Szenerie bekommen. Deshalb können sie so viele Frauen haben. So müssen sie es schon im Paradies getrieben haben.«

»Buddha oder die Pfauen, Bee?«

»Sehr, sehr witzig, meine liebe Angela. Meine liebe Milly, hoffentlich hören Sie bald auf, mit einer Jammermiene herumzuhängen, bloß weil Ihr Freund Ihnen letzte Woche keinen Brief geschickt hat. Ich bin sicher, er schlägt sich seinen Weg zu Ihnen irgendwo durch den Dschungel frei. Wir müssen alle damit fertig werden. Wir sind doch die Hälfte der Zeit nichts als Strohwitwen, die übrige Zeit werden wir schamlos ausgenutzt. Die Männer sind so unvorstellbar hirnlos. Angela, haben Sie einen Blick in die Zimmer da oben geworfen, die über dem vergammelten Balkon liegen und die das Feuer nicht erwischt hat? Meine Liebe, alles ist mit der herrlichsten Seide und dem schönsten Satin behängt. Sie würden Ihren Augen nicht trauen. Wir könnten die herrlichsten Kleider machen. Langsam könnten Sie sich von dem furchtbaren schwarzen Ding da trennen, das ich Ihnen geliehen habe. Ich habe es damals nur für eine Beerdigung gekauft.« Sie wandte sich dem geschnitzten Thron des Myowun zu. Dann wandte sie sich Clare zu, die auf einer Couch auf der Veranda lag. »Clare, Sie schauen in dieser düsteren Farbe einfach elend aus. Gelb steht einer Frau mit bleicher Gesichtsfarbe einfach nicht. Sie sieht dann aus wie eine Mango mit Sumpffieber. Das ist natürlich nur meine Meinung, also fangen Sie nicht an zu weinen. Wir wissen doch alle, dass Sie ein bisschen blutarm sind und auch empfindlich, nachdem Sie durchs Fegefeuer gegangen sind. Ehrlich gesagt, seit ich Ihnen drei Tage lang zugehört habe, bin ich sehr froh, dass ich mir nie ein Kind habe anhängen lassen.«

»Blaize, Blaize …« Angela räusperte sich warnend und schaute Lady Bee finster an, deren Taktlosigkeit offenbar die reine Absicht war. »Ich glaube, Bee, wir sollten diese Stoffe nicht anrühren, man könnte uns für Diebe halten.«

»Unsinn, Darling! Das ist allenfalls Kriegsbeute.«

Wenn sie nicht Lady Blaize Tennent-Browne gewesen wäre, dann wäre sie vielleicht die Königin von Saba gewesen.

Angela versuchte, das Thema zu wechseln. »Ich frage mich, wohin Jubela mit den Kindern gegangen ist. Hier ist es nicht sicher genug, um sie frei herumlaufen zu lassen.«

»Beruhigen Sie sich, Darling. Wenn man Ihnen zuhört, könnte man glauben, dass es Ihre eigenen Kinder seien. Clare scheint sich nicht allzu viel Sorgen zu machen, warum sollten also Sie es tun? Milly, wenn Sie nicht bald wieder anfangen zu lächeln, dann werde ich wirklich ärgerlich.«

»Lassen Sie sie in Ruhe«, versuchte Angela auf sie einzuwirken.

»Na gut. Aber wir haben alle unser kleines Kreuz zu tragen. Wenn es irgendjemanden tröstet, so muss ich sagen, dass ich immer noch über den Tod von Mr. Findebar erschüttert bin. Es war ein solcher Schlag. Er war so ein netter Mann, und ich bin sicher, dass Nathan völlig niedergeschmettert ist, zumal sie so lange zusammen gewesen sind. Aber wenn man in diesem Land dauernd nur über den Tod nachdenken wollte, dann könnte man sich sofort auf einem Friedhof niederlassen. Die Burmesen sind solch ein gewalttätiges Volk ...«

Angela unterbrach sie: »Sie sind nicht gewalttätiger als die Briten. Es war bestimmt kein schöner Anblick, wie all diese armen burmesischen Soldaten aus der Befestigung hinunter zum Fluss rannten, nur um dort von unseren Soldaten erschossen zu werden. Man hätte sie gefangen nehmen sollen, nicht ermorden.«

Blaize hob die Augenbrauen. »Auf welcher Seite stehen Sie eigentlich, meine Liebe? Im Krieg nennt man das nicht Mord.«

»Wie nennt man es dann?«

»Du lieber Himmel, lassen Sie uns jetzt nur nicht über die Ethik des Krieges philosophieren. Das ist in dieser Hitze einfach zu viel. Aber immerhin hatten wir eine tolle Aussicht von hier aus. Mein Gott, war Nathan wütend, als er von seinem Zellenfenster aus sehen konnte, wie seine *Belle* von unseren Kanonenbooten in die Luft gejagt wurde. Hat er einen Lärm gemacht! Ich konnte ihn diesen ganzen widerlichen Gang hinauf brüllen hören. Und was er mit dem armen Kapitän Clutterbuck von der

Irrawaddy vorhatte, der für den Untergang seiner geliebten *Belle* verantwortlich war! Ich musste mich einfach abwenden und in mein Taschentuch kichern. Ich hoffe bloß, dass Edwin daran denkt, regelmäßig seine Socken zu wechseln, jetzt da ich ihn nicht daran erinnere. Er neigt zu Fußpilz – der Armeearzt in Manipur hat gesagt, dass es an einer Überproduktion seiner Schweißdrüsen liegt. Immerhin ist Edwin für sein Alter ein bemerkenswerter Mann – er wird dieses Jahr schon fünfundsechzig. Das erinnert mich daran, dass ich auch demnächst meinen Lebenshöhepunkt erreiche. Wir sollten aber nicht über solch ein deprimierendes Thema reden, schließlich ist es noch nicht so weit. Ich bin so froh, dass ich nie ein Kind hatte. So etwas ist einfach ruinös für unsere Taillen. Aber Sie, Angela, braucht das vorläufig nicht zu beunruhigen. Jede Gewichtszunahme kann bei Ihnen nur von Vorteil sein. Hat man Ihnen in Ihrer merkwürdigen Schule nicht beigebracht, all diese furchtbaren grünen Gemüse aufzuessen? Ich kann nur hoffen, dass Nathan sicher in Mandalay ankommt, ohne dass er wie seine arme *Belle* in Stücke gerissen wird. Ja, Ko Lee? Was willst du von uns? Warum schleichst du hier so herein? Siehst du nicht, dass wir beschäftigt sind?« Von ihrem gemütlichen Platz auf dem gepolsterten Thron des Myowun blickte sie ihn finster an.

»Ich nichts bemerken, Lady-Memsahib Bee. Ko Lee klopfen sehr, sehr laut, aber Damen reden, reden, reden, hören nichts.«

»Mach weiter, Boy – und tu bloß nicht so, als ob du kein vernünftiges Englisch reden könntest! Hat uns Captain Vorne ein Telegramm geschickt?«

»Zu früh. Er ist noch nicht in Mandalay mit britischen Soldaten, die nicht wie Vogel fliegen können. Es ist der erlauchte britische Armee Doktorbursche, der hier an die Tür der Ladys klopfen kommt. Er will sehr dringend sprechen und wartet bitte draußen.«

»Bring ihn herein, Ko Lee, und lass ihn nicht vor der Tür warten. Ich nehme an, er will sich nach unserem Gesundheitszustand erkundigen.« Angela stand auf, aber Blaize lief dem Militärarzt entgegen.

»Guten Morgen, Captain Brierley!« Lady Tennent-Browne lächelte ihn mit tiefen Grübchen an und drückte ihm sanft die Hand. »Verzeihen Sie unseren schäbigen Aufzug, aber mein Gepäck ist leider mit der *Belle Hélène* in die Luft geflogen. Wir machen seit unserer Tortur gute Fortschritte, Captain, falls Sie hier sind, um die gründliche Untersuchung durch Ihren Vorgesetzten noch einmal zu wiederholen. Mrs. Sinclair scheint hier die Einzige zu sein, die eine Stärkungsmedizin braucht.«

Captain Brierley fühlte ihren Puls und sagte: »Ja, ich sollte vielleicht wirklich irgendwo ein Stärkungsmittel auftreiben. Aber meine Besorgnis um Ihre Gesundheit ist nicht der einzige Grund für mein Kommen, verehrte Damen.

In Minhla ist eine ernste Situation eingetreten. Wegen des Wetters und aus anderen Gründen ist unter unseren Truppen die Cholera ausgebrochen. Wir wissen, dass Sie so schnell wie möglich nach Rangun aufbrechen wollten, müssen Sie aber nun bitten, noch eine Weile hier zu bleiben, um die Epidemie nicht weiter zu verbreiten. Diese Gegend ist zum Sperrgebiet erklärt worden, aber Sie sind ja hier im Gouverneurspalast recht gut und weit weg von allem aufgehoben.«

Trotz Blaizes empörter Proteste sagte Angela: »Es wird uns ein Vergnügen sein, mit Ihnen und dem Generalarzt Monelly zusammenzuarbeiten und hier zu bleiben, bis man uns die Erlaubnis zur Abreise erteilt.«

Er lächelte sie dankbar an. »Danke, Mrs. Featherstone. Es tut mir Leid, Sie jetzt damit belästigen zu müssen, aber Sie müssen unsere Gründe für diese Einschränkungen verstehen. Eine Choleraepidemie könnte unsere gesamte Truppe über Nacht ausrotten. Obwohl wir schon so weit gekommen sind, würden wir diesen Krieg gegen die Burmesen verlieren. In dieser Hitze und unter den unerträglichen Bedingungen würden nur wenige Männer übrig bleiben, mit denen man versuchen könnte, Mandalay einzunehmen. Und das nach all unseren Anstrengungen, eine gute Armee nach Ober-Burma zu bringen. Der stellvertretende Generalarzt wünscht, dass diese Unterkunft hier zur vorübergehenden Unterbringung von weniger schwer erkrankten Männern verwendet wird. Männer, die einen Sonnenstich, einen Schlangenbiss oder eine Lebensmittelvergiftung haben, solche Sachen eben, Sie wissen schon. Wir möchten die leicht Erkrankten von den anderen fern halten, vor allen Dingen von den Verwundeten. Selbstverständlich wird niemand mit einer ansteckenden Krankheit hierher gebracht werden.«

Wieder fühlte er den Blick von Lady Tennent-Browne wie einen Dolchstoß auf sich gerichtet. Nervös fuhr er mit seinem Finger unter den engen Uniformkragen.

»Soll das etwa heißen, dass wir ohne Rücksicht auf Mrs. Sinclair und ihre Kinder hier aus unseren Quartieren vertrieben werden? Ich protestiere, Captain, hier und jetzt. Ich werde mich auf gar keinen Fall in irgendeiner dreckigen Unterkunft oder auf irgendeinem Hof dieser Eingeborenen unterbringen lassen. Sie können zu dem stellvertretenden Generalarzt zurückkehren und ihm mitteilen, dass meine Antwort ›Nein‹ lautet«, erklärte Blaize völlig empört.

Er musste sich auf die Zunge beißen. »Aber, aber, Lady Tennent-Browne, an so etwas würden wir doch niemals denken. Wir haben nur vor, das untere Stockwerk, das vom Feuer nicht beschädigt worden ist, zu verwenden. Die Damen bleiben selbstverständlich hier in den oberen Räumen, und wir werden dafür sorgen, dass sie zu keiner Zeit gestört werden.«

»Sehr beruhigend, das zu hören. Ich, für meinen Teil, werde mich nicht von hier wegrühren. Wie viele von diesen leichteren Krankheitsfällen werden wir hier eigentlich haben?«

»Ungefähr … ich würde sagen, ein halbes Dutzend vielleicht.«

»Das ist ja herrlich, Captain Brierley. Cholera draußen, leichtere Krankheitsfälle drinnen. Was haben Sie uns noch zu bieten, außer Krieg, Cholera und Gefängnis?«

Milly Sinclair hatte aufmerksam zugehört. »Captain Brierley, da wir hier ohnehin schon eingesperrt sind, hätte ich nichts dagegen, Ihnen meine Hilfe anzubieten, so wenig sie auch wert sein mag. Ich würde Ihnen wirklich gerne helfen, ich könnte Verbände aufrollen oder andere leichte Tätigkeiten übernehmen. Ich verstehe nichts von der Wundversorgung und kann diesbezüglich leider keine große Hilfe sein. Aber ich könnte die leichteren Arbeiten erledigen.«

Blaize und Angela starrten sie mit offenem Mund an. »Das ist sehr nett von Ihnen, Miss Sinclair. Ich bin von Ihrem Angebot überwältigt. Der Generalarzt und ich würden Ihre Hilfe ungeheuer schätzen, zumal wir andere Dinge zu tun haben, als Sonnenbrand mit Salbe zu bestreichen oder uns um Skorpionbisse zu kümmern. Wir würden Ihnen niemanden hierher schicken, mit dem Sie nicht fertig werden würden. Es gibt aber beispielsweise ein paar Kerle, die das Essen hier nicht vertragen oder die zu tief in die Schnapsflasche geschaut haben. Für so etwas reichen ein paar Tage Ruhe und Erholung. Sehr nett von Ihnen, uns Ihre Hilfe anzubieten. Ich bin sicher, dass der stellvertretende Generalarzt Ihnen ungeheuer dankbar sein wird. Ich komme also morgen Früh mit einigen meiner Burschen, um hier aufzuräumen. Ich werde strengen Befehl geben, dass dieses obere Stockwerk von keinem Armeeangehörigen betreten wird und dass jeder, der hier herumschnüffeln oder die Damen belästigen sollte, vor das Kriegsgericht gestellt wird. Guten Tag, Lady Tennent-Browne, Miss Featherstone, Mrs. und Miss Sinclair.« Er schüttelte Milly noch einmal freundlich die Hand und war verschwunden, bevor jemand den Mund aufmachen konnte, um auf Milly einzureden.

Blaize explodierte förmlich, als er gegangen war: »Millicent Sinclair! Ist Ihnen eigentlich klar, was Sie gerade getan haben? Also wirklich, mein liebes Mädchen, Sie nehmen sich viel zu viel heraus, indem Sie *meine* Entscheidungen treffen ...«

Angela unterbrach Blaize, bevor diese sich noch mehr in Rage brachte. »Milly, wenn Sie bei der Versorgung der verletzten Soldaten helfen wollen, dann mache ich mit. Wenn mich die sieben Jahre Kloster irgendetwas gelehrt haben, dann war es das, wie man sich um kranke Menschen kümmert.«

»Sie machen sich doch keine Vorstellungen, Angela, wie man Sie und Milly bezeichnen wird? Sie haben doch keine Ahnung! Ich kenne unsere nette kleine Armee in Indien in- und auswendig und weiß, wie dort geredet wird. Die netten kleinen Soldaten, die in den Kloaken unserer Städte aufgewachsen sind, werden Sie als Lagerflittchen bezeichnen. Wenn es nicht sogar die Offiziere selbst tun. Meine Lieben, ich möchte wirklich wissen, was Sie gebissen hat, dass Sie so etwas machen wollen. Es ginge ja noch, wenn Sie die Offiziere pflegen würden, die eine Erziehung genossen haben und sich etwas anständiger benehmen können, aber all diese schweinsigeligen Soldaten mit ihrem fürchterlichen Benehmen … wirklich! Ihr müsst ja beide verrückt geworden sein.«

Angela sah sie kalt an: »Sind Sie jetzt fertig, Blaize? Ich möchte nur ein oder zwei Worte sagen. Es gibt nur einen Grund, Bee, warum man Sie als Lady bezeichnen kann. Und das ist, weil Sie mit Sir Edwin verheiratet sind.« Angela erhob sich und verließ den Raum.

2

Captain Brierley richtete sein Lazarett mithilfe des stellvertretenden Generalarztes unglaublich schnell und perfekt ein. Angela und Milly gewöhnten sich bald daran, die ›leichteren Fälle‹ zu versorgen. Beide waren eigentlich dankbar für diese Beschäftigung, die sie ablenkte, während die Burmesen und die Briten gegeneinander kämpften. Besonders Milly war dankbar, nicht allzu viel Zeit zum Nachdenken zu haben, da Leighs langes Schweigen sie besorgt machte. Sie war sich natürlich bewusst, dass er von ihrem aufgezwungenen Aufenthalt in Minhla nichts wissen konnte, zumal Nathan noch nicht in Mandalay angekommen sein konnte, um Leigh, Matthew und Edwin über alles zu informieren. So blieb nichts als Unsicherheit. Milly riet sich selbst, nicht dumm zu sein. Leigh würde schon in Sicherheit sein, gleichgültig wo er war. Wenn sie nur wüsste, wo er war! Sie konnte nur hoffen, dass sie sich alle außer Reichweite der Krallen des Taingda Mingyi befanden. Dennoch vermochte sie sich einer ständigen unangenehmen Ahnung nicht zu entziehen. Das Einzige, was sie tun konnte, war, sich zu beschäftigen.

Draußen in der Mitte des Irrawaddy lag ein Lazarettschiff mit den Cholerakranken. Die meisten von ihnen starben während der ersten achtundvierzig Stunden. Diejenigen, die durch irgendein Wunder diese Geißel Asiens überlebten, wurden in nahe gelegene Klöster gebracht, um sich dort von der Krankheit zu erholen. Schwerverletzte oder Kranke, die eine intensivere ärztliche Hilfe brauchten, als die Feldlazarette oder die Lazarettschiffe bieten konnten, wurden nach Thayetmyo verlegt, wo zwei große Lazarette für die Soldaten errichtet worden waren, eines für die Briten, das andere für die Inder.

Fälle von Sonnenstichen, Schlangen- und Skorpionbissen oder Lebensmittelvergiftungen wurden im Gouverneurspalast von ein paar Sanitätern und Angela und Milly versorgt. Captain Brierleys halbes Dutzend war inzwischen auf zwei Dutzend angewachsen. Auch Lady Tennent-Browne trug ihre Nase nicht mehr so hoch, zumal sie herausgefunden hatte, dass die Gesellschaft dieser ordinären kleinen Kerle sich als wesentlich angenehmer entpuppte als die von Clare Sinclair. Also überließ sie Clare der Amme.

Siebenundzwanzigstes Kapitel

1

Während die britische Flottille hinauf nach Mandalay dampfte, stieg die Zahl der Kranken und Toten immer weiter an. Auch wenn die Siege von Gue Gyoun Kamyo und Minhla noch ein Grund zum Jubel gewesen waren, so sank nun die Moral schnell auf einen Tiefpunkt. Die einfachen englischen Soldaten hatten nicht nur mit den üblichen Krankheiten zu kämpfen, sondern waren in diesem Klima den lebensbedrohlichen Infektionen durch Cholera, Ruhr, Typhus und Pocken hilflos ausgeliefert. Ihr Essen bestand im Wesentlichen aus Reis und gesalzenen Fischen. Die Moskitos quälten sie zu Tode, und sie fragten sich, ob Mandalay diesen ganzen Aufwand überhaupt wert war. Die Stimmung im Gouverneurspalast war von allgemeiner Depression geprägt, als sie alle nach der Schlacht von Myingyan erkennen mussten, dass man wesentlich mehr Soldaten durch Krankheit als im Kampf verloren hatte.

2

Milly war über den Hof zur Küche gegangen, wo Ko Lee und Tonsin als Chefkoch und Küchenhilfe arbeiteten. Sie traf Ko Lee, als er geradezu mörderisch mit einem Besenstiel auf Tonsin einschlug und den völlig Verängstigten anbrüllte.

»Dummer Kerl, dummer Kerl, du hast nicht einen Funken Grips in deinem Schädel. Was tust du? Sag schnell, sonst schlag ich dich wieder. Sag Ko Lee, warum du dauernd schläfst, sonst macht er mit dir, was du mit seinem Curry gemacht hast. Siehst du, warum der Captain und Findebar dir dauernd in den Hintern getreten haben?«

»Ko Lee!« Milly war völlig erstaunt. »Was ist denn hier los?«

»Oje, Missy Milly, dieser dumme Mischling hat Curry für die Tommys verbrannt. Was passiert jetzt? Britischer Soldat wird Ko Lee in den Hintern treten. Diesmal ist nicht Ko Lee schuld. Jetzt fängt Ko Lee wieder an zu kochen. Viel Zeit vorüber und kein Huhn mehr da.«

»Ko Lee, wir haben keine Zitronen mehr und auch keinen Zucker für die Männer. Kann ich etwas davon haben?«

»Keine Zitronen, kein Zucker, kein gar nichts mehr da. Tut mir Leid, Missy Milly, wir haben nichts mehr in der Küche, wegen dieses dummen Kerls hier.« Er hob einen Fuß und verpasste Tonsin einen kraftvollen Tritt in den Hintern. »Er vergisst, Vorrat an Fleisch und Gemüse und allen Sachen vom Versorgungsschiff von Rangun zu holen. Keine Zitronen, kein Zucker, keine Hühner, kein gar nichts für britische Soldaten. Was essen sie heute Abend, hm?« Er hob seinen Fuß erneut, aber Tonsin gelang es, rechtzeitig auszuweichen.

»Lass ihn in Ruhe, Ko Lee.« Milly kam dem Jungen zu Hilfe. Sie ermahnte Tonsin freundlich: »Wirklich, Tonsin, du musst verantwortungsbewusster sein und hinunter zum Schiff gehen, wenn es hier in Minhla anlegt. Sonst haben wir bald überhaupt keine Vorräte mehr. Warum hast du dich heute Morgen nicht darum gekümmert?«

»Fragen Sie ihn nicht, Missy Milly, seine Zunge ist zu groß für dummes Mundwerk, wird nur sabbern wie ein Baby. Ich werde neu anfangen und Chop Suey für Essen heute Abend machen.«

Milly schaute ihn zweifelnd an. Sie glaubte nicht, dass ihre Patienten Chop Suey mögen würden, vor allem nicht Ko Lees Chop Suey.

»Ich habe eine bessere Idee. Ich werde zum Lager des Zahlmeisters gehen und die Sachen holen, die wir brauchen. Ich versuche, ein paar Hühner zu ergattern, dann kannst du ein neues Curry machen. Du und Tonsin sollten schon einmal die Gemüse vorbereiten. Ich werde nicht lange weg sein.«

Jetzt blickte Ko Lee zweifelnd. »Missy Milly, Sie können nicht alles allein hierher zurücktragen. Alles ist zu schwer für kleine Dame.«

Milly war über seine Fürsorglichkeit gerührt. »Ich werde den kleinen Karren nehmen. Ein knapper Kilometer ist keine Strecke für mich. Mach dich an die Arbeit, Ko Lee, sonst verhungern uns die Patienten noch.«

Sie zog mit ihrem kleinen Handkarren los und kam nicht auf die Idee, dass sie gegen die das Sperrgebiet betreffenden Vorschriften verstieß. Sie roch die von den Mangrovensümpfen heraufziehenden stinkenden Gase. Sie hielt sich an den Union Jack als Ziel, der würde ihr den sicheren Weg weisen.

Die Soldaten Fields und Martin hatten irgendwo die falsche Abzweigung erwischt. Nach einem Überfall burmesischer Heckenschützen waren sie in wilder Flucht davongestürmt und dann in den Mangrovensümpfen stecken geblieben, von denen aus sie die britische Flagge sehen konnten. Vor Freude singend und schreiend rannten sie auf die Garnison von Minhla zu und trafen auf denselben Weg, auf dem Milly vor sich hin summend ihren Wagen zog.

Fields warf seine halb gerauchte Zigarette in den Schmutz und zertrat sie mit erfreutem Gesicht direkt vor Millys kleinem Karren. »Na, was haben wir denn hier? Ein richtiges kleines Blümchen, oder Boosy? Was macht denn so ein Blümchen ganz allein hier draußen?« Für Millys Geschmack kam er ihr viel zu nahe.

»Entschuldigen Sie mich bitte. Ich bin auf dem Weg zur Garnison von Minhla, um einige Vorräte für das Lazarett zu holen.«

»Ach, dann sind Sie eine von den flotten Schwestern, hinter denen die Jungs oben im Lazarett her sind! Nett!«

Milly wollte an ihm vorbeigehen, aber er hielt sie fest. »Nicht so schnell, Schätzchen!« Er fuhr ihr über die weiße Haube, die Blaize aus den Stoffen genäht hatte, die sie im Gouverneurspalast vorgefunden hatten. »Netter Anblick für unsere entzündeten Augen, oder Boosy? Wie heißt du denn, Kleines?«

»Das geht Sie gar nichts an.« Ihre Angst nahm zu, als sie sah, dass seine Aufmerksamkeit sich auf ihr Armband richtete. »Da hast du ja einen ganz schönen goldenen Armreifen. Wo hast du den her?«

»Das geht Sie auch nichts an. Außerdem gehört er mir nicht. Ich hebe ihn nur auf, um ihn dem Sasana-Kloster zu geben, sobald ich nach Mandalay zurückkomme.«

»Warum trägst du ihn dann?«

»Eine alte Burmesin gab ihn mir.«

»Eine sehr glaubwürdige Geschichte! Ist die nicht gut, Boosy? Na komm! Wir haben doch den gleichen Weg, da können wir auch zusammen hinunterspazieren. Oder, Kleines?«

»Ich würde lieber alleine gehen, wenn Sie nichts dagegen haben.«

»Oh, ich habe was dagegen, komm, stell dich nicht so an!« Er legte den Arm um sie.

»Sie können das Armband haben, ich brauche es nicht.« Sie begann es sich vom Handgelenk zu ziehen.

»Nicht so schnell, Kleines, nicht so schnell! Niemand interessiert sich für dein Armband. Es ist mehr das, was damit verziert ist, das ich haben will.« Er grabschte an ihr herum.

»Ach hör auf, Kumpel.« Martin, der die ganze Zeit schlecht gelaunt am Straßenrand gewartet hatte, verlor die Geduld. »Lass sie gehen, wenn sie will. Meine Füße bringen mich um nach all dem Gerenne hinter diesen Kaffern.« Er ging weiter den Weg hinunter, als ihn ein Stein hinten an seinem Sturmgepäck traf. Er blieb stehen: »Hör auf, hab ich gesagt.«

»Nur einen Augenblick, Boosy, einen Augenblick. Sei halt nicht so hastig. Hast du überhaupt keine Gefühle mehr?«

»Pass mal auf, Kumpel.« Boosy war verärgert. »Du weißt doch, was Brierley über das Militärgericht gesagt hat, falls wir die Frauen da oben belästigen. Also hör auf und lass sie in Ruhe!«

Milly brach in Tränen aus. Verzweifelt sagte sie zu Fields: »Sie können das Armband haben, wenn Sie wollen.«

»Nicht das Armband, Schätzchen. Nur einen Kuss. Nur einen kleinen Kuss und sonst nichts.« Er kam ihr näher, von dem Zigarettengeruch wurde ihr übel.

»Lassen Sie mich los, bitte! Sonst schreie ich.«

»Na los, dann schrei!« Er legte ihr grinsend eine Hand auf den Mund, während er sie unter einen Baum zerrte. »Also los, wie ich gesagt habe: nur ein kleiner Kuss und ein bisschen Vergnügen, das schadet doch niemandem.«

Sie starrte Martin flehend an. Der stürzte sich müde, verärgert und aggressiv wegen seiner wunden Füße auf Fields, sodass dieser mit der Stirn auf einen Baumstumpf prallte. »Hör auf, hab ich gesagt. Bist du blöd oder was? Los, gehen wir zurück, ich bin müde.« Die beiden prügelten aufeinander ein, während Milly davonrannte.

Sie stolperte über ihre Röcke, während sie hinunter zur Garnison lief. Erst vor dem Haupttor beruhigte sie sich. Sie versuchte ihr Keuchen zu unterdrücken und normal zu sprechen, als sie nach Stabsarzt Brierley fragte. Sie war entschlossen, ihm den Mann zu melden, der sie angegriffen hatte, um einen weiteren Überfall dieser Art zu verhindern. Der Offizier vom Dienst teilte ihr mit, dass Captain Brierley im Augenblick nicht da sei. Er sei hinunter zum Anlegeplatz gegangen, weil von dort Verwundete nach Thayetmyo transportiert würden.

»Es wird nicht lange dauern, Miss.« Er sah, dass die junge Dame sehr erregt war. »Wenn Sie bitte hier drinnen warten würden, dann hole ich Ihnen eine Tasse Tee.«

»Danke.« Milly ließ sich noch immer außer Atem auf einen Stuhl sinken. Sie blickte sich in Brierleys Büro um. Nach ein paar Minuten brachte ihr der Offizier vom Dienst die versprochene

Tasse Tee. Nachdem sie dankbar ein paar Schlucke getrunken hatte, stand sie auf, wanderte im Zimmer herum und betrachtete die Bilder von Captain Brierleys Familie, die auf mehreren silbergerahmten Bildern zu sehen waren. Dann fiel ihr Blick auf eine Akte. Der Name auf dem Umschlag traf sie wie ein Schlag ins Gesicht.

Hastig setzte sie die Teetasse ab und öffnete die Akte mit dem Gesundheitsbericht. »Agent: Leigh John Buchanan, Alter achtundzwanzig Jahre, Special Intelligence Department, Dum-Dum, Kalkutta, Indien.« Das Datum war der zwanzigste November 1885, also erst eine Woche alt.

Milly las von der Gefangennahme Leighs durch General Gyi San Wun, einem sadistischen, drogenabhängigen Sino-Burmesen. Sie las über seine Folterung in den Händen des Generals und über seine ungewöhnliche Flucht, die von Matthew Sinclair, Edwin Tennent-Browne und einem Burmesen namens Ba Say in Szene gesetzt worden war.

Sie las von Leighs körperlicher Verfassung, als er aus dem Dschungel von Senyat gebracht worden war, wie die Bewohner des Dschungeldorfes dabei geholfen hatten, ihn zu den Briten zu bringen, damit er nach der Schlacht von Myingyan auf eines der Lazarettschiffe gebracht werden konnte, die nach Thayetmyo abgingen. Sie konnte nicht mehr weiterlesen und stand verwirrt vom Schreibtisch des Captain Brierley auf, ohne sich später an das erinnern zu können, was danach passierte.

»Alles in Ordnung, Miss?«, fragte der Wachtposten, der besorgt hinter der jungen Schwester herblickte, die mit glasigen Augen die Garnison verließ. Er bekam keine Antwort. Milly hatte keine Ahnung, welchen der vielen Wege sie nehmen musste, um zurück zum Gouverneurspalast zu kommen.

Hinter sich hörte sie Fußtritte, das sanfte Auftreten eines barfüßigen Menschen. Über ihre Schulter konnte sie einen Mann mit einem Stock erkennen. Unfreiwillig begann sie zu rennen. Das grunzende Geräusch hinter ihr war das Einzige, was ihr im Gedächtnis blieb. Sie rannte, weil sie musste, sie hatte keine Ahnung, wohin sie lief. Die Büsche, die sich um sie schlossen, hielten sie nicht auf. Sie wollte einfach nur dem ganzen Dreck entfliehen, dem sie in Captain Brierleys Büro begegnet war.

3

Bines! Wo sind Sie denn gewesen?«, rief Lady Tennent-Browne ärgerlich.

»Nur draußen in der Latrine, Madam«, antwortete er etwas genierlich.

»Sie wissen sehr wohl, Bines, dass Captain Brierley Ihnen völlige Bettruhe verordnet hat, Ihre Blutvergiftung ist schließlich kein Kinkerlitzchen.« Sie schob ihn zu seinem Bett zurück. »Sie hätten Mr. Larcher oder einen von den anderen Sanitätern bitten sollen, Ihnen einen Nachttopf zu holen. Sie wollen doch nicht herzkrank werden, oder?« Bines lief unter dem Gelächter der anderen Männer rot an und sagte beleidigt: »Was hat mein gebrochenes Herz mit meinem Durchfall zu tun?«

Blaize antwortete ihm energisch. »Alles, Bines. Ihr gebrochenes Herz pumpt eine ganze Menge vergiftetes Blut durch Ihren ganzen Körper. Von Ihrem pickligen Gesicht bis hinunter zu Ihren widerlichen kleinen Zehen. Wenn Sie also jemals Mandalay sehen wollen, dann sollten Sie zur Abwechslung einmal auch das tun, was man Ihnen sagt.«

»Woher wissen Sie das alles, Lady T-B?«, fragte er voller Respekt.

»Weil mein Mann auch ein Armeetyp ist, genau wie euer stellvertretender Generalarzt. Deshalb weiß ich alles über kleine Jungs, die krank werden, weil sie ungehorsam waren.« Angela blieb am Fußende seines Bettes stehen: »Suppe, Obergefreiter Bines?«

Er blickte wieder auf. »Nein, Miss Angel. Was gibt es sonst

noch?« Sie hob den Deckel des Kochtopfes und steckte ihre Nase hinein. Das, was sie roch, gefiel ihr nicht. »Was ist das, Ko Lee?«

Er zeigte grinsend seine sämtlichen Zähne. »Eintopf, Missy Sahib Angela. Was die englischen Jungs zu Hause bekommen.« Er war stolz, dazugelernt zu haben.

Angela war nicht sehr überzeugt. »Was hast du da hineingetan?«

»Alles, Missy-Sahib Angel.«

»Genauso riecht es auch.« Blaize brachte gerade einem anderen Patienten, der nicht so schwierig war wie Bines, eine Portion der dicken Pampe.

»Nun, Obergefreiter, wünschen Sie etwas Eintopf?« Angela hielt die Schöpfkelle über etwas, das, wie sie hoffte, nicht hauptsächlich gekochte Katze war.

»So wie Sie schauen, Miss Angel, möchte ich wohl lieber nichts.« Er grinste sie an.

»Aber Sie müssen doch etwas essen.«

»Verflixt noch mal!«, fauchte Lady Bee, riss den Topfdeckel aus Angelas Hand und knallte ihn auf den Behälter. »Ihnen kann man nichts recht machen, Bines. Ko Lee, was kann dieses Soldatenjüngelchen sonst noch zu essen haben?«

»Sonst nichts, Lady T-B. Missy Milly ist noch nicht mit Hühnern und Zitronen zurück.«

»Miss Milly?« Angela wandte sich Ko Lee zu. »Wovon redest du überhaupt? Ist denn Miss Milly nicht oben bei Mrs. Sinclair und den Kindern? Ich dachte, sie ruht sich aus.«

Er zuckte die Schultern. »Ich nicht sicher, Missy Angel. Sie geht heute Nachmittag zu Garnison, holt Hühner, Zitronen und Zucker für die Soldaten, weil Tonsin, dummer Kerl, Vorräte vergessen hat, als Tender gekommen ist und abgefahren, weil sie glauben, wir brauchen nichts. Also haben wir nichts, und Miss Milly zieht los zum Zahlmeister, um Dinge im Karren zu holen. Bitte verzeihen Sie Ko Lee, der sehr beschäftigt ist, weil er Chinesenjungen hinter Miss Milly herschickt auf dem Weg nach Minhla. Aber er auch noch nicht zurück, leider.«

»Hör auf, hier rumzuspinnen, und rede vernünftig«, fauchte ihn Lady Tennent-Browne wieder an.

Angela fragte beunruhigt: »Ko Lee, zu welcher Zeit ist Milly zur Garnison hinuntergegangen?«

»Vielleicht zur Mittagszeit. Alles ist heute spät. Vielleicht war es zwei Uhr, weil alles so spät ist.«

»Um Himmels willen, Ko Lee!« Angela blickte auf die Uhr. »Das war vor fünf Stunden! Warum hast du das nicht früher gesagt?«

»Tut mir Leid, Ladys, ich vergesse alles, weil es so spät ist und nichts zu kochen.«

»Das muss dir auch Leid tun! Man sollte dich mit der Reitgerte ...«

»Bitte, Bee! Beherrschen wir uns. Ko Lee, welchen Weg hat sie genommen?«

»Sumpfweg, Missy Angel.«

»Du bist nicht zu retten!«, schäumte Blaize.

Angela reagierte nicht darauf, sondern wandte sich nur an Ko Lee: »Du gibst das übrige Essen aus. Kommen Sie mit, Blaize.« Dann zog sie ihren Kittel aus. Draußen im Gang wies sie Blaize an: »Sehen Sie in die anderen Zimmer, ich gehe hinüber zu Clare.«

Sie eilte über den Hof. Clare wie auch Jubela hatten Milly den ganzen Nachmittag über nicht gesehen. Mit ihrem Schal in der Hand lief Angela wieder zurück. Blaize goss gerade zwei Tassen Kaffee ein. »Wo wollen Sie denn um die Uhrzeit noch hin?«, wollte sie wissen.

»Hinunter zur Garnison, wohin denn sonst?« Angela warf sich den Schal um die Schultern, bevor sie sich ihre Überschuhe anzog.

»Seien Sie doch vernünftig, Kleines, Sie können nicht alleine gehen. Wenn Milly irgendetwas Schreckliches passiert ist, dann wollen Sie doch nicht, dass Ihnen das Gleiche zustößt, oder?«

»Gefahr erschüttert mich nicht mehr besonders.«

»Sie können einem schon auf die Nerven gehen. Sie sind jetzt keine buddhistische Nonne mehr, sondern eine zerbrechliche Frau wie wir alle. Wenn Sie schon zur Garnison hinuntermüssen, dann nehmen Sie wenigstens den Soldaten Larcher mit. Er ist ein zuverlässiger Mann mit Kindern. Aber lassen wir uns nicht durcheinander bringen. Milly könnte sich ja nur mit diesem netten Captain Brierley unterhalten, der nach einer Frau sucht. Ist es Ihnen nicht aufgefallen, wie er ihr überallhin nachblickt? Nein? Also mir ist es aufgefallen. Vielleicht hat sie ein nettes kleines Tête-à-Tête mit den Patienten.«

»Fünf Stunden lang, Bee?«

»Ich gebe zu, dass es ein ziemlich langes Tête-à-Tête ist. Er könnte sie dann auch noch zum Essen eingeladen haben.«

»Reden Sie keinen Unsinn, Bee.«

»Entschuldigen Sie. Ich werde Larcher sagen, dass er Sie mit der Sturmlampe hinunter nach Minhla begleitet.« Sie rief nach dem Soldaten, der nach einiger Zeit erschien. »Mr. Larcher, wir brauchen Ihre Hilfe. Sie müssen Miss Featherstone in die Garnison von Minhla begleiten, um Miss Milly abzuholen. Sie ist hinunter zum Zahlmeister gegangen, um einige Vorräte zu holen, ist aber noch nicht zurückgekommen.«

»In Ordnung, Lady T-B. Ich bin gleich wieder zurück, Miss Angel.« Er machte sich auf die Suche nach den Windlichtern, wobei er ein unangenehmes Gefühl im Magen hatte, das nichts mit Ko Lees Eintopf zu tun hatte.

Auf dem halben Weg zur Garnison entdeckten sie den Wagen, der umgekippt an der Straßenseite lag. Der Wagen war leer.

»Sieht ganz so aus, als ob sie die Garnison erreicht hätte, Madam. Der Wagen wäre sicher beladen gewesen, wenn sie schon auf dem Rückweg von Minhla gewesen wäre. Ich glaube, irgendetwas oder besser irgendwer hat sie in den Sumpf gejagt, in Anbetracht der ganzen Fußspuren hier. Wenn es Ihnen recht ist, Miss, dann gehe ich lieber alleine weiter und finde heraus, was passiert ist.«

»Ich komme mit Ihnen, Mr. Larcher. Wenn Miss Milly sich in den Sümpfen verirrt hat, dann könnte sie meine Hilfe brauchen. Machen Sie sich keine Sorgen um mich, ich habe keine Angst vor der Dunkelheit oder vor den Mangrovensümpfen. Ich habe mich schon ganz schön an Burma gewöhnt, Mr. Larcher.«

»Das ist ein Segen, Miss. Ein schwacher Magen ist nicht das einzige Übel in diesem Teil der Welt. Passen Sie auf, wo Sie hintreten, Miss Angel, hier ist es verdammt glitschig. Treten Sie genau in meine Fußspuren.«

Angela dachte mit Entsetzen an Milly. »Glauben Sie, Mr. Larcher, dass sie vielleicht durch diese Sümpfe gekommen und hier ertrunken ist?«

»Wir sollten über so etwas jetzt auf keinen Fall nachdenken, Madam. Wenn sie irgendwas hier vom Weg abgebracht hat und wir sie nicht bald finden, dann wäre es besser, eine richtige Suchmannschaft hinter ihr herzuschicken.«

»Nein, nein, Mr. Larcher, es wäre besser, wenn wir sie selber fänden. Je weniger Leute darüber Bescheid wissen, desto besser ist es.«

»Ich verstehe schon, Miss. Aber machen Sie sich keine Sorgen. Wir werden sie schon finden, da bin ich sicher.« Larcher fühlte sich zunehmend unwohler, weil er ihr nichts von der zerdrückten Zigarette und dem Tabak, der so deutlich nach dem gerochen hatte, was die Armee an die Dienstgrade ausgab, gesagt hatte.

Eine halbe Stunde später sahen sie Millys weiße Schwesternhaube. Nicht weit davon entfernt fanden sie Milly in einem stinkenden Sumpf gegen die gewundenen Wurzeln eines Baumes gelehnt. Sie war von oben bis unten mit dem grünschwarzen Schleim des Morastes beschmiert. Ihre großen grauen Augen starrten leer auf den Mond über den Mangrovenbäumen.

Larcher legte sie sich über die Schultern, während Angela, die mit beiden Laternen den Weg beleuchtete, auf dem Weg zum Gouverneurspalast voranging.

Achtundzwanzigstes Kapitel

1

Major Radcliffe ließ sein Fernglas sinken. Dreizehn Meilen vor Ava hatten sie Anker werfen müssen. Brigadegeneral White hatte bereits Befehl erteilt, Ava anzugreifen, sollten die letzten Gespräche von General Prendergast mit dem König und seinem Rat keinen Erfolg haben. Das britische Ultimatum forderte die persönliche Kapitulation des Königs, ohne dass dies Auswirkungen auf die in Mandalay verbleibende britische Bevölkerung nach sich ziehen durfte. Er wurde weiterhin aufgefordert, sich widerstandslos den vom britischen Vizekönig erlassenen Weisungen unterzuordnen. Der Unterhändler des Königs von Burma bat um mehr Bedenkzeit. Man teilte ihm mit, dass man dem König bereits genug Zeit eingeräumt habe und man seine Antwort allerspätestens am nächsten Morgen auf dem Tisch liegen haben wolle.

Am nächsten Morgen erschien der Unterhändler nicht. Der König von Burma hatte nicht auf das britische Ultimatum reagiert. General Prendergast befahl den Vormarsch der Flottille nach Ava, für den Moment nur als Drohgebärde gedacht. Beim Vormarsch erkannten sie, dass die Burmesen das Gleiche wie in Minhla gemacht hatten, nämlich einige Flachboote mit angespitzten Teakpfählen in den Fluss zu versenken, um niemanden vorbeizulassen. Sie hofften, dass dies dem Taingda Mingyi Gelegenheit geben würde, die Verteidigung von Mandalay zu verstärken.

Major Radcliffe war mittlerweile geradezu heiterer Laune: »Na ja, Captain Vorne, jetzt werden wir hier genauso aufräumen wie in der Festung von Minhla. Die Minen dieser Burmesen reichten nicht über den ganzen Fluss, sondern erwischten nur das Heck der *Kathleen*. Gott sei Dank haben wir diese Italiener erwischt, die die Minen vom Ufer aus in die Luft gejagt haben. Wir haben ihnen dafür ganz schön die Ohren lang gezogen. Haben Sie irgendeine Ahnung, wie wir uns durch diesen Schiffsfriedhof durcharbeiten können?«

»Major, sehen Sie diese lang gezogene Sandbank, die von Ava bis zum Zufluss von Sagaing reicht? Dort, wo der Fluss einen Bogen macht?«

»Alles, was ich von hier aus sehen kann, Captain Vorne, ist das Monster von Loch Ness, das sich mit seinen Babys im Nebel von Drumnadrochit verkriecht.«

Nathan lächelte. »Da haben Sie wohl die richtige Stelle im Auge, Major. Wenn also diese Sandbank sich nicht von einem Kontinent zum anderen bewegt hat, dann kenne ich dort tiefes Wasser, sehr tiefes Wasser!«

Major Radcliffe setzte sein Fernglas ab und lächelte Nathan offen an: »Sie wollen mir doch nicht sagen, Captain, dass Sie auf dem Irrawaddy ein *zweites* Schiff verloren haben?«

»Major, damit treffen Sie einen meiner verdammt empfindlichen Punkte.« Nathan wollte nicht gerne an den Verlust von Findebar und der *Belle Hélène II* erinnert werden. »Ich glaube, ihr Burschen schuldet mir einen ganzen Haufen Sovereigns, weil ihr mein Schiff in die Luft gejagt habt. Schlechte Schützen seid ihr obendrein, weil ihr ein neutrales Schiff vor Anker beschießt, das auch noch die Flagge der Vereinigten Staaten so groß wie ein Bettlaken führt.«

»Captain, ich kann nichts weiter sagen. Lassen Sie uns abwarten und sehen, wie viel Thibaw auf die Seite geschafft hat, um diesen Krieg finanzieren zu können. Also, Corporal Duckett, wo stecken diese Karten, die der Captain für uns gezeichnet hat?« Er und Nathan machten sich auf, um auf einer der kleineren Barkassen einen sicheren Weg für die Flottille zu finden.

2

General Prendergasts Geduld war am Ende. Er hatte das Gefühl, dass die Burmesen nun genug Zeit gehabt hatten, sich mit den Briten zu einigen. Er war wirklich verärgert über ihre Verzögerungstaktik, mit der sie jede vernünftige Abmachung desavouierten. Er gab Befehl, Sagaing und Ava sofort zu entwaffnen. Brigadegeneral White und seine Männer erhielten die Instruktionen, um Sagaing einzunehmen.

Nathans detaillierte Zeichnungen von der Befestigung von Sagaing erleichterte ihnen ihre Arbeit ungemein. Sagaings schwache Stellen wurden ohne Schwierigkeiten durchbrochen.

Im letzten Augenblick tauchte König Thibaws Barke mit dem Unterhändler auf, der den Truppen von Ava und Sagaing den Befehl überbrachte, ihre Waffen niederzulegen und sich den Briten zu ergeben.

Brigadegeneral White wäre ja noch damit einverstanden gewesen, wenn er die Festung von Sagaing auf die übliche Weise und ohne unnötiges Blutvergießen hätte einnehmen sollen. Dass aber ein fetter burmesischer Kommandant ihm die Nachricht zukommen ließ, er bitte um die Möglichkeit, sein Abendessen beenden zu dürfen, bevor er Sagaing verlasse, das war zu viel für ihn.

Am Nachmittag des folgenden Tages landeten die britischen Soldaten in Mandalay. Es war der 29. November, nur achtzehn Tage nach ihrem Aufbruch aus Rangun.

König Thibaw unterschrieb in seinem Sommerpalast die Kapitulationsurkunden, mit denen Ober-Burma in die Hände der Briten fiel. Es war genau der Ort, an dem Nanette einst Zeuge des Massakers an den königlichen Verwandten geworden war. Der König wandte sich einem riesigen Neger zu, der der Unterzeichnung beigewohnt hatte. Er erkundigte sich, ob dies sein Henker sei. Man versicherte ihm, dies sei nicht der Fall, und forderte ihn auf, Mandalay zu verlassen. König Thibaw weigerte sich. Er wollte entgegen den Ratschlägen seiner Familie und des Hlutdaw in Mandalay bleiben.

Über alle Maßen empört gab Brigadegeneral White den Befehl, diesen störrischen König rund um die Uhr zu bewachen. Das 67. Hampshire Regiment marschierte in den Palast von Mandalay, allerdings ohne vorher die Stiefel auszuziehen.

Viele Stunden später, viel später, als die Briten König Thibaw eigentlich aus Mandalay hatten abziehen sehen wollen, erklärte dieser, dass er nun die Stadt verlassen wolle. Wenn seine goldene Kutsche nicht zur Verfügung stände, würde er eben laufen.

Würdevoll machte er sich auf den Weg hinunter zum Fluss. Auf beiden Seiten seines Weges standen englische Soldaten, da sich viele Burmesen versammelt hatten, um den König zu grüßen und ihn zu segnen. Die Briten hatten die Befürchtung, dass es Ärger geben oder dass der König entwischen könnte. Dann aber wurde der lange Spaziergang zu viel für König Thibaw. Er wurde auf einen Ochsenkarren gesetzt, um auf diese Weise, genau wie Königin Sinpyumashin, die Königinmutter, und Königin Supalayat, zusammen mit dem Premierminister, dem Kinwun Mingyi, hinunter zum Irrawaddy fuhren, um die *Thoreah*, die *Goldene Sonne,* zu erreichen, die den abgesetzten König und seine Familie erwartete. Eine Marinebrigade begleitete ihn. Der König warf einen letzten Blick auf sein goldenes Heimatland, bevor er nach Rangun und von dort nach Ratnagiri gebracht wurde, um sein weiteres Leben in einem traurigen Exil zu verbringen.

3

Einige Tage nach der Eroberung Mandalays traf Nathan Major Jeffrey Radcliffe wieder. Diesmal war es auf den Treppen des Shwe Kyaung, des goldenen Klosters. Als Thibaw den Thron von Burma bestieg, hatte er bestimmt, dass das vergoldete Haus, in dem König Mindon Min gestorben war, fortan als Kloster für die buddhistischen Mönche fungieren sollte. So wurde es in seiner Gesamtheit an den Fuß von Mandalays Berg versetzt.

»Hallo«, grüßte er Nathan, nachdem sie sich beinahe gegenseitig umgerannt hatten. »Waren Sie jemals da drin? Wir brauchen bestimmt 'ne Menge Sonntage, um dass alles zu sortieren. Und ich dachte immer, dass die Könige hier eher Asketen seien, wie die anderen Mönche auch.«

Nathan war damit beschäftigt, seinen Kinnriemen festzuziehen. Er wollte auf die Angeberei des Siegers nicht reagieren müssen. »Ich habe es schon gesehen, danke, Major, noch zu der Zeit, als dies das königliche Schlafhaus innerhalb des Palastes war und noch nicht außerhalb lag.«

»Also haben Sie den alten Knaben mal getroffen, diesen Mindon Min?«

»Ein paar Mal, Major. Aber damals hatte ich nichts dagegen, mich vor diesem mächtig anständigen König zu verbeugen, der sich in seinem Grab herumdrehen würde, wenn er Ihre Leute hier sehen müsste.«

Jeffrey Radcliffe zwirbelte unangenehm berührt seinen Schnurrbart und wechselte das Thema: »Das ist ein Schlafzimmer, was? Der muss schon ein ganz schön schlechtes Gewissen gehabt haben, dass er das einem Kloster vermacht hat. Achtundvierzig Söhne und Gott weiß wie viele Töchter. Das waren noch die offiziellen Kinder. Ich frage mich, wie viele es sonst noch gab. Man kann sich nur wundern, der Buddhismus scheint ja eine ganz schön anstrengende Religion zu sein. Aber, wie ich schon gesagt habe, es wird viel Arbeit beanspruchen, dieses ganze Zeug zu sortieren. Aber Prender möchte, dass das gemacht wird, also machen wir es.« Er sprach jetzt leiser und versicherte sich mit einem Blick über die Schulter, dass keiner der jungen Soldaten ein Wort mitbekam. Dann rückte er einen Schritt näher an Nathan heran, der wiederum ein Stück zur Seite trat. »Sie sollten mal sehen, was die nach England schicken. Thibaws schönste Kronjuwelen für Ihre Majestät, einschließlich seiner Kronen für feierliche Anlässe, Supalayats

Juwelen – ein Halsband, dessen Wert sie sprachlos machen würde, einen massiv goldenen Buddha für die Prinzessin von Wales und Elfenbeinstoßzähne für Ihre Königliche Hoheit. Kriegsbeute!« Er zwinkerte Nathan zu.

Nathan fragte sich, was Major Radcliffe plötzlich so geschwätzig machte. Die Briten hatten zurzeit nicht sehr viele Freunde, vielleicht waren sie auf die Unterstützung der Neutralen aus. Auch er legte seinen Köder aus: »Wenn Sie jemals wissen wollen, wo der Rest der Beute geblieben ist, Major, dann muss ich Ihnen sagen, dass Sie den Irrawaddy nicht grundlos den Fluss der Edelsteine nennen.« Auch er zwinkerte dem Major zu.

Major Radcliffe wischte sich eine Wimper aus dem Augenwinkel. Er blinzelte hinauf in die Sonne. »Als ich Thibaw so ungeheuer würdig aus dem Palast watscheln sah, da war das für mich ein merkwürdiger Anblick. Für mich war er ein versoffener und irregeführter junger Mann. Wie er da so sanft mit seinen zwei Königinnen loszog, da schienen sie wie unfolgsame Kinder, die man am Bonbonglas erwischt hat.«

»Täuschen Sie sich nicht, Major. Diese beiden netten Damen haben nichts als Schlangengift in ihren Adern. Fragen Sie nur die Arbeiter, die die Mauern von Mandalay von Zeit zu Zeit reparieren. Die werden Ihnen schon erzählen, was für Leichen sie im Keller haben. Ich kann nur hoffen, dass Ihr General mit allem besser fertig wird als Thibaw. Es ist nicht leicht, dieses Land zu regieren, Major. Das werden Sie früher oder später schon herausfinden. Früher wäre natürlich für alle von uns besser. Bis jetzt hat sich nichts geändert, die Umstände sind die gleichen wie vor der Absetzung von Thibaw. Es macht wohl wenig Sinn, wenn der gleiche Mann, der für die gesamte Korruption verantwortlich zu machen ist, jetzt Hand in Hand mit den Briten arbeitet.«

Major Radcliffe wollte alles das aus guten Gründen nicht mit Nathan diskutieren. Seine Freundlichkeit schlug in kühle Reserviertheit um. »Entschuldigen Sie mich, Captain de Veres-Vorne.

Ich muss jetzt wieder zu meinen Jungs, da wir eine Menge Arbeit haben. Wir bleiben ja beide hier, ich bin sicher, dass wir wieder aufeinander treffen werden.«

»Wenn Sie jemanden brauchen, der Ihnen hilft, all Ihre Funde zu registrieren, dann kenne ich genau die Dame, die Sie dabei unterstützen könnte, die ganze Pali-Schatzgrube in Mandalays Klöstern zu untersuchen. Sie war mit ihrer Kamera sieben Jahre lang unterwegs, und es gibt nichts, von dem sie nichts verstehen würde. Es handelt sich um Angela Featherstone, Major, eine der Damen, die Sie in Gue Gyoun Kamyo gerettet haben.«

»Die buddhistische Exnonne? Das ist interessant. Danke, Captain.« Dann zog er ohne weitere Abschiedsworte mit seinen Leuten los.

Nathan stieg die Treppen zum Kuthodaw hinauf, wobei er sich völlig bewusst war, dass Ba Say ihm nachschlich. Er legte an der Stelle eine Pause ein, an der sie sich vor drei Wochen das letzte Mal getroffen hatten. Als er merkte, dass Ba Say nahe genug herangekommen war, sagte er, ohne sich umzudrehen: »In Ordnung, Ba Say. Du brauchst mir nicht mehr weiter nachzuschleichen. Der Taingda Mingyi benimmt sich jetzt etwas anständiger, seit er für die britische und nicht mehr für die burmesische Regierung arbeitet.«

Er drehte sich um und grinste den vermummten Burmesen an, dessen Knie zu zittern schienen. Außerdem hatte Ba Say offenbar abgenommen. »Was willst du mir diesmal sagen?« Nathan spürte intuitiv, dass es irgendeinen Ärger gab.

»Ba Say ist nicht daran gewöhnt, freier Agent zu sein, Thakin. Er ist sehr unglücklich über viele Tage, die im Dschungel von Senyat passieren mit den Engländern, die vor dem Taingda Mingyi flüchten, bevor die Briten ankommen. Thakin Doktor, der Tent-Browne heißt, hat mir aufgetragen, mit großem Schiffskapitän zu reden und ihn zum Dschungeldorf bei Senyat zu bringen, das nicht sehr weit von Mandalay ist. Thakin Doktor leidet unter Dschungelfieber und hat Angst zu sterben. Aber er will amerikanischem Captain viele Dinge sagen. Bitte Ba Say zu folgen. Er wird Sie zum Versteck führen, wo es viel Ärger gab.«

Später machten sich Nathan und Ba Say zum Dschungel von Senyat auf.

4

Angela saß im Vorraum der Krankenstation. Sie hatte die Ellbogen auf den Tisch und ihr Kinn in die Handflächen gestützt. Sie starrte nachdenklich auf die schöne Porzellanuhr des Myowun, die auf einem Lacktischchen stand. Seit drei Tagen lag Milly nun schon nicht ansprechbar im Bett, und Angela hatte es satt, sich immer neue Ausreden einfallen zu lassen, um zu erklären, warum Milly sich auf der Station nicht blicken ließ. Captain Brierley konnte das einfach nicht verstehen. Angela hatte Larcher das Versprechen abgenommen, den Mund zu halten, und er hatte sein Wort nicht gebrochen. Milly konnte sich einfach an nichts erinnern, was ihr auf dem Weg zur Garnison von Minhla passiert war, und Clare verhielt sich wegen dieser Angelegenheit sehr gehässig. Sie bestand darauf, dass sie eine Ärztin rufen sollten, um herauszufinden, ob Milly noch Jungfrau war.

Angela war darüber mit Clare aneinander geraten: »Sie können doch Milly nicht einer solchen unwürdigen Prozedur unterwerfen, Clare!«

»Und ob ich das kann, und ich werde es auch tun. Schließlich bin ich für sie verantwortlich. Sie ist noch nicht volljährig. Wenn sie von einem Mann, vielleicht sogar von mehreren Männern auf dem Weg überfallen worden ist, dann müssen wir das wissen. Sie scheint ja offenbar ihr Gedächtnis verloren zu haben und kann nicht sprechen. Also bleibt uns nichts anderes übrig. Es müssen ja keine Soldaten gewesen sein, vielleicht waren es burmesische Guerillas, die sich ja bekanntlich überall hier verstecken.«

»Die Burmesen vergewaltigen keine Frauen, Clare. Sie sind meist Buddhisten und haben Respekt vor Frauen.«

»Das sagen Sie, und Sie sind ... voreingenommen.«

»Aber was ich sage, ist wahr. Ich bin sieben Jahre lang Tag und Nacht durch Mandalay gegangen, und kein Burmese hat mich jemals belästigt. Diese Art von Gewalt wird nur von diesen Rüpeln ausgeübt, die den ganzen Tag in den Bars herumhängen. Wie auch immer, wir nehmen außerdem ja nur an, dass Milly angegriffen worden ist. Das muss nicht unbedingt der Fall sein. Vielleicht hat sie aus freien Stücken den Weg verlassen. Sie wissen doch, dass sie immer Blumen pflückt, um die Station zu schmücken. Es kann sein, dass ihr eine Orchidee oder etwas anderes ins Auge gestochen ist, sie den Weg verlassen und sich dann verirrt hat.« Angela war die ganze Angelegenheit peinlich, und sie wollte das Thema fallen lassen, zumal sich Clare hier besonders ekelhaft verhielt.

»Da ist ja auch noch dieser schwachsinnige Mischling, Captain Vornes Heizer.«

»Sein Name ist Tonsin, Clare, er ist nicht schwachsinnig. Er stottert, das ist alles.«

»Der hätte es gewesen sein können. Wir haben ihn seit drei Tagen nicht gesehen.«

Angela waren die Argumente ausgegangen. Sie ging hinunter, um noch einmal über alles nachzudenken. Seit sie in dieser Nacht den ganzen Mangrovenschlamm von Milly heruntergewaschen und sie ins Bett gebracht hatten, war sie starr wie eine Puppe. Die Uhr tickte vor sich hin. Bald würde sie hinaufgehen müssen, um das Essen auszuteilen.

Lärm an ihrer Tür, ein Klopfen, brachte ihre Gedanken wieder zurück in die Gegenwart. »Ja, herein!« Von draußen hörte sie nur Gepolter und unterdrückte Flüche.

Larcher versuchte mit zwei anderen Soldaten einen völlig verdreckten jungen Mann festzuhalten, während sie ihn am Genick hielten. Sie drehten ihm die Arme auf den Rücken und drückten seinen Kopf nach vorne, sodass er nichts anderes machen konnte, als auf den Boden zu sabbern.

»Tonsin!« Angela war schockiert.

»Wir haben ihn erwischt, Madam.« Larcher rief die Soldaten hinein und schloss schnell die Tür. »Tut mir Leid, Madam, ich habe mir die Freiheit genommen, eine kleine Suchaktion zu starten, nachdem wir vor ein paar Tagen Miss Milly in diesem Zustand gefunden haben.«

»Aber wann, Larcher?« Angela starrte ihn mit großen Augen an.

»Tut mir Leid, Madam, es war nur Zeit, wenn die Damen schliefen. Dann konnten die Männer hinausschleichen und …«

»Aus ihren Betten?«

»Ja, Miss.«

»Haben Sie eine Ahnung, Larcher, was uns passieren wird, wenn Captain Brierley herausfindet, was hier innerhalb des Sperrgebietes los war?«

»Das ist noch gar nichts gegen das, was passieren wird, wenn der Kommandeur erfährt, dass es hier eine Vergewaltigung gegeben hat und dass einer von unseren Leuten der Täter war. Auf jeden Fall haben wir ihn jetzt erwischt, und wir haben das hier in seiner Tasche gefunden.« Er legte Millys goldenes Armband auf den Tisch. »Das ist ja wohl Beweis genug, dass er die Schweinerei begangen hat. Wir werden dafür sorgen, dass er nie wieder eine Frau angreift.«

»Sie werden nichts dergleichen tun, Larcher! Lasst ihn sofort los!« Die beiden Soldaten sahen Larcher fragend an. Der nickte ihnen knapp zu.

Sie ließen Tonsin los, der auf die Knie fiel und nach Angelas Rocksaum griff. Sie riss ihm den Stoff aus den Händen und stellte sich hinter den Tisch. »Wo habt ihr ihn gefunden?«, fragte sie eisig.

»In den Sümpfen, Miss.«

»Haben diese beiden Soldaten ihn gefunden?«

»Ja, Miss.«

»Wie heißen sie?«

»Fields und Martin, Madam.«

»Wie konnten sie ihn finden?«

»Sie waren draußen auf Patrouille, Madam, auf der Suche nach Burmesen. Sie fanden diesen Kerl unter irgendeinem Baum, nicht weit von der Stelle, wo wir Miss Milly gefunden haben.«

Sie schaute die beiden Soldaten finster an. »Kann man den beiden trauen? Warum haben sie ihn hierher gebracht, wenn sie eigentlich nach Heckenschützen suchten? Warum haben sie ihn nicht direkt zur Garnison gebracht?«

Larcher war verunsichert. »Nun, Madam, ich habe mir die Freiheit genommen, einige unauffällige Nachforschungen anzustellen. Ich erfuhr, dass diese beiden Kerle am Nachmittag des Überfalls auf Miss Milly denselben Weg hinunterkamen. Sie waren gerade aus den Sümpfen heraus und auf ihrem Weg hinunter nach Minhla, als sie mit Miss Milly auf ihrem Weg zur Garnison zusammenstießen. Als ich ihnen meine neugierigen Fragen stellte, erkannten sie sofort, worauf ich hinauswollte, und erklärten von sich aus, dass sie Miss Milly an dem Nachmittag begegnet waren und dass sie einen Burmesen gesehen hatten, der einen Lathi schwang. Ein Lathi ist ein dicker Stock, Madam.«

»Danke, ich weiß, was ein Lathi ist, Mr. Larcher.«

»Natürlich, Madam. Es war dieser Eurasier hier, den wir mit dem Stock und dem goldenen Armband erwischt haben.« Larcher sah sich triumphierend um. »Alle hier im Hospital sind sehr empört über die Sache mit Miss Milly. Einige der Kerle haben ja mitbekommen, was passiert ist, und sie wollten sicher sein, dass der Verbrecher erwischt wird, bevor es für alle unangenehm wird. Was sollen wir jetzt mit ihm tun, Miss Angel?«

»Sie lassen ihn hier bei mir, Larcher.«

»Aber, Madam, wenn …«

»Kein Wenn und Aber bitte, Mr. Larcher. Ich werde damit fertig werden, nicht Sie. Ich kenne Tonsin nun schon sehr lange und möchte gerne seine Geschichte hören, bevor ich das an Captain Brierley oder eine höhere Stelle weitergebe.«

»Aber der spricht doch kein Wort Englisch.«

»Aber ich spreche Burmesisch, Larcher. Wenn Sie jetzt also bitte diese Männer mitnehmen und mich allein mit Tonsin sprechen lassen würden.«

»Mit allem Respekt, Madam …«

»Mit allem Respekt, Larcher, wenn Sie weiter mit mir herumstreiten und Tonsin nicht für Miss Millys Zustand verantwortlich sein sollte, dann werde ich dafür sorgen, dass Sie und der ganze Rest der Garnison sich vor Ihrem Kommandanten wiederfinden.«

»Ja, Madam.« Eingeschüchtert winkte er Fields und Martin aus dem Raum.

Tonsin brauchte eine geschlagene Stunde, bevor er Angela alles erzählt hatte, was er auf dem Weg nach Minhla erlebt hatte. Es war mühsam, seinem gestotterten Bericht zu folgen. Ko Lee hatte ihn hinter Milly hergeschickt, um sicher zu sein, dass ihr nichts passieren würde. Er hatte ihm eingeschärft, dass Milly nicht sehen durfte, dass er ihr folgte, weil sie ihn sonst zurückgeschickt hätte. Tonsin war ihr also nachgeschlichen. Er hatte die zwei Soldaten aus den Mangrovensümpfen kommen sehen. Sie hatten erst nur mit Milly geredet, bis einer von ihnen sie dann ergriffen und unter die Bäume gezerrt hatte. Er hatte gerade mit seinem Stock auf den Mann losgehen wollen, als der andere Mann eingriff und die beiden eine Schlägerei anfingen. Milly war hinunter zur Garnison gerannt. Tonsin hatte eine halbe Stunde gewartet, bis sie wieder auftauchte. Sie hatte nicht die richtige Abzweigung zum Hospital genommen, sondern eine andere, die in die Sümpfe führte. Tonsin war ihr nachgelaufen, um sie vor der Gefahr zu warnen. Aber er hatte sie immer nur noch mehr geängstigt. Schließlich war sie in den Sumpf geraten, der sie immer tiefer hinunterzog. Er hatte sie an den Armen ergriffen und versucht, sie herauszuziehen. Dabei hatte er ihr Armband abgestreift, das er sicherheitshalber eingesteckt hatte. Er hatte es geschafft, sie herauszuziehen, und hatte sie an einen Baum gelehnt, wo sie endlich wieder richtig atmen konnte. Er hatte einfach vergessen, ihr das goldene Armband zurückzugeben.

»Aber warum bist du nicht zurückgekommen und hast uns gesagt, was passiert ist, Tonsin? Du musst doch gewusst haben, wie verdächtig du sein würdest, wenn wir sie so finden würden?«

Er gab keine Antwort, sondern presste seinen Kopf weinend auf seine schlammbeschmutzten Knie.

»Hast du sehr große Angst gehabt?«, fragte Angela freundlich. Er nickte. »Die beiden Soldaten, die dich gefangen genommen haben, waren das dieselben, mit denen Miss Milly auf der Straße nach Minhla geredet hat?« Tonsin nickte. »Hattest du Angst vor ihnen?«

Tonsin schüttelte seine schwarzen Locken.

»Hattest du Angst vor mir?« Wieder schüttelte Tonsin den Kopf. Schließlich bekam sie heraus, dass Tonsin befürchtete, dass Milly gestorben wäre und man ihn dafür verantwortlich machen würde, weil er sich nicht genug um sie gekümmert hatte. »Oh Tonsin, das ist eine ganz schöne Schweinerei. Hör auf zu weinen. Ich weiß, dass du Miss Milly magst, und ich weiß, dass man aus Angst manchmal unbedacht handelt. Ich werde nicht zulassen, dass dich die Soldaten mitnehmen.« Sie öffnete die Tür und rief Larcher herein. Larcher teilte ihr mit, dass Fields und Martin zur Garnison von Minhla zurückgekehrt waren. Dann gab Angela ihm Tonsins Version der Geschichte wieder. Ihre Stimme machte dem Soldaten klar, dass jeder Widerspruch zwecklos sein würde. »Da ich der Sache offen gegenübertrete, wünsche ich, dass Sie das auch tun. Ich werde Captain Brierley oder dem Garnisonskommandeur jetzt noch nichts sagen. Ich würde Fields, Martin und den Männern, die bei der mitternächtlichen Suche dabei waren – Bines war sicher auch dabei –, raten, kein Wort über die ganze Angelegenheit zu verlieren oder gar Tonsin anzurühren. Ich werde sonst dafür sorgen, dass das Leben für euch hier sehr unangenehm wird. Ich kenne General Prendergast persönlich, und ich weiß, wie korrekt er ist. Mr. Larcher, Sie sind persönlich dafür verantwortlich.«

»Ja, Madam, tut mir Leid, aber ich habe nur meine Pflicht getan.«

»Ich weiß, dass Sie aus guten Gründen so gehandelt haben, dagegen ist auch nichts einzuwenden. Ich traue nur den beiden Männern nicht, die Sie hierher gebracht haben. Miss Milly wird es in einiger Zeit besser gehen, dann kann sie uns erzählen, was ihr auf dem Weg nach Minhla passiert ist. Wir könnten jetzt alle falsche Schlüsse ziehen, auch wenn die ganze Sache noch so offensichtlich erscheint. Lassen Sie Tonsin bei mir. Er hat mir sein Wort gegeben, dass er nicht wegläuft, und ich traue ihm. Wir sollten nichts übereilen. In ein paar Tagen wird Miss Milly Licht in die Sache bringen. Vorläufig steht sie noch immer unter Schock. Danke, Mr. Larcher, vielen Dank für Ihre Mitarbeit. Sie können jetzt gehen. Und keine mitternächtlichen Ausflüge mehr, bitte, Larcher!«

»Nein, Miss Angela.« Er grinste breit und drehte seine Mütze in den Händen. »Gott sei Dank machen Sie kein Theater aus der ganzen Angelegenheit. Ich habe mir schon Sorgen um unseren guten Ruf gemacht. Die Kerle hier sind insgesamt nämlich wirklich ein sehr anständiger Haufen.«

»Da bin ich sicher, Mr. Larcher. Niemand beschuldigt ja irgendjemanden, jedenfalls bis jetzt nicht. Gute Nacht.«

»Gute Nacht, Miss.«

Angela eilte sofort zu Clare, die sich mit Jubelas Hilfe gerade bettfertig machte. »Raus mit dir, Jubela, ich werde dich gleich wieder rufen. Sie haben Recht, Clare, die einzige Möglichkeit, um herauszufinden, ob Milly vergewaltigt worden ist, ist es, sie von einem Arzt untersuchen zu lassen. Dann werden sich eine Menge Verdächtigungen beseitigen lassen, und wir werden hoffentlich herausfinden, was mit Milly los ist.«

Clares Lächeln war schadenfroh und boshaft.

»Ich werde nach einer Ärztin suchen, die sich morgen um Milly kümmert«, murmelte Angela, bevor sie die Tür zuknallte.

Neunundzwanzigstes Kapitel

1

Angela gelang es, eine burmesische Ärztin zu finden, und schmuggelte sie auf geheimsten Wegen in den Gouverneurspalast. Angela wusste, dass sie großen Ärger bekommen könnte, wenn sie die Anordnungen des stellvertretenden General-Arztes unterlief. Sie versicherte sich, dass die Ärztin Milly ein starkes Beruhigungsmittel verabreichte. Sie fand, dass die arme Milly auf keinen Fall mitbekommen sollte, was mit ihr geschah.

Die Ärztin ging sehr sorgfältig vor. Nach ihrer eingehenden Untersuchung erklärte sie freudestrahlend: »Der kleinen Lady ist nichts passiert. In ein paar Tagen wird es ihr bestimmt besser gehen. Sie scheint unter einem Schock zu stehen. Es ist aber mehr eine Sache, die sich in ihrem Kopf abspielt. Mit ihrem Körper ist alles in Ordnung. Ich denke, das Mädchen will vor irgendetwas in ihrem Leben fliehen. Etwas, das sie sich nicht eingestehen will oder mit dem sie sich nicht konfrontieren möchte. Ihr Gehirn braucht Ruhe, um die Sache zu verarbeiten. Deshalb schläft sie auch die ganze Zeit über. Sie müssen sich aber wirklich nicht allzu sehr sorgen.« Sie gab Angela eine Ampulle. »Geben Sie ihr das, es wird ihr Kraft geben. Sie wird in sechs Monaten eine gesunde Mutter sein.«

Clare stöhnte auf, woraufhin Blaize schnell nach dem Riechfläschchen griff und es ihr in die Hand drückte. Matthews Gattin sagte schwach: »Ich hab's doch gewusst. Milly ist dauernd weggelaufen und hat sich nicht anständig benommen. Jetzt müssen wir alle unter ihrem Ungehorsam leiden. Ich habe Matthew schon immer gesagt, dass seine Schwester eine kleine Nutte ist. Das geschieht ihr nur recht.«

Clare hievte sich in eine etwas aufgerichtetere Position und starrte Angela an: »Ich habe nie verstanden, was Matthew an Ihnen gefunden hat. Sie haben ein Schandmaul, das Milly immer gegen mich aufgebracht hat. Ich kann nur sagen, wenn Milly das Kind eines Vergewaltigers bekommt, dann erhält Nathan Vorne nur den Lohn dafür, dass er dieses Gesindel auf seinem Schiff beschäftigt hat. Er umgibt sich mit einem solchen Abschaum!«

Angela erwischte sie unvorbereitet. Ihre Finger hinterließen vier rote Abdrücke auf Clares weißer Wange. Diese täuschte eine Ohnmacht vor und sank in ihre Kissen zurück. Als aber die Ärztin den Raum verlassen wollte, konnte sie es einfach nicht zulassen, dass man über diese Sache mit Anstand hinwegging. Sie öffnete die Augen und sagte: »Frau Doktor, sagen Sie mir die ganze Wahrheit. Ist meine Schwägerin körperlich missbraucht worden?«

Die burmesische Ärztin sah sie verwirrt an und wandte sich dann an Angela: »Bitte, ich verstehe das nicht. Was meint sie mit ›missbraucht‹?«

»Na los, Clare, erklären Sie es ihr.« Angela verschränkte grimmig die Arme. Sie und Blaize starrten Clare herausfordernd an.

Clare hämmerte wütend auf dem Sofa herum. »Frau Doktor, ich möchte jetzt wissen, ob meine Schwägerin in den letzten Tagen vergewaltigt worden ist. Sie sagen, sie ist keine Jungfrau mehr und dass sie ein Kind haben wird. Ich möchte ganz sichergehen, damit mein Mann, ihr Bruder und Vormund, die notwendigen Schritte unternehmen kann, um den Schuldigen vor Gericht zu bringen.«

»Kein Angriff, keine Verletzungen, nichts außer dem, was in ihrem Kopf vorgegangen ist. Sie ist tatsächlich keine Jungfrau mehr, aber das hat nichts mit einem Mann in den letzten Tagen zu tun. Vor drei Monaten, sicher, denn sie wird in sechs Monaten Mutter werden, und dann wird es ihr viel besser gehen. Mehr kann ich nicht sagen, denn ich weiß nicht, was ihr psychisch geschehen ist, abgesehen davon, dass sie in den Mangrovensumpf gefallen ist.«

»Ja, danke, Frau Doktor, ich glaube, wir verstehen Sie völlig richtig.« Angela begleitete sie hinaus, bezahlte ihre Rechnung und rannte zurück zu Milly, da sie schon wusste, was nun passieren würde. Blaize, die die ganze Wucht von Clares Tirade abbekommen hatte, warf verzweifelte Blicke zur Decke, als sie Angela eilig in das Zimmer zerrte.

»Leigh!«, fauchte Clare mit geschlossenen Augen, während sie weiter auf die Sofakissen einschlug. »Ich wusste es. Ich wusste es doch! Man konnte diesem Kerl nicht trauen. Er hat Milly verführt und uns lächerlich gemacht – besonders Matthew, der ihm sogar so weit vertraut hat, dass er sich auf seine Seite gestellt hat. Gegen mich! Es geschieht ihm recht. Seine Schwester hat ihn wirklich gut für sein Vertrauen zu diesem widerlichen Lustmolch namens Leigh Buchanan belohnt.«

Angela holte tief Luft und zwang sich, ruhig zu bleiben: »Millys Baby wird durchaus ehelich sein, falls das der Punkt ist, über den Sie so schadenfroh sind.«

Clares Augen öffneten sich weit. Es fiel Angela auf, dass nicht einmal Blaize in diesem Augenblick der Spannung sehr viel gesagt hatte. »Was wollen Sie damit sagen?« Clare klang einigermaßen vernünftig, obwohl sie offensichtlich zum nächsten hysterischen Anfall bereit war, wenn man ihr nur eine Gelegenheit dazu gab.

»Milly und Leigh sind verheiratet.«

Völlig erstaunt starrten beide Angela mit offenem Mund an.

»Verheiratet, wann?«, wollte Clare wissen.

»Vor dreieinhalb Monaten.«

»Das kann nicht sein. Sie hat von niemandem die Erlaubnis. Sie ist noch nicht volljährig, und ihre Eltern haben ihr nicht die Zustimmung gegeben. Die Hochzeit kann für ungültig erklärt werden. Matthew würde das nicht zulassen, seine Eltern auch nicht.«

»Ich glaube kaum, dass Millys Eltern etwas gegen Leigh Buchanan haben werden, wenn er der Vater ihres Enkels ist. Milly und Leigh sind rechtsgültig verheiratet. Milly hat ihre Heiratsurkunde und ihren Ehering als Beweis. Edom Gideon hat die Zeremonie an Bord der *Belle Hélène* durchgeführt. Nathan, seine Mannschaft und ich waren die Zeugen. Fragen Sie Ko Lee, wenn Sie mir nicht glauben. Aber was wichtiger ist, Matthew war ebenfalls da, als Vertreter seiner Eltern. Sie hatten ihre Zustimmung zur Hochzeit telegrafiert. Matthew als ihr Vormund gab Milly in die Ehe, und zwar in die mit Leigh Buchanan.«

Es war Angela das größte Vergnügen, es Clare ein für alle Mal gegeben zu haben.

Nach einiger Zeit zeigte Clare zum ersten Mal in ihrem Leben ein bisschen Mumm: »Warum wusste ich das alles nicht? Warum hat Matthew das gerade mir, seiner Frau und seiner nächsten Verwandten, nicht gesagt?«

»Ganz einfach, Clare, weil Sie sich immer nur um sich selbst gekümmert haben – niemals um Matthew oder Milly. Oder, wenn wir schon mal dabei sind, um Ihre Kinder, die Sie völlig Milly überlassen haben, um ihr dann Vorwürfe zu machen, wenn irgendetwas schief ging. Sie wollten nicht, dass Milly mit dem Mann glücklich würde, den sie liebte. Sie waren eifersüchtig auf die Liebe. Es tut mir Leid, dass Ihre Ehe mit Matthew niemals so gewesen ist, wie Sie das wollten. Machen Sie aber mir keine Vorwürfe deswegen und lassen Sie es nicht an Milly und Leigh aus.«

»Ich weiß nicht, ob ich Ihnen das glauben soll.« Auf Clares teigigem Gesicht leuchteten immer noch die roten Spuren von Angelas Fingern. »Wann und wie hätten sie denn heiraten können? Und wann hätten sie denn alleine zusammen sein können? Milly war immer bei mir und den Kindern – dafür hat Matthew schon gesorgt.«

»Erinnern Sie sich an ihren verrückten Ausritt mitten in der Nacht? Sie wollten sie einsperren, damit sie Leigh nicht sehen konnte, als er auf Urlaub kam. Milly rannte weg und landete bei Nathan und Minthami in Whitewalls. Erinnern Sie sich, dass sie eine Woche lang bei ihnen blieb, bis Matthew Sie dazu gebracht hatte, sich bei Milly zu entschuldigen und zu versprechen, dass Sie sie in Zukunft netter behandeln würden? Während dieser Woche heirateten Leigh und Milly. Nathan lieh ihnen für ein paar Tage die *Belle* für ihre Hochzeitsreise. Danach trafen sie sich so oft sie konnten in Whitewalls. Alles war legal und offen, Clare. Es gab nichts Schmuddeliges zwischen den beiden, gleichgültig, wie viel Dreck Sie nach Milly geworfen haben. Sie können nichts mehr rückgängig machen. Die beiden lieben sich, sie sind verheiratet, und sie erwarten in sechs Monaten ihr erstes Kind. Und damit Schluss!«

In die Stille hinein fiel eine kleine Eidechse von der Decke zu Boden.

Blaize hatte Angela gebannt zugehört, ohne auf Clare zu achten. Jetzt applaudierte sie mit lautem Gelächter: »Oh mein Gott, das ist doch wirklich viel zu komisch. Das ist der schönste Nachmittag in meinem Leben, den ich um nichts in der Welt hätte versäumen mögen. Nur der Shwe Nat von Mandalay bringt es fertig, eine buddhistische Nonne dazu zu verführen, dass sie der Liebe wegen göttliche und menschliche Gesetze übertritt. Ich gratuliere Ihnen und Nathan wegen Milly und Leigh, denen Sie so sehr geholfen haben. Und, um von den anderen beiden Leuten auf dieser Welt zu reden, die sich gegenseitig so sehr verdienen, nämlich von Ihnen und Nathan, so muss ich sagen, dass Sie beide in Ihrer Niederträchtigkeit hervorragend zueinander passen. Was für ein Pech, Amagyi-Angela, dass seine kleine eingeborene Prinzessin der Erfüllung Ihres Glücks im Weg steht.« Sie brach in ein schrilles Gelächter aus, in das Angela und Clare nicht einstimmten. Schließlich tupfte sie sich die Augen mit einem spitzenbesetzten Taschentuch ab und fragte: »Also, meine Lieben, es sieht ja so aus, als ob Milly nur von dem Mann überfallen worden ist, den sie liebt, also was nun?«

»Nun, Blaize, können Sie sich damit amüsieren, sich um Milly und Clare zu kümmern. Ich gehe derweil rüber, um Mr. Larcher zu beruhigen und ihm mitzuteilen, dass er unseren ›einfachen netten Jungs‹ sagen kann, dass Milly nichts fehlt, dass sie lediglich ihren Orientierungssinn verloren hat und deshalb in den Sumpf geraten ist. Die Jungs haben übrigens alle ein Herz aus Gold. Wenn also der arme, verängstigte, schwachsinnige Tonsin nicht da gewesen wäre, um sie herauszuziehen, dann wäre sie jetzt tot.«

2

Ein paar Tage später stand der Offizier vom Dienst an der Tür des Hospitals. Captain Brierley hatte ihn geschickt. Angela war damit beschäftigt, Namen von entlassenen und aufgenommenen Patienten aufzuschreiben.

»Entschuldigen Sie, Madam, ich kann die Zettel später abholen. Captain Brierley möchte Ihnen keine Ungelegenheiten bereiten, aber er würde Sie jetzt gerne unten in der Garnison von Minhla sprechen. Ich werde Sie in der Barkasse hinüberbegleiten.«

»Es ist doch nichts Schlimmes passiert, oder?«

Der Offizier vom Dienst starrte vor sich hin, auf eine Stelle über ihrem Kopf. Sein bleiches, langes Kinn erinnerte Angela an rohen Pansen. »Tut mir Leid, Madam, das darf ich Ihnen noch nicht mitteilen.«

»Nein, natürlich nicht. Lassen Sie mir nur zwei Minuten Zeit, damit ich Sanitäter Larcher ein paar Aufträge geben kann, und noch zwei Minuten, damit ich meinen Schal und meine Stiefel holen kann. Unten am Fluss ist es immer so schlammig.« Sie strahlte ihn aufmunternd an.

»Ja, Madam.«

Die Fahrt hinüber nach Minhla dauerte zehn Minuten. Als Angela unterhalb der Kasematten den Landungssteg betrat, bemerkte sie, dass alle die Wracks, die die Burmesen versenkt hatten, nachdem ihre Minen die erhoffte Wirkung nicht erreicht hatten, entfernt worden waren. Der Fluss war wieder offen für den Schiffsverkehr. Sie überlegte, was Captain Brierley ihr wohl sagen wollte, was er ihr nicht auch bei seinen Visiten hätte sagen können. Der Gedanke, dass Blaize vielleicht Recht hatte und dass er jemanden suchte, dem er ›die Frage‹ stellen konnte, amüsierte sie. Sie hoffte, dass das nicht der Fall und sie nicht gezwungen sein würde, einen Heiratsantrag abzulehnen.

Der Offizier vom Dienst führte sie durch ein Gewirr von Gängen, bis sie vor Captain Brierleys Zimmer standen. Die Tür wurde geöffnet, aber es war nicht nur Captain Brierley, der aufstand, um sie zu begrüßen.

»Nathan! Was ist los?« Sie blickte erstaunt zwischen Captain Brierley und Nathan hin und her. »Ich dachte, du wärst in Mandalay.« Es klang geradezu vorwurfsvoll.

Captain Brierley räusperte sich, lächelte sie entschuldigend an und murmelte: »Entschuldigen Sie mich bitte, Miss Featherstone. Ich habe da ein paar neue Patienten, die von Bord müssen. Und ich muss hinüber zum Zayat, um sie aufzunehmen. Ich weiß, dass Captain de Veres-Vorne allein mit Ihnen sprechen möchte, also werde ich jetzt verschwinden, um meine Arbeit zu machen.« Er schüttelte ihnen die Hände und eilte davon.

»Komm, setz dich, Angela.« Der Soldat versprach ihnen eine Tasse Tee und schloss die Tür hinter sich.

»Nathan, was ist los?« Angela erkannte an seinem angespannten Gesicht, dass es schlechte Nachrichten geben würde.

»Angela, ich wollte zuerst mit dir reden, weil du besser als alle anderen mit dem fertig werden wirst, was ich dir zu sagen habe.«

»Was, Nathan, was denn?« Sie spürte eine ungeheure Anspannung.

»Lass mir Zeit, Liebes. Ich bin den Irrawaddy noch nie so schnell hinuntergefahren. Noch vor zwei Tagen war ich in Mandalay. Außerdem weiß ich noch nicht, wie ich dir das alles sagen soll.« Er lief wie ein eingesperrtes Raubtier durch das Zimmer und rieb sich hilflos mit dem Zeigefinger einen Nasenflügel. Plötzlich blieb er neben ihr stehen. »Angela, es tut mir so Leid, aber Leigh und Matthew sind tot.«

»Oh mein Gott.« Sie ließ entsetzt den Kopf in ihren Schoß sinken. Er wartete einen Augenblick, um ihr Zeit zu geben, sich zu fassen.

»Wie?«, flüsterte sie gequält.

Er fuhr sich mit der Zunge über die Lippen und ging weiter auf und ab. »Zwei Tage, nachdem wir Mandalay auf der *Belle* verlassen hatten, gelang es Matthew, Edwin und ein paar anderen Männern, die sich in der Botschaft verbarrikadiert hatten, in burmesischer Verkleidung zu flüchten. Ein Burmese, Ba Say, der für den Hlutdaw arbeitete und Matthew und damit auch Leigh als Informant diente, führte sie zu einem Versteck im Dschungel. Die Dorfbewohner hatten Leigh schon so gut versteckt, wie sie konnten, und Ba Say brachte Matthew und Edwin zu ihm. Dann versuchten Leigh und ein französischer Ingenieur, eine verschlüsselte ›Geburtstagsbotschaft‹ an Major Jeffrey Radcliffe in Thayetmyo abzusetzen. Unglücklicherweise wurden beide dabei gefangen genommen.«

Nathan schwieg kurz und holte tief Luft. »Um es kurz zu machen: Edwin, Matthew, ein Schotte namens MacAbee und Ba Say machten den Versuch, Leigh und René aus den Krallen eines Verrückten namens Gyi San Wun zu befreien, der die Garnison von Senyat übernommen hatte. Dieser hatte nämlich damit angefangen, die Wahrheit aus seinen Gefangenen herauszufoltern.«

Angela stieß einen Schreckensschrei aus. Nathan starrte sie an und sagte: »Wenn du willst, dass ich aufhöre, dann sage es gleich. Es kommt noch schlimmer.«

»Nein, erzähle mir alles, was zu sagen ist.«

»Gyi San Wun war ein opiumsüchtiger Sadist. Erst ließ er Leighs Fingernägel herausreißen und ihm die Glieder strecken. Dann befahl er, den Franzosen kastrieren zu lassen …«

»Oh mein Gott, Nathan, hör auf! Erzähl mir nichts mehr davon. Sag mir nur noch, was ich wissen muss. Warum erzählst du mir die ganzen Einzelheiten?«

»Schatz, du musst das einfach verkraften. Ich möchte, dass du jedes verdammte Wort hörst. Schließlich habt ihr mit all dem angefangen, und jetzt wollt ihr, dass damit aufgehört wird, dass wir die Fetzen von Männern einsammeln können, die ich geschätzt habe und, mehr noch, die meine Freunde waren. Du wirst nämlich die sein, die Milly, Clare und Blaize alles sagen wird. Diesmal werde ich das nämlich nicht sein, nein, diesmal nicht! Kann ich also weitermachen?«

Sie nickte.

»Matthew, Edwin, Ba Say und der Schotte schafften es, mithilfe der Dorfbewohner in die Garnison einzudringen und sie in die Luft zu jagen, was dadurch vereinfacht wurde, dass innerhalb der Befestigungen ein paar Hundert Gallonen Petroleum lagerten. René saß in seinem Bambuskäfig nahe beim Arsenal und flog mit in die Luft. Sie schafften es aber, Leigh zu retten, der auf der anderen Seite des Hofes in Gyi San Wuns Privathaus war. Wun amüsierte sich gerade weiter mit ihm, als Matthew und Edwin ankamen. Das war es dann. Gyi San Wun, ein chinesischer Diener und die zwei Soldaten, die Leigh bewachten, wurden erschossen, und sie versuchten Leigh auf einem Ochsenkarren, den Matthew fuhr, aus den Befestigungen zu bringen. Dabei erhielt Matthew von einem burmesischen Soldaten einen Kopfschuss. Edwin übernahm den Wagen und konnte mit MacAbees und Ba Says Hilfe hinaus auf die Straße von Ava nach Senyat gelangen, wo die Dorfbewohner auf sie warteten und sie in ein Versteck im Dschungel brachten. Leigh wurde zum Fluss gefahren, um dort ein Lazarettschiff zu finden, das ihn nach Thayetmyo bringen sollte. Matthew haben sie im Dschungel begraben. Edwin, MacAbee und Ba Say sind entkommen, erkrankten aber dann an Malaria. Edwin geht es jetzt besser und dem Schotten wohl auch, glaube ich. Aber Edwin hat diese ganze Angelegenheit völlig geschafft, und er scheint plötzlich zum Krüppel geworden zu sein. Ich bin hergekommen, um dir das hier zu geben. Edwin hat mich gebeten, es Clare zu geben, aber irgendwie bin ich auf die Idee gekommen, dass es nicht für Clare, sondern für dich gedacht war. Drinnen ist eine Nachricht.«

In dem Taschentuch, das er ihr in den Schoß warf, waren einige kleinere Gegenstände verknotet. Es waren Matthews zerbrochene, verbogene Brille, seine Taschenuhr und ein paar Schlüssel, der Verlobungsring mit Perlen und einem Opal, den er ihr in Delhi gegeben hatte und den sie ihm dann zurückgeschickt hatte. Außerdem befand sich unter den Sachen noch ein kleines Stück Papier mit rostfarbenen Blutflecken und ein paar hingekritzelten Worten: »Ich habe dich immer geliebt. Ich sehe dein Gesicht, deine Augen, dein Haar, auch wenn ich mit einer anderen zusammen bin. Ich liebe dich und werde dich lieben, bis ich sterbe.«

Schluchzend steckte Angela den Ring an ihren Finger und legte die anderen Gegenstände wieder in das Taschentuch. Zitternd stand sie auf und wandte sich zur Tür. »Clare braucht das nicht zu wissen. Immerhin ist sie seine Frau, und das hier gehört ihr. Ich werde nur Matthews Ring behalten.« Sie blickte auf und sah ihn an. Sein zuckender Mundwinkel zeigte ihr, dass er mit sich selbst kämpfte.

»Du hast mich noch nicht nach Leigh gefragt.« Seine Stimme klang spröde. »Du hast nicht gefragt, wie und wann er gestorben ist.«

»Leigh ist tot, das genügt. Der Rest hat Zeit. Ich weiß nicht, wie Milly das herausgefunden hat, aber ich bin sicher, dass sie es weiß. Sie ist … ich werde dir das später erzählen, Nathan, aber jetzt will ich zurück.«

»Leigh starb zwei Stunden, bevor das Lazarettschiff, auf das man ihn gebracht hatte, in Minhla anlegte, um dort einige weitere Männer an Bord zu nehmen, die ins Lazarett nach Thayetmyo sollten. Captain Brierley hat mir das gesagt. Er hat Leighs Krankenbericht in die Hand bekommen. Er musste die Listen überprüfen und die Toten von den Sterbenden unterscheiden. Er könnte Milly mitteilen, dass Leighs Leiche hinunter nach Kalkutta geschickt wird.«

Angela schien vor seinen Augen zusammenzubrechen. Sie hielt sich mit einer Hand an der Tür fest, während sie mit der anderen ihre Augen bedeckte. Sie bemühte sich, die Tränen zurückzuhalten, mit denen Milly nun wohl den Rest ihres Lebens zu kämpfen haben würde. Sie biss sich in die Unterlippe und blickte ihn mit ihren grünen Augen beschwörend an. »Warum musste es gerade Milly sein? Sag mir das!« Sie ging tränenüberströmt zur Tür, aber er war in zwei großen Schritten bei ihr, warf die Tür zu und schüttelte sie.

»Angela, reiß dich zusammen! Du musst es tun, deinetwegen und Millys wegen.«

»Ihr Lieblingsbruder und ihr Mann! Milly wird ein Kind von Leigh haben, Nathan, und er wusste nicht einmal etwas davon.«

Er wollte in diesem Augenblick so vieles sagen, aber tief in seinem Inneren wusste er, dass dies weder die richtige Zeit noch der richtige Ort war. Mit einer Hand hielt er ihren Kopf, mit der anderen ihre Hüfte. Er konnte nichts anderes tun, als sie zärtlich zu halten, während sie sich mit ihren Gedanken quälte.

Als sie sich etwas beruhigt hatte, sagte er: »Trinken wir einen Schluck Tee, Liebes, bevor er kalt wird?«

»Nathan, ich muss zum Kloster zurück! Ich muss einfach. Es ist der einzige Platz, an dem ich mich sicher fühle. Ich muss so schnell wie möglich nach Mandalay und dem Sayadaw sagen, was ich mit Gar..., mit dem Mann im Schrein gemacht habe. Der Sayadaw kann mir einen Rat geben und mir weiterhelfen. Milly wird jetzt bestimmt nicht mehr nach Mandalay zurückkehren wollen. Sie und Clare werden wohl mit den Kindern nach Indien gehen. Wenn sie alle weg sind, dann habe ich wieder einmal einen Ankerplatz verloren, den ich für einen Augenblick hatte. Ich habe das Gefühl, ich brauche die Sicherheit des Sasana.« Sie schaute tränenüberströmt zu ihm auf, und auf ihrem Gesicht lag der Ausdruck von Ergebung in ihr Schicksal. Es erschien ihm merkwürdig schön. »Sieh mich nicht so an Nathan«, flüsterte sie. »Bring nicht wieder all meine Entscheidungen durcheinander.«

»Wie sollte ich dich sonst anschauen, Liebste?«, fragte er sie hilflos und wischte ihr die Spuren der Tränen von den Sommersprossen, die sie auch wegen ihrer völlig fehlenden Eitelkeit so anziehend machten. »Wie sollte ich dich sonst anschauen, wenn ich jeden Augenblick an dich denke und du mich dennoch immer von dir fern hältst?«

3

Der verehrungswürdige Sayadaw im Sasana-Kloster hielt seinen Kopf gebeugt. »Amagyi-Angela, du hast mir die Geschichte vom Tod eines Mannes namens Garabanda erzählt und nichts für dich behalten. Ich weiß, wie viel Mut das erfordert. Durch eine Tat wie diese hat sich dein Leben verändert, das wiederum das Leben anderer beeinflusst. Wir müssen aber die Erfahrung dieser Entscheidungen machen, seien sie groß oder klein. Jemandem anderen aber das Leben zu nehmen bedeutet die schlimmste Sünde. Mag Garabanda auch selbst ein Mörder gewesen sein, mag er Menschen verstümmelt haben, sie getötet, entführt und angegriffen haben, so gibt das niemandem das Recht, ihn zu töten. Du wirst unter deinem Gewissen zu leiden haben. Ich werde das, was du mir gesagt hast, für mich behalten. Du musst dich nun um deine eigene Rettung bemühen. Geh also, Kind, verlasse uns. Der Sasana kann dich erst wieder aufnehmen, wenn du wieder das unschuldige Opfer und nicht mehr der Täter bist. Dann kehre zurück. Verlass mich nun, da ich traurig bin, weil ich dir nicht helfen konnte.«

»Wenn ich nicht länger im Sasana-Kloster bleiben kann, um als Nonne zu dienen, könnte ich dann nicht als Laie in der Bibliothek weiterarbeiten?«

Der verehrungwürdige Sayadaw hob seine Hände zum Segen: »Sehr gut, mein Kind, dein Herz ist gut, und das ist das einzig Wichtige. Da meine Augen mir nicht mehr dienen, bin ich froh, dass Buddha mir dich wieder zurückgeschickt hat. Ich freue mich, deine Lesung der Pali-Schriften zu hören, um die sich Amagyi-Angela mit solcher Hingabe bemüht hat. Auch wenn ich dich nicht mehr Amagyi-Angela nennen kann, so habe ich doch die englische Dame vermisst, die mir die Augen ersetzt hat. Wir können immer noch über viele interessante Dinge reden, die du über deinen christlichen Gott weißt. Also komm, Kind, setz dich zu mir.«

Der verehrungswürdige Sayadaw sagte mit einem wohlwollenden Lächeln, das sein betelnussgerötetes Zahnfleisch freilegte: »Wiederhole mir, was du über den achtfachen Pfad unseres Herrn Buddha weißt …«

4

Hinter den Bibliotheksfenstern leuchteten die Shan-Berge in bläulichem Dunst. Angela lächelte vor sich hin. Sie hielt einen Brief von Milly Sinclair in der Hand, die zu ihrer Familie nach Coimbatore zurückgekehrt war. Milly schien die Vergangenheit vergessen zu wollen und versuchte, mit ihrem Leben zurechtzukommen. Ihr kleiner Sohn war nun sechs Monate alt und entwickelte sich gut. Für Milly war er der Trost und die Zukunft, obwohl es für sie nach Leighs Tod scheinbar keine Zukunft mehr gegeben hatte. Milly schrieb auch, dass Clare Matthews zwei Kinder bei seiner Familie in Coimbatore gelassen hatte und nach England zurückgekehrt war. In der Zwischenzeit hatte sie erfahren, dass Clare sich mit einem Fassmacher in Nordlondon verheiratet hatte.

Armer Matthew! Angela konnte sich dem Gedanken nicht entziehen, dass sein Leben ihretwegen so kurz und unglücklich gewesen war. Aber das Leben ist Begierde, ist Schmerz und ständiger Wechsel. Es muss so sein, sonst gibt es keinen Weg auf die leuchtenden Bergspitzen. Sie blickte hinüber zur Kette der Shan-Berge.

Der Tod des gekrönten Löwen

1888

Dreißigstes Kapitel

1

Nathan war vier Monate in Macao gewesen und kam nun nach Mandalay zurück. Er wünschte, er wäre länger weggeblieben, als er den Riesenhaufen Post sah. Im Haus herrschte ein unbeschreiblicher Lärm, da Minthami für ihre Vorführungen in der Abendschule von Mandalay übte. Die verschiedenartigsten Instrumente klangen laut durcheinander.

»Persönlich, persönlich, privat«, murmelte er vor sich hin, indem er Briefe zur Seite warf. Er hasste all diese Bettelbriefe, diese Rechnungen und Beschwerden. Er sehnte sich nach den Tagen der ersten *Belle Hélène* und nach seinen Leuten, ganz besonders nach Findebar. Teak für Skandinavien, Seide für arabische Damen, Reis für die halbe Welt, Tee, Gold und Lackdosen für teure Geschäfte in England und Amerika ... wie war es zu all dem gekommen? Er benötigte mehr als zwei Sekretärinnen, er brauchte eine ganze Menge von ihnen und Sa-Lon als Geschäftsleiter.

Dann riss er ein kleines Kuvert auf, das von einem Boten abgegeben worden war. Es schien interessanter zu sein als die gesamte übrige Post. »Lieber Nathan, dies ist nur eine kurze Mitteilung an dich und Minthami, dass ich bald heiraten werde ...« Er sprang auf, lehnte sich über die Veranda und wedelte mit dem Brief: »Minthami, weißt du irgendetwas darüber?«, brüllte er.

»Was weiß ich, göttlicher Thakin?« Sie schaute ihn lächelnd an.

»Diese furchtbare Nachricht von Angela, dass sie die Absicht hat zu heiraten. Zu heiraten ...« Er suchte auf dem Brief nach dem Namen des Mannes, aber sie hatte nur erwähnt, dass es sich um einen Offizier handelte. Gerade diese Auslassung empörte Nathan besonders. Es schien beinahe so, als ob sie sich für irgendetwas schämen würde. »Minthami, wenn du nicht sofort deine Wilden da unten zur Ruhe bringst, dann komme ich hinunter und werfe sie alle einzeln in den Irrawaddy!«

Sie klatschte laut in die Hände, brachte sie zur Ruhe und schickte die Kinder in den Schatten der Bäume, wo sie miteinander weiterschnatterten.

»Weißt du, wen sie heiraten wird?«

»Minthami weiß, dass Amagyi-Angela jemanden heiratet, den sie in Minhla getroffen hat. Vielleicht den Doktor vom Hospital. Amagyi-Angela kommt nicht oft zu Minthami, weil sie sehr viel Arbeit mit Bibliothek und Unterricht für burmesische und britische Kinder hat.«

»Wenn es nach euch Frauen geht, bin ich ja wohl nur der Onkel irgendeines Affen hier.«

»Wenn du immer deine Nase in Dinge steckst, die dich nichts angehen, dann darfst du dich nicht wundern, wenn man sie dir abbeißt.«

»Was soll das jetzt wieder heißen?«

»Es heißt, göttlicher Thakin, dass es sehr schade ist, dass du Amagyi-Angela nicht als zweite Frau geheiratet hast. Dann wäre Minthami sehr glücklich, weil sie die Hälfte der Zeit Ruhe hätte und nicht immer gestört würde, wenn der Shwe Nat nach Hause kommt.«

Sie klatschte wieder in die Hände und nahm ihre Proben wieder auf. Nach Buddha war das Tanzen wohl das Wichtigste in ihrem Leben. »Minthami«, sagte er, »ich gehe in die Stadt, also brauchst du dich nicht darum zu kümmern, dass Essen für mich auf dem Tisch steht.«

2

Seit Angela aus dem Sasana-Kloster verbannt war, wohnte sie bei Ma Ngwe und ihrem Mann U Po Thine und deren Kindern neben dem weißen Kloster auf dem Hügel von Mandalay. Als Nathan bei Ma Ngwe vorbeikam, teilte sie ihm mit, dass Angela nicht zu Hause sei.

»Weißt du, wo ich sie finden kann?«

Ma Ngwe, die sich langsam zu der gleichen fetten Schönheit entwickelte, wie ihre verstorbene Tante eine gewesen war, lächelte und nickte: »Sie ist hinaufgegangen, um im Sasana die Tauben zu füttern.«

»Danke, Ma Ngwe.« Er ließ ein Bündel französischer Seide in ihre Arme fallen. »Aus Macao«, zwinkerte er ihr zu.

Angela saß auf der niedrigen Steinmauer an der Taubentränke. Die Sonne glitzerte über ihre Locken. Sie wandte sich ihm zu und nahm ihm das bisschen Atem, das ihm nach seinem gehetzten Anstieg geblieben war.

»Da bist du ja! Was zum Teufel soll das heißen?« Er schmiss ihr ihren Brief hin.

Ihre Fingerspitzen fuhren träge durch das Wasser. Mit schräg geneigtem Kopf lächelte sie ihn an, ihre kleine Hutfeder schien sich über ihn lustig zu machen. »Hallo, Nathan. Seit wann bist du denn zurück?«

»Seit genau zwei Stunden und fünf Minuten.«

»Oh, oh, dann musst ja geradezu hier heraufgeflogen sein.«

»Hör mit dem Quatsch auf, Angela, und sag mir, warum du das machst!«

»Was mache ich, Nathan?« Sie empörte ihn genauso wie Minthami kurz vorher. Er hätte sie schütteln können.

»Verflucht noch mal, Angela, heiraten eben!«

»Möchtest du nicht, dass ich glücklich bin, Nathan?«

»Natürlich möchte ich dich glücklich sehen. Aber ich will nicht, dass du so einen … so einen Kerl von der Armee heiratest. Ich dachte, du hättest dein Leben Buddha gewidmet und nicht den irdischen Freuden.«

»Nun, ich habe meine Ansicht geändert, Nathan. Ich habe beschlossen, nicht ewig zu warten, mich nicht zu einer alten Jungfer zu entwickeln, über die jeder hinter vorgehaltener Hand tuschelt. Außerdem mag ich nicht mehr bei Ma Ngwe wohnen.«

»Minthami und ich haben dir Whitewalls angeboten, aber du warst ja zu arrogant, um das Angebot anzunehmen.«

Sie lachte. »Als was hätte ich denn in Whitewalls leben sollen, mein lieber Nathan? Als deine Ma-Ya-Nga? Nein danke! Als Jeffrey mich gefragt hat, ob ich ihn heiraten will, da habe ich ...«

»Jeffrey? Ich dachte, es wäre dieser Arzt aus Minhla, Captain Brierley?«

Wieder lachte sie: »Nein, nein, nicht der. Major Radcliffe, Nathan. Allerdings ist er kürzlich zum Oberstleutnant befördert worden.«

»Gott im Himmel, Angela! Mir ist egal, was er ist, und wenn er Vizekönig wäre. Du kannst ihn nicht heiraten.«

»Sag mir doch bitte, warum, Nathan.« Ihr katziger Blick und ihr betont ruhiges Verhalten sollten ihn auf Abstand halten.

»Einfach, weil du das nicht kannst. Außerdem kennst du ihn gar nicht.«

»Ich kenne ihn nun schon seit zwei Jahren. Wir haben uns beim Studium der Pali-Schriften und beim Nachmittagstee der Regierung getroffen. Wir haben viel miteinander gemein.«

»Das ist ja wunderbar. Aber er ist trotzdem nicht die richtige Art von Mann für dich.«

»Was soll das bitte heißen?« Sie starrte ihn an. Ihre roten Lippen, ihr Gesicht, das vom Ärger etwas dunkler war, ihre weiblichere Figur, die von ihrem grünen Kleid betont wurde, ihre leuchtend smaragdgrünen Augen, das alles schien ihn geradezu zu zerreißen. Er hatte sie nie so schön und so begehrenswert gesehen und war plötzlich eifersüchtig – unvorstellbar eifersüchtig auf Jeffrey Radcliffe. »Du wirfst dich weg, er ist nicht dein Typ.«

»Zu spät, Nathan. Jeffrey und ich wurden in der Garnisonskirche, Moment mal …«, sie blickte auf die goldene Uhr ihres Vaters, die sie an einem Kettchen um den Hals trug, »vor ungefähr zwei Stunden und fünf Minuten getraut.« Sie lächelte ihn provozierend an.

Nathan hatte wirklich geglaubt, er könnte sie überreden. So aber traf ihn ihre Mitteilung umso härter. Er ließ sich auf der Mauer neben ihr nieder, viel zu erschüttert, um irgendetwas zu sagen. Innerlich aber verfluchte er immer wieder ihren Entschluss.

»Jeffrey war genauso alleine wie ich. Nach dem Tod seiner Frau – ich weiß schon, sie ist sehr lange tot – vermisst er immer noch ihre Gesellschaft, braucht eine Frau, zu der er nach Hause kommen kann.« Sie knüllte unsicher ihre Handschuhe zusammen. »Er hat eine kleine Tochter zu Hause in England. Da er sich ohne Frau nicht um sie kümmern kann, ist sie bei fremden Leuten in Pflege. Natürlich belastet ihn das furchtbar. Er hat, wie du siehst, auch unter einem sehr einsamen Leben gelitten. Wir können uns gegenseitig trösten und helfen.« Ihre Stimme wurde leiser und leiser.

»Liebst du ihn?« Nathans Stimme klang hohl.

»Ich … ich habe ihn gern, wir sind gute Freunde.« Sie drehte immer noch an ihren Handschuhen herum. Ihre nervöse Art beunruhigte ihn.

»Ich habe dich gefragt, ob du ihn liebst?«

»Ich weiß es nicht.«

»Dann liebst du ihn nicht! Freunde zu sein bedeutet gar nichts, wenn du nicht gerne mit ihm schläfst.«

»Das ist das Einzige, woran du denken kannst, Nathan.«

»An was sonst kann man spätnachts denken?«

»Oh du!« Sie spritzte mit Wasser aus der Taubentränke nach ihm. »Du solltest dich für mich freuen und mich nicht an meinem Hochzeitstag unglücklich machen.«

»Na, du hast mich verdammt unglücklich gemacht. Wo ist dein großartiger Liebhaber denn eigentlich?«

»Er erledigt ein paar Dinge, bezahlt den Padre und so. Ich habe ihm gesagt, ich würde inzwischen hier hinaufgehen.«

»Sind Edwin und Blaize da?«

»Ja.«

»Warum hast du Minthami und mich nicht zu deiner Hochzeit eingeladen?« Angela bedachte Nathan mit einem sehr unglücklichen Blick, bevor sie aufstand und ihm den Rücken zuwandte: »Ach, ich dachte, du würdest nicht rechtzeitig zur Hochzeit zurück in Mandalay sein, und ich glaubte, dass Minthami nicht gern alleine kommen würde.«

»Du bist eine verdammte Heuchlerin, Angela. Du hast uns nicht eingeladen, weil du nicht wolltest, dass wir mit deinen großartigen Militärheinis zusammentreffen würden, die nicht einmal Skrupel hatten, diesem mörderischen Taingda Mingyi in Thibaws Schlepptau Honig um den Mund zu schmieren!«

»Das ist nicht fair, Nathan!«

»Ach ja? Sagst du mir dann, was fair ist?«

»Du machst mich an meinem Hochzeitstag sehr unglücklich.«

»Und das wirst du auch sehr lange bleiben. Ich verstehe dich einfach nicht, Angela! Mein Gott, da wäre Brierley noch der bessere Mann für dich gewesen, nicht Jeffrey Radcliffe, der sich wohl nur dafür interessiert, was seine Soldatenjungs in ihrer Freizeit treiben.« Er zog schnell den Kopf ein, aber ihre Hand erwischte ihn doch. Das laute Klatschen veranlasste einige Passanten, ihnen amüsierte Blick zuzuwerfen.

»Wütend?« Er blickte sie spöttisch an und rieb sich die Wange. »Ich frage mich, warum du das wieder getan hast. Es ist, wie ich sagte, egal, ob es das Mädchen, die Missionarin und nun die Memsahib ist, dein Charakter wird immer durchbrechen. Du bist viel zu hitzig, um eine Nonne oder Jeffrey Radcliffes Frau zu sein. Eines Tages musst du einmal zu dir selber finden, anstatt dein Leben immer und immer wieder durcheinander zu bringen, indem du vor dem wegläufst, dem du dich doch eigentlich stellen müsstest.«

»Und was ist das, Nathan?«, fragte sie geradezu zischend, sich zu ihm beugend.

»Das musst du schon selbst herausfinden, ich kann es dir jedenfalls nicht sagen. Da du nun schon von einem Extrem ins andere gefallen bist: Wo willst du mit deinem feinen Ehemann die Flitterwochen verbringen?«

»Wenn das noch so eine private Frage ist, mit der du mich beleidigen willst, dann verschwinde.«

»Nein, ich frage aus echtem Interesse, nicht um dich zu verletzen. Da Minthami und ich keine Gelegenheit hatten, euch die schönsten Hochzeitsgeschenke zu überreichen, biete ich dir jetzt eines an. Würdet ihr beiden Turteltauben vielleicht gerne die neue *Belle Hélène* ausleihen und zu einer Kreuzfahrt aufbrechen? Richtige Flitterwochen, meine Liebe, eine neunkarätige Segeljacht mit dazugehöriger Mannschaft. Im Moment ist sie noch in Rangun, um das letzte bisschen Spucke mit Politur abzubekommen. Aber sie gehört euch, sobald ihr Ja sagt. Ich bin sicher, dass Jeffrey genug Urlaubstage angesammelt hat und ihr die herrlichste Zeit verbringen könnt. Ist das nichts?« Er machte eine einladende, fast spöttische Handbewegung und wischte Jeffrey lässig damit weg.

»Du fragst lieber Jeffrey.« Sie sah überall hin, nur nicht zu ihm. »Wir haben schon darüber gesprochen, ein paar Tage hinunter nach Rangun zu reisen, zumal ich die Shwe Dagon Pagode noch nie gesehen habe.«

»Dann ist das die Gelegenheit. Mein Geschenk an dich soll dir ja nur zeigen, dass ich nicht der hartherzige Teufel bin, für den du mich hältst. Minthami und ich wünschen dir alles Glück für dein zukünftiges Leben als Mrs. Radcliffe, Amagyi-Angela. Möge also das Glück jedem deiner Schritte folgen.« Er nahm ihre Hand und küsste sie: »Riecht nach Taubensuppe«, bemerkte er, bevor er aufstand. »Jetzt gehe ich nach Hause, um etwas Schlaf zu erwischen. Ich könnte auf dem Weg die Treppen hinunter über deinen Ehemann stolpern. Also werde ich ein tapferes Gesicht machen, während ich ihm die Schlüssel zu meiner Herzensfreude überreiche und ihn bitte, seinen zweifellos riesigen Aktenberg erst nach den Flitterwochen zu bearbeiten. Das Jadegrün aus dem Shwe-Kaufhaus steht dir übrigens viel besser als dieses Nonnenrosa, Amagyi-Angela. Sayonara, Schatz.«

Mit dem Tropenhelm unter dem Arm eilte er hinunter. Das Letzte, was er jetzt tun wollte, war, Jeffrey Radcliffe zu seiner Hochzeit mit Amagyi-Angela zu gratulieren.

3

Angela und Jeffrey kreuzten von der versunkenen Bergkette der Andaman-Inseln durch die Meerenge zwischen Ceylon und Südindien zu den Lakkadiven. Sie verbrachten ein paar Tage damit, die Korallenriffe und Lagunen zu erkunden, die sich durch den Indischen Ozean und das Arabische Meer bis zu den Malediven erstrecken. Auf Kavarrati gingen sie an Land. Sie aßen und tranken, kauften ein und amüsierten sich. Sie taten eben alles, was Leute auf Flitterwochen normalerweise tun, nur dass Angela jede Nacht in ihrem und Jeffrey in seinem Bett schliefen.

Diese Abmachung, die sie vor der Hochzeit ohne großes Theater getroffen hatten, kam Angela sehr entgegen. Ihr Respekt gegenüber ihrem Mann wurde dadurch eher vergrößert als verringert, da sie sah, dass er ihr Zeit geben wollte, mit ihren Gefühlen fertig zu werden. »Liebste«, sagte er eines Morgens, als sie an der Reeling standen und den ebenholzfarbigen jungen Arabern zusahen, die vor der Küste von Kavarrati nach Korallen tauchten, »ich habe langsam genug davon, dauernd im Kreis herumzusegeln. Ich glaube, wir haben alles gesehen, was es hier zu sehen gibt. Lass uns heimfahren.«

Das Wort ›heim‹, auf Mandalay bezogen, klang so zärtlich und ließ Angela lächeln. »Wie du meinst, Jeffrey. Ich glaube, ich habe auch mehr als genug davon, nichts als Wasser um mich zu haben. Ich habe nichts dagegen, unsere Flitterwochen etwas abzukürzen.

Vielleicht könnten wir noch ein paar Tage in Rangun verbringen, bevor wir nach Mandalay zurückkehren?«

»Wir werden alles tun, was dich glücklich macht, Angy. Weißt du, was ich so an dir liebe? Deine Art, mit allem fertig zu werden. All die Frauen, die mir in den indischen Garnisonen begegnet sind, waren fette, wimmernde Langweilerinnen, die nie etwas anderes taten, als herumzujammern.«

Sie beobachteten die Korallentaucher, die für ein paar Münzen stolz ihre Künste vorführten, indem sie von den Mastbäumen der Dhaus hinuntersprangen. Dann gingen sie auf den arabischen Markt von Kavarrati, wo sie lautstark um ihre Einkäufe feilschten. Danach aßen sie wieder an Bord der *Belle Hélène III*. Jeffrey hatte in Rangun einen französischen Koch und dessen Galeerensklaven angeheuert, die während der Kreuzfahrt das Essen für sie zubereiten sollten. Jeffrey traute den wenigsten Leuten, die Essen anboten, und wollte wissen, wer ihn fütterte, damit er ihn im Fall einer Lebensmittelvergiftung zur Rechenschaft ziehen konnte.

Später teilte er Angela mit, dass er die Absicht hatte, mit einem Ruderboot hinüber zu ein paar interessanten alten Höhlen zu rudern. »Sei vorsichtig«, murmelte Angela müde. »Die Strömungen an diesen Riffen hier sind ganz besonders gefährlich, Jeffrey.« Seine Einladung, doch mitzukommen, hatte sie abgelehnt, da Sand, Sonne und See ihr Kopfschmerzen verursachten.

»Ja, Ma'am«, sagte er und tippte mit seinem Malacca-Spazierstock an seinen Strohhut, um sie zum Lachen zu bringen. Sie sah ihn lieber in Zivilkleidung, obwohl er seine soldatische Haltung nie verbergen konnte. »Pukka-Sahib sagt schwarzem Boy, er soll ihn verdammt vorsichtig durch das Wasser rudern, M'lady!«

»Geht Janum mit dir?« Janum war sein persönlicher Diener, der für die häuslichen Angelegenheiten zuständig war.

»Nein, ich lasse Jan hier bei dir, damit er aufpasst, dass du während meiner Abwesenheit nicht mit der Mannschaft flirtest.«

»Keine Gefahr, dieser Vormittag hat mich viel zu müde gemacht, um ein Auge zu öffnen, geschweige denn, damit jemandem zuzuzwinkern.«

Angela döste längere Zeit vor sich hin und entschloss sich dann, ein Bad zu nehmen. Alles auf der luxuriös eingerichteten *Belle Hélène III* erinnerte sie immer wieder an Nathan. Sie versuchte, nicht an ihn zu denken, aber es half nichts. Anerkennung von ihm erhalten zu wollen war genauso aussichtslos, wie Buddha um ein weibliches Nirwana zu bitten. Nur mit einem Handtuch, das sie wie einen Sarong umgeschlungen hatte, ging sie zurück in ihre Kabine. Draußen hörte sie Jeffrey auf seinem kleinen Boot fröhlich vor sich hin pfeifen. Dann kam er zurück auf das Deck. Angela beeilte sich, ihre Kleider, die sie zum Abendessen tragen wollte, zurechtzulegen. Ihre gesamte Aussteuer stammte aus dem Shwe-Kaufhaus in Mandalay.

Jeffrey kam ohne zu klopfen direkt in die Kabine. Sonst klopfte er immer. Sie sah ihn vorwurfsvoll an: »Jeffrey, du hast nicht angeklopft!«

»Oh, es tut mir Leid, Liebste, entschuldige. Angy, ich habe dir was mitgebracht.« Er war so auf sein Geschenk konzentriert, dass er ihre dürftige Bekleidung kaum zu bemerken schien. Er kramte in seinen Taschen herum, um dann ein hübsches rotes Korallenhalsband herauszuziehen.

»Jeffrey, das ist das fünfte Korallenhalsband, das du mir diese Woche gekauft hast. Sie sehen alle ziemlich gleich aus. Wirf also dein Geld nicht dafür hinaus. Eine grüne, eine gelbe, vielleicht sogar eine rosa Halskette würde passen, aber keine rote. Sie steht mir einfach nicht besonders.«

»Was ist denn los?«, fragte er erschrocken. »Geht es dir irgendwie schlecht?«

»Nein, ich bin nicht krank, nur ein bisschen erhitzt, das ist alles. Lass mich jetzt bitte allein, damit ich mich anziehen kann, sonst werde ich hier in dieser Zugluft tatsächlich noch krank.«

Er entschuldigte sich für seine Gedankenlosigkeit und ging zur Tür, drehte sich aber noch einmal um, machte ihr ein Kompliment wegen ihrer schönen Figur, die das Tragen eines Korsetts erübrigte, und verließ dann die Kabine. Er war froh, dass sie früher nach Mandalay zurückkehren würden, weil er befürchtete, dass sich dort seine Arbeit bereits turmhoch angehäuft hatte.

Angela wusste nicht recht, wie sie sein merkwürdiges Verhalten und seine deutliche Alkoholfahne zu deuten hatte. Sie wollte sich für ihn so schön wie möglich machen und zog daher eines seiner Lieblingskleider an. Während sie sich noch fertig machte, wurde ihr beim Gedanken an das Essen übel. Die sicherlich hervorragende Küche des französischen Kochs konnte ihren Appetit nicht anregen. Sie schwankte und brach zusammen.

Sie schlug mit dem Kopf an die Tischkante und verlor das Bewusstsein für längere Zeit.

Einunddreißigstes Kapitel

1

Ich glaube, es geht ihr besser.« Die Stimme klang wie ein Gong in ihren Ohren.

»Wer? Wem geht es besser?« Angela drehte den Kopf in die Richtung des Lärms, blickte in die strahlende Helle und sehnte sich nach dem sanften Blau des englischen Himmels. »Ich möchte etwas Wasser mit Eis …«

»Hier, trink!«, sagte eine sanftere Stimme und reichte ihr ein Glas. Die Schatten neben ihrem Bett nahmen langsam Gestalt an. »Danke, Minthami … Minthami? Minthami, was machst du hier?«

»Minthami wohnt hier, Amagyi-Angela.«

»So heiße ich doch nicht mehr, Minthami. Ich bin Angela Featherstone … nein, bin ich nicht. Ich weiß nicht mehr, wer ich jetzt bin. Könnte ich noch einen Schluck Wasser haben?«

»Das ist kein Wasser, Amagyi-Angela, sondern ein kühlender Trank aus Tamarindenschoten, sehr gut für den Magen.«

»Ach, deshalb hat Nathan sie von den Bäumen gesammelt, als wir auf der Tigerjagd waren! Ich wollte ihn immer fragen, habe es aber vergessen, nach all dem, was in Loloi passiert ist.« Sie trank die erfrischende Flüssigkeit, die um vieles besser schmeckte als das Wasser, das sie auf Kavaratti bekommen hatte. »Wo bin ich, Minthami?« Angela fühlte sich sehr erschöpft.

»In Whitewalls, wo sonst, Amagyi-Angela?«

Ja, wo sonst. Nach einiger Zeit fragte sie: »Was ist mir passiert? Warum bin ich hier?«

»Amagyi-Angela ist sehr krank. Aber jetzt schon viel besser. Doktor Suseela ist gerade gegangen. Sie sagt, dass du schon viel besser. Minthami erklärt dir morgen alles, wenn du ein bisschen stärker. Indischer Doktor sagt, du musst jetzt schlafen. Ich gehe jetzt zur Tanzschule bei der Mahamuni Pagode, und später kommt Minthami, um Amagyi wieder zu besuchen. Gute chinesische Schwester bleibt zusammen mit Fee Tam. Minthami ist sehr froh, dass Amagyi-Angela viel besser.«

Sie verschwand, ihr irisierender Longyi erinnerte Angela an die fliegenden Fische im Indischen Ozean. Sie schlief ein.

Am nächsten Nachmittag erschien Minthami und setzte sich zu ihr. »Nur ein bisschen Gespräch jeden Tag, bis du stark genug bist, sagt indische Ärztin, also befolgt Minthami Vorschriften.«

»Was war los mit mir, Minthami?« Angela versuchte sich aufzusetzen, es gelang ihr nicht, und so stopfte ihr Minthami ein zweites Kissen in den Rücken. »Du hast Typhus, Amagyi-Angela«, sagte sie und setzte sich wieder neben Angelas Bett.

»Wie lange liege ich denn schon hier?«

Minthami hielt eine Hand mit gespreizten Fingern hoch.

»Fünf Tage?«

Minthami schüttelte den Kopf.

»Fünf Wochen? Das ist doch unmöglich! Wo bin ich die ganze Zeit gewesen?«

Minthami nickte weise. Sie hatte ihr Kinn auf die Hände gestützt, ihre Ellbogen ruhten auf dem Bett. »Ja, Amagyi-Angela, das ist eine lange Zeit, krank zu sein, aber du bist sehr krank und hast uns oft beinahe verlassen. Der Shwe Nat musste oft an deinem Bett sitzen, um dir Schweiß abzuwischen, der sehr schlecht für dich ist, wie indische Doktorin sagt.«

»Nathan?« Angela stöhnte, fühlte sich sehr schwach und dumm. »Willst du damit sagen, dass Nathan hier war?«

»Wo sonst, Amagyi-Angela? Dies ist auch sein Haus.« Sie lächelte und tätschelte Angelas Hand. »Du hast sehr laut geschrien, dass er kommen soll, so musste er kommen. Der Shwe

Nat ist sehr gute Krankenschwester, wenn er glaubt, dass Angela an Typhus stirbt. Er war sehr wütend mit Ehemann, der dich nicht vor schmutzigem Wasser auf Inseln im Ozean gewarnt hat. Wie Wasser in Burma muss es durch Feuer gereinigt werden, dann trinkt man es erst. Als Doktor Suseela ihm gesagt hat, dass Amagyi-Angela bald besser und nicht stirbt, da dankt er Christengott und kümmert sich nicht weiter. Er geht an sein eigenes Geschäft, und Minthami ist dankbar, weil er zu Hause viel Verwirrung macht und Diener und alle anbrüllt, was nicht gut für Patientin oben ist. Minthami dankt Buddha, der ihre Gebete erhört, weil Amagyi-Angela nicht wie andere Engländer in Mandalay ist. Sie versteht burmesische Kultur und ist wirklich Freundin von Minthami.«

»Liebe Minthami«, sagte Angela mit ungewohnt weinerlicher Stimme, »du bist so lieb ... wo ist eigentlich Jeffrey?« Plötzlich war ihr der Mann eingefallen, mit dem sie verheiratet war und den sie so völlig vergessen hatte, dass sie darüber lächeln musste.

Minthami teilte ihr mit, dass Jeffrey von Jaffna aus den Shwe Nat antelegrafiert hatte, um ihm seine Besorgnis über seine Frau mitzuteilen. Nathan hatte ihm geraten, nach Mandalay zurückzukehren, damit Angela in Whitewalls gesund gepflegt werden könnte. Inzwischen war der Einshemin, Prinz Nyaungyan, in Kalkutta gestorben. Gerüchte sprachen von Gift. Der neue Thronanwärter, Prinz Nyaung Ok und andere Prinzen machten sich zum Kampf gegen die Briten bereit. Jeffrey bekam Befehl, den Frieden an den burmesischen Grenzen aufrechtzuerhalten. Jeffrey hatte gesagt, er könne nicht bei seiner kranken Frau bleiben, sondern müsse Burma für sie sichern.

Angela musste über Jeffreys Logik lächeln, schämte sich aber zugleich über ein merkwürdiges Gefühl der Erleichterung dem Mann gegenüber, den sie zu einem Teil ihres Lebens hatte werden lassen.

»Ich gehe jetzt, Amagyi-Angela. Doktor Suseela wird sehr ärgerlich mit Minthami, weil sie zu lange mit Patientin redet. Ko

Lee bringt etwas gekochten Fisch und etwas Reis, wie Doktor Suseela sagt. Bitte kein Obst essen, Amagyi-Angela.«

»Du und Nathan, ihr seid so nett zu mir gewesen, Minthami. Ich weiß nicht, wie ich euch dafür danken kann. Ohne euch beiden wäre ich wohl gestorben.«

»Kein Grund für Dank, Amagyi-Angela. Dafür sind Freunde da, ohne Belohnung zu helfen.«

»Wo ist Nathan, damit ich mich bei ihm bedanken kann?«

Nathan war wieder einmal fort, diesmal war er nach Java aufgebrochen, während er sein expandierendes Geschäft seinen beiden Sekretären in Rangun und Mandalay überließ. Er wartete darauf, dass Sa-Lon bald seine Ausbildung beendet haben würde und das Geschäft übernehmen konnte. Minthami behauptete, sie wisse, dass Sa-Lon dies gar nicht vorhabe. Angela war entsetzt, als sie hörte, dass die beiden Jungen von Minthami nicht in ihrer englischen Schule besucht werden wollten, weshalb Minthami sich jetzt völlig der Mahamuni-Pagode mit ihrem Blattgold und den Räucherstäbchen zugewandt hatte. Sie wusste, dass Minthami ihr Leben noch mehr den beiden Söhnen gewidmet hatte als Nathan.

Minthami schob ihren Stuhl zurück, stand auf und drückte Angelas Hand. »Bald kommt der Shwe Nat nach Hause. Dann können wir nicht mehr so miteinander reden, weil er so unruhig wie ein streunender Kater ist.«

»Ja.« Angela musste über diese so passende Beschreibung des Shwe Nat von Mandalay lächeln.

In den folgenden Tagen kam Angela langsam wieder zu Kräften. Nach zwei Wochen wurde ihr erlaubt, für einige Stunden am Tag in einem Sessel neben ihrem Bett zu sitzen. Nach einer weiteren Woche durfte sie schon auf die Veranda. Als sie das erste Mal nach so langer Zeit wieder auf den Beinen stand, musste sie sich auf Minthami stützen, um überhaupt ein paar Schritte machen zu können. Außerdem musste sie sich eingestehen, dass sie wieder genauso knochig wie früher geworden war. Während sie frustriert an ihrem so wenig attraktiven Körper herunterschaute, murmelte sie: »Wie wahr, wie wahr, der Geist ist stark und das Fleisch so schwach.« Aber ihr Lebenswille gewann wieder einmal die Oberhand. Sie war und blieb einfach davon überzeugt, dass sie, auch wenn sie drei Schritte nach vorne ging und dann um zwei zurückgeworfen wurde, letztlich doch ans Ziel kommen würde.

Als Nathan zurückkam, konnte sie immerhin schon langsam die ganze Auffahrt hinauf- und hinuntergehen. Seine Heimkehr kündigte sich dadurch an, dass ganz Whitewalls in Aufruhr war. Während Angela den Trubel, der für ihn veranstaltet wurde, beobachtete, fragte sie sich, leise in sich hineinlachend, ob der Shwe Nat jemals irgendwo unbemerkt auftauchen würde.

2

Minthami kämpfte sich durch einen Wirrwarr von grotesken Masken, ausgestopften Krokodilen, getrockneten Tintenfischen und Massen chinesischen Tees zu Nathans Büro vor. Außer seinem Sekretär, Maung Ing, durfte dieses Büro niemand betreten.

»Amagyi-Angela möchte dich sprechen«, sagte sie betont gleichgültig und schaute ihn finster an, weil er geradezu in einem Atemzug nach seinem Sekretär, nach seiner Pfeife, seiner Frau, seinem Essen, einem sauberen Hemd, Socken und seinem chinesischen Boy mit einem Glas Whisky mit Eis gebrüllt hatte. Seine Pfeife hatte er offenbar schon gefunden, weil er dabei war, Tabak hineinzustopfen. Er war sonnenverbrannt, seine Augen leuchteten besonders blau, sein Haar war von der Sonne gebleicht, und seine Stimmung war äußerst gereizt. Minthami war ebenfalls verärgert, weil er kein Telegramm geschickt hatte, um seine Ankunft zu melden. So hatte sie einen Nachmittag in der Mahamuni Pagode von Buddha verloren.

»Sag Angela, sie muss noch warten, ich bin jetzt beschäftigt.« Er zündete sorgfältig seine Pfeife an.

»Sie hat Minthami ganz besonders aufgetragen, den Shwe Nat zu rufen, sobald er zu Hause ist.«

Er schaute sie mit zusammengekniffenen Augen an, während er an seiner Pfeife zog. Sie hatte sich auf die Lehne eines Sessels gesetzt. »Was will sie?« Minthami zuckte die Schultern. »In Frieden sterben, Thakin Captain. Du machst so viel Lärm im Haus und störst jeden, dass wir alle weinen. Ich gehe nun zum Mahamuni. Es ist sehr spät, und ich will Segen von Buddha nicht verlieren, nur weil der amerikanische Captain seiner Frau nicht gesagt hat, dass er heute kommt. Ko Lee bringt das Essen, weil Minthami vom Shwe Nat nicht mehr gebraucht wird.«

»Tut mir Leid, Minthami, Liebes. Komm her und reib mal deine Nase an diesem alten Mann.« Er streckte einen Arm nach ihr aus, aber sie wich ihm aus. Genau in diesem Augenblick pustete der Ventilator an der Decke seine Papiere durcheinander, sodass er eilig danach greifen musste. »Wer zum Teufel hat den Ventilatorenkerlen gesagt, dass sie das einbauen sollen?«

Minthami kicherte vor sich hin: »Es war hier wie im Hindu-Tempel, heiß und stinkig. Minthami hat den Ventilatorkerlen gesagt, sie sollen Luft in den Raum bringen.«

»Also du kannst jetzt gehen und den Kerlen sagen, sie können die Luft wieder aus dem Raum herausnehmen.« Er sammelte seine Papiere vom Boden auf. »Und wenn du gerade dabei bist, kannst du Angela sagen, dass ich morgen zu ihr komme. Heute habe ich keine Zeit.«

»Deswegen will sie dich gerade sprechen. Macht nichts. Es ist nicht wichtig, wenn du nicht glaubst, dass es wichtig ist. Amagyi-Angela ist immer noch schwach im Körper, der Geist ist auch nicht stark. Sie sagt vieles dummes Zeug. Später ändert sie ihre Meinung, wenn sie vernünftig ist.«

»Was meinst du?«

»Oh, Amagyi-Angela will sich verhalten wie Männer, weil ihr Haar so kurz wie bei einem Jungen ist. Als es schön lang war, sagte Suseela, dass es wegen Typhus kurz geschnitten werden muss.

Sie möchte den Platz von Mr. Sekretär Maung Ing hier in Mandalay einnehmen und sich für Freundlichkeit von Shwe Nat und Minthami bedanken.«

»Schatz«, sagte er müde, »ich weiß nicht, was zum Teufel du da redest. Hat Angela einen Rückfall gehabt, willst du mir das sagen?«

»Oh, sie hat viele Rückfälle. Minthami bedauert sie sehr. Sie kann wieder einen Rückfall haben, weil du zu Hause bist. Sie ist sehr verwirrt.«

»Sind wir doch alle ... Minthami, mach doch bitte die Tür zu. Komm rein oder geh raus, der Durchzug hier bringt alles durcheinander. Und sorg dafür, dass diese verdammten Ventilatoren abgestellt werden. Habe ich irgendwo noch ein paar frische Socken und ein sauberes Hemd?«

»Seit wann kümmert sich Minthami um die Wäsche? Fee Tam hat die Socken, nicht Minthami. Ich gehe jetzt. Ich komme später, wenn es Zeit zum Schlafen ist. Kann sein, wenn du zu viel Arbeit hast und zu müde bist, dann schläft Minthami in eigenem Zimmer wie immer, wenn ihr Mann weg ist. Dann wacht sie am Morgen nicht zu müde auf, wenn sie zur Tanzschule gehen muss, wie immer, wenn der Shwe Nat nach langer Zeit zurückkommt.«

Er sah sie mit einem breiten Grinsen an. »Wenn du das meinst, was ich meine, dann bin ich jetzt vielleicht doch nicht so verflucht beschäftigt.«

Sie seufzte tief. »Das ist das, wovor Minthami Angst hat. Ich gehe jetzt, um zu Buddha zu beten. Pyan-Dor-May.«

»Bete für mich mit ...« Sie war aber schon draußen.

Eine Stunde später störte ihn leises Klopfen, während er mit den Füßen auf dem Schreibtisch dasaß und seinen Whisky trank. »Herein!« Er runzelte die Stirn, gewillt, den Störenfried möglichst finster anzusehen. Als er Angela sah, nahm er die Füße vom Tisch und stand auf, um ihr in einen Sessel zu helfen. »Angela, Liebes, wie geht es dir?«, fragte er besorgt und legte ihren Stock auf seinen Schreibtisch. Er setzte sich wieder und griff nach seinem Glas.

»Es geht mir besser, Nathan.«

»Was kann ich für dich tun? Minthami hat mir gesagt, dass du mich sprechen wolltest.«

»Ich glaube, du wirst erst einmal zur Ruhe kommen wollen, bevor ich dir über den Weg laufe. Aber ich musste gleich zu dir kommen, bevor ich den Mut verlieren würde, dich um das zu bitten, worum ich dich bitten möchte. Außerdem möchte ich einiges bei dir wieder gutmachen.«

Er schüttelte den Kopf. »Das brauchst du nicht. Wofür hat man Freunde, wenn sie einem nicht ab und zu helfen können?«

»Danke, Nathan, aber das bringt mich nicht darüber hinweg, dass ich dir die letzten zwei Monate auf der Tasche gelegen habe. Ich weiß, dass Jeffrey dir nichts für meine Unterbringung gegeben hat. Ich weiß auch, dass er niemals seine Schulden bei dir bezahlt. Ich nehme nicht an, dass er dir überhaupt irgendetwas aus Myitkyina geschickt hat«, fragte sie etwas lahm und blickte auf den Haufen von Korrespondenz auf seinem Schreibtisch.

»Habe das Zeug noch nicht aufgemacht. Außerdem braucht er mir auch gar nichts zu schicken, ich würde das geradezu als Beleidigung empfinden. Ich erwarte von meinen Gästen keine Bezahlung. Ich bin schließlich kein Hotelbesitzer.« Er lächelte sie an.

Sie wusste, dass Jeffrey Nathan nichts bezahlt hatte, nicht einmal die Rechnungen der Ärztin. Er hatte auch ihr keine Zeile aus Myitkyina geschrieben. Sie behielt ihre Enttäuschung für sich und sagte: »Nathan, ich weiß, wie viel Medizin und Ärzte kosten. Es ist nett von dir, dass du mich als deinen Gast behandelst, aber ich möchte lieber unabhängig bleiben. Es ist einfach nicht richtig, dass du für mein Essen, meine Kleidung und die ärztliche Versorgung aufkommst. Deshalb möchte ich dir einen Vorschlag machen. Ich hätte gerne die Möglichkeit, deine Geschäfte in Mandalay zu führen. Ich weiß genau, dass all deine Unterlagen hier, Belege, Buchführung, Rechnungen und der ganze Papierkram, das reinste Chaos sind. Wenn du nichts dagegen hast, dass eine Frau das übernimmt, dann würde ich gerne die de-Veres-Vorne-Company in Mandalay leiten. Ich werde deine Geschäfte in Ordnung bringen und dir auf die Dauer eine Menge Zeit, Geld, Zoll und Ärger sparen. Ich bin mir ganz sicher, dass es hier eine ganze Menge Korruption und Unterschlagung gibt, die du nicht erkennst oder die du erkennst und nicht verhindern kannst, weil du nicht gleichzeitig an zwei Orten sein kannst. Darauf möchte ich hinaus. Ich werde dein zweites Ich in Mandalay sein. Ich will keinen Lohn, bevor ich nicht bewiesen habe, dass ich ihn verdiene. Auf diese Weise kann ich dir all deine Freundlichkeit und Fürsorge vergelten. Wenn unser Umsatz hier steigt und sich an dem des Shwe-Kaufhauses in Rangun messen kann, dann können wir ja immer noch andere Abmachungen treffen.«

Da sie ihn kannte, hatte sie sich für den Kampf mit ihm gewappnet, war aber längst nicht auf das vorbereitet, was tatsächlich kam: Brüllendes Gelächter ließ seine Papiere wiederum durcheinander fliegen. »Oh Gott, Angela, das ist wirklich köstlich! Nein wirklich, du musst von Sinnen sein. Minthami hatte schon Recht.« Er wieherte vor Vergnügen. »Geh wieder ins Bett, Amagyi-Angela, ich werde Doktor Suseela holen.«

Angela schluckte ihren Ärger hinunter und nahm den Ton an, den sie den Männern in Minhla gegenüber angeschlagen hatte. Das hatte dort gewirkt, und sie war entschlossen, Nathan auf seinen Platz zu verweisen: »Ich versichere dir, Nathan, es ist mir todernst. Du magst es ja komisch finden, aber ich bin keineswegs belustigt! Ich komme hier in aller Bescheidenheit her, damit du mir eine Möglichkeit gibst, dir und Minthami das zurückzuzahlen, was ihr für mich getan habt. Ich will dir helfen, mit deinem Geschäft fertig zu werden, und finde daher eine solche Ohrfeige überhaupt nicht komisch. Ich möchte die erste weibliche Geschäftsführerin der de-Veres-Vorne-Company für Ostasien, den Pazifik, den Orient oder Südostasien werden, gleichgültig wie du das nennst und wo du Handel treibst. Deine Gesellschaft braucht hier in Mandalay jemanden, der das Ruder in der Hand hat!«

»Du willst … gerade du … oh Angela, das ist wirklich köstlich! Der reine, ungeschliffene Diamant!« Er schlug sich auf die Schenkel, um ihr zu zeigen, wie köstlich es war, und lachte dann noch lauter weiter, sodass Angela ihm am liebsten seinen Whisky ins Gesicht geschüttet hätte. »O Amagyi-Angela, lass uns das noch einmal klären: Du willst also wirklich meine Geschäftsführerin werden? Mein Schatz, ich habe nur eine Frau, die geführt werden müsste, und ich bezweifle, dass du das schaffen würdest.«

»Lass das betont männliche Grinsen bleiben und hör für einen Augenblick auf, Blödsinn zu reden. Ich habe nicht darum gebeten, dein Partner in der Gesellschaft zu werden, bis jetzt jedenfalls nicht. Ich bitte nur um eine Möglichkeit, mich zu bewähren und dir meine Schulden zurückzubezahlen. Auch wenn ich mich wiederhole, Nathan, ich möchte nur deswegen eine Führungsposition in der de-Veres-Vorne-Company haben, weil ich weiß, dass ich da etwas leisten kann. Und sieh mich nicht so herablassend an, das ist nicht gerade schmeichelhaft.«

»Du hörst nie auf, mich zu erstaunen, Amagyi-Angela. Ich glaubte gerade, fast alles über Frauen zu wissen, und nun kommst du mit so was raus. Ich sehe dich doch nur mit offensichtlicher Bewunderung an. Nach dem Hauptgewinn zu greifen und einen Geschäftsführerposten haben zu wollen, bevor du auch nur gelernt hast, die Säcke bei den Niedergängen zu zählen, das gefällt mir. Das spricht von Ehrgeiz und kann nicht durch und durch schlecht sein. Ich schätze deine Absichten, aber selbst wenn ich einem solchen Vorschlag zustimmen wollte, was würde dein Mann dazu sagen?«

»Jeffrey und ich haben ein Abkommen. Keiner von uns mischt sich in das Leben des anderen ein. Das war unsere Vereinbarung, wenn du willst, unser Ehevertrag. Die Gründe möchte ich dir nicht erklären, aber das kommt Jeffrey und mir sehr entgegen. Ich führe mein Leben, er seins, und wenn die beiden irgendwo zusammentreffen, dann nur mit gegenseitigem Einverständnis.«

»Respekt, Amagyi-Angela.« Er schüttelte den Kopf und schob

sein Glas zurück. »Pass auf, Liebes, ich bin wirklich glücklich darüber, dass du mir helfen willst, aber ich werde nicht glücklich darüber sein, wenn am Schluss eine Reihe wichtiger Zahlen nicht richtig zusammengerechnet worden ist oder wenn eine kleine Dame vergessen hat, welches Schiff mit welcher Ladung an Bord ankommt und wieder voll abfährt, weil die Ladelisten nicht richtig ausgefüllt worden sind. Tilbury, Hongkong, Bombay, Kalkutta, Kapstadt, New York, Timbuktu, das sind nur die Hälfte der Plätze, an denen wir Handel treiben. Manchmal weiß ich selbst nicht, wo mir der Kopf steht, und ich mache das immerhin schon seit zwanzig Jahren. Du aber, liebes Mädchen, möchtest gleich voll hineinspringen und alles über Nacht für mich in Ordnung bringen, das ist wirklich gut!«

»Nicht über Nacht, Nathan.«

»Ohne ein bisschen Erfahrung, was das Geschäftsleben angeht, abgesehen natürlich von der Übersetzung der Pali-Schriften und dem Erwerb des Lebensunterhaltes durch Betteln.«

»Das war völlig unangebracht, Nathan.«

»Ja, richtig. Tut mir Leid. Auf jeden Fall habe ich dich unterschätzt, Memsahib Radcliffe.« Er goss sich aus der Flasche Scotch nach.

»Nathan, ich verspreche dir, dass ich dich nie im Stich lassen werde. Ich werde alles lernen, was es über dein Geschäft zu lernen gibt. Ich kann zuverlässig rechnen und kann Buchführung zweifellos lernen. Ich beherrsche die burmesische Sprache in Wort und Schrift, und ich bin sehr gut im Schreiben von Briefen, zumal ich eine sehr leserliche Handschrift habe. Was ich noch nicht weiß, das kann ich mit Leichtigkeit lernen. Du brauchst jemanden, der die de-Veres-Vorne-Company in Mandalay erfolgreicher leitet, als das bisher geschehen ist, also …«

»Woher weißt du das?« Er unterbrach sie und blickte sie finster an.

»Minthami hat mir das gesagt.«

»Minthami versteht von meinem Geschäft nur eins, nämlich

dass wir genug Blattgold herschaffen, um Buddhas Buch damit zu bekleben.«

»Ich glaube einfach nur, dass ich das besser kann als irgendein Sekretär oder Geschäftsführer oder sonst jemand.«

»Woher willst du das wissen?« Er blickte sie immer noch ablehnend an.

»Minthami hat mir gesagt, dass all deine Angestellten im Büro und deine Kaufhausmanager ebenso nutzlos wie korrupt sind.«

»Ist das so eine Art von gemeinsamer Geschäftsübernahme, damit du und Minthami mich anschließend hinauswerfen könnt? Pass auf, Amagyi-Angela, wenn ich eine zweite Frau haben will, dann frage ich dich selbst und gehe nicht den Umweg über Minthami.«

»Überschätze dich nicht, Nathan.« Sie lächelte matt über dieses verbale Gerangel mit ihm. »Lass es mich wenigstens für einige Zeit versuchen. Wenn ich nach sechs Monaten nichts kapiert und dein Umsatz nachgelassen haben sollte, dann kannst du mich rauswerfen.«

»Ich habe dich noch nicht einmal angestellt.«

»Bitte, Nathan, lass mich erst einmal ausreden, bevor du dich über mich lustig machst. Mehr will ich ja nicht! Ich habe von diesem Nichtstun genug und möchte meine Talente und Fähigkeiten für irgendetwas einsetzen. Ich bin nicht ungebildet und könnte dir sehr von Nutzen sein.«

»Ich weiß das, aber ich kann mir etwas Besseres vorstellen, um dein Talent zu nutzen.« Er sah sie anzüglich über sein Glas hinweg an, während er mit seinem Stuhl schaukelte.

»Mein Gott, Nathan, manchmal kannst du so blöd sein, dass man sich fragt, wie deine Gesellschaft überhaupt Erfolg haben konnte«, sagte sie bissig. »Frauen sind für dich ja wohl nur Kunstgegenstände!«

Er hörte auf zu schaukeln und ließ sich zu seinem Schreibtisch vorkippen: »Das zeigt ja nur, dass man nicht einmal klug oder auch nur gerissen sein muss. Also, meine Liebe, du bist so dünn wie ein Bambusrohr und gehst am Stock. Wie stellst du dir das mit der Geschäftsführerin vor? Also, Amagyi-Angela ...«

»Hör auf, mich so anzureden! Ich habe das Kloster schon vor Jahren verlassen.«

»Jetzt aber, Mrs. Radcliffe, können Sie noch nicht einmal ein Ei kochen. Vergiss es. Vielleicht zu einem späteren Zeitpunkt. Wenn du mich jetzt entschuldigen würdest ...«

»Nein, Nathan, das würde ich nicht. Ich möchte eine Antwort von dir haben, bevor ich hier hinausgehe. Ja oder nein?«

»Nein.«

»Nathan, gib mir bitte nur eine ganz winzige Chance. Du wirst es nie bedauern, das verspreche ich dir.«

Er rieb sein Kinn und betrachtete sie durchdringend. Das war ein gutes Zeichen, dachte sie, behielt das aber für sich. »Also, ich weiß nicht«, murmelte er vor sich hin. Ein weiteres Zeichen von Nachgiebigkeit, frohlockte sie. »Ich kann mir nicht vorstellen, dass Jeffrey es gern hat, wenn seine Frau ihren Lebensunterhalt selbst bestreitet.«

»Er wird sich darüber freuen, wenn er hört, dass ich mich auf vernünftige Art und Weise beschäftige, während er auf Räuberjagd ist oder kurzen Prozess mit den Burmesen macht. Bitte sag ja, Nathan. Du wirst es nicht bedauern, das verspreche ich dir.«

»Also, ich weiß nicht. Ich werde darüber nachdenken. Und ich werde mit Sicherheit nichts entscheiden, bevor dich der Doktor nicht für völlig gesund erklärt hat.«

Sie atmete auf, es hatte sich gelohnt. »Aye-Aye, Captain!« Sie strahlte ihn an.

»Ich habe dir nichts versprochen. Kein Urteil, bis ich gesehen habe, wie du einen Berg Reis loswirst oder unbezahlten Rechnungen nachgehst und jedes Petroleumfass findest, das uns gehört.«

»Aye-Aye, Captain. Wenn Sie mir jetzt bitte meinen Stock reichen würden, dann kann ich ihn draußen in den Elefantenfuß stellen.«

»Ich bin nicht immer sehr nett, wenn man mit mir redet, ich verliere leicht die Beherrschung, und ich hasse Misserfolge«, sagte er warnend und reichte ihr den Stock.

»Als ob ich das nicht wüsste, Captain Vorne! Auf dieser Basis kennen wir beide unseren Standpunkt, und wir müssten eigentlich ein wunderbares Paar abgeben, was die Geschäfte angeht.«

»Du bist schon für dich alleine ganz wundervoll.«

»Ich weiß nicht, ob ich das als Kompliment auffassen soll. Auf jeden Fall danke ich dir dafür, dass du Vertrauen in mich setzt. Meine Dankbarkeit und Wertschätzung werden dir zeigen, dass du gerade den besten weiblichen Geschäftsführer eingestellt hast, den du je gehabt hast.«

»Das bezweifle ich keinen Augenblick.« Er hielt ihr die Tür auf. »Aber ich beschäftige nicht ein einziges Löckchen auf deinem Kopf, bevor Doktor Suseela mir nicht grünes Licht gibt. Und da nun Mrs. Radcliffe ihren Stock in den Elefantenfuß stellt, würdest du bitte meinen Arm nehmen, damit wir zum Essen gehen können, zumal meine Frau uns dabei nicht Gesellschaft leisen kann?« Er reichte ihr galant den Arm.

»Mit Vergnügen, Captain.«

Zweiunddreißigstes Kapitel

1

Angela saß auf der Veranda. In ihrem Schoß lagen zwei Briefe, einer war von Milly Sinclair, die mit ihrem mittlerweile zweijährigen Sohn noch immer in Coimbatore lebte. Der andere kam von Blaize und Edwin, die nach England zurückgekehrt waren. Angela vermisste sie alle drei sehr und hoffte, dass Bees Bemerkung, wie sehr Edwin die grauen Wolken über Cheltenham Spa hasste und seine alten Knochen in der Sonne ja auch viel besser aufgehoben wären, ein Hinweis auf ihre mögliche Rückkehr nach Mandalay sei. Was Milly anging, so war Angela glücklich zu hören, dass sich sowohl Leighs gesamte Verwandtschaft als auch ihre eigene Familie offensichtlich rührend um sie und Leigh-Junior kümmerten.

In diesem Moment erschien Nathan auf der Veranda und warf ihr ein braunes Kuvert in den Schoß.

»Was ist das?«, fragte sie misstrauisch.

Nathan lehnte sich nonchalant an die Brüstung. »Mach es auf und sieh selbst.«

Angela sah ihn verwirrt an. Auf dem Kuvert stand: Grundrechte für einen Besitz nicht weit von Whitewalls. »Was soll das, Nathan?«

»Nur ein kleiner Bungalow, den ich dir und Jeffrey vermachen möchte. Ich habe ihn spottbillig gekauft, weil niemand ihn haben wollte.«

»Aber uns stehen doch Armeeunterkünfte zu.«

Er zuckte die Schultern. »Wenn ihr lieber in einem der Rattenlöcher in der Garnison leben wollt, dann bitte. Aber der Bungalow gehört euch trotzdem. Ihr könnt ihn ja vermieten, wenn ihr ihn nicht selbst nutzen wollt.«

»Aber warum tust du das, Nathan?«

Wieder zuckte er lässig mit den Schultern. Das war typisch für ihn, wenn er irgendwelche Gefühle überspielen wollte. »Ein Hochzeitsgeschenk.«

»Du bist aber schon mehr als großzügig mit deinen Hochzeitsgeschenken gewesen, was Jeffrey und mich angeht. Ich kann das nicht annehmen, Nathan. Er ist doch sicher sehr viel wert.«

»Stimmt! Jetzt schon. Seit alle dorthin ziehen wollen. Schau also einem geschenkten Haus nicht ins Maul. Es ist eine Gelegenheit, dein eigenes Heim zu haben. Es liegt genau neben Vanda und Nancy aus Edom Gideons Gemeinde. Wie ich schon gesagt habe, ist ganz Mandalay wild darauf, hier draußen zu wohnen, also ergreife die Gelegenheit. In ein paar Jahren wird es hier kein Bauland mehr geben, also bin ich froh, dass ich vor einiger Zeit ein bisschen investiert habe.«

»Und wie soll ich Jeffrey dieses großzügige Geschenk deinerseits erklären?«

»Du kannst es ihm immer als eine Anzahlung auf die beste weibliche Geschäftsführerin erklären, die ich eines Tages haben werde.« Er räusperte sich. »Besser gesagt, ›beschäftigen werde‹. Ich könnte sonst ein paar heruntergehauen bekommen, weil ich das falsche Wort verwende.« Er lehnte sich zurück, die Hände hinter dem Kopf. »Sollte Jeffrey getötet werden – da sei Gott vor –, während er mit den Burmesen kämpft, dann würde die Armee dich aus den Unterkünften für die Verheirateten hinauswerfen, und du hättest wieder kein Heim. Das ist deine Versicherung dagegen.«

»Danke, Nathan, aber du bist zu großzügig. Jeffrey und ich werden das nicht umsonst annehmen. Wir werden dir Miete dafür zahlen oder eine Hypothek aufnehmen.«

»Hör zu, Amagyi-Angela, das ist ein Geschenk. Ich will nicht, dass du mir irgendetwas abzahlst. Warum bist du eigentlich dauernd so verflucht hochnäsig? Warum kannst du nicht einfach mal etwas annehmen?«

»Ich mag es einfach nicht, von dir ausgehalten zu werden!«

»Ha, ha, das ist wirklich komisch! Du bist so ziemlich die letzte Frau, die sich ein Mann aussuchen würde, um sie ›auszuhalten‹. Du bist viel zu stachelig, als dass man näher als hundert Meter an dich herankommen könnte, ohne dass du ›Vergewaltigung!‹ schreist. Es ist kein Wunder, dass du Jeffrey Radcliffe geheiratet hast. Bei dem bist du sicher, Amagyi-Angela. Er ist der passende Mönch für dein Nonnendasein.«

»Verschwinde, Nathan!«

»Ich gehe schon.« Er machte ein paar Schritte auf die Tür zu. »Nein, ich gehe nicht! Das ist, verflucht noch mal, *mein* Haus.« Er kam zu ihr zurück. »*Du* gehst hier. Entweder hinaus zum ›Sequoia‹, von dem du die Besitzurkunde hast, oder zu deinem Rattenloch in der Garnison. Ich will dich aber nicht unter meinem Dach haben, so lange ich von dir nichts als Vorwürfe zu hören bekomme. Du hast mir anscheinend nie verziehen, was damals nach Loloi zwischen uns geschehen ist, als das gammelige Boot abgesoffen ist. Damals habe ich dich verführt, und zwar mit deinem Einverständnis, wie ich glaube. Jetzt versuchst du mich immer wieder gefühlsmäßig zu erpressen, du arme, tadellose, missbrauchte Frau! Ich lasse mich aber nicht mehr von irgendwelchen Schuldgefühlen dir oder Matthew gegenüber verfolgen, weil ihr irgendeine Schnapsidee hattet, ich hätte dich verdorben und du wärest daher nicht mehr rein genug gewesen, um Matthew zu heiraten.« Er hielt ihr sein Gesicht hin. »Hier ist mein Gesicht, Angela. Du kannst zuschlagen, aber blick mich nicht mehr so vorwurfsvoll an. Wenn ich nicht Angst hätte, dass deine Knochen unter deiner Haut nur so herumklappern würden, dann würde ich dich jetzt schütteln, bis du wieder etwas zu Verstand kämest.«

Sie brachte immer noch kein Wort heraus, sondern betrachtete ihn wie eine Wachsblume aus einer Vase. Er wandte sich zu ihr und sagte: »Ich gebe dir ›Sequioa‹, weil ich möchte, dass meine Angestellten besser untergebracht sind als die von der britischen Armee. Wenn du aber in einem Monat nicht bereit bist, meine Geschäftsführerin zu sein, dann werfe ich dich wegen deiner schwächlichen Konstitution hinaus.« Er drehte sich auf dem Absatz um und überließ sie ihren Gedanken. Die Besitzurkunden des Bungalows lagen immer noch auf ihrem Schoß, zusammen mit den Briefen von Milly und Blaize.

2

Fünf Wochen später fragte sich Angela, wie sie so verrückt hatte sein können, unbedingt diesen Job übernehmen zu wollen. Sie hasste Nathans überlegene, betont maskuline Verhaltensweise. Für ihn war sie nur ein hübscher Gegenstand, eine kleine Jadefigur, die man bewunderte und dann in ein Regal zurückstellte. Innerlich verfluchte sie ihn oft, bewunderte aber gleichzeitig seine Arbeit, durch die die de-Veres-Vorne-Company es von einem Seelenverkäufer zu einer ganzen Flotte auf den sieben Meeren gebracht hatte. Sie dachte über Möglichkeiten nach, mit der Konkurrenz der Irrawaddy Flottilla Company fertig zu werden.

Natürlich musste das gehen.

Sie blickte Nathan nachdenklich an, während sie auf ihrem Bleistift herumkaute: »Nathan, deine Flachboote müssen einfach für zwölf Rupien pro Tonne und Monat vermietet werden und deine Dampfschiffe für einundvierzig.«

»Warum?«

»Weil wir einfach die I. F. C. auf ihrem eigenen Gebiet schlagen müssen. Wir können das nicht schaffen, ohne ihre Preise zu unterbieten.«

»Wie soll das gehen, wenn wir für die Kohle das Gleiche bezahlen müssen, wie sie das tun?«

»Dann brauchen wir eben einen besseren Vertrag. Ich werde selbst nach Kalaw gehen und einen besseren Vertrag mit den Burmesen aushandeln, die uns die Kohle liefern, einen viel besseren, als die I. F. C. ihn hat.«

»Wenn du das schaffst, dann fresse ich einen Besen und erhöhe gleichzeitig deinen Lohn.«

»Im Moment bekomme ich noch gar keinen.«

»Ja, das stimmt.«

»Ich schaffe das, Nathan, das schaffe ich schon!«

Und sie schaffte es tatsächlich. Er fraß zwar keinen Besen und setzte sie auch nicht auf die Lohnliste, aber seine zähneknirschende Bewunderung genügte ihr erst einmal.

3

Angela hatte sich in ihrem Garten damit beschäftigt, Blumen zu pflanzen. Sie zog ihre Handschuhe aus, legte den Spaten weg und ging hinein, um sich wieder den Geschäftsbüchern zu widmen, die sie aus dem Kaufhaus mitgenommen hatte.

Am nächsten Morgen machte sie sich früh auf den Weg hinunter zu den Lagerhäusern am Fluss. In dem kleinen Büro aus Wellblech, das die Hitze so verstärkte, dass es im Laufe des Tages zu einer Art Backofen wurde, schlug ihr der vertraute Geruch von Nathans Tabak entgegen.

»Hallo!«, sagte er, nahm ihr ihren Hut ab, steckte die Hutnadel in den Hut zurück und hängte ihn oben auf den rostigen Aktenständer. »Heute bist du mir zuvorgekommen. Wie war deine Fahrt nach Bhamo? Schatz, du siehst ein bisschen schwach aus. Warum nimmst du nicht einen freien Tag, da ich ja jetzt zurück bin?«

»Was soll das jetzt wieder heißen?« Sie stand neben dem Aktenständer und hielt den Handrücken vor den Mund, um ihr Hüsteln zu verbergen.

»Das heißt, Angela, Liebes, dass das alles viel zu viel für dich wird. Sieh dich nur an, du siehst aus wie Tantchen Mabel auf einer Safari in Afrika, und du hüstelst wie eine Lungenkranke.«

»Das liegt nur daran, dass du uns hier in diesem ungesunden Hühnerstall schuften lässt. Warum lässt du nicht ein paar Ventilatoren einbauen? Deine Leute können unter diesen Umständen einfach nicht arbeiten.«

»Bis jetzt sind sie ganz gut zurechtgekommen. Ventilatoren hat bisher niemand hier gebraucht. Du bist die Erste, die ihr Fehlen bemängelt.«

»Das ist mir allerdings ein Rätsel!« Sie zog eine Schublade auf, die wackelig in ihrer Halterung hing. Es lagen nur zwei Blätter Papier darin. »Wenn deine Akten so gut abgelegt sind, dann wundert mich aber tatsächlich nichts mehr.«

Sie starrte ihn giftig an. »Ich hätte auch gerne einen anderen Stuhl. Und rauch deine Pfeife woanders.«

Er stand langsam auf, bot ihr den Bürostuhl an und setzte sich auf einen von Termiten zerfressenen Stuhl in der Ecke. Dann beklagte er sich, dass seine Reise nach Bhamo durch ihre falschen Bestellungen erfolglos gewesen sei, weil er die falsche Holzsorte geliefert hatte. Sie stellte allerdings sehr schnell richtig, dass der Irrtum völlig auf seiner Seite gelegen hatte, weshalb er nicht anders konnte, als sich bei ihr zu entschuldigen und auch noch zuzugeben, dass er ihr die Schuld an der Verwechslung zugeschoben hatte.

»Also gut, ich glaube, ich habe die Schuld ein kleines bisschen weitergereicht. Du leistest hier großartige Arbeit. Endlich kann ich die Zahlen lesen und verstehen, die ich vor Augen habe. Nun ja, wenn wir schon mal darüber reden, so möchte ich, dass du Mr. Pathan Sundevava klar machst, dass er endlich aufhören soll, meine Preise für Erdnussöl zu unterbieten. Wenn nicht, werde ich dafür sorgen, dass er auf mehr Erdnüssen sitzen bleibt, als irgendein Affe auf der Welt fressen kann. Ich werde sie dann nämlich aus den Vereinigten Staaten zum Preis von Affenfutter besorgen!«

Plötzlich sprang er auf und klopfte an die Scheibe, die das Büro vom Lagerhaus trennte: »Maung Sang. Der Kerl da kann doch den Reis nicht verladen. Er hat überall an den Beinen Geschwüre und sollte nicht so im Reis herumklettern. Sorg dafür, dass er zu Hause bleibt, bis sein Ausschlag geheilt ist.«

»Wird er bezahlt, während er weg ist?«

»Sei kein Idiot.«

»Ich bin nicht der Idiot, du bist es. Wie soll er denn seine Familie ernähren, wenn du ihn nicht arbeiten lässt?«

»Das ist sein Problem, nicht meins.«

»Nathan, du bist unmenschlich! Du bist unmenschlich, und deshalb machst du so viel Geld. Du beutest deine Arbeiter unter unerträglichen Bedingungen aus!«

»Jede andere Person hätte ich wegen einer solchen Bemerkung hinausgeschmissen.«

»Du kannst mich nicht hinauswerfen. Du bezahlst mich ja nicht einmal.«

»Du bist gefeuert!« Er zeigte mit seiner Pfeife auf sie.

Sie deutete mit dem Finger auf ihn: »Gut! Da du jetzt endlich das getan hast, was du schon seit Wochen vorhattest, will ich dir mal sagen, wie dumm du bist. Gestern kam hier eine ganze Ladung zerbrochenes Geschirr aus Stoke-on-Trent an. Und das war nicht die Schuld der Kulis hier, denn ich habe ihnen zugeschaut, wie sie die Kisten ausgeladen haben. Die Kulis waren sehr vorsichtig und bekamen nicht einmal eine Rupie extra für ihre Vorsicht. Auf jeden Fall habe ich den Töpfereien geschrieben, sie sollten sich über die primitivsten Voraussetzungen des Überseeversandes ihrer Produkte informieren, sonst würden wir unsere Geschäfte nach China verlagern. Einen ähnlichen Brief habe ich an die Reederei geschickt und sie aufgefordert, sich besser um die Verladung, Lagerung und Entladung in Rangun zu kümmern. So ist dieser Nachlässigkeit auf jeden Fall ein Riegel vorgeschoben, wer auch immer dafür verantwortlich ist. Dabei müsstest du ja eigentlich eine ganze Menge verloren haben. Und da ist noch eine andere Sache, auf die ich deine Aufmerksamkeit richten wollte. Die schwedische Regierung hat uns einen beträchtlichen Auftrag für Teakholz gegeben und hätte es gern bis zum Sommer nach Göteborg geliefert.

Werden wir mit solchen Terminvorstellungen fertig, oder müssen wir sie an die B. B. T. C. weiterreichen?«

»Klar! Warum sollen wir ihre Terminvorstellungen und alles andere nicht einhalten können? Teil ihnen mit, dass wir nun, seit wir eine wiederangestellte Geschäftsführerin haben, einfach alles schaffen können. Also, ich bin jetzt weg. Ich muss noch mit einem Kautschukmenschen aus Kuala Lumpur sprechen. Wenn du mich während der nächsten Stunden dringend brauchst, dann bin ich in Whitewalls. Ansonsten kannst du Mukkerjee oder Maung Sang Aye rufen, um dir bei deinen Problemen helfen zu lassen, falls du überhaupt welche hast.«

»Nein, ich glaube nicht, dass ich irgendwelche Probleme haben werde, besonders nicht bei der Unterscheidung von Holzsorten.«

Er lächelte sie an: »Es freut mich wirklich, dass du auf Maung Sang Ayes Platz sitzt, Amagyi-Angela. Du bist einfach viel hübscher als er.«

Sie überhörte Letzteres: »Soll das heißen, dass ich hier bleiben kann, Nathan?«

»Sieht ganz so aus.«

»Gegen Bezahlung?«

»Das kommt darauf an. Ich bin immer noch überzeugt, dass du nur hier bist, um die de-Veres-Vorne-Company zu ruinieren. Ich traue Ihnen nicht, Mrs. Radcliffe.« Er war bereits an der Tür. »Ich werde mir das in ein paar Monaten noch einmal überlegen.«

»Nathan …«

»Angela?« Er drehte sich auf der Schwelle noch einmal um.

»Nathan, ich sitze hier nicht an diesem Schreibtisch, um dir oder sonst irgendjemandem etwas zu beweisen. Es geht mir nur um mich. Ich will in diesem Job einzig und allein meine Fähigkeiten zeigen und mich anstrengen, meine Arbeit gut zu machen. Es ist der vierte des achtfachen Pfades: die rechte Bemühung. Ich muss mir das beweisen, weil ich es muss. Ich nehme nicht an, dass du mich verstehst.«

»Nein, ich verstehe dich nicht, Amagyi-Angela. Minthami verstehe ich schon, obwohl sie eine Shan und eine Buddhistin ist. Du aber hast mir schon so viele Seelenknötchen verpasst, dass ich keine Ahnung habe, was du sonst noch fertig bringst.«

Sie lächelte ihn geheimnisvoll an: »Lass dich nicht durcheinander bringen, Nathan. Wir müssen alle das tun, was für uns richtig ist. Da ich nun einmal dableibe, kann ich jetzt hier einen Ventilator und einen neuen Schreibtisch haben?«

»Liebe Angela, wenn du dich entschlossen hast, den Himmel auf Erden zu haben, nur weil er auf dem achtfachen Weg liegt, kann ich doch nicht mit Buddha streiten. Schreib einfach ein paar Anweisungen und gib sie Sang Aye. Vielleicht könnt ihr, Minthami und du, mir eines Tages mal sagen, was Buddha hat, das ich nicht habe.«

Er ging hinaus. Durch die gläserne Abtrennung sah sie, wie er mit dem Mann mit den Geschwüren redete. Nachdem Nathan gegangen war, kam der Mann ängstlich zur Bürotür, wagte aber nicht hereinzukommen, da seine Religion und Erziehung es ihm verboten, sich einer Frau zu nähern, die nicht mit ihm verwandt war.

»Was ist los, Maung Da Wara?« Angela spürte, dass die Worte, die nicht aus seinem Mund kommen wollten, von großer Wichtigkeit für ihn waren.

Wie alle Arbeiter hier redete er sie wie einen Mann an. Zuerst hatte sie das erschreckt, bis sie merkte, dass dies nichts anderes als die Anerkennung der Arbeit war, die sie hier leistete. »Sir, ich komme von Thakin Vorne, ich soll um das Krankengeld bitten, damit ich zu Hause gesund werde.«

»Krankengeld? Ach ja, Krankengeld!« Sie sprang vom Stuhl auf und holte die Kasse vom Aktenschrank. »Wie viel hat Thakin Vorne dir versprochen, Maung Da Wara?«

»Ein Viertel von meinem normalen Lohn, Sir.«

»Das wären dann zwölf Annas, oder?«

»Richtig, Sir.«

Angela gab ihm die zwölf Annas. »Das ist nicht viel, oder?«

Maung Da Wara mit seinen Geschwüren und der geringen Bezahlung tat ihr Leid.

»Nein, Sir.«

»Wie viele Familienmitglieder musst du unterstützen?«

»Acht, Sir.«

»Ist irgendjemand von ihnen in der Lage, etwas zu eurem Lebensunterhalt beizusteuern?«

»Ja, Sir. Wir alle verdienen Geld für die Familie. Auch ich werde jetzt in der Lage sein, Mr. Pathan Sundevava meine Dienste anzubieten, während ich mich erhole.« Er nahm seine zwölf Annas und ging.

Angela sank in ihren Stuhl zurück. Sie kam sich entsetzlich dumm vor. Sie konnte nur hoffen, dass Thakin Vorne niemals erfahren würde, wie sie seine Taschen zu Gunsten von Maung Da Wara und Mr. Pathan Sundevava erleichterte.

Dreiunddreißigstes Kapitel

1

Angela war hocherfreut, als sie hörte, dass Blaize und Edwin sich entschlossen hatten, im Frühjahr des folgenden Jahres nach Mandalay zurückzukehren.

»Darling«, schrieb Blaize in ihrer überschwänglichen Manier, »ich kann es kaum erwarten, dieses zickige Cheltenham zu verlassen. Und ich hatte schon gedacht, dass Tunbridge Wells das düsterste Kaff der Erde sei! Ich kann kaum darauf warten, Sie in Ihrer neuen Rolle als Lagerhausoberaufseherin zu bewundern. Was tut eine Frau nicht alles aus Liebe! Was wird Ihnen als Nächstes einfallen. P. S.: Gibt es ein Gesetz dagegen, dass eine Buddhistin zwei Ehemänner hat?«

Angela überlas die meisten von Blaizes Anzüglichkeiten und war nur froh, dass sie und Edwin nach Mandalay zurückkehren würden. Jeffrey nahm ›Sequoia‹, das Haus, das ihnen Nathan zur Hochzeit geschenkt hatte, kaum zur Kenntnis. Er machte den Eindruck, als ob ihm alle Welt etwas schuldete. Er kam eine Woche vor Blaize und Edwin an und brachte ihr ein wundervolles Collier aus taubenblutfarbenen Rubinen, das sie anlässlich der Feier der Annektion am 17. Februar tragen sollte. Angela war sprachlos über die Geldsumme, die er für diese schönen Klunker ausgegeben hatte, die sie nicht brauchte, zumal überall unbezahlte Rechnungen herumlagen. Er hatte ihr niemals Haushaltsgeld geschickt, und sie würde ihm auch nie den bissigen kleinen Brief verzeihen, den er ihr aus Myitkyina geschrieben hatte als Antwort auf ihre Bitte nach etwas Geld: »Liebste, ich bin ja so froh, dass man sich in Whitewalls so gut um dich kümmert. Ich habe im Moment kaum Bargeld bei mir, zumal es hier im Dschungel keine Banken gibt, die meine Schecks einlösen. Wenn du wirklich dringend Geld brauchst, dann bitte doch Nathan um ein paar Annas. Er wird sie dir sicher gerne leihen, bis ich nach Hause komme.«

Dass er davon ausging, sie sei mit ein paar Annas abzuspeisen, schmerzte am meisten. Angela nahm das Rubincollier und versuchte lächelnd ihren Ärger hinunterzuschlucken, während sie sich für das größte Ereignis in Mandalays Gesellschaft vorbereitete. Ihr selbst entworfenes Kleid und ihr zart gebräuntes Décolleté ergänzten sich herrlich mit dem Collier. Ihr Haar war immer noch nicht lang genug, um es zu einer eleganten Frisur hochzustecken. So schmückte sie es nur mit Bändern und frischen Blüten. Sie nahm sich die Uniformen der Männer zum Vorbild, die schließlich auch nur dazu dienten, zu schmücken und weniger Ansehnliches zu verbergen.

Der Ball fand in Mindon Mins früherem Audienzsaal statt. Mittlerweile war der Palast von Mandalay in Fort Dufferin umbenannt worden und diente der britischen Armee als Hauptquartier. Jeffrey trat strahlend und gepflegt in seiner scharlachroten Uniformjacke und mit glänzendem Schnurrbart auf. Zuerst stellte er Angela dem neuen Garnisonskommandeur, Oberst Sir Boland Dawlish, und seiner Frau, Lady Dorothy, vor.

»Was für ein herrliches Collier, meine Liebe«, sagte Lady Dorothy ebenso vage wie freundlich, wobei sie kurzsichtig auf Angelas Busen starrte und beinahe ihr Champagnerglas in die gleiche Richtung gekippt hätte. »Wenn es aus Burma stammt, Jeffrey, dann sollten Sie es vielleicht zu einem zuverlässigen Juwelier bringen. Sie sollten sichergehen, dass man Sie nicht mit Spinellen betrogen hat, die natürlich auch etwas wert sein können, besonders die dunkelroten. Jeffrey hat uns erzählt, dass Sie hier arbeiten, meine Liebe.«

»Ja, ich arbeite für die de-Veres-Vorne-Company als …«

Jeffrey unterbrach sie schnell: »Ja richtig! Wir dürfen den guten Oberst und seine Frau nicht den ganzen Abend mit Beschlag belegen, nicht wahr, Angy? Entschuldigen Sie bitte …«

Lady Dorothy hielt ihn auf, indem sie ihm mit dem Fächer auf die Schulter tippte: »Nehmen Sie uns Angela nicht so schnell weg, wo wir uns doch gerade so gut unterhalten. Man muss doch einfach diesen armen Leuten hier ein gutes Beispiel geben. Ich bewundere an Frauen diesen Mut und diesen Unternehmungsgeist. Wenn Sie meine Unterstützung und Hilfe für Ihre wohltätige Arbeit benötigen oder Mittel für einen wertvollen und mildtätigen Zweck brauchen, dann zögern Sie nicht, zu mir zu kommen.«

Sir Boland neigte sich ihr freundlich zu: »Wohltätiger Einsatz, prächtig, prächtig!«

Angela war gerade im Begriff gewesen, ihm zu antworten, aber Jeffrey tat das für sie: »Ganz bestimmt! Zweifellos wohltätig. Hat noch keinen Pfennig für ihre guten Taten bekommen, nicht wahr, Angy? Die brauchen in diesen Büros jemanden, der Englisch schreiben kann. Es muss schon verdammt frustrierend sein, sich den ganzen Tag mit diesen Bettlern herumzuplagen, die nicht lesen und schreiben können. Ich kann mir kaum vorstellen, wie dieser Ami das schafft!« Er lachte dröhnend.

»Dürfte ich Sie zu diesem Tanz auffordern, Lady Dorothy?« Er fuhr mit dem Finger über den breiten Schnurrbart, den er sich anstelle des schmalen Bärtchens hatte wachsen lassen. Angela überlegte, warum Jeffrey an diesem Abend wohl so nervös war. Seine Redeweise und sein Verhalten wirkten unsicher.

»Nein danke, Jeffrey, vielleicht den nächsten Tanz.« Lady Dorothy lächelte ihn an und kippte sich dabei etwas Champagner in den Ausschnitt. »Ihre Frau und ihre guten Taten interessieren mich einfach. Ich habe etwas über ihre Arbeit gehört und wie sehr die Burmesen hier in Mandalay sie schätzen. Sie wissen ja, wie die Gerüchte hier umlaufen. Sagen Sie mir, Angela, was umfasst eigentlich Ihre freiwillige Arbeit?«

»Ich bin Geschäftsführerin der de …«

»Geschäftsführerin im Namen der Interessen der gesamten Gemeinde, was Angy?« Jeffrey sah sie mit gerunzelter Stirn an.

»Ein Hobby? Alles freiwillig, prächtig, prächtig.« Sir Boland Dawlish beugte sich wieder zu ihr herüber.

»Genau so«, sagte Jeffrey. Angela bekam langsam den Verdacht, dass Boland und Lady Dorothy sie für taubstumm halten würden.

»Ich arbeite als Geschäftsführerin für die de-Veres-Vorne-Company und kümmere mich um die Lagerhäuser und das Kaufhaus.« Angela sah alle drei mit einem strahlenden Lächeln an.

Lady Dorothy gewann ihre Fassung als Erste wieder und zog Angela zur Seite. »Natürlich müssen Sie erst einmal mit Ihrer charmanten Frau tanzen, Jeffrey. Vorher aber möchte ich gerne ein Wort mit ihr reden.«

Jeffrey stand unsicher da, während Sir Boland sich um ein belangloseres Gespräch bemühte: »Wie sieht es oben im Norden aus?« Jeffrey murmelte irgendetwas unter seinem Schnurrbart heraus, während Angela durchaus klar war, dass er nichts anderes im Sinn hatte, als sie zu erwürgen.

Lady Dorothy verschüttete wieder etwas aus ihrem frisch gefüllten Glas über das Kleid irgendeiner anderen Dame, während sie sich Angela anvertraute. »Was ich Ihnen wirklich sagen wollte, meine Liebe, war, dass ich das schönste Paar englischer Schuhe mit flachen Absätzen hier im Shwe-Kaufhaus bekommen habe. Ich würde alles dafür geben, noch so ein Paar zu bekommen, aber sie hatten keins mehr in meiner Größe. Könnten Sie sich darum kümmern? Und da gibt es noch ein Problem, … die Unterwäsche.« Sie erklärte ihr lang und breit, was sie benötigte, und brachte sie dann wieder zu ihrem Mann zurück. »Boland, ich weiß jetzt, dass Angela Captain de Veres-Vornes rechte Hand ist, in anderen Worten seine Sekretärin. Wie tüchtig sie ist! Captain de Veres-Vorne ist ein wirklich charmanter Mensch. Ich habe ihn einmal im Shwe-Kaufhaus getroffen, als ich mich dort ein wenig umsah. Er war so nett, mich über seine Kreditangebote zu informieren. Da er eine der wichtigsten Personen hier in Mandalay ist, habe ich ihm eine Einladung geschickt. Allerdings hielt er es wohl nicht für nötig, mir zu antworten. Mag er die Briten eigentlich nicht?« Sie wandte sich zu Jeffrey. Ihre freundlichen, kurzsichtigen Augen musterten sein Gesicht. »Madam, Captain de Veres-Vorne war uns ungeheuer hilfreich bei Minhla und Sagaing, weil er den Irrawaddy besser kennt als sonst jemand. Ich möchte nicht sagen, was er mag oder nicht mag. Offenbar mag er alle Leute, die ihm auf die Dauer nützlich sein können. Deshalb hat er uns wohl auch seine Dienste im Kampf um Mandalay angeboten. Ober-Burma ist ja nun wohl ein viel profitableres Land und bei weitem nicht mehr so primitiv.«

»Der Hauptgrund, warum Captain de Veres-Vorne nicht auf solchen Veranstaltungen erscheint, Lady Dorothy und Sir Boland, ist der, dass sie ihm einfach zu snobistisch sind.« Angela lächelte sie an.

»Entschuldigen Sie uns! Angela darf Sie nicht den ganzen Abend in Beschlag nehmen. Wenn Sie gestatten, dies ist gerade eine unserer Lieblingsmelodien.« Er nahm Angela am Arm.

»Natürlich, natürlich«, sagte Sir Boland Dawlish und winkte ihnen auffordernd zu. »Ab und zu muss man ja tanzen. Komm, meine Liebe.« Er nahm Lady Dorothy am Arm. »Ich glaube, diesen Tanz schaffe ich sogar noch mit meinen knirschenden Knochen.«

Angela blickte ihren Mann strahlend an: »Jeffrey, du hältst mich viel zu fest. Ich bekomme keine Luft mehr. So ist es besser! Warum schaust du mich denn so finster an? Ich habe doch nur die Wahrheit gesagt.«

»Was für eine Wahrheit, Angy?« Als der perfekte Tänzer, der er war, wirbelte er sie herum. »Zu viel Wahrheit, meine Liebe, kann auch schädlich sein. Du möchtest doch meine Karriere nicht dadurch ruinieren, dass du deinen Mund zu weit aufreißt?« Er schaute sie ärgerlich an, und ihr fiel unangenehm auf, wie stark der Zigarettenrauch seinen Schnurrbart und seine Finger verfärbt hatte.

»Du weißt doch, dass Nathan nie zu diesen Veranstaltungen kommt, weil er sie einfach affig findet, und natürlich auch, weil

Minthami von ihnen ausgeschlossen ist. Sieh dich um, hier gibt es keine Burmesen, denen Mandalay ja nun eigentlich gehört.«

»Na, das kannst du uns doch nicht vorwerfen. Nicht, solange sie uns überall im Land umbringen und wir noch zehntausend Soldaten mehr herbringen müssen, um den Frieden aufrechtzuerhalten.«

»Das Gemetzel geht ja nicht nur von einer Seite aus, Jeffrey. Wir beide wissen doch genau, wie viele Dorfälteste, Prinzen, ja sogar Mönche ohne Gerichtsurteil von uns erschossen werden, die nichts anderes wollen, als eine Besatzungsarmee loszuwerden. Du kannst ihnen keinen Vorwurf machen, dass sie geglaubt haben, der einzige Grund für das Eingreifen der Briten sei der gewesen, den Prinzen Nyaung Ok anstelle von Thibaw und Supalayat auf den Thron zu setzen. Als sie jetzt gesehen haben, dass das überhaupt nicht die Absicht der Briten war, da mussten sie doch gegen uns rebellieren!«

»Manchmal frage ich mich, auf welcher Seite du stehst, Angy. Du willst doch keine Eingeborene werden, oder? Ich frage mich auch, was dich dazu gebracht hat, buddhistische Nonne zu werden. Du bist doch keine mehr von ihnen?«

»Doch, Jeffrey, das bin ich, wenn du schon unbedingt die Wahrheit wissen willst. Ich mag vielleicht keine Nonne mehr sein und trage auch kein rosa Gewand mehr, aber ich bleibe immer noch offen für das, was Buddhismus eigentlich bedeutet. Ich finde, dass das eine sehr tröstliche und glückliche Philosophie ist, besonders die Meditation.«

Er lächelte sie mit verengten Augen an, schaute dann auf und grinste breit, als er über ihre Schultern hinweg in den Hintergrund blickte. »Manchmal, liebste Angy, kann die Wahrheit aber auch ziemlich teuflisch sein. Lady Dorothys Wunsch ist erfüllt worden, denn ich sehe da mit eigenen Augen den Rücken des wichtigsten Geschäftsmannes von Mandalay, der gerade mit seiner Frau in ihrem Longyi in die Halle tritt. Ich hätte nie geglaubt, dass er die Nerven haben würde …« Angela schwankte. Sein Arm um ihre

Schultern hielt sie alles andere als tröstend. Er zischte sie an: »Ruhig Angy, ruhig! Du siehst plötzlich so bleich aus. Liegt es nur daran, dass dein Chef so plötzlich ankommt, oder hat das vielleicht einen anderen Grund?«

Sein Griff wurde immer schmerzhafter, und Angela fühlte sich in der Hitze elend. »Steh gerade, meine Liebe, wir wollen uns doch nicht gehen lassen?«

»Jeffrey, so wie du mich hältst, bekomme ich keine Luft.«

Er lächelte auf sie herunter, und ihr wurde plötzlich völlig klar, dass sein Rubincollier und all seine anderen berechnenden Geschenke ihm nichts eingebracht hatten. »Du schaust heute Abend wirklich sehr hübsch aus, meine Liebe. Viel hübscher als jemals zuvor. All diese schönen blonden Locken. Du siehst wie ein Engel aus, mit einem Heiligenschein aus Blumen. Ein wunderschönes Bild! Wie schade, dass dein Liebhaber hier auftauchen musste, um mir diesen schönen Abend zu verderben. Was sagst du? Das ist nicht dein Liebhaber? Ja nun, Angy, Mandalay sieht das anders. Natürlich interessierst du dich nicht für Gerüchte. Solltest du aber manchmal. Das würde dich vielleicht etwas vorsichtiger werden lassen. Nun frag ich mich natürlich, was Mandalays Goldjungen dazu gebracht hat, sein kleines eingeborenes Weib hierher zu schleppen?«

»Jeffrey, sei nicht so widerlich! Den nächsten Tanz möchte ich aussetzen. Ich möchte gern mit Blaize und Edwin ...«

»Oh nein, das wirst du nicht. Du wirst deinen goldenen Jungen von Liebhaber und seine Shan-Prinzessin strahlend anlächeln. Komm, Angy, wir gehen zu ihnen.« Er hielt sie gnadenlos am Arm und führte sie hinüber zu Nathan und Minthami, die sich angeregt mit Lady Dorothy und Sir Boland unterhielten.

»Wir können uns nicht einfach in ihr Gespräch mischen.«

»Warum nicht, Angy? Du hast doch auf Lady Dorothy als Mandalays erste Vertreterin einen solch tollen Eindruck gemacht.«

»Jeffrey, verdirb doch bitte nicht alles.« Zum ersten Mal war sie richtig froh, dass Blaize jetzt ihre Nase hineinsteckte.

Sie hatte sich von einer Gruppe ihrer Freunde getrennt, um ihnen den Weg abzuschneiden. »Da kommt sie an, Funken stiebend wie immer«, murmelte Jeffrey zur Seite. Trotz ihrer unglücklichen Verfassung musste Angela unwillkürlich lächeln.

»Angela, Liebling, was für ein herrliches Kleid, und so mutig – bei Ihnen jedenfalls. Aus dem Shwe-Kaufhaus, oder? Sie sehen wirklich wunderbar aus. Jeffrey, dieser Schnurrbart ist einfach herrlich. Angela, Reggie Rowanbottom und ihr Verlobter sind hier und haben ihre Liste für die Hochzeitsgeschenke mitgebracht. Sie wollten doch einen Blick hineinwerfen. Kommen Sie doch bitte beide und begrüßen Sie die anderen. Wir haben gesehen, wie Sie sich bei Sir B. und D. einzuschmeicheln versuchten, genau wie das Nathan gerade tut. Das ist eine Sache, sie heute hierher zu bringen. Viel zu progressiv!« Sie zog Angela und Jeffrey zu ihren Busenfreunden hin. Angela fühlte sich noch elender. Sie hasste jeden Augenblick solcher Veranstaltungen.

»Die verdammten Inder sind viel besser, auch gute Soldaten«, hörte sie jemanden sagen. »Nicht so wie dieser Pöbel aus dem Dschungel. Ich sag Ihnen eins, Sir, Ober-Burma als britische Provinz, das funktioniert nicht. Dieses ›Friedensprogramm‹ ist einfach Mist.«

»Nein, keine Rupien, Pfund Sterling! Achtzigtausend Pfund hat dieser Thibaw aus dem Monopol mit dem Schwarztee gezogen, ganz abgesehen von den anderen Monopolen. Völlig korrupt, verdammt!«

Edwin hatte sich in Cheltenham wieder einigermaßen von seinen früheren Abenteuern erholt und konzentrierte sich auf sein Lieblingsthema: »Senyat, das war's! Wir haben es in den Himmel gesprengt! Hat mich auch um ein Haar erwischt, dank de Veres-Vorne und seiner Petroleumfässer. Muss ihn wirklich mal fragen, was er außer Petroleum noch in seine Fässer steckt.«

Angela fühlte sich schwindlig. Seit dem Palmschnaps in den Höhlen von San Mukh hatte sie kein alkoholisches Getränk mehr angerührt. Sie stellte ihr Champagnerglas auf das Tablett eines

Boys. Jeffrey hatte das erstaunlicherweise bemerkt, obwohl sie alle so in ihre Unterhaltung vertieft waren: »Angy, hättest du gerne noch ein Glas?«

»Nein, danke.« Sie wandte sich diesem Menschen zu, der ihren Ellbogen ergriffen hatte.

»Mrs. Radcliffe, wenn in dem kleinen rosa Buch, das Sie da am Handgelenk haben, noch kein Name für den nächsten Tanz steht, kann ich dann das Vergnügen haben? Natürlich nur, wenn Ihr Mann nichts dagegen hat.« Blaue Augen musterten Jeffrey.

»Also, Jeffrey und ich ... wir wollten gerade ...« Verzweifelt sah sie zwischen Nathan und ihrem Mann hin und her. Jeffrey lächelte plötzlich und hob lässig seine Hand: »Es ist mir ein Vergnügen. Hoffentlich trampelt sie Ihnen nicht so auf den Zehen herum, wie sie das vorhin bei mir getan hat.« Er entschwebte zu einem Grüppchen anderer Offiziere.

Blaize sah sie auf dem Weg zur Tanzfläche: »Was habt ihr beiden bösen Leute mit Minthami angestellt? Ach da ist sie ja, mittendrin! Mein lieber Nathan, du siehst einfach göttlich, wenn nicht sogar optimistisch in deinem Frack aus. Glückliche Amagyi-Angela! Vergiss nicht, wiederzukommen und mich zum Tanzen aufzufordern. Ich liebe Männer im Abendanzug, und so ein gut aussehender macht mich einfach nervös. Ich komme, Major Braithwaite. Ich weiß, der nächste Walzer gehört Ihnen.« Sie zog eine Grimasse und enteilte in die Arme des Majors.

»Die ändert sich wohl nie, oder?« Nathan nahm Angela in den Arm. »Eines Tages wird Lady Bee in Flammen aufgehen. Ich hatte zwar noch nie das Vergnügen, mit einer englischen Prinzessin zu tanzen, aber genauso, Schatz, siehst du heute Abend aus.«

»Danke, Nathan. Du bist wirklich ein richtiger Gentleman aus den Südstaaten. Allerdings könnte diese englische Prinzessin sich niemals mit einer Shan-Prinzessin messen. Und ich bin auch nicht so real wie Minthami. Wahrscheinlich werde ich gegen Mitternacht unter meiner Maske von Feuchtigkeitscreme verschwinden.«

Er lachte vor sich hin. »Das ist also das Geheimnis hinter den Sommersprossen. Wer ist eigentlich dieser Brite da mit all seinen königlichen Insignien und was er sonst noch herumschleppt?« Er deutete mit dem Kopf auf Sir Boland.

»Mein Gott, hast du nicht gewusst, dass du mit Mandalays neuem Garnisonskommandeur geredet hast?«

»Ich hab mir schon gedacht, dass er auf der Leiter dieser Leute, die die Briten hierher geschickt haben, ziemlich weit oben stehen muss. Irgendwie erinnert er mich an Mindon Min in Schuhen – dieselbe Distanz. Die Rangordnung ändert sich nie.«

Sie lächelte ihn an: »Hat dich Lady Dorothy nicht dasselbe gefragt wie mich?«

»Was hat sie dich denn gefragt?« Er schaute sie mit seinem charmanten Lächeln an. Angela hatten Tanz und Champagner atemlos gemacht, und sie wünschte sich nichts anderes, als von ihm verführt zu werden, während er vorgab, nichts als eine geschäftliche Partnerschaft mit ihr zu unterhalten.

»Sie hätte gerne, dass dein Kaufhaus Unterwäsche aus angerauter Baumwolle aus Manchester führt. Ihr Kreislauf ist schwach, sogar hier in Mandalay.«

»Schatz, wenn sie wirklich die Frau des britischen Kommandeurs ist, dann kann sie sich ihre Unterhosen mit Hermelin säumen lassen, wenn sie will.«

»Nein, ich glaube, so degeneriert ist sie noch nicht. Warum bist du eigentlich hierher gekommen, wo du dich doch noch nie dazu herabgelassen hast, an unseren britischen Festlichkeiten teilzunehmen. Du hast dich doch immer nur darüber lustig gemacht.« Sie bekam von dem Champagner, den sie zu schnell getrunken hatte, einen Schluckauf.

»Das soll doch wohl ein typischer kleiner britischer Rippenstoß gewesen sein, Amagyi-Angela, oder? Wenn du es schon wissen musst: Ich bin auf königlichen Befehl gekommen. Da eure kommandierende Dame auf ihrer goldumrandeten Einladung Mrs. de Veres-Vorne ebenfalls erwähnt hatte, musste ich der Autorität doch gehorchen, oder? Außerdem wollte ich wissen, was ihr Briten in der Freizeit tut, wenn ihr nicht gerade Polobälle, Hockeybälle, Cricketbälle über die freien Plätze des Empire herumschlagt.«

»Und jetzt weißt du das?«

»Ja, und jetzt weiß ich das. Nebenbei lass ich mir nie die Gelegenheit entgehen, ein kleines Geschäft zu machen. Aber ich glaube, ich muss jetzt aufpassen, sonst ergreift eine gewisse Dame die Gelegenheit, die Hand zu beißen, die sie füttert.«

»Ich würde dich nie in die Hand beißen, Nathan, die brauchen wir noch zum Unterschreiben. Wo hast du eigentlich tanzen gelernt? Ich dachte, du wärst viel zu beschäftigt, dich mit gesellschaftlichen Umgangsformen zu beschäftigen, die du sonst so langweilig findest.«

Er blickte plötzlich unglücklich. »Sie sind langweilig! Deshalb bin ich ja auch von zu Hause weggelaufen. Bevor ich siebzehn war, amüsierte meine verehrte Mutter in Baton Rouge die Sklaven damit, meiner Schwester und mir gesellschaftliche Umgangsformen beizubringen. Sie stellte sogar einen Tanzlehrer an. Eine von vielen Sachen, die mir eine Gänsehaut verursachten. Ich kann nur sagen, so erfreulich wie jetzt war es nie.« Er drückte sie etwas fester an sich. In diesem Augenblick war der Walzer vorüber, und Nathan führte sie enttäuscht zu Jeffrey zurück, der irgendwo bei seinen Kameraden stand.

Die weibische Stimme von Reggie Rowanbottom kam bis zu ihnen herüber: »Also, wenn wir sie lassen, dann kommen die Eingeborenen noch überall hin. Das können wir einfach nicht zulassen. Verdammt noch mal, sehen Sie nur da rüber, das Mädchen in dem blauen Longyi. Irgendein Weibsbild, von irgendjemandem hierher geschleppt. Verdammt schlechter Stil.«

Angela erstarrte. Nathans Miene blieb ausdruckslos, nur das gefährliche Aufleuchten in seinen Augen deutete darauf hin, was kommen würde. Er drehte sich herum, um herauszufinden, wer diese Bemerkung gemacht hatte. Dann legte er seine kräftige Hand auf Reggie Rowanbottoms Epaulette. »Entschuldigen Sie sich!«, knurrte er ihn an.

Adjutant Rowanbottom drehte Nathan sein fettes, rotes Gesicht zu, schob seine wulstige Unterlippe vor und schüttelte Nathans Hand ab: »Entschuldigen? Wofür denn, Sir?«

»Entschuldigen Sie sich!«, wiederholte Nathan steinern.

Adjutant Rowanbottom grinste Nathan höhnisch ins Gesicht: »Wem und weshalb soll ich hier meine Entschuldigung aussprechen?« Mit zurückgelegtem Kopf bemühte er sich, arrogant auf Nathan zu blicken. Er schob das Kinn kampflustig vor: »Ich glaube nicht, dass wir uns vorgestellt worden sind. Wer und was sind Sie eigentlich, Sir?«

Nathan brüllte ihm ins Gesicht: »Ich, Sir, bin Nathanial de Veres-Vorne, Bürger der Vereinigten Staaten von Amerika und Kaufmann in Mandalay. Das *Weibsstück* in dem blauen Longyi, wie Sie sie genannt haben, ist zufällig meine Frau, *Sir*!«

Adjutant Rowanbottoms Gesichtsfarbe verfärbte sich noch weiter. Er wandte sich zu seinen Freunden: »Darf dieser hergelaufene Straßenhändler hier hereinkommen und eine solche Szene anfangen? Boy!« Er schnipste mit dem Finger. »Wirf diesen Mann hier raus.« Er wandte sich Nathan wieder zu. »Ich habe nicht die Angewohnheit, mich bei diesem eingeborenen Pöbel zu entschuldigen.«

Nathans Faust traf ihn so hart, dass er ohnmächtig in Captain Stiggins Arme fiel. Zwei Offiziere hielten Nathan fest, um ihn daran zu hindern, noch einmal zuzuschlagen.

»Bringt diese Männer hier raus!«, brüllte Sir Boland Dawlish.

Die Militärpolizisten eilten zu Nathan und zerrten ihn von den Offizieren fort.

Angela suchte beschämt nach Minthami, die mit den Händen vor dem Mund zusehen musste, wie ihr Mann auf beleidigende Weise aus der Halle geworfen wurde. Sie ging zu ihr hinüber und zog sie fort.

Nathan wurde kopfüber aus Fort Dufferin geworfen und beendete draußen seinen Kampf mit Reggies Kameraden, bevor man ihn zum Abkühlen in den Festungsgraben warf.

Minthami weinte unaufhörlich vor sich hin. Sie hatte so hübsch, so stolz und so glücklich ausgesehen, als sie mit Nathan in die Halle gekommen war. Angela spürte, dass sie ihm das niemals verzeihen würde. Angela hatte Jeffrey gebeten, eine Tonga zu holen, die Minthami nach Hause bringen sollte. Während er noch versuchte, ein Gefährt aufzutreiben, kam Blaize mit dem rotgesichtigen Major Braithwaite herausgelaufen und rief atemlos: »Ich wusste es! Das musste doch passieren. Ich habe gleich gesehen, dass er auf einen Streit aus war. Manchmal ist er auch wirklich sehr dumm!«

»Da stimme ich zu«, bemerkte Jeffrey, der die Tonga gefunden hatte und Minthami hineinhalf. »Er hätte sie dieser Beleidigung nicht aussetzen dürfen. Ich werde die Mentalität dieser Amerikaner nie verstehen.«

Angela wandte sich den beiden zu: »Warum redet ihr dauernd nur in der dritten Person von Minthami? Seht sie euch an! Das ist ihr Land und ihre Stadt. Jetzt lasst uns bitte allein und geht zum Ball zurück.«

Blaize gab ihr noch einige überflüssige Ratschläge und äußerte die Ansicht, dass bis zum nächsten Mittag alles wieder in Ordnung sein würde. Dann eilte sie mit Major Braithwaite hinein, um ihre Reputation an diesem schwierigen Abend zu stärken.

Für das Durcheinander dieses Abends konnte sich Angela ausschließlich bei Nathan bedanken.

Vierunddreißigstes Kapitel

1

Minthami hatte nur einen Wunsch, nicht nach Hause, sondern zur Mahamuni-Pagode gefahren zu werden. Dort angekommen, streifte sie ihre edelsteinbesetzten Sandalen ab und eilte die Treppen hinauf. Auf halber Höhe wandte sie sich zu Angela um: »Du bist eine gute Frau, Amagyi-Angela. Minthami wird den Shwe Nat nie verstehen. Vielleicht kann Amagyi-Angela das besser tun als Minthami, die nicht so denkt wie Menschen aus dem Westen. Minthami wird bei Buddha dem Herrn glücklich sein, der alle Leiden versteht. Pyan-Dor-May.«

Angela ließ sich nach Whitewalls fahren.

Sie fand Nathan in seinem Wohnzimmer vor. Er sah entsetzlich aus. Das Wasser aus dem Burggraben tropfte auf den Marmorboden, seine Schleife hing offen um seinen Hals. Ein wunderbarer Bluterguss unter seinem linken Auge deutete an, wie er am nächsten Morgen aussehen würde.

Er hörte ihre Schritte und drehte ihr, ein Glas Whisky in der Hand haltend, den Rücken zu.

»Ha! Die reine, weiße buddhistische Nonne kommt jetzt in der Verkleidung des Racheengels. Was kann ich für dich tun, Amagyi-Angel? Sag mir endlich das, was ich schon seit Jahren hören wollte.«

»Du bist betrunken, Nathan.«

»Predige jetzt hier bloß nicht rum, nur weil dein Ehemann ein heimlicher Säufer ist.«

»Lass Jeffrey aus dem Spiel.«

»Geh zum Teufel, Angela. Geh zusammen mit all diesen hochnäsigen Leuten zum Teufel.« Er warf sich in seinen nassen Kleidern auf die weiße Couch.

»Eigentlich bist du ein Feigling, Nathan. Nur weil die Briten deine Lizenz für den Teakexport widerrufen haben, musstest du doch nicht deine Frau missbrauchen, um zurückzuschlagen.«

»Wovon redest du, zum Teufel?«

»Langsam kenne ich dich, Nathan. Blaize hat schon Recht. Manchmal kannst du sehr dumm sein. Wie konntest du das übers Herz bringen? Wie konntest du Minthami einer solchen erniedrigenden und widerlichen Situation aussetzen?«

Seine Augen blitzten sie an, beinahe hätte er sein Glas nach ihr geworfen. »Verflucht noch mal, Angela! Rede du bloß nicht über Minthami. Niemand von euch, nicht einmal du, darf es wagen, ihren Namen zu erwähnen. Sie wenigstens ist eine Dame! Geh zum Teufel, raus hier! Na geh! Ich möchte dich und deinen köstlichen Ehemann mit all seinem Tinnef an Orden und Zeugs nicht mehr sehen, einschließlich der Tennent-Brownes, der Rowan-Ärsche und des ganzen übrigen Gesindels, das jetzt dieses Land regiert.«

»Sei nicht kindisch!«

»Oh Gott, Angela, du bist doch genauso übel wie der ganze Rest von ihnen. Du hast doch auch nur brav herumgestanden wie dein mickriger Ehemann und hast nichts für Minthami und ihr Land gesagt. Ihr habt hier alles übernommen, als ob es euer verdammtes Recht sei! Ich konnte diesem arroganten Schwachkopf nicht gestatten, meine Frau zu beleidigen. Ihr macht mich alle krank. Hau jetzt ab und geh heim zu deinem kinnlosen Ehemann, der bei dir nicht mal einen hochkriegt. Das schafft er doch nur bei seinen Strichjungen!«

»Wie kannst du es wagen, Nathan!«

»Ach, hör doch auf, Angela. All diese Heuchelei. Stell dich einmal der Realität. Ich weiß schon, was für eine Ehe du da führst. Aber so wolltest du es ja wahrscheinlich haben.«

Sie ging zu ihm hinüber und schlug ihm das Glas aus der Hand, das quer durch den Raum flog und irgendwo auf den Fliesen zersplitterte. Er ergriff wütend ihre Schultern und warf sie auf seine nasse Couch nieder.

»Hör mir jetzt zu, Nathan Vorne. Wenn ich ein Mann wäre, dann würde ich jetzt mit dir das machen, was du mit Reggie Rowanbottom gemacht hast. Ich kann dir kaum erklären, wie gemein du bist. Du hast Minthami benutzt – du hast sie für deine üblen Zwecke genauso benutzt, wie du das mit jedem hier tust. Du hast Minthami wie eine Flagge benutzt. Du wolltest hier als der grandiose Millionär auftreten, der tun kann, was er will. Aber deine Karte hat nicht gestochen. Die Einzige, die wirklich darunter gelitten hat, ist deine Shan-Prinzessin, die letztlich niemandem etwas bedeutet! Ich verachte dich.«

»Du bist wirklich ein arrogantes kleines Flittchen. Reden Sie bloß nicht davon, wie man Menschen missbraucht, Mrs. Radcliffe. Du hast doch Minthami und mich benutzt. Du hast Matthew benutzt, und jetzt benutzt du Jeffrey, um ihn auf mich loszulassen. Setz dich, verdammt noch mal!« Er stieß sie wieder zurück. »Du wirst dir alles anhören, bevor du dieses Haus verlässt. Hör mir jetzt gut zu, du eiskalte weiße Memsahib. Ich mag ja ein bisschen feucht hinter den Ohren wirken, aber ich kenne den Unterschied zwischen einer Jungfrau und einer, die das nicht mehr ist.« Er stieß sie wieder grob in die Couch zurück. »Sag bloß kein Wort! Ich will nicht wissen, wer dir was angetan hat. Es interessiert mich einfach nicht! Du musst nur wissen, Amagyi-Angela, dass deine Hingabe am Ufer des Irrawaddy mich sehr nachdenklich gemacht hat, bis ich herausfand, dass du mich benutzt hast, um irgendeine üble Erinnerung für dich zu zerstören. Wie schön für dich, dass du dieses zweite Mal genossen hast. Das nächste Mal läuft das zu meinen Bedingungen, nicht zu deinen. Rede also nicht davon, dass ich Minthami benutze. Ich weiß genau, wen ich lieber im Bett habe. Da bist du tot, Angela, so tot wie ein eingesalzener Hering, und du hast nur Angst, wieder aufgeweckt zu werden.«

Als sie jetzt nach ihm schlug, fing er ihr Handgelenk ab. »Das macht dir wohl langsam Spaß, oder?« Er umfasste beide Handgelenke und riss sie zu sich. Mit einem grimmigen Lächeln drehte er ihr einen Arm auf den Rücken, den anderen schob er zwischen ihre Beine und drängte sich an sie, sodass sie seine Männlichkeit spürte. »Was sollen wir diesmal machen, eine spirituelle Vergewaltigung? Nur zu, Amagyi-Angela, tritt, beiß und schrei, wenn du willst, du kleine vergoldete Heuchlerin.«

Seine Hände fuhren über die sanften Rundungen ihrer Brüste und trafen auf das Rubincollier. Er hob den Kopf in äußerster Bewunderung und schob das Kleid an ihren Schultern zurück. Sein Lächeln drückte seine Sicherheit aus, dass sie seine Bewunderung zu schätzen wusste. »Ich glaube, ›umwerfend‹ ist das einzige Wort, das wirklich zu dir passt, Amagyi-Angela. Ja, du bist eine umwerfende Frau. Genau die unberührbare Schönheit, die ungeschmückt am herrlichsten ist. Oder wenn schon, dann mit Diamanten um den Hals. Kämpf nicht gegen mich, ich will dich genauso, wie du mich brauchst.«

Beide waren Gefangene ihrer Gier. Er presste seine Lippen an ihren Hals. »Es ist unsere Gier aufeinander, die uns so verzweifelt miteinander kämpfen lässt.«

Sie wusste, dass sie in ein paar Augenblicken verloren sein würde, dass ihr Weg zurück für immer abgeschnitten sein würde. »Wenn Sie mich jetzt nicht sofort loslassen, Captain Vorne, werde ich in dem Augenblick, in dem ich dieses Haus verlasse, meinem Ehemann mitteilen, wie Sie sich mir gegenüber verhalten haben. Dann wird es nicht mehr der Schlossgraben sein, in den man Sie werfen wird, sondern eine vergitterte Zelle, weil Sie die Frau eines Oberst angegriffen haben.«

Wenn sie ihn dutzende von Malen geschlagen hätte, hätte sie ihm nicht mehr Schmerzen zufügen können. Er ging verwirrt von ihr weg, irgendwie schien sie für ihn nicht mehr die gleiche Frau zu sein wie vorher. »Mein Gott … Angela!«

Verzweifelt versuchte er noch irgendeinen vernünftigen Grund für die grausame Zurückweisung zu bekommen, blieb aber völlig erstarrt zurück, während sie scheinbar triumphierend das Haus verließ.

2

Am nächsten Morgen stürmte Jeffrey in Angelas Schlafzimmer in Sequoia. »Wo zum Teufel bist du letzte Nacht gewesen?«

»Was glaubst du, wo ich gewesen bin, Jeffrey?«, gab sie zurück, ohne von ihrer Teetasse und ihrer Zeitung aufzublicken. »Auf dem Ball natürlich.«

»Du hast wohl Aschenputtel mit deinem Lieblingsprinz gespielt, nehme ich an?«

Er warf alles einschließlich ihrer Abendkleidung auf das ungemachte Bett. »Ich komme gerade von Whitewalls. Was entdecke ich? Dass meine Frau ihren Umhang, die Handschuhe und ihr Abendtäschchen auf der Couch zurückgelassen hat. Madam, Sie haben es verdient, dass man Sie ordentlich mit einer Reitgerte durchhaut.« Er hob die Gerte drohend.

»Das würdest du gerne tun, nicht wahr, Jeffrey?« Sie musterte ihn mit giftigem Blick. »Ich war nicht ein Jahr mit dir verheiratet, ohne mir deiner Jagdausflüge mit Captain Groby bewusst zu sein. Du warst die letzte Nacht nicht hier, also mach mir bitte keine Vorwürfe.«

»Hör mir zu, meine liebe Frau.« Jeffrey trat hinter sie und legte seine Hände auf ihre Schultern. Sie zuckte unter seiner Berührung zurück und stieß mit dem Ellbogen das Sahnekännchen um. Der Inhalt ergoss sich über ihren Schoß. »Ich war ein Idiot, weil ich mich durch dein unschuldiges Getue hereinlegen ließ. Du bist kein bisschen besser als all diese teiggesichtigen Damen mit ihren großen Klappen und ihren fetten Körpern, die jedem Mann nur Ärger bereiten. Du bist genauso dreckig, wie sie sind. Du bist nicht die anständige, aufrechte buddhistische Nonne, oder, Angy? Hat es dir Spaß gemacht, die Potenz des Captains zu genießen, Angy?« Sein Lächeln war geradezu bösartig.

Angela schüttete ihm den Inhalt ihrer Teetasse ins Gesicht. »Komm bloß nicht wieder hierher, um mich mit deinen dreckigen Tricks hereinzulegen. Du hast einen Jux aus unserer Hochzeit gemacht, nicht ich. Ich wusste auch nicht, was für einen perversen Kerl ich geheiratet habe.«

Er drehte sein Gesicht zu ihr hin: »Du bist eine wirklich aufregende Frau, wenn du so wütend bist, Angy. Ich möchte aber, dass du zwei Dinge weißt. Ich habe dich aus zwei Gründen geheiratet: wegen des Besitzes und der Karriere. Du bist im günstigsten Augenblick in mein Leben getreten. Ich brauchte das Ansehen und die Stabilität, die mir deine liebe kleine Hand vor dem Altar gegeben hat. Ich brauchte die Gegenwart einer pflichtbewussten Frau, die mit mir die Leiter zum Erfolg hinaufsteigen würde, einer Frau, die gelegentlich nützlich sein konnte. Was ich von dir brauche, Angy, ist deine Gegenwart, nicht dein Körper.« Er fuhr mit seinen Händen hinunter über ihre Brüste und hielt mit Daumen und Zeigefinger grinsend ihre Brustwarzen fest. »Dafür habe ich überhaupt keine Empfindung. Wie auch immer, was ich tue, geht dich nichts an, das haben wir abgemacht. Aber wir haben auch abgemacht, dass ich eine gute, reine, gesunde Frau frisch aus dem Kloster heiraten würde. Für den Fall, dass ich dich noch jemals in Whitewalls erwische, sieh dir mal meine Hand an.« Er hielt sie ihr direkt vor die Nase. »Voller Schwielen, groß und perfekt für diesen Zweck geübt.« Er hielt ihr die Handkante mit einer schneidenden Bewegung an den Hals. »Diese Handkante hat schon oft dazu gedient, einen Mann schnell, leise und sauber umzubringen. Kein Ärger, kein Lärm, keine Schweinerei, nur ein netter kleiner Tod für jemanden, der sich einfach nicht so verhalten wollte, wie man es ihm sagte. Also stell deinen Körper nicht vor anderen Männern aus und vor allem nicht so, dass ich es sehe, sonst kannst du dir sicher vorstellen, was diese Hand gleich mit deinem Blumenstiel von Hals macht.«

»Du bist doch verrückt, Jeffrey!« Sie stieß seine Hand zurück.

Er ging ein paar Schritte weg, nahm eine Zigarette aus seiner Dose, zündete sie lächelnd an, nahm einen tiefen Zug und blies den Rauch gegen die Decke. »Oh je, wie schade, sie ist die Treppen hinuntergefallen und hat sich ihr hübsches Genick gebrochen … Soll ja schon vorgekommen sein. Erinnerst du dich an Mistress Amy Robsart und den Liebhaber der Königin? Sogar die gute Königin Bess glaubte die Geschichte mit dem gebrochenen Genick.«

»Du bist wirklich verrückt.« Angelas Nerven zitterten immer noch nach dem Streit mit Nathan, der sie beide schlimmer verletzt hatte, als irgendeine Waffe das hätte tun können. Aber von Jeffrey wegen einer Tat beschuldigt zu werden, die sie nicht begangen hatte, das war einfach lächerlich. »Geh weg! Geh zurück zu deinem Captain Groby und zu euren nächtlichen Saufereien.«

Er nahm betont langsam einen Tabakkrümel von seiner Zungenspitze, verschränkte die Arme über seinem schmutzigen Hemd und fragte: »Was hast du also letzte Nacht in seinem Haus gemacht, was, Angy?« Er wartete.

Sie war viel zu müde, um weiter mit ihm zu streiten, zumal ihr Gewissen völlig rein war, gleichgültig, was der Rest der Welt von ihr und Nathan glauben wollte. Sie griff wieder nach der *Rangun Gazette* und antwortete: »Wenn du jetzt deine Rechnungen bei ihm bezahlen würdest, dann brauchte ich das nicht zu tun – und ich wünschte, das wäre der Fall!«

Seine Reaktion traf sie völlig unerwartet. Er warf die halb gerauchte Zigarette aus dem Fenster, sprang zu ihr, riss sie aus ihrem Sessel und warf sie mit dem Gesicht nach unten aufs Bett. Er hielt sie fest, sein Schnurrbart kratzte an ihrer Wange.

»So ist das also? Wunschdenken? Ehebruch in Gedanken?«

»Lass mich los, Jeffrey. Lass mich sofort los!«

»Ich habe auch ein bisschen nachgedacht, Angy, und ich finde, dass ich dich wirklich verschwende. All diese hübschen Locken, so schön, wie an einem Chorknaben.« Er fingerte in ihren Haaren herum, kuschelte sein Gesicht hinein und gurrte ihr Schmeicheleien ins Ohr, die sie lieber nicht gehört hätte: »Lange gerade Beine und schmale Hüften. Ich glaube, Angy, wenn ich mir schon so eine feurige Katze als Frau zugelegt habe, dann sollte ich sie doch besser für etwas nützen, auch wenn sie nicht ganz so rein ist wie frisch gefallener Schnee. Es wird langsam Zeit, dass wir ein Kind miteinander haben, damit das dreckige Gerede aufhört, das die Leute dauernd mit solchem Vergnügen wiederholen. Allerdings, wenn man auf alles hören wollte, was diese bösartigen Weiber so erzählen, dann gäbe es ja wohl gar keinen wackeren Jungen mehr, der das Empire verteidigen würde, oder?«

Sie fauchte ihn an, während er sie niedergedrückt hielt: »Geh weg! Geh wieder zu deinen Strichjungen!« Sie rangelte mit ihm, während er ihre Kleider zerriss und nach der Reitgerte griff, die er auf das Bett geworfen hatte. »Lass das, Jeffrey, tu das bloß nicht.«

Sie versuchte ihm zu entwischen, aber er lachte nur. Es war ihr gleichgültig, ob Janum oder Vanda nebenan sie hören konnten. »Wenn du mich damit schlägst, dann schleppe ich dich vor deinen Kommandeur, dann werden wir ja sehen, was aus deiner Karriere wird.« Sie rannte zur Tür, war aber nicht schnell genug.

»Oh nein, das hilft dir alles nichts«, lachte er, als er die Tür abschloss und den Schlüssel einsteckte. Mit der Reitpeitsche in der Hand kam er auf sie zu. Das Glitzern in seinen Augen ließ sie schaudern. Er sah so wahnsinnig und unbeherrscht aus, wie sie ihn noch nie gesehen hatte. Sein höfliches und nettes Benehmen war einem irrsinnigen Verhalten gewichen, das sie einfach nicht verstehen konnte.

»Tu das nicht, nein, schlag mich nicht damit! Rühr mich nicht an!« Er kam immer weiter auf sie zu und lächelte grausam. Er erinnerte sie an eine bissbereite Kobra.

»Nein, nein!« Ihre plötzliche Angst schien ihn königlich zu amüsieren. »Ich werde dich nicht anrühren. Ich werde nicht die geringste Spur an dir hinterlassen. Ich bin Geheimdienstoffizier, das weißt du doch.«

3

Hass und Verachtung hielten sie wieder gefangen. Sie machte nicht so sehr ihm, sondern sich selber Vorwürfe, den falschen Weg beschritten zu haben. Sie hatte sich wirklich selbst hereingelegt.

Im Schein der Lampen, in deren gläsernen Schirmen Motten und andere Insekten in den Glaskuppeln herumschwirrten, erwachte Jeffrey langsam aus seinem Vollrausch, den er sich den ganzen Tag über angetrunken hatte. Sie ging zu seinem Bett und blickte zu ihm hinunter. »Jeffrey, ich möchte dir etwas sagen.«

Er blinzelte sie aus verquollenen Augen an und hob den Kopf, um sie anzusehen. All seine Attraktivität war unter der Ausschweifung und dem Suff verschwunden. Er glich in keiner Weise dem Mann, den sie vor einem Jahr geheiratet hatte. Er hob müde einen Arm, um seine Augen gegen das helle Licht aus dem Wohnzimmer zu schützen, wo sie gerade einige Briefe geschrieben hatte.

»Was ist denn, liebe, süße Angy?« Er klopfte auf das Bett. »Komm und setz dich zu mir und erzähl mir alles. Du warst so ein braves Mädchen, und ich habe dir verziehen.«

Sie blickte ihn eisig und voller Abscheu an. »Ich stehe lieber. Jeffrey, nichts von dem, was du tust, kann mich mehr schockieren. Nichts, was du mir antust, kann mich noch treffen. Ich weiß, wie weit manche Männer kommen können, wie weit ein menschliches Wesen sinken kann, während seine Seele verkümmert und in seiner Verderbtheit unwiederholbar verloren geht. Vor ein paar Jahren, als ich auf dem Weg von Delhi nach Burma war, wurden die Missionare, mit denen ich reiste, von einer Horde Banditen überfallen und getötet. Genauer gesagt, die Männer wurden getötet, während das Mädchen, das bei mir war, und ich selber von dem Räuberhäuptling vergewaltigt wurden. Ich bekam ein Kind, eine Tochter, die im Sasana-Kloster geboren wurde. Als sie alt genug war, schickte ich sie mit zwei irischen Nonnen, die damals gerade das Sasana besuchten, nach England, wo sie sie bei einem älteren Ehepaar unterbrachten. Dieses Jahr wird sie zehn. Die Nonnen haben mir geschrieben, dass sie sehr unglücklich dort ist. Nicht nur, dass ihre Pflegeeltern ungebildet sind, sie behandeln sie auch noch schlecht, zumal das Geld, das ich ihnen jeden Monat schicke, das einzige ist, was sie haben. Ich habe nicht genug Geld übrig, um sie an einem besseren Platz unterzubringen. Ich frage nicht, sondern erkläre dir nur meine Absicht: Ich will, dass Thania hier nach Mandalay kommt, um bei uns zu leben und als deine Adoptivtochter, deine und meine, aufzuwachsen. Es gibt tausende von Waisenkindern in England, und wir bieten nur einem von ihnen ein Heim an. Das ist ein völlig normaler Vorgang, sodass niemand etwas daran ungewöhnlich finden wird. Ich glaube, sie ist ein kluges Kind, und wir werden ihr nur die Dinge sagen, die sie unserer Ansicht nach wissen soll. Wenn sie alt genug ist, werde ich ihr die wirkliche Geschichte um ihre Geburt erzählen. Im Augenblick weiß sie überhaupt nicht, dass ich existiere, da die Nonnen alles für mich erledigen. Wenn sie hierher kommt, wird sie uns als Vater und Mutter anreden, und ich will, dass du deinen Teil dieser Elternrolle übernimmst. Ich schreibe jetzt an die Nonnen, um ihnen mitzuteilen, dass Thania kommen soll. Nun weiß ich, dass auch du, Jeffrey, eine Tochter in England hast. Und es ist mir völlig klar, was du da verbirgst. Es war nie meine Absicht, herumzuschnüffeln. Ich habe aber zufällig einmal einen Brief in die Hände bekommen, als ich deinen Schreibtisch aufräumte. Es war die Bitte um die Begleichung einiger Rechnungen, Arzthonorare. Deine Tochter leidet an einer Geisteskrankheit, von der niemand etwas wissen soll. Die Tatsache, dass sie in einem Irrenhaus untergebracht ist, dämpft natürlich das schöne Bild, das du um dich geschaffen hast. Wie auch immer, ich verstehe sehr gut, dass du hier in der Garnison oder gar in ganz Mandalay keine Gerüchte haben willst, was das schwachsinnige Kind angeht, das du gezeugt hast und mit dem du dann nach dem Tod seiner Mutter allein dastandest. Wenn du aber irgendeinen Einwand gegen Thanias Anwesenheit hast oder mich noch einmal zu erniedrigen versuchst, dann werde ich dich verlassen, und der Skandal, den ich dann zwischen hier und Dum-Dum, Kalkutta, anzetteln werde, wird dich niemals in den Rang eines Oberst befördern, worauf du doch so scharf bist. Das ist alles, was ich dazu zu sagen habe.« Angela wandte sich um und warf beim Hinausgehen die Schlafzimmertür hinter sich zu.

4

Fünf Monate später hatte der Monsun seinen Höhepunkt erreicht. Angela nahm eines der I. F. C.-Schiffe hinunter nach Rangun, um ihre Tochter abzuholen. Das Mädchen war unter der Obhut der Schiffskrankenschwester gereist. Als Angela nun nach neun Jahren ihre Tochter wiedersah, spürte sie zugleich Reue und unendliche Erleichterung. Thania war so unscheinbar, dass niemand dieses verängstigte kleine Menschenkind mit irgendjemandem in Verbindung bringen konnte. Ihr Haar, das streng in der Mitte gescheitelt war, hing in zwei Strängen geflochtenen Strohs auf beiden Seiten ihres bleichen kleinen Gesichtes herunter. Die Augenfarbe konnte man wegen ihres pausenlosen Zwinkerns nicht erkennen.

»Thania, ist irgendetwas mit deinen Augen nicht in Ordnung?« Sie gingen gerade durch das Shwe Kaufhaus in Rangun, um ein paar anständige Kleider für das Kind zu kaufen.

»Das Licht hier ist sehr hell und tut meinen Augen weh. Ich bin nur an Dunkelheit gewöhnt.«

Erschreckt blickte Angela auf den Winzling hinunter: »Was soll das heißen, Kind?«

»Mutter und Vater haben mir nie eine Kerze gegeben. Wenn es dunkel wurde, musste ich am Fenster sitzen, um zu lesen. Und ich lese gerne. Aber wenn es zu dunkel wurde, musste ich mein Buch weglegen. Ich habe immer so lange wie möglich gelesen.«

»Wir werden einen Augenarzt aufsuchen müssen, solange wir

hier in Rangun sind. Hättest du nicht lieber eine Puppe anstelle dieses furchtbaren, schmutzigen Lumpens, den du da im Arm hältst?«

»Nein danke, Madam«, sagte Thania, die zum ersten Mal die Augen entsetzt aufriss und dieses einzige geliebte Besitztum, einen Fetzen von rosa Tuch, an sich presste. Um sie nicht weiter zu beunruhigen, wechselte Angela das Thema: »Thania, warst du eigentlich glücklich bei den Leuten, die du Vater und Mutter nennst?«

»Manchmal schon, manchmal nicht. Sie waren sehr alt und brauchten jemanden, der sich um sie kümmerte. Ich nannte sie Vater und Mutter, weil ich das musste.«

»Was haben dir die Nonnen sonst noch gesagt?«

»Sie sagten mir, dass meine richtige Mutter mich weggegeben hatte, weil sie sich nicht um mich kümmern konnte. Deshalb musste ich bei meiner anderen Mutter und dem anderen Vater bleiben, bis meine richtige Mutter kommen würde, um mich zu holen. Sie würde das aber nur tun, wenn ich ganz brav wäre. Dann würde sie mich nicht schlagen und mich nicht mehr weggeben.«

Angela bog in einen Seitengang des Kaufhauses ein, beugte sich herunter und nahm das kleine Mädchen bei den Schultern: »Thania, sieh mich an. Nein, schiele nicht, sieh mich richtig an.« Die Kleine bemühte sich, gehorsam wie immer. »Ich bin deine Mutter.« Angela konnte nur verzweifelt hoffen, dass sie jetzt das Richtige tat.

»Ich weiß«, sagte das Kind einfach.

»Du weißt das?« Angela war erstaunt über die Weitsicht Thanias. »Woher weißt du das?«

»Manchmal spüre ich das, wenn die Leute mir Lügen erzählen. Ich weiß, wann etwas stimmt und wann nicht. Ich weiß, dass du meine Mutter bist, aber dass du nicht willst, dass du es bist, deshalb hast du mich weggegeben. Aber ich habe immer gewusst, dass du mich wieder holen würdest, wenn es so weit sein würde. War das jetzt, weil mein Vater gestorben ist?« Sie starrte zu Angelas Gesicht auf, ihr eigenes komisches kleines Gesichtchen herzzerreißend lieb, während sie die Augen zusammenkniff, um besser sehen zu können. Angela schluckte krampfhaft. Sie fühlte sich in der Gegenwart dieses kleinen Wesens aus ihrem eigenen Fleisch und Blut völlig verunsichert: »Ja, Thania, aber Jeffrey wird jetzt dein neuer Vater sein, und du musst ihn mit Papa anreden. Vorläufig bist du unsere adoptierte Tochter. Das ist viel einfacher, weil jeder in Mandalay gehört hat, dass wir ein Waisenkind aus England annehmen wollen, da wir keine eigenen Kinder haben. Nur Jeffrey, du und ich wissen, dass du meine wirkliche Tochter bist. Das müssen wir vorläufig für uns behalten, verstehst du?«

»Ja.«

»Du bist doch nicht unglücklich darüber, dass wir dich hierher in dieses fremde Land gebracht haben, in dem du bei uns leben wirst, oder?«

Das Mädchen lächelte. »Oh nein, ich mochte das dort nicht, besonders, wenn es im Winter kalt und finster war und ich früh aufstehen musste, um das Feuer anzuzünden, bevor ich zur Schule ging. Hier ist es angenehm warm, und ich glaube nicht, dass ihr mich schlagen werdet, wenn ich das Feuer nicht angezündet habe, bevor ich zur Schule gehe.«

Wieder war es dieses Messer in ihrem Herzen, das Angela veranlasste, krampfhaft nach einem anderen Gesprächsthema zu suchen. »Na komm, wenn du diese zerlumpte Puppe behalten willst, dann gehen wir jetzt und suchen jemanden, der deine Augen untersuchen kann.«

Der indische Augenarzt sagte nach einer gründlichen Untersuchung: »Sie brauchen sich keine Sorgen zu machen, Memsahib, es ist nur eine kleine Schwäche in einem Auge, die von selber verschwinden wird. Sie braucht keine Brille. Es wird viel besser sein, wenn sie ihre Augen anstrengt und so die Muskeln trainiert. Und natürlich sollte sie jede Menge Karotten essen.«

»Mir wäre es lieber, wenn Sie ihr eine Brille geben würden, um ihr das Leben ein bisschen zu erleichtern.«

Er zuckte die Schultern. »Das können wir machen, Memsahib.

Kommen Sie in vier Stunden wieder, und ich werde die Brille für das Mädchen fertig haben. Aber iss trotzdem immer viele Karotten.«

Auf dem Schiff zurück nach Mandalay wandte sich Angela wieder an Thania: »Du musst natürlich jeden Tag weiter zur Schule gehen, genau wie die anderen Jungen und Mädchen. Nächstes Jahr im Oktober wirst du auf eine nette kleine englische Schule in einer hübschen kleinen Stadt namens Maymyo gehen. Das ist nicht sehr weit von Mandalay, ungefähr vierzig Meilen, und ich werde dich jeden Monat in der Schule besuchen. Ich glaube, dass du Maymyo mögen wirst. Es ist so ziemlich wie in England, allerdings sonniger und wärmer. Es gibt dort Frost im Winter, und sie müssen dann Feuer anzünden, aber du hast nichts damit zu tun. Glaubst du, dass du damit einverstanden sein kannst?«

Thania starrte mit ihrer neuen Brille über die Reeling, weil sie unbedingt fliegende Fische auf dem Fluss entdecken wollte. Mit der einen Hand drückte sie ihre rosa Decke gegen ihren Mund, während sie mit der anderen schüchtern nach Angelas Hand griff: »Ich verspreche, dass ich sehr glücklich und sehr brav sein werde, Madam.«

»Du kannst mich Mama nennen, Thania.« Angela fuhr sie wesentlich schärfer an, als sie es beabsichtigt hatte.

Wo der Chinthe brüllt

1896

Fünfunddreißigstes Kapitel

1

Nathan gefiel der Anblick des durchsickernden Wassers nicht, das seine Lagerhäuser gefährdete. König Mindon Min hatte den Bund aufschütten lassen, um gegen die immer wiederkehrende Flut vorzusorgen. Aber auch das konnte Nathans Lagerhäuser nicht schützen. Nathan hatte einen englischen Bauleiter und einen italienischen Bauingenieur aufgetrieben, die seine alten Lagerhäuser verstärken sollten, während die neuen Bauarbeiten ausgeführt würden. Auf diese Weise musste er die lagernden Waren nicht woanders hinbringen.

Die Fachleute meinten, dass seine Lagerbuchten trockengelegt werden müssten, damit man die Wälle des Flusses vorher reparieren könnte.

»Das ist ja herrlich«, sagte Nathan sarkastisch. »Und wie schaffen wir das ohne Schleusensystem am Irrawaddy?«

»Pumpen und ein Schotterdamm, der hier das ruhige Wasser zurückhält, Captain Vorne. Das ist nicht besonders schwierig«, meinte der Italiener.

Inzwischen hatte der Brite sich umgesehen und erwähnte eine Reihe von Dingen, mit denen man die Wälle verstärken könnte.

»Das sagt mir überhaupt nichts. Sie tun, was Sie zu tun haben. Reichen Sie Ihre Empfehlungen einem Architekten für die neuen Gebäude weiter und tun Sie genau das, was Sie für notwendig halten. Vergessen Sie aber nicht, dass im Monsun das Wasser hier heruntergedonnert kommt wie ein Eisenbahnzug über die Prärie.«

»Ich arbeite hier schon zehn Jahre an diesem Fluss, Captain de

Veres-Vorne!«, sagte der Engländer knapp. »Ich glaube, ich weiß, was man von ihm erwarten kann.«

»Hoffen wir das Beste. Ich arbeite auf diesem Fluss schon seit fast dreißig Jahren, und ich weiß immer noch nicht, was er vorhat.«

»Machen Sie sich keine Sorgen, Captain de Veres-Vorne, wir werden vor dem Monsun im nächsten Jahr fertig sein. Wir fangen im November oder im Dezember an, wenn der Fluss auf seinem niedrigsten Stand ist. Sie werden im nächsten Mai Ihre neuen Lagerhäuser haben.«

»Das kann ich nur hoffen. Ich will aber die jetzigen Lagerhäuser ohne großen Aufwand repariert bekommen. Bringen Sie also Ihre Elefanten so schnell wie möglich hier herunter, am besten gleich morgen. Bringen Sie Ihre Stützen, Blöcke, Flaschenzüge und Pumpen und alles, was Sie sonst benötigen, mit. Aber legen Sie einen Zahn zu, Zeit ist Geld!«

Die zwei Männer verschwanden mit ihren Bandmaßen, Stiften und Notizbüchern. Nathan wandte sich Angela zu, die über den Steg von ihrem Büro gekommen war, um mit ihm zu sprechen. »Ich hab's dir ja gesagt, Nathan. Seit einer Woche paddle ich hier schon im Wasser herum.« Sie lächelte ihn süffisant an, schließlich hatte er ihr nicht zuhören wollen, als sie ihm erzählt hatte, dass der Fluss seine Warenhäuser unterspülte.

»Glaubst du, dass du mit allem fertig wirst, während ich weg bin, Schatz …? Wonach riecht es hier eigentlich? Das ist doch kein Eau-de-Cologne.«

»Tsarevna. Jeffrey hat es mir gekauft.«

»Was für ein Lustmolch! Aber zurück zu meiner Frage: Glaubst du, dass alles hinhaut, wenn ich in Amerika bin?«

»Warum denn nicht? Ich bin doch in deiner Abwesenheit immer ganz gut zurechtgekommen.«

»Das bist du, Madam, das bist du! Diesmal aber werde ich ziemlich lange weg sein, Schatz. Streng dich an und benimm dich anständig, während ich weg bin. Vielleicht erhöhe ich dann deinen

Lohn, wenn ich zurückkomme. Und pass auf, dass sie anständig an meinen Lagerhäusern arbeiten. Ich gebe dir volle Freiheit, zu tun, was du für richtig hältst, aber ich werde dich für jede Schlamperei verantwortlich machen. Ich sehe dich morgen, Schatz, bevor ich nach Rangun abfahre.« Da sie nichts antwortete, nahm er seinen Tropenhelm und ging zur Tür. Sie sah, dass seine blonden Haare von helleren grauen durchzogen waren. Er war nun schwerer als der junge Mann, der sie in Loloi aus den Fängen des Tigers gerettet hatte. Sie wandte sich wieder den burmesischen Zahlen auf dem Papier vor ihr zu. Es gab aber noch so viele Wünsche, die ihr zwischen den Zahlenkolonnen zu stehen schienen.

2

Jeffrey war drei Tage früher als erwartet nach Hause zurückgekommen. Angela war geradezu bestürzt, ihn auf der Veranda in seinem Liegestuhl lümmeln zu sehen. Neben ihm stand wie immer eine Flasche Whisky, am Boden lag ein Haufen Zigarettenkippen. Jedes Mal, wenn er auf Urlaub kam, war er noch verbitterter und noch unerträglicher. Die Dschungel von Burma schienen ihm überhaupt nicht mehr zu passen, und Angela wunderte sich, warum er sich überhaupt freiwillig gemeldet hatte, für Frieden unter den Bergvölkern des Nordens zu sorgen, während er doch an anderer Stelle einen wesentlich bequemeren Posten hätte haben können. Ihr war es recht so, denn schon der bloße Gedanke, von Mandalay fortzumüssen, das längst ihre Heimat geworden war, erschreckte sie.

»Hallo, Jeffrey!« Sie versuchte, einen fröhlichen Ton anzuschlagen, als sie die Verandatreppen hinaufstieg und sich bemühte, seine verschwitzte Uniform und sein unrasiertes Kinn nicht zur Kenntnis zu nehmen. »Ich habe dich heute noch gar nicht erwartet.«

»Das merkt man.« Er langte nach der Whiskyflasche und goss sich einen halben Becher ein. »Ich konnte verdammt noch mal gar nichts zu essen finden in diesem Haus. Passt genau zu der arbeitstätigen kleinen Mem. Die Arbeit macht noch Spaß unter den Eingeborenen hier, was, Angy?«

»Ja, danke.« Sie nahm ihren breitrandigen Hut ab und steckte die lange Hutnadel wieder hindurch, bevor sie ihn auf den Tisch legte. »Wir sind in der letzten Zeit ziemlich beschäftigt. Die Lagerhäuser müssen dringend repariert werden. Wir mussten einen Ingenieur, einen Bauleiter und einen Architekten holen, um alles wieder in Ordnung zu bringen. In den nächsten Monaten werde ich noch mehr zu tun haben, zumal Nathan nach Amerika abgereist ist. Danach will er noch seine kranke Mutter in Irland aufsuchen.«

»Du hast noch gar nicht gefragt, wie es mir geht, Angy. Ich bin immerhin drei Monate weg gewesen.«

»Wie geht es dir, Jeffrey?« Sie lehnte an einem der Verandapfosten und blickte über die Poinsettias, Hibisken und Tagetes im Garten hinweg, die einen Feuerzauber von Farben veranstalteten. Sogar einen Papayabaum hatte sie als Glücksbringer gepflanzt.

»Wir haben die Rebellenarmeen, die Prinz Nyaung Ok folgen, endlich in Fetzen gehauen. Wir werden sie hinunter nach Imphala prügeln, vielleicht sogar bis zum Jainta-Pass.« Er blickte sie amüsiert an.

»Prima Arbeit, Jeffrey. Deine ausgezeichnete Geheimdienstarbeit pflastert auf Jahre hinaus den Weg für Vernichtung und Chaos in ganz Ober-Burma. Die Burmesen werden nämlich nicht aufgeben. Jedenfalls nicht, bevor sie Burma zurückgewonnen haben, ganz egal, wie viele Soldaten Großbritannien hierher schickt.«

»Du redest schon wie so eine blöde Eingeborene.«

»Vielleicht bin ich ja inzwischen zu einer geworden.«

»Ohne Zweifel durch dieses hiesige Unternehmen, die de-Veres-Vorne-Company.« Jeffrey grinste sie höhnisch an. »Ganz besonders durch den Boss, was Angy?«

»Warum schießt du dich dauernd auf Nathan ein, der doch uns gegenüber so großzügig gewesen ist?«

»Dir gegenüber, Madam, nicht mir gegenüber. Großzügig, das stimmt, offenbar als Bezahlung für Dienstleistungen.« Er stand auf und ging ins Haus, wo ihr fünfjähriger Sohn, der gerade von der Amme geweckt worden war, glücklich mit seiner Spielzeugeisenbahn auf dem Fußboden spielte, die ihm Nathan geschenkt hatte. Die Metallschienen liefen von Zimmer zu Zimmer, und Jeffrey war schon mehr als einmal über Theos Spielzeugbahn gestolpert. Einen Augenblick später hörte Angela Theo aufheulen, weil Jeffrey ihn geohrfeigt hatte. Noch bevor sie dem Kleinen zu Hilfe eilen konnte, steckte Jeffrey sein unrasiertes Kinn durch den Perlenvorhang in der Tür: »Erzieh das Kind anständig, oder ich werde ihn nach England schicken und ihm für den Rest seines Lebens in einer Anstalt Manieren beibringen lassen. Während ich hier meinen Urlaub verbringe, will ich ihn weder hören noch sehen. Wenn er mir weiter unter den Füßen herumspielt, dann muss er damit rechnen, dass ich auf ihn trete oder sein Spielzeug kaputtmache. Ich bin schließlich keine Ballerina, die sich hier im Haus tänzelnd ihre Wege bahnen muss. Verflucht noch mal, Madam, kann ein anständiger Mensch nicht mal auf Urlaub nach Hause kommen, ohne dass hier jedes Mal der Teufel los ist? Außerdem fällt mir auf, dass du lieber deine Röcke für einen Kerl in dessen Lagerhäusern hebst, als dass du dich um das Essen und Trinken hier in meiner Vorratskammer kümmerst. Ich möchte diese Schlamperei nicht mehr haben, sonst bekommst du wieder die Reitgerte, verstanden, Angy?«

»Jeffrey …« Die unterdrückten Tränen erstickten ihre Stimme nahezu. »Jeffrey, musst du denn so viel trinken?«

»Ja, Madam, das muss ich! Wenn ich in ein so dreckiges Haus komme, mit Ameisen in jedem Schrank und nicht einmal einem verfluchten Diener in der Nähe, was bleibt mir da anderes übrig, als nach der Flasche zu greifen? Ich kann mir überhaupt nicht mehr vorstellen, was ich früher an dir gefunden habe. Schnapp dir dein Balg und verschwinde, damit ich ein bisschen schlafen kann.«

»Er ist genauso dein Balg wie meins, Jeffrey.«

»Und woher soll ich das wissen? Du bist ein Lügenbeutel, Angy. Ich weiß nicht mehr, was ich glauben soll, vor allen Dingen, wenn ich mir vorstelle, was für ein Biest Thania ist. So wie ich das sehe, ist Theo von derselben Sorte, das Kind eines sehr lockeren Weibsbildes.«

Empört über diese letzte Beleidigung stürzte sie sich auf ihn, aber Jeffrey schleuderte sie mit einem Schlag hinunter auf den Boden zu Theo, der wütend und in Tränen mit seinen kleinen Fäusten auf den Boden trommelte. »Ich habe dir schon einmal gesagt, Jeffrey, dass du dich uns gegenüber nicht mehr so übel verhalten sollst. Ich lasse das nicht mehr zu.«

»*Du* lässt das nicht mehr zu, *du* lässt das nicht mehr zu! Wer bist du eigentlich, mir zu sagen, was du nicht mehr zulässt? Ich warne dich zum letzten Mal, Angy. Ich will ein sauberes und anständiges Haus, in das ich jederzeit kommen kann. Ich will, dass die Diener jederzeit zur Verfügung stehen und dass deine Bälger irgendwo anders sind. Bring den kleinen Balg jetzt aus dem Haus und lass ihn bei deinem großartigen Kerl in Whitewalls, wo er zweifellos hingehört.«

»Verflucht, Jeffrey, verflucht, verflucht! Ich wünschte bei Gott, dass das wirklich wahr wäre! Ja, ich sage das! Ich wiederhole das eine Million Mal, weil ich deinetwegen so viel verloren habe! Du verschwindest aus diesem Haus, denn es ist nicht deins, sondern meins – *meins*! Nathan hat es mir geschenkt, und es ist nicht an mir, hier zu verschwinden, sondern an dir. Es ist *mein* Haus, Jeffrey, es ist *mir* überschrieben, also verschwinde, weil *ich* dich hinauswerfe, nicht Nathan. Komm Theo, sei still, Schatz. Alles ist in Ordnung, Mama ist jetzt hier.« Sie nahm das Kind in die Arme und machte sich auf die Suche nach der Ayah, die sich wahrscheinlich seit Jeffreys Ankunft versteckt hatte.

Sie fand Regina im Badezimmer hockend und sagte zu ihr: »Nimm Theo mit nach Whitewalls und bleib mit ihm dort. Bring ihn nicht mehr zurück, bevor ich ihn abhole.«

»Ja, Memsahib.«

Während Jeffrey seinen Rausch ausschlief, nahm Angela sein Pferd aus dem Stall und galoppierte los, um festzustellen, ob Nathan zu Hause war.

Regina fand die alte Chinesin vor, die, fast blind und verkrüppelt, Theo in der Küche von Whitewalls etwas zu essen und zu trinken gab. Dann schlurfte die gebrechliche Fee Tam in das Büro des Captains, zeigte ihm das Kind und sagte ihm, dass die Herrin von Sequoia Theo dagelassen hatte, damit sie sich um ihn kümmern sollte.

»In Ordnung, Fee Tam«, sagte Nathan knapp. »Kümmere dich um ihn, bis ich mit seiner Mutter zurückkomme.« Er sattelte sein Pferd, nahm sein Gewehr und ritt genau dahin, wohin er reiten musste. Auf halbem Weg nach Ava, den Fluss hinunter, erreichte er einen finsteren Wald mit einem alten Tempel, den die Burmesen mieden wie die Pest, weil sie glaubten, dass dort böse Geister hausten.

Angela trug die gleiche Kleidung, die sie auch im Büro bevorzugte. Nathan nahm zärtlich, aber fest ihre Hände von ihrem Gesicht. »Liebes, ich sehe dich ungern so unglücklich.«

»Wie hast du mich gefunden?«

»Ich weiß immer, wie ich dich finden kann. Ich weiß, dass du hierher kommst, um Jeffrey zu entgehen. Manchmal bin ich dir nur gefolgt, um sicherzugehen, dass der Dschungel dich nicht erwischt hat. Morgen fahre ich nach Amerika, Liebes, und ich muss mit dir reden. Komm einfach mit mir nach Amerika. Wir können Theo mitnehmen.«

Sie schüttelte bestimmt den Kopf: »Bring mich nicht in Versuchung, Nathan. Jeffrey würde mich niemals Theo mitnehmen lassen, trotz all seiner Gemeinheiten. Außerdem habe ich Minthami schon genug verletzt, indem ich so oft ihren Platz eingenommen habe, jedenfalls hier in Mandalay.«

Er sah sie mit einem unsicheren Lächeln an: »Ich glaube kaum, dass jemand Minthami die Stelle einer Geschäftsführerin der de-

Veres-Vorne-Company weggenommen hat. Außerdem ist sie viel glücklicher mit den Dingen, die sie schon immer tun wollte, nämlich deinem guten Beispiel auf dem achtfachen Weg zu Buddha zu folgen, seit die Schmetterlingsseele einer Tochter und alles andere sie betrogen haben. Du hast Minthami nicht verletzt, Angela, also vergiss das. Wenn jemand das getan hat, dann war ich das. Jetzt sag mir, was dich so aufgeregt hat.«

Sie schüttelte den Kopf: »Ich möchte nicht darüber reden. Das hilft doch nichts.«

Nach einiger Zeit fragte er: »Soll ich's mit ihm ausmachen und ihm ordentlich eine aufs Kinn geben, wie damals Reggie Rowanbottom?«

Sie lächelte. »Nein, Nathan. Das bringt doch nichts. Er würde dir höchstens sagen, dass du dich um deine Angelegenheiten kümmern sollst.«

Das Schweigen zwischen ihnen wurde geradezu bedrückend. Da waren so viele Dinge, die noch zu sagen waren, aber jeder von ihnen fürchtete den ersten Schritt, aus Angst, zurückgewiesen zu werden. Keiner von ihnen wollte nachgeben, und so blieb Nathan nichts, als zu sagen: »In Ordnung, gehen wir. Ich mag diese Dschungel-Nats nicht oder das Militärgesindel, das Jeffrey mir auf den Hals schicken könnte. Und heute wird es auch kein Mondlicht geben.«

Er nahm das Gewehr auf, das er auf die Treppe zu seinen Füßen gelegt hatte, und reichte ihr die Hand, um ihr die zerfallenen Treppen hinunterzuhelfen. Der leichte Druck ihrer Finger ließ ihn in ihr Gesicht aufblicken. Es war sanft, hübsch und bedrückt.

»Nathan, danke für all deine Zuverlässigkeit, was mich angeht.«

In dieser Bemerkung lag Sehnsucht, ein Ausstrecken ihrer Hand, das seine Seele zerriss.

»Wofür hat man sonst Freunde, Amagyi-Angela?«

3

Jeffrey brachte einen kleinen Foxterrier für Theo mit, angeblich, weil er die Spielzeugeisenbahn kaputtgemacht hatte. Angela wusste nicht, was sie mit seinem Friedensangebot anfangen sollte, das auf Kosten eines wehrlosen Tieres ging. Auch wusste sie nicht, was sie mit seinen guten Vorsätzen anfangen sollte, dass er mit dem Trinken aufhören würde und sie nicht mehr wie den letzten Dreck behandeln würde. Sie hatte diese Anfälle von Reue schon früher erlebt, sie waren typisch für Jeffreys Wesen. Er schwankte zwischen Boshaftigkeit und Freundlichkeit, Liebe und Hass, Verwerflichkeit und Skrupeln. Die Extreme seines Verhaltens waren so unvorhersehbar, dass sie sich völlig hilflos fühlte. Innerhalb einer Woche konnte sie jedoch eine auffällige Veränderung an ihm entdecken. Er trank weniger, fluchte weniger und benahm sich mehr wie das vernünftige Wesen, als das sie ihn kennen gelernt hatte. Sein Gang wurde aufrecht und lebendiger, seine äußere Erscheinung angenehm und ordentlich, er lallte nicht mehr.

Angela begrub ihren Widerwillen und war bereit, ihm auf halbem Weg entgegenzukommen, um alles für diese lieblose Ehe zu retten, was noch zu retten war.

Marbles, der Foxterrier, blieb da, und Theo liebte ihn. Eines Morgens sah Angela, wie Jeffrey mit Marbles und Theo spazieren ging und wie der Hund japsend und kläffend hinter Jeffrey herrannte, während Theo stolz neben seinem Vater herstolzierte. Durch den Zaun konnte Angela sehen, wie Jeffrey Theo die eine oder andere Sache mit dem Spazierstock zeigte. Sechs Uhr morgens war hier die angenehmste Zeit.

»Möge der Frieden halten«, murmelte sie vor sich hin, ging hinein und setzte ihren Hut auf, nahm die Handtasche, um zu den Lagerhäusern hinauszugehen. Das Bild von Jeffrey und ihrem kleinen Sohn würde ihr immer im Gedächtnis bleiben.

Sechsunddreißigstes Kapitel

1

Sa-Lon de Veres-Vorne, ein auffällig gut aussehender junger Mann in seinem weißen Tropenanzug, blickte grimmig auf das Mädchen am Flügel, das völlig auf ihr Spiel konzentriert war, während ihre Mutter auf der Couch stickte. Er konnte die Augen nicht von ihr wenden.

Die siebzehnjährige Thania Radcliffe, die während der Weihnachtsferien von Maymyo gekommen war, übte jeden Tag in Whitewalls. Sa-Lon wusste, dass sein Vater ihnen angeboten hatte, wann immer sie wollten in sein Haus zu kommen, und dass die beiden das auch kräftig ausnutzten, um dem versoffenen Gesindel in Sequoia zu entgehen, das seiner Ansicht nach niemals nach Mandalay hätte kommen dürfen.

Verärgert drehte er sich um und ging hinaus auf die Veranda. Thania spielte die letzten Noten und erwartete Beifall. Enttäuscht drehte sie sich auf dem Hocker herum und sah, dass Sa-Lon verschwunden war. Sie ließ beide Hände auf die Tasten fallen, sodass eine laute Dissonanz Angela von ihrer Stickerei aufschreckte. »Was sollte das jetzt? Thania, du musst deine Brille aufsetzen, wenn du vom Blatt spielst. Du wirst deine Augen überanstrengen.«

»Ich brauche die Brille nicht, Mama.«

»Doch, du brauchst sie, meine Liebe. Setz sie jetzt auf. Wo läufst du denn hin?« Angela sah, dass ihre Tochter auf die Veranda hinauslief. Sie stopfte verwirrt ihr Nähzeug in die Tasche und rannte ihrer Tochter nach. »Thania, bleib stehen, warte auf mich, es ist Zeit, nach Hause zu gehen.«

»Ich weiß, genau dahin gehe ich ja.« Angela lief ihr hinterher und bemerkte, wie Sa-Lon lässig auf der Balustrade lehnte und mit seinem Glas Orangensaft spielte. Thania lief über den Rasen hinunter in Richtung Sequoia, während er sie mit einem Lächeln beobachtete, das Angela in keiner Weise gefiel.

»Danke, Sa-Lon, dass wir den Flügel benutzen durften.«

»Nicht der Rede wert, Mrs. Radcliffe.« Er drehte sich um und sah sie mit einem amüsierten Lächeln um seinen feinen Mund an. Angela war sich bewusst, dass er seine Feindseligkeit nicht mehr verbarg wie früher, als Nathan noch nicht in Amerika war, sondern sie jetzt ganz offen zeigte. »Ich bin sicher, dass mein Vater froh ist, wenn in seiner Abwesenheit jemand ein Auge auf das Haus hat«, sagte er lässig.

Sie lächelte ihn an: »Wann fährst du wieder nach Rangun, Sa-Lon?« Ihre arrogante Frage sollte Sa-Lon verunsichern. Sein hochnäsiges Verhalten gegenüber Thania hatte Angela aufgeregt.

»Bald, Mrs. Radcliffe.«

»Hast du die Absicht, wieder zurück nach Amerika zu gehen?«

»Nein, ich möchte in Rangun eine Anwaltskanzlei aufmachen.«

»Aha!«

»Jetzt hat Sie mein Vater also doch endlich zum Teilhaber in seinem Geschäft gemacht!« Sa-Lon hob sein Glas wie zu einem Glückwunsch, seine Augen drückten irgendetwas zwischen Spott und Zorn aus. »Er sollte wirklich eine Gesellschaft mit beschränkter Haftung daraus machen, um das Risiko zu verringern. Ich habe ihm das schon vor Jahren gesagt, aber er hört mir ja nicht zu. So eine vage Zusammenstellung von Unternehmungen, die mein Vater angefangen hat, ist überhaupt keine Gesellschaft, zumal er als Einziger für alle Schulden geradestehen muss, falls die Firma jemals zusammenbricht, was Gott verhindern möge. Und nun müssen Sie als seine Partnerin ebenfalls für diese Schulden geradestehen.«

»Ich glaube nicht, dass dein Vater Bankrott gehen wird, wenn es das ist, was dir Sorgen macht, Sa-Lon.« Angela konnte sich nicht verkneifen, ihn zurechtzuweisen.

Er lächelte sie mit Nathans trägem Lächeln an. So wie Nathan blond war, so war er dunkel, aber noch besser aussehend als sein Vater. Seine Größe, sein gutes Aussehen hatten ihm schnell den Ruf eines Schwerenöters eingebracht, mit einer ganz schönen Liste an gebrochenen Herzen, wenn man seine vierundzwanzig Jahre bedachte. »Nein, ich mache mir keine Sorgen darüber, dass mein Vater Bankrott gehen könnte. Sein Geschäft hat nichts mit mir zu tun. Ich finde nur, er sollte Aktien seiner so genannten Gesellschaft verkaufen, damit er noch reicher wird. Sie und er müssten natürlich die Hauptaktionäre bleiben, allerdings mit begrenzter Haftung, falls irgendetwas Unvorhergesehenes passiert, das sein Vermögen über Nacht vernichtet. Vielleicht würden Sie meinem Vater das einmal erklären, weil er Ihnen eher zuhört als mir. Das letzte Mal, als ich dieses Thema angesprochen habe, stieg er auf das hohe Ross und sagte, um seine eigenen Worte zu verwenden, dass er nicht wolle, dass so ein Haufen dickfelliger, füllerschwingender Aktionäre ihn auf den Aktionärsversammlungen blöd anreden würden. ›De Veres-Vorne‹ sei das Wichtigste und nicht das, was man hinten dranhängen würde.«

»Sa-Lon, dein Vater wird letztlich das tun, was er will. Das wissen wir doch beide.«

Später, in Sequoia, war Thania dabei, sich fürs Bett zurechtzumachen. Sie starrte Angela durch ihre Brille an und vergaß völlig ihre sonstige ruhige Zurückhaltung. Sie schäumte geradezu über in ihrer Begeisterung für Sa-Lon de Veres-Vorne. »Ist er nicht einfach der bestaussehendste Mann?« Angela wurde ärgerlich: »Thania! Hör sofort auf, so daherzureden. Sa-Lon kann von mir aus der bestaussehendste Mann der Welt sein, aber ich verbiete dir, so an ihn zu denken, verstanden? Ich will das nicht haben, also vergiss ihn sofort. Außerdem bist du viel zu jung, um über gut aussehende junge Männer nachzudenken. Wenn du nicht gehorchst, werde ich es Jeffrey sagen, und du weißt ja, wie sehr er auf jeden Vorwand lauert, dich nach England zurückzuschicken.«

Das war die schlimmste Strafe, die man sich für Thania denken konnte. Angela war wütend auf sich selber, dass sie zu solch einem Mittel griff, zumal Jeffrey nichts gleichgültiger sein konnte, solange sie die Rechnungen bezahlte. Die liebe, fürsorgliche Thania brachte sie mit ihrer nächsten Bemerkung völlig aus dem Gleichgewicht: »Oh, ich verstehe, Mama. Das ist, weil er nicht völlig weiß ist, oder?«

Angela war zutiefst schockiert von Thanias Ton und schoss herum, während Thania sich bemühte, das Moskitonetz um ihr Bett herunterzulassen. »Thania, wie kannst du das wagen! Der einzige Grund, warum ich etwas gegen Sa-Lon de Veres-Vorne habe, liegt nicht in seiner Hautfarbe, sondern in dem, was darunter ist. Er ist kein Junge mehr, sondern ein welterfahrener Mann, der aus Amerika zurückgekommen ist, wo er eine ganze Menge von dieser amerikanischen Dreistigkeit, des materiellen Denkens, der Selbstsucht und vor allem einer Neigung zu Frauen in sich aufgenommen hat – für jede Art von Frauen. Er mag ja durchaus gut aussehend und schneidig auf dich wirken, Thania, aber man kann ihm nicht trauen. Er ist sicher auch liebenswürdig, gewandt, zärtlich und sehr gefährlich. Er wird dir das Herz brechen, täusche dich nicht! Ich werde das aber nicht zulassen. Ich verbiete dir, noch einmal seinen Namen zu erwähnen, und du wirst nicht mehr nach Whitewalls gehen, um dort zu spielen. Sonst sage ich es Jeffrey.«

Thania lag mittlerweile unter ihrem Moskitonetz. »Sei nicht böse auf mich, Mama. Ich werde nichts tun, was dich und Papa verletzt. Es gibt da so viele Dinge, die mich verwirren. Bevor Tante Bee den Brigadegeneral Greenaway nach Onkel Edwins Tod heiratete, hat sie mir erzählt, dass Sa-Lons Mutter eine Shan-Prinzessin sei, die buddhistische Nonne geworden ist. Stimmt das?«

»Ja, das stimmt.«

»Warum hat sie das gemacht?«

»Da gab es viele Gründe, die du nicht verstehen kannst. Ich kann sie dir auch nicht erklären.«

»Hatte es etwas damit zu tun, dass Sa-Lons Vater eine Engländerin liebte?«

Angela fühlte sich schwindlig und hielt sich an der Tür fest. »Hat dir Tante Bee das erzählt, Thania?«

»Nein, das habe ich selbst gehört. Ich weiß keine Namen, aber jemand an meiner Schule stammt auch aus Mandalay. Das Mädchen hat irgendwann einmal gesagt, dass ihr Vater den Captain de Veres-Vorne recht gut kenne, weil sie Geschäfte miteinander machten. Der Captain soll eine Affäre mit einer Engländerin gehabt haben, worauf ihn seine burmesische Frau verließ und ihn in Mandalay lächerlich machte, indem sie in ein Kloster ging. Das war alles. Sie hat nicht gesagt, wer die Frau war.«

Angela hatte keine Lust mehr, weiter zuzuhören: »Thania, gebrauche bloß das Wort Affäre nicht noch einmal. Es ist kein schönes Wort im Munde eines Mädchens. Ich möchte jetzt kein Wort mehr hören, also schlaf jetzt.«

Angela ging hinaus und schloss die Tür. Erschöpft lehnte sie sich an die Wand. Nächstes Jahr würde Thania ihre Schule in Maymyo abschließen. Sie würde dann achtzehn. Es wurde langsam Zeit, dass sie einen netten jungen Mann kennen lernte, den sie heiraten würde. Aber wie zum Teufel konnte sie in Mandalay einen netten jungen Mann finden? Hier gab es nicht viele Matthew Sinclairs, die meisten Männer waren Soldaten. Natürlich gab es da die Offiziere in der Garnison, eine Menge ansehnlicher junger Männer, die hier in Nord-Burma ihren Dienst leisteten. Sie würde sich wohl um Thanias willen an mehr gesellschaftlichen Ereignissen beteiligen müssen, an Reitturnieren, Partys, an Polospielen, an all den Dingen eben, die sie wegen ihrer Beschäftigung in der de-Veres-Vorne-Company vernachlässigt hatte. Jetzt musste sie sich mehr um ihre Tochter kümmern. Natürlich konnte sie Thania nicht überall selbst einführen, sondern würde sich um Jeffreys Mitarbeit bemühen müssen, sodass ihre Tochter den richtigen jungen Mann in der rechten Form treffen würde.

2

Das Mondlicht erfüllte die Nacht mit Helligkeit. Die Pferde wieherten, und Thania kicherte nervös, als sie vor einer merkwürdigen, verfallenen Pagode anhielten. Ihre Angst wurde noch stärker, als sie sich den Ungehorsam gegenüber ihrer Mutter ins Gedächtnis rief. Sie wollte Sa-Lon nicht merken lassen, wie verängstigt sie war. »Gut, dass du den Weg hierher gefunden hast.« Sie war froh, dass Sa-Lon sein Gewehr mitgebracht hatte. Von oben herab starrten sie alle möglichen Fabeltiere an.

Sa-Lon stieg vom Pferd, um ihr beim Absteigen zu helfen. Geistesabwesend ließ sie sich in seinen Arm heruntergleiten. Sie blickte Sa-Lon erschreckt an, als sie spürte, wie seine Hände scheinbar absichtslos über ihre Brüste glitten. Sie spürte kaum, wie er sie absetzte. »Sa-Lon, wie hast du diesen Platz gefunden? Er ist irgendwie schauerlich, und ich mag ihn nicht.« Er lachte auf, nahm sie bei der Hand und führte sie zu den unteren Treppen des verfallenen Tempels. Dort setzte er sich neben sie. »Keine Angst, Thania, die einzigen Nats, die einem hier wehtun können, sind menschlicher Art. Ich hab das eines Tages entdeckt, als ich allein ausgeritten bin. Der Platz ist so abgelegen und unheimlich, dass niemals jemand hierher kommt, sogar die Banditen trauen sich nicht hierher. Also keine Angst, dass uns hier jemand findet.«

»Sa-Lon, ich darf nicht so lange hier bleiben. Ich habe meiner Mutter versprochen, nicht mehr mit dir zu reden.«

»Du hast das versprochen? Du hast ihr nichts gesagt?«, fragte er enttäuscht.

»Nein, natürlich nicht. Sie weiß nichts über heute Abend. Ich glaube, sie würde mich wirklich nach England zurückschicken, wenn sie das hier herausfinden würde. Ich möchte aber nichts hinter ihrem Rücken tun, es wird also nicht noch einmal vorkommen.«

»Ich wollte mit dir reden, Thania.« Er berührte leicht mit einem

Finger ihren Mundwinkel. Sie zuckte zusammen, auch wenn es ihr nicht unangenehm war. »Ich wollte mit dir über uns reden.«

Thania wandte sich ab, sein starrer Blick auf sie verwirrte sie. Sa-Lon fuhr sanft fort: »Hab keine Angst vor mir, ich würde nie etwas tun, was dich verletzen könnte, das weißt du doch?«

Sie nickte. Ihre völlige Unschuld und ihr Charme lieferten sie ihm völlig aus. Sa-Lon lächelte sie zärtlich an: »Weißt du, ich musste einfach mit dir über ein paar Sachen reden. Ich weiß, dass deine Adoptiveltern mich nicht leiden können.«

»O nein, Sa-Lon, das ist einfach nicht wahr!« Ihre großen, grünen Augen wurden noch durch die hässliche Brille, die sie trug, vergrößert. Ihr herzförmiges Gesicht mit den Zöpfen, die sie schlicht um ihren Kopf gewunden hatte, machte sie noch einnehmender. Sa-Lon nahm ihr die Brille ab und legte sie in ihren Schoß. »Die brauchst du nicht«, murmelte er. »Du solltest auch dein Haar anders tragen.« Er nahm ihr sanft die Nadeln und Spangen aus dem Haar, das dann ihr Gesicht in der ganzen Schönheit der rotgoldenen Wellen umrahmte. Es schien eine schwere Last auf ihm zu ruhen, als er sie ansah: »Warum versteckt dich deine Mutter hinter dieser Brille und diesen hässlichen Zöpfen?«

»Was meinst du damit?« Thania sah ihn verwirrt an. Das hässliche Entlein, das nun ein Schwan geworden war, verwirrte Sa-Lon so sehr, dass er sich kaum beherrschen konnte, sie in seine Arme zu reißen. Er lächelte sie aber an und schubste sie freundschaftlich. »Schatz, du bist wirklich süß, und ich glaube, dass deine Mutter, besser gesagt deine Adoptivmutter, eifersüchtig auf diese Schönheit ist, die sie da in Sequoia versteckt. Du bist ihr so ähnlich, dass es schon fast unheimlich ist.« Er blieb absichtlich bei seinem spöttischen Ton, während Thania sich auf die Lippen biss und zur Seite blickte. Jetzt war sich Sa-Lon de Veres-Vorne sicher, dass das die Tochter der Amagyi-Angela war, ihr wirkliches Kind und nicht irgendein adoptiertes fremdes Kind. »Was deine Adoptiveltern angeht, so betrachten sie mich als einen Mischling, ob du das magst oder nicht, Thania. Mein Vater ist ein Weißer, der mit einer Eingeborenen verheiratet ist, die zwar eine Shan-Prinzessin sein mag, die aber dennoch in ihren Augen eine Schwarze ist. Aber das kümmert mich kein bisschen. Ich bin, was ich bin, und ich bin stolz darauf. Lassen wir jetzt einmal deine Eltern beiseite, nichts wäre mir gleichgültiger als das, was sie denken. Mich interessiert nur, was du denkst.«

»Es ist mir gleichgültig, welche Hautfarbe du hast, Sa-Lon. Es wäre mir auch völlig egal, wenn du hellblau und rosa wärest. Ich finde, dass du ein netter Kerl bist, wirklich.«

»Würdest du es für denkbar halten, mich zu heiraten, wenn ich dich darum bitten würde, Thania?«

Thania war völlig gelähmt und brachte kaum eine Antwort heraus. »Sa-Lon, wenn du mich darum bitten würdest, dann müsste ich wohl darüber nachdenken. Aber das ist nicht nur meine Angelegenheit. Ich müsste meine Eltern um Erlaubnis bitten, da ich noch keine einundzwanzig bin.«

»Liebling.« Er spielte mit ihren Locken, seine glühenden Augen verschlangen sie geradezu. »Ich würde warten. Ich würde bis zum Jüngsten Tag warten, wenn du mich liebtest und mich eines Tages heiraten würdest. Ich werde Anwalt werden, bald werde ich vor Gericht arbeiten, und eines Tages werde ich Richter am Obersten Gerichtshof sein. Du weißt, Süße, dass wir genau das hier brauchen, nämlich Leute, die für beide Seiten ausgebildet sind, für die Farbigen und die Weißen. Jemand wie ich, der sagen kann, dass ein Mischling nicht dunkel genug für die Farbigen ist und nicht weiß genug für die Weißen. Hier stehe ich also zwischen zwei Welten.« Sa-Lon war sich völlig bewusst, dass er eigentlich nur mit sich selbst sprach. Thania in all ihrer Schönheit war viel zu jung und ahnungslos, um zu verstehen, was er meinte. Er hatte aber das Gefühl, einfach reden zu müssen, es herauszubringen, es notfalls zu den Sternen hinaufzuschreien, die ihn besser verstehen würden als all die Thanias, die Amagyi-Angelas und sogar die Shwe Nats von Mandalay.

Dann wurde sich Sa-Lon bewusst, dass Thania ihm gebannt zuhörte, und er erlag ihrer Anziehungskraft. Er nahm sie in die Arme und küsste sie.

Bevor sie nach Maymyo und er nach Rangun zurückkehren mussten, brachte er sie so oft wie möglich zu dem mondbeschienenen Tempel von Talaing, wo er wie Marcus Tullius Cicero Reden hielt, während Thania ihm hingerissen zuhörte und glaubte, den wunderbarsten Mann der Erde vor sich zu haben.

»Es ist genau wie früher, Thania, als sie versuchten, auf Kosten der Burmesen den chinesischen Kaiser um den Finger zu wickeln. Es geht immer auf Kosten der Burmesen. Du siehst also, wie die Briten all unsere Gesetze auf den Kopf gestellt haben …«

Das meiste von dem, was Sa-Lon sagte, ging über ihren Kopf hinweg. Was sie aber wirklich berührte, war das, was er über seine Mutter sagte. In seiner Liebe zu Minthami wurde der verbitterte junge Mann wieder sanft. Thania erkannte, wie sehr er seine buddhistische Mutter schätzte und wie sehr er seinen Vater dafür hasste, dass er sie ins Kloster getrieben hatte.

In den frühen Morgenstunden schlich sie sich nach Hause. Wenn sie sicher auf der an allen Ecken und Enden knarrenden Veranda angekommen war, von der aus sie durch ihr Schlafzimmerfenster klettern konnte, drückte sie sich selber die Daumen, dass ihre Mutter nicht aufwachen und merken würde, dass sie trotz ihres Verbotes mit Sa-Lon zusammen gewesen war. Thania war sicher, dass dann all ihren wunderschönen Treffen mit Sa-Lon de Veres-Vorne, den sie mehr als ihr eigenes Leben zu lieben glaubte, ein schnelles Ende gesetzt werden würde. Thania glaubte, dass sie dann nur noch sterben könnte.

Siebenunddreißigstes Kapitel

1

Gegen Ende Februar schritten die Arbeiten an Nathans neuen Lagerhäusern gut voran. Angela allerdings musste inmitten eines unbeschreiblichen Chaos arbeiten. Die Lagerhäuser mussten unbedingt vor der Monsunzeit fertig werden. Der provisorische Damm, der die Ladebuchten und die Dammbauten schützen sollte, würde nämlich, sobald die Regengüsse den Irrawaddy ansteigen ließen, entfernt werden müssen. Und das bedeutete das Aus für die Bauarbeiten. Angela konnte nur hoffen, dass man bald wieder normal arbeiten konnte. Das ewige Gehämmer und der übrige Baulärm veranlassten sie eines Nachmittags, sich in das Shwe-Kaufhaus zurückzuziehen, wo sie die Bücher in Ruhe prüfen konnte. Sie verbrachte den Nachmittag dort und kam dann später nach Sequoia zurück, als sie beabsichtigt hatte. Jeffrey war nun schon sechs Wochen fort, und Thania war wieder in Maymyo, sodass sie eigentlich nur Theo und seine Amme auf der Veranda erwartete. Dementsprechend erstaunt war sie dann auch, als sie einen fremden jungen Mann in ihrem Garten sah, der dort die Blumen bewunderte.

Er trug die Uniform des Zweiten Hampshire Bataillons. Als er das Gartentor zufallen hörte, blickte er auf, ging auf sie zu und reichte ihr die Hand: »Guten Tag, Mrs. Radcliffe. Mein Name ist Paul Monthavers. Ich bin auf Wunsch von Oberst Dawlish aus Fort Dufferin gekommen.«

»Ist Jeffrey etwas passiert?«, fragte Angela erschrocken.

»Nein … jedenfalls nicht tödlich … könnten wir?« Er zeigte hinüber zur Veranda, und Angela riss sich sofort wieder zusammen. »Ja, natürlich, entschuldigen Sie bitte. Ich werde der Ayah sagen, dass sie uns Tee bringt.« Sie ging voran und bot ihm einen Stuhl an. Dann nahm sie ihren Hut ab und setzte sich ihm gegenüber.

»Mrs. Radcliffe, Ihr Mann liegt im Garnisonslazarett. Oberst Dawlish bittet mich, Ihnen sein Mitgefühl wegen des Missgeschicks Ihres Mannes auszudrücken. Sein Brief wird alles erklären.«

Er warf einen Blick auf das braune Kuvert in ihrem Schoß. »Außerdem wollte ich Ihnen mitteilen, dass ich Marbles zu Hause in meinem Bungalow habe. Unglücklicherweise ist Captain Pastheld, der die Unterkunft mit mir teilt, gegen Tierhaare allergisch, sodass ich Marbles nicht bei mir behalten kann, bis es Oberstleutnant Radcliffe besser geht und er ihn wieder mitnehmen kann. Das ist sehr schade, da Marbles schon fast eine Art Maskottchen unseres Regiments geworden ist. Soll ich Ihnen den Hund morgen Früh bringen?«

»Ja, natürlich.« Angela scheute sich, Oberst Dawlishs Brief vor Captain Monthavers zu öffnen. »Ist Jeffrey verwundet worden?«

»Ein Anfall von Malaria, glaube ich. Wir haben ihn aus Myitkyina zurückgebracht. Die zurückkehrende Truppe hat mir Marbles übergeben. Oberstleutnant Radcliffe geht es nicht allzu schlecht, das kann ich Ihnen versichern. Ich habe ihn gestern in meiner Eigenschaft als Stabsoffizier in Fort Dufferin aufgesucht und habe gesehen, dass es ihm langsam besser geht. Ich wollte Oberst Dawlishs Brief nicht irgendeinem Diener anvertrauen, deshalb habe ich auf Sie gewartet. Sie haben einen sehr schönen Garten, Mrs. Radcliffe.«

»Ja, es ist ein netter Garten. Ich weiß nicht, wo die Ayah steckt. Wenn Sie mich einen Augenblick entschuldigen, dann gehe ich und mache uns eine Tasse Tee.«

»Nein, bemühen Sie sich nicht meinetwegen, Mrs. Radcliffe. Ich muss sowieso nach Fort Dufferin zurück.« Er stand lächelnd auf und reichte ihr wieder die Hand. »Wenn ich nicht bald gehe, werden Sie auch keine Hecke mehr haben. Mein Pferd frisst einfach alles. Bitte kommen Sie nicht mit hinaus, Sie werden nach einem langen Tag bestimmt erschöpft sein. Wenn es irgendetwas gibt, das wir tun können, während Ihr Mann sich wieder erholt, dann zögern Sie bitte nicht, uns zu benachrichtigen. Das ist Oberst Dawlishs ausdrücklicher Befehl. Auf jeden Fall werde ich morgen Früh mit Marbles wieder da sein.«

»Es war sehr nett von Ihnen, sich so um Marbles zu kümmern.« Angela dankte ihm ebenso für seine freundliche und offene Art.

»Es war mir ein Vergnügen.« Er setzte seinen Helm auf und ging.

Sofort richtete Angela ihre Aufmerksamkeit auf Oberst Dawlishs Brief. Es waren einige Seiten in sehr unleserlicher Schrift. Als sie alles gelesen hatte, lehnte sie sich einige Zeit zurück, um darüber nachzudenken, was er ihr eigentlich hatte sagen wollen.

Im letzten Satz hatte er sie gebeten, ihn zum frühestmöglichen Zeitpunkt in Fort Dufferin aufzusuchen.

2

Am nächsten Tag ging Angela nicht hinunter zu den Lagerhäusern. Sie hatte völlig vergessen, dass Paul Monthavers an diesem Morgen Marbles zurückbringen wollte, und ließ eine Tonga kommen, die sie in die Stadt bringen sollte. Die Pferdekutsche setzte sie vor dem Haupttor von Fort Dufferin ab. Es war schwer, in dieser überfüllten Garnison mit den vielen Holzhäusern noch den wunderbaren Palast zu entdecken, in dem noch vor einer Dekade König Thibaw und Königin Supalayat in despotischem Glanz geherrscht hatten. Zehn Jahre! Es erschien ihr eine Ewigkeit, dass sie vor König Thibaw gekniet hatte und seine dunklen Augen sie abgeschätzt hatten. Die Könige und Königinnen, Prinzen und Prinzessinnen, sie waren tot oder verschwunden oder in ein ärmliches Exil in fremden Ländern geschickt worden. Angela fragte sich, ob der unaufhaltsame Vormarsch des Empire, das nach immer mehr und mehr Land gierte, an diesen goldenen Ufern hätte aufgehalten werden können, wenn sich Thibaw und Supalayat nicht so despotisch aufgeführt hätten. Sie seufzte auf bei dem Gedanken, wie die Mächtigen stürzen, und ging weiter, um dem Garnisonskommandeur tapfer gegenüberzutreten.

»Geht es Ihnen nicht gut, Madam?« Der Oberst stand hinter seinem Schreibtisch auf, lehnte sich etwas vor und betrachtete sie in einer Weise, die sie verwirrte. Sein Gesicht mit dem Backenbart drückte nichts als Besorgnis um sie aus.

»Danke, Oberst Dawlish, es geht mir gut. Wenn ich vielleicht ein Glas Wasser haben könnte?«, bat sie, während sie nervös ihr Taschentuch zerknüllte.

»Natürlich, meine Verehrteste.« Er klingelte nach dem Boy.

Nach einiger Zeit sagte er: »Mrs. Radcliffe, Ihr Mann hat ein schweres Problem.«

»Ja, ich weiß, Oberst Dawlish. Ich bin mir durchaus bewusst, dass er trinkt.«

»Nein, Madam, darüber wollte ich eigentlich nicht reden.« Er hüstelte vor sich hin. »Es sind zwei verschiedene Dinge, über die ich mit Ihnen reden wollte. Die eine betrifft die Krankheit, die zum Zusammenbruch Ihres Mannes führte, und die andere ist ein medizinischer Bericht vom Garnisonsarzt. Womit soll ich anfangen? Mit dem, was in Chaukhai passiert ist, oder mit dem Bericht?« Er war sehr fürsorglich, und Angela fühlte tiefe Dankbarkeit für sein Bemühen, sie nicht noch zusätzlich aufzuregen.

»Erzählen Sie mir bitte alles von Anfang an, Oberst Dawlish, und nehmen Sie keine Rücksicht auf meine Gefühle. Ich möchte alles wissen. Später können Sie mir dann den Bericht des Garnisonsarztes geben.«

Er nickte und schilderte ihr, was es mit Jeffreys Zusammenbruch in Chaukhai auf sich gehabt hatte. Wie immer hatten sie zu wenig Männer im Einsatz. Die dreißigtausend Soldaten, die für die Überwachung von Burma eingesetzt waren, erreichten diese Zahl nie, da Malaria, Cholera, Ruhr und Dschungelfieber sowie eine Menge anderer Krankheiten die Truppen reduzierten. Zehn Meilen von der Nordgrenze entfernt sollte Jeffrey mit den Jinghpaws von Kachin in einem Ort namens Chaukhai verhandeln, der in dem gebirgigen Grenzland nahe China lag.

Zwei Gruppen von Jinghpaws lagen im Kampf miteinander. Es handelte sich um eine Blutrache zwischen benachbarten Dörfern. Die Jinghpaws waren für ihre kriegerische Haltung berüchtigt, da sie sich ständig gegenseitig bekämpften. Es war Sitte bei den Jinghpaws, dass jeweils der jüngste Sohn Führer oder »Duwa« seines Volkes wurde und nicht etwa der älteste, wie sonst überall. Der jüngere Bruder wurde dann als der Duwa bezeichnet, sein Dorf hieß dann ›Gumsa‹, so viel wie adeliges Dorf.

Oberst Dawlish erzählte ihr das alles, um Jeffreys merkwürdige Geschichte zu erklären. Angela hätte das alles sicher nicht geglaubt, wenn sie nicht das Massaker von Loloi erlebt hätte und genug über die kriegerischen Völker der nördlichen Staaten erfahren hätte.

Sobald der jüngere Bruder in sein Amt eingesetzt war, zogen die anderen fort, um ihre weniger mächtigen Dörfer, genannt Gumlaos, zu errichten. In Chaukhai beanspruchte der ältere Bruder sein Recht auf Herrschaft gegenüber dem Duwa, weil sie zur gleichen Zeit geboren waren. Nicht einmal die alten Frauen des Gumsa hätten beschwören können, welcher der beiden eineiigen Zwillinge zuerst geboren wurde. Deshalb brach ein Krieg aus, und Jeffrey war mit seiner kleinen Truppe losgeschickt worden, um in dem Streit zu vermitteln und das exakte Datum und die Geburtszeit der Jinghpaw-Zwillinge zu ermitteln. Unglücklicherweise beteiligten sich einige Kachin-Stämme an diesem Erbstreit. Die Situation wurde brenzlig. In diesem schwierigen Land und unter dem Misstrauen, mit dem man den Briten entgegenkam, musste Jeffrey sehr vorsichtig vorgehen. Sein Bericht bewies solche Bedächtigkeit.

Es war sehr schwierig für Jeffrey, mit allen Seiten gleichzeitig zu verhandeln. Der Führer des Gumlao zeigte sich sehr entgegenkommend, während der Duwa alle Verhandlungen mit den Briten ablehnte. Ein paar Tage später wurde Jeffreys Truppe im Lager überfallen, wobei sechs Mann getötet wurden und eine ganze Reihe anderer verwundet. Sie hatten keine Ahnung, wer sie angegriffen hatte, sondern glaubten, dass es die Kachins gewesen sein mussten. Später erfuhr Jeffrey, dass ihr Maskottchen in das Gumsa entführt worden war, um dort als Opfer für die vielen Ungerechtigkeiten der Briten zu dienen. Jeffrey wusste, dass die Kachins Animisten waren und versuchten, mit Tieropfern die Geister ihrer Vorfahren, der Nats, zu versöhnen.

»Und so kam es, Madam, dass Oberstleutnant Radcliffe die Dinge etwas anders sah als die Jinghpaws. Alles, was er sah, war, dass man seinem kleinen Hund Pfoten und Schnauze gebunden hatte, um ihn auf einen Spieß zu stecken und ihn irgendwelchen heidnischen Geistern zu opfern. Er gab Feuerbefehl und ließ das Dorf einnehmen. Man ist daher der Ansicht, dass seine Urteilskraft nicht mehr vorhanden ist, und hofft, dass er den Dienst quittiert, da Ihre Majestät keine weitere Verwendung mehr für ihn hat.«

Angela griff nach ihrem Glas Wasser. Oberst Dawlish räusperte sich.

Angela versuchte all das zu verdauen. Sie wusste, wie sehr Jeffrey sich bemüht hatte, um Burma als Oberst zu verlassen. All seine Pläne waren zu Ende, vernichtet, kaputt. Ihre Majestät brauchte seine Dienste nicht mehr!

»Es tut mir sehr Leid, Madam«, sagte Oberst Dawlish. »Ich kann Ihnen nicht sagen, wie sehr ich das bedauere, zumal Ihr Mann so ein verflucht guter Soldat war, ganz besonders im Geheimdienst. Es könnte Ihnen helfen, wenn Sie wüssten, *warum* er sich so verhalten hat. Würden Sie jetzt gerne den Bericht des Garnisonsarztes hören?«

Sie nickte.

»Ich lese Ihnen das genauso vor, wie es hier steht, zumal ich mich mit dem medizinischen Fachgesimpel nicht auskenne.« Er klemmte sein Monokel ein, nahm den Bericht von seinem Schreibtisch und las laut:

»Es wurde herausgefunden, dass der hier genannte Offizier, Oberstleutnant Jeffrey Arthur Radcliffe, Queen's Own Bengal Infantry, der später dem Geheimdienst der Grenztruppen in Burma unterstellt wurde, unter einem Zustand leidet, von dem man annehmen kann, dass er ernsthaft ist. Inwieweit diese Krankheit die Handlungen dieses Offiziers in Chaukhai beeinflusst hat, ist meiner Ansicht nach durchaus diskutierbar. Aufgrund meines persönlichen Interesses habe ich es unternommen, dieses Problem etwas genauer zu untersuchen. Ich lege nun meine Feststellungen zusammen mit denen eines hervorragenden Schweizer Professors an der *Clinique de Génètique* in Basel vor, dem ich diesen Fall vorgetragen habe.

Wir beide sind der Meinung, dass die Symptome, die man bei Jeffrey Radcliffe beobachten kann, unter dem zusammenfassenden Begriff ›geistige Verwirrung‹ einzuordnen sind. Professor Ermental hat diesen Fall als einen Fall organischer Psychose bezeichnet, die biochemischen Fehlsteuerungen entspringt. Man weiß bis jetzt noch nicht viel über solche biochemischen Fehler und inwieweit sie das Gehirn beeinflussen. Beim Studium von Jeffrey Radcliffes Fall wird aber klar, dass seine Krankheit durch physischen Missbrauch, Erschöpfung, Stress, falsche Ernährung, Alkohol und Drogen hervorgerufen worden ist. Jeffrey Radcliffes Fall ist ein Beispiel einer Psychose, in der sich äußerste Gewalttätigkeit einerseits mit Angstgefühlen andererseits abwechselt. In ersterem Zustand können geradezu psychopathische Anfälle von Gewalttätigkeit bis hin zum Mord auftreten. Im zweiteren tritt ein Ausweichen vor Verantwortung auf, besonders bei dem unterschwelligen Ablehnen einer unerfreulichen Sache. Toxische Gifte in der Blutbahn haben die Biochemie des Körpers weiter durcheinander gebracht. In Jeffrey Radcliffes Fall hat der immense Alkoholkonsum über einen langen Zeitraum das Stadium des Delirium tremens und des Gedächtnisverlustes verursacht.

Ich muss daher zusammenfassend sagen, dass angesichts der Vorgänge in Chaukhai organische Psychosen erheblicher Art zusammenwirken mit einem Verlust der Denkfähigkeit, dem Zusammenbruch der Persönlichkeit und der körperlichen Schwächung, deren chronische Manifestation unausweichlich zu Schwachsinn und frühem Tod führen wird. Gezeichnet D. K. Willbride, Garnisonsarzt, Fort Dufferin, Februar 1896.«

Oberst Dawlish ließ einige Zeit vergehen, damit sie mit all dem, was er ihr hatte sagen müssen, zumindest ein wenig fertig werden konnte.

»Der Alkoholismus war also nicht das einzige Problem Ihres Mannes, obwohl er natürlich erschwerend hinzukam. Der Arzt und ich sind der Ansicht, dass dies ein Versuch war, eine Krankheit zu verdrängenen, die man nicht heilen kann. Der Garnisonsarzt ist da im Zusammenhang mit Ihrem Mann über ein paar Tatsachen gestolpert, von denen ich nicht weiß, ob Jeffrey sie Ihnen je mitgeteilt hat. Er hat eine Tochter in einer Nervenheilanstalt in England.« Angela nickte stumm.

»Üble Sache das, verdammt üble Sache. Niemand lebt gern mit dem Bewusstsein, dass er in einer Klapsmühle sterben wird, noch bevor er die Höhe seines Lebens erreicht hat. Obwohl wir die Umstände seines Verhaltens in Chaukhai verstehen, wobei seine Krankheit sicher durch das Klima, die äußeren Bedingungen und allem anderen, mit dem wir hier zu Rande kommen müssen, verstärkt worden ist, können wir bei einem Offizier in der Grenztruppe Ihrer Majestät Verfall und Verlust der Denkfähigkeit nicht übergehen, wie hinterhältig seine Krankheit auch immer sein mag. Sie werden mir sicher zustimmen, dass wir daher seinen Antrag auf längeren Urlaub in England abgelehnt haben und ihn zur Demission aufgefordert haben. Das scheint mir der wesentlich bessere Weg zu sein, mit dieser Tragödie fertig zu werden, zumal der kommandierende General dann auch keine Fragen mehr wegen Chaukhai stellen wird. Dass dies alles jetzt ans Tageslicht gekommen ist, ist viel besser, als wenn später etwas

Schlimmes passiert und dann alles vor ein Militärgericht kommt, oder?«

Angela holte tief Luft. »Ja, natürlich, ich glaube, ich verstehe jetzt alles.« Sie feuchtete die Lippen an. »Danke, dass Sie sich die Zeit genommen haben, mir das alles zu erklären. Ich weiß, wie gut Jeffrey bis jetzt eingeschätzt wurde, und es tut mir Leid, was in Chaukhai passiert ist. Hat der Garnisonsarzt gesagt, wie lange dieser geistige Verfall dauern kann?« Angela fürchtete sich fast, diese Frage zu stellen.

»Wie ich das verstanden habe, ist das eine hinterhältige Angelegenheit, es gibt Zeiten der Erholung, besonders wenn man den Alkoholkonsum einstellt. Es wäre sicher gut, wenn Jeffrey sich irgendwo erholen könnte, vielleicht in den Cotswolds. Das Wasser in Cheltenham soll in jeder Beziehung Wunder wirken. Es tut mir Leid, dass ich Ihnen all dies sagen musste.« Er versuchte, Worte zu finden, mit denen er den tragischen Fall des Oberstleutnant Radcliffe hätte abmildern können, spürte aber zugleich, dass dies nicht möglich war. »Ich habe erfahren, Madam, dass Sie zusammen mit ein paar anderen netten Damen in Minhla außerordentlich gute Arbeit für uns geleistet haben, in einer Zeit, in der unsere Jungs unter starkem Druck standen.« Er blickte sie unter seinen grauen Brauen mit so verkniffenen Augen an, dass sein Monokel hinunterfiel. Er setzte es wieder ein und sah dabei ihr dankbares Lächeln.

»Ja, wir haben so getan, als ob wir Krankenschwestern seien. Keine von uns hatte die Krankenpflege gelernt, so waren wir eigentlich nur Hilfskräfte, die versuchten, ihr Bestes zu tun.«

»Gute Sache, sehr gute Sache, das zählt am meisten: Zusammenarbeit und ein wirkliches Interesse an der Sache.« Er schloss die Akte von Jeffrey Arthur Radcliffe von der Königlichen Grenztruppe, der seinen Freunden als Radscha bekannt war. Für Angela war es, als ob der Deckel auf einen Sarg genagelt würde, Jeffreys Karriere war beendet, bevor er vierzig Jahre alt werden konnte.

Angela stand auf, und der Garnisonskommandeur begleitete sie mit seinem ruckartigen Gang, die Hände auf dem Rücken, zur

Tür. »Wenn ich irgendetwas tun kann, um Jeffrey in England zu rehabilitieren, dann zögern Sie nicht, mich um Hilfe zu bitten.«

Sie wusste, dass dies aus Höflichkeit gesagt wurde und nichts bedeutete. »Vielen Dank für Ihre Hilfe, Oberst Dawlish.« Angela reichte ihm die Hand, und er hielt sie einen Augenblick länger als nötig.

»Meine Liebe«, sagte Sir Boland, »nehmen Sie sich das nicht zu sehr zu Herzen. Ein komisches Volk, diese Jinghpaws und ihre Stämme. Wir müssen ihnen immer einen Schritt voraus sein. Diese Befriedungsaktion scheint länger zu dauern, als wir alle gedacht haben, als wir hierher kamen.« Er zwinkerte. »Wie geht's denn diesem Zwerg, Marbles? Er scheint ja durch alles das hier ziemlich berühmt geworden zu sein.«

Angela zwang sich ein Lächeln ab: »Nach dem, was Captain Monthavers sagt, hat ihm seine Eskapade nichts ausgemacht. Das erinnert mich übrigens daran, dass er versprochen hat, Marbles heute Morgen zurückzubringen. Das habe ich völlig vergessen. Auf Wiedersehen und nochmals vielen Dank, Sir Boland. Grüßen Sie bitte Lady Dorothy von mir.«

Sie war nicht in der Stimmung, Jeffrey im Lazarett zu besuchen, deshalb nahm sie eine Tonga, um nach Hause zu fahren. Sie war sich in einem Punkt sicher, nämlich dass es gar nicht infrage kam, jetzt nach England zurückzukehren. Sie würde ihre Vertrauensposition in Nathans Geschäft keinesfalls während seiner langen Abwesenheit und schon gar nicht vor Ablauf des Wiederaufbaus der Lagerhäuser aufgeben.

Wie am Tag zuvor fand Angela Paul Monthavers in ihrem Garten vor. Diesmal hatte er Marbles dabei. Theo und der Hund amüsierten sich köstlich. Marbles zog seine schottisch karierte Hundeleine – natürlich aus dem Shwe-Kaufhaus – hinter sich her, während Theo mit Gekreisch hinter ihm herrannte, wobei er beinahe alle Blumen köpfte. Angela hatte Jeffrey nie verziehen, dass er den Hund Theo geschenkt hatte, um dann Marbles mit zum Dienst zu nehmen. Es war eine Gemeinheit gewesen, und Theo war lange Zeit untröstlich. »Na, zumindest scheint er ja nicht sehr darunter gelitten zu haben, dass er beinahe den Jinghpaw Nats geopfert worden wäre.«

»Nein, tatsächlich nicht«, sagte Paul. An diesem Tag trug er Zivilkleidung und sah sehr gut darin aus.

»Ich habe mich gestern so schlecht benommen, Captain Monthavers. Kommen Sie doch bitte herein und trinken Sie eine Tasse Kaffee mit mir. Ich bin völlig ausgetrocknet und brauche dringend eine Tasse. Aber ich will natürlich Ihre Pläne nicht durcheinander bringen. Ich habe Sie so lange warten lassen, vielleicht haben Sie andere Pläne?« Sie sah ihn fragend an.

»Nein, im Moment habe ich nichts vor. Ich habe erst später Dienst, und es wäre mir ein Vergnügen, eine Tasse Kaffee mit Ihnen zu trinken.«

»Dann gehen wir hinein, bitte.« Angela wandte sich um und ging voran. Die Ayah saß auf der Veranda und passte auf Theo auf. Im Garten nebenan lauerten Nancy und Vanda, so entschloss sich Angela, mit Captain Monthavers ins Haus zu gehen, sodass Vanda etwas zu reden haben würde, während sie zumindest einen Rest von Privatleben für sich hatte.

»Tee oder Kaffee?«, rief sie ihm zu, während er im Wohnzimmer herumwanderte und ihre Fotografien bewunderte.

»Kaffee, bitte. Stark und schwarz, wenn es geht. Dies sind wirklich sehr gute Bilder, fantastische Fotografien.« Er nahm ihr das Tablett ab, als sie wieder hereinkam.

»Ja, ich bin ziemlich stolz auf sie.«

»Haben Sie sie aufgenommen?« Er war erstaunt und sah sie mit hochgezogenen Augenbrauen an.

»Ja. Ich habe eine ziemlich gute Kamera, eine Kodak, für die man einen Zelluloidfilm braucht. Das ist viel einfacher als die alte Methode mit den Platten.«

»Theo hat mir gesagt, dass er eine Schwester hat. Ist das Bild von ihr?«

»Ja, das ist Thania. Damals war sie natürlich noch jünger. Im

Moment ist sie das letzte Jahr in der Mädchenschule im Maymyo, was ganz gut passt, weil wir bald nach England zurückkehren werden. Captain Monthavers ...«

»Bitte nennen Sie mich Paul, Mrs. Radcliffe. Ich bin jetzt nicht im Dienst«, sagte er mit einem netten, freundlichen Lächeln.

»Danke, Paul. Ich habe heute Vormittag Oberst Dawlish gesprochen, der keinen Zweifel darüber offen gelassen hat, was in Chaukhai passiert ist. Waren Sie bei Jeffreys Truppe, als das Jinghpaw Dorf zerstört worden ist?«

»Nein, Mrs. Radcliffe, ich war auf dem Weg zurück von Myitkyina, da wir unseren Dienst in der Garnison von Mandalay aufnehmen sollten. Marbles wurde mir in Myitkyina übergeben.«

»Aha.« Sie war froh, dass er nicht dabei gewesen war.

Paul Monthavers blieb noch auf eine zweite Tasse Kaffee. »Es ist sehr schön hier draußen beim Fluss. Manchmal ist es in Mandalay ziemlich langweilig, wenn man keinen Dienst hat. Da gibt es nicht viel zu tun, wenn man nicht gerade Buddhist ist. Hätten Sie etwas dagegen, wenn ich manchmal vorbeikäme, um mit Marbles spazieren zu gehen?«

»Nein, ich würde mich darüber freuen«, sagte Angela. »Ich habe nicht genug Zeit, um ihm die nötige Bewegung zu verschaffen. Bitte kommen Sie jederzeit.«

Er verabschiedete sich kurz danach, und Angela fand ihre gute Meinung über ihn bestätigt. Sie hatte das Gefühl, dass er ein sehr angenehmer junger Mann war, so wenig angeberisch, ruhig, nicht von seiner eigenen Wichtigkeit überzeugt. Einfach ein normaler, netter junger Mann, den man um Thanias willen einladen sollte.

Angela ging an diesem Tag nicht mehr hinunter zu den Lagerhäusern, und sie tat es auch am nächsten Tag nicht, um Jeffrey im Lazarett zu besuchen. Als sie wieder nach Sequoia zurückkam, hatte sie fürchterliche Kopfschmerzen und wollte sich eigentlich nur noch hinlegen. Jeffrey war mürrisch und schweigsam geblieben. Er hatte einen kleinen Raum für sich allein und tat nichts anderes, als unter seinem Moskitonetz eine Zigarette nach der anderen zu rauchen, während er seine Augen starr auf die Decke gerichtet hielt. Schließlich war sie resigniert aufgestanden und hatte ihn seinen Gedanken überlassen. Sie hatte allerdings eine lange und interessante Unterhaltung mit der Stationsschwester geführt. Jeffrey würde, solange seine Demission noch nicht angenommen war, im Lazarett bleiben. Obwohl die Schwester nicht viele Worte machte, konnte Angela erraten, dass Jeffrey unter militärischer Aufsicht stand. Ihr einziger Trost war, dass er keine Whiskyflasche mehr in die Finger bekommen würde.

Zwei Tage später fand sie ihre Arbeitsstelle im äußersten Chaos vor. Maung Sang Aye, der Verwalter der Lagerhäuser, teilte ihr mit, dass der italienische Ingenieur seinen Arbeitsplatz verlassen hatte, nachdem er mit dem englischen Bauleiter Streit bekommen hatte.

Angela war empört: »Das kann er doch nicht tun! Wir müssen diese Lagerhäuser fertig bekommen, bevor der Monsun anfängt.«

Maung Sang Aye zuckte mit den Schultern und überließ alles ihr. Angela ging direkt zum Haus des italienischen Ingenieurs in Mandalay und wartete, bis er dort ankam. »Es ist unmöglich. Ich kann nicht zurückkommen, solange der aufgeblasene Engländer mir mein Geschäft beibringen will.«

»Aber bitte, Signore! Mr. Blackwood kümmert sich um die Lagerhäuser, ich kann ihn nicht hinauswerfen. Außerdem würde ich das nicht in Abwesenheit von Captain Vorne tun.«

»Dann ist es unmöglich. Ich kann nicht zurückkommen, um mit ihm zusammenzuarbeiten, Signora. Ich lehne es kategorisch ab, zu den Lagerhäusern zurückzukehren, solange Mr. Blackwood die Aufsicht über die gesamten Bauarbeiten hat. Ich habe jede Menge Arbeit in Mandalay, und ich kann meine Zeit nicht mit Leuten vergeuden, die nichts wissen und mir nicht einmal zuhören wollen.«

»Aber wo liegt das Problem?«, fragte Angela verzweifelt.

»Er ist das Problem, Signora! Dieser Mann, der Engländer, ist mein Problem, sonst nichts!« Er warf seine Hände temperamentvoll in die Luft und tippte sich dann an die Stirn. »Er ist verrückt.

Ich kann nicht mit Verrückten arbeiten. Entweder geht er oder ich.«

Da er von seinem Entschluss nicht abgebracht werden konnte, ging der Italiener und Mr. Blackwood blieb, da er nach Angelas Meinung von zuverlässiger Gesinnung war. Sie brauchte drei Wochen, um den Streit wirklich zu beenden und die Kulis dazu zu bringen, wieder richtig mitzuarbeiten. Der neue Bauingenieur, den sie in der Eile fand, war ein Deutscher, der versprach, herauszukommen und sich die bisher geleisteten Arbeiten anzusehen.

Es dauerte eine weitere Woche, bis er erschien. Es war langsam gegen Ende März.

Er schüttelte unglücklich den Kopf: »Ja, ja, der Wasserspiegel steigt. Die Entwässerung in den Ladebuchten muss vollständig sein, wenn der Zement gründlich trocknen soll und die Mauern auf Jahre hinaus fest sein sollen. Wir müssen eine Zentrifugalpumpe einsetzen, um das Wasser hinauszubekommen. Ich habe mir auch den Damm angesehen. Wir haben da Probleme unten am Fuß.« Er feuchtete seinen Zeigefinger an und schlug die nächste Seite seines Notizbuches auf. »Der Damm ist unsicher. Der Italiener ist ein Dummkopf und kann nicht rechnen. Dies ist doch ein Damm, der auf seinem Gewicht beruht, ja? Wir haben also hier eine Konstruktion, die auf Gesteinsfüllung beruht. Erde und schwere Steine, das hält. Aber wir brauchen wieder die Elefanten, da der ganze Bau hier und da undicht ist und wir deshalb einfließendes Wasser in den Buchten und Lagerhäusern haben. Wir müssen gegen den Schwemmsand vorsorgen. Er darf sich am Fuß des Dammes nicht allzu sehr ansammeln, sonst geht alles kaputt.«

Angelas Kopf dröhnte. »Bitte, bitte, Sie tun das, was zu tun ist, Herr Truffen, aber es muss alles in der ersten Juniwoche geschehen sein. Es hat schon lange genug gedauert!«

»Nein, ich glaube, so sieht es nicht aus. Da ist noch viel Arbeit zu tun. Aber machen Sie sich keine Sorgen. Ich habe ein sehr gutes hydraulisches System, und mit meiner Zentrifugalpumpe werden wir das Wasser im Fluss halten, wo es gebraucht wird, und nicht an Plätzen, wo es nicht gebraucht wird.«

»Sie werden also die Arbeit übernehmen?« Angela war immer noch ein bisschen skeptisch.

»Oh ja, ja. Ich werde die Arbeit machen. Es wird sehr gut sein, aber zuerst muss ich die Irrtümer korrigieren, die schon gemacht worden sind. Das wird ein bisschen dauern.«

»Bitte, lassen Sie sich nicht zu viel Zeit, Herr Truffen. Captain Vorne wird nicht besonders glücklich sein, wenn er im Oktober nach Hause kommt und sieht, dass seine neuen Lagerhäuser immer noch nicht fertig sind.«

Achtunddreißigstes Kapitel

1

Angela beglückwünschte sich selbst dazu, Herrn Truffen gefunden zu haben. Er war groß, eifrig und ehrlich und brachte Ordnung in das Chaos. Die Arbeit ging gut voran, und die Ladebuchten waren fast fertig. Noch zwei Wochen, hatte Herr Truffen ihr gesagt, würde es dauern, bis der Zement ausgetrocknet sein würde, worauf man das Wasser hineinlassen könnte. Angela war dankbar, weil der Fluss bereits anfing, anzusteigen, und der Irrawaddy immer mehr Wasser aus seinen Nebenflüssen bekam. Sie hatte volles Vertrauen in die geniale Zentrifugalpumpe von Herrn Truffen, die das Wasser in einen anderen Teil des Flusses pumpte.

Da die Frachtboote von den Lagerhäusern Nathans aus nicht be- und entladen werden konnten, hatten ihnen Mr. Pathan Sundevava und Dimitri, der Grieche, erlaubt, ihre Kais für die Frachtschiffe zu benutzen, die mit Ladungen von Reis und Hülsenfrüchten zu den nördlichen Shan-Staaten hinauffuhren. Die Frachtschiffe kamen von Pagan, wo Nathan ein weiteres Lagerhaus hatte. Es war Angelas Aufgabe, sicherzustellen, dass alle Bestellungen in der richtigen Menge am richtigen Ziel ankamen. Zusätzlich zu den verderblichen Gütern mussten auch noch Ölfässer und Kohle mit einbezogen werden. Dies machte das gesamte Geschäft umso schwerer, zumal fremde Ladeeinrichtungen in Anspruch genommen werden mussten. Ihrer Meinung nach musste man Dimitri und Sundevava gut im Auge behalten, wenn mehrere von Nathans Schiffen nach Mandalay kamen, um zu vermeiden, dass irgendetwas weggetragen wurde, was nicht ihnen gehörte.

An einem Nachmittag kam sie zurück zum Büro des Lagerhauses, nachdem sie Zucker- und Kaffeelieferungen in Sundevavas Lagerhäusern überprüft hatte – ein Schiff war auf dem Weg nach Singu, das andere sollte in Mingon entladen werden. Sie setzte sich müde an ihren Schreibtisch, um einige Abrechnungen zu überprüfen, die Maung Sang Aye ihr auf den Schreibtisch gelegt hatte. Eine Stunde später klopfte er an die Tür:

»Thakin-Ma.« Seine eng stehenden Augen rückten in seinem Lächeln noch näher zueinander. »Thakin-Ma, eine verehrungswürdige Nonne möchte mit Ihnen sprechen.« Das glückliche Lächeln war nach Angelas Ansicht dadurch hervorgerufen, dass sie sich jetzt ein bisschen Verdienst erwerben konnten, indem sie der Nonne etwas zu essen gaben.

»Verehrungswürdige Nonne«, murmelte sie geistesabwesend und nahm einige Kekse aus ihrer Tasche, die sie eigentlich zu Mittag hatte essen wollen. Dann bemerkte sie das Wasser zu ihren Füßen. »Maung Sang Aye, ich habe noch nie gesehen, dass hier so viel Wasser hereinkommt.«

Er lächelte noch mehr, um sie zu beruhigen. »Thakin-Ma, Sie brauchen sich nicht Sorgen machen. Sehr gute Pumpe macht heute Morgen schlapp, aber Herr Truffen, er repariert es mit vielen Ingenieuren. Es ist alles in guten Händen, und das gute Gerät pumpt das Wasser sehr schnell hinaus. Nächste Woche, wenn die Mauern eine Woche hatten, um in der Sonne zu trocknen, werden wir Buchten voller Wasser haben, und alles ist normal.«

»Das hoffe ich«, sagte Angela zweifelnd, der es nicht gefiel, in drei Zentimeter Wasser zu sitzen. »Herr Truffen weiß hoffentlich, was er tut, auch wenn wir das nicht wissen. Für mich aber scheint es so, als ob das Wasser nicht abfließt, sondern eher steigt.«

»Neue Lagerhäuser, Thakin-Ma, sie sind in prima Zustand«, sagte Maung Sang Aye glücklich. »Ich habe sie mir angesehen, und wir können sie bald benutzen. Dann können wir all die Gestelle und Gerüste hier wegnehmen, die uns so stören.«

»Eine Untertreibung, Maung Sang Aye, eine Untertreibung«,

murmelte Angela. Sie nahm ihre Kekse heraus, um sie der wartenden Nonne zu geben, die sich von den Arbeitern und Kulis fern hielt.

»Minthami!« Angela war erfreut, ihre kleine Shan-Freundin nach so langer Zeit wiederzusehen.

»Mayela Shin?«, fragte Minthami mit freundlichem Lächeln.

»Danke, Minthami, mir geht es gut«, antwortete ihr Angela auf Burmesisch, da Minthami jetzt ihre eigene Sprache verwendete und nicht das Englisch, das Angela immer ein bisschen amüsiert hatte. Minthami teilte ihr mit, dass sie vorübergehend die Erlaubnis erhalten hatte, ihr Schweigen zu brechen. Da sie zu einem sehr strengen Orden in Mandalay gehörte, keinem so angenehmen wie dem Sasana, wusste Angela, dass Minthami ihr etwas sehr Wichtiges zu sagen hatte.

»Minthami ist sehr glücklich, ihre englische Freundin hier zu sehen. Sie wünscht sich, diese Fröhlichkeit mit Amagyi-Angela zu teilen. Aber lass uns bitte nicht hier in dem Lärm, den der Shwe Nat immer um sich hat, miteinander reden.«

Angela lächelte Minthami ebenfalls an: »In Ordnung, ich hole nur schnell meine Tasche, dann können wir nach Sequoia zurückgehen. Ich habe nicht mehr viel im Büro zu tun, Maung Sang Aye kann sich durchaus um alles kümmern. Außerdem macht es mir keinen Spaß, hier im Wasser zu planschen, von dem ich höchstens Typhus kriege.« Sie war sogleich mit ihrer Shan-Tasche und allerlei Kleinigkeiten, die sie mit nach Hause nehmen wollte, zurück.

»Komm, gib es Minthami«, bot Minthami an, ihr einige der Sachen abzunehmen.

»Nein, das schaffe ich schon. Ich weiß, wie unangenehm das ist, irgendetwas anderes zu tragen, während man gleichzeitig die große Bettelschüssel halten muss.«

Sie gingen über die Brücke und am Ufer entlang, immer weiter weg von dem Lärm der Arbeiter. »Arme Amagyi-Angela, ich glaube, du hast viel Arbeit gehabt, jetzt wo der Shwe Nat in Amerika ist.«

»Oh ja, wirklich! Ich verzeihe ihm nie, dass er mich jetzt hier allein gelassen hat. Ich glaube, das hat er absichtlich gemacht. Wahrscheinlich ist es aber auch besser so, weil er über jeden hergefallen wäre und so die Lagerhäuser nie fertig geworden wären.«

Minthami wusste ihre Scherze zu schätzen. Sie sagte lachend: »Zumindest gibt es eine glückliche Sache an Amagyi-Angela: Sie kann auch in schlechten Zeiten Witze machen.«

»Manchmal, Minthami. Ich würde manchmal literweise heulen, wenn ich nicht lachen könnte. Jeffrey ist im Lazarett. Er hat etwas sehr Dummes getan, was ihn seine Stellung gekostet hat. Vielleicht gehen wir zurück nach England, ich weiß es noch nicht. Es ist alles ein solches Durcheinander. Aber genug von meinen Problemen! Du humpelst, setzen wir uns ein bisschen hierhin. Ich habe ein Mittagessen für uns, Minthami. Teilen wir es, und inzwischen können wir uns gegenseitig unsere Sorgen erzählen – meine Sorgen wenigstens, denn deine Augen glänzen ja wirklich vor Glück. Also erzähl mir, was dir Gutes passiert ist.« Angela setzte sich neben Minthami auf das grasbewachsene Flussufer und suchte in ihrer Shan-Tasche nach dem Obst und dem Essen, das sie morgens mitgenommen hatte, das sie aber noch nicht hatte essen können. Es war ein wundervoller Tag, einzigartig und golden zwischen Regen und Sonnenschein, ein Tag, der sie besonders beglückte, weil sie kaum jemals Zeit und Ruhe fand, ihrer Arbeit zu entgehen.

Minthami saß mit bloßen Füßen im Wasser. Sie hatte ihr rosa Gewand über ihre Knie hinaufgezogen und aß zusammen mit Angela ihr Picknick. Minthami hatte das Fasten wie ihr Gelöbnis zu schweigen vergessen. Angela lächelte über die Strenge des Buddhismus. Schließlich hatte sie auch so oft gegen die Regeln verstoßen. Sie fand das lässige Verhalten der Burmesen immer noch bemerkenswert und aufregend – besonders, was die Fortschritte bei den Arbeiten an den Lagerhäusern anging. Es war eben burmesische Philosophie, dass auch der nächste wieder ein sonniger Tag sein würde. Sie hörte Minthamis überschäumender Begeisterung zu, die auf dem Glück beruhte, das Buddhas Menschen einfach innewohnte. Sie empfand Minthamis Gesellschaft als ungeheuer anregend.

»Minthami wird sehr glücklich sein, Roi wiederzusehen, wenn er von der amerikanischen Universität mit dem Shwe Nat zurückkehrt, nachdem sie die kranke Mutter in Irland besucht haben. Weißt du, Amagyi-Angela, manchmal erscheint es sehr komisch, dass Minthami niemals die andere Hälfte der Familie kennen lernt, zu der ihre Söhne und ihr Mann gehören. Manchmal ist das eine merkwürdige Welt, nicht wahr?«

»Sehr merkwürdig«, stimmte ihr Angela zu.

»Aber Buddha gibt Minthami immer große Freude. Sie ist glücklich, dass ihr Mann und ihre Söhne glücklich bei den Dingen sind, die sie für sich selbst brauchen. Nur über eine Sache ist Minthami sehr traurig, das ist, weil sie keine Tochter hat, die ihr im Alter hilft und sie tröstet. Das ist der Grund, warum sie ins Kloster gegangen ist, wo so viele Schwestern und Töchter sind, wo sie alt werden kann und mit den anderen reden. Ehemänner und Söhne reden nicht so, wie wir das tun, und teilen einander nichts mit. Sie sind viel zu beschäftigt, Geld zu machen und noch mehr Geld. Minthami ist aber sehr glücklich, dass sie eines Tages eine Enkelin haben wird, um die sie sich im Alter kümmern kann.« Sie lehnte sich vor und legte ihre Hand auf Angelas. »Minthami war immer glücklich darüber, dass sie in Amagyi-Angela eine Schwester gefunden hat, die sie sehr tröstet. Sa-Lon hat gute Nachrichten für seine Mutter. Er hat Minthami mitgeteilt, dass er bald heiraten wird.«

»Oh Minthami, das freut mich. Das ist wirklich eine gute Nachricht. Es wird wirklich langsam Zeit, dass Sa-Lon ein nettes Mädchen heiratet, das ihn glücklich machen wird. Ich weiß, dass du und Nathan euch schon langsam Sorgen gemacht habt.«

»Er wird ein Rechtsanwaltsbüro in Rangun eröffnen, und seine Frau aus England wird ihm dabei helfen, das hat er Minthami gesagt.«

»Eine Engländerin aus Rangun! Das freut mich aber für euch.«

Angela war erleichtert, das zu hören, zumal Sa-Lon immer eine Frau aus England gewollt hatte.

»Dann wird Minthami zufrieden sein. Sie wird Roi wieder haben und eine Enkelin. Wenn der Shwe Nat dann im Alter immer noch so viel Lärm macht, macht ihr das keine Sorgen. Sie wird dann wieder ein Baby aufziehen und an die schönen Tage in Loloi denken, als Sa-Lon und Roi die ganze Nacht schrien und den Shwe Nat zwangen, im Bambuswäldchen zu schlafen.« Minthami kicherte kindlich vor sich hin.

Angela hob den Kopf und horchte zum Fluss hinüber. Für einen Augenblick schien die Erde stillzustehen. Angela sprang auf: »Schnell, lauf! Der Damm ist gebrochen.«

Ein Nebenfluss des Irrawaddy, der zu lange in seinem normalen Lauf aufgehalten worden war, vereinigte sich jetzt wieder mit dem angeschwollenen Fluss, der das Schmelzwasser aus den Bergen im Norden mitbrachte. Völlig ausgeschwemmt zerfiel der felsbewehrte Damm. Eine riesige Flutwelle stieg am Knotenpunkt der beiden Flüsse auf und ergoss sich in die Becken bei den Lagerhäusern. Die Mauern aus feuchtem Zement konnten diese plötzliche Sintflut nicht aufhalten, wurden unterspült, die Lagerhäuser überflutet.

»Der Bund, der Deich ...« Angela zerrte Minthami mit. »Beeil dich, Minthami, wir müssen uns beeilen.«

»Nein, nein, geh du, Amagyi-Angela. Minthami kann nicht hinaufklettern, sie hat sich den Fuß verstaucht.«

»Oh doch, Minthami, du schaffst es! Versuche es wenigstens! Ich helfe dir!«

Minthami fiel die Bettelschale, die sie krampfhaft festgehalten hatte, aus den Händen und rollte hinunter in die grauen Fluten, die immer weiter anstiegen und den unteren Rand des Deiches abtrugen. Angela stürzte Minthami nach, deren einziger Gedanke es zu sein schien, ihre Schale, die auf den brodelnden Fluten des Irrawaddy davonwirbelte, zu ergreifen. »Lass es doch, bitte lass es«, rief Angela ihr verzweifelt zu, während Minthami unbeirrbar in die Gefahr hineinwatete. »Wenn der Rest des Dammes nachgibt, dann stecken wir zwischen dem Deich und dem Fluss, und ich kann nicht schwimmen.«

Mit übermenschlicher Anstrengung sprang Angela zu Minthami hin und erwischte ein Stück ihres rosa Gewandes. Minthami wehrte sich verzweifelt gegen sie. Halb trug, halb zerrte Angela Minthami den Damm hinauf. Dann aber brach der Deich. Das Wasser des Irrawaddy zerstörte alles, was ihm im Weg stand. Die Arbeiter und Kulis versuchten sich überall in Sicherheit zu bringen, hinauf auf die Bäume und auf die Baugerüste. Schutzmauern, Ladebuchten, Hafenmauern, alles wurde zerstört durch das Wasser, das gnadenlos seinen Weg unter den geschwächten Grundmauern suchte. Eiserne Träger, die die alten Lagerhäuser stützten, wurden weggeschwemmt ebenso wie die Gerüste der neuen Gebäude. Die Steinmetzarbeiten gaben nach, die älteren Lagerhäuser stürzten ein und rissen die neuen mit sich.

»Amagyi-Angela, ich kann nicht mehr laufen. Geh bitte! Du musst dich selbst retten.«

»Nein, nein, wir müssen versuchen, die Krone des Deiches zu erreichen, das ist unsere einzige Chance.« Das kalte Flusswasser machte ihre Kleider doppelt so schwer und zog sie hinunter. Minthamis Füße, zerschnitten und blutig von den Flusskieseln, konnten sie nicht mehr tragen. Minthami und Angela standen bis zu den Hüften im Wasser. Angela klammerte sich verzweifelt in den abrutschenden Rücken des Deiches, konnte sich aber nicht festhalten, weil sie mit der anderen Hand Minthami festhielt. Sie schaffte es nicht, sie mit hinaufzuziehen, denn jedes Mal, wenn sie nach diesen zarten, knochenlosen Händen griff, entglitten sie ihren schlammigen Händen. Die Realität glitt ebenfalls dahin, als sie in dem schäumenden, kalten Irrawaddy bis zum Hals im grauen Wasser stand. Sie konnte nur noch sehen, wie Minthamis rosa Gewand und ihr geschorener Kopf immer weiter vom Ufer weggerissen wurden. Mit unvorstellbarer Anstrengung warf sich Angela in die Strömung und konnte wie durch ein Wunder Minthamis schöne, weiße Hand ergreifen, die nach ihr suchte. Sie hielt sie fest, schnappte nach Luft, das Wasser war überall, in ihren Augen, in ihrer Nase, ihren Ohren, ihrem Mund. Angela hätte schreien können, dachte aber in diesen paar Sekunden nur an Minthami. Minthami, warum musstest du nur dein Haar schneiden lassen, sonst könnte ich dich wenigstens daran halten? Ihr Griff löste sich langsam.

Die donnernden Fluten schlossen sich über ihnen. Angela überließ sich ihnen. Das Letzte, was sie von Minthami sah, waren Hände, die in Form einer Lotusknospe gefaltet waren. »Hilfe Amagyi-Angela, Hilfe. Minthami kann auch nicht schwimmen.«

2

Sie ist tot, Vater, tot!«, sagte Sa-Lon.

Nathan nickte.

Die Asche aus der Urne wurde in den Irrawaddy gestreut, der sie genommen hatte.

Nathan zitterte, Roi weinte, und Sa-Lon sann auf Rache.

3

Die Pferdekutsche hielt draußen vor dem Zaun. Angela verließ ihren Posten am Fenster, von dem aus man die Straße überblicken konnte. Sie begann, ihre Handschuhe anzuziehen. Sie drückte sie sorgfältig zwischen den Fingern hinunter und war entschlossen, sich mehr auf die alltäglichen Dinge zu konzentrieren als auf das, was sie wirklich belastete. Sie bemerkte, wie die feinen Spitzen ihrer Handschuhe an einigen Stellen durchgescheuert und geweitet waren. Ja, dachte sie, es war wohl das Beste, wenn man in den alltäglichen Dingen stecken blieb. Sie halfen dabei, die Stunden, Minuten und Sekunden eines Lebens verstreichen zu lassen. Die Buddhisten hatten ihr beigebracht, jeweils nur für den gegenwärtigen Tag zu leben. Sie sollte diesen Rat wirklich öfter befolgen. Sie machte sich Vorwürfe, ihre Zeit so falsch eingeteilt zu haben. Mit kaltem Hass betrachtete sie das Gesicht ihres schlafenden Ehemannes. Der Bezeichnung nach war er es ja. Der einstmals hervorragende Offizier mit seiner aufrechten Haltung, seinen perfekten Verhaltensweisen, seinen Orden, der seine Pflichten immer nur mit einer Absicht erfüllt hatte, hatte auch sie nur wegen seiner Karriere geheiratet. Sie musste einfach daran denken, wie schnell Gott oder Buddha das Podest, auf das man sich stellte, umstürzen lassen konnten: »Warum musste ich deinetwegen alles verlieren, was ich in diesem Land für mich aufgebaut habe?«, fragte sie ihn. Sein aufgedunsenes Gesicht erinnerte sie an eine überreife Aubergine, die von roten Linien durchzogen war. Sein Mund stand weit offen, einer seiner Arme hing hinunter. Er wirkte so abstoßend auf sie, dass sie ihn keinen Augenblick mehr ansehen konnte. »Janum!«, rief sie. Jeffreys Boy tauchte in der Tür auf. »Ich gehe jetzt, Jan. Sorge dafür, dass der Sahib die Whiskyflasche nicht in die Finger bekommt, wenn er aufwacht – falls er jemals aufwacht.«

»Memsahib, bitte machen Sie sich keine Sorgen wegen des Oberst-Sahib, Janum wird sich um alles kümmern.«

»Ich weiß schon, Jan.« Sie legte dem jungen Mann die Hand auf die Schulter. »Er hat Glück, dass er dich hat. Kein anderer würde sich so um ihn kümmern.«

»Er ist für mich wie ein Vater oder Bruder, Memsahib.«

»Armer Kerl.« Angela ging hinaus. Sie wandte sich der Veranda zu und war angenehm überrascht. Thania und Theo spielten mit Marbles auf dem Rasen. Thania verbrachte jetzt hier ihre Sommerferien und würde nicht vor dem Ende des Monsuns im Oktober in ihre Schule zurückkehren. Sie redete mit Paul Monthavers, der von seinem Bungalow herübergekommen war und ihr hingerissen zuhörte.

Angela hielt die Luft an. Plötzlich war das Wahrheit geworden, worum sie gebetet hatte. Thania hatte ihr Brille abgenommen, saß auf dem Rasen und blickte zu dem jungen Mann auf, der neben ihr stand. Sie trug ihr Haar nicht in ihrer altmodischen Art mit den Zöpfen auf dem Kopf zusammengesteckt, sondern sie trug es in Locken und Löckchen, die von einem blauen Band zusammengehalten wurden. Plötzlich sah Angela, warum Paul Monthavers so von ihr hingerissen war. Sie ist wirklich sehr hübsch, dachte Angela und vergaß darüber, sie zu tadeln, weil sie ihre Brille nicht trug.

Sie riss sich zusammen und ging die Verandatreppen hinunter. »Guten Morgen, Paul. Keinen Dienst heute? Oje, die Stabsoffiziere in Fort Dufferin scheinen ja heutzutage ganz schön viel Freizeit zu haben.«

Er lächelte sie an: »Ich versichere Ihnen, Mrs. Radcliffe, dass das seit zehn Tagen mein erster richtiger freier Tag ist.«

»Wie die Zeit vergeht. Hört euch um Himmels willen mal diese Turteltauben hier an! Sie vermehren sich wie die Karnickel. Thania, nimm Marbles heute nicht mit nach Whitewalls. Du weißt ja, dass er die Pferde immer mit seinem Gekläffe erschreckt.«

»Ich bin eigentlich gekommen, um mit ihm spazieren zu gehen, Mrs. Radcliffe. Ich wusste nicht, dass Ihre Tochter zu Hause sein würde, um mir die Arbeit abzunehmen.«

»Thania, das ist Captain Monthavers aus Fort Dufferin. Er kommt manchmal, um Marbles ein bisschen auszuführen. Ich bin sicher, dass er nichts dagegen hat, wenn du und Theo ihn begleitet, zumal er extra aus Mandalay gekommen ist.«

Paul Monthavers schien nicht im Geringsten etwas dagegen zu haben, auch Theo nicht, der ihn oft auf seinen Spaziergängen begleitete. Thania aber wandte sich ab und sagte: »Es ist so heiß, Mama. Ich bleibe lieber hier im Schatten.«

»Wie du willst. Auf Wiedersehen, Paul. Danke für Ihren Besuch. Marbles ist völlig glücklich und kann offensichtlich gar nicht darauf warten, dass Theo ihn an die Leine nimmt.«

Sie ging durch das Gartentor hinaus zu der wartenden Kutsche. Sie mochte ihn, sie mochte den jungen Mann wirklich. Zumindest war er ein Soldat, der sie nicht mit ›Ma'am‹ anredete, was sie nicht ausstehen konnte! Ein anständiger junger Mann, der Matthew Sinclairs Eigenschaften hatte. Als sie jetzt über Matthew Sinclair nachdachte, erkannte sie, dass sie einen Fehler gemacht hatte. Sie hätten auf der Grundlage gegenseitigen Respekts und Verständnisses heiraten sollen. Auch wenn die Leidenschaft nicht bei jeder Berührung aufgelodert wäre, dann hätte sie sich doch über die Jahre entwickelt, um ihnen beiden ein gewisses Maß an Glück zu geben. Sie aber hatte alles für einen herrlichen Augenblick am Ufer des Irrawaddy weggeworfen. Wie viele andere Dinge verdrängte sie jetzt auch Matthew Sinclair. Der Pferdekarren brachte sie nach Mandalay, und Angela überlegte, dass, auch wenn Jeffrey ihr nichts anderes gegeben hatte als Theo, er doch indirekt für das Erscheinen von Paul Monthavers verantwortlich war. Und damit hatte er nicht nur einiges für Thania, sondern auch für sie selbst geleistet.

4

Nathan wartete schon vor den Toren von Fort Dufferin auf sie. Er half ihr aus der Kutsche. »Es tut mir Leid, Angela, dir das hier alles antun zu müssen.«

Sie brachte es nicht fertig, in sein verhärmtes Gesicht zu blicken. Er war, einen Monat nach Minthamis Tod, noch immer ein gebrochener Mann. Er nahm sie am Arm und führte sie in den Gerichtssaal, in dem ein Staatsanwalt den Tod der Leute untersuchte, die beim Brechen des De-Veres-Vorne-Dammes ums Leben gekommen waren. Angela schloss die Augen. Sie sah die schäumenden Gewässer des Irrawaddy vor sich, Minthamis rosa Kutte, ihre Hände in einem Grab aus Wasser, das eine Frau mit sich riss und eine andere oben am Deich anschwemmte, wo eifrige Leute sie in Sicherheit brachten. Ich wünschte bei Gott, Minthami, dass du das gewesen wärest und nicht ich. Nicht ich, wenn man in Nathans Gesicht sehen kann, dass es ihm nur um dich geht. Immer und immer wieder hatte sie sich mit dem gequält, was damals passiert war. Sie hatte nächtelang geweint, ohne von irgendwoher Trost zu bekommen, nicht einmal von Nathan. Sie waren durch Minthamis Tod für immer voneinander getrennt. Sie brachte es nicht fertig, an die vielen Jahre zu denken, in denen sie geglaubt hatte, einen Platz in seinem Herzen einzunehmen.

Sie bemerkte, dass Sa-Lon im Gerichtssaal war. Ihre Blicke trafen sich, Sa-Lons Lächeln erinnerte sie an Minthami. Das Lächeln aber war nicht das seiner Mutter. Es war kalt, hart und berechnend. Angela wandte sich von seinem anklagenden Blick ab und sah Nathan an, der mit gebeugtem Haupt U Po Thine zuhörte, der ihm noch die letzten Ratschläge vor der Verhandlung gab. Es war nur realistisch, dachte Angela, dass, sollte Nathan wegen grob fahrlässiger Verhaltensweise angeklagt werden, dann die de-Veres-Vorne-Company in Mandalay das nie überstehen würde. Angela überlegte, ob sie wohl für alles verantwortlich war, weil sie den Deutschen mit seiner Zentrifugalpumpe und all den anderen modernen Geräten, von denen sie nichts verstand, geholt hatte. Sie aber war zutiefst überzeugt, dass es der Fehler des Italieners, des Signor Luci gewesen war.

Der Staatsanwalt begann seine Untersuchung: »Bitte, Signor Luci, erklären Sie uns doch auf die einfachste Weise, sodass wir es alle verstehen können, wie Ihr Damm konstruiert war.«

»Es war ein Damm aus Erde, Sand und Schotter, dessen Kern aus Lehm bestand, der mit Zementblöcken verstärkt war. Man nennt das einen Felsenkerndamm, Euer Ehren.«

Signor Luci redete weiter über Wasserdruck, Sedimentierung, Ablagerung von Schwemmsand, was Angela das Interesse daran verlieren ließ. Sie blickte zu Nathan hinüber, der mit gekreuzten Armen Signor Luci angespannt zuhörte. Hätte ich wohl, überlegte sie, auch nur das Geringste an meinem Leben geändert, um nicht in diese Situation zu kommen, die uns beide trennen wird und für die er mir unausgesprochen die Verantwortung gibt? Hätte ich irgendetwas geändert, damit ich diesen letzten Augenblick, bevor

Jeffrey mich mit nach England schleppt, nicht mit ihm zusammen bin, wo jeder Augenblick mir doch alles wert ist? Antworte mir, Nathan, antworte mir.

Er blickte auf, sich tief mit ihr verbunden fühlend. Er blickte in ihre ruhigen, grünen Augen. Für einen Augenblick war sie wieder unter den fleischigen Blättern der Mangobäume, die mit chinesischen Laternen behängt waren. Sie war wieder im Hof des Sawbwa zusammen mit Tante Emmy. Der Pfeifenrauch mischte sich mit dem Geruch der Bhodi-Blume in dieser milden Nacht, in der ihr Blick zueinander keinen Raum für irgendjemand anderen ließ. Sie fühlte sich bewacht, bezwungen und verletzt von Nathans vorwurfsvollem Blick. Dann sah sie in Sa-Lons dunkle Augen, der sie beide geradezu gierig beobachtete. Mein Gott, Nathan, muss dein Sohn mich auch noch vernichten? Sie biss die Zähne zusammen.

Mittlerweile war Angela nicht mehr in der Lage, sich all das Gerede über Zentrifugalkräfte und direktes Auftreffen anzuhören. Sie musste einfach hinausgehen und nach frischer Luft schnappen, da sie sich geschwächt fühlte. Außerdem vertrug sie den kalten Blick Nathans nicht mehr.

Eine Stunde später fand Nathan sie draußen vor dem Gerichtssaal auf einer Bank zusammengekauert. »Für heute ist es vorbei. Morgen geht es mit der endgültigen Entscheidung weiter.« Sa-Lon stand neben ihm. Er war wohl im Augenblick der einzige Mensch, den er um sich haben wollte.

Sie blickte zu ihm auf. »Es tut mir Leid, Nathan. Das ist alles passiert, weil ich Herrn Truffen beauftragt habe ...«

Er winkte verächtlich mit einer Hand. »Sei kein Dummkopf, Angela. Es hat nichts mit Herrn Truffen zu tun, es war lediglich das Zusammentreffen unglücklicher Umstände. Wir sehen uns morgen Früh; alle Zeugen haben gesagt, was zu sagen war, und somit werden wir dann wohl die abschließende Entscheidung präsentiert bekommen. Der Staatsanwalt hat jetzt genug Material in den Händen, über das er mit seinen Fachleuten bis morgen Früh nachgrübeln kann, um herauszufinden, ob es sich um grobe Fahrlässigkeit handelt, dass ich meine Lagerhäuser nicht schon früher ausgebessert habe.«

»Sag das nicht!« Angela schauderte. »Das hört sich an wie ein Todesurteil.« Im selben Moment wünschte sie, sie hätte nicht diesen Ausdruck verwendet.

»Ist es das nicht?«, fragte er kalt. »Wenn ich schuldig gesprochen werde, dann bin ich hier in Mandalay erledigt. Jahre und Jahre von Knochenarbeit für nichts!«

»Wir sind in Mandalay erledigt, Nathan.« Seine starre Haltung verletzte sie.

Er blickte sie finster an: »Komm, Sa-Lon, lass uns aus diesem Drecksloch verschwinden.«

5

Der Staatsanwalt brauchte eineinhalb Stunden, um die Ergebnisse seiner Untersuchungen zusammenzufassen. Diese Zeitspanne war für Angela die längste, die sie jemals meinte durchhalten zu müssen. Sie kam ihr sogar länger vor als die Zeit, die sie, Nathan, Matthew und Nanette Gideon in König Thibaws Vorzimmer verbracht hatten.

Wenn die de-Veres-Vorne-Company in Mandalay schließen musste, weil fünfzehn Leute ertrunken waren, dann würde sie damit nicht leben können. Nathan blickte sie nicht ein einziges Mal an. Er hatte kein Wort mit ihr gesprochen, sondern hielt sich nur an Sa-Lon und U Po Thine. Was ist mit mir?, dachte sie. Verdammt noch mal, was ist mit mir, Nathan? Habe ich in den letzten zehn Jahren nicht genauso viel geleistet, um die de-Veres-Vorne-Company aus ihrem ursprünglichen primitiven Zustand herauszubringen auf die gleiche Höhe mit der Bombay-Burma Corporation? Mach mir keine Vorwürfe wegen Minthami, ich habe getan, was ich konnte. Sie konnte nur müde und erschöpft der monotonen Stimme des Staatsanwaltes zuhören, der jeden, angefangen von Signor Luci bis hin zu Herrn Truffen, wegen seiner groben Fahrlässigkeit tadelte.

Grobe Fahrlässigkeit: Sollte das Tod durch den Strang oder Tod durch die Garrotte bedeuten? Angela war in Versuchung, sich die Ohren zuzuhalten, weil sie keine weiteren Anklagen mehr ertragen konnte. Ein Urteil wegen grober Fahrlässigkeit wäre Nathans Tod gewesen und auch ihr eigener.

»Daher ist der Gerichtshof einstimmig zu der Ansicht gekommen, dass man der de-Veres-Vorne-Company von Mandalay nicht den Vorwurf grob fahrlässigen Verhaltens machen kann.«

Nathan hatte die ganze Zeit mit seinem Füller herumgespielt, während er dem Staatsanwalt konzentriert zuhörte. Jetzt warf er seinen Füller hin, nahm seinen Tropenhelm und verließ den Gerichtssaal, ohne einen Blick zurückzuwerfen.

Neununddreißigstes Kapitel

1

Draußen vor Whitewalls stieg Angela von der Tonga und bezahlte den Kutscher. Dann ging sie langsam über den roten Schotter der Auffahrt zum Haus. Die Kühle unter den schattigen Bäumen, die Nathans schönen Garten umstanden, war ungeheuer angenehm. Tauben gurrten. Obwohl man sie nicht sah, waren sie mit ihrem Gegurre allgegenwärtig. Sie blieb einen Augenblick stehen und sah das Marmorhaus an. Wie unendlich reich dieses Land war, dachte sie in solchen Augenblicken ruhiger Überlegung, die sie aber in der geschäftigen Zeit der Gegenwart immer seltener erlebte. Reich war das Land an materiellen, kulturellen und ästhetischen Schätzen. Seine Ausbeutung aber hatte längst begonnen. Sie wurde den Gedanken nicht los, dass das Land seinen ursprünglichen Geist verloren hatte durch das Eingreifen einer imperialistischen Macht, dass alles so brav, solide und langweilig geworden war wie Kalkutta, Rangun oder auch London. Die Einzigartigkeit von Mandalay, diese rätselhafte Anziehungskraft, die ihm seine eigentlichen Herrscher gegeben hatten, auch wenn sie mit äußerstem Despotismus geherrscht hatten, war verschwunden. Nathan hatte Recht gehabt – Königin Victoria konnte in aller Ruhe und allem Frieden oben auf dem Hügel von Mandalay residieren.

Sie hörte Musik aus dem Haus klingen. »Ko Lee, ist meine Tochter hier?« Sie war eigentlich nur wegen Nathan, nicht wegen Thania gekommen, war aber von dem Klavierspiel ihrer Tochter ergriffen.

»Ja, Memsahib.« Ko Lee lächelte sie eifrig an. »Sie macht schöne Musik, zu der die Diener unten in der Küche tanzen.« Angela war zutiefst bestürzt über Thanias Ungehorsam, da sie ihr ausdrücklich verboten hatte, nach Whitewalls zu kommen, während Sa-Lon de Veres-Vorne dort war. Angela setzte sich auf den nächsten Gegenstand, der in der Nähe war. Es war ein kleiner runder Tisch aus schwerem Marmor. Sie bat Ko Lee, ihr etwas zu trinken zu bringen. Als er zurückkehrte, fragte sie: »Ko Lee, ist dein Herr zu Hause?«

»Nein, Memsahib Radcliffe, er ist unten am Fluss, um alles für die Reise zu den Andaman-Inseln vorzubereiten.«

»Danke.« Sie stellte das leere Glas auf das Tablett, das er ihr hinhielt. Milly und Leigh fielen ihr ein, obwohl sie nicht wusste, warum. Sie überlegte, ob Milly im zarten Alter von achtzehn schon Witwe geworden wäre, wenn sich die beiden auf den Wiesen von England kennen gelernt hätten und nicht auf den Exerzierplätzen des Empire in Übersee. Vielleicht, vielleicht nicht. Was war denn mit ihr selbst? Wäre ihre Liebe ebenfalls an jedem anderen Ufer der Welt ebenso verflucht gewesen wie an diesem, wo all die Einflüsse in das hineinbrachen, was eigentlich ein zufriedenes, glückliches Leben hätte werden können? War sie nicht auch eine Abenteurerin wie Milly, Leigh, Blaize und Edwin und natürlich Nathan, die alle ihre goldenen Träume verfolgten? War sie hier nicht glücklicher als in irgendeinem ruhigen englischen Dorf, wo sie Socken gestopft hätte, während sie all ihre Träume vergaß?

»Ist irgendetwas verkehrt, Memsahib Radcliffe?« Ko Lee starrte sie verwundert an.

Angela lächelte: »Ko Lee, du wirst langsam genauso grau wie dein Herr.« Er grinste und versuchte, sein Alter durch jugendliche Bewegungen zu überspielen. Angela öffnete die Tür zum Wohnzimmer, da sie Thania mit nach Hause nehmen wollte. Sie erstarrte geradezu auf der Schwelle, als sie sah, wie sich Thania und Sa-Lon in einer Weise umarmten, die darauf hinwies, dass es nicht die erste dieser Art sein konnte. *»Thania!«*

»Mama.« Mit einem erschreckten Ausruf rückte Thania von Sa-

Lon ab, biss sich auf die Lippen und blinzelte Angela errötend an. Dann bemerkte sie, dass sie ihre Brille nicht trug, nahm sie von den Notenbögen auf dem Klavier und setzte sie auf. Sie blickte ihre Mutter ziemlich dümmlich an, während Sa-Lon eine goldene Zigarettendose herauszog, hinüber zur Lehne eines Sessels ging und sich dort hinsetzte. All seine Bewegungen waren darauf ausgerichtet, Angela noch wütender zu machen. »Thania, geh sofort nach Hause.« Das Mädchen beging den Fehler, Sa-Lon noch einmal anzusehen. Angela verstand den Blick so, als ob ihre Tochter eine Bestätigung suchte, was sie tun sollte und was sie nicht tun sollte. Sie ging zwei Schritte vorwärts, um ihre Tochter zu schlagen. Sie konnte sich gerade noch beherrschen: »Geh nach Hause, Thania, und zwar sofort!« Sie sagte das auf eine Weise, die keinen Widerspruch duldete.

Das Mädchen lief hinaus, und Angela wandte sich wieder Sa-Lon zu: »Wie kannst du das wagen, Sa-Lon? Wie kannst du es *wagen*, Thania so zu behandeln, als wäre sie eine von deinen … eine von deinen billigen Weibern!«

Er blies seinen Zigarettenrauch zur Decke. Das verächtliche Grinsen auf seinem schmalen, hübschen Gesicht machte Angela sprachlos vor Wut. Sie forderte erzürnt eine Entschuldigung für sein Verhalten. »Thania«, sagte er mit schleppender Stimme, ohne jedes Zeichen von Bedauern, »wäre die letzte Frau, die ich als eins von meinen ›billigen Weibern‹ behandeln würde. Mrs. Radcliffe, sobald Thania einundzwanzig wird, wird sie mich heiraten. Ich bin bereit, so lange zu warten.«

»Oh Gott!« Das war also das englische Mädchen, von dem Minthami gesprochen hatte! Angela hielt die Luft an, während Sa-Lon vom Stuhl aufstand und lässig, die eine Hand in der Tasche, die andere mit nonchalant erhobener Zigarette, durch das Wohnzimmer seines Vaters ging. »Also, Memsahib … bitte nicht …« Er hob abwehrend eine Hand. »Bitte sagen Sie kein Wort, bevor ich ausgesprochen habe. Ich weiß, dass Sie nicht damit einverstanden sind, dass Ihre Tochter, entschuldigen Sie, Ihre *Adoptivtochter* mich heiratet. Sie und Ihr Mann bezeichnen mich als Mischling. Halbblut scheint wohl der üblicherweise verwendete Ausdruck zu sein. Oder gibt es noch irgendein anderes Kosewort für Mischlinge wie mich? Ein Eurasier, eine Promenadenmischung, ein Potpourri? Ich überlege mir, wie mein amerikanischer Vater mich nennen würde. Amasier oder vielleicht Amor, abgekürzt für amerikanischen Orientalen? Ich glaube, dass Ihre größte Angst die ist, Amagyi-Angela, dass Ihre wunderschönen weißen Enkel braun sein könnten. Oder haben Sie sonst noch irgendetwas gegen mich, abgesehen von meiner Hautfarbe?«

»Sa-Lon.« Angela versuchte sich zu beherrschen. »Früher, es ist noch nicht so lange her, hast du mich mit Amagyi-Angela angeredet, was ein Zeichen von Respekt war. Rede mich jetzt nicht mehr so an.«

»Warum? Verursacht es Ihnen Schuldgefühle? Sind Sie schuldig, dass meine Mutter als wirkliche Gläubige ins Kloster ging, während Sie die Buddhisten für Ihre eigenen Zwecke missbrauchten, für Betrug, ohne jemals wirklich gläubig gewesen zu sein?«

»Was in aller Welt meinst du?«

»Ich meine, Memsahib Radcliffe, dass Sie zwar Ihre hübsche unschuldige Tochter hinter hässlichen Kleidern, einer Brille und dieser Frisur verstecken, ganz Mandalay aber hinter Ihrem Rücken über Ihre unglaubliche Dummheit kichert. Ja, ja! Sehen Sie sie nur an. Das haben Sie doch schon öfter getan, oder? Deswegen vertragen Sie Thania nicht in Ihrer Nähe. Sie erinnert Sie zu sehr an Sie selbst, oder?«

Angela schwankte. Ihre Hand fand den Klavierhocker. Sie ließ sich, leichenblass im Gesicht, darauf sinken. Sa-Lon, dessen Gesicht ebenso bleich war, rauchte ruhig seine Zigarette weiter. »Ich möchte Thania heiraten. Ich, Amagyi-Angela, der Eurasier mit dem unmöglichen Namen Sa-Lon de Veres-Vorne, möchte Ihre Tochter heiraten, und sie möchte mich heiraten.«

Angela schaffte es endlich, sich zu beruhigen: »Sa-Lon, wo ist dein Vater?«

Er zuckte gleichgültig die Schultern: »Ich nehme an, wo er immer ist. Nach diesem Vormittag ist er ja wieder ein freier Mann und sein eigener Herr. Sie haben da ja eine wunderbare Verteidigung für die de-Veres-Vorne-Company gebracht, Mrs. Radcliffe. Ich glaube, dass er bei dem Grabstein meiner Mutter in seinem Garten ist, wo auch die sechs anderen Grabsteine stehen. Er wird dort zweifellos seine Krokodilstränen vergießen, weil er sie in letzter Zeit so vernachlässigt hat und nach Amerika gesegelt ist. Es ist sein selbst gewählter Folterplatz, weil er weit weg war, als der Damm durchgebrochen ist und sie ertränkt hat.« Seine Stimme zitterte, und er wandte sich ab. Sa-Lon nahm einen tiefen Zug aus der Zigarette und sah sie an. Sein unverschämtes Lächeln hätte sie dazu veranlassen können, ihn zu schlagen. »Wenn er nicht bei seinen Grabsteinen ist, Amagyi-Angela, dann können Sie ihn beim Sasana suchen, wo er den Nonnen Kirschen schenkt, oder beim Shwe Kyaung, dem Mahamuni oder dem Kyauktawgyi. Sie können ihn überall finden, wo ihr Geist über die marmornen Treppen wandelt, damit er einen Blick auf ihre rosa Robe und ihren rasierten Kopf werfen kann, die sie in aller Bescheidenheit trägt, weil sie einmal die Hure eines weißen Mannes war.«

Im nächsten Moment traf ihn der Schlag, den sie ihm die ganze Zeit hatte verpassen wollen. »Sa-Lon, du wirst dich bei mir für diese Worte entschuldigen. Du wirst dich bei mir vor der Asche deiner Mutter entschuldigen, oder ich werde dich mit meinen eigenen Händen verdreschen. Dein Vater hätte das schon lange früher tun sollen. Lass deinen Vater bloß niemals hören, dass du so über Minthami redest. Du wirst den Tag bereuen, ich warne dich! Minthami hat dich geliebt, sie hat dich und Roi mehr als ihr Leben geliebt, also beleidige sie nie mehr in meiner Gegenwart. Sa-Lon de Veres-Vorne, auch wenn du der letzte Mann auf dieser Erde wärest, würde ich dafür sorgen, dass Thania dich niemals heiraten wird. Das schwöre ich.«

Er zog noch einmal heftig an seiner Zigarette, bevor er sie wütend in einem Aschenbecher ausdrückte. Er blickte sie nicht an:

»Wie können Sie auch nur den Namen meiner Mutter erwähnen, die doch letztlich von Ihnen umgebracht worden ist? Wie können Sie das, Amagyi-Angela?« Er hob seinen Kopf, seine helle Wange trug das Zeichen ihrer Ohrfeige. »Sie geben vor, so moralisch und aufrecht zu sein. Sie lassen sich Ihr Haar als Opfer für Buddha abscheren, Sie tragen die Kleider einer buddhistischen Nonne. Warum Amagyi-Angela, warum? Mehr will ich nicht wissen.« Er drehte sich auf dem Absatz um, blickte zur Decke und erhob seine Hände in einer theatralischen Geste, um sie daran zu erinnern, wessen Sohn er war, obwohl Minthami niemals so bösartig gewesen war. »Ihr wart doch immer nur ein Paar Verräter, Sie und mein Vater. Meine Mutter war doch immer viel zu naiv, um sich über das zu empören, was zwischen euch beiden vorgegangen ist. Glauben Sie bloß nicht, Memsahib, dass Sa-Lon, nur weil er zwei Farben auf sich trägt, eine, die man sehen kann, und eine, die man nicht sehen kann, dass er keine Augen dafür hat, was direkt unter seiner Nase vorgeht, keinen Verstand und keine Gefühle hier drinnen …« Er schlug sich auf die Brust. »Hier in meinem halb farbigen, halb weißen Herz, das zu dem Rhythmus unzähliger Beleidigungen schlägt, von denen die schlimmste die war, die mein Vater meiner Mutter *Ihretwegen* angetan hat, hier drinnen!«

»Das ist doch absurd.«

»Ach, das ist jetzt absurd? Absurd, weil so ein Eurasier, das Ergebnis der Vergnügungen eines weißen Mannes, einer weißen Memsahib gegenüber seine Meinung sagt, die die Wahrheit nicht hören will!«

»Hör auf! Hör auf! Sa-Lon, hör damit auf!«

»Nein, Memsahib, ich werde nicht aufhören. Nachdem ich nun einmal angefangen habe, Ihnen das zu sagen, was ich Ihnen schon immer sagen wollte, werde ich auch fortfahren. Sie sind immer nur eine Art von Schnake gewesen, die den Unvorsichtigen sticht. Genau wie die hübsche blaue Dschungelblume haben Sie meinen Vater mit Ihren Stacheln vergiftet. Glauben Sie nur nicht, dass ich nicht bemerkt habe, wie er Sie ansieht. Ja sogar heute noch und gestern, bevor die Asche meiner Mutter in den Fluss gestreut wurde, bedeuteten seine Tränen überhaupt nichts! Als ob sie völlig bedeutungslos wäre, als ob man überhaupt nicht über sie nachdenken müsste. Wollen Sie den wirklichen Grund hören, warum sie ins Kloster gegangen ist und ihr Haar abgeschnitten hat, wollen Sie das wirklich?«

»Nein, Sa-Lon, nein! Sag nichts mehr. Ich gehe schon. Sag kein Wort mehr. Es ist einfach nicht wahr. Deine Mutter wollte ihr Leben Buddha opfern. Du weißt genau, wie oft dein Vater mit ihr gestritten hat, wie oft er sie zu überreden versuchte, ihre Entscheidung noch einmal zu überdenken, wie sehr er sich bemühte, sie davon abzubringen. Du hast schon Recht, ich bin nicht aus Liebe zu Buddha Nonne geworden. Ich liebte damals nichts und niemanden. Ich habe das nur aus reinem Zweckdenken gemacht. Jetzt weißt du die Wahrheit, Sa-Lon.« Sie streckte ihre Hand nach ihm aus, um ihn an weiteren Vorwürfen zu hindern. »Jetzt möchte ich mit deinem Vater sprechen. Thania wird nie deine Frau werden, Sa-Lon, niemals!«

Er kam auf sie zu und fauchte sie an: »Ich will Thania heiraten. Sie werden mich nicht daran hindern.«

»Doch, das werde ich, Sa-Lon.«

Er starrte sie mit zusammengekniffenen Augen an, sein Gesichtsausdruck war gehässig: »Eines Tages wird dieses Land wieder mir gehören, Amagyi-Angela, und dann werden Sie kein Recht mehr haben zu sagen, was ich tun soll und was nicht. Eines Tages werden Ihre üblen Landsleute, zu denen ja auch Ihr Ehemann gehört, diese dümmlichen, ruhmversessenen und versoffenen Typen, aus Mandalay hinausgeworfen werden und nie wiederkehren. Während sie unsere Mönche, unsere Prinzen, unsere Dorfältesten in ihrem Befriedigungsprogramm ermorden, wird es hier keinen Frieden geben. Während Sie und mein großartiger, reicher Vater Ihre Marmorhäuser und Teakhütten errichten, wird es hier keinen Frieden geben. Eines Tages, Amagyi-Angela, wird der Chinthe sein Maul öffnen und so laut brüllen, dass ihr hier in Mandalay zum

Teufel geht. Von hier und überall, wohin die Tentakel eures Empire reichen, werdet ihr verschwinden und zurück in euer trübseliges Land reisen, wo eure kalten, trübseligen Menschen wohnen. Dann aber wird Thania einundzwanzig sein. Ich werde sie heiraten, außer Sie liefern mir einen Grund, warum ich das wirklich nicht tun kann.«

Angela hatte Schwierigkeiten, Worte zu finden. Schluckend sagte sie: »Sa-Lon, das wird nie geschehen, jetzt nicht und auch nicht, wenn Thania einundzwanzig, einunddreißig oder einundvierzig ist. Ich würde es nicht zulassen. Die Last auf euren Schultern würde euch beide zerstören. Jetzt geh mir bitte aus dem Weg, damit ich mit deinem Vater reden kann.«

Sa-Lon richtete sich auf, trat zur Seite und sagte lächelnd: »Er wird jetzt wohl auf seinem Schiff sein, falls Sie ihm Gesellschaft leisten wollen, zumal es ja jetzt keinen Hinderungsgrund mehr gibt, außer natürlich dem feinen Oberst-Sahib in Sequoia, der nicht weiß, was die Uhr geschlagen hat.«

»Das ist wahr, Sa-Lon. Aber der feine Oberst-Sahib hat immer noch die Macht, dir die Unterschrift vorzuenthalten, damit du meine Tochter heiraten kannst.« Auf die letzte Gemeinheit hin rannte sie hinunter, um Nathan zu suchen. »Nathan! Nathan!«, rief sie, während sie erschreckt an Deck seines Schiffes rannte.

Er kam aus seiner Kabine: »Angela ... was zum Teufel ...«

»Bitte, bitte ... ich muss mit dir reden! Ich weiß, dass du mir aus dem Weg gegangen bist, aber ich muss mit dir reden, Nathan. Können wir nicht hineingehen? Mach bitte die Tür zu.« Sie warf sich ihm völlig verzweifelt an den Hals.

»Nathan, es handelt sich um Thania.«

»Was ist los mit Thania? Ist sie krank?«

Angela schüttelte den Kopf. Es würgte sie, der Knoten in ihrem Hals schien ihr die Luft zu nehmen.

»Hier, trink einen Schnaps, du schaust furchtbar aus.« Er ging, um ihr ein Glas einzuschenken. Während er ihr noch den Rücken zudrehte, sagte Angela:

»Nathan, Sa-Lon will Thania heiraten.« Er kam mit zwei Gläsern Brandy zurück und lächelte. »Ja nun, das sind wirklich schöne Nachrichten.«

»Halt den Mund und hör mir zu. Sie können nicht heiraten. Ich werde das nicht zulassen! Sie können einfach nicht! Nathan, das ist einfach alles.« Mein Gott, dachte sie, was für ein furchtbares Durcheinander verursachen wir Menschen vom ersten Moment unseres Lebens an! Mit zitternden Fingern hielt sie das runde Glas und trank, um sich zu beruhigen. Nathan stand vor ihr und schwenkte die bräunliche Flüssigkeit in seinem Glas.

»Ich verstehe schon«, sagte er ruhig. »Es hängt mit seiner Hautfarbe zusammen, nicht wahr? Du und Jeffrey ...«

»Verflucht, verflucht noch mal! Thania ist deine Tochter! Deine Tochter!«, kreischte sie.

Schweigend wandte er sich ab und blickte hinunter auf den Fluss.

Schluchzend brachte sie alles heraus, während er erstarrt dastand. »Das ist der Grund, weshalb Sa-Lon und Thania nicht heiraten können, verstehst du das nicht? Die Hautfarbe hat damit nichts zu tun, es handelt sich um Inzest!« Sie wandte sich ab und biss auf ihren Nägeln herum. »Ganz Mandalay weiß, wessen Kind sie ist. Ich wollte sie aber hier bei mir haben, und deshalb war mir alles egal, weil sie mein Kind, unser Kind ist. Ich habe sie sogar nach dir getauft. Jeffrey habe ich erzählt, dass sie Garabandas Kind sei. Aber sogar er hat die Wahrheit erraten, genau wie Sa-Lon, wie sie alle ... Thania weiß, dass ich ihre Mutter bin, aber nicht, wer ihr Vater ist.«

Seine tiefe Stimme schien aus einem Grab zu kommen. »Ich glaube, du solltest besser am Anfang beginnen und alles erzählen, einschließlich der Sache mit diesem Kerl, diesem Garabanda.« Er sah sie immer noch nicht an, sondern starrte, die Ellbogen auf dem Fensterbrett abgestützt, hinaus. »Ganz von Anfang an, Angela, sodass ich endlich erfahre, welches Ausmaß dein Betrug hat und wie teuer uns das beide gekommen ist.«

Sie erzählte ihm, wie sie Matthew Sinclair an Bord der *SS Tahara* getroffen hatte, wie sie sich in Delhi verlobt hatten und dass sie sich nach dem Tod ihres Vaters entschlossen hatte, zu ihm nach Mandalay zu reisen, anstatt zu warten, bis er nach Indien versetzt wurde. Sie erzählte ihm von ihrer Reise durch Nordindien mit den Quentins, wie die kleine Gruppe von Missionaren am Jainta Pass in einen Hinterhalt geraten und was ihr und Felicity Quentin danach zugestoßen war. Sie erzählte ihm auch, wie sie Blaize und Edwin in Manipur begegnet war und was die beiden für sie getan hatten. Dass sie ihr eine Begleitmannschaft mitgegeben hatten, die sie nach Loloi brachte, wo sie ihre Tante Lydell treffen wollte, bevor sie nach Mandalay weiterreiste. »Den Rest der Geschichte kennst du, Nathan, außer dass mir der Mann, den ich vor dem Schrein in Mandalay umgebracht habe, nicht ganz unbekannt war. Damals hielt ich das für einen Zufall, aber später sah ich, dass das so passieren musste. Er zog wie viele andere durch Nord-Burma und versuchte genau wie sie, in Ober-Burmas reichster Stadt so viel wie möglich zu erwischen. Der Prinz, dem er diente, gehörte ebenfalls zum Hof von Ava, sodass Garabandas Anwesenheit hier nicht ungewöhnlich war. Nur der Zeitpunkt und der Ort, an dem ich ihn getroffen habe, war überraschend. Ich würde es noch mal tun. Er war kein burmesischer Bandit, die vergewaltigen keine Frauen, sondern sind nur hinter Beute her und töten andere Männer, die ihnen im Weg stehen. Garabanda war durch und durch ein Bandit, eine Mischung aus Araber und Inder, mit einem kleinen Schuss burmesischen Bluts. Ich sage dir das nur, weil das Mädchen, das das gleiche Schicksal wie ich erlitten hat, nämlich Felicity Quentin, von Garabanda schwanger war. Blaize konnte sie vor dem Schlimmsten bewahren. Ohne in die schmutzigen Einzelheiten gehen zu wollen, muss ich sagen, dass mir das Albträume verursachte und mich in eine Art Schock versetzte. Als dann Monat um Monat verging und nichts passierte, was normalerweise jeden Monat erwartet wird, dachte ich, dass ich ein Kind von ihm bekommen würde.« Sie riss sich zusammen und nahm sich ein Glas, in das sie etwas Wasser goss. Sie sah sich zu ihm um und bemerkte, wie er sich von ihr abwandte. »Aber so war es nicht, ich bekam ein Kind von dir. Ich war ja damals so ahnungslos. Man hatte uns in der Schule nicht aufgeklärt, sondern uns nur die religiösen Aspekte des Lebens beigebracht. Ich ertrug es nicht, Thania als Baby im Kloster überhaupt anzusehen, da ich mir damals unter diesen Umständen nicht sicher war, wessen Kind sie war. So schickte ich sie mit den Nonnen weg nach England, wo sie bei Pflegeeltern lebte. Das Geld, das mir mein Vater und Adrian Hawes hinterlassen hatten, war schnell für Spenden an das Sasana-Kloster aufgebraucht, das mich damals vor allem beschützte und bewahrte. Der Rest des Geldes wurde langsam von Thania, ihren Pflegeeltern und den Nonnen, die sich um Thania kümmerten, verschlungen. Als ich in der Lage war, die Dinge klarer zu überdenken, wurde mir bewusst, dass all diese Ängste überflüssig waren, dass Thania nur die Tochter eines Mannes sein konnte, nämlich deine. Ich wollte sie hier in Mandalay bei mir haben, also brauchte ich einen Ehemann. Ich heiratete daher Jeffrey. Es war eine reine Zweckheirat, da weder er mich noch ich ihn körperlich brauchte. Es dauerte aber immer noch fast zehn Jahre, um Thania hierher zu bringen. Als ich sie das erste Mal an Bord des Schiffes sah, wusste ich sofort, wer das kleine Mädchen war. Sie ähnelt dir auf so viele Arten. Aber du hast das nicht gemerkt, oder, Nathan? Andere, sogar dein eigener Sohn könnten das eher merken – aber da sei Gott vor, dass Sa-Lon so herzlos sein könnte, auf Thanias Gefühlen herumzutrampeln.«

Er fand wieder Worte: »Verflucht noch mal, Angela, rede du bloß nicht davon, dass irgendjemand auf Thanias Gefühlen herumtrampelt! Du hast doch selbst großartige Arbeit geleistet, das Leben eines kleinen Mädchens zu versauen, außer den vielen anderen natürlich, deinem, meinem und Sa-Lons, bevor ich anfange, weiter aufzuzählen.« Er drehte sich um und starrte sie an. Seine blauen Augen blickten wütend, sodass sie Angst bekam. »Und was ist zum Beispiel mit Matthew?«

»Das würdest du nie verstehen, Nathan.«

»Nein, verflucht noch mal, ich verstehe dich nicht!«

»Wie hätte ich denn Matthew heiraten können, während ich ein Kind von dir erwartete?«

»Du hättest zumindest kommen können und es mir sagen. Du hättest mir im Zweifelsfall *vertrauen* können, Amagyi-Angela!« Er stand auf und ging hinüber zu seinem Brandy, kippte ihn hinunter, und sagte: »Warum, Angela, warum nur? Mein Gott, *warum* bist du denn nicht zu *mir* gekommen?«

»Ich konnte nicht. Ich hatte schließlich die Tochter, die Minthami immer haben wollte. Ich hatte noch die letzte Spur von Selbstachtung.«

»*Selbstachtung, Selbstachtung!* Deine verfluchte Selbstachtung soll verdammt sein, dein Stolz und deine verdammte englische Beherrschung. Du bist eine Betrügerin, Angela. Du bist ... oh Gott, ich kann dir gar nicht sagen, was du alles bist. Du hast gelogen, betrogen, gestohlen ... Ja, verflucht, du hast mir Thania gestohlen. Achtzehn Jahre ihres Lebens nur für deine Selbstachtung? Ich könnte dich erwürgen für das, was du getan hast.«

»Bitte schrei nicht so.«

»Ich will aber schreien! Ich will, dass ganz Mandalay weiß, was für eine Heuchlerin du bist, falls man es noch nicht wissen sollte. Du und dein unanständiger kleiner Ehemann habt vorgegeben, ein heimatloses Kind aus den Straßen von London aufgenommen zu haben, während es doch die ganze Zeit *mein* Kind war!«

»Nathan, bevor du uns weiter Vorwürfe machst, sag mir doch, warum du sie dir nicht näher angesehen hast? Ja, Nathan, warum hast du das nicht getan? Ich will dir sagen, warum. Du warst immer viel zu sehr damit beschäftigt, Geld zu machen, deinen eigenen selbstsüchtigen Wünschen nachzugehen, während ich zumindest noch versucht habe, Thanias Würde, ihren Stolz und ihren guten Ruf zu schützen, damit niemand sie einen Bastard nennen würde.«

»Glaubst du, dass es mich einen Dreck kümmert, wie irgendjemand sie nennt?«

»Nein, Nathan, genau darum geht es ja. Du kümmerst dich einen Dreck darum, was man deinen Kindern nachsagt. Grausame Bezeichnungen wie Bastard, Mischling und alles andere, was man zu ihnen sagt, kümmern dich nicht, solange du tun kannst, was du willst. Du glaubst, es macht ihnen nichts aus, aber sieh dir einmal Sa-Lon an, sieh ihn dir richtig an. Du bist schuld an seinem Untergang, Nathan. Er leidet jeden Tag unendlich unter dem, was und wer er ist. Natürlich kümmert dich das nicht, aber Minthami hat es gespürt, und sie litt darunter, als die Briten hierher kamen. Bevor sie ankamen, spielte das alles doch keine Rolle, oder? Also zeig jetzt bloß nicht mit dem Finger auf Jeffrey und mich, zumal Jeffrey Thania zumindest einen Namen gegeben hat und eine Familie.«

»Das dürfte ja schon alles sein, was für dich wichtig war«, sagte er bitter. »Stolz, Selbstachtung, Familie, Besitz, ein guter Name, schlicht eine Säule der Gesellschaft, eine anständige Frau. Mein Gott, Angela, verschwinde, bevor ich wirklich wütend werde.«

»Ich gehe nicht, bevor wir nicht alles in Ordnung gebracht haben, was wir in Ordnung bringen müssen. Ich will, dass du Sa-Lon sagst, warum er Thania nicht heiraten kann.«

»Ach, jetzt soll ich auch noch die Drecksarbeit für dich erledigen, was?«

»Ja, Nathan, genau wie ich das schon für dich tun musste.« Sie hob abwehrend die Hände, weil sie glaubte, dass er sie für diese verletzende Bemerkung schlagen würde. Er wandte sich aber ab: »Weiß Thania, wer ihr wirklicher Vater ist?«

»Nein.«

»Wirst du es ihr sagen?«

»Natürlich, jetzt.«

Er wandte sich wieder zu ihr um, das Glas in der Hand. »Meine Glückwünsche, Angela. Das arme Mädchen ist von einem zum anderen gejagt worden. Zuerst waren es die Buddhisten, dann die geldgierigen Fremden in England, dann wurde sie als Adoptivtochter irgendwelcher besserer Leute hierher geholt, dann wurde ihr gesagt, dass ihre Adoptivmutter ihre wirkliche Mutter ist. Schließlich wird man ihr sagen, dass ihr wirklicher Vater neben ihrem Adoptivvater wohnt. Die Spitze aber ist, dass sie sich in einen Mann verliebt hat, der sich dann als ihr Halbbruder herausstellt. Kein Wunder, dass sie nicht weiß, wohin sie gehört!« Er schüttete seinen Brandy runter. »Du weißt schon, wie man jemandem wirklich von Herzen wehtun kann.« Er blickte sie mit unendlicher Verachtung an. Zwar fühlte sie sich zum Teil schuldig, aber seine Vorwürfe konnte sie nicht akzeptieren, zumal sie sich immer bemüht hatte, alles richtig zu machen. »Warum zum Teufel hast du nicht das einzig Vernünftige getan und mir schon vor achtzehn Jahren von Thania erzählt? Jetzt ist es zu spät.«

»Hättest du mich damals geheiratet, Nathan?«, fragte sie ruhig. Er schwenkte die Flüssigkeit in seinem Glas herum und herum.

»Nein, aber ich hätte gut für dich und für sie gesorgt, genau, wie ich das für Minthami und die Jungen gemacht habe.«

»Das habe ich nie bezweifelt.«

»Also hast du an andere Methoden gedacht, um mich zu verletzen, weil ich dich ein zweites Mal erniedrigt habe, ging es darum?«

»Nein, damit hat es nichts zu tun. Ich habe das getan, was meiner Meinung nach am besten für mein Kind und mich war.«

»Ja«, sagte er bitter. »Was im Interesse von allen war. Irgendwie hast du es immer geschafft, Liebe mit Sünde zu verwechseln, weil in deinem kleinen Verstand die Liebe niemals einen wirklichen Platz gehabt hat. Nur weil du, Angela Featherstone, in deiner Kindheit keine Liebe bekommen hast, weil du in ein Internat eingesperrt warst, musstest du doch nicht Thania genauso misshandeln. Sa-Lon und Roi sind zumindest mit Liebe und Glück aufgewachsen, sodass es jetzt ihre Sache ist, was sie aus ihrem Leben machen. Du aber hast niemals verstanden, dass, auch wenn Minthami ein wichtiger Teil meines Lebens war, du genauso daran hättest teilhaben können. Du hast einfach nie verstanden, dass der Kopf und die Seele nicht irgendwelche kleinen Abstimmungsurnen sind, in die man seine Stimme einwirft und die, wenn sie einmal voll sind, den Sieger bestimmen. Ich habe Minthami schon lange, bevor du in mein Leben getreten bist, geliebt. Als du kamst, hast du allem noch etwas Neues hinzugefügt. Nichts wurde weggenommen, alles nur hinzugefügt. Minthami wusste das und akzeptierte es. Aber du konntest das nicht. Deine Erziehung machte dich zu engstirnig, etwas zu akzeptieren, was irgendjemand als ungewöhnlich bezeichnet hätte.«

»Du wolltest also aus beiden Welten das Beste, Minthami und mich? Wolltest du das sagen?«

»Ja, verflucht noch mal.«

»Na, wenigstens bist du ehrlich, ehrlich wie ein Buddhist, Nathan Vorne.« Angela musste trotz allem lächeln. »Und du bist ein richtiger Mann! Du bist ein Mann und ich eine Frau, und die Regeln sind vorherbestimmt. Ob Christ, Buddhist oder Bibelforscher, ihr werdet die Regeln so lange bestimmen, wie es euch passt, solange die Erde sich dreht, was Nathan? Ich gehe jetzt. Ich werde mein Bestes tun und versuchen, meiner Tochter zu erklären, wie und warum ich unsere Leben durcheinander gebracht habe. Ich würde vorschlagen, dass du dasselbe mit Sa-Lon machst. Jeffrey und ich werden bald nach England zurückkehren, und Thania und Theo werden uns begleiten. Das ist alles, was ich dazu sagen wollte. Und nachdem die de-Veres-Vorne-Company rehabilitiert worden ist und von dem Verdacht grober Fahrlässigkeit freigesprochen, kann ich jetzt sagen, dass ich Minthami in keiner Weise absichtlich zerstört habe.« Sie schwieg und hoffte, dass er ihr in irgendeiner Weise entgegenkommen würde, anstatt sie mit seinem ständigen Schweigen zu beschuldigen. Angela schluckte, sie war ihm völlig ausgeliefert. »Ich hoffe, dass Roi den guten Namen der de-Veres-Vorne-Company hier in Mandalay aufrechterhalten wird, und ich hoffe auch, dass mir Sa-Lon eines Tages alles verzeihen wird, was er mir vorwirft.« Sie wandte sich um und verließ sein Schiff.

Es war genug. Sie wusste, dass sie ihn genauso trostlos zurückließ, wie sie selbst es war. Sie überlegte, wie und wann sie den achtfachen Pfad des alten Einsiedlermönches verlassen hatte. Sie entschied sich dafür, dass es auf dem letzten gewesen sein musste, dem, der für ›das richtige Verständnis‹ stand. Ich habe in meiner Eifersucht alles falsch verstanden, gestand sie sich ein. Ich war immer so eifersüchtig auf Minthami, auf ihr Glück, ihre Schönheit, ihr Ansehen, ihre Freiheit, ihr Lachen und ihr fröhliches Gemüt. Ich war eifersüchtig auf ihre Fähigkeit, alles im Leben hinzunehmen, und natürlich war ich eifersüchtig auf ihren Mann. Seine zweite Frau, warum sollte das jetzt lächerlich sein. Ich bin ja nie etwas für ihn gewesen, höchstens seine Geschäftsführerin. Vielleicht fehlt mir das rechte Verständnis. Vielleicht hat Nathan Recht, dass Liebe kein so festgelegter Begriff ist. Vielleicht kann man zwei Menschen gleichzeitig lieben. Vielleicht hat seine Liebe zu Minthami nichts mit mir zu tun, weil er uns beide gleichermaßen, aber auch verschieden lieben kann. Ach, ich weiß nicht. Es geht aber um das rechte Verständnis, um äußerste Aufnahmefähigkeit von Seele und Geist. Also wird es wieder mal Zeit, den ewigen Kreislauf der Wiedergeburt anzutreten, aufzupassen, die gestrigen Fehler im Gedächtnis zu behalten, um sie in der nächsten Wiederkehr des eigenen Lebens nicht zu wiederholen. Den nächsten Schritt auf die zuzumachen, die wir unausweichlich vernichten müssen, auch wenn wir das nicht wollen, mit den besten Absichten.

Angelas Gedanken, ungenau und vage, wurden unterbrochen, als sie den Wagen des Arztes vor Vanda Wandersmeiths Bungalow stehen sah. Sie konnte nur hoffen, dass weder Vanda noch Nancy krank war.

An ihrer Tür traf sie Sa-Lon, der Thania umarmt hielt. Sie weinte, an seine Schulter gelehnt. Für einen Moment stand Angelas Herz still, weil sie sicher war, dass Sa-Lon und Thania ihr zu Nathans Schiff gefolgt waren und dort jedes böse Wort gehört hatten, das sie sich zugerufen hatten.

»Sa-Lon«, sagte sie eisig. Sie gewann ihre Selbstbeherrschung wieder. Sie hatte das Gefühl, dass sie an diesem Tag eigentlich schon genug ausgehalten hatte. »Ich habe dir gesagt, du sollst Thania in Ruhe lassen. Geh zum Schiff deines Vaters, er will mit dir sprechen. Du, Thania, kommst herein.«

Sa-Lon lief abwechselnd rot an und wurde wieder bleich, während er ihre Umarmung löste. Angela wollte ihren Ohren nicht glauben, als er zu Thania sagte: »Ich bringe das in Ordnung. Geh du nach Whitewalls, Thania, und lass mich allein mit deiner Mutter reden.«

Thania nickte und rannte, ohne ihre Mutter anzusehen, den Garten hinunter und hinüber nach Whitewalls.

Angela war empört über ihr Verhalten. »Sa-Lon, was soll das heißen?«

Er schien in einer Art Verzweiflung zu sein, über die sie sich nicht klar werden konnte. »Bitte, Mrs. Radcliffe, ich bin nicht hierher gekommen, um mit Ihnen zu streiten. Das ist nicht der richtige Ort und der richtige Zeitpunkt. Wir haben uns schon gesagt, was zu sagen ist. Natürlich wollte ich Sie aus guten Gründen verletzen, aber jetzt habe ich verloren. Rache ist nicht so angenehm, wie ich gedacht hatte. Es tut mir Leid, dass ich Thania gegen Sie missbraucht habe. Ich habe schon vor langer Zeit erraten, wessen Tochter sie ist. Sie ist meines Vaters und Ihre Tochter. Machen Sie sich keine Sorgen, ich habe ihr das nicht gesagt. Das ist nicht meine Sache, sondern Ihre und die meines Vaters. Ich möchte nur, dass Sie wissen, wie sehr ich mich schäme. Wenn Sie Thania gesagt haben, wessen Kind sie ist, dann wird sie alles verstehen. Ich reise morgen nach Rangun ab. Ich bin nur hier, weil Thania mich kommen ließ. Der Arzt ist bei Ihrem Mann … nein, gehen Sie nicht hinein!« Sie wollte hineinlaufen, aber er hielt sie am Ellbogen fest. »Der Oberst-Sahib hatte einen Kampf mit Janum. Er erwischte den Revolver, den Janum vor ihm versteckte, und schoss sich durch den Kopf.«

Angela griff nach einer Stütze. Sie hielt sich an Sa-Lon fest. Ich muss mich beherrschen, ich muss es, ich muss es einfach, befahl sie sich, während sie ihr Gesicht gegen die Schulter des Menschen drückte, den sie eigentlich verachten wollte. »Jeffrey, ich muss zu Jeffrey. Ich muss ihm helfen.«

»Nein, Sie dürfen jetzt nicht zu Jeffrey gehen.« Sa-Lon hielt sie sanft fest. »Sie können da nichts mehr tun, Sie haben schon alles getan. Bitte gehen Sie zum Schiff meines Vaters zurück und sagen Sie ihm, was passiert ist. Er wird Ihnen raten können. Inzwischen bleibe ich hier und tue, was ich kann.«

Sie nickte gehorsam wie ein Kind.

Angela fand Nathan da, wo sie ihn verlassen hatte. Zusammengesunken hockte er in völliger Verzweiflung in seiner Kabine, seine Hände vor dem Gesicht. Sie ließ sich vor ihm auf die Knie fallen, drückte ihre Lippen an seine Hände, ihre Köpfe berührten sich, und ihre Tränen vermischten sich.

»Nathan, ich bin zurückgekommen, und ich werde nicht mehr weggehen. Verzeih, dass ich so blind gewesen bin.«

Gleich würde sie ihm von Jeffrey erzählen, aber nicht jetzt, nur nicht jetzt. Jetzt wollte sie nur diesen einen herrlichen Augenblick empfinden, frei von Schuld und Angst.

Ohne sich zu bewegen, sagte er: »Ich hatte solche Angst, dass ich dich verloren hätte, Amagyi-Angela. Ohne dich bin ich nichts. Ohne dich habe ich angefangen, mir diese gottverfluchte Frage zu stellen, die sich kein Mann gerne stellt, wenn er in mein Alter kommt: Wozu das Ganze?« Dann hob er den Kopf und sah sie direkt an. Mit offenem Gesicht und klarer Stimme sagte er: »Du hast gerade meine Frage beantwortet, Amagyi-Angela.«

Über seinem Kopf konnte sie den blau-goldenen Himmel sehen; sie konnte den Wind hören, der die Glocken der Pagoden sanft läuten, die Palmwedel hin und her schwingen und die Oberfläche des Irrawaddy kräuseln ließ. In diesem Moment wusste sie, dass sie auf ihrem Weg nicht einen Schritt anders gesetzt hätte, nicht einen einzigen Schritt.

Epilog

1945

Die Sonne war über dem Hügel von Mandalay untergegangen.

Himmel und Erde wurden vom Feuer getauft, im Feuer vernichtet. Mandalay starb in den Flammen.

Als die letzten Mitchell-Bomber wie schwarze Raubvögel dem kupfernen Sonnenuntergang entgegenschossen, tönte sich der Himmel im Osten gelb und violett, verfärbte sich in weniger gewalttätigen Tönen. Ein merkwürdiger Friede legte sich über das Land, wo einst eine Stadt zu Ehren Buddhas errichtet worden war.

Achtundachtzig Jahre waren seit der Errichtung der goldenen Stadt vergangen, die Lebenszeit eines Menschen, nicht mehr als der starke Duft einer Bhodi-Blume. Und eine Art zu leben war für immer verschwunden.

Glossar

Achaeik Htameins	Gewebter Rock mit vielfältigen Mustern, der bei feierlichen Anlässen getragen wird
Amagyi	Respektvolle Anrede. Wörtlich: ›Große Schwester‹
Apyodaw	Tänzer, der bei Beginn eines Pwe die Gottheiten versöhnen soll
Atwinwun	Königlicher Ratgeber
Baba-Log	Kinder (Hindi)
Bo	Anführer
Bo-Baum	Der heilige Banyanbaum, unter dem Buddha erleuchtet wurde
Chatty	Küchenutensilien
Chinthe	Mythischer gekrönter ›Löwe‹, Pagodenwächter
Dah	Burmesischer Dolch
Daw	Höfliche Anrede für eine Frau, ›Tante‹
Duwa	Häuptling der Kachin
Dechi	Kochtopf (Hindi)
Eingyi	Damenbluse
Ghee	geschmolzene Butter
Godown	Lagerhaus
Gurrhburrh	Lärm, Durcheinander
Hinthe	mythischer Vogel
Hlutdaw	Königlicher Rat, Ratshalle
Hti	Schirm, Pagodendach

Jaggery	Süßigkeit aus Palmzucker
Kala	Ausländer
Kutho	Verdienst, Ehre
Kuthodaw	Buddhistischer Schrein, königliche Stiftung
Ko	Bruder
Kyaung	Kloster
Lakh	Indisches Wort für 100 000, in Burma als Bezeichnung für viel Geld verwandt
Longyi	Rock für Männer und Frauen, eine Art Sarong
Ludu	Pöbel
Ma	Anrede für Frauen und Mädchen
Maha-Davi	Frau eines Häuptlings
Manuthiha	Mythisches Wesen, halb Mensch, halb Löwe
Maung	Anrede für einen Mann oder einen Jungen
Min	Prinz oder Herr (von den Königen als Namenszusatz beibehalten)
Mingyi	Titel der älteren Minister
Minkdaw	Frau eines hohen Beamten
Mintha	Erster Tänzer oder Tänzerin
Minthami	Erste Schauspielerin oder Tänzerin
Myanma	Burma
Myowun	Königlicher Gouverneur
Nat	Geist oder Teufel
Ngapi	Eingelegte Fisch- oder Krabbenpastete, eine burmesische Delikatesse
Nhai	Blasinstrument, ähnlich der Oboe
Oozie	Elefantentreiber
Parabaik	Urkunde auf Bambuspapier
Phongyi	Mönch
Pwe	Festliche Veranstaltung mit unterhaltsamen Vorführungen
Sangha	Buddhistisches Kloster
Sawbwa	Shan-Häuptling

Saya	Gelehrter Mann, Lehrer, Arzt
Sayadaw	Abt
Shikar/Shikari	Jagd/Jäger
Sadhu	Indischer Heiliger
Shikko	Sich zu Boden werfen, kniend mit dem Kopf den Boden berühren
Shinbyu	Weihe, Aufnahmezeremonie burmesischer Jungen als Novizen
Singoung	Anführer der Elefantentreiber
Stupa	Unterer Teil einer Pagode
Shwe	Gold, golden
Shaitan	Verbrecher
Syce	Diener
Thakin	Herr
Thugyi	Dorfältester
Tonga	Zweirädrige Kutsche
Toywa	Dschungel, abgelegenes Dorf
Tripitaka	Die ›drei Körbe‹ buddhistischer Schriften
U	Höfliche Anrede für einen Mann, ›Onkel‹
Wun	Regierungsbeamter
Wundauk	Assistent des Hlutdaw
Wungyi	Königlicher Minister
Zat	Theaterstück, dem Pyazat ähnlich, aber weniger religiös ausgerichtet
Zayat	Aufenthaltsraum für die Pilger in einem Kloster

Eine junge Frau auf der Suche nach dem Glück – der neue große Roman von Alexandra Jones

Alexandra Jones
DAS VERSPRECHEN
DES GLÜCKS
Roman
448 Seiten
ISBN 978-3-404-15580-4

Die Irin Louise Duigan macht sich Anfang des 20. Jahrhunderts zusammen mit ihrem Vater und ihren Brüdern auf den beschwerlichen Weg über den Atlantik. Schon auf der Überfahrt geschieht ein schreckliches Unglück, und die Familie wird getrennt. Louise landet schließlich in Canton, Ohio, bei einer Gouverneursfamilie. Hier lernt sie den Juristen Robert du Pre kennen – beide verlieben sich. Der Standesunterschied wird zum Problem, denn die Frau des Präsidenten, Ida McKinley, hat von der Beziehung erfahren und tut alles, um das Paar zu trennen. Robert wird versetzt, und Louise schlägt seinen Heiratsantrag aus, weil sie inzwischen Zweifel an der Zukunft dieser Beziehung hat …

Bastei Lübbe Taschenbuch

Der große Schicksalsroman über Liebe und Verrat – und den Zauber der schottischen Highlands

Alexandra Jones
DAS ECHO DER LIEBE
Roman
592 Seiten
ISBN 978-3-404-15202-5

Lord Lindsay war Annies große Liebe und er ist der Vater ihres Sohnes. Eine Heirat war jedoch nie möglich gewesen. Jetzt, nach Lindsays Tod ist Annies Zukunft ungewisser denn je. Als Lord Rory, Lindsays Bruder und Rivale, aus dem Krieg zurückkehrt, hält er um Annies Hand an und will mit ihr auf den Familiensitz Glengarth in den schottischen Highlands zurückkehren. Nur zögernd stimmt sie zu. Unter der Bedingung, dass Jamie als legitimer Sohn akzeptiert und nicht als Bastard in die schottische Aristokratie eingeführt wird …

Bastei Lübbe Taschenbuch